白话 萤窗异草 上册

BAIHUAYINGCHUANGYICAO

【清】长白浩歌子·原著
陈西·编著

广东旅游出版社
GUANGDONG TRAVEL & TOURISM PRESS
悦读书·悦旅行·悦享人生

中国·广州

图书在版编目（CIP）数据

白话萤窗异草. 上册 /（清）长白浩歌子原著；陈西编著. — 广州：
广东旅游出版社，2017.10（2024.8重印）
　　ISBN 978-7-5570-1105-5

Ⅰ. ①白… Ⅱ. ①长… ②陈… Ⅲ. ①笔记小说 – 小说集 – 中国 – 清代
Ⅳ. ①I242.1

中国版本图书馆CIP数据核字（2017）第219194号

白话萤窗异草. 上册

BAI HUA YING CHUANG YI CAO. SHANG CE

出 版 人	刘志松
责任编辑	李　丽
责任技编	冼志良
责任校对	李瑞苑

广东旅游出版社出版发行

地　　址	广东省广州市荔湾区沙面北街71号首、二层
邮　　编	510130
电　　话	020-87347732（总编室）　020-87348887（销售热线）
投稿邮箱	2026542779@qq.com
印　　刷	三河市腾飞印务有限公司
	（地址：三河市黄土庄镇小石庄村）
开　　本	710毫米×1000毫米 1/16
印　　张	36
字　　数	540千
版　　次	2017年10月第1版
印　　次	2024年8月第2次印刷
定　　价	158.00元（全二册）

本书若有倒装、缺页影响阅读，请与承印厂联系调换，联系电话 0316-3153358

天宝遗迹

　　在骊山的背面有一座石洞，洞口上面写着"天宝遗迹"四个大字。山洞用岩石作为大门，非常牢固，难以攻破，人们自然没有办法知道洞里有些什么。前代明朝正统年间，石门忽然自动裂开，露出宽仅约一尺的一道缝隙，有个上山砍柴的人恰巧看到了……

柳青卿

他在外房睡觉，盼望柳青卿前来相会。还不到半夜，柳青卿果然来了，她掀开门帘，直接走入房中，笑着对戴敬宸说："闺中女子都害怕胖子，我心里就只喜欢大胡子。"

序 言

　　志怪笔记体小说是中国古典小说形式之一，以记叙神异鬼怪故事传说为主体内容，产生和流行于魏晋南北朝，与当时社会宗教迷信和玄学风气盛行以及佛教的传播有直接的关系。汉代以后，儒教、道教和佛教逐渐盛行，鬼神迷信的说教广为流布，所以志怪的书特别多。历朝历代作品中就有不少以"志怪"命名的，如祖台之的《志怪》、孔约的《孔氏志怪》，乃至清代蒲松龄的《聊斋志异》。（"志怪"一词出于《庄子·逍遥游》："齐谐者，志怪者也。"）

　　鲁迅就在《中国小说史略》中说："中国本信巫，秦汉以来，神仙之说盛行，汉末又大畅巫风，而鬼道愈炽；会小乘佛教亦入中土，渐见流传。凡此，皆张皇鬼神，称道灵异，故自晋迄隋，特多鬼神志怪之书。其书有出于文人者，有出于教徒者。文人之作，虽非如释道二家，意在自神其教，然亦非有意为小说，盖当时以为幽明虽殊途，而人鬼乃皆实有，故其叙述异事，与记载人间常事，自视固无诚妄之别矣。"志怪小说的内容很庞杂，大致可分为三类，一是炫耀地理博物的琐闻，如托名东方朔的《神异经》、张华的《博物志》；二是记述正史以外的历史传闻故事，如托名班固的《汉武故事》《汉武帝内传》；三是讲说鬼神怪异的迷信故事，如东晋干宝的《搜神记》、曹丕的《列异传》、葛洪的《神仙传》以及托名陶潜的《后搜神记》等。

　　志怪笔记体小说多以人物趣闻逸事、民间故事传说为题材，具有写人粗疏、叙事简约、篇幅短小、形式灵活、不拘一格的特点。另外不同的作者在这类小说中也倾注了自己的思想、智慧和情感，例如在《聊斋志异》中，蒲松龄"用传奇法，而以志怪"，将生命力和"孤愤"注入其中；而在《阅微草堂笔记》中，纪昀则是将智慧注入其中，以"测鬼神之情状，发人间之幽微，托狐鬼以抒己见"为核心，目的在于益人神智。大多数的志怪笔记体小说更高超的地方在于对人性的把握，鬼怪皆有人性，甚至比人更为生动真实，可敬可爱。

志怪笔记体小说在明清时代达到了一个新的高峰，为后世树立了一座中国古典小说的丰碑。本着品读经典书籍，弘扬优秀文化的思想，我们首批选取了明清两个朝代中比肩《聊斋志异》的四本志怪笔记体小说，严格遵循原文，编写了这套白话志怪笔记体丛书——《白话夜雨秋灯录》《白话夜谭随录》《白话剪灯新话》《白话萤窗异草》。本系列书所述均系当时社会之旧闻轶事、神鬼狐怪、烟花粉黛一类故事，情节离奇，生动有趣，文笔简洁朴实，颇有艺术造诣，流传甚广，是明清笔记小说中的佳作。

总之，志怪笔记体小说作为中国最传统的文学形式，用的是中国思维，写的是中国神怪鬼狐，讲的是中国故事，这些都渗透在我们每一个国人的骨子里。悠闲时光，品一杯茶，读读这些经典之作，聊发怀古的幽思也是一种极大的精神享受。

出版者语

　　《萤窗异草》十二卷，作者署名为长白浩歌子。今存申报馆本和《笔记小说大观》本。申报馆本是目前所见到最早的本子，原题"长白浩歌子著，武林随园老人续评，关中柳桥居士重订"，三编卷首题"光绪丁丑(1877)夏日申报馆印"。

　　关于作者，大致上有两种说法，一说该书为乾隆时代作品，作者是尹庆兰；二说该书为光绪初年作品，是申报馆文人的假托之作。尹庆兰字似村，满洲镶黄旗人，大约生于乾隆元年(1736)，至迟卒于乾隆五十五年(1790)。他虽然生于贵胄之家，却性情恬淡，不慕功名，耽吟咏，好风雅。乾隆十九年(1754)，在尹继善督理南河时，庆兰与袁枚相识于袁浦署中。在此后的数十年中，两人诗酒唱和，过从甚密。庆兰博学多才，曾经乾隆殿试，颇受称赏，然终身未仕，著有《绚春园诗钞》。从庆兰的经历、志趣和文学素养等情况看，他是有可能成为《萤窗异草》的作者的，然而没有佐证支持此说。

　　《萤窗异草》一书，是继《聊斋》后又一具有巨大成就和影响的文言笔记小说。它在故事的社会内容及创作主旨上承继了《聊斋》的传统，并在承先启后上具有一定的独创性。记叙的多是明末清初的异闻奇事，描写了各种各样的社会生活，特别是中下层市民的生活状况。其中的故事绝大多数都涉及狐仙鬼怪。这些神狐鬼怪虽是异类，思想感情却和常人接近，甚至比现实中的人更通情理。它们虽有超自然的力量，但却始终服从当时社会的法则，可以说是人间喜剧的幻觉延伸。此外，故事内容多涉及男女风情，其中大多数作品表现了青年男女追求婚姻自主的合理愿望。总览全书，文字隽爽，在诸多仿《聊斋》的作品中成就较高。

目　录

卷一

天宝遗迹

在骊山的背面有一座石洞，洞口上面写着"天宝遗迹"四个大字。山洞用岩石作为大门，非常牢固，难以攻破，人们自然没有办法知道洞里有些什么。前代明朝正统年间，石门忽然自动裂开，露出宽仅约一尺的一道缝隙，有个上山砍柴的人恰巧看到了，回家就把这件事告诉了同村的刘瑞五，而他自己虽然满肚子的疑惑，但又十分害怕，不敢进洞打探。

瑞五和同村的人有些不同，他胆子大，性情豪放不羁，自小又读过一些书，很有古代侠士的风范。瑞五听说这件奇异的事情后，便高兴地决定去洞内打探一二。于是他约了些村民，共有五位，都是喜欢热闹刺激，富有好奇心，胆识过人之辈。他们带着酒和食物、猎具，向石洞走去。到了骊山，向上望去，看到山路崎岖，而且大多都被荆棘树木遮挡住，他们只能用手攀附着石头和树木，好容易才登上了山。远远望去，看到洞口白石发出莹莹的光泽，温润清透，好像很多人走过似的，暗自感到诧异。又往前走了大约一里地，才到达山洞。从裂开的缝隙朝里看，只看到洞里漆黑一团，什么也看不清，隐隐觉得洞内深不可测。几个胆小的开始打退堂鼓，想要回去，胆子大点的也有些害怕，不敢再提进洞的话，唯独瑞五扬起手臂，高声喊道："咱们既然来了，不调查清楚洞中秘密，回去了

1

又有什么意思！"说完便把火把点亮，主动带头走在前面进入洞内。剩下的几个人只有三个人跟着瑞五进入洞内。刚入洞时，大约只能容纳二人肩并着肩走，再往里面走，山洞越来越宽，能容纳一辆四匹马拉的车。两旁都是石壁，洁白清亮。用火把照亮了看，只见石壁上似乎有一幅幅绘画。瑞五回头对大家说；"环境挺好，有什么可害怕的！"说完，就往洞的更深处走去，想要彻底打探清楚洞内的秘密。

小路曲折，又走了几步，便来到一道门前。门是青玉做的，上面写有字迹。大家用火把照着，看到墨迹还很新，用隶书书写，有好几行。大致内容是：朕和妃子，每当盛夏炎热之时，来这里避暑，一起享受洞内的清凉，至今已有五年。风流潇洒，神仙也比不了，汉武帝白云乡仙境，也不再值得羡慕。只是担忧千秋万代之后，世上知道我俩相得之欢的人一定少之又少，于是命能工巧匠，雕刻石像放在洞内，以便流传后世。偶尔与妃子欣赏洞内石像，不禁相视而笑，几乎以为其是真身而非石头制成。最后署名是"天宝十年秋七月御笔"。众人读完之后，才知道是唐明皇写的。

等到转过门屏后面，只看到一片非常宽敞的地方，大约有数十间房屋大小。中央放置宝座，仅是一个空位，看不出有什么奇妙之处。左边是梳妆台，一个石美人用手挽着秀发，对着镜子端详着，姿态慵懒，可爱极了。旁边立着两个宫女。一个侧着身子站着，手捧着盛水的匜器，好像要走向前的样子，另一人帮贵妃捧着秀发，表情非常恭谨，跪在地下将长发轻轻握在手中。贵妃微微回头，小嘴微张，好像在说什么似的，眉目美如画，美艳逼人。贵妃身后站着的是开元皇帝，他头上戴着唐巾，身着便服，一只手抚摸着胡须。皇帝的神情姿态，好像在同贵妃表示亲热。大家观赏之后，都很高兴。右边是浴池，用绿玉作为池水，碧波荡漾，清光粼粼，宛如真水一般。旁边站立的两个人，手捧浴巾佩带，眉眼之间微微显露出笑意。唐明皇与贵妃的身体，皆用白玉雕成，唐明皇赤身在池水中嬉戏，仅将脐下部分淹没在水中。歪着头坐在水池边，眼睛盯着贵妃，好像想要说什么，又偷偷笑起来。妃子坐在小石床上，也脱掉上衣，浑圆的双乳，小巧的肚脐，都清清楚楚。秀丽的眉毛低垂，墨玉般的头发轻挽着，面有腼腆之色，一双修长如玉般的手抚着腰间绣带，一副欲解不解，不胜娇羞的样子。而裙子以下，一双玉足已经完全裸露在众人眼前。

瑞五与众人睁大眼睛细细观看，正想着再深入洞内窥探奥秘，但抬头遥望，一道帷幕整齐地挡住了视线，不一会儿，忽然洞内发出犹如岩石崩裂的响声，而且冷气阵阵袭来，众人禁不住恐惧发抖，战栗不已，于是向洞外跑去。即使瑞五豪迈过人，也觉得心惊胆战，不敢独自留在洞内。刚走出洞门，三人中已有二人栽倒在地，面色铁青，口流涎水，好像中毒的样子。瑞五大吃一惊，赶紧搀扶着二人走下山来，踉踉跄跄回到家中。到了晚上，两个人都一命呜呼。

死者家属不知原委，便到衙门告状。瑞五将事情经过从头到尾说了一遍。官府派人到实地查验，证明瑞五所说的句句属实，就给他小小的惩处后，将他释放了，又派人用泥巴封死洞口，把洞门上"天宝遗迹"四字毁去，把洞口的痕迹抹去。尽管如此，一些樵夫牧童，仍能认出石洞的遗址。到了明朝天启末年，雷霆轰坍了洞穴，遍地乱石高耸，这才分辨不清何处为昔日的石洞。

外史氏说：我很奇怪，唐明皇身为一代风流帝王，精心选择奇胜之境营造骊宫，难道就没有另外建造高大壮观的楼阁，而仅仅用石头和土木来向天下炫耀？而且杨贵妃一直体态丰腴，一定害怕炎热，难道没有清凉世界让她享受？我从瑞五的后代那里听说这桩奇事，虽然荒诞离奇，也可以补《开元遗事》的缺失，所以将它记录在此，以保留这些不同的说法，供世人寻找其踪迹。

卜大功

明朝末年，张献忠在湖南起兵造反，他手下有一位名叫马雄飞的副将，能开五石大弓，尤其擅长左右同时开弓。张献忠一直对他十分器重，给他的赏赐特别优厚。马雄飞老家在燕地，与河北涿郡卜大功是好朋友。卜氏也长得高大魁梧，力大无穷，尤其精通文章诗词。二十岁那年，他废弃学业，长叹了一口气，说道："大丈夫生逢乱世，武力为强，我宁愿学抗御万人之敌的将帅之道，在战场勇敢杀敌，来获取斗大金印，建立功名，哪能整日处理琐碎的小事和毛笔打交道？"人们听后，都被他的雄心壮志震动了。马雄飞自从跟随张献忠后，成为全军最得宠信的人，自以为受到了千载难逢的恩遇，于是派人火速给卜大功送信，邀他也来投靠。卜大功非常气愤，提笔写了回信，当着信使的面怒声骂道："难道他以为我的头也是可以出卖的吗？姑且看在老朋友的情分上，不将你送交官府。你快走吧！"说完，连信也不打开，就将信使一赶了之。他忠诚耿介的性情可见一斑。

后来，卜大功应征入伍，很快因为战功卓越被提升为州府的守备官，在山东任职，当地土匪贼盗秋毫不敢侵犯。后因张献忠对安徽凤阳紧急进攻，情势危急，抚臣马士英上奏请皇帝下诏书，召集天下兵马前往守卫皇家陵墓。卜大功应征赴命，渡过淮河，与张献忠部队在滁、泗之间鏖战，杀了很多将士。但最终因为北方人不习惯水战，被张部俘虏。张献忠爱惜卜大功的勇猛，于是派马雄飞前去游说，劝他投降。

卜大功看见马雄飞走来，闭上眼睛不看他。马雄飞拉起他的手，流着泪说："没想到老朋友会落到如此不幸的地步！"卜大功猛然睁开双眼，眼眶尽裂，厉声说道："从前我与你在山上打猎，追逐一只狡兔，你看着我说：'大丈夫为立志报效国家，捕获贼兵，应当像猎取野兔一样。'那时的意气风发昂扬，至今誓言犹在。如今你既然已经投降敌人，还有什么资格再把我当作老朋友呢？！"马雄飞无言以对，只好怀着惭愧、沮丧的心情，离开了。想到二人曾经的深情厚谊，不忍心加害，所以编造出一些话来应付张献忠，欺骗他说卜大功只是外表坚强，其实内心早已动摇，如果将他软禁起来，不出十天就会屈服，效忠大王。张献忠相信了马雄飞的话，就将卜大功囚禁在土牢中，派强健的士兵牢牢看守，仅给他粗陋的食物，想消磨他的意志，再将他收买过来。

卜大功想要自尽却不能够，就以绝食等待死亡。夜里，他坐在土牢中，低声吟诗抒发自己的志向，刚吟了两句："去国离乡事鼓鼙，满拼颈血染虹霓。"后面的句子还没来得及说出口，忽然听见窗外有人接着咏诵道："江流不葬英雄骨，好逐青鸾过越西。"声音柔美婉转，不像是男子所吟，卜大功感到很诧异，十分警觉，又忍不住仔细聆听。又听到朗朗说话声："骏马难免有失蹄的时候，最终必将奔向千里。大丈夫为何不振奋精神，却只想无谓地结束自己的生命？"说完，竟然破门而入。卜大功一看，原来是一个有十五六岁的年轻女郎，衣着华丽，容貌也美艳绝伦。正在震惊之时，女郎提起衣襟行礼，开口说道："先生忠贞守志，小女十分尊重爱慕，特来相救。你可以随我逃离这虎口险境。"卜大功自然非常惊喜．顾不上与她交谈。幸好被抓之时没有戴上脚镣手铐，行走方便，女郎拉着他就往外走。刚要跨出土牢的大门，她又返身折回土牢说："不可让乱臣贼子知道我。"于是从袖子中取出一支笔，在墙壁上写了几个大字，然后招呼卜大功："走，走！"二人悄悄走出牢门，卜大功望望看守的士兵，如同喝醉酒一般，东倒西歪，相互靠在一处，倒伏在地上，不知道这是什么缘故。

　　离开敌营约一里即是长江，早有丫鬟在岸边停船等候接应。女郎催促卜大功一同登上船，扬帆向南行驶，呼吸间已经到了百里之外。船虽然很小，仅能容纳三人，然而尽管江中波浪滔天，小船却如履平地，非常安稳。卜大功此时稍稍稳定心神，才向女郎行礼致谢，说道："承蒙小姐鼎力相助，将我救出牢笼。敢问芳名、居所，以便将来报答您的大恩大德。"女郎一听，眼波流转，注视卜大功，微笑着说："你还不明白我的意思吗？诗中所说'青鸾'，指的就是我自己。我将与先生您一起翱翔九天云霄，像那比翼鸟双飞双宿，直到永远，何必道谢？"卜大功这才领会她的心意，喜出望外，谦逊地说："我只是一个武夫，岁数又较大，哪能担当得起小姐如此美意？"女郎笑道："你是性情刚烈的伟丈夫，我也是贞烈女子，正好是天造地设的一对。怎能学那些个凡夫俗子，斤斤计较年龄容貌呢？"说完，女郎又说了自己姓氏，原来是马家小女儿，没有字号，浙江会稽人。卜大功又询问她的生平经历，女郎笑了笑，却不回答。

　　小船驶至采石矶作短暂停留，天空刚蒙蒙亮，女郎命丫鬟准备早餐。没见怎么烧煮烹调，美味佳肴已摆满一桌，卜大功大吃一顿。吃完早饭，女郎让卜大功安歇，解开缆绳，继续行驶。等到卜大功一觉醒来，询问进程时，船已经抵达钱塘江了。卜大功披上衣服起床，此时正好晚潮涨起，潮水汹涌澎湃，发出震天动地的声响，如同万千铁骑蜂拥而来。卜大功从未见过这样的景象，非常惊讶害怕。女郎告诉他："这是伍子胥发怒的声威，你难道没有听说过吗？"小船逆流而上，雪白的浪花冲向天空，女郎面上毫无畏惧的神色。过了一会儿，她说："离我家已经不远，可以登岸了。"卜大功随她上岸，回头看小丫鬟，只见她与小船一起消失得无影无踪，只在眨眼之间，心里更加诧异。

两人并肩而行，走了约半里地，见到一座村庄。这里山清水秀，风景很美。进入村子往北走，只看到一幢面朝东的大宅，屋子高高耸起，门窗整洁。屋檐上方有一块石制匾额，上有三个青色大字："参戎府"。女郎嘱咐卜大功："你到了我家，别随便插嘴，只管听我向家人介绍情况，不然事情就会失败。"卜大功点头应允。忽见一位少年，系着宽腰带，身穿轻装，从宅里出来，看见女郎，惊愕地问："妹妹怎么步行回家？父亲现在情况如何？"女郎泪流满面，说："父亲不幸以身殉国，庐州已经失守，成为贼人的巢穴。妹妹仰仗这位将军之力，相互依靠扶持这才回到浙江。他乃是山东的卜守府。"少年听后悲痛万分，将客人迎入府内客房安置，来不及行礼客套，就与女郎一起向内屋走去。卜大功心中茫茫然，默默坐在外屋，只听见房中响起悲戚的哭号声，许久才停息。

又过了一会儿，少年从房中走出来，已经换上白衣素冠，他面容惨淡，血泪盈眶，一边向卜大功作揖，一边致歉道："刚才听到凶讣，内心悲痛犹如刀绞，怠慢宾客，多有失礼得罪之处。今奉老母之命，请您相见，特来恭迎。"卜大功随他来到内庭，见婢女老媪簇拥着一位年龄四十岁左右的妇人，走下台阶前来相迎，说："未亡人不能同丈夫一起殉国，万分惭愧。小女全靠你帮助营救，方得逃脱险境，您对我家的恩德深广如海，难以报答。"说完，再拜致意。卜大功心中明白她是夫人，已经晓得女郎意思，不让他说明事情真相，所以只好不辩言，只是答应并逊谢而已。夫人让卜大功入座，刚献上一道茶，就起身说道："你俩的婚约，我已经都知道了。请你先到甥馆住下，等到我为先夫做完丧事之后，一定履行承诺。"卜大功知道婚姻已得到了长辈的认可，起身道谢，并请求以女婿的身份行礼。夫人面色悲戚，收下了这份礼。又命令仆人清扫房间，让女婿住在厅堂的左边，膳食用品都很丰盛。卜大功私下悄悄地询问仆人，知道了马公名中球，就是庐州殉难的将军。将军出身于世家大族，考中武科，步入仕途，历任至州府参将。娶有两位妻，一位带至任上同住，一位留在家中。女郎就是跟从上任的妻子所生，所以在官署，少年则是她的异母兄长。

第二天，公子与母亲身着丧服，接受吊唁，设立祭位，举行招魂仪式。卜大功代为操持丧事，亲朋众人都将他视为马家女婿。做完七七后，夫人与儿子商议，按照春秋时楚国钟建娶季芈畀我的故事，选择吉日，将卜大功招为赘婿。洞房花烛夜，卜大功对女郎说："小姐才真正是我的救命恩人，却反而说因我而获救，无功受恩，颇觉羞愧。"女郎愁容满面，说道："我心里有隐衷，恐怕你听后感到震惊害怕，不敢轻易泄露。现在夫妻名分已经确定，我不忍心再让你蒙在鼓里；而且你也是当世豪杰，说出来大概不至于感到恐惧。"于是女郎边哭泣边倾诉说："我并非阳间之人，其实是一个女鬼。生前随从父亲出任庐州。刚两年，遇到张献忠造反，父亲死于疆场，城池也随即陷入敌手，全家都四散殆尽，老母上吊而死。我正想自尽，而众贼兵已经冲上来，其中有位将领名叫马雄飞，贪恋我姿容，要对我施行强暴，我先用谎言将他稳住，等贼将看管稍有松懈，就纵身跳进一口枯井，自尽而亡。魂归地狱，遇见父亲，得知射杀我父亲的，就是那个贼将。我因此心怀忿恨，不去想重新投胎转生。感谢孤山小姑怜我一片苦节孝心，赐予我炼形之术，使我得以成为鬼仙。她告诉我命中注定会受一品封诰，而且杀父之仇指日可报。于是我告别小姑，将你救出牢笼，要借你之手，报杀父之仇。昨日前往凤淮，那个贼将已经被砍下首级，总算报了不共戴天的仇恨。"

卜大功听后感到惊骇非常，即便如此，脸上也看不出有什么害怕的神情。他接着询问具体复仇的经过，女郎回答："我上次写的题壁诗，诗里写明放走囚犯的是马雄飞。张献忠见后，果然疑心他过去与你交情深厚，不等他辩解，就将他斩首正法。我回到敌营，他的首级已被高高悬挂在辕门之上。"卜大功又问丫鬟是什么人，女郎答道："她是孤山小姑的侍女。不然，怎么能在汹涌波涛上如行康庄大道上一样，而且瞬间能跨越数千里的距离呢？"谈话间，二人相扶上床，解衣共枕。交合之际，女郎犹是处女之身，卜大功对她更加爱慕敬重。

三天后，夫人为新郎新娘举行酒筵，宴请众亲好友。从此夫唱妇随，非常欢乐融洽。度完蜜月，女郎对卜大功说："庐州那边将有人来，必然会泄露我的秘密。此处不可久留。"于是借口说卜大功思家心切，雇了一条船，打算回家。母亲兄弟挽留不住，便赠送他们银钱千缗。二人转移至浙江秀水，在乡间买了一处住宅住下。

当时有一小股盗贼暗中发动暴乱，卜大功备好兵器，骑着高头大马挽着弓，连杀数人。剩下的盗贼纷纷逃窜，村民依靠他的勇猛神力，得以平安无事。后来朝廷巡抚招募军士，卜大功打算前去投靠，女郎劝阻道："时势条件还不恰当，还是与我一起隐居，等待时机成熟，必将大有作为。"卜大功听从了妻子的劝告。及至本朝建立，卜大功方才出来谋求功名，屡建奇功，官至总镇，女郎果然也受册封诰。顺治八年，卜大功到湖襄任职，擒获多个张献忠余党。问及马雄飞，果然因受卜大功逃脱而牵连被杀，卜大功心中不免感伤，为他设立灵位，加以祭奠，还告诉手下将官："此人志气并非不大，只可惜有眼无珠，没有识人之明。"

卜大功七十岁时，依然身体康健精神矍铄，生有两个儿子，都考上武进士。卜大功死后，太夫人独居一室，至半夜，忽然不知去向，家里知道这一段离奇故事的人，认为她是跟着小姑仙去了，于是整理好她的冠戴服饰，合葬在卜大功的墓中。

外史氏说：物以类聚，绝非偶然，听卜大功对马雄飞讲的那一番话，至今依然觉得浩然正气激荡；即使是贞烈女子，哪有不心悦诚服，以身相许的？然而同样是一个人，有的成为忠臣良将，有的成为贤淑女子，而品行不端的人，却堕落成为叛贼强盗，最终被杀。卜大功所说"有眼无珠"，毕竟是为朋友遮掩文饰，世上哪有这样的道理？马雄飞实在是太愚蠢，他的见识还不如一个女子！

金三娘子

丹徒有个叫周玉声的读书人，从小信奉吕洞宾大仙，十分虔诚，丙子那一年，将参加南京科举考试，因此向吕仙神像祈祷。砚匣中立刻出现一张纸片，上面用红笔写着这样两句话："功名只问三娘子，不待朱衣暗点头。"玉声在家排行第三，因此以为答案在自己妻子口中，于是趁着和妻子嬉闹之时突然发问。妻子毫无准备，随口回答道："中，中。"周生非常惊喜，认为这是连续考中的预兆，高兴地坐车出发，其实并不知道吕大仙意究竟是指什么。

等到考完省试，发榜之日，他竟然名落孙山，以为受了吕仙欺骗，非常痛恨生气。不久，家中又寄来书信，说他妻子卧病在床，已经气息奄奄，命不久矣。于是周生日夜兼程，赶回家来，到家一看，妻子已逝，家中挂着白幡，凄惨异常。周生摸着胸脯失声痛哭，沮丧万分，加上考试失利，百感交集，从前的事情早已不再去思考。过了几个月，忽然想起吕仙说的话，猛然想到："我在兄弟中虽然排行第三，然而算上各位堂兄弟，则排在第十二位，所谓三娘子，应该另有所指，只是以前没有想清楚罢了。"于是重新向吕仙祈祷，但是毫无结果。

周生一个人住，时间长了，觉得十分无聊，便打算到淮上走访亲戚，借机寻找吕大仙所说的命定之人。临行前，梦到了那几句诗，其他几个字清清楚楚，唯独"三"字金光灿烂，梦醒后周生记得一清二楚，可是其中的缘由，却百思不得其解。

小船到达某个县城，周生有一个姐姐就在这里，嫁给了本地江村的一户人家，于是停下船前去探望。上岸后周生一个人走出不到一里地的距离，听见芦苇塘中有两个人在窃窃私语："金三娘子是天上的神仙，怎么会和一个穷酸书生成双对？"另一人说："老天成全这一段姻缘，书生命中注定飞黄腾达。"周生听后，只觉心神激荡。抬眼望去，说话的二人好像是渔夫，光着双脚，头戴草帽，从芦苇丛中走出来。周生急忙上前询问，二人答道："朝东走二三里，有一座向北的大宅，你敲门询问，自然真相大白。我们现在正忙着做事，无法为你领路，不过我们很快就会再次见到。"说完，匆匆忙忙走了。周生想起他们的话与吕仙的预言正好相符，由此看来，自己一生的官运和姻缘，就应该在这了。于是顾不上荒郊野外，路途遥远，循着路走去。

往前走到一个地方，只见树林茂密，绿意逼人，一栋坐南朝北的楼宅矗立眼前，房屋巍峨高大，华丽无比，朱红色的大门向外敞开。周生走近敲门，没人答应，便径直朝屋内走去。走过一道粉墙，猛然听见有人大声斥责："哪里来的年青人，怎么能擅自闯入人家住宅？按规矩应当扭送官府！"周生大吃一惊，仔细一看，原来是一个老婆子笑吟吟地从庭堂中走出来。老妇人满头银发，服装鲜艳华贵，双目炯炯，神采奕奕。周生知道自己的行为并不妥当，见老婆子并无怒容，心里暗自欢喜，就向她作揖道："天色渐晚，我迷路了，实在找不到地方安歇，冒昧请求，可否让我借住一夜，不知道您是否同意？"老婆子对他看了好一会儿，才慢慢地说："我家原有空房，让给你住一住，也算是一段好事。"

老婆子带着周生走入东边的一道走廊，刚走了几步，看到其中另有院落房间。四周种着各种花木，三间精美的居室居于中央，房门紧闭，门帘低垂，环境极其幽雅。老婆子亲自打开门栓，将客人请入房里。架上插满牙签（即书签），四周墙壁都是图书，一床一桌，一点灰尘也没有，仿佛专门是为来宾准备的。老婆子叫了一声，立刻有老仆人端茶进来，老婆子便走了出去。周生心里又惊又疑，更对自己的大胆行为感到不妥，然而既然已经到了这地步，不应该马上一走了之。在犹豫不决之时，他看到了壁上悬挂的诗画，都非常古典雅致。又见到红纸上的一联诗句，用硕大的字体写着十个字："鸣鸾金作佩，挥麈玉闻声。"落款写着"回道人吕洞宾"。周生非常吃惊，正好碰到老仆人端上美酒佳肴，就向他打听主人的官职、门阀和族望。仆人低头不答，周生反复询问，他才说："你因为听说了一些什么才到这来，何必还要无休止地盘问呢？"周生心里暗暗自得，以为此处即是金三娘子的家。顿时再也不顾忌丝毫，高兴地饮酒吃菜。菜肴、果核甜美可口，酒也香醇极了。刚有几分醉意，老仆又献上奇异的果子，说道："这是娘子亲手摘的，愿献给你下酒。"周生更加喜悦。尝了几颗，甘甜清香，沁人心脾，酒劲顿时消失了，他对娘子的盛情款待感到非常的欣喜，只是没有见到她的容貌，心中不免忐忑难安。过了一会儿，他点亮烛灯，翻阅书籍。等到二更时，才上床睡觉。老仆送来被褥枕头，上面绣着美丽的图案，香气袭人，让人身子都酥软了，周生翻来覆去，整整一夜不曾合眼。

第二天一早起床，老仆殷勤地准备好洗漱用具，还说："顺着这间房往东走，有花园亭台颇值得观赏，可以消除烦闷倦意。"周生更加心花怒放，等不及吃早餐，就前往游览。刚跨过一道门槛，眼前豁然开朗，景色更是优美。园内亭台楼阁，相互映衬着，布置安排，充满画意。还有五色缤纷奇花，多达数百株，香气浓郁，在稀疏的篱笆下争艳斗奇。周生乐而忘返，越走越远。忽然听见一阵清脆的环佩相碰的响声，好像有人朝这里走来，周生赶紧躲在树后，小心偷看。只见几位侍女，穿着色彩缤纷的服装，有的用篮子，有的用手巾，盛装采摘的花卉。走在最后的是前面见过的老婆子，伴随着一位十七八岁的绝色美女，装束妖媚动人，容貌倾城，那肌肤，那容颜，平生仅见。周生看得如痴如醉，神魂颠倒。美人摘了一枝花，往鬓发上插，婢女赶紧递上镜子。美人停下脚步揽镜自照，姿态柔美。

　　眼看她们将走过去了，周生准备出来相见，老婆子忽然用手一指，说："碧桃花树后面有人，阿姊宜赶紧回避。"美人转身往回走。周生担心她离开，赶紧从树后站出来，大声说道："小姐已经展现了全身，令我万分倾慕，难道竟忍心这样一走了之吗？"美人眼神羞涩娇媚地朝周生投来，嘴角微微一笑，小声地对老婆子说："木已成舟，好事早晚会发生。看他那副猴急的样子，真叫人受不了。"说完低着头，用扇子遮住面容，温柔地站在那里。老婆子走过来说道："娘子原本是天上谪仙，命中注定要与你结成夫妻，所以提前在这里建造了楼宇，等待你来。你如果能够不被旁人的言语迷惑，自然和你订立百年之好，白首之约。"周生早已神魂颠倒，满口答应。美人放下扇子，与周生相见，于是二人并坐在小轩内，命婢女供上酒肴，相对而食。周生此时更是温柔惬意，体贴非常。

　　吃完饭，美人对周生说："美好的婚姻由上天安排，再加上吕仙做媒保佑，本当立刻举行婚礼，但是郎君前程似锦，不敢以儿女欢娱之事耽误你的未来。现在给你黄金百斤，另外再给你配备几个仆从，前往京城，一定会有奇遇发生。一切都要等到你鲲鹏展翅，实现凤愿，才能重圆鸳梦，不再有所顾虑。请你不要责怪我拖延婚期。"说完这些话，让老婆子喊来两个人。周生一看，虽然他们故意戴着矮帽，穿着青衣，看上去像是家中奴仆，其实就是芦苇塘所见的那两个渔夫。周生心里暗自惊讶，却也不敢多说什么。美人对两个仆人吩咐了一些事情，催促周生起身赶路。周生心中虽然不愿意，但是迫于大义，不便再依恋温柔乡。他们来到江边，一条小船早已备好，餐具用品，样样齐全，便扬帆远航。两个仆从虽然名义上是下人，态度却十分傲慢，一切事情自作主张，并不向周生请示。周生考虑到大家一起离家谋划事业，决定事事忍耐宽容。沿江北上，经过一家门口，他也无心进去。周生问两个仆人的姓氏，一人姓解，一人姓杨。他们的行踪显得非常诡异，周生也不敢问个究竟。

　　一天，船将要经过天妃闸，听到从北方过来的行人说起："某公子所乘的船整个儿沉没在水中，根本没有办法打捞抢救。风大浪高，一定要非常谨慎才行。"周生听后，心里惴惴不安，两个仆人却相视而笑，说："这倒是可以囤积待售的奇货呢。"姓解的仆人竟跃入水中。周生正欲呼救，姓杨的仆人急忙用手制止。船行驶了十来里，只见解仆身背一人，劈波斩浪游来。那人身上的衣服十分华美，头上帽子已不知去向。解仆登上船，将那人放在船头，进行抢救，不久便苏醒过来。杨仆让周生取出新衣让他穿上，又给他斟上美酒，那人渐渐恢复了精爽的仪态。问他情况，知道了他便是那位落水的某公子，他的父亲是京城一名大官，很有文名。公子有事回江南，不巧遭遇风浪翻船遇难。周生好言劝慰，情谊深厚，诚恳非常，并告诉他："兄台既然是落水遭遇不测，不能在危险的江水中行驶了。"于是上岸，找到一处集市，费了数百两银子，为他买了几匹健壮骡子，并雇用了随从，重新为他整理衣装，添置行李。公子感激涕零，得知周生北上京城，就给父亲写了一封信，希望他将周生看作自己亲生骨肉，好好照顾。二人挥泪告别。

　　船到京城，周生拿着书信去拜访公子的父亲。他得知周生从水中救起自家儿子的性命，就请他住进内屋，用对待贵宾的礼仪款待周生。后来又给他讲解书中要旨，分析文章脉络关节，传授写作方法秘诀。周生经过高人点拨，学术修养一日高过一日，再加上公子父亲为他多方周旋，最后终于考中北京考区的举人。于是周生对解、杨二仆更加敬重，与他们一同吃饭一同睡觉。

　　第二年，周生将参加礼部会试，公子父亲读了他的文章，觉得一般，没有点头同意，周生心事重重。一天，杨仆忽然带来一个人，身穿青袍，沾满灰尘污渍，不知他究竟是谁。解仆抢先一步走入房中，叮嘱周生对来人要厚礼相待，馈赠重金。周生言听计从，问他姓名，方知此人姓王，也是举人，素来因为聪明练达而闻名，因家中贫困而落魄潦倒。周生念他与自己同为举子，所以毫不介意。

等到会试这一天，想不到二人竟然坐在邻桌，中间只隔一道板壁。王生对周生的礼遇感激不尽，当周生第一道命题刚做完，王生拿来一看，认为难以入选，于是放下自己的卷子，为周生代写文章，一会工夫，三道题都已完成。他对周生说："你的才华胜过曹丕十倍，只是不能迎合时下的潮流。你待我恩义如鲍叔牙，我十分感激，想要报恩，因而冒昧代你写下文章，是否合适，由你自己决定。"周生把王生的文章细细体味一番，内容充实，格调高雅洪亮，毫不犹豫将它誊写在自己的卷面上。等到全部考完，他俩一起离开考场。周生到公子父亲那里奉上答卷，请教优劣，只见他满脸笑容，许诺周生必然名列前茅。发榜一看，果然名次在前，王生也榜上有名。廷试时周生又获第一。

周生想起与金三娘子海誓山盟，急忙向圣上告假，衣锦还乡。解仆劝阻道："娘子就在京城内，何必还要远去求来。"于是为他向高门大户求婚，正好又是公子父亲的连襟。公子父家极力想撮合他们成婚，周生很不情愿，而解、杨二人再三吩咐，不可推辞。他无可奈何，只得答应，而心里总是烦闷不快。新婚之夜，入了洞房，周生看见新娘子长得跟自己的心上人一模一样，感到十分奇怪。夜深了，女子自我介绍说："你认识我吗？其实我就是金三娘子。承蒙吕洞宾大仙撮合，害怕引起别人的议论，所以借助一片帆，一路风，让你金榜题名，平步青云。恰好某家女子命中注定早死，我才可以借她的身躯，来侍候夫君，这样就可以堂堂正正地与你结成眷属，他人再也无法说三道四。"周生这才高兴起来，两情更加痴缠紧密，寻欢作乐，通宵达旦。

早晨起床，解、杨二人已经不知去向。周生急忙向新娘子打听，她回答说："功成而身退，这是理所应当的。何况这二人都是水中神仙，受吕仙派遣才会过来辅助我们，我与他们本是同辈，没有资格指使他们的。"周生这才恍然大悟，于是刻了他俩的神像，摆在吕仙像旁边，加以祭祀。

从此三娘子成了周生的贤内助，贤德和美貌传于朝廷内外。他们与某公父子，经常往来走动，就像关系亲近的亲戚一样。知道他们故事的人，都十分羡慕，赞不绝口。

外史氏说：世人经常把善于把握机遇随机应变叫作"烧冷灶"。周玉声所以能够飞黄腾达，平步青云，说到底都是从"冷灶"中得来的。神仙啊神仙，你与俗世的人情风俗是那么相近。至于三娘子，其实并没有特别过人之处，只是侃侃而谈的那一番话，仿佛晋文公之妻姜夫人，然而也逃不出女子害羞的普遍心态。其余所作所为不过借的是吕仙的神力，实在是一种侥幸。吕洞宾大仙显灵的迹象，世上出现过很多次，我从这个故事中可见一二。

玉镜夫人

临淄有个擅长掷骰博彩的人叫王友直，每一次赌注超过百万，只胜不输，由此发家，号称当地巨富。中年以后，将赌博彩的器具放置一边，在江河湖海之间潇洒游玩，喜欢自比古代侠士，替人排忧解难，人们因此将他比作东汉的杜季良。

甲子年夏日，王友直带着万贯钱财，将前往闽、越一带旅行。船到了洞庭湖时，遇上大风，寸步不能进，只好停泊在湖岸，一等就是好几天，心中非常烦闷。一天晚上，天昏地暗，他独自坐在灯前。快到半夜，正想就睡觉，忽然听见清亮的掷骰声，仿佛是从旁边船上传过来的，他顿时心痒难耐。刚想让仆人仔细听个明白，突然看见两个青衣的妙龄美貌侍女，直接走进船舱，开口说道："家中老爷夜长无聊，敬请贵宾您过府共乐，度过这无聊长夜。"王友直问她家主人是谁，侍女答道："见了面自然就会知道，现在不能告诉你。"王友直原本就痴迷于掷骰博彩，便高兴地跟着二人走了。

才走出船舱，外面天色昏沉，什么也看不清，两个侍女根本不要烛火引路，只是在黑暗中搀扶王友直往前走去。友直感到两脚踩着的既不是木板，也不是石块，好像走在脂膏上，又滑又软，却根本看不清是什么东西，耳边只听得一片汹涌澎湃的声音，就像处于波浪中一样。王友直心里十分惊讶。过了好一会儿，来到一个灯火通明的地方，原来早已离开了船，到了岸上。只看到周围的房屋，高门大户，栋宇巍峨，如同王侯将相的住宅。有声音从屋里传出来，恰好是他刚才所听见的掷骰之声。

刚走近房门，侍女先进去通报。过了一会儿，跑出来回复说："主人前来迎客。"话音刚落，只见四个贵气十足的人，模样如同世上所画的神像，直接走上前来，说："萍水相逢，异乡无事可为，愿意与你共度今宵，还望不要见怪。"王友直心里其实早已清楚，眼前这些绝非凡夫俗子，但因他天性豪放，一点都不害怕。众人请他进屋，很有礼貌地引他走到中庭。王友直打量居室，华美富丽，难以言表。四人皆谦逊地让王友直坐在贵宾席位，王友直再三谦让，然后入座。

饮完茶，王友直问他们担任什么官职，坐在最前的一位回答道："讲出来怕你大吃一惊，我其实是鄱阳湖神。他们三位，也都是五湖的神主。因为朝见渝庭湖盟主，正好碰上他有事外出，便在这里停留等候，已经两天了。今晚月色昏暗，乌云阴沉，心情压抑烦闷。听说你平时豪兴很浓，所以打扰你，请你前来。假如你不以人神阻隔难通为理由拒绝邀请，我实在是不胜荣幸。"王友直听后吃了一惊，赶紧站起来，谦逊地说："我一个乡野之人，愚蠢笨拙，凡人俗子，恐怕承担不起这样的宠遇。"说完又拜，三位湖神也都表达了诚意。鄱阳湖神立刻令侍从布置赌局，说："这种机会很难遇到，美好的夜晚即将流逝，不要再拖延时间了，耽搁我们痛痛快快大玩一场。"于是大家一起入座，掷骰博彩。

王友直博彩的运气极好，四位湖神手中的筹码都被他赢去。天色将近五更，王友直总共赢得了十几万金钱。太湖神心里极不服气，大声叫道："把玉钩取来！"侍从拿进来一样东西，王友直侧眼一看，长约一尺，形状如同一颗倒垂的莲花，雪白晶莹。玉钩刚从匣中取出，荧光闪耀，将整个房间照得通亮。王友直知道这是一件稀世珍宝，神色十分羡慕。四位湖神笑着告诉他："这件宝物价值连城，我们想把它作为赌注，再与你论个输赢。"王友直也笑着回答道："一言为定！"结果王友直大输一场，脸色与刚才截然不同，十几万金钱重新归四位湖神所有。王友直不甘心，大声叫道："我船上有万贯钱财，我用它们为各位祝寿。我赌的就是这柄玉钩，来，再掷一局！"四位河神一副毫不在意的样子，一口答应。等到掷下骰子，五颗子都是红色，另外一颗在盆中转个不停。王友直大喝一声，骰子停下，一看也是红色。王友直高兴极了，马上站起身，用手握住玉钩，说道：

"多谢厚礼相送，其他东西，我分文不取。"说完就要告辞离开。四位湖神都大惊失色。此时天色渐亮，无奈只好放他离去。王友直走出房门，两个侍女仍然前来相送，告诉他："你所得到的是稀世之宝。假如乘船经过浙江的水域，恐怕要被玉镜夫人夺去，请务必小心谨慎。"王友直点点头，牢记在心。返回船中，恍恍惚惚如同梦中醒来一般。次日，解缆启程，并无什么异常情况。

船进入浙江省的地域，将要渡越苕溪，王友直想起侍女的叮嘱，把玉钩收藏得十分严实。到了夜间，玉钩忽然不翼而飞。他生气极了，质问船夫，他们都异口同声地回答："前面途中有一座不知道名号的水仙祠。旅客中有携带宝物的，她必定夺走。"王友直一听，更加愤怒。等到了祠前，王友直带着满肚子的火气走了进去。向四周望去，殿堂干净整齐，虽然有些低矮逼仄，却也十分华美。厅堂中央立着一尊女仙塑像，戴着翡翠头冠，身穿如云霞一般的华服，姿貌十分妖娆妩媚。读碑上的文字，只叙述她如何貌美灵验，没有谈到仙号姓名。王友直心里暗想，认为侍女所说不过只是欺骗人的大话罢了。接着又发现一块古碑，上面的文字早已磨灭，认不清楚，而"玉镜"两个字还隐约看得到，因此恍然大悟，这便是她从前的名号，今天则统称其为水仙了。于是王友直走到神像前，先弯腰行礼，然后指责道："你一个女子的身份享受本地周围百姓的祭拜供奉，本当保护过往行人，禁止歹徒为非作歹，恪尽职守。如今你却把不贪为宝的古训丢于脑后，随便将我的珍宝藏匿起来，此种做法，绝非正道。所以特来与你商量：你果真喜欢这个宝物，就同意让我与你博一次彩，如果胜了我，随便你将宝物取走，我也并非是小气之辈。如果你充耳不闻，我一定到上帝那里去告你的状，捣毁你的塑像，焚灭你的祠庙，惩罚你贪图财利、抢占他人宝物的罪过。你也应当遵从正义，赶紧想清楚该如何做，免得身毁名灭！"说了这番话后，王友直便在祠内住下，随便怎么劝说也不肯离开，仆从无可奈何，只好由他去了。

王友直在梦中觉得有人用脚踢他，用愤怒的语气说："夫人十分恼怒，将要把你绳之以法，还睡着干吗？！"王友直睁眼一看，原来是一个十分貌美的女奴，十六七岁，亭亭玉立在自己面前，一边说话，一边还发出笑声。王友直慢慢起身，整了整衣服，说道："我正想拜访夫人，追究真正的盗贼，可不是闲着没事到这里来睡大觉的！"他反而向女奴询问如何才能见到夫人，女奴朝他笑笑，在前面领路。

　　道路蜿蜒曲折，穿过几重过道，来到一处，金碧辉煌。有一间客厅，门帘垂地，十几个身穿紫衣的女官，神色庄严地站在台阶下。见王友直走来，随即通报道："偷钩的人到了。"王友直听后非常气恼，瞪大了双眼，大声呵斥道："是谁说你们的爷爷是盗贼！"话还没有讲完，门帘之内即传出一串悦耳的鸟鸣般的声音："你真是太无赖了。这宝物收藏在我的宫中，已经有好些年头，洛河之神，江汉之女，都熟知此事。几个月前，忽然遗失，难道是它不翼而飞？昨天宝物自己归来，我不追究你盗窃之罪，已是对你极大的宽容，怎么还胆敢口出狂言，对我百般污蔑！"王友直听后更加不服气，大声喧叫："我用一船的钱财，与太湖神博彩，才赢得这个宝物，你的话才真正是无赖透顶。"帘内女子听后，一时语塞。停了一会儿，缓慢地说道："听你刚才所说，自夸特别擅长博彩。我也擅长此道，现在就与你比试一二，你看怎么样？"王友直高兴地说："乐意之至。不过，用什么做赌注呢？"帘内笑道："假如我输了，情愿归还玉钩，你还有什么话可说呢？"王友直又不乐意，说："玉钩本来就是我的东西，你强横霸占，不肯归还，现在又用它来与我博彩。我赢了，仅仅取回自己的东西，而你输了，却丝毫没有损失，难道我是年幼的孩童好欺骗吗？"帘内女子沉思好一会儿，说道："我的技艺向来绝妙无人能敌，随你开什么条件，就把它取为与宝物等值的赌注，这总行了吧？"王友直一听高兴极了，这才向她拜谢，表示同意。

　　帘内又问王友直想要什么。王友直自从见了夫人神像，心中早已神魂颠倒，吞吞吐吐地说："有一句话不知当说不当说，如有冒犯，请多多包涵。我见过的人很多，从来没有遇见像你这样美艳绝伦的女子。倘若有幸我胜了，能得到你的爱，我愿金屋藏娇，除此之外再无他求。"话音未落，两边女官一起娇声斥责道："你太放肆了！"王友直却言笑自若。帘内随即说："这件事或许是前世的姻缘纠葛，各位不用替我担忧。"于是对王友直说："我答应你的愿望。但是博戏规则必须听从我安排，你不可争执。"王友直向来以精湛的博技自傲，满口应承。

　　夫人下令卷起门帘，请王友直入内。王友直用专注的眼神看了看夫人，比土木所塑的神像更加动人美艳可爱，心里更加欢喜。夫人恭敬地请他入座，随后取出玉钩，放在桌上，并且让侍人拿来两枚骰子，宣布博彩规则："一为月，四为星，投掷三次，每次相同，才算全胜。否则不但玉钩不能还你，还要加治你冒犯侮辱的罪行。"王友直面色如常，立刻请夫人先掷，夫人双手捧起骰子，手的颜色与玉盆交相辉映，骰子摇荡，哗然作响，众多婢女在旁大声助威，果然骰子的点数正好与开始约定的一样。王友直认为这纯属巧合而已，并不怎么在意。夫人再掷，依然如此，王友直心里不免有些紧张。到了掷第三次，有月无星，一枚骰子还在盆中旋转未定。夫人正准备出声喝住，王友直急忙从旁边高叫一声："六！"骰子停止转动，定了下来，果然比四多了两点。夫人见状，粉脸上沁出颗颗汗珠，十分娇羞，难以自持。不得已，只好把骰子交到王友直手中。此时此刻，王友直神采飞扬，连掷三次，每次都是一为月，一为星，点数相加，正合五数。于是拿起赌盆，朝地上一摔，拍手大笑道："星星随从月亮，这中间还真隐藏着前世注定的缘分哩。"说着离开自己的座位，一屁股坐到夫人身旁。夫人非常娇羞腼腆，便将女官唤到面前，吩咐道："我因一时贪心，只能落进红尘俗世之中，现在将跟着郎君离开这里，不能继续留在祠中。你们可以向天帝禀报，让他另外委派神主，这样不至于把祠事给荒废了。"说完，与王友直携手并行，属下们都流着眼泪，为主人送行。

刚走了几步，夫人告诉王友直："我不敢见到他人，恐怕引起别人的猜忌惊讶。你赶紧回到船上去，见到渡口矗立的一块石头，圆圆的好像镜子，洁白如同宝玉，那就是我。你把它放置床头，夜深后，我自会来到你身边和你共眠，绝不会失约的。"王友直深信不疑。夫人将玉钩递给他，而且还往他的背上敲了一下，王友直顿时从梦中醒来。转身打了个哈欠，伸了伸懒腰，发现自己还在水仙祠的廊屋下。睁眼朝周围看去，花影西斜，夕阳将沉。急忙返回船停泊处，在沿岸细心寻找，看见一块石头，形状与众不同，便把它带回船中，悄悄藏起来谁也没有说。到了夜里，刚上床安寝，突然有阵阵奇香散发开来，一看，原来是夫人早已站立于床前，用纤细的手指掠动鬓发，低着头娇羞地说："输掉自己身子的人到了。"王友直兴奋极了，赶紧起身，为她脱去衣衫，挽着她一起上床共卧。

　　这一夜两人难舍难分，十分尽兴。王友直便询问玉钩的详细情况，夫人答道："玉钩和我其实都是同类。她主司霉溪，我主司苕溪，都是上帝委任的。去年春天，她外出游玩，偶然遇见南海龙王的小郎子，两人互相爱慕，就结成婚姻，在水宅里尽情交欢。小郎子生性狂放不羁，海上浪涛泛滥，淹死了好几名无辜者。太湖神君听说此事后，即加以弹劾，上帝震怒，下令用雷火焚烧，还她本来面目。太湖神君于是就将玉钩留在身边，时时玩赏。不久前听说玉钩已经归你所有，我感到很高兴，以为是天赐良机，打算把它盗来，重新经过锻炼，使它再次恢复仙躯。如今我结局如此，也只能说命中注定吧！"王友直听了，并不十分相信。夫人让他把玉钩放置在帷帐里，远远望去，像一位绝代美女；走近了再看，则仍然是一柄玉钩，这才明白夫人的话并不是信口胡说的。从此以后，王友直随身携带一镜一钩，昼夜不离身。

　　经过一段远游生活后，王友直打算返回故乡。夫人忽然告诉他："鄱阳神君已向上帝请命，令你主司越溪，寿数不久将尽。"王友直第二天果然病倒了。他立下遗嘱，用玉镜、玉钩二物殉葬。后来他在越溪的南岸离开人世。仆人遵照他的遗嘱，将二物与他合葬在一起。

　　外史氏说：赌博的危害实在太大！因为一次掷骰博彩，失去了清白的身子，也放弃了主司的神职，俯首帖耳，只好跟随王大夫四处游荡，假如不赌的话，怎么会落到这种地步。另外一方面来说，王友直却因为赌博而获得稀世珍宝，又因为赌博而拥有美人，世上的赌场子弟听说这样的奇遇之后，定然会喜形于色，心驰神往。我想告诉他们：你有空空妙手吗？即使掷骰得中，和鄱阳神君一旦相识，就将告别人世，成为越溪的主司神；一个人和鬼纠缠不清，地府玄妙莫测，难以知道当中的真实情况，又有什么值得羡慕的呢？

贾 女

朝廷六部里的郎官索公家有一个男侍，特别善于弹琵琶，尤其擅长歌唱。每当家里开筵聚会，就让他奏技表演，同僚友朋都称妙绝，大家都给他很丰厚的赠金，所以在奴仆中数他最有钱。年过二十，还没有结婚成家，不免对主人产生怨望之意。

庚午年春天，索公家将外出扫墓。坟在阜成门外，离开城墙还有十几里路程。扫墓前一天，派这个男侍和一个告别的仆人一起先到那里做准备。走出城门时，天已近中午，二人边走边交谈，讲的多是婢仆之间的一些事情。走到半路，看见道路旁边有一家小酒店，便一起进去打酒喝。刚刚饮了几杯，还没有尽兴，就听见门外有人说："六三哥好久不见，怎么也不来看看我？""六三"是男侍的乳名，索公全家上上下下都是这样称呼他的。男侍忙到门外看是谁，原来是姓梁的一个仆人，是索公同一部属某公家被赶走的。男侍与他一向很有交情，便邀请他一同坐下喝酒。老仆人感到很生气，露出一脸极不高兴的样子。男侍并不在意，与梁仆二人对坐着痛快地喝酒，时间过了很久，也没有赶路的意思。老仆起身对男侍说："恐怕耽误主人的事情，我先走一步，你慢慢喝完再来。"男侍觉得自己平时颇得主人宠爱，并不在意，任凭他离开赶路。

男侍笑着问梁仆："梁二哥近来投在谁的府上，为何衣服鞋子破旧不堪，和从前仿佛是两个人一样？"梁仆摇摇手赶紧制止他，说："真还有那么一点奇遇，现在不方便告诉你。"男侍追问不休，梁仆又说："等喝完这酒，我在路上向你原原本本道个明白。"男侍这才不再追问下去。二人一直喝到快要醉了，才走出酒店，互相搀扶着离开。男侍又说："梁二哥心里有话，为什么不现在向我讲讲清楚？"梁仆说："是的，我确实有话要对你讲。让我先问一声，你长得这么大，曾经见识过男女阴阳之道没有？"男侍羞愧地答道："别提这件事，说起来就会把人活活气死。"梁仆说："这么说来你还没有成家？我的新主人，是一户姓贾人家的女儿。死了丈夫后，至今寡居在家，长得很美，家中仆役多挑选一些年轻男子，她心里另有打算。假如能跟我去见她一面，一定会有好消息。"男侍不相信他讲的话，便随口应了一句："怎么能有这样的事情！主人虽然长得美，也绝不是奴仆所可以调戏肖想的。"梁仆说："你不信就和我走一趟，就会明白我的话句句属实。"男侍想验证一下他的话，高兴地跟他走了。

顺着一条岔道，弯弯曲曲往前行走，到了傍晚时还没有走到这一户人家。男侍说："你耽误了我的事情，回家后必定会受到责罚，怎么办？"梁仆笑着说："住在这里不回去，他又能拿你怎样？"又走了大约二里，来到一处住宅，只见围墙重重，房屋排排，气象非常壮丽，而此时已是深夜二更时分。梁仆说："已到主人家了，我先进去，你暂且在此稍等一会儿。"说完先进去了。男侍仔细观看，门庭干净整洁，但是静悄悄地看不见人影，心里暗自惊讶。过了好一会儿，梁仆才走出来，对男侍说："主人请你进去，必须恭敬有礼。"男侍点了点头，就跟他走了进去。

曲折蜿蜒的小路过后，穿过好几道房门，才来到主人住的屋子。大房有五间，门帘低低地垂下来，烛光昏暗不明，只听见传来一阵琵琶声。男侍平时十分爱好这种乐器，正想侧耳倾听，梁仆却让他下拜。里面也停止拨弄音弦。男侍跪倒在门外，梁仆入内禀告。又过了一会儿，帘内传出鸟鸣般的声音："他愿意服侍我，这样很好，只是担心他野性还未驯服，可以先让他住在西廊，等到心定顺从下来以后，才可以做事。"梁仆连声答应，退了出来。随即拉了拉男侍的衣服，说："跟我走吧，主人将你收留下来啦。"男侍心想，自己趴倒在屋檐之前，仅仅得到这么几句话，而且口气严厉冷漠，好像在指使婢仆似的，很不甘心。但又没有办法，只好站起身子，跟随梁仆离开。来到西侧一个房间，梁仆推开房门，与他一起走了进去。房内漆黑一片，什么也看不见，只能用手触摸，感到床榻温暖柔软，好像铺着被褥。男侍心里很不高兴，便责怪梁仆："你说会有好消息，现在却走进了活地狱，请带我回去！"梁仆笑道："你何必这般焦躁急切？请先安心睡下，好事自然会在后面。"说完，竟然把门一关走掉了。

男侍可没有这么好的耐心，他看门只是虚掩着，就悄悄走了出去，暗地里打算趁着黑夜逃走。走近主人住的房间，忽然听见有人说："娘子皮肤如凝脂，虽说一丝不挂，竟然也能不沾染一丁点的尘埃。"主人大笑道："我其实是穿不惯衣服，然而整天这样，很讨厌见到陌生人。"说完，又鼓掌道："裸衣国有什么稀奇的。"男侍听后大吃一惊，把窗纸弄破一个洞，偷偷往里看。房内灯火明亮，如同白昼，只见一个美人，裸身站在室内，白皙的肌肤如同莹雪，姣好的脸容好似桃花，纤乳酥胸，雪白修长的双腿，都清清楚楚。男侍看了心痒难耐，想要进去却无可奈何。随后看到一个婢女和一个老媪，侍候妇人上床安寝。男侍痴痴站在窗前，好久好久，逃跑的念头早已无影无踪，勉强回到自己的房间。暗中摸摸被褥，都是用细帛绢丝制成的，绝对不像是普通贫寒人家的东西。心里满是惆怅迷离，脑海中那女子的身段容貌久久挥之不去。

天刚亮他就从床上起来，梁仆又来看他，劝慰一会儿后，说："家里的饭菜不合胃口。"直接带他到外面，在附近一个村庄打酒买肉。早餐晚饭，全都足备，直至天色昏暗才回去，仍然住在那间屋里。这样周而复始过了好几天，男侍终于起了疑心，故意晚了一些起床，然而无论怎么样也看不见早晨的阳光，等到与梁仆一起出门，太阳已经高高照在头顶了。他心里很不安稳，又请求梁仆让他离开此地。梁仆说："你不要性急，昨天我已禀告主人，今夜肯定不会再让你独自度过漫漫长夜。"

到了晚上，二人一起回到家，主人果然让梁仆传口信，要男侍到她那里去。男侍仍然是先在帘外叩拜，里面用温柔的语调说："听说你身怀妙技，今晚稍稍有空，可以为我弹上一曲。"男侍恭敬地答应。梁仆便在屋檐下摆好矮椅，交给他一面琵琶。乐器异常鲜明亮泽，男侍一看就十分喜欢。转轴拨弦，竭尽生平所有的本事，然而帘内始终默不作声，没有一言的赞许。刚弹完一段，梁仆传话给他："主人说你的本领绝不仅仅是这样，弹得并不出彩。你还有美妙的歌喉，可以唱一曲。"男侍于是停下弹琵琶的手，发声歌唱，听见帘内传来轻轻的叹息之声，似乎是对歌声感到满意。他接连唱了几支曲子，里面发出欢快的笑声，马上令下人卷起门帘，烛光照到了门槛之外。男侍微微抬头看去，婢女、老媪围着在那里侍候，穿着都非常鲜丽整洁，只有坐在中间的美貌女子，身上一丝不挂，同上次晚上所窥见的一样。看到这种情形，他心里感到非常惊讶奇怪，暗暗寻思她可能不是人类。

正在猜疑之际，妇人已叫他走进房间，赐他坐下。互相面对着面，她却一点儿也不觉得羞涩。男侍在烛光之下，望着眼前赤裸的玉体，渐渐情生意动。妇人让他再放喉歌唱，然而已经不成曲调。妇人笑着站起身，转头对大家说："这家伙真是贪心不足，两只眼睛灼灼发亮，快要把我看得无处藏身了。"随后就命令侍女移开灯烛，拉起男侍的手一起上床，婢女、老媪全都嬉笑着退了下去。男侍脱光衣服，拥抱妇人，她的身体柔软如绵，滑腻如脂，淫荡癫狂，个中滋味实难言表。男侍心想这是自己做梦也想不到的奇遇，而根本没有心思再去考虑别的。到了早晨，梁仆进来把男侍带到厅外去就餐，以后就习以为常。妇人也擅长弹琵琶，将她所有的技艺都传授给了男侍。然而男侍自从与妇人狎欢取乐以后，精神形体日益消耗，渐渐地想躲避她，但是一见到她柔和可爱的样子出现在自己眼前，又忘记了所有，跃跃欲试。没过几个月，就变得形如槁木。

一天，男侍又与梁仆来到外面一家酒店就餐。吃完后，看见墙上挂着一面琵琶，便取下来拨弄。正当梁仆竭力制止他拨弦时，早已冲进来几个人，喊道："逃仆就在此处！"男侍大吃一惊，一看，这些人都是索公家的当差，奉命前来捉拿他的。趁着混乱吵闹之际，梁仆早已溜得无影无踪，不知去向。众人前呼后拥，押着男侍上路，他竭力请求大家稍候片刻，等找到梁仆后再一起去见索公。当差中有一个人训斥道："你是不是发神经病！梁仆自从被某公赶走以后，离开城里住在郊外，替别人做佣工，不到几个月便呕血死去，至今已经三年。即使再转世到人间，也不过是爬着走罢了，难道你还想他来替你分担罪责吗？"男侍听后，非常吃惊，于是将实情全部讲出来。众人看他一副憔悴的样子，也很惊讶，便跟他一起去寻找那处地方。到了那里，只见四周杂草茂密，荒无人烟，到处都是坟堆，哪有什么住宅的影子？男侍大惊失色，到附近询问探查。有一个当地人笑着告诉他："这位妇人其实是前村贾家的女儿。"大家询问其详情，答道："贾家从前很有钱，生有一个女儿，长得十分美丽，酷爱音乐，尤其擅长琵琶。长大以后，和村里一男青年私通，她父亲知道以后，怒发冲冠，乘他俩睡觉时，事先设下埋伏，想将两人当场捉住。那男子跳窗逃走，女儿乞求死后能够留有全尸，于是脱光了衣服，装进棺材，活埋在这里。她的母亲十分哀伤，偷偷放了一面琵琶作为殉葬品。她死去至今已经五年多，在田野里睡觉的人，偶尔还能够听到从坟里传出的音乐声。你所遇到的，大概正是这个女子吧？"大家这才相信男侍讲的是实话。又向这个当地人打听梁仆，他还能认出他的坟墓，用手一指说："白杨树下面的那一堆土，就是梁二哥的坟墓了。"众人嘲笑男侍说："六三难道不谢谢你的大媒人吗？"于是吵闹着围拥男侍赶路，回到家向主人交差。

索公以前询问那个岁数大的老仆，已经猜到这件事情定有内情，等见了男侍，知道他遇见鬼的详情，就没有多加责备。后来男侍病了几个月，一度生命垂危，最后终于痊愈了。男侍向主人赎回卖身契，到正觉寺出家做了和尚，取法名普通。他常常向人们详细讲述自己的那一段经历，听的人都感到很惊异。

外史氏说：女子因为爱情而身死，死后仍然风流放荡，那就是半老徐娘了。我怀疑它不过是逃奴用来掩饰脱罪的谎言，不一定真有这种事。假如真有这种事，那恰好应了"牡丹花下死，作鬼亦风流"这句话。坟墓中不会有父亲来捉奸，这女子正好可以风流快活了。

桃花女子

平阳有个郑生，从友人处学来占卜扶乩之术，常常说中吉凶之事。亲朋好友遇见疑惑不决的事，都愿意到他这里算一算，听他的决定。此人年仅二十，如同帽上装饰的莹玉，俊美潇洒，而且风流儒雅，擅长写诗歌。空暇时则与乩仙互相唱和，虽然仙人无所明示，也会逗留一整天，才告离去。

乙卯年春二月，他的同窗们都立志参加应试秋天的科举，郑生也希望自己榜上有名，于是大家聚集在城西的一座寺庙里，悬挂起占卜的扶架，召唤仙人，以卜算能否考中。刚烧完画符，乩笔即舞动起来，写出几个大字："我是桃花女子。郎君最近是否安康喜乐？"郑生从来未见过这个名号，大家也都非常惊愕。乩笔又舞动起来，接着写了一首七绝："儿家旧住桃花岸，君子曾匀柳叶眉。蝶不寻香香觅蝶，晓风残月负多时。"大家看到这些轻佻不正经的乱语，都劝郑生赶快撤下占卜的扶架。郑生年纪轻，正是情感萌动之时，竟然想入非非，加之喜爱其诗句，便坚持叩问应试将会有怎样的结果。见乩笔好像疾风一样迅速书写，又成七律一首，诗道："些儿心事为情苗，故解星珰下碧霄。绿绮抱来谁与拨，红笺叠就或重烧。胡麻自是羞相问，灵鹊非关懒作桥。前日眉峰今浅淡，因郎蹙损待郎描。"大家读完诗后，都大吃一惊，郑生也露出害怕的神色。乩笔又写了这样一段话："有众多旁人在此，女儿家的情事不便向你仔细说明，而且功名之事不属我所掌管，请就此退下。"写完，微微闻到麝兰的芳香，乩笔便止住不动。友人中有观察敏锐的人，劝告郑生："兄台一定不可再干了，刚才的事情是妖魔鬼怪所为。恶魔即将出现，现在躲避或许还来得及，自己再迎上去必定大祸临头。"于是撤下乩坛，不再让郑生请神算命，其他人也都默不作声，各自散开离去。

郑生回到家中，虽然心里对这件事也非常疑惑，但是对桃花女子非常思慕，以为这是自己浪漫的经历。第二天，他又设立乩坛，暗地里召她降临。乩笔又开始舞动，降临的却是他平时经常邀请的鹤仙，是吕洞宾的坐骑。郑生便向它叩问桃花女子的踪迹。鹤仙在盘中写下二十个字后，就离开了。鹤仙写的是："安不居官好，一了便烦恼。丑者半不知，人去他来了。"看其意思表面似乎是劝人归隐，其实隐含了"女子鬼也"四个字谜在里面。郑生执迷不悟，反而认为鹤仙戏弄自己，向他预示将来功名不显。隔了一天，郑生又专门召桃花女子，而且祷告说："桃花大仙，假如你不嫌弃小生，请你现在就履行上次约定的事情。"乩笔摇动，果然她又重新降临。郑生问她为何不来，她通过乩笔写道："昨天被飞琼姐姐邀请去参加斗茶游戏，实在离不开身。不然心中牵挂着这件事，有谁会随便忘记呢？"郑生与她互相唱酬，她写的诗句，秀丽柔媚，读后令人心神摇荡，而且诗中使用了很多情词挑逗郑生，清清楚楚地表露了对郑生的爱慕之意。郑生于是被她所迷惑，丝毫不考虑会有什么不良的后果。直至日暮，她才告退，依然恋恋不舍，郑生也感到神思恍惚，好像失去什么似的。从此以后，郑生没有一天不召唤桃花女子，每召必定前来，而且再也用不着催促神灵降临的画符了。郑生向外借口说在家潜行修炼，整天不出门，有客人到访也没有心思接待，白天只与乩笔做伴。

一天晚上，郑生又不顾长夜，召请桃花女子降临，她应召而至。郑生有心想干一些风流勾当，一上来便调戏似的问女子的容貌怎么样。女子用诗回答他："花作温柔玉作肌，笔尖早已涤胭脂。狂夫漫问奴颜色，初放夭桃嫩柳丝。"郑生读罢，神魂颠倒，一时忘记女子是仙人，轻佻地调笑说："以前你曾经答应待我为你画眉，可是直到今天，我连你半个面孔也没有见到过，难道汉朝京兆张敞手中的眉笔能往空中画吗？"女子也不作分辩，又写了一首五律："久待霜毫画，非关妾掩门。雾中花自有，泥畔絮偏存。欲种合欢树，终须杜宇魂。何时轻似叶，飞上苎萝村。"郑生正想问她明白，乩笔已经不动了。

没过两天，郑生患了心悸症，嘴里念念叨叨个不停，像是与人交谈，实际上他什么人也没有看见。然而，他虽然不再扶乩召仙，床头枕畔，却时常有新诗出现。家人偷偷察看，笔画柔美漂亮，绝对不是郑生的笔迹。诗作较多，我也不大记得住，现在抄录其中最容易让人销魂的几句，如"红豆抛残思欲碎，青梅剖破意徒酸""闲书情字原非恨，欲佩萱花又不忘""依稀似梦含羞觉，仿佛如君带笑迎""裙边豆蔻春空结，眉上葳蕤锁不开""翠带近来慵自解，银缸何日倩郎吹"。共有十几联，句句语意香艳缠绵，读后让人销魂蚀骨。郑生一日不死，女子的艳笔也就一日也不停。

郑生的朋友们听说他患病，都来探望，大家都极力劝他排除邪念。郑生虽然默不说话，心里则隐隐约约，似乎有些明白。友人走后，他的病有所好转，全家都很高兴，互相庆祝。第二天早晨起床洗漱时，没想到在盛水用的器皿中发现了女子写的一首律诗。诗云："归去来兮胡不归，春风春夜掩双扉。香添帐底芙蓉艳，暖入波心鸂鶒肥。自有暮云压玉枕，何须朝露恋荷衣？温柔乡与蓬山近，莫把蓬山咫尺违。"郑生得到这首诗后，整天惘然若失，病情又重新加剧，终于卧床不起。十天以后，便魂归地府，此时与召仙扶乩那天不过只相隔两个月的时间。

郑生死后，托梦给友人，说："女子身在九泉之下，却骗我说她居住在仙境之中，这也言过其实，颠倒黑白。但是现在我与她相处得很好，并无一点烦恼。

请麻烦转告我家里人，别再思念我。"友人从梦中惊醒，向他的家人转达了郑生的话，大家听后，无不感到震惊骇然。人们始终没有弄清楚那女子是哪个朝代的人，她写的诗稿至今还流传在人间，山西人也有曾见到过的。

外史氏说：扶乩算命不一定真能灵验，而灵验的也不一定就是真仙。所以凡是能够招之即来的，大多只是处于鬼魂与神仙之间罢了。这是为什么呢？神仙一定不屑一顾，而鬼又无力来，于是灵鬼正好适合做这种事情。尽管这样，世上热衷于扶乩的人很多，而郑生竟然因此遭受早逝的横祸，这究竟是因为他自己心术不正呢，还是其中真有一段前世留下的姻缘呢？以前，我的内弟也喜欢做这种事，然而世上所谓的"托乩"，只不过与人巧做手脚，谎称是神明的指示，并不是真有什么神仙显灵，那些乩诗，都是扶乩的人自己代神灵写的。他后来对我讲：召乩的时候，觉得恍恍惚惚，好像有神灵帮忙，几十字的诗篇，挥笔即成，这中间也常常有很多应验的时候。这样看来冥冥中大概真的有灵物在操纵吧？只恐怕操纵者或许是鬼魂和妖怪，定然会损耗人的精魄，害人深重，所以就放弃了这种方术，不再扶乩召灵。由此看来，我的内弟还算得上是一个通达明白的人。而世上热衷于这类事情的人，却还没有从之前的教训中吸取经验啊。

红　鞋

话说某县有甲乙二人，二人是连襟关系，所以平时经常互相爱开玩笑，一见面便打打闹闹，争论不休。此地有一条很深的河溪，虽然河面只有几丈宽，但是水流湍急像飞奔的马儿，所以让人不能渡过去。一天，甲乙各自约了几人，商量着到某个地方去游玩，中途正好要经过河溪旁边，两边人马正好隔岸相遇，大家多是互相认识的，便互相说起笑话伴随着溪水中和阳光嬉戏俶尔远去的鱼儿，充满乐趣。一伙人隔岸一边交谈，一边行走。甲乙二人又开始互相逗弄，拌起了嘴皮，同行的人听了以后，无不捧腹大笑。乙忽然把身上佩带的小刀拔出来，装作发怒指着甲开玩笑道："你这个不听话的奴才，还不赶快闭嘴，再讲话我就杀死你！"看到乙滑稽的模样，甲笑骂道："畜生！你想杀你老子吗？生了你这样不肖之子，确实应当被你杀死。"说完后，便假装把自己的胸部朝乙的方向挺了一下，嘴里却嘻嘻哈哈笑个不停。乙也笑着把刀锋朝他迎过去，做出击刺的样子。大家正被他俩逗笑得前俯后仰，甲忽然瘫倒在地上，殷红的鲜血流满一地，大家急忙上前察看，只见刀已穿过胸膛，甲竟然因为玩笑而死。众人大惊失色，再看乙仍旧含笑握着沾鲜血的刀把站在对岸，仍不知发生什么事情。两岸的人急忙都呼喊起来救命，来来往往的行人全被这慌乱声所惊动，纷纷聚集过来。这时乙才感到自己真的杀了人，想逃走已经来不及了。

大家一起合力把他手中的刀夺下，然后将他绑起送到官府。县令某公，平时号称神明，接到报案后，觉得此案并不寻常，便迅速带人赶到作案现场，不放过任何证据进行勘察。调查结束，又立即下令将河溪的上流给拦断，等到水干后，探寻河底到底有什么怪异。果然发现河床上有脚印，从河溪这边通往那边，来往都有踪迹。仔细一看，脚印像锥子一样纤细，不像是男子留下的，县令对此也感到很震惊。他又令手下人深挖下去。刚挖了几尺，就发现一只小箱子。命人打开一看，里面竟然藏着一双像红莲一样鲜丽的女鞋，崭新如刚做的一样，没有任何被水腐蚀的朽痕。县令思考后顿时恍然大悟，便把乙唤来，当场告诉他："你这是前世的冤孽。虽然你没有杀害人家，可人家却因你而死，因为平时的开玩笑，耍贫嘴而引起的争斗活该你们咎由自取。"乙听后后悔连连，跪地认罪，不再为自己的行为辩解，最终县令将他斩首抵命。

父亲生前经常举这件事为例子，向人谆谆告诫：逞嘴上之瘾取乐，不但没有好处，而且还会像甲乙二人那样闯下大祸，应该要谨慎自己的言辞啊！

外史氏说：法律中有戏杀一条，讲的是由于开玩笑而杀人的律令，而以上这件案子中，凭甲乙的关系，乙一定不会真的想杀甲，可是却因为开玩笑使杀人得以得逞。随便开玩笑确实对人们没有什么好处啊！还记得某州有一位年纪不足二十的妇人，因杀害自己丈夫将被处以死刑。判官审讯她时，她后悔连连，泪流满面，说不出原委，只希望早死去赎罪。判官看此妇人可怜的模样，实在不忍心判罪，便将她带到自己家中，让夫人打探原因，这才得到事情的真相：原来这对年轻的夫妻，家中喂养了雌雄两头驴子。一天，丈夫去驴棚，正好遇见雄驴乱跳想要与雌驴交媾，可是雌驴却用后蹄踢踏，不让雄驴靠近。丈夫看到此景觉得好笑便唤来妻子一起观看，两人都哈哈大笑一通。回到房里，丈夫却硬要妻子一起学驴子刚才的样子，妻子羞涩不愿意，丈夫显得很恼怒，到处摔东西，妻子见此只好被迫答应。刚一伸腿，恰好踢中丈夫睾丸，丈夫随即闷声倒在地上，上前一看，丈夫已经口吐白沫而死。这又是一个戏杀可笑的案例，所以一起将它附记在此。

毒 饼

从前秦、晋时有一个取得贡生之名的人，籍贯地址不明，大家都喊他贡生。年近七十，有儿子数人，很有作为，多在官学读书。他每次出门都骑一头黑驴，旁边跟着小仆人，乡里人看着他神情悠闲，轻松惬意，无不从心里羡慕他的生活。一次他偶然入县城，看见有人在卖农家所需的砒石，他脑里忽然闪现一个灵光，可是这砒石毒性极大，不能随意出售，他便以自己种的花被虫咬坏为由，并立即请相识的人为他作证，买了一两左右回去。售卖者看他讲得很诚恳，又有熟人作证，所以也没有起疑心，卖时也千叮万嘱不用时要收管好，万万不可让家中小孩碰着。买过砒石，他又买了一些饴糖，切下大约数钱砒石，将它们都研成粉末，与面粉和在一起，做成饼饵，又请邻居一妇人给他蒸熟。蒸熟后，他给了夫人一些钱财酬谢然后将饼饵取走。仆人很好奇他究竟要用这饼干什么。只见贡生随手将饼丢弃在大路两旁，之后便笑嘻嘻地回家去了。

正巧附近村庄一个新娘子回娘家探亲后，带着年幼的弟弟，牵着驴子又返回夫家，在路上行走。正想着自己娘家太穷回来时没有携带什么礼物，回到婆家时怎么交代，驴子却怎么也牵不动了。打眼看去，看见被丢在路旁裹着食物的布袋，不由得停住脚步，好奇地打开一看，是热气腾腾的饼饵，似乎是刚刚出笼。新娘子不禁满心欢喜，这样回家就不会让婆家嫌弃了。赶紧叫幼弟小心地将饼饵捧着，带回婆家去，并交代不能说从哪弄的。一走进夫家门，新娘子谎称是母亲准备的饼饵让带回献给公婆，希望不要嫌弃。夫家果然露出喜色，打开还冒着热气的包裹看见七只饼，妇人的丈夫有事出门在外，正好与家里人数相符，大家赶紧趁热分着吃了。她婆婆见新娘子的幼弟眼巴巴看人吃饼时的羡慕，不忍心自己吃饼，坚持要让给妇人的弟弟。妇人本就因为此事内疚，急忙大声呵斥弟弟，将他赶开，不让他分享口福。婆婆见小孩胆战地走开也不好再推托，便自己吃了。可是没过多久，全家人乱作一团，并不知毒性发作，又不知是什么原因引起，无从医治，七个人竟都口吐白沫死去。妇人吓得不知所措只能紧紧地抱着幼弟。等到妇人的丈夫回到家，看到家里面的惨状，问明情况，愤怒地将妻子押送到官府。妇人向丈夫和官府解释可是无人相信她，人人都指责她的歹毒之心，惨遭毒刑拷打，纷纷而下的木棍和旁人的指责让本就瘦弱的身体奄奄一息、不堪其苦。而且她不让自己的弟弟吃饼，此刻即使长着一百张嘴巴也辩解不清，只好被迫认罪。依照律令，她被判死罪且要尝尽千刀万剐之苦，她的弟弟也因知情之罪而被判斩首。不大的地方也因这个案件"热热闹闹"。

处决的日子快到了，大家都等着这一大快人心的时刻到来。忽然案子有了变化，贡生主动到官府投案，还带着当时剩下的一些干饼，作为证据。狱官将妇人从死牢里提出，进行验证，妇人一看这饼正好和自己捡的一模一样，立即大喊冤枉，声音凄惨无不使人动容。狱官审讯贡生原因，他却说："我忽然产生了这种想法只是想与人开个玩笑，我也没有料到会致人于死，现在听说妇人蒙受冤枉，心里十分愧疚，所以敢于前来自首。"大家不能理解他做这件事是出于好玩的动机，纷纷指责贡生。狱官也叹息说这或许是前世结怨的一种报应。案子最终定了下来，贡生因误毒死七条人命，按照法律，其罪应该比大辟死刑还要判得重，其子孙也深受牵连，除了还未成年的以外，也都被判处死刑。他一家几乎没有人能够活下来。妇人因此得以出狱，被还清白，乡民们也都议论纷纷说：这人平时很喜欢打官司，以贡生的资格把持官府，以前遭受其害的人有几十个。算命先生讲他会有灭门之祸，想不到在他即将走进棺材的时候，还是得到了应验，果真是因果循环啊。

外史氏评论说：突然产生这样的想法，不顾后果，便立刻做出这样的事情，冥冥中假如没有鬼神，即便一个人丧心病狂，也不至于干出如此坏事。只可惜妇人无辜而遭受冤狱，假如不是贡生出来自首，妇人岂不要被冤枉，惨遭杀害了吗！所以判案断狱的官员一定要谨慎啊！

翠衣国

陇西、巴蜀当地人常常将当地的鹦鹉养在笼子里，作为玩赏之物，因为当地鹦鹉很多。有一个成都人名叫蒋十三，家里有一只驯养了好几年的好鹦鹉。

一天，一只八哥飞停在树枝上，称鹦鹉为"能言公"，与它隔着笼子聊起天来。它问鹦鹉："你多久没去翠衣国游玩了？"鹦鹉答道："丙年离开家乡，丁年被人类捕捉，至今又过了三年，前后加起来已经被关在笼中五个春秋了。"八哥又问："你想不想回到故乡去呢？"答道："怎么不想回去！可是你并不了解我的情况，我生来并不是鸟类。还记得从前，我在湖湘一带做生意，自己善于言辞，常替别人调解纠纷，在商场赚了许多钱，当时多了不起啊，没人能动得了我。有一年的二月，我与同伴一起打算赚一笔大钱出海经商。船驶到一座岛屿时，只见到处是巍峨的高山与天相争，青蓝的天空无边无际。我和几个同船的客人伙伴，被景色吸引，登上岛去观赏景色。越是往前面走，风景越是美丽。走到岛屿的深处我们才发觉已经完全迷失了回去的路途。岛上四处荒无人迹，连个人影都没有，只有鸟多得不计其数，成千上万的同类在上下飞鸣。我们都衰弱得不能起身，又没有捕获的工具，像捕麻雀一样将它们捉住，就这样只能眼睁睁地都饿死在岩石下。其他人的情况我不清楚，我只觉得自己向远处悠悠荡荡飘游，来到一个国家，那里有着豪华的宫殿，富丽的城郭，居民都穿着相同的翡翠毛衣，无论贵贱。我打听这是什么地方，人们告诉我说：'这是海上第七岛翠衣国。'我便去拜见该国国王，想与他商议如何回家的办法。国王看上去五十来岁，也和人们穿着一样，穿着翠衣，通情达理，通晓阴阳之道。该国的大臣们每个都很有才华，上大夫都会吟诵诗句，中大夫都唱月儿曲通晓音律，下大夫都善于言辞，以反应敏捷、对答如流作为有才能的标志，没有一个不善于出声。国王很欣赏我的胆识，封我为客卿，后来，又把姿色貌美、擅长歌唱的公主下嫁给我，我们结成夫妻后，生活过得非常欢快融洽。第二年，公主为我做了这一身衣服，穿上以后便能飞翔。此后经常与公主在茂密葱绿的树林翱翔，自由自在、夫唱妇随，生活好不惬意。不料我受了国王近侍的诱骗，想回故乡看看，途中飞到一座山上，下来寻取食物，结果被人捕获，关进笼子，不能返归岛国。每当想起与公主的恩爱日子，便心如刀绞。你今日回去，如能为我捎一个口信，那实在是太感谢你了，这也是我的幸运啊！"八哥说："我愿做你的信使，虽然路途很远，但我一定替你完成心愿。"鹦鹉于是低声吟咏了一首七绝："双飞何日向晴皋，每为卿卿惜羽毛，最是舌尖消瘦尽，绕笼犹自语叨叨。"诗吟成后，它低下头，弯起脚爪，似乎控制不住自己的感情。八哥于是展翅飞起，回翔着对笼内感伤的鹦鹉说："我一定会将你的口信带给公主，你不必过于悲伤。"说完就飞走了。

当时蒋十三躺在小窗下，院子里没有别人，听过鹦鹉的经历，心下十分感伤，便起身打开鸟笼，将鹦鹉放了。他还嘱咐道："翠衣国路途遥远，你要多加小心，千万不要再落进人类的手中，遭受灾难。"他刚讲完，鹦鹉嘴里不停地鸣叫，向他表示感谢，然后挥着翅膀，轻快地飞入云霄，一瞬间消失得无影无踪。蒋十三将此事讲述给家人听，没有人相信他的话反而还怀疑他别有用心放走鹦鹉，看着空荡荡的笼子，蒋十三也无法辩解。

过了一年，蒋十三患了重病危在旦夕。迷迷糊糊中他看见有个身穿黑衣，长着鸟嘴的人，径直来到自己跟前，说道："曾被你关在笼中的鹦鹉已经将你的情况告诉了翠衣国国王。国王派我前来恭迎，请你马上启程。"蒋十三正在昏迷中，稀里糊涂地起身，毫不犹豫地跟着他走了。那人举起手臂一招呼，十几个身穿绿衣的人，推出一顶轿子，抬起蒋十三便往前走。一会儿，来到海上，汹涌的波浪冲击着礁石发出阵阵狂吼，像一座座耸立的山峰，蒋十三内心十分害怕惴惴不安。

再看自己坐的轿子，轻如一片芭蕉叶，像飞的一样在水中行驶，虽然离开水浪还不到一丈，却一点也未被打湿。

到了目的地，看到了如鹦鹉所讲的美丽的景色和富丽辉煌的宫殿。已有人在郊外跪伏路旁迎接并高声道谢："大人体察灵物爱生的善心，放走供自己取乐消遣的玩物，网开三面，恩德如天。使得折断翅膀的飞禽，能返回家园，渴望逃出笼子的鸟儿，还能有幸生还。不仅让夫妻破镜重圆，而且使祖上的神灵有人供祀，实在让人感激涕零。我为未报救命之恩深感惭愧，因此执帚恭迎酬谢你对我的哺养和放生之情。"说完，伏地哀鸣，叫声响透天地，充满着感激之情。蒋十三偷偷从轿中往外窥视，只见很多的随从人马，华丽的官服和车乘。说话的人是一个二十来岁，翠衣穿身的小伙子，心想他大概就是自己以前放走的那只鹦鹉。于是便从轿上下来，向他表示慰问，然后二人一起骑驾而行。

进入国都，到处都看到穿着碧绿色衣服的人们，讲话全带着鸟音。将到达王宫内殿的正门时，国王也亲自出来迎接，向蒋十三作揖行礼，说道："寡人实在愚昧，国家的管理疏忽，让爱婿被射手捕捉。多亏先生将他释放回家，小女儿才得以与他团圆。"语气十分谦逊。蒋十三见他神气清爽，服饰华美，有古人之风，听他这一番话后，便连连答道不敢当。国王随即作揖让道，将他请入宫殿，坐在上座。蒋十三看国王想要俯身下拜，赶紧再三辞让，最后二人以宾主之礼相见。

坐定之后，国王又说："小辈们听说了你的善举十分仰仗你的恩德，无时无刻不将你铭记在心，可是苦于无法报答。恰好听说你卧病在床．所以派遣剪舌侯前往邀请。今你有幸光临我国，理应让儿女当面叩谢。"便下令传话到后宫，告知公主。随即命令下人铺上了红地毯。过了一会儿，一个貌美如花、姿态轻盈娇羞的美人在一群丫鬟的簇拥下，从画屏后面走了出来。公主年纪很轻，穿着翠羽的服装，声音清亮得像玉石圆润。夫妇并肩而立，一起朝北面连连下拜。蒋十三推辞再三，无奈盛意难推辞，只好受礼。拜谢完，公主便退了下去。

国王在望祢亭举行宴会，与蒋十三一起欢饮，并告诉他："这亭子是我翘首遥望祢衡的地方。古今不同年代而成为知己的，现在除了他，又有先生你了。"

于是频频举起酒杯与蒋十三举杯痛饮。朝中各位大夫纷纷上前献技，有的献诗，有的唱曲，好不热闹。蒋十三听过后，也记不得大概。国王知道他身患疾病，命人取来海里的神露，和在酒里让蒋十三一起饮下。喝过，他感到全身上下好像在冰山一样，神清气爽，精神抖擞，病全好了。宴会结束，国王拿上价值几千缗的明珠十颗、紫玉一对向他致谢说："敝国地小僻远，没有什么土产，这是国人一点小小的贡品，虽然难以酬谢你的大恩，就当你平时玩赏，请你一定要收下。"小宫女又传皇后之命，赠送水心镜一座，一尺多高的珊瑚树一棵，说是来报答蒋十三使钗合镜圆、夫妇团聚的恩德。公主夫妇私下也有馈赠。蒋十三看着琳琅满目的珠宝和珍奇，只觉受之有愧。为了方便带回去，国王又命人将这些赠物寄存在靠近海边的商栈里，然后把票据交给蒋十三，让他自己去换取，仍旧让穿黑衣的人将他送回家中。国王与女婿更是亲自到郊外为他饯行送别。看着这里的一切的美好，蒋十三依恋不舍，也为离去而十分感伤，可是一想到家中的亲人，立即挥手告别，登轿返回。

蒋十三一踏进家门，就看见全家人正在号啕大哭，正准备将尸体装进棺材，原来他已经死了两天了。蒋十三回到床上的真身推开被子，家人见他坐起身来都惊叫连连。蒋十三慌忙解释自己的经历，这才安抚了惊吓的人们，让全家又都破涕而笑。他从屋里出来，看见院子的树枝上刚停下一只八哥，还没有落稳，这才明白原来一直说的剪舌侯，就是这只鸟。赶紧让人摆些食物给它吃，可是八哥只是闻了几下，就飞走了。蒋十三身体完全康复后，想起手中国王赠送的凭据，便到海边的商栈去取回赠物。家人虽然半信半疑地相信了蒋十三的经历，但也都觉得此事荒唐不可信，不让他去怕又出什么意外，最后没有去成。到现在为止巴蜀一带的人对鹦鹉的称呼"能言公"，就是从那时流传下来的。

外史氏说：鸟类报恩的事常听说，所以并不是太值得惊讶的事情，此事的神奇在于两鸟对话时所表现出来的口吻，像是乡亲叙旧，又像是知己谈心。特别是鹦鹉吟诗时的一段话语更是让人不禁落泪，引人感叹，这就是为什么蒋十三在偷听后毅然将鹦鹉放回故乡的原因。从前有一个见多识广的人听见家中鸟音悲凉凄惨，便对养鸟的弟弟进行劝说，说家里出现这样的声音，大多是不祥之兆。虽然话有点夸张，但细想起来又是合情合理。听说这件事后，也更加相信那位达人的话有一定的道理。心地善良、有恻隐之心的人，更应当认真地思考这番话和这件事，并引以为戒。

痴 婿

小时候每当听老婆婆讲到痴女婿的故事，故事中精彩的内容总是让人哈哈大笑。可是故事的内容有点不适宜所以不能成为长久谈论的话题。长大以后，听说某县有一户旺族名门，可是却生下一个痴儿子，时常做出种种令人发笑的举动，一直被大家所谈论取笑。痴儿子长大后娶了媳妇，竟然在他妻子的帮助下，不再痴呆，夫妻反而相处得十分和谐欢洽，与《聊斋志异》中小翠能通过法术改变自己丈夫之事又不相同。

此事发生在康熙初年。有一户人家生下一个女儿，性情贤惠，容貌可比天仙，从小就能在家人的教导下读书识字。见过的人无不为女子的聪慧和美丽所倾倒。他的父母也都是有雅兴的人，下棋品茶，种药栽花，每日都以风雅之事为娱乐。由于晚年得女儿，自然是十分高兴，对女儿更加珍爱，真的是含在嘴里怕化了，不想让她辛苦读书只想让她快乐成长，所以她仅仅粗浅地识了一些字。所以从孩子时代起，一直到长大，女孩都是生活在舒适无压力的环境中。可是天有不测风云，女孩十三岁时，父母突然双双去世，不得已寄养在她长兄家中。可是她的兄嫂都是世俗小人，早就打算把她当作谋财获利的奇货看待，为自己谋财谋利。县里有一户大姓人家，听闻有这样的好女子便以钱物相诱兄嫂，许诺以百两黄金和财物作为聘礼，而且不要求女方嫁妆。兄嫂听了十分高兴两眼冒金光，不问缘由，满口答应了此事。在女子刚到十五岁时，便把她打发到了男家。这户大姓人家的儿子，原来是一个呆子，生活中经常闹笑话，不但豆子与麦子辨别不清，甚至连男女也辨别不清。女子在家时，也曾经听说了这个人。有人为她的遭遇打抱不平，女子也只是笑笑作为回答，只能把苦藏在心里暗暗思考这件事，心想：只要他能懂得人事就行，他聪明还是愚笨又有什么好计较的呢？

时间很快到了结婚的这一天，府里上下一片欢闹，到处都是看热闹的人儿。吉时已到，新郎走出来，面孔看起来不脏却又好像脏不可言，没有流口水却又好像口水快要滴下来了，五官四肢，全是一副傻乎乎的样子。他见到新娘子后，吓得赶紧躲开，好像看见可怕的怪物似的。大家纷纷笑话傻小子身在福中不知福。大姓家老夫妻强行使他完成婚礼，痴儿被人按着在堂中下拜后不知起身，跪下后又不知叩头，别人推他才知道往前走，拉他才晓得向后退，木偶的动作，让一时前来祝贺的宾客无不掩口暗笑。新娘也不禁大惊失色，只能自叹命薄，却无可奈何。痴呆的新郎和害羞的新娘让本该热闹的牵红丝线、喝合卺酒等所有的仪式，只好草草了事，众人也只是纷纷掩面取笑。

等到入洞房时，他嘻嘻傻笑不明白地问父亲："那个面孔白白、衣服红红的人，又是第几个阿姨？"原来他的父亲娶了好几房小老婆，年纪只比刚才拜堂的女子略微大一些，所以他以为还是父亲娶亲。父亲又好气又好笑，勉强训斥了他几句。见得不到答案，又嘻嘻傻笑去问母亲。母亲无奈地说："这是给你新娶的老婆，来陪你的，你怎么连这个也不懂呀！"他一听，脸上露出似乎十分高兴的神色，急急跑到一个大盒子里取出木牛土马等自己心爱的玩具，统统往新婚床上一扔，然后他自己戴起面具，手舞足蹈地笑嘻嘻地来到女子跟前，向她招呼道："你快来和我一起做游戏啊。"女子看见此状真是又羞又恼，把背转过去面朝墙壁，不理他。看到新娘子不理他，他竟然呱呱大哭起来，跑到母亲跟前告状："那女人不喜欢玩游戏，我娶她有什么用？"满室的女宾客一听，哄然大笑。女子听见后更加感到难堪，只能暗中流泪伤心。很快她又自我安慰道："幸好他还懂得人话，这么说事情还有希望。"于是不再伤心。她婆婆因为自己儿子是个呆子，就更加对媳妇爱怜，不断地安慰她。到了夜里，新郎虽然被强行安排上床睡觉，却不知道求欢。新娘本就是处女羞涩，两个人只是穿着衣服躺在床上。新婚之夜无欢可说，这是一定的。

过了一天，女子在心里考虑：既然已经确立了夫妻名分，假如一直听任他痴愚下去，我怎么谈得上有终身依靠呢？不得已强行克服羞涩之心，不再像姑娘似的忸忸怩怩，羞羞涩涩。她开始剪纸片，裁布块，制作飞鸟、蝴蝶之类玩物，然后叫新郎来看。他看后，连连鼓掌，叫道："这真好玩，真有趣！好像真的一样。"女子见他开心又取来他的玩具，和他一起戴上假面具，在房间里蹦跳嬉闹。两人快乐的笑声引来家里众多的婢女老妪上前围观，这时女子毫不见怪。大姓家老夫妻见了，反为媳妇无忧无愁而感到高兴，也不禁止。这样过了十天，新郎与新娘渐渐混熟了，一步也离不开，好像是一对情深义重的夫妻。新娘又经常藏一些果物给他吃，新郎竟能整天不出房门。她知道时机已经成熟，可以乘机行事，便每天梳妆打扮，把自己打扮得漂漂亮亮的，把他拉过来坐在身旁，自己时时拿镜子照看，问他自己长得美不美。贪色本就是人的本性，即使是痴愚的呆子，但是已经长大成人，情窦渐开，所以也笑着点头道："好看！好看！"女子又问："那你喜欢吗？"他也拍手回答："喜欢！喜欢！"女子暗暗高兴。

从此以后，女子时常与他做游戏，空闲时就拉他与自己并坐一起在床上刺绣，将一只脚搁在他腿上，呆子好奇地看到细如红莲、小巧玲珑的三寸之足，不禁轻轻抚摩。女子见状又问他是否好看，他也像前面一样，傻傻地点头。女子于是暗自选定了一个好日子，完成夫妻之实。这天夜里，她与丈夫一起上床入睡，脱掉了自己内衫衣裤，全身赤裸睡在床上。自从结婚以来，她还从来没有裸身与他睡过觉。半夜时，她拉着丈夫的手引导他抚摩自己，几乎全身及遍，用手触及，肌骨柔软细腻，像要融化似的。女子又像白天一样问他，他笑而不答，女子又迫不及待地问道，他才答道："真是太好了。"女子把身子悄悄向他亲昵地贴近，新郎果然乖乖地僵身不动，不一会儿，就做成了好事。拂晓时，女子与他约定："不要讲给别人听，讲出去我要打你的！"新郎点头答应，没有向外人泄露一个字。从此梳妆台旁，全无反目不和的时刻；刺绣筐边，都是捧足抚弄的日子。

一个多月后，女子突然变得很想吃酸的东西。大姓人家的老夫妻对此感到很奇怪，便让乖巧机灵的婢女在暗中观察。婢女探得实情后，向主人禀报，原来二人的闺房之乐竟然比起不痴不愚的正常人还要欢乐。老夫妻对此都很高兴，更加喜欢媳妇。从此以后，女子与丈夫不再做儿戏之事，除了每天早晨和晚上向父母请安外，其他时候都坐在房间里，或者做古人藏钩、射覆的竞猜游戏，或者下棋饮酒。丈夫不理解为什么不玩以前的游戏了，可是和娘子一起做什么都开心，次数多了，他也能大概了解新游戏了，时间一长，才技竟然与妻子不相上下。妻子又教他读书，他开始也识了一些字，再不是吴下吕蒙，只字不辨。而且自从女子进门后，每天早晨起床，都亲自为他梳洗，整理头巾，着装打扮；每隔几天也督促他从头到脚彻底清洗，刮去污垢，清洁皮肤，沐浴一次。他的相貌本来长得也白净好看，加上梳妆打扮，便成了一个风度翩翩、帅气临风的少年郎。

到了第二年，女子产下一对双胞胎儿子，玉润珠圆地包在锦绣美丽的襁褓中，十分可爱漂亮，人们见了都说长得像母亲，不像父亲。然而痴婿现在的痴态已不再是以前的样子，他早就能驾车驱马，往返周旋，接待宾客。我想假如让他回想自己过去戆头戆脑的痴呆样子，想必也会哑然失笑。

外史氏评论说：瞎子如果没有找到为他领路的人，那么他瞎摸乱闯又能走到哪里去呢？一个人连男女都不能分辨，真的是太痴愚了。如果没有女子帮助，他又怎么能脱胎换骨，成为仙骨呢？可是转念一想女子能够抛去羞涩，忍受女子的耻辱，强作淫乱之态去引诱夫君，哪一个千金闺秀会这样不要脸皮呢？我在明白了该女子的心情之后，也更加同情她不幸的遭遇。

犬　婿

我有一个巧舌生花，能把事情讲得惟妙惟肖的朋友邵次彭。一天他对我说："最近有一个奇闻，我只讲给你听，可是你能不将它当作龌龊之事而拒绝倾听吗？"我怀着好奇的心说："我愿意听一听奇闻的大概。"邵次彭接着说道：

我家中有些空房，经常租给别人，我并不计较房租多少。去年二月来了一位年纪大约二十岁的妇人，长得十分美艳，前来租屋。我的家人与她约定，每月五百文钱的房租，本想着会讨价还价，可是她并未开口，就搬来住下了。她家里没有丈夫，只有一条毛发狰狞，拖着一条狮子尾巴的大狗，豺口狼牙，看着都害怕，说它是庞然大物一点都不为过。刚搬来时，人们都害怕不敢接近这条狗，时间长了，大狗并不乱吓人，人们都觉得它很温顺，与别的狗也没有什么不同。可是只要有男子进入妇人的房间时，它便会像人一样站立起来，张口乱咬，把男子的衣服撕破，肌肤咬伤，样子十分凶狠；可假如家里的婢女、老妇过去，它就会摇着尾巴在那里迎候，还引导来人进屋。我当初以为它就像《诗经·召南·野有死麕》中写到的那条多毛狗，能保护洁身如玉的女子。

住久了，家中的婢女、老妇与那女子相互都很熟悉，有时暗暗留意，发现她与狗的行迹十分怪异。一般人养狗，不过给它吃一些剩饭，喝几杯残汤而已。可是那女子到了吃饭时，一定要叫唤"饭好了"，随即大狗就会大摇大摆地进入房间。她给狗准备了上座，恭敬地将食物拿到它面前，等到狗吃饱喝足后，自己才开始用餐。偷看的人不禁惊讶：为何要对一只狗如此？好像相敬如宾的夫妻一样。

一天晚上，一个仆人的老婆因为在主人那里干活，所以回去时已经很晚了，路过妇人的房间进入自己的房间时，听见窗内有狗的声音，寻思这么晚了，妇人怎么还没有睡觉，便偷偷地在窗纸上轻轻戳了一个小洞，朝里偷看。趁着刚过月半，月光明朗，看见妇人裸身仰卧，那狗像人一样俯伏在她身上，极像是在男女交欢。仆妇看见后，十分震惊之后觉得非常好笑，第二天把看到的事情告诉其他人，大家相互之间哄传开来，都把这看作笑柄。我听说之后，觉得这事真的令人难以置信。到了冬天，更为震惊的事情发生了，妇人生下一个全身都长着长毛，像猿猴一样的孩子，之后怕别人乱嚼舌根便将他抛弃了。大狗对此好像很恼怒，好几天都没有进屋吃饭。于是知道这事情的人一传十十传百渐渐传开了。

老婢中有一人与妇人很要好，私下里问她道："你好端端一个人，为什么不正经地找个人丈夫偏要一个狗丈夫呢？"妇人听后十分羞惭，过了好一会儿，才皱着眉头慢慢说来："这是我的报应啊，前世作下的孽今世来还，我告诉您真相，老妈妈千万不要对别人说去。父母在我十五岁时，为我张罗寻找夫家。刚与一人讲得有点眉目时，我突然得了一场怪病，整日胡言乱语，精神错乱，行为像个疯子。家人送上来的食物，我挥手叫人全拿走，只索要人的大便，而父母又坚决不肯给我。有一天，我自言自语地说：'你让我变成了畜牲，而你自己却想嫁为人妇吗？'父母听到那声音与我完全不相同，感到奇怪，便去问：'你到底是谁？'那声音接着答道：'我是某某人。你女儿前世为人妻子时，曾经与我私通。后来，她看我的钱财用尽了，对我的交情从此也疏淡了，于是与她丈夫共同谋算，将我害死。我死后，向阎王府状告自己被人谋害之事，阎王却对我淫人之妻大为恼怒，罚我变为狗，至今已快三世了。你女儿却因为改守贞洁得以转世做人。我深感不平和气愤，又去阎王府告状，阎王看出我的决心，为了免于我的骚扰又下了一道判词，让我生在你家，和你女儿结为真正的夫妻，来体现人世间的因果报应。明天早晨我就要降生在人世，如果你女儿嫁给他人，我一定会把她弄死。'说完，我立刻倒在地上。一会工夫后，我苏醒过来，原来的毛病竟然也全没了。第二天早上，家中的母狗产下五只小狗，其中一只就是现在这条狗。父母为了我的幸福，原本打算把这一窝小狗全部挖坑埋掉，可又想到此事真是荒谬，一下子伤害几条生命，终是于心不忍，便没有将它弄死。事情也在平安无事中过去，家中也并没有什么奇怪的迹象，大家也都放下心了。可是就在第二年我十六岁时，有媒人到我家来提亲，已经长大了的狗像疯了一样把人家咬得几乎断气。家人只好用粗绳将它拴住。可谁知半夜里，它挣断绳索，硬闯进到我的房间，爬上床，把盖在我身上的被褥咬碎，但不触及我的肌肤，恶狠狠地看着发抖的我，似乎是在警告什么。父母联想到之前的事情深感害怕，于是再也不敢将我许配给人家。

"到了秋天，父母都患上了瘟疫，我的老毛病又重新发作了，而且比以前更加疯疯癫癫，赤裸着身子到处乱奔，别人拉也拉不住。夜里经常睡在土室中，怎么都不愿出来，这条狗一直跟随看着我。不久，父亲病逝，母亲痊愈，我又开始往外乱跑，母亲怕出事跟踪而来，看见狗俯在我身上似男女交欢，母亲深感耻辱为此气结于胸，很快也去世了。家族亲人知道此事后，便再也不将我当作人看待，商议要把我家的财产分掉。可是当这些人一走近我的家门，狗立即疯狂地扑上去到处乱咬，疯狂的行径让家人都不敢靠近，这才保住家产。从此我也不再疯癫，可是在疯癫之中也为自己与狗为伴深感奇耻大辱。等到我的病好后便自己寻思：因为此事，家族亲人现在都不把我当人看待，更何况是别人呢，还有谁愿意娶我为妻呢？于是我决定与狗一起生活下去。我像对待自己的丈夫一样伺候它，为它洗去身上的污垢，给它做好吃的饭菜。到如今已经五年了。我生育过三胎，都不敢把他们养大，怕他们像我以前一样受别人嘲笑。我也将终身默默地忍受自己的命运，还敢有什么别的奢望呢！"妇人说完，止不住泪如雨下。

这个老妇很喜欢开玩笑，好奇地笑着问道："狗交的快乐，与人交的快乐一样吗？"妇人听后沉默了好一会儿，接着也笑了出来说："今天碰上你这个老太婆，我也不向你隐瞒实情。我不清楚人交的快乐，自从与狗一起睡觉以来，开始时我是在病中与之欢好，昏昏然全无知觉；等病好了以后，我因感到羞耻，蒙起面孔，接受交合；时间一久，才觉得其中的乐趣。想必年轻力壮的男子也不过如此，因而对它很是爱恋，把它当作真正的丈夫对待。其他则什么也不想。但是，狗的嫉妒心十分重，我假如看一眼年幼的男童，它也要咬我，身上要带好几天伤疤。它也从来不另外去寻找雌狗，只进进出出跟我朝夕相守，真的像是一对如胶似漆的夫妻一样。老妈妈我以上讲的是不能外传的秘密，请您不要讲给别人听，否则会让我更加羞愧，没法做人。"老妇保证不讲出去便笑着走了。第二天，妇人竟然搬走了，谁也不知她去了哪里。

听邵次彭讲完，我大笑道："天下间哪有这奇事，大概又是你这生花之舌胡编出来的。"邵次彭看看我不信的样子，也不做争辩，笑笑走了。过后我又想，或许阴间的报应没有差错，确实有这么一段奇缘。因而便把这件奇异的事记录下来，供后人评判真假。

外史氏说：古代神话中确有关于一条狗——槃瓠的传说。传说它建立奇勋，最后被嘉奖可以与人世间的佳人结成婚配。此事虽然荒诞却有书籍可以引证，被记载于《史书传记》。如今所说的这条狗，又因为前世结怨而获得了美丽的妇人，似乎不合情合理。但是，妇人能够委屈自己，不是用对待狗的态度去相待，而是完全用服侍丈夫的态度真诚地伺候它，大概没有人能够比妇人更深刻地体会到"嫁狗随狗"的道理吧。呜呼，世上把丈夫当作狗的女子如此之多，是不是还不如这个狗的媳妇呢？

田凤翘

韩城有个姓卢的孝廉，某年应试考进士不中，正准备收拾东西返回陕西家乡。和一直服侍自己的仆人骑着两匹健壮的骡子，行走在河北南部回家的路上。夕阳西下，倦鸟知返，但是他们还没有找到歇脚的旅舍。正当他发愁着歇脚的地方时，忽然听见前方一片狗叫的声音，内心十分欢喜，知道离人家已经不远了，便让仆人一起催鞭快行。离狗叫声越来越近了，然而再仔细一听，声音是从树林里传过来的，于是他顺着旁边一条曲折的小道向那里走去。

走了不到一里地，天色渐渐变得昏黄。等到了地方一看，只见几间低矮的草房，零零散散地散落在各处，也有一户面水而居的人家，认真观看，只见这户人家的门前长着枝叶繁茂的大槐树，雪一样的柳絮飘满一地，挂满快要成熟果实的杏树偷偷地越过墙好像在侦察着什么……看过这些不免让人产生思乡之情。拉好手中的马匹正准备敲门便又见家狗门内狂叫了起来。只见一个年纪六十来岁的老翁，迈着蹒跚的步伐地走了出来，问门外人有什么事。孝廉告诉他自己的来意，可是老翁有点耳背直到反复讲了两三遍老翁方才听见，笑道："女孟尝君自然不会拒绝来客，可是请看这低矮狭小的寒舍，不能够容纳车辆和随从，这该如何是好？"卢孝廉见状再三恳求，他也有点难办地说："你先等一下，我去问问主人怎么处理。"去了好长时间，才见老翁出来，而此时只见天上高高挂起的明月照耀在院中一片藻荇交横的景色。门前清清的溪水也在孤寂地等着明月的到来。

卢孝廉跳下骡子，跟随老翁进门进入到一间方位朝东的低矮的屋子。老翁只把孝廉引入房里，仆人和坐骑都留在院子中。老翁向他表示歉意道："天色已晚，敝舍远离城镇，来不及准备酒菜为客人洗尘，准备得很仓促，还希望客人不要见怪。"说完不等孝廉回答自己便径直走了出去。孝廉尴尬地来到院里，看着仆人正喂骡吃草，孝廉在院中月下徘徊踱步，细细打量，只见密集排列的房间，主人的卧室好像与客人的房间只相隔一层篱笆，互相毗连着，就连从室内传来的欢声笑语也听得一清二楚。

孝廉站立细听，听见一个细细的声音在说："田家小妮子，今晚没有来，实在是对客人太怠慢了。"听说话人的声音，好像是一位少妇。话音未落，又听到一阵清脆的笑声，好像是一个女子说："你不是我，怎么知道我不来？"妇人也笑道："正是说到曹操，曹操便到了。"小女子又说："路途遥远，陈家阿姨不知还会不会来？"妇人答："她也是喜欢凑热闹的人，怎么可能会少了她？正巧我家刚好来了一个客人，本想邀请他入席，可又怕你们害羞退避，全都远逃离开啊。"女子笑道："你自己不害羞，想冠冕堂皇地做假人情。我们都是大家风范，怎么能和乡村小孩子的羞涩扭捏相比？"妇人听后，大笑着说："小婢子的面皮又硬又厚，真是像用铁皮包起来的，我还真没有想到呢。"女子听后羞愤，脸红得像怒放的花朵。一伙人正打趣说着，忽然隐约传来一阵风声，好像又有老妇少女接踵而来。共有好几个人，互相寒暄慰问，声音渐渐远去，再也听不见了。

过了一会儿，老翁又走出来请客人赶紧赴宴，说道："家中女主人希望客人能不嫌弃寒舍简陋，想见一见贤人贵宾。请你立刻过去。"卢孝廉刚才聆听了她的谈笑，本就有几分动心，又加上旅途实在无聊，就同他一起走了进去。院子虽然不大但却处处充满着浓郁的花香，皎洁的月光照入院子映着晃动的树影，真是一幅仙境图。格局布置都一一可见。左侧三间房屋，外观华美，不像是普通的民居，他猜想大概是主人的住房。右侧是一间草亭，比较宽敞，里面摆着三张桌席，其中一席还空着。四五个妇人，说说笑笑，兴致正浓。听说孝廉到来，都整衣出亭迎接。一个容貌清丽，身穿白色衣服的人，理了理衣袖，表情恭敬地说："我因为丈夫去世，才住在这简陋偏僻的乡村。今天君子有幸光临，顿使陋室增辉。正好田氏妹妹备有薄酒，所以借花献佛，还请客人千万不要惊怪。"听语气，孝廉知道她就是这里的主人，于是慌忙作揖答谢："我还要多谢主人的款待，又怎么会责怪？不怕各位笑话，我就如同唐代下第的刘蕡一样无能，似战国穷途的苏季一样困窘，考场失利，只得狼狈回家。可是因路途遥远，盘缠有限，又惧怕虎狼强盗，所以才会贸然打扰贵府，能够借住，我十分感激；又应邀参加盛宴，更使我受宠若惊。"说完，另几位女子也上前来与孝廉一一相识。大家将他请进草亭，不顾孝廉推辞，请他坐在首席，见推托不掉才入座。

宴席上没有点烛火，借着月光孝廉悄悄观望：左边一桌坐着一个老妇和两个妇人。老妇年近五十，状貌魁梧，身穿多彩鲜艳的衣服，在人群中十分亮眼，大家都称她为阿姨。两个妇人长得姿容美貌，身上也穿着白色的服装，年龄与女主人差不多。右边一桌则除了身穿白衣的女主人外，还有一个红衣少女，姿色长得如同画中的美人，她在座位上不断投来秋波，好像心里有话要说。孝廉被众多美人围绕着，举止十分谨慎，不敢有丝毫放纵。酒刚过一巡，孝廉便觉得有些醉意，不胜惊讶。细细品尝，杯中的酒香味浓郁而色淡，十分醇厚。害怕喝醉失礼，便不敢多饮，只是稍微吃了一些美味的食物，以领主人招待之情。

酒快要二巡，老妇对大家说："像鲸吞牛饮似的喝酒，即使饮完八斗，又有什么趣味？为助酒兴，不妨我们来效仿桃李园雅聚的故事，每人都吟诵短诗，客人认为怎么样？"孝廉也觉得此方法甚好，连声答应。于是大家先请老媪吟诵。她神气傲慢，也不推辞，随即口诵一首绝句："曾兆霸图侔翔凤，更符圣道笑冥鸿。红颜老去风流在，每向南阳化赤虹。"吟罢，众妇人一齐鼓掌道："好诗啊，只是阿姨不知不觉中顿然将自己的风流本色暴露出来了。"众人哈哈大笑。接着轮到孝廉，他谦让再三，才吟了一首诗："一园红杏原无我，满眼天桃信是谁？犹作广寒花下客，不须胪唱且舒眉。"妇人听后十分羞涩，都客气地说："我们怎比得上嫦娥，客人的夸奖真让我们自愧不如啊！"孝廉打趣道："各位都是貌美如仙的仙子，恐怕是嫦娥也不敢与之相比。"一众妇人更是欣喜客人的夸奖。接着轮到三位妇人，她们都愿以巨杯饮酒受罚来取代吟诗。只有那位红裳女子不急不慢低声吟道："长夜无灯磷自照，断魂谁伴月为俦。凄凄一树白杨下，埋尽金闺万斛愁。"孝廉觉出诗中有一种阴森森的鬼气，不禁神色顿变，准备起身告别。众妇人都埋怨红衣姑娘道："婢子太扫人雅兴！"接着便都不欢而散。

走出院子，孝廉来到外屋，心里仍是回想起刚才的诗作和院子里的一切，更加地惊悸不安。想赶紧离开此处，可是夜色苍茫，不知该往哪去才好；如果住宿下来，这些行踪诡异的妇人又让人深感不安。左思右想，百般无奈，只好和衣睡下。正当他翻来覆去，难以入睡时，突然听见窗外有弹动指头的动静，起身察看，刚打开门就见红衣女子慌慌张张地闪身进来，对他说："如果不是我那一首拙诗，你现在可就危险啦。此地比虎狼窝还险恶，为何还睡在这里不走？"孝廉大吃一惊，忙问原因。女子赶紧拉他的衣袖，督促他走说："快走吧，还问什么？不然再晚些时候就走不了了。"孝廉想带上仆人和骡子，女子说："不要管那些身外之物，只要能够逃命，这些以后慢慢都会再有的。"说完就领着他只身逃了出去。向东狂奔大约一里地，又掉头往西。此时早已吓得汗流浃背的孝廉，没了主见，只能随着女子逃窜。

一会儿女子指着一棵大树下，说："这里就是我的家，你先稍稍休息一下。如果妖怪追来，我自有办法对付。"孝廉喘着粗气，急着想问清楚事情原委。女子说："我是姓田人家的女儿名叫凤翘。陈姐姐住在岐州，其实是一只野鸡精。另外三人，都是千年的刺猬精，专门伏在地下以吸人脑髓为乐，周围坟墓中的死者，都深受他们的迫害。我由于在世时每天都虔诚地念诵《金刚经》，死后以它为殉葬品，所以妖精不敢走近我的墓地，才得以逃此一劫。见不能迫害我，她们便和我以姐妹相称。虽然我们早晚一起游玩，实际上它们是想盗走我的宝物。昨天晚上，我家里亲人送来酒肴，祭奠我，它们知道以后，便想法用法术取走酒肴，硬让我做东道主来开宴。没想到你也来参加宴席，我不忍心看你死于非命，所以一直多次用眼睛向你示意，但你却不予理会。幸亏有机会吟诗见志，所以特作那首鬼怪诗句，让你听到后警觉起来，否则此时你恐怕早已经不在人世了。"孝廉听了女子这番话，更加觉得不可思议，刚想细细追问，突然看见数团火光，犹如鹰击长空，狠利无比越过道路。眼看将接近树侧，女子从衣袖中拿出一卷经，低声念诵起来，那些火光便摇摇晃晃，不再前来，好像有所害怕似的。双方如此相持到鸡叫，那些火光才各自散去。孝廉大气不敢喘，不敢出声，躲匿在草丛中，早已经吓得汗如雨淋，衣服全都湿透了。

等到天明，火光散去，女子向他说道："你这条性命总算保住了。你在太阳出来后，可以重新回到原来的地方，看我说的话是不是真的。我是阴间异类，不能在白天出现，今晚当你在旅舍睡觉时，我会在梦中与你详细交谈商量要紧的事情，请你一定不要忘记。"说完便不见了身影。孝廉一看周围，荒草寒烟，只见几个新坟，还有一些纸钱压在石块之下。便作揖道谢，然后沿着旧路来到昨晚歇脚借住的地方，哪还有什么房屋，只见像象棋布置的坟墓。自己所带的行装和轻重物品被散弃在荒草野丛中。他急忙寻找仆人，看见仆人躺在荒草群中，脑门上有一个小洞，里面空无一物，想必脑髓已被群妖吸尽。他更加感到惊骇。还好骡子没有发生意外，他骑上后赶紧离开了这个可怕的地方。近中午时，才来到一个城市，他随即把自己的遭遇告诉别人，大家都认为这很诡异，便把他留在旅舍中，同时向衙门报了案。

到了晚上，孝廉早早上床休息，梦见红衣女子来到自己身边，立即伏地感谢她的救命之恩，并且把仆人的死状告诉于她并询问缘由。女子说："这些妖精盘踞在黄泉之下，阴气森森，不吸人脑髓就不能活命。活人的脑髓，其功效胜过吮吸死者十倍。因为你较有福相，它们不敢突然靠近，所以才借酒色来迷惑你。你如果醺睡不起，它们便可以得手。幸好你随我及时出逃，而你的仆人因为还睡在梦中，便遭遇她们毒手，就是这么回事。"孝廉又问她可有什么驱除妖精的办法。女子答道："它们已经活了很久，而且具有超常的灵性，能往来数百里，连鬼神都拿它们没办法，更何况人类！"接着，她羞涩地背过身说："我已经与妖精结为仇敌，不能继续居住在这里。我知道你已丧配偶，情愿随你入秦做你妻室，把宝经留在家中镇妖，同时也好永护自己的残骸，长久留存。不知你肯不肯接受？"孝廉虽然倾慕她的美色，但又害怕她是阴间之鬼，对自己不利，便回复："我愿意为你做任何事情来报答你的救命之恩，不过，你既然已经救了我的命，现在又让我死去，我心里虽然毫无遗憾，然而这不是沾污了你的美德吗？所以不敢贸然答应。"女子沉思了好一会儿，叹道："你的话确实有道理，我也不强求。"又说："这件事情已经惊动了衙门，恐怕你明天到了衙门会遭到人们疑难，到时候只须急呼我的名字，就可以帮助你。"话刚说完，孝廉顿时从梦中醒来。

等到第二天见官，县令果然怀疑是他杀害了仆人编造了这一切荒诞的事情。孝廉十分气愤，便不停地呼喊凤翘的名字。县令听后十分震惊，赶紧退堂，将孝廉唤到面前，问他："凤翘是我女儿的名字，已经去世两个月了，你怎么会知道她的乳名？"孝廉便将自己奇异的经历讲了一遍，为让县令相信，还谈起女子身上的服饰和举止。县令听后十分惊喜地说："果真是我的女儿，你描述的都符合。

亡女爱好念诵《金刚经》，她在世时，我曾深感奇怪，想不到她竟然得益于佛经的法力免于遭难，真是一大幸事。如果不是先生今天谈及，我对此丝毫不知。"原来这位县令是福建人，因为家乡路途遥远，不好运送装着尸体的棺材，自己也不忍心与亡女相隔太远，所以就将她安葬在自己就任的地方，也算是古人将任职之地视为自己家乡的一种习惯。于是县令不再怀疑孝廉所述仆人之死的原因，最后以暴死为由向上司汇报了案情，孝廉的官司也宣告结束。孝廉为感谢女子的再次救命之恩，把女子的棺材挖起放入佛寺，怕女子因为得罪了妖精而整日惴惴不安，县令对此也表示赞同。

于是孝廉安顿好女子的棺材，告别了县令，返回自己故乡。一到家，他母亲正好怀孕在身，快要生育。一天晚上，又梦见女子来到面前，对孝廉说："我与你到底还是有缘分，虽然不能成为夫妻，却会结为兄妹。"孝廉一醒来就听说母亲生下了一个女儿，知道她是凤翘转世。于是禀告父母给女孩取名"凤翘"。孝廉极度爱护这个妹妹，妹妹也很尊敬兄长，成了兄长志同道合的朋友。孝廉一直还在考试，可是直到五十岁也还是不中，家境也渐渐由盛转衰。可是他的妹妹先前嫁给了一户大族人家，看到家里衰落，也不忘及时给哥哥提供资助，着实兄妹情深啊！

外史氏说：世人因为贪财图利所以常常把有害的刺猬视为财星，却不知道它们的祸害最大。就拿这则故事来说，乡村的东道主们热情待客，谈吐文雅，姿色貌美，着实吸引人，甚至危险迫近，她们朝你露出了狰狞的利牙，你也浑然不知。假如不是女子舍身仗义相救，恐怕早已被女孟尝君吞入肚中，这难道不是十分危险吗？不过话又说回来，世上贪财图利的人，既然都不怕被欲望的烈火活活烧死，又怎会顾及死后被吸尽脑髓的事情呢？

刘天锡

嘉善有个人叫刘嘏，字天锡。他二十岁时，名声就已经盛传一时，人人皆知。每次参加岁考，他都能名列前茅，和他一起学习的人都很羡慕、推崇他。在崇德有个出身巨富之家的李氏，对文名远扬的刘嘏特别仰慕，便用重金将他聘至家中，指导子弟读书写作。虽然天锡的年纪不大，但是却懂得循循善诱，恪守师道，着实让主人惊讶和高兴。

腊月到了，学馆也快要放假了，想着好久没见的母亲和那个贫寒的家，刘天锡准备趁着放假回家看看。收拾好东西向李氏说明原因准备告辞，李氏再三地诚心邀请他明年继续来家执教。天锡也有点不好意思了，可是当时就是因为自己家境贫寒，所以没有娶妻生子，也不能奉养老母亲。现在自己也有了些许积蓄，想着打算先回家结婚，等家里有了操持家务的人照料，之后再安心出来。所以便寻了一些其他借口，极力推辞主人的邀请。主人看到天锡想说却又无奈的样子，也早已看出他的心思，便态度明确地说："先生心里是否惦记着家里的事情啊？先生好像尚未成亲，是不是……不过作为一个文人，花烛洞房必须是在金榜题名之后，这才是人生极愉快、极得意的事情。所以先生现在陪伴青灯，孤身苦读，这种生活还是不能轻易抛弃。如果你不放心太夫人孤身在家，无人照料，只要先生不嫌弃寒舍，把太夫人接过来，我一定让家里的丫鬟照顾好老夫人，绝对让先生安心教书。如果老夫人不愿意离家，就请你精心挑选一二人，带回家去供日常使唤，我是不会吝啬的。先生你觉得怎么样？"听过主人如此之说，天锡也动了心，本来自己一直怀有雄心壮志，可是无奈家境贫寒，母亲年事已高，孤身一人无人照料，才产生回家的想法，这本来并不是他的初衷。主人这一番话，无疑让天锡喜出望外，然而心中还不踏实，所以吞吞吐吐，没有马上点头。主人了然于心，便笑道："先生莫非是担心我向你要钱吗？哈哈，真被你猜对了。"天锡一听诧异地抬起头，只见主人拉着天锡的手打趣道："等你将来成为贵人后再偿还，为时也不迟。所以先生不要有任何心理负担，我也是真的很倾慕先生的才华，看着孩子们在您的教导下不断地进步，我很放心他们由你来教。"天锡才知主人的用意，点头同意了，考虑到老母亲不适宜长途奔波就向主人要了人去服侍母亲。主人一听马上叫出几十个侍婢，让天锡自己挑选。看着眼前十几个姿容异常艳美、年轻的侍婢，从未接触女色的天锡不敢收纳。经主人再三催促，这才指着最旁边一个穿黑色衣服、绛红色裙子，容貌最不起眼的婢女，对主人说："请将此人恩赐给我。"主人开玩笑道："此婢容貌长得不太好，先生怎么会挑选她呢？应当另外再添一个漂亮的。"随即又指着一个下身穿藕丝裙裳、上身穿绿色衣服、姿色美丽的女子，说："让她们两个一起跟你回家吧。"然后让管家拿出契约，自己亲自把契约交给了天锡，对他说："这两个侍婢从此就是先生的人了，希望先生不再有后顾之忧。"然后又让二婢女给天锡叩头谢恩，让她们认天锡为主人，恭敬服侍。然而天锡少年持重，见二婢女都长得容貌艳丽，更加注意用名教来约束自己，不敢有半点放纵。待假期开始，天锡一大早便带着两女告别主人启程回家。还另外租了一条船，以载二位美女。一路上，天锡甚至没有与二女轻易谈笑。

听闻儿子要回家，老太太一大早就站在门口迎接，所以天锡一回到村就看到四处张望的母亲。天锡立即带二女迎上去拜见母亲，赶紧搀扶着老母亲回家。一路上老太太都在询问着天锡的情况，似乎忽略了身边的两女。直到回到家中，看着两个年轻貌美的女人，老太太才恍然大悟。天锡母亲本是从前官宦世家之女，素来教子有方，推开身边的搀扶，即训斥儿子说："老妇精力尚健，担水提物还可亲自操持，哪里用得着这种弱不禁风的女子！而且你学业还没有成就，便想效仿寇准因恋爱蒨桃而自损名声吗？"看着气愤的母亲，天锡伏地请罪，向母亲说明了事由。虽然明白儿子的一片孝心，可是看着地上跪着的两个女人，母亲心里总是感到不愉快，给二婢女安排住在另一间屋子。二女也尽心尽力地照顾老太太，希望能获得老太太的认可。天锡看着两女的付出，心里很受感动，第一次和母亲真正快乐地过了一个元宵。天锡无不感激主人的照顾。元宵一过，母亲立即让天锡赶回私塾去教书，不让他在家里多停留一天而耽误公事。私下里还特别交代他："在诱惑面前不动心，这只有圣人才能做到，你恐怕还没有达到这一步。"天锡明白母亲的意思，很惭愧地向母亲保证自己一定会谨记母亲的教诲。交代了两女要好好照顾母亲后，拿着收拾好的行李告别了母亲。

　　还未说说这两位婢女呢，穿藕丝衣裳者叫湘瑟，穿黑色衣服者叫琴心。她们都精通音律，而且琴艺高超，为主人所钟爱，其中叫湘瑟的女子尤其聪慧，善解人意。主人器重天锡，心知他不是普通的人物，所以特意将自己钟爱的婢女赠送给他，来助他完成大业。自从家道中落，天锡的母亲便早习惯了以苦为乐，早餐晚饭都是自己动手，所以平时也不随便使唤二婢。她知道二人认得一些字，便亲自教她们读书，向她们讲授《内则》和《女四书》。老太太对功课管得很紧，是一个严格的老师，整天监督她们，让她们叽叽呱呱念书，不过二婢却也十分乐意去学习。

　　一天晚上，天锡母亲把二女叫到跟前，对她们说："你俩也是因为家境贫困，才成了人家婢女，都是苦命的人儿。通过这段时间的观察，我也知道聪明伶俐的你们岂是自己甘心为人下之人。既然承贤主人美意，送赠我家，不管你们是否真心乐意，我定然不忍心让你们去做人家的填房。等到稍稍熟悉为妇之道，就为你们找个好人家嫁个好丈夫，也许可以了却你们的终身大事。"聪明的二人也听明白了老夫人的话外之意，始终嫌弃着二人呢。琴心听后，沉默不语，可湘瑟脸色惨变，好似不堪其忧。回到房里，她对琴心说："我们奉主人之命，被送来服侍郎君，其意思是很清楚的。而且郎君神情风度，纯正厚重，高尚明达，不久一定会有所成，原以为这一辈子有了依靠。可是刚才听太夫人的吩咐，其意思似乎是不能容纳我们在这个家里啊。我的运气怎么那么不好呢？让我舍弃郎君这么优秀的人而去寻一个普通人，姐姐或许可以做到，我却是万万不能！"琴心也哀伤地流下眼泪，说道："你说的很对。"二人相对叹息，整整一夜愁眉锁脸，十分悲戚。

　　不久，心病让二婢都病倒了。刘母看着以前能说会笑的活人现在变得脸色苍白憔悴，赶紧请来医生诊断。医生看后叹息一声，对老太太说："心病还须心药医啊！"说此病是由忧郁引起的。由于内心感情遭受重创，吃药恰似用水浇石，全无作用。不知心病缘由，二女也不说，老太太以为是不适应新环境，所以每天开导二女，给予她们更多的关心。不到三个月，琴心病情略有好转，可湘瑟终于离开了人世。临死那天，她告诉刘母说："湘瑟自知卑贱之躯，得以侍候在太夫人身边，既得饮食，又听教诲，我对太夫人是充满感激的。可惜湘瑟命薄福薄，如今不幸要长辞人世了，这也是老天的安排啊！恳求太夫人能体谅湘瑟对郎君的心意，湘瑟死后，如果能安葬在刘家坟墓的旁边，使得我能像停留在骏马尾巴上的一只苍蝇，那么毕生的心愿也就满足了。湘瑟也会感激太夫人对自己的大恩。"又转而对琴心说："姐姐好自为之，不可像我这样无益而死，辜负了主人的殷切属望。"不等太夫人反应过来，湘瑟就闭上了眼睛。琴心哭昏在地，好一会儿才又醒来。刘母也非常悲痛，原来心病是自己造成的，多好的孩子啊，自己可真是年纪大了啊。为湘瑟买来棺材入殓，遵照她的遗嘱，葬在刘家坟园的空地上。办完丧事，本打算请人专程赶往儿子处告丧，又担心分散他读书的精力，便打消了这个念头。

天锡在主人家，收入比从前增加一倍多，没有物质上的嗟叹，就连功课学业也比过去有许多长进。主人也不用担心孩子的教育问题，双方的关系十分融洽，俨然如一家人。时当初秋，一连下了好几天雨。一天晚上，教过学生以后，月色微明，天锡倚窗凝望，随意吟诵杜甫《对月》诗中的二句"香雾云鬟湿，清辉玉臂寒"，笑道："这位老先生雅兴还真不浅。"话音未落，身后有人低声说道："郎君也可怜这种寒苦的境况吗？"天锡吃了一惊，回身一看，原来是湘瑟皱着双眉立在灯前。天锡大惊道："你怎么会到这里来？难道是怀念旧主人的恩情，从家中逃回到此处？"湘瑟走上前去，提起衣襟向天锡行礼，愁态动人。然后退却一步说："不敢如此。"便将自己和琴心如何生病，自己又如何病死的情况，向天锡讲了一遍。无奈地说道："现在我虽然身在阴间，却始终未能实现生前对郎君的爱意而遗恨万分，到了地府，湘瑟也是天天以泪洗面，承蒙地府神主同情我的苦衷，使我获得自由，让我随风来到这里，以了却生前没有实现的愿望。"说罢泪如雨下，拜伏在地。天锡更加惊讶，又对她的去世深感悲哀，赶忙扶起她，脸色温和地拒绝道："听了你这番话，一片真情，实在令人怜悯，致使你早逝，实是我的罪过。不过，我身负家母的重望，而且有责任延续刘氏一脉香火，不敢为了钟情一个女子而置自己于不孝之列。请你原谅我，到别处去投生，我回家以后，一定到你的坟上来凭吊祭奠。"湘瑟听了这话，即严肃地说："郎君怎么这么无端对我猜疑？我在世时，尚且不敢以贱躯辱没君子，何况今天身在黄泉，已成了阴间幽灵，而敢在心头别存邪念吗？我这次来，也是希望继续当一个丫鬟，能天天侍候你弹琴读书，使心头的遗憾有所减轻。你千万别往其他方面猜疑，你这样着实让我更增羞愧。"天锡见劝不走她，加上被她一片真情深深打动，便将她留在了自己身边。

湘瑟行事十分恭敬，天锡读书，她便烹茶剪烛，静静侍立在一旁等候差遣；天锡吟诗写作，她便先磨墨蘸笔，恭恭敬敬地在一旁等候；天锡与她讲话，她也总是神色端正地回答应对；不与她交谈，湘瑟便含笑不语保持着一定距离，跟在自己身旁。自始至终，全然没有一点倦意。将近半夜，看天锡打起了哈欠，湘瑟便拂床铺被，恭敬地侍候他上床休息。天锡睡下后，她又为天锡整理桌上没有合上的书籍，往即将燃尽的香炉中加添香料，等到做完这些事情，她就默坐在对着床的桌前，双手托腮看着入眠的天锡，安静得连轻轻咳嗽的声音都不发出。只要天锡在床上转了个身，她即过来看望，并用纤手为他扶正被子，好像爱护一个婴儿，恐怕他受到夜风侵袭。湘瑟的举动让有时假寐的天锡深受感动，怕她辛苦硬要她到另一张床上去安寝，她答道："坟墓中的人并不需要睡觉。你只管自己高枕而卧，不必为我牵挂。"天锡也就不再勉强。湘瑟整夜如此勤恳，真可谓把天锡放在了手心里守护着。拂晓时，天锡尚未起床，桌、屏、琴、剑，早已被打扫得纤尘不染。等到天锡起床，湘瑟又为他整理卧具，按照天气冷暖变化，递上不同的衣服，从来不让天锡为此而费心。还没到开门时候，她便恭敬地告退，消失得无影无踪。主人家也有侍婢照料天锡，待天锡出去教学，侍婢就来打扫，可是见一切如此整齐清洁，还以为是先生所为，心里对他充满了感激，更是在侍婢中赞赏先生的为人，而不知他并没有付出挥手之劳。到了晚上，湘瑟又出现在房中，两人就这样习以为常。天锡从不对人谈起此事，别人也不知道她的踪迹。一次趁空闲时，天锡问湘瑟故乡在哪里，家里情况怎样。湘瑟答道："我也是嘉善人，与郎君是同乡。父亲因为赌博，破家荡产，将我卖到外地。承蒙主人收留，至今已有五年。家族姓贾，自己本来没有名字，湘瑟是主人后来替我起的。"听过后，天锡因为同乡的缘故，对她更加爱重。

重阳佳节,主人特地在李宅设宴款待天锡,天锡也因为节日原因喝得大醉而归。房里没有别人,只有湘瑟在旁。天锡便趁着酒兴对她说:"知道你擅长唱歌,何不为我唱上一曲?"湘瑟神情郑重地拒绝:"我并不是故意藏拙,实不敢用声色迷惑郎君,以致违背太夫人的训诲,不然,早已为你一展歌喉了。"天锡便不再说什么,随即在湘瑟的侍候下上床休息。湘瑟看着酒醉入睡的郎君,也是苦意连连。第二天,他对湘瑟说:"我昨日喝醉了酒,见到你几乎不能自持。如果不是你那一番话,我现在已经是轻薄郎!"从此对她越发尊敬礼遇。然而天锡自从湘瑟来到身边,侍从有人,灯下谈心,床头论古,虽然没有涉及男女私情,与从前相比,却已经不怎么感到寂寞了。对湘瑟的感情似乎更深了,每天早上起来看着整洁空空的房间,天锡又期待着夜晚的降临。

岁末,又到了学馆放假回家的时候,因为来年将有学使官员前来主持考试,天锡便提出不再来私塾执教。主人于是设下盛筵,在书斋为他饯行,又请来戏班演出,在美妙的丝竹声中,欢饮达旦,所以没能与湘瑟告别。湘瑟也没有再出现,天锡心里一直感觉空荡荡的,精神头也没有了。回家见了母亲,母亲告诉了湘瑟已经去世的事实。琴心刚刚好转,只能够扶着手杖起身,见天锡回家,心中既高兴又难过。虽然心里喜欢二婢,可又不敢讲给母亲听。刘母因为湘瑟去世,思考了很多,也想到了女人的不容易,不胜感叹,便对天锡说:"你应该奋发读书,假如能够金榜题名,我就同意你娶琴心为妾。"天锡与琴心听了,都暗暗高兴,可是又想到湘瑟,心中不免一阵伤感。天锡在湘瑟墓上浇酒祭奠后,又写了一首《悼亡》诗,哀悼湘瑟。诗写道:"花月两无情,情痴仅见卿。不随流水去,忽傍彩云生。人既留余恨,天应鉴积诚。倘能回玉貌,来伴许飞琼。"从此以后,他常常独自一人坐在幽静的房内,期望湘瑟到来,然而她始终没有出现。

天锡在乡试中得胜,考中了举人,按照惯例,天锡将要去拜谒考官谢公也就是崇德县的县令。晚上,看着清凉的月色,天锡在船上渐入梦乡,忽然梦见湘瑟穿戴美丽,来向他道谢,说:"郎君临墓祭奠,实在让湘瑟高兴万分,郎君对湘瑟的情我将牢牢铭刻在心。近来又考中举人,更合我生前对郎君的期望。我从前想做你的小妾,无奈不能如愿,今后我将会成为你的正房妻子。"说完后,一缕青烟飘走不知去向，天锡醒来看着空荡荡的船舱也深感奇怪。拜谒谢公的那天，恰好某个著名的乡绅也在座，问及天锡的名字，吃惊地说："真是咄咄怪事！"县令和天锡问其缘故，乡绅笑道："说起此事确实荒诞不经，说了你们也不相信啊。"二人一再追问，他才说道："老夫昨日添了一个孙女，一生下来就能开口说话，她对人讲：'嘉善刘觊是我的丈夫。请与他订立婚约，不要违背盟约。'老夫一家可被这情景吓到，以为这是不祥的异物，怕带来厄运，主张把她溺死。她父母不忍，一再劝我，才打消了这一念头。今天与刘君相遇，姓氏正好吻合，这是不是一件怪事啊？"县令听后，并未放在心中，付之一笑。而天锡想起梦中湘瑟的话语却十分惊喜，急忙请恩师为自己做媒。县令和某公都不赞成，说："你也想成为韦固吗？等到这个呱呱落地的女孩长大成人，你早已满头白发喽。"天锡苦苦请求，二人才无奈含笑答应，但仍然以为天锡是在开玩笑。这边天锡赶紧拜别县令，赶回家禀告母亲，请她准备好聘礼。看着冒冒失失，失了魂的儿子，刘母怒斥道："你如果不是掉了魂灵，怎么会荒唐到这种地步？而且我年纪已老，急着想抱孙儿，谁还能慢慢等待？你是想气死我吗？"天锡再三恳请，跪地不起，愿意先娶琴心为妾，发誓不娶别人为妻。想着对湘瑟的愧疚，刘母不得已，只好同意这荒唐的要求。东拼西凑准备好彩礼，天锡赶紧送到丈人家，大家都嘻嘻哈哈地把它看成是一件怪事。第二年，天锡考中进士，在朝廷供职，逐渐做到翰林。岳父家的人说："两三岁的小姑娘，就荣受朝廷封诰，真是太奇特了，太奇特了！"

天锡娶了琴心为妾，家人也都把她看成家中的女主人。十五年后，乡绅的孙女刚刚十七岁，就嫁到了刘家，而此时天锡已经快近四十。洞房花烛时，天锡挑开红头纱看见新娘酷似湘瑟的容貌，心中激动得无以言表。手中的挑头也激动地抖个不停。新娘含情脉脉微笑的神情更是让天锡又回到了以前无数个两人相陪伴的夜晚。这让天锡更加确信她是湘瑟转生而来。婚后的生活二人也是甜蜜和美。虽然名分是正妻，女子对琴心却从不摆架子，从不在意琴心在家庭中的主事地位，也并不把她当作妾看待。一大家子人也都和和睦睦。只可惜刘母早已去世，她再也没有机会去服侍婆婆，但是每年到祭祀的日子，她总是会情不自禁地失声痛哭，不胜悲哀，究竟这是什么缘故，连她自己也说不清楚。一天，女子突然对天锡说：

"相公，我一直觉得好像和你很熟悉，很像在哪里见过。可是我从小到大，从来没有离开过家门，是不是老天早就注定了我们天生的缘分？"看着年轻贤惠的妻子，天锡笑道："你再仔细想想，应该说其中定是有什么原因的。"女子想来想去，突然想起了什么，说道："这就对了！听人说我刚生下来就会讲话，祖父非常憎恶，要把我置于死地。父母心里害怕，就拿来狗血给我喝，这才不再说话。当时情景，至今我还能隐隐约约记得一些。"看着眼前相似的容貌，天锡习惯地轻搂着妻子，将从前的事情从头到尾对她讲了一遍，并且对她开玩笑道："你从一个婢女变成了夫人，运气多好！"女子顿时恍然大悟，思前想后，一切都好像做梦似的。于是让人重新做了一副上等的棺材，将湘瑟迁葬于南山向阳坡上。

后来，李氏的儿子佩绶、佩绂，都靠了天锡的教诲，一起考取了功名。看着儿子的成就，李氏不禁感叹："多亏了先生的教导啊！"天锡现在已经五十多岁，夫人仅仅二十出头，人们时常能看见二人夫唱妇随，亲密无间地在郊外散步聊天，无异于年轻夫妇的和谐欢好。听闻天锡的神奇传闻，同乡王绍濂特为他写了一篇传记，让世人知道这个神奇的故事。

外史氏评论说：湘瑟真可谓是婢女中的奇人，空前绝后。不管是死还是生，她只以不能侍候天锡为唯一的遗憾，这种挚情让老天也感动啊！自古以来哪个侍女能与她争第一呢？所以她受朝廷封典，享受殊荣，她的心愿在来世也全部得以实现，这是老天对行善的人的嘉奖。"行善的人，万事吉祥"这岂是一句空话！只可惜大善人——主人李氏，文章中竟然没有记载他的名字，使后人无法得识，实在令人遗憾啊！

卷二

桃叶仙

尚延采是天津人，他很有才华，但是视力不太好，一步远的距离，就只能看见人的大体轮廓，朋友因此叫他"次公"，借用《论语·子路》上"狂者进取"一段话的意思来与他开玩笑。一天尚延采去拜访朋友，从书桌上看到曹植的《洛神赋》，读后很高兴，说："世上竟然有这么美丽的女子。"朋友笑着说："即使你有幸见到，也与丑女没有什么区别。"尚延采也笑道："你这就说得不对了，我就算看不清楚女子的美丽容颜，难道就不能闻到她身上的芳香？"二人说着，都高兴地笑了。

两年后，尚延采去南方的吴地楚地游玩，暂时住在南京，坐着船载着酒在秦淮河等地流连，每日游览名胜古迹。一天偶然经过桃叶渡，心中好像想起什么，满是惆怅烦忧。回到旅舍，天色就要到黄昏了，他关起门，平躺在床，口里不停地诵读王献之从前的作品。过了一会儿，听见窗前有人小声地吟诗："故人不相识，独坐为谁鼙？"声音非常娇婉柔和，如同深闺中的少女。尚延采心里荡起涟漪，就打开门往外张望。此时正是月圆之时，月光如水一般静静洒下，院子里没有任何人的踪影。他觉得自己碰见了鬼，吓得赶紧关上房门，倒在床上睡下，害怕得连大气都不敢出。不一会儿，只听见衣带饰物发出泠泠的声音，卧室的门竟自动打开。尚延采又惊又怕，从枕上睁大眼睛想看个清楚，可是依旧什么也看不到，然而他突然感到有香气向他扑面而来，闻到后令人浑身筋骨酥软。一会儿后，听见有人轻声地问："王郎睡着了吗？"说话的人近在眼前，他大概隐隐约约看见这个人的肌肤容貌，腰身纤细堪堪手握，体态轻盈柔嫩，脸面莹白发亮，穿一件红色的裙子，原来是一位二十来岁的少妇。只是由于视力所限，他对少妇长得美貌还是丑陋看不大清楚，而渐渐袭来的脂粉气息，早已使他心醉魂摇。

于是他不再感到害怕，起身拉着她坐下，说道："离开之后，你一直以来过得可好？怎么你怪我不认识你吗？"女子笑道："穷书生倒很会说狂言，你知道我是谁？我可是鬼狐，今天是来要你的命！"尚延采听后，神色坦然自若，反而将眼睛朝女子的脸上紧紧靠过去，眼睫毛几乎刺着她的面颊，嘴里还很不正经地说："擦红粉显得太红，敷白粉又显得太白，古人的话一点不假。"女子被他看得很不自在，便说："人人都有眼睛，一看就会清楚，你看人怎么把眼珠子逼得这么近，真让人难以忍受！"于是二人互相调笑取乐，快活极了，那女子便留下过夜。第二天天将亮，女子才起身离开，她对尚延采说："你实际上是王献之的后身，我就是桃叶，虽然是鬼魂，其实已经修炼成仙。我俩前世的情分未断，因此特地前来与你相见。你如果能够和我长久相处，我一定保你长命百岁。务必小心谨慎，千万不要向他人泄露我俩的事情，免得那些喜欢搬弄是非的人怀疑我。"

尚延采非常高兴自己遇上了美人，是生是死，都毫不顾忌，所以尽管知道她是鬼，心里一丁点惧怕的感觉都没有，反而和她十分亲昵。即使在知心朋友面前，他也从未透露半点风声。女子白天离去，晚上归来，与尚延采的感情渐渐难舍难分，一日深过一日。有时虽然有客人在夜间登门相访，但是女子来的时候看不到身形，回避也没有留下一丝痕迹，所以从未被人察觉。女子窃窃私语，面带笑容，塞耳不闻；欢声笑语不断，隔着窗户偷看的也一无所见。她的行踪异常诡秘，从这就可以看出。尚延采更加确信她真是一个仙女。

不久，尚延采病了。女子按时前来探望，服侍汤药，事事亲力亲为，毫不假于他人之手，俨然一对夫妻，尚延采因此病情也略有好转。只是他痴迷于女子，每当女子前来，就想与她行鱼水之欢。女子十分内疚，推辞道："我已经酿下大错，使你患病，几乎危及生命，难道还忍心以床笫之事再来迷惑你？"尚延采不听劝告，强行与她同寝共眠，第二天病情又进一步加剧。女子叹息道："是我把你害了，看来你已经命在旦夕。"尚延采真诚地说："即使现在就为你而死，已经胜过白白活在人世，哪有什么遗憾？"女子还是认为过错在自己身上。幸好尚延采视力差，看不清稍远的东西，她于是销声匿迹，虽然每日在尚延采身边侍候，却从来不让他看见自己。尚延采因此怀疑她是凉薄寡情的人，心中非常怨恨，无奈病情再度加重，卧床不起，一起同住的朋友都替他担忧。女子已有几个晚上没有出现。因为自从尚延采患病以后，她一方面为感情所迷惑，一方面又因为忧虑而饱受折磨，便渐渐地无法再隐藏自己的身形，尚延采虽然看不见她，别人反而能时常发现她的踪迹，于是都明白了尚延采得病的原因。他的知心朋友都苦口婆心进行劝告，他却始终坚决否认有这回事。

恰好钟山有一个道士，会一些驱妖降魔的法术，非常灵验。大家于是一起商议，瞒着尚延采，前去拜请道士。道士满口答应，随他们一起下山。来到尚延采住所，道士说："妖气非常浓厚，符咒不能驱除掉。"他便丈量距离，设立一处法坛，四面都张起猎网，自己一边走起作法的步子，一边施行法术，而且用食指和中指指向前方，口中大声喊道："快！快！"过了好一会儿，只见有一团黑气，微带一点红光，从东南方飞速飘来，好像一阵疾风，直接进入猎网。大家一看，原来是一只白狐，毛色雪白，嘴里衔着一株小草，闪闪发亮，刚才看见的那一点红光，就是小草发出来的。道士顾不上开口责问，急忙拔出利剑，准备将它杀死。白狐全身趴倒在地，乞求饶命，并用嘴朝着病人的房间哀号起来，样子非常悲戚。道士看清那株草原来是灵芝，便扔下手中宝剑，感慨地说："世上漠视自己丈夫的女人，甚至比不上这只动物。我几乎将天下的贞节忠义戕害了！"赶紧让人撤去围网，白狐就在原地瞬间化为女子。大家都围上前来看她，见女子长得十分艳丽，忍不住赞叹感慨地说："怪不得尚三被迷得神魂颠倒。"

女子走至道士面前，甘愿听从他的裁决。她说："其实我的前身是王献之的爱妾桃叶，因为从前的罪孽而沦变为狐。经过几百年修炼，已经参悟出道义。上次一见尚延采，旧情难忘，恋恋不舍，于是便陷入疯狂的爱恋之中，忘了自己是不同于人类的异类。想不到尚延采一病不起，甚至是无可救药。我左思右想，束手无策，昨天从灵山找来这株小草，想要救他一命。走到半路，就被抓住了。我是一个妖物，企图迷惑世人，该以死谢罪。请大师用这株草替他治病，救他一命，满足我这小小的心愿，我死而无憾。"她说话时，神情言辞相当凄惨，许多围观的人都掉下了眼泪，他们反过来一起在道士面前替女子求情。道士对她说："你朝前走来，听仔细了！人的情欲就像河水一般，太满就会向外流出了，最终酿成灾害。尚延采病入膏肓、奄奄一息，虽然不是你的责任，但是他的病确实因你而引起，你如何能逃脱罪责？我暂且看在你这点真诚情意的分上，不会对你多加责罚。况且有了这种草药，尚延采的病也能很快治愈。等到他病好以后，你要勤勉服侍，以清心寡欲来要求自己，这样，你们不仅可以一同成为地上神仙，也可以实现你毕生的愿望。"说完，叹了几口气，转身离开了。大家领女子走进房间，煮草煎药，治疗尚延采的重病。尚延采一喝下这种药，病症顿时消失了。附近十几个体弱多病的人，尝一点残留下来的药汤，也变得身强体壮。从此以后，女子便在白天出现，与尚延采同住的人都能和她见面交谈。她擅长书法，颇得钟繇、王羲之和王献之的家传。如果能求得她写的一幅字或一帧扇面，全都一辈子珍藏起来。尚延采自从病愈以后，更加爱重女子，虽然两情比从前更为深厚坚定，然而不敢过于纵欲，身体便逐日强壮。

住了半年，尚延采返回故乡，女子也和他一起，但是不再露出形貌，而二人夫唱妇随，和睦相处，与从前没有丝毫不同。尚延采对自己的过失和教训直言不讳，经常说："不看见可以勾起欲望的对象，可以使心境保持平静，不会导致心猿意马。我刚开始见到如云如荼的美色女子，简直就像不存在一样；可是一旦靠近细看，几乎丧失了性命。那些眼热心动的人，难道不应当引以为戒吗？"听了他这一番话，大家都感到很有道理。后来尚延采活到五十岁时，道士忽然来到他家。两人关上门喝酒，到了晚上，房内竟然再也找不到他们的身影，原来与女子一起，都已化成仙人离去了。

外史氏说：最高明的人，不为情绪所动，不为情感所扰，用非常冷淡的态度对待人类的感情，这意思仅仅是指他们不让自己沉溺于感情之中；然而对于感情深挚的人，他们也真诚地赞许。就像道士所说，他见到女子口衔灵芝，就打开密网，语重心长地讲了一番节义的道理，难道不是因为女子的真情使他产生了怜悯之心吗？至于其他围观的人，也不全是很注重感情的人，然而也被女子深深打动，潸然泪下，沾湿了衣襟，反而为她求情排除万难：世上真挚的情感，竟然到了这种地步！假如不是尚延采一往情深，女子痴情不改，我想忘情者一定是无情的人，而不注重感情的人又怎能体会到感情的美好呢？

冯 壎

　　冯壎是浙西人，表字怀仲。他对兄弟情义看得很重，这种性格和他的名字所寓意的兄弟和睦意思正好相合。他的弟弟名塈，向来无赖，常常用傲慢的态度对待兄长，冯壎只是一笑了之，从不计较。亲戚中有很多为他打抱不平的，对冯壎说："你是兄长，他是弟弟，他怎么能这般无礼？"冯壎说："我很早就失去父母，同胞兄弟只有他一个人。如果为了一点小事而造成兄弟矛盾而分开，我怎么对得起九泉之下的父母，他们定然会哭泣哀叹！我是不忍心让父母的在天之灵感到难受，并不是为了弟弟的缘故。"大家因此称赞他品德高尚。

　　不久，冯塈的结发妻子去世，又再娶某氏作为自己的妻子。这个人性格非常凶狠彪悍，常常惹是生非，挑唆丈夫，冯塈更加把哥哥当成外人，像扫帚、畚箕、锄头、犁耙这样的琐碎之事，都会被他借题发挥，谩骂指责。冯壎妻子渐渐不堪忍受，也在丈夫面前愤愤不平地诉说小叔子的不是。冯壎怒道："你怎么也学起长舌妇的做法了？母鸡报晓，家道败落，我们普通人家不能容忍这类事情发生！"于是与弟弟商议，打算休弃妻子。冯塈开始还进行劝阻，后来听信了他妻子的话，反而在兄长面前说嫂子的缺点，而且还找借口和她争吵。他整天对哥哥说："你如果把嫂子留在家里，那就干脆和我分家！"于是冯壎铁下心要休弃妻子。妻子出身名门，发誓不再嫁人，她跪在丈夫跟前，泪流满面，很久都不愿意起身，不肯离开家门。冯堃又用语言刺激哥哥，说道："我早就说过，你是儿女情长，英雄气短！"冯壎听罢，更加气愤，不顾一切地将妻子赶出了家门。

冯堃与妻子更加得志张狂。冯壎从此以后不再提起再娶之事，孤独一人，把所有家事都交由弟弟掌管，冯堃这才稍微安宁一些。然而自从冯壎休弃妻子以后，吃的穿的，都依赖弟媳，日复一日，提供的东西越来越差。冯家虽无官爵封地，也算是富裕人家。冯堃和妻子自己每天吃的是大鱼大肉，却只给哥哥吃些粗茶淡饭，冯壎对此默默忍受，从来不抱怨一句。冯堃天性就不安分，与哥哥商议，也要休弃妻子。冯壎听说后，叹息道："家门不幸，方才发生夫妻离异的事情。有了一次已经很严重了，怎么可以再出现第二次呢！不能因为我的缘故，破坏了弟弟夫妻之间的和睦，我还是离家出走吧！"于是他把衣被打成一个包袱，连夜离家，悄悄离开。冯堃原本是故意讲这些话的，来掩盖他自己不端正的行为，冯壎既然远走异乡，正好中了他们的奸计，夫妇两人暗地里拍手相庆。没过多久，炉灶突然起火，火势很大，把房屋居室，所有一切统统烧成灰烬。冯堃夫妻从此渐渐贫穷困窘，真可以说是火神不长眼睛。

起先冯壎仓促离开家乡，茫茫然不知要到哪里去。因为想起他的舅舅某公，最近刚在江右任职，便决定去投奔他。他独自走了数十里路程，身体感到非常疲乏，便在路边休息。刚坐下一会儿，就看到一个身材魁梧的男子，长长的胡须像戟一样，带着很多随从，从他跟前飞奔而过。男子见到冯壎，立刻就从马背上跳下，向他问候："老朋友，往日一别，一切可好？"冯壎打量了他一下，似乎并不认识，便起身作揖，说道："分别很久了，一时记不清楚，请告诉我您的尊姓大名。"男子大笑道："你不记得我了吗？我与你其实是老乡，早就听说你的大名。现在我暂且不报姓名，有一件事情很着急，想问问你。"于是他在一棵树下铺设了毯子，与冯壎一起坐在上面。他问道："昨天我从故乡来，听说你休弃了自己的妻子，不知是不是真的？"冯壎答道："的确有这件事。"男子说："真是这样的话，那么你自以为自己尽了孝心，友爱弟弟，其实已经犯下了三大罪状。"冯壎听后，大吃一惊，赶紧问其中的原因。男子笑着详细说明原委："你父母将弟弟托付给你，你却不能引导他和和顺顺地做人，反而放任他罔顾人伦，欺凌兄长，将来堕落到不可救药的地步，这是第一条罪状。你父母为你娶妻成家，你妻子几年来一直恪守妇道，从未听说有任何小小的过失，今天却为了迁就你弟弟，就不顾夫妻伦理，这是第二条罪状。你父母望你生育儿子，以延续祖宗香火，可是你竟然弃逐妻子，不再续娶。即使你弟弟将来生有儿子，而你自己却没有后代。这不是三大罪状又是什么？"

冯墈听了他的这番话，汗流浃背，强与他争辩道："你只知其一，不知其二。从来兄弟之间最大的祸害，就是互相失和，我这样做是怕太伤父母的心，怎么反而成了责怪我的理由？而且兄弟就像手足，妻子犹如衣服，宁可为了手足而丢掉衣服，怎么能忍心为了衣服而使手足分离？我曾经普遍地留意世上的家庭，不和睦的原因，大多是因妇人。世上缺少贤慧的女子，我所以才独身一人而不愿意续娶。弟弟的儿子也是哥哥的儿子，他的后代也是我的后代，何必再白白地惹出许多事情来！"男子又笑道："你的话是多么的不明事理啊！郑庄公纵容他弟弟共叔段，被君子嘲笑讥讽；鲁隐公想要让位给弟弟，也就是后来的鲁桓公，却反而被他弟弟派人刺杀身亡，历来文人认为鲁隐公咎由自取。周公辅助成王，而将他的两位弟弟管叔和蔡叔杀了，正是因为兄弟良莠不齐，有好有坏。若是把妻子比作衣服，这固然有一定道理，然而为了手足，便赤裸身体，一丝不挂，即使圣人也不会认可这种做法。再进一步说，假如尊夫人真的得罪了公婆，那你又怎么来处置她呢？是采取比这更严厉的手段，还是把她一样休弃掉？依据情理来规定律法，你必定能在这方面给我有益的教海。"冯墈无言以对。男子又说："你说弟弟的儿子就是自己的儿子，此话更是大错特错。父母生养儿子，不会担心太多，不是说老人含饴弄孙玩耍取乐，只要有一个就足够了，而是繁衍子孙，多多益善。倘若你将此事交付给弟弟，那么当初又何必有你呢？况且生儿育女皆取决于天命，如果你命中正巧如晋朝邓攸一样没有儿子，那倒也罢了，如果你的弟弟不幸也像东汉蔡邕没有子嗣，这又该怎么办呢？"

听他说完，冯墈恍然大悟，说道："唉呀，这确是我的罪过！"急忙起身朝男子连连弯腰致谢。男子让他重新坐下，问道："你心里是想与原来的妻子重归于好呢，还是打算另外求娶新人？"答道："旧人虽然还在人世，可是我没有脸面再见了。还是再找一个新人吧。"男子说："好。我有一个小妹妹，性情十分贤惠，平时敬仰你的品德高尚，我就代她向你高攀了。"冯壎感到很惊讶，说："这可真是奇了！我和你萍水相逢，还没有见上几面，突然就将千金小姐许配给我，我听后觉得承受不起。而且我孤独凄寒，漂泊旅途，无依无靠，到现在也没有立身之所，这不是有辱你们的家门吗？"男子说："不然。你坚定地遵守伦理纲常，我看重的是你的人品和声望，怎么敢拿门第向你炫耀呢？请你现在就与我一起同行，不用谦让。"于是将随从的一匹马给了冯壎，和他一起骑马前行。路上男子讲了自己的家门，原来他姓黄名椿，他的父亲就是现任山阳县令。

傍晚，才来到他家。大门色彩鲜明，巍然耸立，十几位仆人站在那里迎候，很有世家大族风范。黄公子恭敬地请客人下马，一起走入家门，立刻让仆人通报："快禀告夫人，薄情郎已经请到。"冯壎一听，心里产生了疑问，暂时也不便询问。走进院子，只见高堂大屋，富丽堂皇。有一位年近五十的妇人，头戴凤冠，肩上披着绣巾，身份显得很尊贵，站在屋檐下迎接来客。她细细打量冯壎后，笑着说："真是我家的好女婿。"冯壎知道她就是公子的母亲，便上前行礼参拜，夫人推辞了一会儿，才肯接受。稍稍坐了一会儿，夫人便让冯壎更换衣服，而且告诉他："今晚是吉日良辰，正好可以成全好事。"冯壎感到这样太过仓促急躁，正想起身推辞，忽然堂下箫鼓一同奏响，随即有几个娇丽的丫鬟，扶着新娘子走进来，与冯壎举行婚礼，然后将他们送入洞房。等到冯壎取下遮在新娘脸上的布，烛光之下，眉目看得十分清楚，原来她就是自己以前的妻子某氏。冯壎大吃一惊，急忙询问为何如此，妇人闭口不说一句话，只是默默哭泣。

过了一会儿，夫人进来，代某氏讲述了前后经过。原来自从妇人被丈夫逐出家门以后，她的父母随后就要将她另嫁别人，妇人以《诗经》中歌咏贞情不渝的诗篇《柏舟》自誓，坚决不肯听从父母之命。因此惹怒了父母，他们便要强行将她嫁人，她就逃往尼姑庵，打算削发出家。正好遇见黄夫人，黄夫人很同情她的忠贞守节，便把她收养在家里。公子本是豪侠之士，最讲义气，有古代大侠郭解的风范，于是为她四处寻找冯壎，使夫妻重新团聚。夫人一五一十讲了一遍，冯壎听后，深深地感到万分惭愧。

事情讲清楚后，妇人这才对冯壎说："你因为家中不和，就将我休弃出门，今日你为何仍然不能被弟弟所容忍，也卷着铺盖离家出走了呢？我自然是微不足道，但是想到自己服侍公婆十年，从未受到过丁点斥责，自以为这一辈子无愧于心。忽然一天之中我就被轻易抛弃，如同泼掉一盆水似的，反而使凶恶如禽兽的小人自鸣得意，拍手称快，想到这些，实在是不能甘心！"一边说，一边流泪，哭得连头也抬不起来。满房间的人都为她愤愤不平，冯壎默然无语，内心充满愧疚。黄夫人便劝她说："孩子，不要气伤身子。薄情人诚然没什么可以再对他说的，可是今天是我家招他做女婿，过去的事情都不要再提起。妇人擦掉眼泪，说道："母亲不要再提结婚之事，女儿已经被他抛弃，不敢再有别的什么想法。只要能把他找来，证实一下是非曲直，孰是孰非，我就是死也瞑目了。今天依靠大兄的帮助，才能够表明真心，就让我死在他面前，来证明我的忠贞不渝。"说到这里，言辞和语气都很激烈，随即从衣袖中拔出短刀，准备自尽。夫人和婢女用力将她拉住。公子迅速从门外进来，劝阻她道："妹妹不能这样！我把冯郎找来，难道反过来要了你的命不成？"他又转而对冯壎说："古诗曾说：'刑于寡妻，至于兄弟。'古人处理家庭关系，非常讲究，主张按道理行事。今天你的家庭一出现不和睦的情况，就立即把妻子休掉，她心里理所当然会有怨恨。你假如想学朱买臣以覆水难收的态度对待妻子的话，我不敢勉强你；如果还顾念夫妻之情，那么就请早日破镜重圆。"冯壎开始听黄夫人讲述经过，已经产生了后悔的念头，接着见到妻子悲惨的样子，心中也顿时感到凄惨之意，泪流满面，此时唯有连连答应。公子和夫人又从中调解，他们便又重新结为夫妻，和好如初。第二天一早，夫妻一起到黄夫人房中拜谢。夫人在另外一座院子里为他们安排房间居住，告诫仆人，不得向他们通报外面发生的事情，所以冯堑家遭到火灾之事，冯壎竟然什么都不知道。

过了一年多，黄公子的父亲因为卓越的政绩被推荐并提升为某州知府，派仆役来迎接家眷。黄夫人于是摆下筵席，和冯壎夫妇道别，并送给他们五百两银子，冯壎与妻子都流泪道谢。公子嘱咐冯壎："假如今后有不如意的地方，可以携带妹妹到我父亲就任的州府来找我们。"没过几天，他们便上路了。冯壎和妻子一起回到家乡，只见原先的家中已破败不堪，十分惊骇。于是他出钱购置家产，召来弟弟一同居住。冯堃见到兄嫂一起回来，心里不免忸怩尴尬。他的老婆私下里对他说："我早就想到大伯另外藏有钱财。他其实是舍不得妻子，故意假托到别处去，实际上却带着钱去找她。你看他俩一起回来，就能看出来了。不然的话，黄家即使是巨富，怎么可能肯将那么多的钱财送给偶然在路上相识的人？"冯堃觉得此话有理，便在邻居乡亲中到处传播。渐渐传到冯壎的耳朵里，他这才生气地说："我因想念弟弟才回家来，现在他反而诽谤我对老婆怀有私心，我是不能再在这里住下去了。"于是他把多余的金钱留给弟弟，自己买了一条船，载着妻子，直接去投奔黄公子父亲的衙门。公子带着他们拜见了父亲，黄公用女婿的礼仪对待他。还让他与公子一起处理衙门中的事务，凡事丝毫不向他隐瞒，对他十分器重。任职五年后，黄公将离任返乡。他特地从自己当官期间的收入中分出一半，二三千两银子，送给冯壎，说："贤婿离开家乡前来帮助我，我不忍心看见贤婿没有一个自己的家。"冯壎一下子又成了富人。

冯壎刚回到故乡，弟弟立刻过来拜见，他们夫妇俩又变得衣衫褴褛，和乞丐一样。冯壎问上次留给他的钱怎么花完的，冯堃答道："经常遭到强盗抢劫，被他们折磨得死去活来。今日有幸能够活着见到哥哥，哪里还提起那些事情！"说完，流着眼泪向他请罪。冯壎怜悯他们，依然将他们收留在家里。夫妇俩从此不敢再在暗中说三道四，议论纷纷，然而他俩一辈子都没有子嗣。只有冯壎的妻子，生下两个儿子，使冯氏一脉能够延续下来。冯壎更加钦佩黄公子的观点，两家经常互相走动，好似亲家一样。

外史氏说：世人大多是重妻子，轻兄弟，唯独冯怀仲能够矫正这种习俗，真可以说是坚强独立之人。然而为了迁就弟弟而休弃妻子，并且不再重新娶妻，则又做得不近人情。听黄公子的高论，义正词严，本不是要争个高下，而是对症下药，治病救人。冯氏祖先在冥冥之中，必定会摸着额头大喊庆幸，这种意义又不仅仅是夫妻破镜重圆，传为一段佳话而已。

昔昔措措

　　湖南有个人叫邹士钰，从小就立下了周游四方的远大志向，二十来岁的时候，足迹已经遍布天下。某年春天，他又将到贵州一带去做生意，亲人考虑那里是烟瘴之地，山遥路远，都劝他别去。邹士钰不信，还慷慨激昂地说："大丈夫生死有命，一点艰险又能对我怎样？"他整理好行装，毫不犹豫地踏上了旅途。进入思南等地以后，繁密的雨下个不停，行走十分艰难，他心里不免产生后悔之意。

　　一天，他在深山里迷了路，周围到处是巨大的石头，陡崖峭壁，危险至极。他在几乎只有飞鸟才能通过的险峻山道上行走，好久才翻越险境。远远望见前方的村落，似乎有袅袅炊烟升起，然而面前有一个深不可测的小潭，必须沿着堤岸走，才能绕到那里。他已经非常疲惫了，便坐在一棵树下休息。不久看见对岸有一条木筏，一人用长竹作为船桨，朝这里漂漂荡荡而来。邹士钰十分高兴，认为是来摆渡自己过河的。等到木筏靠得稍近一些，他隐约看见摇桨的人披着一件短蓑衣，全身似乎没穿衣裳，不知是男是女。他站起身，姑且朝木筏招手示意。摇桨的人也很高兴，加快行筏速度，飞速朝他驶来。只一会儿工夫，就看清了来者的面容，也看见了那个人的身形：只看见其头上垂着两个螺壳状的发髻，身体洁白如玉，原来是一个年轻的女子。邹士钰大吃一惊，以为碰见了妖异，正要快速逃跑躲避，而女子早已登岸。她讲一口苗族语言，一边笑，一边唱歌，丝毫没有羞涩的样子。邹士钰这才明白蛮人风俗如此，原来是自己少见多怪，于是跟随她登上了木筏，女子摇动船桨出发。两人同舟共济，遇上这个姿色无敌的女子，邹士钰不禁神魂摇荡，偶尔用手去调戏她，女子显得无所谓，一点也不顾忌避讳。行驶了好一会儿，才到达对岸。邹士钰付给她钱，女子不收，只是不停地笑着，并且放下摆渡的活儿，与邹士钰一起行走。她嘴里叽里咕噜讲了一通土话，意思似乎是愿意为他引路，邹士钰自然非常高兴能有一个向导。

　　走了一里多弯弯曲曲的小路，才来到村口，这时天色已经昏暗，周围景物已经看不清楚了。女子带着他来到一个地方，看样子像是一座神庙。她亲自将门打开，对邹士钰说："这里还能住人。你不是我们的本族人，一定要小心，别走到其他地方去！"说这些话时，说的是汉语，不带一点土音，邹士钰心里觉得很奇怪。女子说完，转身就走了。邹士钰走进庙里，只有一间房子还可以安身休息。黑暗中什么也看不见，也不知道庙里究竟供奉的是什么神。他刚想和衣睡一会儿，可是肚中十分饥饿，难以忍受，随后就听见女子叫唤他，原来酒菜杯盘已经摆在神庙的台阶上，而且酒菜都是温热的，吃起来也很合口味。邹士钰深深感激她的盛情，同时也怀疑这些行为都是女子要与自己结好交欢的暗示，想着女子一定还会重新回来，所以不忍心违背她的意愿，当然也不会拒绝她的要求，于是静静地端坐在那里，等她出现。可是直到深更半夜，仍然没有见到女子的踪影。

夜里忽然下起大雨，雨声响成一片，淅淅沥沥的，而且还听见有人在说话："措措儿引来一位客人，怎么看不到人？"听到声音更觉清脆娇柔，完全不是苗语。随即有闪闪烁烁的光亮射进庙来，好像是有人打着灯光。邹士钰站起身子，从门缝向外偷看，原来又是一位女子，用斗笠罩着头，仅仅遮住双肩，也是全身赤裸，一丝不挂，只是手中拿着一根一尺多长的木棍，像是燃烧的手杖，正在冒雨走着。邹士钰大吃了一惊，而且也感到很好笑，想着来到蛮乡，天天与裸体人相处，怎么能坚守得住呢。正当他在偷窥时，这个女子早已走到祠庙门口，一下子推门进来。邹士钰来不及躲避，只好迎上前与她相见。女子凝视着邹士钰，脸带微笑，似乎带着些惭愧的神色。过了一会儿，她说："来得突然，不得已丑陋的形体被人看见，让我感到十分害怕和不安。邹士钰又向她作揖道歉。女子高兴起来，不再显得羞涩，和他一起席地而坐，将那根点着的木棍放在面前。邹士钰这才得以看清楚庙里的神像，原来是一位女神，身上也没有服饰，披散着头发、裸露着身体，这与他所见到的两位女子完全一样。他猜想此地从来没有布帛，人们不会缝纫，所以创立教义的人才将神像雕塑成这个样子。

他问女子的姓名，此处是什么地方，庙里供奉的是什么神灵。女子说自己叫"昔昔"，与名叫"措措"的女子都是金蚕神的侍女，祠内雕塑的神像就是金蚕神。蚕有雌雄，此神也就有男性和女性的不同。凡是遇到妇人用金蚕害人的事都属于这位女神主管。此地名叫强硐，住的全是没有受过文明教化的苗民，距离大海只有三天的路程。昨晚渡过的深潭，就是人们常常说起的"瘴水"。女子将情况介绍得非常详细。邹士钰又问："你既然是苗民，怎么能讲汉语？措措怎么也和你一样？"昔昔这才叹了一口气，说道："我与措措都不是本地人，实际上出生于中原。原先是男子，到贵州来做生意，就像你今天所做的一样。没想到一不小心被人用金蚕害死，我们不甘心结果是这样，于是就向蚕神申诉冤情。蚕神同情我们不幸的遭遇，让我和措措都托生在苗家，化身为女子。我们发誓不再用蛊虫害人，蚕神便将我和措措收留在她手下，做她的侍从。自从蚕神受到毒龙的侵扰，经常要往水府去，我们不受管束，散漫多了，所以才能到这里来游玩。"邹士钰又问蚕神与毒龙的事情，昔昔还没有来得及回答，措措早已走进来，笑道："姐姐向陌生人倾吐底细，难道不怕他笑话我们吗？"昔昔微笑着说："婢子太不懂事，这个人是福德深厚之人，我们可以依靠他的帮助返回故乡，又为什么要对他有所隐瞒呢？"

两位女子于是坐在一起，告诉邹士钰："毒龙十分贪图美色，他的身体阳气极其亢奋，知道蚕神长得漂亮，常常来纠缠调戏她，蚕类几乎被它吃得一干二净。蚕神十分担忧，迫不得已只好亲自赶到海底，主动去向毒龙献身。由于她与毒龙每日行欢取乐，不太管理人间事情，所以蛊毒的金蚕也就不太灵验了。"邹士钰听后笑着说："据你们所说，蚕神有雌有雄，应当成为配偶。现在毒龙恣意贪色宣淫，雄性蚕神难道不会发怒吗？"昔昔也含笑说："你真是一个聪明通达的人。我们所担心的正是这件事。这个妖物不敢得罪毒龙，就把我们当作泄欲的对象。我们十分害怕他的施暴淫乱，所以才竭力躲避。"邹士钰问："你们打算怎么办？"措措突然神态庄重地回答："昨天傍晚渡你过河，并不是没有用意。我俩其实仍是人身，还可以为你操持家务。如今打算跟随你回去，帮助你成家立业。苗乡不是一个好地方，希望你不要再想着继续深入此地了。"

邹士钰听后，低头暗暗思量，自己本来就已经厌倦了在这一带游玩，而且两位美人也都愿意随他离开苗地，正好符合自己对她们的欲望。但他仍然犹豫不决，定不下决心。不久天已快要亮了，昔昔急忙起身说道："同意还是不同意，干干脆脆说一声。我们也将整装到别的地方去，你不要过分犹豫，反而耽误了我们的事情。"邹士钰心里实在舍不得她俩，便高兴地说："就这样说定了。"两位女子都乐得大笑起来，说："你稍等一会儿，让我们整理一下，即可以出发。"说完两人一起出了门，不到半个时辰又回到庙里，两个人都已经换成了男装，衣服窄小，袖子仅仅到手腕，样子像是两个苗家男子。三人一起出了庙门，各人肩上背着一只竹箱，女子告诉邹士钰："把这些东西带回家去，吃不完，用不尽，不用再四处游荡谋生了。"他们就这样出发了，仍沿着昨日来的路，乘竹筏渡河，二女各扶着邹士钰的手臂，登上岸就开始迅疾如飞地向前走。翻过几十座山岭后，她俩回头远望故地，低声说道："蚕神即使知道，也追不上我们了。"这天晚上，三人在一家旅舍住宿，便同床行欢。两位女子柔媚可爱，邹士钰更加高兴。

几天后，经过一个苗寨，措措与昔昔交头接耳，都笑得直不起腰来。邹士钰问她们有什么高兴的事情，昔昔说："你先别问，今晚可以到一快活的地方，而且可以借此发泄我们心头之恨。"邹士钰更觉得难以理解。措措于是走在前头，来到一户人家，大门和院子十分宽敞，好像是苗人中的富裕的人。措措在这家的门槛上放置一样东西，看上去像是一条隐藏在土里过冬的虫子，身体弯曲着。一会儿工夫，它开始蠕动，随后能够飞行，一眨眼便消失得无影无踪。邹士钰正感到惊异的时候，措措又叮嘱他："千万不要把我们的事情泄露出去！听我指挥，就会得到比昨晚加倍的欢乐！"邹士钰只好暂且点头答应。

不一会儿，房门全都大开，只见老老少少、男男女女闹哄哄地走了出来，见到昔昔、措措他们，显得惊恐不安，不停地叩头。这些人都是与汉族交流频繁的苗民，也曾经都喂养蛊虫害人。邹士钰顿时明白了这是怎么回事，所以高高站着，神态坦然自若。昔昔大声严厉地斥责说："蚕神对你们非常生气，快摆好酒席招待我们的客人，我们可以考虑为你们向蚕神求情。"其中有一个像是家长的人，赶紧答应下来，将他们请入家中。邹士钰与两位女子来到正堂，主人设下酒筵，摆出各种果实和美味菜肴，全家上上下下来回奔忙，唯恐招待不够周到。三人有些醉意，昔昔命令他们选人唱歌来助兴，谁也不敢推辞。只见几位年轻女子，手携手走到宴席前，邹士钰虽然听不懂她们唱的歌词，然而音韵清扬婉转，令人感到十分愉悦。措措又挑选了一个刚刚成年的女子，仅十六岁，故意戏耍，要她脱去衣服，来给他们端着酒杯倒酒。女子微微露出一点气恼的神色，昔昔立刻大怒，猛地从座位上站起来。主人害怕极了，长跪在地，乞求宽恕。昔昔像对待猪狗似的把他臭骂一顿，而且下令说："除老太婆外，其他女子谁敢不脱裤子，通通处死，一个都不轻饶。"整个房间里的人都惊恐万分，不敢违背。不一会儿，白鸟翩翩，围绕在座位的旁边，古代的肉屏风最多也不过如此。措措又将年轻的女子牵过来，让她坐在邹士钰旁边。邹士钰此时已经喝醉，控制不住意乱情迷，亲吻抚摩，无所不至。措措与昔昔都为他鼓掌喝彩，又下令让这个女子陪邹士钰睡觉。主人不敢违抗命令。昔昔和措措也在同一间屋子里居住。天亮后动身，这家人反而下跪送行，态度比奴隶还卑顺。出了村子，昔昔才告诉邹士钰："这家苗民，以毒虫害死数人，谋取了上万的巨资。现在像这样折腾一下，也足以报复惩罚了。"邹士钰听后，嬉笑连连。从此以后，每当经过曾用毒虫害过人的村家，便像上次一样羞辱一场。

当他们来到楚地边界，昔昔说道："现在到了文明的乡镇，不可以再像以前那样了。"她随便从箱子里翻出珍宝，卖掉一两件，换得万贯钱财，用这些钱雇了一条船，又买了行装。两位女子脱去男子的帽子，插上女子的发簪，二人本来就长得美丽，再穿上色彩鲜艳的绸缎服装，又添了几个婢女仆人随行，声势很大，和巨富之家差不多。邹士钰原先没有妻室子女，于是把昔昔作为正室，措措为姜室，二人彼此也不妒忌。回到湖南故乡，他们箱子中拥有的都是珍奇宝物，用它们换取银钱，价值万金。买产业，建造新屋，一切费用绰绰有余。

邹士钰既然已经成了阔绰的富人，又有两位美人相对做伴，不再想出门远游。一年后，二女各生下一个儿子，邹士钰更加感到欣喜幸福。忽然有一天晚上，昔昔告诉他："蚕神与龙交媾，经受不住龙的狂淫，昨天已死在床上。那雄的蚕神虽然还活着，已经无能为力。今后往南方苗乡去的人，可以不用害怕担忧了。"邹士钰将信将疑，有时也会讲给别人听，但没有人对这些话的真伪查证过。

外史氏说：在各种害人的恶虫中，金蚕是最狠毒的。虽然苗民中心狠手辣的人喜欢使用毒蛊，而帮助他们作恶多端的，其实正是这种东西。毒龙具有大法力，强迫金蚕女神忍受奸污，而且最终将她害死，虽然故事很像是虚构捏造，实在是大快人心。何况书籍上记载，喂养毒虫的人家，家里的妇女很多被神奸淫。则昔昔、措措的所作所为，确实也是有根有据，不妨相信。至于说到两位女子不随便苟合，不互相妒忌，则表明她们虽然生活在蛮荒之地，还是说明了两人没有泯没中原人的本性，具有纯正清明的气质。这一点是可以确信的。

温 玉

有个名叫陈凤梧的举人，生性风流，品行宽厚。祖居绍兴，后来迁居宛平。二十岁前就考中科举，人们都认为他是神童。家就在京城甘水桥宅，后面有三间小楼，是他父亲侍御公休假时安居休养的地方。举人早年还登上楼去听歌玩乐，自从父亲去世后，不忍心见到保存在楼上的父亲的字迹遗物，便将楼房的门关闭了。至今已经好几年了。

一天晚上，月光如水，空明澄澈，举人访问友人，回到家已经很晚了，家里人都已经睡熟了，只留一个小童仆守候着，等候有人敲门。举人走到家里，因为非常喜爱美丽的月色，不舍得上床睡觉，便亲自捡了一些松柴，让童仆清洗器具，准备煮茶。忽然听见传来一阵阵隐约的笛声，如怨如慕，如泣如诉。侧耳细听，笛声宛然是从楼上传出的。举人感到非常惊骇，身上的汗毛都立了起来，不敢一人清醒待着，赶快回房间睡觉。天刚刚亮，他就起了床，要去楼上查看情况，家里人知道原因后，全都极力劝阻，他全然不听。来到楼上，只见长脚蛛趴在门上，楼板、栏杆都满是灰尘。刚打开房门，有一只庞然大物夺门而出，举人吓得两脚发抖，抬头一看，巨大的东西猛地展开翅膀，凌空飞翔，原来是一只大鹏。自从侍御公去世，五年以来，楼房的门从没有打开过，想来大鹏一定在楼上筑起了窠巢。然而门窗都关得严严实实，也不知它到底是怎么进到房间的，实在是令人感到奇怪。举人稍稍定下神来后，走到房里，查看书籍典册，丝毫不见有人动过的痕迹，房里也没有一丝怪异的现象。只是睹物思人，感到十分悲伤，不禁流下几行思念的泪水。然后他仍旧关好房门，回到自己屋去。到了夜深人静之时，他依旧暗中观察，刚过三更，笛声又响起来。仔细一听，音调非常悠扬婉转，不同于上次听到的呜咽哀响。

第二天，举人穿戴得整整齐齐，恭敬地来到楼下，祷告道："你是神仙？还是鬼灵？为什么躲着吓人？如果你真的擅长美妙的音乐，请容许我当面聆听，不要小气！"说完回到房里。书桌上已经放着一张请柬。打开一看，字迹秀丽，一个署名"温玉"，一个署名"柔娘"，都是闺阁中女子的名字。举人十分惊讶，拿着请柬询问家里人，家里人都全然不知请柬之事，更不要说请柬的来源了。全家又惊又疑，都十分惴惴不安。到了黄昏，举人想去赴约，太夫人觉得此事太可怕，便把他训斥了一顿，严令他不准去。举人于是假装睡觉，等到大家都睡了，他独自悄悄地往楼房走去。

还没走近楼房，早有一个非常妖媚的小丫鬟在门口迎候，笑着说："知音人真是胆色过人！二位娘子，已经等候多时。"说完带着他一起向前走。没走几步，就闻到从空中传来的一阵阵椒兰浓郁的芳香。往楼上看去，只见两位美女垂着衣袖，身靠栏杆，好像在徘徊踌躇，百无寄托。月光之下相遇美人，香雾笼罩着发髻，月光洒在手臂，更显得莹白如玉，很难不产生爱恋的感受。于是举人沿着阶梯登上楼去，径直走到美人面前，作揖行礼道："我本是一个平平庸庸之人，不熟悉音律，承蒙您的垂怜，让我前来参加今晚的聚会，真是令我羞愧！"其中一个美人露出一丝讥笑，说："你既然不是精通音律的周瑜，何必如此恳切地请求聆听妙音？这种话谁会相信！"

说话之间，举人偷瞄了两人的容颜，一个长得珠圆玉润，嫣然一笑，顿然生出千姿百媚；一个生得闭月羞花，偶尔含笑回头，可以说是倾城倾国。两人都身穿轻盈的五彩仙衣，腰下围着百宝裙，佩戴的饰物发出泠泠的声响，就好像天上的仙人一样。举人感到十分惊奇，以为是一生中难得的奇遇，于是说："前两天晚上清妙的笛声，遥遥聆听，好像出于两人，而各有特点和长处。现在恳请你们赐教与我，使我一饱耳福，不知是否可行？"另一位还没有开口讲话的美女也讥笑道："真是性急，难道好色的登徒子，还在眷恋着丑老婆吗？"说着便从袖中取出一支玉笛，为他吹奏一曲，就是前日晚上所听见的。笛声悠长飘忽，仿佛是孤鹤清唳，寒雁哀鸣，悲戚凄凉，催人泪下。一曲还没有结束，另一个美人即扬了扬翠色的衣袖，示意别再吹下去，说道："妹妹还是不要吹奏这种催人肠断的哀声，反而令佳客感到不快。"于是吩咐丫鬟取来笙，自己倚靠在楼的栏杆上，和着笛声吹奏起来。乐曲如昆山玉碎，凤凰啼叫，哀伤的人听后，转悲为喜，幽怨的人听后，心情舒畅。这原来就是昨晚听到的音乐，而缠绵之意更加浓重。

吹完曲子，两人自报家门。举人这才知道吹笙的那一位叫温玉，而名叫柔娘的则是吹《折柳》曲的那一位。举人与温玉交谈，谈到古往今来的歌伎，温玉全都了如指掌，一提起即能应答如流。只有柔娘低着头，用衣袖遮掩面容，对着皓月默默无语，好像心中有无限悲伤似的。举人心生疑问，便开口相问。温玉答道："痴丫头常常做出这种姿态，你别过于在意就是。"已经到了半夜，丫鬟催促美人回去。温玉看着举人说道："有佳客却无美酒，美好的夜晚不能尽情欢乐。你倘若能做主人，我们自然会到你书斋来拜访。"举人恭敬地答应了她的要求，时间约在明天晚上。于是她们下了楼梯，慢慢向楼的东方离去，不知到底去了哪里。举人也悄悄回到自己卧室，母亲、妻子都没有察觉。

第二天早上起床，举人对昨晚的事秘而不宣。近中午时，他走进书斋，假装提笔写作的样子。到了晚上，借口文章还没有写完，就不回卧室。他吩咐童仆取来被褥，铺好床铺，而且暗中准备好酒菜，点亮烛光，等待美人到来，心里唯恐她们失约。一直等到二更时分，两位美人一起走来，春意融融，谈笑自若，再也没有昨晚羞涩之状。两位美人进了书房，三人随意坐下，靠得很是相近，鞋履都在一处，十分亲昵。举人准备自己起身去暖酒，温玉用眼神示意丫鬟，说："不可太烦劳主人。"说着便让她去代劳。酒过三巡，酒意微醺，脸上泛起红光，举人起身，请两位美人吹笛弄笙，想要继续昨晚的欢乐。温玉推辞道："周围近处都有耳目，吹奏起来会惊扰家人。"于是不再炫耀妙技，只是饮酒作乐，做一些猜测藏物的游戏，输的人罚酒，以此取乐。

过不多久，东歪西倒，大家都充满了醉意，眉眼间都是轻狂之意。温玉便离开筵席，对柔娘说："妹妹为什么不留在此处？我要先回去了。"柔娘露出羞态，说："我不习惯和陌生人一起睡觉，这件事自然应当先让给姐姐。"温玉笑道："是你首先吹笛邀来这桩风流情事，谁还好意思抢在你前面呢？"于是靠着丫鬟的肩膀，跟跟跄跄地走了回去。举人为柔娘解开衣衫，柔娘低声说："我还是处女，还请您多怜惜些，不要太过粗暴。"举人笑道："我一定遵从你的吩咐。"二人开始交合，柔娘十分痛苦，下体流红，娇声连连。举人尽情地玩赏，美人肌肤虽然不丰腴，但是却软绵绵像是没有骨头似的；神态好像无法承受，却又像是要竞妍争胜，床席之上，极尽人世的欢乐。拂晓，柔娘取过衣服先起床，对举人说："你还有新人，我明日再来。"说完姗姗离去。举人于是借口说身体不适，不回内室睡觉。太夫人和他的妻子都来看望慰问，举人就说自己心神不快，想要远离烦嚣，保持清静，谢绝了她们的探问。因此别人也没有起疑心。

临近夜晚，他仍然藏好一些酒，等待温玉到来，久久地昂着头等待。深夜，美人果然来到眼前，这次只有温玉一个人，连丫鬟也没有跟随。灯下，两人促膝坐着，觥筹交错，温玉性情豪放魅惑，比柔娘更加撩拨人的心神。酒还没有喝足，举人的情欲已经按捺不住，催她赶快上床。温玉笑着站起来，说道："如此轻狂，怪不得饥渴之症难以医治。"说完，含笑吹灭灯火，解开内衣。举人俯下身子抚弄，她虽然还是处女，而对枕席之间的情事，很能迁就迎合，而且通体温软如拥绵絮，柔腻似涂膏脂，容貌好比圆月生辉，姿态亦如花朵绽放。才两个晚上，举人就拥有了两个美女。两人纵情已久，阳光映入眼中。温玉准备起床，对举人说："两把斧头砍伐一棵树木，你想过其中利害吗？我一离开妹妹就到，妹妹刚走我又出现，你以一身对付两人，肯定会衰败。我替你想了一个办法，你暂且先回内室，约定五天以后，我们再相会一次。这样你的精力就能得到恢复，而我们之间的爱恋之情，也会更加长久牢固。"举人被她体恤自己的真情感动不已，将她的叮嘱牢记在心。

温玉走后，举人也从床上起来，打算回到内室去，可是神情恍惚，似乎忘记了什么。过了好一会儿，才恢复记忆，慨叹一声："柔娘约好今晚来这里，我怎么能失约于她！"这样一想，重新又在床上睡下。过了一会儿，母亲和妻子接着过来探望，他仍然以身体有病为由，不回内室，留宿在书房。他的心为酒色所迷惑，饮食也减少了很多，别人于是深信他确实有病在身。太夫人想给他请医生看病，他坚持不同意。

到了晚上，柔娘又来找他，缱绻缠绵比前一次更是有过之而无不及，上一回她还含娇羞怯，这一回则柔顺婉媚。临分手时，她问："玉姐来吗？"举人摇摇头，柔娘面上扬起笑容，看上去非常高兴。第二天晚上，她又来到举人身边，笑着说："我今天来代她一个晚上。"举人便告诉她温玉与自己五天以后再会面的约定。柔娘一听，顿时含娇带怒地说："这个妖婢竟然假惺惺地大献殷勤！我告诉你：她并不像我是神仙中人，而是一只狐狸。她必定还有幽会，所以才用这些话来骗你，否则，岂有相爱而立刻把你一人丢弃在空房的道理？"说完，二人又和往常一样欢好。临走之时，她嘱咐举人说："你别把我的话泄露给她，反而倒像是我妒忌她似的。"五天之后，到了约定之夜，仍然看不到温玉的身影，举人也起了疑心，而不知道她这样做是为了谦让柔娘。从此以后，柔娘每个晚上都到举人书房里来，而举人则变得疲惫不堪，身体日渐憔悴。

直到第十天的夜晚，温玉才来找举人。一进书房，就惊讶地说："这张床难道都没有空闲过吗？不然，你的形神怎么会这般疲乏？"举人因为喜爱柔娘，完全不说前几天的事情。睡觉时，温玉感到情况异常，进一步追问，举人这才告诉她："柔娘来得太频繁，而且她说你是狐狸，叮嘱我别把她的话泄露出来。"温玉听后，十分恼怒，说："错误地和小鬼一起共事，几乎强加给我一个杀死郎君的罪名！她是某家的小女儿，已经死了好几年。在明朝末年，闯王李自成进入京都，她自缢身亡。因是兵荒马乱的时候，就把她草草埋葬在你家的后楼下面。你家大人在世时，福德深厚，她只好将自己深深地隐藏起来，现在人去楼空，她便据为己有。我与她都爱好音律，所以互相结识，经常往来，这才得以一起与你认识。"停了一会儿，温玉又笑道："她这样做其实是被情欲迷住了。尽管如此，你却已经被她害得精力枯竭了。明晚等她再来的时候，我一定为你劝止她。"鸡叫时她离开了书斋。举人明确地知道了她俩是鬼狐，开始感到害怕，打算搬回内室，可是又感到惭愧，很难开口。

这天晚上，柔娘与温玉果然一起来到举人房中。温玉斥责柔娘说："妹妹说我是狐狸，你自己难道不是一个鬼吗？怎么能和人合欢偷情，却不知道要出于德义，爱护别人的身体！"柔娘羞红了脸，没有言语可以回复。温玉喋喋不休地讲个不停，柔娘则低着头，双眉蹙着，满脸愁态。柔娘自从遇见举人以后，不再像从前那样凄哀幽怨，举人今天又见到她一脸愁容，顿生怜惜之心，便在旁边调解说："她实际上也是很爱惜我的，你何必那么严厉斥责她呢？"温玉一听，气得涨红了脸，说："你既然袒护她，我绝不白白地替别人承担坏名声的。"说完，将衣袖一甩，头也不回地走了出去。柔娘仍旧留了下来，这一夜两人也是欢乐如常。

过了一天，举人真的生了重病，身体十分虚弱，神气几乎衰竭。太夫人一定让他搬回内室来住，而温玉和柔娘从此都不再出现。举人病得奄奄一息，全家都为他忧心忡忡。正当他病情严重之际，忽然梦见温玉挥泪而来，对他说："你不听我的话，几乎命归黄泉！然而你的官禄并没有到头。我为了治愈你的病体，到嵩山去采药，触怒了山神，从悬崖上掉下来摔死了。现在我与柔妹，都成了冥冥之中的亡灵，真是令人感慨万千！"她说得十分凄惨，举人听后，心中也极其悲痛。温玉又说："某医生精于医术，赶紧将他请来，疾病或许可以治愈。"说完，举人即从梦中惊醒过来。根据她的指点，四处寻访，果然找到了名医。请他医治，举人的病体才得以痊愈。病好以后，他心中一直对温玉十分感激，对于她的惨死感到非常悲伤，同时对柔娘也思念不已。当他一个人独处时，就盼望她们能到自己身边来，但是始终不见她们的身影。

过了两年，举人的妻子因为难产去世，他过着独身生活，深感寂寞，更加思念温玉和柔娘。长夜漫漫，凄凉冷清，举人很晚都睡不着。忽然看见从前那个丫鬟，身影一晃，来到面前，告诉举人说："玉娘子让我给你传话，三天以后，请你在门外等候，看见有给女子送葬的，如何如何，那么旧情可以来了。"举人问她详细的情况，丫鬟答道："娘子死后，向泰山大帝诉说真相，经查属实，泰山大帝同情娘子的节操，允许让她复活重生。因为与你旧缘未断，所以她将借别人的身体来和你团圆。"举人接着又问起柔娘的近况，丫鬟说："她很羞愧与你相见，而且阎王命令，将让她到别处去投生。"举人还想继续盘问，丫鬟匆匆忙忙整了整衣袖，退了出去。

三天后，举人在门外等候，果然看见有人抬着棺材走过来。棺材上面覆盖着红毯，送葬的人都身穿青色的衣服，没有一人穿着白色丧服，得知死者是一位少女。他走向上前去，说道："人本来还没有断气，为什么要把她埋葬呢？"大家听后一惊，而此时棺材变重了，大家使劲抬也抬不动。忽又听见棺材里传出鸟鸣般的声音："我已经复活，快要被闷死了！"大家一听，大惊失色。女子的父亲是朝廷某部的郎官，只有这样一个女儿，刚成年便夭折了，极其悲痛惋惜，死后不忍安葬，盼望她能够复活。现在听到棺内传出声音，喜出望外，并不觉得这有什么怪异之处。只恨事情发生在大道上，没有停放棺材的适当场所。

正在手忙脚乱不知所措之际，棺内的呼声更加急迫。举人便走上前去，主动说："你们没有停放暂歇的地方吧？这是一件大好事，寒舍可以给你们提供方便。"郎官大喜，表达了自己深深的谢意，便将女儿的棺材抬进举人家门。家人都感到惊讶，以为犯忌，举人坚持认为可以不必计较。刚打开棺盖，女子已经迫不及待地坐起身子。举人偷偷看了她几眼，貌美极了，虽然含着几分羞怯，但和温玉宛若一模一样。郎官又向举人提出借一间外房，让女儿休息一会儿。举人毫无介意，二话不说，打开书斋，命众人扶小姐进去。郎官对他的恩德更是感激不尽。他殷勤地询问举人的情况，得知他是世家子弟，而且名字已经登在科举榜上，顿时产生了将女儿嫁给他的念头，又担心他已有妻室，便私下问举人家里的仆人，知道他不久前刚刚丧偶，心中更是充满喜悦。于是把哀乐变为婚曲，两家结成姻缘。举人满心欢喜，摆酒筵招待众人，同时让人将棺材抬到郊外焚毁，借此宣扬这件奇闻，当时观看的人像山又像海，十分壮观。黄昏时分，用华美的车将女子送回家。然后选择一个吉日，送上彩礼，二人得以再续前缘。

到了迎亲的晚上，刚揭去新娘头上的蒙布，她就凝视着举人，好像与他早就相识，又不敢马上将心中的秘密表露出来。直到夜深人静时，她低声叹息道："我为了与你两个晚上的欢爱，冒着极大的危险，结果从悬崖坠落摔死，你是否珍惜我的这份情意？"举人答道："当然。我把你的感情珍藏在心中，时时刻刻铭记，永远不会忘记。以你的灵性，自然早就明白了我的这种心意。"温玉笑道："假如柔妹复活，在你眼中，大概要比我好上十倍。"举人也笑了笑，说："你对从前的事情还耿耿于怀吗？"于是两人便互相扶着，上床安寝。温玉说："两次向你献上处女之身，别人只受一次委屈，我却要吃两次苦头。"交合时，落红沾湿了床褥，女子比上次加倍地畏缩柔顺，然而交欢融洽与从前没有什么不同。天一亮，她就起床，对举人说："我今天可以堂堂正正地去见祖宗和亲人，从前却不能，那时真是所谓'妾身未分明，何以见姑嫜'。"于是梳洗一番，前去拜见太夫人。太夫人见她性情柔顺，十分喜欢。从此以后，夫妻新婚情浓，每天晚上都要行欢做爱。举人开玩笑地问道："你不怕我再次生病吗？"温玉红着脸回答："今非昔比。鬼与狐都是异类，连隔五个晚上来一回都受不了，更何况源源不断地纠缠交欢？现在以人身侍候自己丈夫，性生活虽然稍稍多了一点，却不伤身体。"举人很赞同她的见解。

一天晚上，温玉突然对举人说："过去的谶言应验了。我昨天梦见柔娘，她和我诀别，她太羞愧了，不能和你见面，所以让我转告你。她已经托生到某家，十五年后，可以到扬州去寻她。"举人当时与温玉感情正是浓情蜜意之时，不再奢望其他，只是随便问了一句："自尽的人也能转世人间吗？"答道："她有德而无罪，而且去世已有许多年头，转世应当是男子。出于对你的思念，她特意恳求转世为女身。"举人听柔娘一番话十分感动，然而对此事也并没有怎么放在心上。

后来陈凤梧屡次考进士都失败了，最后以贡生的资格被授予县令。开始时在新蔡任职，政绩卓越，很快提升为秦州长官，十年没有升迁。忽然有一天，因为才能卓异，升任安庆太守。他携带家属渡过淮河，须经过邗沟，时间正好已经过了十五年。温玉告诉他："柔娘的家乡就在这一带，难道你已经忘了扬州之梦吗？"此时温玉已经生育两胎，都是儿子。举人很不愿意再去寻找梦中的人，经温玉再三请求，方才答应，在此地停留十日。他几乎找遍了当地贩卖年青姑娘的场所，温玉都摇头说不是。就在即将离开这个地方之前，有一位贫穷的妇女领着一个小女郎，在客栈乞讨要饭，温玉恰好跟随太夫人从平山堂游玩归来，看见后说："就是此人。"于是立即禀告举人，托言要买一位婢女，将小女郎买下。温玉把她带回家里，流着泪说："妹妹怎么会如此贫寒？"小女郎不知道她讲的是什么，然而一双亮眼炯炯发光，也紧紧注视着温玉。温玉亲自为她洗漱梳妆，眉目焕然一新。问她年龄，果然是十五岁。便仍然给她取名"柔"，显示不忘记她的过去。在定情那个晚上，举人有意试试她的笑貌声音，与柔娘没有丝毫不同，全然是同一个人。他更加欣喜若狂，认为温玉的话一点不错。

他后来又做了几任官，在这期间，温玉虽是家中主妇，对柔娘却是平等相待，经常让她一个晚上，说："我这是让她补回十五年的空缺。"一年后，柔娘也生下一个儿子。不久，举人因母亲去世丁忧回家，从此便不再外出做官，整天在妻妾的温柔乡里安心度日，一直到老。

外史氏说："玉"用"温"字作修饰，是强调了玉的美好品质。女子用"温玉"这个名字，这对她来说真是名副其实。妇人的美德，就是不妒忌、不淫乱而已。女子把自己拥有的晚上让给别人，这是不妒；与举人约定隔五天再交欢，这是不淫。而且她能为自己心爱的男子献出生命，希望男子病愈，如此贤良淑德，所以山神虽然大发雷霆，也应该收敛起威风。最后，破镜者得以复合，分离者又重新团聚，温和如玉，不会到了阴阳两隔的地步，只能白白地祈祷祝愿，这些都是理所当然的结果。说到柔娘，丝毫没有可取之处，只有愿意转世为女子一事，才能为她开脱一点。然而如果不是温玉的贤良，她又怎么可能有机会借着温玉之名树碑立传呢？

睡　姬

某个达官贵人娶了一位美女为妾，在众多妻妾中，她因为绝色容颜最受宠爱。她天生有一个特点，就是最喜欢睡觉；常常到了日上三竿，她还没有睡醒；即使在白昼，也好像一春三眠的柳树，昏昏欲睡。开始贵官还没有发现她有什么异常。一天，她独自站在台阶上，好像与人悄悄讲话，回到闺房后就上床睡觉，竟然连睡三天都不醒。贵官开始产生了疑问，问她这是怎么回事。起初她不肯说，经贵官再三追问，才说出自己的秘密："我是仙境芙蓉城主人手下一个歌女，因为犯错，被贬谪到人间。虽然住在人世，但是在睡梦中经常回到芙蓉城去服侍效力，希望能够赎回从前的罪失，重回仙境。昨天是芙蓉城主人石延年的生日，群仙都到了，我的职责是歌唱，不能马上返回，因此引起你的怀疑，希望你能宽恕我！"贵官觉得她的话很难让人相信，便说："假如你能带我到那里游玩一番，来证实你所说的话，就能逃过惩罚，否则，等待你的将是一顿拷打。"说话时，带着一脸怒气。美妾却神色坦然地说："我生活在这个世上，就好像尘埃依附于弱草，结果如何任凭你处置，生死也任凭你决定，但是，我绝对不敢把天上的琼楼玉宇，来供自己在人间邀宠。"贵官听了这话，非常生气，然而因为贪恋她的美色，不忍舍弃，事情过去后，便也不再追究。

过了几年，美妾忽然患上疾病，渐渐地卧床不起。贵官对她十分怜爱，经常到她床边探望慰问。一天，她忽然流着泪说："你对我的厚爱，实在难以报答。以前你曾经想随我一起到芙蓉城楼一游，现在正好有一次机会。我们为何不在夜里出发，来实现你长久以来的愿望？"贵官大喜过望，急忙询问游览仙境的办法。美妾回答说："你先躲避旁人，独自一人睡觉，我能带着你一起到那里去，千万不要走漏了消息。"贵官点点头，牢牢记在心里。

到了晚上，贵官睡在外房，果然梦见爱妾妆饰美丽，和平日一样，只是穿了一件轻盈的五彩仙衣，色彩斑驳，绚丽夺目，与家里的服装完全不同。而且她牵来一鹤一鸾，请贵官立即骑上启程。贵官好不容易跨上鹤背，立刻腾空而起。他害怕自己从鹤背上摔下来，便闭上双眼，任由飞鹤飞翔。不一会儿，好像踏到了实地，他睁开眼睛四处打量，爱妾和鸾鹤都不知去向。只看到远处城楼重叠，金碧辉煌，互相映照。周围都种着各种奇异的树木，五彩缤纷，有数丈高。等到走近细看，果然都是锦城所种的木芙蓉，数里之外便可闻到馥郁的香气。贵官心中愈加高兴，于是慢慢往前走去。

刚走近城门，忽然看见一个披散着头发的少年，骑着小马驹从城门出来，容貌俊秀，风流潇洒。贵官向来爱慕男色，见了少年，产生倾心爱恋之情，便朝他看去，眼神痴缠。少年感觉到了什么，看了贵官一眼，随即勒住缰绳，和他搭话，问他道："你有什么事情，要来这个鬼的世界？"贵官大吃一惊，向他讲述前后经过。少年大笑道："石延年死后，成了这里的主人，他所管辖的都是死鬼，怎么可能和蓬莱岛、瀛洲相提并论，也敢自称神仙之境？"贵官还用他爱妾的话与他争辩，少年说："你的妾生命即将结束，所以魂归这里，你的命数还没有完结，怎么会和她一起来到此地呢？你这样仔细想想，事情就一清二楚了。"贵官幡然醒悟，却又担心不能返回家中。少年便跳下马背，对他说："闺中女子不免误了你的事情。我们一起骑上这匹马，我当送你回家，不必担心。"贵官向他道谢，坚持要让少年坐在前面，自己坐在他的身后，双手将他抱住。两人共骑一马，背腹相连，隔衣紧贴，贵官只觉得少年肌体柔软无骨，让人神魂颠倒，又闻到他身上清香的气息，更使人情欲炽热，几乎要燃烧起来。此时贵官反而不想马上返回家中，只想着能和少年一起便了无遗憾。于是他趁机问少年怎么会到这里来，少年答道："我住在山中，早就得道成仙，也是羡慕芙蓉城美好的风光，才偷偷来此游玩。没想到城中阴气强盛，不可久留，所以才离弃鬼城返回，就像丢弃无用的旧鞋那样。"贵官相信了他的话，而在恍恍惚惚中，已经行走了好几里。少年说："到了。贵官抬头朝四处看去，又是另外一番景象；山谷间层层叠叠的楼阁相互掩映，花木也长得郁郁葱葱，不过看到后只觉得艳丽，而不觉得雅致。贵官看了反而觉得很高兴，认为比芙蓉城的景色美丽多了。

少年将他请进楼阁，设筵欢饮，侍从多是美少年，容貌都很出众。少年又说："这座小山，是金仙所居之地。假如不是你有仙缘，凡夫俗子怎能有幸来到这里？"喝酒正是尽兴的时候，少年又展现出魅惑的神色，渐渐做出轻狎秽亵的举动。贵官渐渐克制不住自己的情欲，心中不断想着如何与他交媾。突然听见鸾声鸣响，少年顿时变了面色，侍从也显得十分慌张。眨眼间一道红光，好像绢布，直接落在房间中央，原来是一位美人，怒容满面地从外面进来。贵官一看，来者是他爱妾，鸾鹤还在她身旁飞翔。贵官十分惭愧，回头看少年，已经化为一颗仅如手掌大小的石卵。美妾捡起石卵，转怒为笑，说："这小子也太不自量力，然而也是你的福气贫薄。现在我送你回家，家人该在焦虑盼望你呢。"贵官怀着惭愧的心情，再次跨上鹤背，升上天空。这时房舍都变得很渺小，底下是一片悬崖和奇形怪状的沟谷，险恶万分，不能停留。

回到家中，他在床上转了个身，恢复了神志，耳边听见有人喊叫："主人苏醒过来了！"他醒后问家人事情的缘由，原来他已经沉睡了两天两夜。贵官既惊讶又害怕，刚要派人去探望美妾，而她已经派婢女来邀请主人。贵官急忙起床，来到美妾房间，她立刻拉着贵官的手，和贵官诀别，说："本来打算带着你看一看仙境，没料到鸾飞得不如鹤快，导致你被妖邪迷惑了。但毕竟这也能够消除你心里的疑惑。现在我将返回自己的故居，不能再留在你家，希望不要太过伤心！"说完，将圆石交给了贵官，说："这是你的意中人所化，剖开后将会得到宝玉，可以时时把玩，你也不会埋怨我坏了你的好事。"说完，就突然死去了。贵官知道她是仙人，厚葬了她，墓碑上题了字"睡姬之墓"。他随后把圆石拿到玉匠那里，把杂质去掉，得到一只玉兔，红眼白毛，巧夺天工。贵官将它视作宝物，终身佩戴，一刻也没有取下。

外史氏说：毕竟是美妾聪明灵慧，没有让俗世红尘之人，进入瑶池仙境游玩。不然，世上还要设下一道道大门，派人巡逻防范，以防暴徒，难道世外仙人的居地，反而放任轻狂男子随意出入吗？至于梦乡之中，乐趣原本就在其中了，并不需要借助美姬的引导，才能如入梦想的地方。人们感到头痛的经常是睡不好觉或者是没空睡觉。如果真能像美姬那样安然睡觉，纵然不住在芙蓉城，也是人生第一大快事啊。

张 仙

以前人们没有生出儿子时，大多会在家挂一张张仙的画像供奉。这是因为有传说张仙是能保护世人子孙后代的大仙，非常灵验。画像上画的是一个穿着华丽的锦袍，容貌俊美的男子，头发上束一条用角装饰的带子，两腮宽厚，满脸的髭须，左手挟持着一张弹弓，右手捏着一颗弹丸，神姿仰视天空，飘飘然似乎有飞天之势。身旁有一条一边吠叫一边奔跑的狗，就是人们常说的天狗。某县有个以擅长画张仙像为生的画师，画技高超，他画的张仙栩栩如生像真人一样，而且非常灵验。当碰到小儿因惊吓不停哭叫时，只要在他画的张仙像前真诚地祈祷，就立刻能应验止啼，人们因此对他更加信奉。方圆数百里的人们都过来求画，他的家门前每天都挤满了人像街市一样。画师也凭借自己的画技发了大财。

县东几里之外的某村，有一户人家，娶了一个很漂亮的媳妇，可是结婚几年却没有生育，于是妇人便亲自到画师家去求画像。来来往往跑了好几次，才总算取回一张尺把大小的画像。到了家中，便立即将画像供奉起来，焚烧香火，态度十分虔诚纯洁。

十来天后，因为丈夫恰巧有事外出，晚上妇人独一个人在家睡觉。看到一个衣冠穿戴整洁华丽，身材魁梧的男子，径直走到床前，对妇人说："我是张仙。你的诚意打动了我，所以赐给你一个儿子，但是你丈夫身体疲瘘虚弱，不能播种。今天由我来替他耕耘，或许会有希望，请你不要惊讶。"说完，便脱掉衣服，要上床。妇人看他长得俊美，早已经动心，便欣然接纳了他。室内春色盎然直到天色发白，两人才结束行欢，男子取衣下床，穿戴得端端正正，慢慢地消失了。妇人仔细察看，只见他的身影进入张仙画像之中。她就更加相信这是张仙显灵，丈夫回家来，也保守秘密不说。从此以后，两人生活更加要好，只要丈夫不在，男子就来欢会，妇人也并不拒绝反而很开心见到男子。日子长了他逐渐放肆起来，就连丈夫在家，也前来寻欢作乐，妇人看事情不能再隐瞒下去，面露羞涩，向丈夫讲明事情全部经过，还依然认为这是神灵在保佑自己早日生子。丈夫为此感到诧异，仔细地观察了男子的行迹，认定他是一个妖怪，便取下挂贴的画像，点火焚烧。火刚烧及画像的边角，忽然看见上面写着一行小字，仔细辨认，原来记着一个人的年龄和生辰八字。丈夫更加感到心中不安，觉得其中有奇异，烧得更快了。

过了几天，听说某画师无病无痛，突然暴死。丈夫感到十分惊讶，便向他的学生询问原因。一个熟识的人悄悄相告，才弄清楚事情的始末。原来画师见了妇人后，垂涎妇人的美色，整天心神摇荡，不可自持。画成画像后，便在画轴上写下他自己的生辰八字，并且祈祷道："假如前世有缘，就让我于梦中与她相会。"后来过了十余天，果然在梦里与妇人交欢，画师也认为这是一次奇遇，更是把此事作为笑料与人私下谈论，他的学生也因此得以听说。当妇人的丈夫焚烧画像时，画师正在画铺中，突然大声叫道："谁在用火烧我的躯体，我的性命难保啦！"说完就断了气，全身焦灼，果然像被火烧过似的。妇人的丈夫听了以后，感到非常痛快，更将这件事四处传播。没过十天，大家都把画师所画的张仙像烧成了灰烬。

外史氏说：张仙，本来是花蕊夫人捏造出来的。史书上记载：夫人由于对亡蜀后主孟昶的思念绵绵不绝，即使进入宋朝的皇宫，也整日魂不在身，便绘了一张后主画像，常常祭祀来寄托相思之苦。后来因为宋太祖问及此事，她怕被发现此事便编造出张仙来解释，并不是真有这样一个神。如此说来，画工的作品之所以能显灵，是由笔墨赋予的，似乎和神仙本身并无多大关系。然而，谁又能断定不是后主的风流本性与画像合二为一，特出来作怪呢？乡人的一把火，足以使人们迷失沉醉的心灵清醒过来。

守一女

明代中期，山贼猖獗到处作乱。某村有一个刚成年的姿色美丽的女子，不幸被山贼掳去。山贼因为对她的美貌爱慕，便将她的父母和年幼的弟弟一起捉来，并威胁女子如果不嫁给他，就把她全家杀死，一个不留。她的父母害怕地握着女儿的手，痛哭流涕，不敢开口说话。女儿似乎早就料到此事，只是独自难过地说："女儿的身体本是父母生育的，污辱我的身体就是污辱父母，从道义上说，这事是万万不可顺从的。但是，女儿如果不受污辱，我就一定会被杀死，我死后你们也无法保命。如果因为此事背弃父母天大的恩德，使祖宗的香火断绝，女儿虽然以保全贞洁为荣可又怎能够含笑九泉？父母又怎么能够安心于地下，不抱怨生我这个女儿啊？现在请你们出面与他约定，只要能够用夫妇之礼娶我，我就嫁给他，否则，我宁愿一死，绝不受辱，也不会再因为考虑父母而改变我的主意，这也是我最大的让步。"她的父母赶紧向山贼传达了女儿的意思。想娶女子为妻的是山贼的头目，听女子要嫁给他非常高兴，答应了她的要求。女子首先让山贼放了她的父母和弟弟，山贼首领怕失去威胁的筹码，坚决不允许。女儿见状只好叹息道："这难道是天意吗？不是我不愿死，实在是我现在不能死。"她径直走进贼首的幕帐，等候与他成婚，没有一点女子忸怩娇羞的情态。贼首盛开宴席终于娶了女子为妻，之后事成便拿一些成色纯足的上等金银送给她父母，让他们与女子的弟弟一起回家去。父母来女儿房中与她道别，女儿言笑自若，只是拿出一只缝得严严密密的布包，交给他们，说道："往后我们相见，就用此物作为见证，一定不要先打开看！"父母便流着眼泪不舍地走了，而她从此就留在贼营中。

十来天以后，官兵大队人马包围而来，将贼兵团团包围。贼兵大败，都一个个排着队等待着被斩首正法。所掳掠的妇人全都被释放回家，与家人团聚。女子也回到了自己的村庄。此时朝廷已经平定贼兵暴乱，大家都重新返回故乡过上了新生活，父母想为女儿重新议婚，可女儿坚决不同意。父母笑道："以前你这样做只是被逼不得已，难道你要为山贼守节吗？"女儿说："不是。我并非是为山贼守节，其实是遵循父母的命令。如果当时父母能拼着性命大骂山贼，与女儿一起就义，女儿即使淫邪下贱，也不会偷生苟活。后来又为了双亲而违命去伺候山贼，这和奉父母之命出嫁给山贼有什么区别呢？我又怎么可以嫁了一次再嫁第二次，使父母遗下的身躯蒙受更大的耻辱呢？"说完后，她随即向父母讨来布包，拆开一看，里面竟然是处女交合留下的血迹。女儿看此放声痛哭，说："我把它归还给父母，今后我不需要再遵从你们的意愿了。"从此以后，她自己独住一间房内，不再走出房门半步。在桌子上供着一块木牌，并请人题写"守一"二字，以示自己不嫁他人的贞节。纵使父母想尽各种办法，女子还是不答应再嫁人。父母去世后，她自己在屋内也绝食而死。直到临死前，她还连声哀叹道："死得太迟啦！太晚啦！"这是她恨自己没有在被掳掠之前就早早死去。

外史氏说：呜呼！名节对女子来说十分重要，我们怎么敢妄加议论。然而从情理上揣度这件事情，如若因为守自己一人的名节，而使全家人死于非命，性情虽然刚烈，但是似乎太残忍了。文中女子以遵循父母之命为理由，救得父母和弟弟免于一死，自己又能守一不变。虽然不符合守节，应该还算是符合权变。即使如此，妇人之身，也万万不可这样做的。这位女子这样做了，究竟是否能够成为一个准则，恐怕只有圣贤才能说出最终的结论，我们这些普通人又怎么敢随便断定呢？

柳青卿

戴敬宸是文安人，学富五车，可是相貌十分丑陋。他身形高大，十分肥胖，大腹便便，腰粗十围。而且年纪不到三十，两颊长满浓密的髭须，脸上几乎没有一点儿空隙，人们因此戏称他"毛胖"。康熙戊子年，他以贡生的资格登进士第，后来担任耒阳县令，当地的人以为是三国时的庞统又来了。闺中小姐听说县令的相貌后，全都私下讥笑，皱眉摇头。他的长相被人讨厌讥讽到这种地步。

任官满一年，戴敬宸因为公事去省城，晚上住宿在某县一个乡绅家。乡绅家中有一幢废弃不用的楼房，很长时间都是锁着的，这次因为县令到来，才打扫了房间，供他安歇，置放行李。戴敬宸与乡绅一起饮酒，夜深了才登上楼去，只带了一名仆从，其余人都睡在楼下。戴敬宸酒喝多了，不能马上入睡，在床上辗转反侧，不知不觉已经是三更了。忽然，闻到一股从床边飘过来的奇异的香味，仔细闻，既有桂花的清香，也有麝香的浓香，戴敬宸以为是从楼前种植的花树上飘进来的，也就没觉得奇怪。过了一会儿，听到一阵吃吃的笑声，他赶紧睁大眼睛朝传来笑声的方向看去，原来是一位少妇，长得十分美丽，立在烛光之下，用袖子遮掩着小嘴，偷偷笑着。戴敬宸知道她是异类，也不呼唤仆人，突然从床上跳起，光着身体，想将她抓住。少妇吓了一跳，一边想要逃走，一边还以袖掩口，笑着说："你英姿伟岸，难道要难为美女吗？我愿意立刻避开你，离你远远的。"说完，快步逃避。正好她的裹脚布有些松开，带子挂在木板上，身体跌倒了，竟然不能脱身离开，所以被戴敬宸一把抓获。他把少妇拉到床边，问她从哪来。少妇红着脸说："我姓柳，小字青卿，其实是一只狐狸。在衡山服役，期限已经满了，准备返回故乡。因为很喜欢这座楼房幽静的环境，就暂时在这里落脚居住，没想到你会走进我的地方。开口讲话时，口脂芳馨，简直就像百合花。戴敬宸顿时神魂皆醉，一定要她脱掉衣服。柳青卿笑着说："狐狸都会害人的，谁遇上谁就会死。以你的品行来说，尚且可以从轻发落，为何你反而宁愿死也不要生呢？"说完，用红袖掩口，又吃吃笑起来。

戴敬宸平日里一直憎恨自己的相貌，今天又见狐精都拒绝自己，于是更加气愤。他逼近柳青卿的身体，亲自解开她的纽扣，恨恨地说："死就死吧！与其像丑鬼一样活着，不如为妖狐死去。有谁能够忍受像这样被人轻蔑！"柳青卿用纤细的手指弹着他的肚皮说："身上挂着一只五斗大的袋子，而强行要与人交欢，你真是太异想天开了！"戴敬宸不听，更加用力抱住她。刚解开内衣，就闻到了香气，戴敬宸觉得她全身散发着芳香，神魂颠倒。柳青卿也有些羞涩，便自己上了床，拉过戴敬宸的被子蒙头躺下。戴敬宸情欲正盛，分秒不能忍受，他一把掀开被子，钻了进去，两人便云雨交欢。事情结束后，柳青卿摸着戴敬宸的须髯，微笑着说："大胡子啊，大胡子！打了败仗就该离去。"戴敬宸也笑道："大胡子啊，大胡子！从此以后再也不分离。"两人互相大笑起来。柳青卿转动着身子，又笑着说："杨贵妃与安禄山欢好，从我今天的经验来看，这可是一件大难事。"一会儿鸡鸣天晓，柳青卿先穿上衣服起身，想要和戴敬宸告别。戴敬宸拉着她，一定要与她约好将来见面。柳青卿说："匆匆忙忙委身于你，我的身体就是属于你的。我现在离开这里，确实也没有什么地方可去，但是你有公务在身，我不敢打扰。等你返回县衙，我自然前来赴约，从此以后便与大胡子白头偕老。"她送给戴敬宸一只香袋，然后向他告别。

早晨起床，戴敬宸也不与乡绅提及晚上发生的事情，直接赶往省府，拜见院司长官。办完公务，急忙启程返回，还担心柳青卿会失约。当他再次经过乡绅家，没有留下来过夜，口中默默念了《毛诗》中的两句诗，看着小楼祈祷说："不要因为我长得丑，这么快就嫌弃我；不要因为我满脸胡子，这么快就抛弃了老朋友。"祈祷完了，才继续赶路。到达县衙，他在外房睡觉，盼望柳青卿前来相会。还不到半夜，柳青卿果然来了，她掀开门帘，直接走入房中，笑着对戴敬宸说："闺中女子都害怕胖子，我心里就只喜欢大胡子。"便靠过身去，与戴敬宸肩并肩坐了下来，谈笑逗乐，非常融洽快乐。从此，她夜里出来，白天藏起来，没有一点想离开的意思，县衙里也没有人知道这件事情。

　　一日，柳青卿忽然对戴敬宸说："衡山各位姐妹都想见见你，同时向我表示祝贺。不如和我去看一看？"戴敬宸问她筵席摆在什么地方，她回答说："天上。"戴敬宸嘲笑她口出妄言。柳青卿神情郑重地说："你以为我不能登天吗？独自行走在青云之上，是你们这种人的虚幻的说法，所以你把我所说的身处天上，也看作是虚妄的言论。"她接着又说："要去的话，必须先把你的面目变得美一点。像这样大腹便便，满脸胡须，被人嘲笑起来，我可吃不消。"戴敬宸随便点了点头，也没怎么当真。

　　第二天晚上，柳青卿拿来一样用包裹包着的东西，对戴敬宸说："为了给你做这个，我费尽脑筋。你可以穿上它，和我一起去赴宴。"戴敬宸将包裹打开一看，大吃一惊，原来是一张人皮，薄如蝉翼，眉毛、眼睛清清楚楚，躯干四肢也都很齐全。柳青卿让他再仔细看看，原来它是用白色的绢丝制成，没有缝纫的痕迹，好像织女仙子缝出的天衣，戴敬宸这才相信她神异的本领。柳青卿让戴敬宸脱光衣服，将人皮套在身上，满身的肥肉，一下子缩进去许多，只是套到肚子时，肚子沉甸甸鼓囊囊的，不是很妥帖。柳青卿便笑着给他按摩，口中念念有词："杜甫，杜甫！无骨有肉。消瘦些儿，送你归蜀。"戴敬宸一听，忍俊不禁，腹部立刻变小了。套至头上，凡是《诗经·卢令》中所写的"美而且多鬈""美而且多须"，都消失得一干二净，即使想仿效毛遂在袋中脱颖而出，也无法做到。穿上后，戴敬宸在烛光下找镜子照，只见面部顿然清爽，完全改变了过去胡子满脸的样子；眉毛界限分明，不再是乱蓬蓬连成一片。他高兴极了，把镜子都扔在地上。柳青卿又给他递上鲜丽的衣服，打扮修饰了很久，戴敬宸已经成了一个俊美的男子。

　　刚打扮完，戴敬宸就想出门赴宴。柳青卿告诉他："你到了那里，不要贪图喝酒，应当适可而止，我怕你喝醉以后，或许会泄露我的秘密。"戴敬宸郑重其事地向她做了保证。才出房门，只见夜色如幕，漆黑一片，戴敬宸恍惚中好像走在云雾中，柳青卿不时用纤腕夹持他的肩腋，从后面用嘴朝他吹气。渐渐地越升越高，身体也不受控制，仿佛在登层层阶梯，不知它有几千百级。一会儿来到一个地方，红色的大门敞开着，门上用金玉装饰，有两座一丈多高的石兽，卧于大门左右。两边门柱上燃着巨大的烛灯，照得秋毫分明。门楣上题道"衡帝骖鸾之馆"，原来这就是衡山神的离宫。

柳青卿带着戴敬宸朝里走，来到门口，没有看到一个人。登上厅堂，也不见人影。他们转弯朝西行走，另有一间侧室，又走了进去。只见走廊回环曲折，栏杆曲曲弯弯的，到处都悬挂着绛纱灯笼。庭院中花竹清幽茂密，清香袭人。中央有五间房屋，灯光外射。柳青卿与戴敬宸还没有走上台阶，就听见房间里有人说道："司香女领客人来了。"随即有四五位美人掀开门帘，轻盈地走了出来，每个人都是一身宫女的妆束，穿着带有彩画的衣服，艳丽极了。她们迎上前来，说道："真是有劳县令，远离衙署。我们不胜荣幸，得以看到高洁的姿容，俊朗的眉目，我们甚是景仰。"戴敬宸免不了谦逊一番。来到房中，到处散发出酒香茶气，各种玩好，陈列在侧，钟鼎图书，非常典雅贵重。南面准备好两桌酒宴，餐具已经整齐地摆好。大家都推举戴敬宸坐在首座。她们互相交换了一下眼色，好像心中有什么疑虑，未能消除。戴敬宸领会她们的意思，大大方方地入席坐下。他抚摩座垫，全是用优异的锦缎制成，又香又软，非同一般。大家又推柳青卿与戴敬宸并肩坐在一起，笑道："做了数十天夫妻，今晚才喝合卺酒，这可有点晚了啊。"柳青卿也笑着回答："晚上仓促，无处找酒，只好用香唾代替。今夜本来应当是与姐姐们见面，即使晚了又有何妨！"众位美人都红着脸说："婢子也实在是太无赖了！"于是众人纷纷入座，相对举杯饮酒。

酒刚喝到几分兴头，众人闻到戴敬宸身上芳香浓郁，不知道是佩戴香袋的原因，都对他开玩笑道："近香草者果然没有臭味！"柳青卿又笑道："禀性相同，自当如此。假使遇上你们这些人，恐怕十年以后还不能消除臭味。"众人大声哗然，说："你自己今天也跻身到卖臭鲍鱼的摊头里来了。"于是接着又问："你说县令长官相貌平平，今天一见，怎么与我们听说的完全不同？"戴敬宸此时已经喝得醉醺醺的，便代柳青卿回答："想美就美，要丑就丑，美丑都是人为的，你们何必大惊小怪？"柳青卿急忙向他丢了一个眼色，示意他闭嘴不要乱说话。美女中已有人发现其中定有秘密，一定要戴敬宸说个明白，而且将一只大碗放在他面前，说："如果不说，就用它罚你酒。"戴敬宸担心承受不住酒量，就开始将事情经过大略讲述了一遍。大家一起嬉笑吵闹着剥开他身上的皮革，发出哗哗的声音，刚剥到下巴的位置，就完全暴露了本来的面目。美人们都把眼睛盯着看，只见他脸上胡须像杂草一样，飞蓬满目，都忍不住大笑起来。柳青卿十分惭愧，扶起戴敬宸，急忙离开宫室，说道："喝醉的人无知，竟让别人拆穿了底细。"戴敬宸昏昏沉沉的，只感到自己的身体好像从天上往下坠落，醒来时却睡在衙斋，皮革也不在了，连柳青卿也不见了。从此以后，他虽然苦苦思念，她却再也没有来过。

过了一年多，父亲去世，戴敬宸匆忙赶回家去奔丧，来到宜阳的路上，看见柳青卿和一位俊美的年轻男子在一起，后面跟随着十几个仆从，都骑着马在繁茂的草丛中间奔驰。柳青卿派人来向戴敬宸传话说："青卿向你致意，她不是妖狐，实际上是衡山神的司香女子。自从你露出原形以后，她常常遭到同伴嘲笑，所以很难再和你保持旧情。现在她已经改嫁郭指挥，两人十分恩爱欢乐，请你不要再惦记她！"说完，柳青卿的人马穿过灌木丛，扬长而去。戴敬宸的家人到现在才知道有这回事。后来，他经常向别人讲起这段经历，并且取出香袋作为证据。有人曾经见到过这只香袋，做工精巧绝伦，芬芳浓郁，确实不是人世间的东西。

外史氏说：丈夫不如别人，连丑女都会觉得羞耻惭愧，更不要说绝代美人了。如今聪慧的女子，也大多有赞美夸耀自己丈夫的爱好。每次出门，就会为丈夫刻意打扮修饰；谁又知道大醉之后，狼狈不堪，令人颜面尽失呢？然而，如果是像王徽之良夜访戴逵，兴尽即返，就一定不会有这一段佳话了。柳青卿的不幸，实在是戴敬宸的大幸啊。

珊 珊

　　许皋鹤太史在没有考中进士前，曾经在溧水书院读书，和同学孙某同住一室。平时两人一起研读习文，相互照应，也因此成为志同道合的朋友。多年后孙某在学业上未能有所成就也未能顺利读完，便决定弃儒从商。他跟随别人一起去航海经商，离开后就没见他回来，人们怀疑他早已经溺死在江海中了。

　　太史考取进士以后，便常常思忆起这个老朋友。后来朝廷派太史充任副使，远渡海外，到暹罗国去举行册封仪式。册封结束后，太史在回来的途中遇上飓风，所在航船被吹翻。以前有惯例：只要官员奉使入海，为防不测，不管正副使都要带着棺材随行。棺材前钉一个金字牌，上面题"使某国某官某公之灵"这几个字，作为标志。遇到紧急关头，官员便躺在棺内，可以表明身份，等待救援。太史遇上海难，眼看没有什么生还的希望，便躺在棺内，随海浪起伏沉浮，任其漂流，心想："只要不葬身鱼腹，就是万幸了。"突然，他听见有人在说话："这不是我的老朋友吗？你怎么会到这里来？"随即让人打开棺盖。太史这才敢睁眼观看，好一会儿才看清，原来说话的人就是自己朝思暮想的老朋友——孙某，只见他身穿羽衣，头戴星冠，随从仪仗很盛大。而太史本人也已经脱身于汹涌的波涛登上了岛屿。他急忙从棺中站起身走出来，向孙某下拜致谢。孙某握着他的手说："你冒着生命危险远行，受到惊吓，真是不容易，就请到寒舍好好休息一下。"说罢，两人手挽着手向一座房子走去。

　　往岛上走了没有几步，遥望远处，只见几乎与王侯的府宅一样富丽的房子，红色的屋脊，碧色的瓦片，好一片气派。太史被眼前的房子震到了。来到宅前，只见门高院深，十几个看门的人一齐前来行礼。孙某拉着太史来到一间题为"钓鳌"的厅堂，里面铺设的豪华程度，太史就连在皇宫也没看过。刚作揖坐下，孙某立刻让人上酒，说道："受惊以后，要先喝点酒镇定心神才是。"太史连声道谢。一会儿，桌子上又摆满了许多山珍海味，味道鲜美无比，这些食物甚至都叫不出名字。酒清碧透红，味道说不出的美味，孙某告诉他："这是来自东海的扶桑露。"太史听后不敢相信,忙问自己现在在哪里,孙某告诉他此地属于高句丽国界,原来他已经顺着潮水向东漂流了几千里。太史一听更加感到惊讶。又问孙某的近况,孙某只是笑笑并不回答。

喝了一会儿酒。孙某要让妻子出来见见太史,便命使者到内屋去传令。随即就听见环珮玉饰碰撞发出的清脆的声音,奇香异芳也扑鼻而来,只见从屏风后面一位美人在十几个打扮鲜艳的小丫鬟的簇拥下走出来,她头戴飞凤冠,脚穿文鸳鞋,衣裳似霞如霓,容貌十分貌美,婀娜多姿。美人对着宴席拜了两拜,太史刚想回避,孙某拉着他的衣袖说:"因为我们两家世代交好,所以才让妻子出来和你相见,千万不要生疏了!"考虑到自己比孙某小两岁,太史便以叔嫂之礼与她相见。美人行完礼,也到另外一桌坐下。太史因为她长得实在太美,不敢抬眼仰视。孙某对妻子说:"妻妹也已经到了可以出嫁的年龄了,可还没有对象。这位是我的老朋友,当代的贵人,因为奉朝廷之命出国去加封王爵,只是途中不幸遇难,才来到这里。不如将妻妹嫁给他,如何?"美人听后,细细打量太史,点头赞同。孙某又说:"我朋友是一个非常有才华的人,很有盛名。你可不要误了人家的好事。"美人笑笑便站起来,说:"阿妹性格执拗,让我进去和她商量商量,再来回复。"说完,缓缓离席而去。

太史听说是给自己议婚,赶紧推辞道:"长兄的话本来不可违背,可是我身负朝廷使命,恐怕这样做会遭人非议,兄长的好意我心领了,实在是不敢答应此事。"孙某笑道:"你这就错了。此地僻处海角,与各国都不相通,兄若不是随潮漂流,也不能来到这里。今天即使想赶回朝廷复命,也并非易事啊,难道能长翅膀飞回去吗?如果等待航船经过,十余年也不一定能够回到故国。你一个人独居,寂寞冷清,怎么能忍耐?而且我熟知兄没有子嗣,传宗接代也是一件要紧的事情,所以千万别拒绝我的好意啊。"太史说来说去,还是认为朝命在身,议婚不妥。孙某便举例说:"苏武曾经持节出使,也曾经在城外娶妇,兄难道就没有听说吗?"正当两人议论纷纷,争论不休时,美人又从里屋出来,说:"珊珊已经答应,一切听姐夫的意见。"孙某便笑着指指美人,问太史:"你仔细看看她的姐姐,比家乡那边的人长得如何?"太史见推托不掉又见美人的容貌,这才打定娶妇的主意。他重新用婚姻之礼拜见孙氏夫妇，孙氏夫妇都很高兴，便以女家口吻称呼他为"许郎"，美人便与他们同席而坐。

欢谈宴饮直到晚上，孙某说："今晚的日子不吉利，而且许郎刚经历险难，精神气还没有恢复，还是等到明天再举行大礼吧？"接着他送太史来到厅堂旁边一间精美的屋子中，并吩咐仆人将他自己的被褥也取过来，说："好久没有与老朋友同睡一室，今晚重温别后重逢之情。"接着便将两张床并摆在一起，两人同卧共眠。两人像以前一样聊起天来，太史才知道原来以前孙某与同伴航海经商，也遭受了沉船的灾难。正当他在海上漂流之际，遇上一个老头用手杖牵引得以相救，使他登上这个岛屿。老头非常赏识他风流儒雅，便将自己的女儿嫁给他。岳父是古代传说中东海钓鳌的任公子后裔，姓任，有两个女儿，大的名瑟瑟，小的叫珊珊。老叟因为厌嫌世间纷扰喧嚣的生活，所以决定自己去遨游天下，把瑟瑟嫁给孙某后，也将整个家都交付给他打理。孙某主持家政，又跟着妻子学道，对世事祸福因果也能通晓一二。这天晚上，孙某将他自己的经历遭遇向太史详详细细地叙述了一遍，直到半夜困意袭来，两人才入睡。

第二天，孙某向客人发出成婚的请柬，来了几十个女方的亲戚，其中一半人姓任，都穿着远古时代式样的衣服，状貌奇伟。堂中箫鼓喧闹，金玉璀璨，太史仍然穿原来的衣冠与客人相见，忙着打招呼行礼。等良辰到时，只见婢女们簇拥着头上挂满成串的珠玉，戴着金步摇，身穿翠绿的鸟羽外衣，妆束好似天上的仙女的新娘来到堂中，众人都很羡慕新郎的运气。新郎新娘交拜结束，被人送入洞房。孙某自己高兴地忙里忙外招待众多的亲戚。

洞房中，太史与女子相对而坐，相互交换饮合卺酒，共打同心结。忽然，婢女拿着一张彩笺进来说："阿姐说听说新郎才华横溢，又在朝廷翰林供职，新娘梳妆出嫁时由于时间匆忙怕误了吉时便没有作诗，可饮合卺酒一定要有诗句。特请新郎赐教，来纪念今晚的大好乐事。"太史听后脸露微笑，随即取笔挥洒，写诗一首："别却黄麻驾彩虹，乘槎今入斗牛宫。不须更把支机赠，自有皇华傲粉红。"手腕还未停稳，又一个婢女从外面进来，说："大姐送诗恭贺。"随即拿出一张小红笺给太史，太史取过一看，诗中写道："使星耀自九重天，金屋新看结好缘。寄语刘郎须得意，桃源还胜杏花前。"诗句十分清艳，太史思考着怎么回这首诗。新娘见状便让婢女将两首诗取来，赏玩了好一会儿，微微一笑，说道："两首诗不相上下，但都不能让我感到十分满意。"她用目光向婢女示意，婢女递上一支笔，她随即写道："倏为彩凤衔书去，旋作文鸳觅偶来。旧是紫薇花下客，挑灯试看海棠开。"太史读了诗，大笑道："真是我的敌手啊！娘子的才华和为夫不相上下啊！可是春宵一刻值千金，娘子现在该是私下欢快的时候了！"新娘听后露出羞涩之态，不能自主。他立即让人撤走灯烛，挽着新娘进入帐帏。不一会儿，帐中传来女子娇滴滴的呻吟声，和男子满足的喘气声。太史生平从未感到男女之事竟如此愉悦。早晨起床后，太史去向孙某道谢，孙某问他："夜里是否有佳作？"太史取出三首诗给他看。孙某微微一笑，说："你的才华可要胜过曹丕十倍，我是没资格和你相比了！"太史也笑道："比起任家姐妹，弟弟也实在不是对手啊。"

太史在岛上住了六年，夫妇生活始终和谐欢快像每天新婚一样甜蜜，一有空就吟诗作对，生活好不惬意。服装饮食全由孙某供给。珊珊生育的二男一女，都已经能够伏地爬行。太史忽然产生回故乡的念头，可是却因为身体有病而无法实现，思乡之情越发浓烈。孙某知道后，安慰他："你不用为此惆怅，我听说朝廷有使者到朝鲜，现在将返船归朝，你可以搭乘其船回去。"太史听后满心喜欢，就连疾病也一起随着心情好了。孙某特意为他准备了一只小艇，载着干粮，选择了一个好日子送太史出发。太史与珊珊两人手拉着手道别，珊珊满眼泪水充满了不舍。孙某说："你暂时衣锦还乡，也不用牵挂妻子儿女，五年以后你们有缘一定会重逢。"太史这才挥别妻子，上船启程。到了大海中，虽然船身轻灵，但却不会沉溺。

经过一天一夜，太史乘的船驶到一个海边的国家。正好看见有使者出境。他便迎上前去相问，恰巧被一个曾经与太史同年考中进士的人认出，见到他后大吃一惊，说道："和你一起到暹罗国去的正使某公，因为遇救幸免于死，他向朝廷汇报时称，没有找到你的棺材。原以为你已经遇难，没想到你还活着！"太史将实情隐瞒，只是说自己漂到一个海岛，幸好被居民捞起才获救，但是由于没法渡海，所以难归朝廷。听说朝廷有使者奉命东来，所以希望能够搭乘使船归去。众人都很高兴，为太史换了一身衣服，一同回朝。朝廷有关部门经过审议，考虑太史冒着危险远行有功，便给太史加官晋爵。家人这才知道太史还活在世上，全家喜庆祝贺，立即推平了他的坟墓，将他的空棺烧毁。

五年之后，又遇到朝廷派使臣出使高句丽之事。太史家人都不希望他去，他却主动向朝廷请命，于是再一次乘便船出国。使事结束后，太史突然暴死在船上。众人将他的尸体装入棺内，可是奇怪的事情发生了，提棺轻得像一张纸，大家对此感到诧异，便重新打开查看，里面已经空空如也。原来太史已经随孙某一起入仙。

外史氏说：官员身负皇帝的重大使命，本应该回去复命，许太史还没有返回朝中向皇帝复命，发生这种事情是很不应该的。但是，像太史一样出国去加封王位的大臣，因为历经长途跋涉、艰难险阻而遇难中途死的，相信不止一人。现在听了太史的这段经历，地下的此类亡灵，一定能够稍微得到一些安慰吧。

白衣庵

贵阳有一个叫亚九的苗民，姓辜。此人从小就力大无穷而且善于格斗，身手矫捷，总能躲过对手的攻击取得胜利，真不愧是苗家的后代。可是他的母亲并不是苗民，而是江南一个有名的娼妓，姿色艳丽，通晓音律，又很大方得体完全不像娼妓。正巧一个到贵州做官的人路经此地，见到女子，很是喜欢便将她买下带到贵州，该官妻子妒忌之心很重，心眼狭窄，不能够容纳女子的存在，就趁着官员外出，偷偷地将她许配给当地的一个苗民，随后生下一个儿子，就是亚九。因为他的长相不像父亲而像母亲，所以他长大以后，容貌俊美，在当地是可与历史上徐公比美的美男子。当时大理某官员，有一个著名的戏班，看到亚九的美貌后便以钱财诱惑亚九的父亲，用重金将亚九买下。从此声容并妙的亚九便成了云南地方一个有名的戏子，每次开唱一定会吸引上万人来观赏，座客争相赠送给他财物，其他戏子也都自愧不如。等亚九十七岁时，不甘心以柔媚供人玩乐，便立下自己的志向。

一天，亚九在乡里演出《泣鱼记》，扮演里面长相柔美的龙阳君，在戏里被扮演楚王的演员尽情辱骂，言辞粗俗让亚九无法忍受，心里对此十分愤恨，起了杀他的心思。趁着夜里，他喝醉酒，亚九掏出早已经准备好的刀，愤恨地一刀捅过去将他杀死。之后亚九拿起早已经收拾好的包袱，趁着他人还未发觉一路逃命到四川，后又转入陕西一带。他杀了人并不后悔，常常对自己说："我堂堂大丈夫用须眉男子的身体，去扮演巾帼女子的媚态，本就感觉是受人侮辱了，还要遭受他人故意轻薄欺凌，我怎能忍受？！"因此亚九丢弃了唱戏的职业，而别人也不知道他是戏子。

随身携带的钱物用完后，亚九在集市便靠乞讨度日。一天，一个道士遇见他，看见他的凄惨之状，叹息地说："你很快将大祸临头，怎么还能如此地从容坦然？如果你能跟我走，或者还有逃过大难的可能。"亚九本就从来不信这一类话，而且对这些过着独身生活戴黄冠的道士没有好印象，认为他们如果遇上美貌如玉的人，必定会想着要染指他人身体才会罢休，所以他并没有把道士的话放在心里，神色自若地走了。没过几天，一群乞丐偷窥他的美色，想用酒将他灌醉然后奸污他。亚九平时一直对他们的不怀好意存有戒心，知道他们的阴谋后，更是深受侮辱，勃然大怒，立即亲手动手打死其中二人，之后便又乘着夜色逃走了。

天亮后，其他乞丐看见死去的同伴和亚九的消失，便惊吓得匆忙跑到官府去状告此事，县令立即派人四处缉拿亚九。亚九非常害怕，不敢在外行走，一直藏在深深的灌木丛中，饿了一天，加上逃跑的路途遥远，自己现在站都站不起来。到了晚上月亮升起，才硬撑着身体继续赶路。忽然看见上次同他说话的道士，径直朝他走来。亚九来不及躲避，又见识过道士有先知的本领，便跪在他面前，求他救自己一命。道士看清是谁后，只是笑道："之前我已经给你提醒，可是被你怀疑。今天大祸临头了又来求我，我已经没什么办法帮你了。"亚九见状把头磕得更响，不断向道士叙说自己的有眼无珠。见亚九真的是诚心，道士这才放缓口气说："谁让我和你有缘呢，老夫就再帮你一回吧。"便引着他一起迅速行走到一间土屋前，道士让他进去，对他说："里面备齐了食物，你可以自己烧煮。等到你的头发长到尺把长时，我将会来看你，其间你不要离开这间屋子，否则我就再也帮不了你了。"说完就走了，也不勉强亚九。

亚九看着眼前的土屋想着道士的话，想保命也只有这个办法了，能有一个容身的地方来避难，总比被抓捕杀头好。于是俯身弯腰，毅然决然进了土室。这个土屋里面很宽敞，大约有几间屋子的大小，果然不出猜想床榻都是用泥土筑成，被褥什么都已经备齐。通过旁边的侧门，往里一看，一袋袋堆积的米麦足够自己的生存，亚九心里十分高兴。从此除了每天三餐的时间，其他闲暇时间就在床上独自默坐，道士也不再来。亚九更加感到道士的话可信，只希望自己的头发快快生长。一年多过去了，亚九的头发已经快有一尺长了，他经常在土屋后面的水池中洗澡洗发。又过了一年，头发已经从肩上披下来。亚九早已习惯了这种安静的生活，又过几个月，道士突然出现在他面前，笑道："你这个样子去云游天下，就应该没有什么危险了。"随即打开包袱，取出一件出家人穿的衲衣，让亚九穿上，又给他棕垫，让他跟着自己离开了土屋。

这一年亚九只有二十岁，经过在土屋天然的保养之后，容貌更加红润有光泽，姿色更加出彩，加上长发的遮掩更像是一个柔美的女子。所以他跟随道士走出函谷关，在一些城市里化缘时，都被别人怀疑道士带着一个女子，私下纷纷议论。道士听到人们的议论后，心中也越发感到不安，所以当来到睢阳化缘时，便打发他走，说："我虽然精于相面之术，懂一点算命，但是也只是仅能知人命运，并没有特异的本领去改变命运。以前我看见你气色晦暗，知道你将有大祸临头，出于出家人慈悲的念头，才会出手帮你。可现在和你一起化缘，一路让人惊疑，反而对我和你都很不方便。剩下的路就让你自己去走吧！"亚九听后，十分吃惊，流着泪水不肯离去。道士又笑道："你也不用担心你的人生，我看你双眉之间有紫气，以后必会有奇遇。去吧，别把自己耽误了！"随后又拿出一千钱作为旅途资费交给亚九。早晨走出旅店后，道士为表决心即割袖与他诀别，亚九也意识到事情已经无可挽回，也就不再勉强，自己独自走了。

亚九由南向北行走，还没到达汝上，就已经用完了道士赠予的钱。他便学道士的样子，坐在地上向行人乞讨，可是从早晨一直到太阳西下，没有人给他施舍一个钱，但是围观的人却越来越多，都指指点点，窃窃私语，对他评头品足。亚九更加觉得不安，正想站起来赶紧离开这个地方，忽然看见一个似太监的老头，大约五十岁，皮肤白皙，下巴没长一点胡须，正步履蹒跚地走过来，经过他面前时，朝他看了好几眼。亚九看这个人奇怪的眼神，因此走到他面前请求施舍。老头却只是用手向他招了招微笑不语，大概意思好像是只要亚九愿意跟他走，他就愿意施舍。亚九看后十分高兴，毅然决定随他而去。两人出了县城，朝东行走约一里路时，天色就已经昏暗下来。老头这时才问了他一些话，问他从哪里来。可是亚九听到眼前头发花白，脑后发丝低垂的老头苍老的声音，十分震惊，因为老头的声音更像是一个老婆子发出的，亚九彻底弄混淆了，分不清他到底是男是女，只好用编好的话来回答他。

又走了二里，来到他的居处，更确切地说是一座寺庙前。透过月光，仔细一看，门额上题着"白衣庵"三字，亚九这才知道此处是尼姑的安身之处，亚九更感到惊愕，老头让亚九和自己一起进去。只见中间的大堂供着观音大士的塑像，有十余间房子。刚入门，只听老头立即大声喊道："我又找来一个活宝，可供消受几十个漫漫长夜，你们可真是艳福不浅！"话音未落，从房间里走出来五个妖艳妩媚的女尼，满面春风，相互说笑。她们用手脱去老头的帽子，假装嗔怒说："你这个老不羞，自己要去寻汉子，怎么却把骚腥抹在我们身上？"亚九吃了一惊，再看老头如葫芦一样的光头，新长出的头发还在微微发白。原来她原先低垂的发丝，是套上去的假发。亚九此刻明白自己走进了一个淫窝，心里却不怎么感到害怕，反而大笑起来。老尼姑又对大家说："他还饿着肚子，快点准备些饭菜拿上来吧。"众尼姑答应一声，纷纷散去。

老尼姑将亚九引入一间密室，她自己已经换好衣服，然后与亚九相对而坐。一会儿，几个尼姑端着丰盛的酒肴摆上桌。亚九吃完饭，与众尼姑聚坐欢饮。他打量各位尼姑，虽然都很妖媚但姿色都很平常，只有一个人长得貌美无比，让亚九很是倾慕。他在心里盘算着：我自己的精力有限，如果她们合起来轮番收拾自己，那我这条命将会葬送在庵里，怎么可能活着回去？我要想法先给她们来个下马威，这样以后她们就不敢轻举妄动。对策想好后，已是深夜二更，众尼姑都起身前来向他求欢。亚九忍着怒气听凭处置，赤身裸体，一个接着一个应付，整整一夜室内春光无限，荒淫无度，到了早晨才安静。亚九看着疲惫不堪的身体，从而更加坚定了要依计行事的决心。

第二天，老尼姑与大家商议，让亚九改穿女装，因为蓄着长发，不易被人发现，对外就谎称是刚来庵里要求剃度出家的女子，亚九听从了她们的安排。因为他过去曾经男扮女装，稍微回想一下随即将女子的神态学得惟妙惟肖，外人根本分辨不出男女。众尼姑见状十分高兴，更加感到庆幸。到了晚上，大家又聚集在一起淫乐纵欢。亚九预先在衣袖里藏了一根短木棒，做好准备，在快就寝的时候，他忽然大声说道："说实话，我很不情愿和你们这群丑女强行交欢，如果非要强行将我留在这里，只有这个人我能接受和我共眠，其他人都回到各自的房间去吧，服从我安排的，我会和你们略有接触。谁不服从我的命令，我就是宁死也不屈，而且还要将其一顿痛打！"说完，挥斥其他人退下，只挽住那个长得艳美的尼姑。众尼姑听后脸色顿变，充满醋意，老尼姑尤其不服气，与他争论不休。亚九抽出木棒就向她的肩膀打去，老尼姑随即痛苦地倒在地上不能起来。众尼姑这才知道他孔武有力，吓得两腿直打哆嗦，再也不敢向前跨进一步。亚九又拿着木棒驱吓她们，要她们赶紧背着老尼姑离开，其他尼姑赶紧照做，没有一人胆敢继续留在房内。

亚九长笑数声，关上门，与艳美的尼姑共枕而眠，温柔旖旎，这才感觉到这男女之事的乐趣。可是并躺床上的美尼忽然叹息道："我与你恐怕很快将会大祸临头了！"亚九惊问其原因，她说："这个老太婆是一个妒忌心强、手段毒辣的人，她的徒弟从没有人敢违背她的命令。今天她当众被你打伤，一定会迁怒于我。天亮以后，她就会向邻近的人们散布流言，诬蔑我背叛师傅，肆行淫乱，触犯佛门清规。她的施主又都很有势力，官府一定会袒护她。我最后一定会死于棍棒之下！"亚九恍然大悟，这才意识到事情的危险性，说道："这确实是我考虑不周。我一个人对付这么多的淫妖，身体亏虚，实在有点吃不消。"停了一会儿，又笑道："对了，这些尼姑违反淫戒，破坏佛门戒规，杀死她们也不应算是犯罪。"

他立即从床上起来，巡视一遍房间，恰好看见刚才用来削瓜的一把厨刀，便拿在手里，拔开门栓走了出去。美尼还没有料到他会做出如此暴行，不一会儿，只听见娇啼呼救的声音，大惊失色，赶紧穿上衣服，想出去看看发生了什么事情。还没跨出门槛，只见亚九提着带血的刀走回来，对她说："现在我们可以高枕无忧了，我已经把她们全部杀掉了，看谁还去传播此事。"尼姑一听，十分震惊，问他事情缘由。亚九说："正如你所预料，我看见这群秃妖正聚集在一起，商议如何谋害我，有一个尼姑已经准备去外面报信打开了外面的大门。我先将她杀了，接着又冲到屋里，将她们杀得一个不留。果然大快人心！"

美尼听后非常恐惧，身体颤抖，直冒冷汗，好久才讲得出话来。她对亚九说："你怎么会是如此凶暴的人，你的行为真让人心胆俱裂！明天如果事情暴露，该怎么办呢？"亚九笑道："我们一起逃走，还有什么可担心的！"尼姑摇摇头说："不行。我与你都这么惹眼，走在一起一定会招来别人怀疑。"亚九笑道："你这人的智力，只能算是中等以下。上次见到老尼姑穿戴平常人的衣服、帽子在人群里行走，都不能被识破。你学她那样穿着那套衣冠，而我仍旧是女子打扮，跟你同行，假称我们是夫妻，又有谁能看出来呢？"美尼顿时反应过来，也没有什么办法了，只好照他说的去做。砸破竹箱，取出衣服，换下身上的衣服。转过身来亚九就看见一个风度翩翩的美貌少年郎站在眼前，不禁为她鼓掌。只有头发的颜色不太协调，亚九从自己头上剪下一些头发，做成男子的辫发，悬挂在她头上。接着亚九急忙把她原来的衣服烧毁，说："不要让别人发觉秘密。"他自己本来就不需要换衣改妆，草草打扮了一下，把尼姑房间翻寻了一遍，将金钱衣物席卷一空，两人就准备启程上路了。尼姑和亚九骑着庵中养着的几头驴，各骑一头，又用一头装载随身物品。趁着天还刚刚拂晓，一片寂静，无人知晓，走出庵门。

路上，美尼向亚九讲述了自己的情况。她是汝宁人，姓刘，从小双亲就都去世了，于是便进入庵中，成年时才开始剃发。起初也很憎恨庵里淫乱作恶的尼姑，后来自己也没法独持清操，后失身于一二人。她又说："老尼姑性欲很强烈，由于年老色衰，不能吸引男子，所以她要我们这些年轻的用千方百计缠住人家，骗到庵里。在满足她的欲望后，才能分享她人一点余情。那些第一次误入庵中的男子，都不能免于此事，所以之后便不再常到庵里来。时间长了，空虚的老尼姑又想出这个荒唐的主意，乔装打扮，夜里出去，引诱像你这样的流浪漂泊者来庵里，之后一定要把他置于死地，才算甘心。前后死去的已有九人，你是第十个。如果不是你预先察知，也不会出现现在这样的结局。"亚九听后笑道："这样看来，是被害的鬼魂借助我的手让那些尼姑命归黄泉，来发泄他们心头的怨恨，果真是报应啊。"

此后亚九与刘女商量，每天只吃一餐。傍晚在途中旅店住宿，他故意装出女儿的羞态，先进房间，由刘女给他传送饮食进来，不让店堂伙计进房间一步。别人还在暗中笑他羞涩，却没有想到他这样做是为了躲避别人的耳目。次日天没亮，两人就整装上路。虽然长裙已将脚遮蔽起来，他仍然有所顾虑，便叮嘱刘女悄悄地给他做一双女鞋。刘女用了一夜工夫制成此鞋，他又用木头削出纤足的形状，用裹脚布包起，放入绣鞋内，缚在自己脚下，踏在上面，步履轻盈了不少，行走像飞一样。刘女问他怎么知道此法，亚九说道是他做戏子时学来的技巧。刘女从来没有见到过不禁惊奇不已。从此两人就不像以前那样羞涩躲避他人，坦然行走在大路上，不必再走小路。所经过的城镇，都听闻追捕犯人一事，原来杀人之事已经传开，闹得沸沸扬扬了，还说是汝宁白衣庵中五个尼姑被杀，另有一个尼姑与凶手窃资出走，一起潜逃，勒令悬赏，全省通缉，限期捉拿归案。有人看见亚九和刘女，也产生过一些猜疑，无奈人们都被他俩倒置的雌雄所迷惑，人们只看到：女的乌发上拖着一条巾带，衣冠楚楚；男的则鬓发如蝉，眉清目秀，脚步轻盈迈着三寸金莲，像一般大家闺秀一样。所以大家也就不再怀疑。

从山东进入山西后，他们想要找一个安身之地。刘女就提出一个提议：亚九做自己的丈夫，而自己仍旧蓄起头发，露出本来的面貌。亚九却不同意，说道："我以前在陕西，曾经是杀过人逃出来的，到现在仍天天受官兵通缉。这里与陕西相接壤，离得很近，我不能在别人面前暴露自己的真面目。更何况你的头发也不能一下子长好，这样反而更会让人起疑心。不如我做妻子，你做丈夫，这样就不会被发现了，你说这个方法行不行？"刘女想想他说得很有道理，便不再改变原来的妆束接受了亚九的提议。然后他们买了一间房在绵山脚下住了下来。亚九不仅穿了耳孔，而且还戴上耳环，每天像一个守在闺房的少妇。由于他柔媚的容貌，加上轻盈的体态，和唱戏人本身的袅娜风姿，学得有模有样，他的声音笑貌，没有一处不像的，就连真正的女子都比不上他。而刘女带来众尼姑的积蓄，差不多有一千金左右，出门就身穿轻裘，骑着骏马，回家就束起衣带，头戴高冠，加上她从小跟着师傅，在尼姑庵里见识过许多大族世家，她很擅长高论谈笑之事，所以即使长得弱不胜衣，但别人却认为她这是书生的模样。即使突然被大风吹落帽子，露出她暗中已经蓄起顶上的头发和垂于眉际的毛发相连，看见的人也不会对她的身份产生怀疑。他们在山西住了几年后，家产逐渐富饶。刘女还生育了两个儿子。为了隐藏身份，她在坐月子时向外面说自己卧病在房，其他时候还像平常一样进进出出。别人便以为孩子是他们的母亲所生，而不知其实是他们的父亲所生。由于山西人崇尚俭朴，所以亚九也从来不养婢女伺候。他家里仅有一两个佣人，没有什么事也不能随意走进内屋，夫妻的踪迹是非常神秘的。

因为抓不到亚九，贵阳、汝宁及陕地的捕快一直不能结案，浪费了很多的人力物力，很多追捕的捕快都因此失去了生命，因此惹怒了上天，最终难逃王法。就在丙子那一年，亚九稍微露出了形迹。亚九的两个儿子稍大以后，非常调皮，常常在住宅门口玩闹，亚九对他们溺爱但却不能随时看着他们，便打算雇用一个老婆子，来照料小孩，将平时的忌讳忘记了。碰到村里有一个找主家的人，亚九给了她十二银子将她雇下。刘女极力劝阻亚九的行为，可是亚九听不进去任何东西并保证不会有什么事。夜里，让老婆子睡在外间，自己亲自将一道道门关上，不让她进来。老婆子对此感到十分奇怪加上很重的好奇心，就想弄清楚到底怎么回事。一天晚上，她到房外解手，正好瞧见中门未关，心里暗暗高兴，做贼似的走了进去。趁着屋里还点着的火烛亮光，偷偷朝里窥看。看到夫妻俩正在交欢，小孩睡在旁边。当时正是天气闷热时期，两人都一丝不挂，赤身裸体，看到后老婆子也感觉有点不好意思了，可再仔细一看，不禁吃了一惊，怎么男女颠倒了呢。老婆子看到屋内的春光无限，男女一清二楚，心里的疑惑也都全消了。她急忙走出来，回到自己房间，深怕引起主人家的怀疑。第二天怕引起主人的怀疑，就故意推说自己身体有病，不能起床干活。亚九和刘女果然并没有怀疑老婆子。老婆子后来微微露出一点风声，听到的人都以为这太荒谬了，都不敢相信。村中的长某，也听说了这桩奇事，并和亲戚偶然聊天时提到了这件事。此人十分有识见，对此大吃一惊，说道："隐瞒身份，这一定是大盗。居住在此地，如果不去官府告发，将来大家一定也会遭受牵累。"里长听后觉得有道理，便向官府告发这件事。

当时的山西介休县县令彭应奎是一个很精明的官员，觉得此事一定隐藏着重大案情，便先将老婆子神不知鬼不觉地逮到衙府，问明实情。第二天，又派捕役守候在村里，等刘女出来，便将其捉拿。检看她的颈部果然没有喉结，又脱掉其衣服，只见女性的乳房。彭公十分愤怒，威胁如不说出实情便要用严刑拷打，刘女很害怕，将事情经过原原本本讲了出来。彭公听后想亚九一定力大过人，如果不设法蒙哄，恐怕难以将他逮到。于是下令捕役直接到亚九家，假装称刘某触犯了县令的权威，县令一怒之下，将其投入牢中，一定要娘子去见一回，我们这些当差的就当为你们疏通一下。还让他们的口气，好像是要索取贿赂。捕快领命后就到亚九家说了此事，亚九听说刘女出了事，惊慌不已，竟然自己走出门来，想细问一下详情。捕役按照县令的吩咐，见亚九出来，预先将每人带着的一瓶油倒在地上，亚九不知这是一个计谋，快步行走时便一下子滑倒在地，旁边的捕役们便冲上前去将他擒获，戏摸他的裤裆，满满一把，确实不是没有东西，都感到有趣、惊讶，认为这真是一大奇事。亚九知道了来意想动武，可是两臂都负了伤，肘骨也已折断，无法施展本领。被逮到官府，亚九心想反正事无证据，便连连喊冤。可是彭公并不理会，将他关进牢房，同时在各大路口张榜告示。不到一个月，三个地方的捕役都来到介休县，各自出示公文缉拿亚九。彭公开始对他动刑严审，亚九不堪忍受严刑逼供，只好低头招供认罪。彭公认为，依照法律，亚九本应被处以千刀万剐的极刑，但是被杀的尼姑都是自取其祸，所以特呈写公文说明情况，请上司减等判决，将亚九与刘女一起斩首正法。案子报送上级，官员们都很高兴，终于把嫌犯捉拿归案了，都松了一口气。彭公也因其足智多谋享尽天下人的美誉。

亚九死后，他的两个儿子还在山西，官府出具文书，将他们解送回乡送回亚九的家乡由其母亲抚养。汝宁的白衣庵，现在还存在原地，从这里经过的行人，常常指着庵堂，告诉人们要引以为戒。

外史氏说：古代男女虽然有别，然而头发式样都差不多，乱蓬蓬的，所以男子冒充女人，女子假装男人，这样的事情并不稀奇也并不难，可是在今天就不可能了。为什么呢？男女之间的区别，关键在于头上。脑后垂着辫发，一看就知道是男人，脸颊贴着鬓发，一眼就能认出是女人，这样不是很清楚吗？想不到道士品行败坏，暗中竟让凶手留起长发迷惑众人，而尼姑又无视法律，将美女的头发都剃光。当地更存在让男女在铺着红地毯的欢歌宴乐场所混杂相处，开艳风的官吏。世上又有许多像瞎子一样的男子，在大白天也分辨不清僧人和俗子。就这样让亚九的阴谋可以轻易得逞，两人的乔装打扮多年未被识破。假如不是老天看不过去要惩治他们，让他们露出马脚，才得以逮捕他们。追逐腥味的苍蝇，可以白白死去，难道追逐麻雀的猛鹰，就该白白丧生吗？诸位捕役又怎么不向天伸冤呢？亚九之所以能逞弄计谋，一部分原因是他做戏子、演旦角积累下来的经验，可是居住在土屋逃脱罪行时，无能的大理某官和虚假败坏的道士的掩盖，不应该首先都受到惩罚吗？

卷三

魂　灵

　　京都有一个老儒生，已经没有人知道他叫什么了，他长得弯腰曲背，个子也很矮小，样子十分可笑，容貌也十分猥琐，而且从耳目口鼻到躯干四肢，全都是似有若无，别人因此把他看作是魂灵。他住在城里某巷，以教授学生来谋生。

　　丙戌年夏秋之际，京都下了一场大雨，他的房子被连绵不停的雨水冲坏了，没有了安身立命的地方。邻近有一处经常闹鬼的住宅，没有人敢居住。曾经有人在墙壁上挂了一张钟馗的画像，但也不能把鬼驱走，所以房间空闲了很长时间。老儒生来到主人府上，提出要在那里借几间房子，暂且住在那里。主人原先就认识他，便笑着对他说："先生还是算了吧！要说你的样貌，虽然好像与鬼差不多，但是也还是远远地避开比较好，何必反而要去靠近它呢？"于是主人一口回绝。老儒生请求再三，才答应下来。老儒生便搬进去住了下来。

　　快到半夜时，果然听到有鬼叫的声音，啾啾的。老儒生吓得全身的寒毛都竖了起来，无奈只好勉强不停地念诵救苦咒。一会儿，有两人推门进来。老儒生侧着眼睛看去，一个黄瘦，另一个臃肿，长相不忍直视。他们刚来到房里，立刻返身朝后退去，惊讶害怕地说道："好奇怪的事情！"好像在避什么忌似的。老儒生魂魄稍稍安定下来，又听见他们说道："此人真是矮人居住的僬侥国中的曲背老人，我们不可以再像从前那样胡闹了。"另一人像是揶揄刚才说话的人，说道："你不怕高大魁梧的汉子手握宝剑对你怒目而视，而害怕这个猥琐的矮老头，这真是吴牛喘月，不该害怕而害怕。尽管如此，我也被他吓破了胆，看来这里是待不下去了。"说完，拉长声音叫了一声，都退了下去。老儒生开始以为是佛经的法力，后来知道两个鬼所害怕的正是自己，忍不住拉着被子，暗暗发笑。以后整夜睡觉都安安稳稳，再没有听到一点声响。

第二天，他从房里出来，将夜里的事情讲给别人听，谁都不信。后来住了十几天，一点异常也没有，大家这才觉得他是一个神奇的人物。主人想让他留在家里，想得到长久的太平，可是小孩都害怕他，不敢再到这里来。于是主人替他画一幅像，悬挂在墙上，把原先挂着的钟馗像取了下来。以后有人住在房间里，都平安无事。这张画像至今还挂在墙上，山东徐明府曾经亲眼看到过。

外史氏说：人们用来镇鬼的，都是极其英武刚毅的形象。而这篇作品所说的，仅仅以弯腰驼背的矮人，吓得几年来一直盘踞的鬼魂逃离，不敢再出来活动，真可以说是将天下红笔判鬼的作品统统投进烈火，全部烧光。韩愈说过："兼收并蓄，待用无遗。"怎么不见僬侥国中的曲背老人不足以收到牛溲马勃这些贱物的功效呢？借这篇文章笑一笑罢了。

妒　祸

我家里雇用的一个老婆子，以前是京都某家的女佣。常常讲起她在京城干活时，仗着几分小聪明，很受到家中主妇的宠爱。主人家产丰厚，又承袭他父亲的官职，只有一件事情让他闷闷不乐，那就是膝下无子。他纳了一房小妾，已经怀孕。一次主人正好要到外地出公差，临行前，他一边看着小妾，一边关照妻子："这件借腹生子的事情，希望你多多照顾。"然而主妇忌妒心很强，假惺惺地答应了，说："好。"丈夫走后，她就在心里暗自算计谋划："别人肚子里的东西，对我来说有什么用处？"于是她千方百计想使小妾堕胎，幸好总算没打下胎儿。

等到小妾将要分娩的时候，她暗中嘱咐这个老婆子，不论生下的是男是女，都要把婴儿扔掉。老婆子平时做事一直十分迎合主妇心意，分娩这天，果然乘机将婴儿偷走，一看还是个男婴。她将婴儿交给一个看门人，要他丢弃在外面。看门人起初也气愤不平，然而又无可奈何。正好有一个运煤的人驾着空车经过，他就把婴儿放在车上。车夫扬鞭而去，一点都没发现。主妇听了这个老婆子的报告后，反而诬陷是小妾房里的侍婢、女佣防范不周，导致丢失了自家的孩子，一边哭，一边骂。然而她也不严厉地追究，转脸就不再提起。她又反过来说小妾八字硬，妨害家人，刚刚坐满月子，就把小妾嫁给了别人。等到主人归来，则两头都已经落空，他一气之下，瘫倒在地上，痰火攻心，暴毙而亡。

主妇开始还没有什么忧虑，办完丧事后，世袭的官职爵禄由另外一房的后代继承。她的继子又生性残暴，待她很不好，常常说："老太婆连借腹所生的自家儿子都不要，有什么资格来要求我这个隔腹之子呢？"亲族都十分憎恶她的嫉妒心，大家一起欺凌她。主妇这才完全明白自己做了一件多么大的错事，悄悄地嘱咐以前的仆人，要想方设法把弃儿找回来，然而找来找去，什么也查找不到。当时她已经六十多岁，独自坐在房间里，满头的白发，头低低地垂下来，心里悔愧交加，整日痛哭流涕，不久含恨而死。

后来听说这个儿子被西山的一个富人所收养，这个人就是煤窑主人，他也因为没有儿子而苦恼。当初佣人卖煤返回后，见到车上的弃婴，他往地上吐了一口唾沫，大骂缺德，后来经过仔细考虑，想出了一个计策，急忙驾车带回男婴，献给了主人。主人非常高兴，赏给他重金，从此便把这个弃婴作为他的儿子。孩子长大后，十分聪慧，被录取为生员，入官学读书。弃儿原先家里的仆人直到年老才遇见煤工，寻访到他一直在找的人，但是这时已经太晚了。那个老婆子在我家里，七十多岁了，因为年老患病，身体不能穿衣而死。她的两条大腿都糜烂了，像是被人用棍棒重重打了一顿，这大概也是她身为奴婢而断绝主人后代所得到的一种报应吧？

外史氏说：自古以来由于妒忌产生的祸患，远远不止这件事，然而读了这篇作品，真是痛心疾首啊，恨不得剥下妒妇的皮睡在上面，吃掉她的肉！尽管如此，生活中像这样的婢仆有成千上万，假如没有像公孙杵臼救助赵氏孤儿那样的壮烈行为，必然会导致主人家断子绝孙，这又有什么办法呢？不振兴夫纲，一味地指责奴仆、婢女，恐怕也是太过苛责了，难以使他们心悦诚服。

李念三

有诗道"商人重利轻别离"，山西地方的人差不多就是这样的。小孩生下来后，还没有成年，就跟着别人到外地经商，往往一去几年都不回家。他的父母也不等到儿子返回，就为他在家里娶了媳妇，这叫作"娶空房"。这一习俗沿袭到现在都没有改变，不知创始于何人。盂县有一户人家，也按照这种习俗为在外经商的儿子娶了媳妇。媳妇十八岁，长得容貌姣好，而且性格开朗活泼。她嫁到男家以后，很快便将主持家务当作自己的责任，对公婆亲敬孝顺，与乡邻和睦相处，没有一点女儿家的忸怩和拘谨。阿公给儿子写去一封信，起初还盼望他早日赶回家来。后来几次书信往来，儿子谈到雇主会给他很高的酬金，让他管理账目，能得到十分之三的利润，因为实在舍不得这一份收入，不忍心放弃，所以不能马上回家，哪年能回来也说不准。妇人暗中听说此事，顿时感到心灰意冷，非常失望。然而在乡里人的眼中，并不觉得这有什么不妥。

村里有一个人名叫李念三，不知道他来自哪里，行踪十分诡异，和别人一点也不一样。他受雇于人，也不见他辛勤劳作，而功效反而比别人大。而且饮食衣服，从来没有看见他购置采办，却样样不缺。然而他的相貌长得很粗鄙，城里的姑娘都不屑和他结婚，所以到乡下来做上门女婿，但是仍然没有人看得上他。那个独守空房的妇人，没出嫁时埋怨不能早日与人结婚，嫁到男家后又十分伤心与丈夫长期分居两地，床头枕上，时常唉声叹气。公婆因儿子不回家来，便也不忍心过多责备她，早睡晚起，从来都不过问，妇人也已经对此习以为常。

一天晚上，她独自在房里点灯纺织。将近半夜，忽然听见有人问："睡了吗？"声音很轻。她吃了一惊，抬头一看，只见房门竟然大开着，有一个人悄悄走了进来。妇人十分震惊，开始以为来人是窃贼，一会儿，他已经站在床前，穿着布衣草鞋，相貌丑陋，原来就是所谓的李念三。妇人以前就认识这个人，她吓了一跳，从位子上站起来，急促地问他："你来干什么？"念三答道："来睡觉。"妇人更加感到非常恐怖，几乎快要惊喊起来，她勉强控制住自己，愤怒地斥责说："这里没有你"睡觉的地方，快走开！"念三笑道："我回去并不难，只是可惜了娘子的花容月貌，久久空守花烛洞房，白白担了新娘子的虚名，连自己丈夫的面也不曾见过。愁云怨雨，渺渺无期，莺老花残，就在眼前，实在是让人为你悲哀叹息！"妇人听了他的一番话，正好揭开了心中最苦痛的地方，不知不觉早已经泪流满面。于是重新又坐下来，也不再呵斥驱逐他。念三又说："我长得丑陋不堪，本来是没有资格到新房来陪你的，然而与其在荆棘旁边沐浴春风，总比在空荡的山谷中独抱枯蕊要好一些。娘子如果有意思，我愿意竭尽自己的本领，想必和美女俊杰的结合不会有什么不同。"说完，竟然靠近她的身体。妇人毕竟感到羞涩，情欲虽然已经萌动但心中还是犹豫不决，而且她还是处女，不敢迎合，只是抓紧自己的衣带，微微皱紧眉头而已。念三知道很容易使她顺从，就上前将她抱住，感到她的身体顿时变得软绵无力，便任由他宽衣解带，一起睡到床上。

交合时，念三的身体好像是磨刀石，粗糙坚硬，肌肤好像要被磨破似的，妇人实在难以忍受，用力把他推起，说道："去，去！我宁愿没有丈夫，也不敢与你做相好。"念三笑着说："客人既然已经来到家里，怎么甘心没有吃饱喝足就离开呢？"念三强行与她交媾。妇人更加不能自持，声音愈加娇软快要哭出来。念三用一丝嘲弄的口气说："别处山里的粗石，还可以用来琢磨美玉，你真不可碾磨，然而也已经不是一块浑然未琢的璞玉了。"说完抽身起床，穿好衣服抖动了一下，渺然不见踪影，不但不是从房门走出去，甚至连离开的脚步声都没有。妇人更加感到异常恐惧，幸好还没有极度狼狈。早晨起床后，仍照常汲水舂米，操持家务，也不敢将晚上的事情泄露出一丝半点，心里则是慌乱极了，唯恐他再来。天快暗下来时，她站在门口，看见念三匆匆忙忙地从面前走过去，头也不回，对自己连看都不看一眼，便暗暗高兴他已经忘记旧情，自以为不会再有麻烦。

到夜里快睡觉时，有一个人推门直接闯了进来，她又大吃一惊。一看，原来不是念三，而是又换了另一个人，年纪仅十五六岁，容貌非常秀美，服装也很华丽。妇人在遭受惊吓之后，草木皆兵，不愿意再经受风雨。她对来人说："你是什么人？黑夜到这里来，难道不怕引起偷瓜窃李的嫌疑？请你马上出去！"那人笑道："名花吐艳，全国都已知道，你为什么还说这些掩饰的话，难道李念三不曾和你同床睡觉欢好吗？"妇人被说得哑口无言，那人又说："你既然已经尝过了胆，自然不应忘记其苦味。尽管如此，我可不是粗鲁之人，不会让人哭喊求饶的，你可千万不要拒绝。"说完后，就迎上身去拥抱妇人，温柔相待，多情抚弄。妇人色欲之心早已被挑起，然而由于上次创痛很深，终究不敢轻易答应。男子温存多时，才开始为妇人脱衣行欢。男子柔腻温婉，与念三完全不同，只是体下阳具巨大，和念三一般无二，而在情欲激烈之时，她也就感觉不到艰涩痛苦了。妇人既爱慕他的容貌，又喜欢他的温情，到这时也几乎不能自持了。两人欢好交媾直到天明，男子才离去。刚下床，他笑逐颜开地问妇人："你看看我，和念三相比谁美？"此时妇人已经非常疲惫，勉强回答说："念三怎么比得上你！"等她提起精神看时，却依然是念三站在面前。妇人更加感到惊骇，念三却早已越窗离开，还听见他说话的声音："痴妮子还在白白地挑肥拣瘦，她怎么知道美玉已碎，不能瓦全的道理！"妇人还是没有产生什么疑心，但精神昏昏沉沉，便关门高卧，趴在枕头上熟睡，直到中午才起床。

等到打开房门，婆婆见到她后大惊道："新妇哪里不舒服，怎么神色突然变得这么难看！不会是病魔在作怪吧？"妇人这才对昨晚的事情起了疑心。没多久，她感到阴部突然疼痛难忍，肿起像一个土墩子，热得烫手。然而她还丝毫不敢告诉别人，只好忍受臃肿的痛苦，勉强行动。后来情况更糟，而且毒水流得到处都是，成脓浆状，因此便病倒在床上。公婆觉得事情严重，才告诉她的父母，他们都来看望女儿的病情。妇人最终还是因为羞愧，没有向别人讲述得病经过，只是在私下告诉父母说："把女儿耽误到这个地步，我不敢有什么抱怨。然而女儿已经失去贞节，死后请不要将我安葬在这家的坟地里。"母亲口中答应，心里却不明白这是什么缘故。第二天妇人便去世了。当人们把她的尸体装入棺材时，只看见腹部已经烂穿了，皮肤裂开，黄水汪洋一片，更不清楚她究竟患的是什么疾病。

自从妇人死后，念三做坏事更加肆无忌惮。凡是遇见女子一个人行走在田间，立刻用重金进行贿赂，引诱她们与自己性交，如果不顺从就强迫她们就范。被他得手后，女子就会生病，生病后不久就死去了，和妇人的症状大致相同。人们这才明白那个妇人的疾病是由此而引起的，因此各自告诫家里的妇人不要外出。这样过了十几天，念三忽然不见了。后来天上打了一个响雷，有人砍柴归来，告诉村民，说某山震死了一条蟒蛇，蟒蛇头上已经生出角，角端有三个红色的字"李念三"。好凑热闹的人争先恐后地赶到那里去看，事实果然如此。然而娶空房的人，依然有很多。

外史氏说：这是一件很奇怪的事情，虽然结果不是娶空房的人想得到的。但是在我看来，婚嫁是人伦大事，与其娶了媳妇之后再回家，不如回家以后再娶媳妇。红颜薄命，遇上山西人，即使不遭受蟒蛇的毒害，也只能独守空房日夜哀叹。何况娶妇已经很久了，归期遥遥无期，为了追逐蝇头小利，却耽误鸾凤相聚的佳期，大丈夫志在四方，为什么一定要这样呢？本文开头第一句说"商人重利轻别离"，确实是作者有感而发的啊！

訾　氏

朝廷兵马刚刚平定新疆，城镇集市还比较寥落冷清。时间一长，商人都聚集起来。有一家店，店名叫"义聚"，是第一家开张的典卖商行。店里有个年纪仅二十出头的雇员，他的名字已经失传，受雇于店主已有很多年了。戊子那年的晚秋，一天，他因急着想要大便，就到店外去解手。当时刚刚经历过战乱，城郭之外没有居民，荒树断枝旁边，随地都可以方便。正当他蹲在地上拉屎时，忽然听见荒草丛中传来一阵笑声。一看，则是一位容貌姣好的妇人，穿着红裳绿衣，也蹲在地上，与他面面相对。她还嘲笑他说："我在这里，你怎么能这样旁若无人！"雇员感到很惊愕，以为是民家妇女，来不及完事就起身离开了。走了几步再回头一看，只见妇人也慢慢穿过荒草走了，他的心这才安定下来。

几天后他又到那里去，妇人还是比他先到，看了他一眼，笑了起来，一点没有害羞退避的样子。雇员暗自思量这个人可以调戏，便先探探她口气，对方很乐意接纳，于是两人便在城角僻静之处野合，结束之后就各自离开。他回到店里，晚上自己独处卧室，半夜时，妇人忽然静悄悄地来到他的房间，没有发出一点声响。雇员已经被她深深迷惑了，便也不问她是如何而来，只想着与她共枕求欢，极尽欢乐之事。雇员问她姓氏，妇人自称訾氏。再问她住在何处，她无论如何不肯说，只是说："你能够与我相伴，这已经足够了，为什么还要问这问那！"天快要亮，妇人穿好衣服先起床，匆匆离去，店里也没有任何人知道这回事。从此以后，她每晚都会过来，来后两人就求乐行欢。

十天后，店里同事发现他面容渐渐枯槁，饮食也比从前减少许多，心里很是疑惑不解，然而没有想到会有这种事情。不久他便患了迷心症，记忆力减退，经常忘记很多事情。他一直掌管账目，凡是典当商品出货进货，再细小的数目也必须按照实际情况一一登录。现在却账目混淆，如同一团乱麻，而且又多有遗漏的地方。店主开始感到惊讶，起了疑心，打算辞退他。他再三哀求，店主才勉强收留他，想看他表现再做决定。可是不到两天，又恢复了那个样子，店主便决定打发他走。

雇员有一个哥哥，也受雇于别的一家店。听说此事后，急忙来向店主求情，让他弟弟继续留在店里，说话时声泪俱下。店主觉得他十分可怜，便不再说辞退之事，摆上一点酒菜让他与哥哥一起饮用。大家趁机问他得病的原因，起初他还瞒着不愿意说，经过哥哥再三训斥，才把实情和盘托出。大家听后都很惊骇，认为妇人必定是鬼，但是查找居民，从来没有姓訾的人家，大家就更加觉得虚幻不可捉摸。到晚上，大家挽留哥哥陪伴弟弟，妇人始终没有出现。等哥哥有事回去后，妇人在夜里又来了。相见时比以前加倍地殷勤。雇员拒绝不了，仍然接纳了她。早晨起床后，大家发觉他神色有异，知道他又被鬼缠上了，便一块出主意，将他的卧具搬迁到神龛的下面，因为神龛里供奉的是关公圣帝神像。妇人果然销声匿迹。第二天晚上，主人担心店堂后面的房子无人看守居住，商议让别人住在里面。到了深夜，锅壶发出雷鸣般的声音，门窗大开，狂风怒吼，整夜不得安睡。店主又换了另一人带刀睡在里面，半夜听见声音就起来捉鬼，但是什么都没有看见。刚一睡下后，则又听见吃吃的笑声，还敲击擀面杖，样子满是揶揄嘲弄，骚扰让人不堪忍受。

大伙中有一个善于出点子的人想了个办法，让那个雇员仍旧睡回原处去，妇人假如来了，就咳嗽几声作为信号，大家一齐去追逐，一定能够寻出她的踪迹。雇员迫不得已，只好听从了这个计划。大家都不睡觉，静静地等待妇人的出现。到深夜，听见他大声咳嗽，大家点亮火炬，手持器械，呐喊着朝那间房子冲去。走到门外时还听见里面的调笑声，等到破门进入时，就只看见雇员躺在床上，房里再没有第二个人。大家更加感到异常惊奇。大家走后，妇人又返回房间，含怒地说："我虽然犯淫奔之过，罪孽深重，然而毕竟也是一个女人，哪来这些狂妄的男子，把人吓得胆战心惊！"妇人唠唠叨叨，怨恨不休。雇员抚慰她，她这才解衣上床，与他同入梦乡，凌晨才离去。

雇员也不再隐瞒真相，第二天早上将昨晚的经过向大家全部讲明。大家说："我们做得太匆忙，反而耽误了你的事。今晚必须等她熟睡以后，你再咳嗽，而且要用力揪住她的衣服，我们前来捉她。她光着身体，肯定不能逃走，妖怪便可以抓住了。"雇员又听从了他们的主意。深夜，妇人来到房间，雇员对她比从前加倍地殷勤体贴。等她睡熟以后，开始大声咳嗽，并且拉过她的衣襟放在床褥下，自己弯曲着身将衣襟压住，装出一副熟睡的样子。等到大家闹哄哄地赶去，听见房里慌张急促的说话声："暴徒又来了，快把衣服给我，怎么睡得这么沉，像死了一样！"大家听见后呼喊得更响亮，妇人声音也更加着急，好一会儿，传出布帛撕裂的声音，妇人已经扯断衣襟逃走了。

大家看雇员，还用力压着衣服，过去一看，在被子旁边留下了半幅纸做的红衣裳。雇员见这般情景，吓得说不出话来。第二天将纸衣裳拿出来让人们传看，许多人曾亲眼所见。雇员的哥哥又请人写了一篇状词，向城隍神告状，女怪从此不再出现，雇员的病不久也痊愈了。

假　鬼

我的老师冯佩琛先生，多次从南方回来的路上都要经过某地，地名已经不记得了，每次到了那里，赶车的便要绕道而行，冯先生也没有闲心思去打听其中的缘由。己亥年二月，他从粤东罗定驾车而回，到京城去，又经过此地，车夫则扬鞭直行，不再绕道躲避。先生便约略地提了一下，问他这次为什么不再绕道，车夫笑着回答说："从前传说这地方有一个女鬼，常常出来作怪，所以要躲避。最近她嫁走了，便不再有危险，可以直接从这条道上行走。先生更加感到奇怪，问他其中的详细情况。

车夫指着路旁一座古墓告诉他：鬼住在这里面，她穿一身红衣服，披头散发，口吐长舌，面孔没有一点血色。每当见路上有一两个行人，便从坟墓中出来，行人常常丢弃所携带的轻重物品，赶紧逃命。像这样已经有好几年，人们不知道她是个什么妖怪。去年有一个中年旅客，不知他是哪个地方的人，没有妻小，由于到淮北走访亲戚，得了一些财物回家。他一个人孤单地走在路上，一下子忘记了这地方有鬼怪出没。等他快走到古墓旁边时，才忽然想起鬼狐作怪的事情，于是吓得两腿发抖，一步也走不动。过了一会儿，总算侥幸没有遇见鬼，便拔腿飞奔，头也不敢回，想乘着鬼还没有出现就逃走。不一会儿，听见坟墓里传出声音，啾啾长啸，心里更加惶恐不安。回头一看，一个鬼从墓中出来，形状和人们传说的一样。他十分恐惧，想拼命逃生。鬼走路像雨像风，呜呜有声，朝他扑来。他开始想丢下所带的包裹只身逃走，但又想到自己奔波千里，好不容易才得到这些小小的财物，一旦抛弃，太让人惋惜；而且想来鬼不过是要害我身体，怎么会看中我这些财物呢？这样一想，就更加犹豫，舍不得扔掉。眼看鬼越来越近，吼啸之声比刚才更加尖厉，还伴随着呜咽啼哭的声音，让人浑身的寒毛都竖了起来，而他最终还是舍不得抛弃怀中的包裹。他急急忙忙地只想逃走，鬼也仅仅从后面逼近他，却不敢追到他前面来。那人在慌乱之中，突然想出一个急办法，要让鬼尝尝拳头的滋味，宁愿被鬼弄死，也不愿失去财物。于是他趁鬼不备，转身向前与鬼搏斗。鬼被拳头击倒在地，像是一个弱者，不堪一击。他更加胆大，斗志昂扬，挥臂奋击，鬼早已经娇啼不止，哀求饶命。那人十分惊讶，仔细一看：一张几寸长的红纸，在绿色的草地上飘拂，而眼前的妖怪，虽然模样和刚才还是一样，但是那条鬼舌却早已不在。他不禁大吃一惊，收起拳头，诘问女鬼。她流着眼泪哭诉说："我家离这儿一里多，我其实是一个女子。只是因为家中有老母在堂，自己没有一个手足兄弟，被逼不得已只好惭愧地干起这个，来奉养母亲。目前家中已经安康，生计无忧，但是我依然孑然一身，不曾婚配。我曾经许下心愿：假如有人识破我，我就把他作为自己的丈夫，不再做这种丑恶的事情。今天有幸与你相遇，大概这是命运的安排吧！"那人听后，又惊又喜，但是仍觉得难以置信，趁机突然掀起她的衣襟查验，乳房半垂，正是闺女处女的体质。他欣喜万分，松开手让她站起来。女子羞涩地整理好衣服，带着他一起回家。没多大会儿，就来到她家，只见茅屋低矮，篱笆整齐，隐隐表现出富实的样子。走进房间，看见一个老态龙钟、身患残疾的老太。女子将刚才的事情告诉了老太，老太笑着说："我原先就竭力劝你别再出去做这种事，现在结果如何？尽管如此，郎君的胆子也太大了。"接着又对他说："老妇寡居很久了，全靠这个女儿才活了下来。从前因为无法谋生，正好古墓陷下去一个大洞，她才想起这个念头，到现在已有十多年了。女儿一直在等待良缘，尚未婚嫁，你倘若还没有娶妻室，何不入赘我家？小妮子也就不会再去做这种事情了。"那人诚恳地答应了。这天晚上，两人就结为夫妻。女子家里很富裕，那人从此也就安下心来。十几天后，他们离开了这个地方，不知搬往何处。

车夫说完，还遥遥指着他们过去居住的地方，房屋还可以看得到。先生到了京都常常向人讲述这件奇事，大家听完都觉得惊异。

外史氏说：风声鹤唳，草木皆兵，完全是人们害怕仓皇惊恐所导致的，自己吓自己罢了，鬼怎么能作怪害人呢？而世上狡猾的人，又故意借阴间鬼怪可怕的样子来恐吓芸芸众生，我不知道真鬼听说之后，会不会捉弄他们？还记得京城某巷，深夜就有鬼出来闹事。夜间走路的人遇上它，常常丢弃衣物，与这件事十分相似。巷中巡夫王某，喝醉了见到这鬼，头长得像柳条编成的笸斗，纸条乱飞，全身长满白毛，有一寸来长，通红的眼睛，血色的嘴巴，形状可怕极了。王某已经喝醉，竟然一点都不害怕，反而斥责道："你是鬼吗？听说鬼见了人就要躲避，你怎么反而追逐人？"鬼听了这话，转身退走，好像要躲开他。王某发觉其中定有蹊跷，迅速奔上前去，用力一揪，鬼随即倒在地上。王某这才明白这其实是一个人，剥下他的面具，撕去外套，抱起这些东西就往家走。灯下一看，原来是羊皮一张，乱毛如猬，面具则是用汲水器制成。涂上红墨，胡乱粘着一些废纸，仅仅这样罢了。第二天拿出来给众人看，大家见了都哈哈大笑。王某至今还穿着用这张羊皮做的衣服，只是不知道这个装鬼的人是男是女。

银 针

前朝明天启年间，桐城孙大廉考中乡试，成为举人，将赴礼部参加进士试，由于身体患了重病，不能赴考。等到张榜，听说某人某人都成了进士，心里更是愤愤不平，因为这些人都是他平时看不起的，于是病情愈加严重。母亲为他深感忧虑。医生说："旧病已经消除，这次新患的疾病是由情绪郁结引起的，只有游览名胜，开阔心胸，病体才有希望不治而愈。"孙大廉将医生的话转告给母亲听，母亲觉得很有道理，于是为他租船整理行装，让他去游览二水三山胜景。

孙大廉辞别母亲，离家出发，身边带着一个仆人、一个书童，给他背书挑担。上船后，有个老头硬是缠着他，请求孙大廉载他一程。老头看上去有六十来岁，精神颇矍铄，体魄强健。孙大廉看他年纪已老，便产生了同情心，允许他搭船同行。老头进入船舱，与孙大廉行礼问候，说自己是北直隶人，姓胡，号悦庵。这次将到金陵去售卖自己的秘术，所以希望搭个便船。孙大廉问他做什么生意，他只是笑笑不回答，只是用缓慢的语气说："这不是儒生你喜欢听的。"孙大廉猜想大概是房中秘戏一类东西，便不再询问。船随机出发。

第二天中午，孙大廉因病躺卧不起，听见篷窗下有欢笑声传来，再仔细一听，原来是他的童仆在捧腹大笑。他觉得很奇怪，便悄悄过去偷偷观察。只见老头袒衣露臂坐在矮桌上，用笔在臂上画出一个人形，人形立刻就能站立起来，很像一个裸身人，而且发出如小鸟嘤嘤的叫声，表演唱歌。童仆看后十分惊奇，所以欢笑声传到了孙大廉的舱内。大廉知道老头是一个神奇的人，也不去惊动，屏住呼吸轻轻地退了回去。第二天，他摆好酒肴，请老头过来饮用，想向他请教妙术。老头早已明白他的用意，对他说："你将来总会飞黄腾达，效仿混口饭吃的江湖浪人的行为，这并不合适。尽管如此，你同意我搭乘便船的恩德，老夫不能不报效。请再等五天，临别时我将把秘术全部赠送给你，今天还没有空。"孙大廉也就不再坚持，两人喝了个尽兴才离开。

到了约定的日期，船将到达南京，老头趁着黑夜到孙大廉舱里来见他，说："明天就要了。上次说的话，老夫不敢失信，所以前来献出我的秘术。"孙大廉说了一番感谢的话，问他妙物在哪里。老头答道："在我腹中。"孙大廉笑着说："你在骗我。披肝沥胆信誓旦旦只是说得动听罢了，都是一些骗人的话罢了。腹中之物，怎么可能真的能拿来送人啊？"老头笑了笑，并不为自己辩护，只是自己解开衣服，对着孙大廉露出腹部，说道："你试着叫一下，里面便会有人答应。"孙大廉笑得更厉害了，坚持不肯呼叫。老头便用手抚摩自己的腹部，叫道："银针儿，快出来见客，不要做出荒野僻乡女子的羞态！"孙大廉更是笑弯了腰。忽然听见老头腹中传出娇懒的说话声："我本来就讨厌见到陌生人，为什么一定要逼迫我？"声音纤细，委婉清脆，好像箫管齐奏的声音。孙大廉大吃一惊，不再发笑，等着看接下来会发生什么。老头又对着肚子说道："我已经把你许配给了孙君，不能把他看成是陌生人。妮子请不要紧张，也别害羞。"腹内一时没有回答。老头又催促她，里面才说："如此急切唠叨，足以证明阿爹已经年老糊涂了。那就请你开一点门，我这就出来。"孙大廉此时惊讶得形同木鸡，目不转睛地呆呆看着。只见老头用手掌拍拍腹部，忽然裂开一寸左右的缝隙，一丝血迹也没有流出来，他更加感到惊奇。突然轻轻飘出阵阵奇异的芳香，传来一声好像布帛裂开的震响。孙大廉急忙睁大眼睛观看，原来是一位美人，穿着上白下红的衣服，用手拂动鬓发，眉头微皱，站在烛光下，而老头已经不知去向。

孙大廉不觉吓了一大跳，惊诧地以为遇见了妖怪，但是看女子容貌艳丽无比，又不舍得即刻离开她。他神色严正地斥责道："你究竟是什么妖怪，胆敢用诡异之术迷惑人？我是古代宋璟一类人物，不为女色所动，还不快退下！不然，我的剑就要将你斩了！"女子毫无惧色，向他敛袖行礼，说道："我实是狐仙。父亲奉天帝之令，将前往长陵为太祖守墓，他担心我无依无靠，就带着我同行。前几天走到江边，被水神偷偷看见，他羡慕我的容貌，硬是送来聘礼。父亲因为他与青蛙之类居住在一起，很不乐意将我嫁给他，所以把我藏在腹内。托你的洪福，渡过这条水路，现在将要到达目的地。父亲仰仗你美好的品德，要我为你持帚执箕，兼以报答你对我的保护之恩。我并不做坏事，请你不要有疑虑。"孙大廉看她并没有怀什么恶意，心中已经有几分收纳的意思，只是说："我身患顽症，一时不能痊愈，还有什么心思去想其他事情！"女子微笑着说："这事好办。你姑且高枕睡觉，让我先为你驱除病魔，借以证明我不是来害人的。"孙大廉大喜，问道："你也懂医术吗？倘若能把这顽症治好，我一定不惜为爱情而献身。"女子听后不语。孙大廉刚刚躺下，女子突然在眼前消失了，只觉得有一股气，其热如火，从肚脐中进入体内，向上到达肝膈，向下引至脏腑，一会儿他就汗出如蒸，神思顿觉清爽，疾病也随之尽除。重负既然已经卸下，他便鼾然熟睡，竟不知女子去了哪里。早晨起床，船已经泊岸，书童进来向他禀告，老头已经告辞离去，留下了一封书信。他打开信阅视，则是嘱咐他好好照顾女儿。

孙大廉不见了女子，对老头的话也不敢过于相信。下了船，坐上车，进城住到了友人家中。在交谈欢饮之间，没有一点病态。知道他患病的人，都向他道喜祝贺，他自己也在心里暗暗高兴。一直叙谈到半夜，他才回卧室休息。他盼望女子能够再来，于是就让童仆到别处去睡觉。等到就寝时，还全然不见女子的踪影，心中快快不快，上床就枕。正在翻来覆去，听见耳畔有人在轻声地说："我来陪伴你了。你真的是铁石心肠，不会有所动情吗？"口脂芳香，近在咫尺。他用手抚摩，则细腻的玉体，已在被窝里面。他此时已经不能自持，便与女子欢然交合。早晨起床，孙大廉与她商议如何躲藏一下，女子定然说不用，果然一下子不见了身影。晚上将睡，才又来到房中。

孙大廉游览遍金陵的名胜，顿然萌生了回乡的念头。正逢怀帝登基，下诏举行恩科考试，他便立刻返回故园。女子送他到江边，流着泪说："父亲在此，我不能随郎一同回去了！"孙大廉也恋恋不舍，竭力劝她跟自己一起走。女子不肯，最终还是分手。第二年，孙大廉考试落榜，再游金陵，希望能重新遇见女子，以续旧好，然而茫无音讯。

外史氏说：《诗经》里有一句诗——"出入腹我。"不是说妊娠之前，而是指养育之意。现在这只狐狸竟然能直接将女儿藏在腹中，而且能令她从自己腹中出来而交到别人腹上。孙大廉与老头可以称得上是腹心之交，女子与孙大廉可以称得上是知心情侣。又不只是像晋朝王羲之露腹而躺，被郗鉴选中为女婿，仅作一段佳话而已。

赝 殃

人死后鬼魂载尸返回家来，这种事真假有无不用辩解就可以知道，然而世人都相信这种说法。京都有一富户，儿媳妇刚死了，按照世人的说法，这一天是死者鬼魂归来的日子。于是家里大门都关得严严的，鸡犬都被赶到别处。主人又害怕小偷乘机来偷东西，家里有一个呆仆，主人便悄悄让他在家守候，把他放在立柜里，关上柜门。嘱咐他："如果有僵尸回来，屏住声息自然便能避免祸害；没有的话，也可安心睡觉，有什么可怕呢？"仆人答应下来。大家都退了出去。

到了半夜，风声飒飒，让人不禁战栗。突然，台阶前传来"嚓嚓"的响声，一会儿便靠近房门，再过一会儿就进入了房间。仆人从柜门的隙缝中往外偷看，灯光微微晃动着，昏黄阴沉。只见一个人，衣饰容貌，仿佛是死者，不禁害怕极了。接着那人站在桌边吃东西，牙齿咯咯发响；倒酒喝的时候，嘴唇喷喷有声。又过了一会儿，纸钱窸窸窣窣响起来，只见她在房间里走来走去，仆人更加感到恐怖不安，而心里暗庆幸自己未被发现。又过了好长时间，她侧着耳朵像在倾听什么，抬起头又像在寻找什么东西，嘴里发出呜呜的声音，突然直接朝着立柜走来。仆人吓破了胆。正在恐惧之际，她早已逼近，只见她面色苍白如雪，突然用力一拉，立柜的门大开了。这一下将两个人都吓呆了，立刻一起倒在地上。不仅柜内的仆人魂飞魄散，毫无生机，连柜外的女子也面朝地僵仆而死：两败俱伤。

天亮以后，主人叫唤仆人，听不到答应，进去一看，仆人还有一丝气息，女鬼早已僵倒在立柜的外面。她穿着整齐鲜丽，好像活人一样，只是头发上夹着一束纸条，实际上她是随儿媳妇陪嫁而来的婢女。主人不禁大吃一惊，灌入仆人口中一些汤水，过了一些时候，他苏醒过来，讲述了他看见的事情。再看婢女，已经无法救活。原来婢女打算离开这家，便想出装鬼偷窃主人财物的主意，而且她熟悉儿媳妇的装饰打扮，完全按照她在世时的样子将自己装扮起来。到了晚上以后，走进房间，想大肆搜刮一番。刚开始她并没有听说主人留下仆人在房里守候，突然见到后，非常吃惊害怕，便仆倒在地。主人知晓了其中缘故，于是笑了笑，让人把婢女的尸体装进棺材。

第二天，事情在京都传扬开来。如今京城里的人还流传着这样一句话："僵尸能吓死人，人也能吓死僵尸。"呜呼哀哉！即使真有僵尸，又怎么能把人害死？

外史氏说：从来害怕僵尸的，就是婢女和老婆子了，每当谈起这些事情，就赶紧摆摆手，脸色大变，样子十分恐惧，好像真的看见鬼似的。这个婢女真是胆大妄为！然而到底还是被藏在柜子里的人吓死了，这主要是她的贪欲太强，所以上天都要了她的命。我真正担心的是，假如真僵尸出现，这两人又该怎么办呢？

落花岛

申无疆字仲锡，在扬州游玩已经有好几年了。一天，他在集市里遇见出海航行的商人，与他们一起坐下聊天，这些人获利丰厚，他心里羡慕极了。于是拿出数千金交给儿子和侄子，让他们与商人合伙。儿子名翙，年纪仅二十二三岁，身材修长，皮肤白皙，而且很擅长唱歌，航海的商人都很喜欢他。等到航船驶入大海，小船就好像一片小小的树叶。申翙年青，不习惯汹涌的波涛，受惊吓后就生病了，靠在枕上，痛苦呻吟，神思恍惚，似睡非睡。梦中听见有人说："落花岛中花倒落。"申翙平时不会写诗作文，醒来后便告诉了同伴，那些人虽然熟悉海道，到过许多岛屿，也不知道有"落花岛"这个地名。其中有一人很擅长吟诗，笑着说："为什么不说'垂柳堤畔柳低垂'？那句诗虽好，还是能有对句的。"大家都觉得他对得好。申翙于是就将诗句默记在心上。

不久病情加重，还没有到岸，他就在船上去世了。他的堂兄十分悲痛，将尸体草草装进棺内，载在船上继续航行。而申翙却不知道自己已经死了，只感到身体轻盈，丝毫没有妨碍，于是想仿效列子乘风而行，遨游于海面上。虽然风涛汹涌，丝毫未被海浪溅湿，高兴极了。他还记着落花岛这一名字，暗暗想着那里的境界一定与众不同，于是就想前去游玩。

转眼间看见一座山，悬浮于波涛间，形状如倒置的盂。它的颜色好像四川出的锦缎，五彩缤纷，而且香气浓郁，芬芳飘扬数百里。申翙很喜欢这个地方，努力向前，一会儿便离开了水面，登上陆地。朝西走了一里左右的路程，看见一个像是山口的地方，便走了进去，原来里面是平坦宽阔的大道，岩山高峭的景象不再有了。山路上到处覆盖着落花，有一寸多厚，没有一点空隙。他踏着落花前进，感到地下如花草做的褥子，柔柔的，滑滑的。而芳香扑鼻，更加浓郁，精神为之一振。看看周围，都是十分粗壮的树木，繁茂繁密，花就长在这些大树上。仔细观赏这些花朵，各种颜色都有，浓淡相间，芬芳如大庾岭上的梅花，而香味浓烈又胜过许多。树上还有些花，枝头低垂，好像快要坠落的样子；有的环绕枝干，形状如飞扬，其中还有不少花含苞欲放。似乎这些树花开花落四季都有。申翊高兴地继续往前行走有几百步，只见这里花开得更加繁茂，而地上的落花也积得更多更厚。而且看看四周，没有一间房屋，即使层层叠叠的山峰，也只隐隐约约出现在花树中，不让看到它们的全貌。申翊到了此处，心旷神怡，就在一棵落花树下坐着少歇一会儿。他伸长脖子，高歌一曲，花扑簌簌掉落更多，像是下了一阵细雨。

忽然听见一声娇柔的声音斥责道："哪里来的狂妄之人？这里是仙人的居处，岂是你玩耍行乐的地方！"申翊急忙一看，原来是一个美女，全身贴着落花，好像穿着锦衣，手提一只小竹篮，篮子里也装着落花，慢慢地从树后走出来。申翊急忙起身相迎，作揖行礼，告诉她自己是从何处而来。女子带着一丝嘲笑，说："你一个龌龊商人，哪有福分来到这样的仙境？尽管如此，其中也定有缘由。我有一句句子，很久以来没有谁能够对得出。你能对出，就留宿在这里，而且有舒适的环境让你安身；否则，你还是离开远一点，不许你再弄脏仙境。"申翊十分喜爱这里的美景，又眷恋眼前美人的丽容，一时间竟然忘了自己不善文辞，就决然地请她出题。女子于是朗诵了一句诗，原来就是他在梦中听见的，申翊喜出望外，随即就把那位商人教给他的那句诗说了出来。女子称赞他对得好。过了好一会儿，她感慨地说："这种才能是上天赋予的，我对你不能无动于衷。"说完朝他走过去，笑着拉起他的衣袖，说道："走，走，请和我一起回去，我的家就在鲜花茂密的地方。"申翊高兴地随她前去。

来到女子家，四周围着篱笆，远远望去，一片锦绣，原来都是用花片砌成的。不一会儿走到门前，只见两棵巨大的树木枝叶交缠在上面，气派宽宏。女子客气地让申翊进屋，里面并不大，桌子、床都是用彩石制成，上面铺满了掉落的花瓣。抬头向上看，不见天日，也是以繁茂的树干为屋顶，鲜花、绿叶将周围遮住，恍如一座上天建造的居室。女子还没有请他坐定，就准备食物，说道："郎君饿了，空着肚子可不能安心交谈。"于是将竹筐里的东西全部倒出，烹煮起来。等到端上来一看，除了花之外，没有别的。申翊内心疑惑，不敢吃。女子笑着说："这是神仙吃的东西，吃下去不会有伤害的。"申翊尝了一下，甘香清甜，人间的美食佳肴与它相比，就成了尘土。女子又献上百花酿成的酒，味更香醇，真是仙露琼浆。一会儿，神气清爽，飘飘欲仙。申翊一点儿也不知道自己已经是一个鬼，便在心里暗自庆幸，以为从此可以长命百岁了。

申翊吃罢，两人开始交谈，渐渐地相互调弄戏谑。女子情不自禁，将身上的衣服一抖，花瓣纷纷掉落下来，皓体生辉。于是与申翊在石床上交欢行乐，极尽恩爱，两情十分缠绵。后来，女子发觉他不是人，惊诧地说："郎君怎么只有形体而没有内质？还是早早告诉我，不要将你自己耽误了！"申翊自己也在寻思：我怎么会到这里来？而且茫茫大海我又怎么可能漂浮而过？想着想着，就痛哭流涕。女子劝他道："请你不要这么悲伤。由鬼变成仙，总比人变鬼要好。何况我还有法术，你没必要这么担心。"说着，拿出一只瓷罂，里面大约装着一斗清泉，将申翊全身浇遍，说："这是百花之液，我天天早晨起来采集，其实是天浆甘露。人用它沐浴后能成为神仙，鬼沐浴后也能成形。再加上吃了百花之液，另外采撷群花的精华进补，则很快就能变成鬼仙。只是我数百年的集藏，一天之内就被郎君用完了。"说话之间，申翊感觉到身上被百花液浇过的地方，肌肤骨骼渐渐凝实，不像刚才虚无附托的样子，才放了心。他看看自己身上的衣服，本来就是空无所有，女子用花给他披戴好，粲烂夺目。两人相对，犹如两只羽毛鲜丽的鸳鸯。

女子白天与申翊外出，一起采花而食，傍晚与申翊归家，一同卧花而眠。他们身上的衣服，睡觉时轻轻一拂就掉了，不用解带脱衣；醒来后绕树缓步而行，瞬间就能锦装在身。这里没有寒暑，也无昼夜，花开就是早上，花谢就是晚上。穿的、吃的全是花，睡觉休息也在花下，方丈、蓬壶这些神山仙岛，从此不能再独占仙境的名声。

几年后，申翊忽然对女子说："全靠你的帮助，我才能死而复生，与你永远结伴相好是理所应当的。可是，我上有年老的双亲，下有年幼的弟弟，想回去看望他们，不知你是否同意？"女子认真地答道："这是你的一片孝心，我不敢阻拦你去实现。只是你离家后成了鬼，这次回去又变成了人，你墓前的树都长得很大了，谁会相信你呢？"申翊说："我暂且回去试一试，我也不会在那里久留。"女子也就不再多说什么，任他离去，又用花叶为他做了衣服，只一会儿工夫，就做成华丽的盛装。分别时，女子赠送给申翊一只酒瓯，嘱咐他："饿了就饮用里面的酒，千万不要吃烟火煮烧的食物，如果吃了就会使你神气衰竭，丧失生命。酒喝完后，一定要马上返回，不要再多停留。"申翊与她约定以一个月为期限。然后他来到海上，仍然如履平地，不需要船桨，就直接到达浙江一带。

等到了扬州，仲锡已经年老，各位弟弟都已经成家立业。申翊突然走进家门，大家都以为出现了鬼，大吃一惊，纷纷逃避。只有仲锡抱着他哭道："是我耽误了儿子。儿啊，你这次回来，是找我报仇的吧？"申翊极力辩解说自己是人。仲锡说："你堂兄说你不幸去世，前年携带棺枢返回故乡，安葬在祖坟。你却说自己是活人，这话多么荒谬！"申翊于是把经过详详细细地讲了一遍，大家听后，都惊愕非常。郡中有一个拄着拐杖的老人，年轻时曾经出海航行，听过落花岛之名，恍然大悟道："确实有这个岛。岛在东海偏远之处，极少有人能到岛上去。我曾经经过那里，听说是神仙居住的地方，没有路可以进去，至今还能仿佛记起岛上的风景。"人们一听，稍微消除了心头的疑虑。仲锡在扬州依然过着旅居他乡的生活，申翊服侍在他身旁。他这些天不饮也不食，十天后，忽然不知去向。

外史氏说：百花的精华，人吃了以后可以延年益寿，想不到鬼服用后居然也可以变为神仙。申翊靠了他人的诗句，办成了自己的好事，游历仙境，得到美丽的妻子，而且可以长寿不死。为什么桃花源里的人不憎恨鬼，反而不屑于与人结成好朋友呢？这个问题我很不理解。

货 郎

耒阳因竹子很多而盛名，也是著名的黄冈竹的一个分支。当地人借此谋利，所以种植了一个个竹园，到处都是绿竹茂盛的景象，正如《诗经·淇奥》所描绘的一样。

离县城不远的某一村庄里有一户农家，竹子种得非常多。方圆数亩，枝叶茂密，竹阴昏暗，日色黯淡无光，就连在家里也难得见到几缕阳光。家有父子三人，其中哥哥脾性温驯，而弟弟却很凶劣，且整日游手好闲，不干正事。父亲对小儿子的行为也很痛恨，甚至为此把他告到官府，最后也只是判以轻微的惩罚，即使如此惩罚后依然不思悔改。

在此之前，邻县的某货郎经常到村里来出售绣花之类的东西，日子久了便与这农家渐渐熟悉，还把某父认作养父，常常一连几天不回家住在他家。农户家中有个已经长大却未出阁的女儿，货郎因为与其家十分亲近的缘故，渐渐地勾搭上了她，全家人没有一个人察觉这回事。一天，父亲突然从田间回来，正好看见货郎正与自己的女儿互相抱颈接吻，样子十分猥琐，不禁大怒，立即随手拿上种地的农具冲上前去，向他猛击。货郎没有想到被打，脑袋被打碎一地，失去了性命。父亲看着惊吓的女儿不忍心去灭口，而且担心女儿的淫荡臭名传扬出去，于是叫小儿子一起将尸体抬走，埋在竹下。又怕被家狗野狼拱出来，第二天以少了竹笋作为借口，赶紧命人筑起一道高高的土墙，将竹园围住。这件事情做得周密，村里没有一个人察觉。

事情过了几年，正好遇上政令甚严的熊公某来此地任县令，此人惩治恶人的手段毒辣犹如凶猛的鸷鸟。农家小儿子因为赌博无钱，便把园子里的竹子偷偷地砍来卖掉，父亲知道后，非常愤怒，将他打得鲜血直流，还要把他告到官府。小儿子早就听闻县令的手段，非常害怕县令的威严，被逼急了大声叫嚷："阿爹为什么还要多此一举把我送到衙门去呢？不如你直接像对待那人一样用寸铁将我打死，然后往竹园里一埋，谁又晓得此事？！"父亲听后更加气愤，追上去打他，儿子便在街市上乱喊乱叫，闹得村里人人都知道了此事。邻居某一直与农家有矛盾，听了以后说："哎呀，他儿子说的这一番话，真是太令人奇怪啦。记得从前曾经有一个在这里来来往往卖货的货郎，与这家人关系很好，还以父子相称，后来忽然不见了，大家都以为是他已经回家。可现在听他儿子的话，该不会是被老东西害了吧？"于是将他的疑虑向甲长作了反映。甲长也与农家的父亲不和，便写了一纸状词，将其告发到官府。熊公这时还不太相信这些传言，便将农家父子拘至衙门询问情况，二人都不承认有过此事。邻居作证道："你那天被你父亲在街上追打，不是你这样讲出来的吗？"儿子听罢，低头不语。熊公察觉此事一定有蹊跷，便下令对他们动刑作威，二人仍极力辩解，不肯说出真相。熊公便出具公文，让捕快送到邻县，询问货郎还在不在，来判定案情的真假。

过了几天，已经入学念书的货郎的弟弟戴着布巾来了，走上衙堂哭着陈诉："我今年十三岁，哥哥出外行贩至今都没回家，已有好几年了，没有一点音讯。我因年少，不能远出家门寻找哥哥。老母亲为了此事，整日担忧流泪，血泪都已哭干。哥哥到底是生还是死，全靠大人可怜我们，审个水落石出。"熊公知道确有货郎这个人失踪这件事，更是对这对父子严加审讯。几次加重刑罚，他们胡编狡辩，前后口供不一，仍然找不到尸体所在的地方，使得这件案子久久不能结案。于是县令又命人将他的女儿逮到官府。她早已经出嫁多年，现已抱上孩子。熊公对她并没有严刑审讯，只是下令将她与父兄关在一间牢里，用绳索系住她哥哥的拇指，将他吊在屋梁上，并且暗中派狱吏监视他们的一举一动，整天都不再来提讯。到了半夜，她的哥哥忍受不了手上的苦痛，便对着妹妹喊叫道："如果不是因为你贪淫放荡，又怎么会让父亲遭受灾祸，又使我受尽这皮肉之苦，你真的就这么忍心！"妹妹惭愧不语。父亲责备儿子道："你再忍忍，到时我就可以出狱，你妹妹不会遭别人嘲笑，现在吵吵嚷嚷还有什么意义呢？"儿子听后更加怒不可遏，说道："县令单单让我受苦，可你们父女却可以平安无事，难道唯独我不是人吗？"妹妹也对他温言相劝，三人絮絮叨叨地讲到天亮，将隐情大致都说了出来。这时监视的狱吏突然出现在他们面前，说："这是你们的招供之词，看你们还能抵赖到何时？"父亲与女儿都大惊失色。等到熊公再次升堂开审，他们都低头认罪，说出货郎的身体埋在何处，官府依迹寻找，这才在竹林里找到货郎的尸体。货郎的弟弟痛哭一场，带着尸骨回家安葬。

熊公认为那个小儿子并非没有罪，于是拿笔写下判词："一开始没有矫正父亲的过失，后来却证实了父亲的罪名，这件事好像冥冥之中有鬼神指使。虽没致人死亡，但也逃脱不了干系。"最终判他为从犯，与他父亲一起被处死在监狱。其女儿被打了一顿板子，念及有孩子抚养，之后放回家去。她的丈夫听闻此事深感羞耻，便决定休了她。一年以后，她改嫁他人而去。

外史氏说：我曾经对一些事感到不可思议，看到有的人家常常喜欢与陌生男子结为亲眷，任他们随意进出闺房，才最终导致种种丑事的发生，对于治家来说这是多么大的疏忽和不慎呀！而卖花人与货郎，因为他们出售的东西，都不是男人所用的，所以能够借此接近女子博得好感，最容易与闺阁女子有私情，难道这不是治家者应当禁止的吗？就拿这件案子来说，货郎的死实属他咎由自取，而农家发现事情之后没有第一时间把柴草搬离灶间，反而等到星火酿成燎原之势，再妄想扑灭，导致最后案情败露，把性命全都送掉。实在是糊涂的人啊，到了如此地步，实在也是太可悲了！

化　豕

西藏是一个信奉佛教的地方，在这地方以前是没有君主的，首领是藏僧，即所谓的大宝法王。我听某公说过：后藏距离中原非常遥远，曾有一位女僧作为首领。女僧貌美如花，并且法术能通神灵，是一个能够与观音大士化身成为妙庄公主相媲美的人物。

某年月，有一位侍卫官受到朝廷的派遣去藏，前往那里参见达赖。女僧正好也来前藏，与达赖谈论禅法机要，因此也在座。侍卫前来拜见，过后就顶礼膜拜，叩头不止，迟迟不见他站起身来。达赖一语不发，女僧只是微微含笑地看着他。直到出来后，别人询问侍卫什么情况，他就说："我所见到的女子不胜枚举，但是从来没有遇见过像她这样娇艳如花的人。所以我可以借着合掌问礼这个好机会，来一饱眼福，难道我是真的想叩这么多响头吗"问话的人笑笑就离开了。之后侍卫动身回了朝廷，可是还没有赶上半天的路程，骑坐的马一失足，就从岩石上坠落了下去。这个山谷接近百丈深，侍卫虽然没有伤了身体，但是苦于无路可寻，就算怎么努力也不能从深谷中走出来。随从知道这是因为他对女僧不尊敬造成的，于是急忙返回去见达赖，向他苦苦哀求并寻求原谅。女僧这时候还没有离去，达赖便以郑重的神情直言相劝。女僧又是微微一笑，而侍卫这时也早已亲自来登门致谢。原来随从刚掉转马头准备回去，侍卫的身体就突然站在了平坦的大道上，不仅没有看到鸿沟深谷的半点影子，而且出现在眼前的竟然是宽阔无垠的沙漠。侍卫对自己的奇遇感到十分惊讶，就也顺势掉过马头，前来道歉。他见到女僧，肃然起敬，就如对天上的神灵一样。行完礼，慌忙快步出来。女僧所谓的神异之处也就是如此。

后来遇到这样一件事，西域某部兵马打来，气势非常雄健，令人无法抵御。前藏人口众多，也几乎被消灭殆尽。后藏人了解到这种情况，到处充满着恐惧，打包东西打算出去逃命。女僧这时便召集众人，对他们说："出逃就可以免遭灾难吗？只要有我在，就决不会让战争的灾祸降临到你们的头上！"于是她就率领全体藏民来到一座山前，山上群峰高耸入云，当中有一条非常险要的通道。女僧指挥大家都进入到山中，然后，她自己双脚交叠而坐，守在这条要道上。不久，敌部的前锋急忙赶到，看见女僧，都仰天哈哈大笑，准备奋勇冲上去擒拿女僧。这时女僧猛然化为野猪。要道原是可通过上百匹战马，野猪用它一个身体就把通道堵得别无余地，毫无缝隙，而且它长着一身硬硬的毛，长嘴尖利，又加上样子丑恶无比，非常吓人，敌兵只好纷纷退下。

此时正好敌军的头领也已赶到，部下就争着向他禀报这种奇异的情况。头领笑道："这不过是一种妖术而已。如果向它集中射箭，就像杀猪一样，又有什么可害怕的？"将士们纷纷领命，顿时将成千上万的弓箭都集中起来。他们还没有开弓发射，野猪就从山崖上坠落下来。那一刻，百千万亿头野猪，都如同先前那头猪一样，蠢蠢而动，将整个山川平地挤得满满当当，没有留下一点缝隙。西域敌军大败，这时连头领自己也不知道如何是好，只好收兵撤退。女僧没有伤害敌军的一骑一卒，她淡然地收起法术，依然双脚交叠来坐。藏人都从山中赶了出来，这时的女僧仍是活生生的一个娇艳美人的形象。所以在当时社会，二藏之中，只有后藏独自原封不动地生存了下来。到了本朝，皇上抚慰藏民，使他们平安地休养生息，才又各自恢复了昔日的繁荣昌盛的景象。

外史氏曾说：佛家称作象教，象本来就是群兽中的庞然大物。但是这篇小说中的猪简直可以将大象吞下，其庞大是无与伦比的，更何况它们就像恒河里的沙子，多得数也数不清，着实令人惊叹！它们灭了虎狼的凛凛威风，保护了受害百姓的切身利益，像这样深深造福于藏民，于佛教来说的确是立了大功。至此警告轻薄之人，而自己以庄严示人，这一点又不是《聊斋志异》中的《织女》所能相提并论的。

缝裳女

京城中有一些住在城郭附近的穷人靠缝补衣裳为生，平时出去为市民缝缝补补，因为他们缝补的大多是一些破衣破裤，所以又被称为"缝穷"。东直门外有母女二人也是做这一行当，女儿仅十六七岁，但是容貌十分貌美，虽然并没有佩戴什么艳丽的装饰品，而且穿着俭朴的衣服，却时常引来别人的窥视。女子性情贤惠安静，只顾低头干活，从不轻易与人说话，让别人也不敢去冒犯她。

一天，她母亲病了，十几天都不能到市里去干活，家中平时的柴米费用都跟不上。女儿迫不得已，只好只身独行到市里缝纫，补贴家里，直到傍晚才带着身边的一只装着剪刀、棉线的小竹筐，离开都门。乡村的住房都离城比较远，走到一片空阔的田野，只见到处都是阴森森的坟墓，杂树丛生，看不见一个人的踪迹。正当她慌慌张张急着行走时，突然听见树林中有人说道："你回家去吗？我这有脏衣服，你能不能替我洗一洗？"女子大呼了一声，可细细一想又不觉得害怕了。原来母女俩除了缝纫之外还兼替人家洗衣服，便以为对方是市井的熟人，于是朝着说话的方向走了过去。进了树林，却只看见是一个坐在大树底下的无赖青年，伸开两足如箕状，赤裸着上身，样子看上去十分凶暴。女子又惊又怕，慌忙转身离去。那无赖突然站立起来，直冲过去，像捉小鸡似的一把揪住女子衣领。女子无计可施，只好羞红着脸说道："你赶紧把要洗的衣服交给我，我要赶回家去了。"无赖笑道："哈哈，我骗你的，衣服都穿在我的身上，你怎么能取去呢？"女子讨好着说："天色已晚了，那既然你没有事情，那就将我放了吧，我家中还有一个老母亲等着我呢！"无赖说："实话告诉你吧，我觊觎你的美貌已有一段日子了，今日正好与你不期而遇，正合我的心愿。我想与你欢好，着急回什么家呢？"女子听了这番话，面色如土灰，又不能即刻脱身，突然灵机一动，便也拿话来骗他，说："我是一个女子，从来没有与男子相处过，你能先把那东西给我看看，不是太大太长，我才敢委身于你。"无赖听后十分高兴，说："你不用害怕，我其实并无超过别人的阳具。"于是放开女子，准备褪下自己的裤子。女子见状又阻止他，说："先别脱！别脱！我是女子，我要先克服害羞害怕之心，才能与你欢好。你不如在树下躺息，让我自己来寻找佳处，等我摩挲抚弄久了，两人相互熟悉了些，我才不会惧怕，这样我们才能都体会其中的乐趣。"无赖听见女子大胆的提议，以为女子已是釜中之鱼，料定她逃不回水潭，便高兴地听从了她的吩咐。

女子见他躺下，本打算趁机逃走，可又怕被他追上，便把竹筐放在身旁，隔着衣服坐下来慢慢抚弄无赖，手刚碰着阳具，便觉崩腾凸竖，于是羞涩地脱光了他的下身。又将那物用纤细的手指握住，越抚弄越变大。女子此时假装斜目偷看，不忍丢开的样子，无赖此时早已被女子撩拨得欲火焚身，根本没有时间去考虑其他。女子见状便乘机悄悄地从竹筐中取出缝纫剪刀，像平时裁剪布帛一样，将无赖的阳具从根部一刀剪下，瞬间鲜血直淌。无赖大声嗥叫起来，顿时化为一只狐狸，仓皇逃去。女子这才感到惊恐，一时眼花目眩，随后赶紧收拾工具回家。回到家中，衣袖上依然鲜血斑斑。

外史氏说：雄狐独行求偶，没有人能够逃脱。女子却能在仓促中用计将它阉割，真可谓本事过人。而且，她表现出来的节操也足以成为世人的风范。如果不是女子的性情贞洁，苦于生计，能不丢弃缝纫之业而大胆地撩起衣裳以身相投吗？

火 龙

话说某巡抚在园亭请道员以上官员的宾客饮酒，大家都前来参加。园亭靠近一座山，在这饮酒可以观赏到佳树幽壑的大好景色，因此主人为使聚会具有雅趣并没有请戏子来唱曲助兴。在宴会上，大家暂时忘记了各自的身份和地位，都尽情地豪饮享乐，玩赏景物，各得其趣，确实是难得的愉悦。可是天公不作美，在酒还没有喝到一半时，天气开始微微转阴，乌云从岩岫中冉冉升起，开始仅如片席，渐渐布满了整个天空，不一会儿，大雨如瓢泼下了起来。可是满座官员并未被扫了雅兴，见此都相互庆贺。原来当时正好有一点干旱，庆贺这雨来得及时啊。可是，庆贺过后，耀眼可怖的闪电和沉闷不扬的雷声久久围绕园亭，不肯消散。雷声轰鸣不止，雨也越下越大，大家对此很是不解。正当大家感到纳闷的时候，忽然听到巡抚连连惊呼："怪事，怪事！"大家赶紧去看，只见他一个人坐在首席，在他的桌上有两只全身闪闪发光的怪异的动物。其中一只长得像加大版的萤火虫，正沿着桌子迅速地爬行。而另一只长约两寸，身细如线，样子像蛇，在后面迅速蜿蜒追逐。它们所经过的桌面，都留下了灼坏的痕迹，好像用线香烧刻过似的，灼痕深入到桌板的纹理。酒具皿器四周，更是痕迹纵横，不计其数。大家看了以后，都茫然不知这是什么怪物。

某个以知识广博著称主管刑事的官员，看到此景，赶紧告诉巡抚："请您暂时离开宴席一会。这一些怪物是在借着您的威灵，以避免被雷电击中。神龙也畏惧福大有恩泽的人，所以不敢贸然捉拿它们，这就是所谓的投鼠忌器。"巡抚觉得他讲得有道理，就冒雨走到亭子的后面。还没离开桌子几步，只听见一声惊天动地的巨雷响起，窗户、亭柱被震得剧烈晃动，盘子、杯子都被震得粉碎。直到看到亭子一角被掀去，巨雷声才隐隐消失。大雨也顿时停止了。巡抚与手下的官吏，双眼晕眩，松开捂着双耳的双手，耳朵好像被震聋了似的，一时听不清声音。过了很久，大家才在惊诧中恢复正常的视觉和听觉，于是立刻结束了饮宴，四处寻找刚才那两只异物，可都没有见到其踪迹。巡抚也将那张桌子收起来，准备放在衙内，作为这次奇遇的证物。他幕府中的许多人都目睹了这张桌子。

外史氏说：人们不能揣测龙的变幻，古代传记中关于这方面的记载有很多。雷公打雷，其变幻莫测也多与此相似，而且还有比这更神奇的。从前我在京都，住在某寺。一天晚上，到邻友处闲叙，外面大雨下个不停，雷声接连响起。此时听见一声巨响，好像就在邻近，就认为是我的住处发生了意外，可一时又不能急着赶回去。次日凌晨赶回去，果然看见昨晚的雷击中了左面的房子，不过那并不是我的住处，而是别人住的地方。住在那屋子里的人全是吃国家军饷的一些箭手，白天聚集在寺里，晚上就各自返回家中，所以出事的时候，屋里没有一个人。然而墙壁上放着几支刚刚制造出来的新箭，却被雷击中。我急忙走过去看，只见一共五支箭，都变成了五条垂丝，像细线似的在墙上随风任意晃动。屋里其他东西都没有被损坏，也不见烧灼的痕迹。我不胜惊骇，立刻退出了房间。

青　眉

城里有一个市井小民竺十八，是一个皮匠，年纪只有二十岁，有着女子一样的娇美容貌。虽然和商贩之流居住在一起，可是城里没有一个年轻男子比他漂亮，所以就有了"俊竺"的称号。她的妻子名青眉，长得更是天姿国色，看过她的人还以为是画出来的。起初人们问他妻子的来历，他坚决不肯说，后来才稍微透露出来，他的妻子其实是北山的狐仙。

原来事情是这样的：竺十八从小生活在乡下给人干活，十六岁时就开始学做皮匠，他的师傅喝酒成瘾，常常夜里出去不回来，因此店里就只有竺十八一人。他每天缝纫鞋子到半夜才上床睡觉，久而久之，这已经成了习惯。一天晚上，师傅又出去了。竺十八在做夜工时，突然听见有弹指敲门声，以为是邻居来取鞋的，他便隔着门询问是谁，门外回答："是我。"声音娇细好听。竺十八却大吃一惊，担心是市井恶少趁他师傅不在，故意来玩弄男色，心里更加惶惶不安，便说谎道：

"都已经睡下了，请你明天再来吧。"外面的人似乎猜透了十八的心思，又说："我只是邻近一个女子，不是暴徒，请你不要担心。不如你开门见我一面，我想和你说一句话呢！"竺十八见拒绝不得，从门板的缝隙往外看，果然看到一个十六岁左右的姑娘，立在屋檐下，于是他打开房门。女子见此掩面而笑，径直走入房来。竺十八趁着亮光看她长得姿色貌美，容光焕发，让屋内顿时光辉熠熠。虽然他年纪还小，还不知晓情事，但也为女子的容貌而动心。于是好奇地问她来干什么，女子答道："我的家离这里仅咫尺之遥，因为夜里织布，灯烛被风吹灭，特来向你借新火，不为别的事情，打扰你了。"竺十八平时就待人真诚有礼，便慷慨地拿火烛给她，不敢与她多讲一句话。女子取过火烛谢过十八便离开了。看着女子离开的倩影，竺十八虽然没有与女子互通情话，心里却对她十分喜爱，希望她能再来。可是他的师傅回到家里后，就再也没看见女子的身影。十八便日日夜夜坐在店里等候，但最终也没见踪影。

过了几天，师傅又出去了，终于等到女子又来借火。两人情意早已经暗暗流露，竺十八高兴地请她进屋，坐下交谈。女子问竺十八多大岁数，竺十八如实答道："十六岁。"女子微笑道："我正好和你一样大。"竺十八也询问女子住处，她说道："等以后你自会知道。"两人聊天聊了很长时间，女子还没有想离开的意思，竺十八也因为贪爱她的容貌，对女子一脸不舍。两人满目含情望着对方，难舍难分。女子忽然回过头去指了指床铺，问他说："这就是你的卧床吗？恐怕床太窄了，睡不下两个人。"竺十八立即明白她的意思，便答道："你试着先睡，看看能否睡下我们二人。"女子笑着站起身准备离开，说："明天晚上来，我就来试一试。"说完又走了。竺十八毕竟未经人事，感到难为情，虽然未能留下女子，可是心已经被她迷晕了。

早晨起床后，竺十八也没有心思干活，只希望师傅不要回家，使他们能够顺利幽会不被打扰。他的师傅像平时一样被饮酒所耽搁，直到天色暗下来也还未回来，竺十八心里更加高兴。到了夜里，他面对明灯，也不再缝制皮鞋，只是独自而坐，形状如痴如迷。二更过后，果然听到女子前来敲门。竺十八赶紧打开门，让她进屋，只见她今天晚上浓妆艳服，与昨日朴素的样子迥然不同。问她话，她只是笑而不答，径直上了床，面壁躺下。竺十八猜想她怕羞，便激动地先脱下自己的衣服，吹灭灯火，和女子同床而睡。暗中大手在她身上摸索，双手颤抖而情欲强烈。只听见女子忽然开口，佯装拒绝道："市井儿，在一个被窝睡觉已经足够了，你还想怎么样？"竺十八笑道："我想睡在同一个被窝不能没有事情。"不一会儿，床上激情满满，呻吟声充斥房间，房间春光无限，只见女子身体颤抖，似娇羞又似狂荡，二人情意绵绵，兴味尤浓。竺十八由于第一次接近女色，早已经神魂颠倒，很快便瘫软了身子。于是两人柔肌互贴，睡梦中依然春意盎然。等到睡醒，东方已经发白。竺十八还依依不舍，可女子早已穿上衣服，先从床上起来，说道："我们将来快乐的时间还很长，不能让别人窥见我们的底细，省得落下话柄。"说完走出房去。竺十八见女子走后也起了床，正好碰到回家的师傅，没有透露此事。对于女子不来找他，他也不感到奇怪。

过了几夜，趁着师傅出门，两人又在一起幽会，欢好的兴致比初夜更加浓厚。女子对竺十八说："自从见到你的第一眼以后，我就被你迷住再也控制不了自己，所以才情不自禁献身于你，值得庆幸的是，我俩至今互相欢爱，生生死死，忠贞不渝。如果你真的喜欢我，能否娶我为糟糠之妻？"竺十八听后支支吾吾好长时间，才答道："我也想这样！可是，我从小失去父母，由兄嫂养育长大。现在跟师傅学这些下等的手艺，对于将来的日子，我自己心里都还没有底，哪有多余的钱为我娶媳妇呢？而且自己年纪还小，更不敢随便向兄嫂开口谈这件事。"女子说："不如这样，你告别师傅，到别处去谋生，我自有办法帮助你立业。这样就不必看人家脸色行事，使我们新婚不开心，怎么样？"竺十八听后很惊奇女子的大胆，便问道："你曾说你有家，难道可以不通过父母而自作主张吗？"女子笑道："我起先是骗你的，你现在才明白吗？我真的名字叫青眉，住在北山，其实是一只狐狸精。我仰慕你的容色，所以说自己是邻家女子来与你相好，哪里真有父母来管束我的行动。"竺十八年纪小，而且贪爱新欢，并不知害怕，只是说道："听说狐狸精常常要害人，这是真的吗？"女子回答："确实有这种事，但是我与害人的狐狸不同。我如果不是爱你，也不会走到这一步。如果爱一个人却又将这个人害死，天地都不能接纳！"她一边说，一边信誓旦旦，竺十八对她也深信不疑。

临走的时候，女子替竺十八出了一个主意。竺十八按照她的话，去对师傅说："昨天听同村的人说，我的嫂嫂生了一场大病。嫂嫂把我从小抚养长大，请您准许我请假回去探望。"说着眼里掉下了泪水。师傅也微微听到过一些他嫂嫂生病的事情，见他心里哀伤，很是同情，便让他回家一趟看看，自己操持店里的事务。

竺十八出了店后，还没走上一里，就看见女子早已在路上迎候他。她问道："你打算去哪里？"竺十八回答："要回自己家去。"女子大笑道："你这呆子！假如去你家，兄嫂知道后，怎么能允许你不继续跟师傅干活呢？"竺十八问："那该怎么办？"女子说："我看你的手艺，虽然还不能做到技艺高超，但好在比较熟练。我正好有一些微薄的积蓄，不如我们一起到外地去，独立谋生，那一定比你受雇于别人强。你觉得怎么样？"竺十八本来心里就没有主意，很高兴地接受了她的建议。女子随后拿出一锭银子，并找了一条船向南方行去。两人夫唱妇随，十分融洽，一点也不思念故乡和亲人。

船行到了常熟，女子还想继续往前行，可竺十八却不愿意了，两人便下船在城的北门租房住了下来。女子又拿出半锭银子，替他置办营业所需的设施、用具，然后在市里设店开张。店的后边就是居室。女子怕竺十八年纪小受人欺负，便不让他和别人一起经营制作，遇到凡是他所做不了的，女子都代为制作，样式很新颖，受到顾客的赞赏，于是名声也迅速远扬，城里人都到他店里来做鞋。女子非常贤惠，平时亲自操持家务，烧饭做菜，空下来就帮助丈夫织做鞋子，整天喜滋滋的没有任何怨言。竺十八看在眼里，心里更是感激她。

第二年，竺十八已经十七岁，家中生活已经达到小康水平，他开始有点沉湎于玩乐享受，常常跟无赖一起游玩。女子劝阻他，他也不听。正好常熟城有一个富家子弟，性情风流轻佻，尤其爱好男宠。他见到竺十八的容貌，非常喜欢，所以时常来店中买鞋。竺十八此时恰好与无赖厮混在一起，富家子弟便用重金贿赂一帮无赖，要他们帮忙。那一天刚过月半，月色皎洁清亮，众人在城里的慈觉寺设下酒宴，便邀请竺十八长夜欢饮。竺十八为骗过女子便编造了一个借口，接着跟无赖一起去饮酒作乐。到了那里，富家子弟也在座，对他大献殷勤。竺十八酒量有限，只饮了一半，就已经不胜酒力。之后大家将他带到另一个房间，让他休息，其实是谋算要奸污他。竺十八正想转身好好睡觉醒酒，忽然听见耳边有人小声地对他说："把我一个人丢下在家，你却在这里高枕无忧！"竺十八觉得声音耳熟，急忙张开眼睛一看，只见青眉站立在床边，充满哀怨的神色，便问她怎么会寻到这里来。女子说："你现在就好像是踏在老虎尾巴上，处境很危险，还有心思问这些闲话？快快跟我回去。"竺十八心里本就觉得惭愧不好面对青眉，便以自己喝醉了酒为借口，推辞不去。女子往他脸上吹了一口气，竺十八顿时觉得脸边一阵冷风吹过，酒意顿时没有了，这才不得已起身随她而行。女子说道："你如果不了解真相，回去后一定会埋怨我的。我们先停留片刻，等会便会发生可笑的事情，让你开心。"随手抓起一只矮凳，放在床上，让它去等候这帮无赖恶少。又一挥手，矮凳立即变成人形，衣着面容，与竺十八丝毫不差。竺十八还未弄清楚她这样做的用意，只是站在一旁观看。过了一会儿，只见富家子弟与众无赖嬉笑着走进房来，说："吃了酒糟的醉鱼果然容易捉拿。"富家子弟说着便大笑去解开床上人的衣服，悄悄拉下他的裤子，猥琐之事不能用言语说出来。竺十八看后面红汗流，这才清楚众人的恶计。女子赶紧用纤细的手指拉住他的手，说："走，走！"便静悄悄地离开了。竺十八好像做了一场梦，醒来时两人早已回到自己的房间。

回家后，女子让他坐好，自己跪在地上，数落他的不是说："我带着你远离故乡，虽然不指望你有什么大的成就，可是你也应当自爱才是。现在你多次像这样游荡玩乐，几乎以男人之躯，陷入妇人之列。如果让他们的阴谋得逞，不但我羞于做别人男宠的妻子，你又有什么面孔回到故乡去？"话语很悲切，说着说着泪水也止不住流下来。竺十八心中此时又愧又悔，无地自容，神色沮丧，说不出一句话。女子又怕他过于羞愧，便站立起来，用温和的语言劝慰他："只要你以后别再如此就行了。我也是为了你好，知错就改才是最重要的。"然后两人欢好如故，谁也不再提及此事。

可那边富家子弟行欢好一会，顿时觉得情况不对，一看只见自己赤裸着身体骑在一条凳上，哪里还有竺十八的影子。他大吃一惊，怀疑竺十八是妖怪，就与众人一起告到县衙。当时，巴陵人苏荩臣以进士的身份任常熟县令。他深知这些富家子弟的行为邪恶，所以并不想追究此事。然而因为当时马朝柱的案子，所以对用妖术迷惑人的案件搜捕很紧，即刻命令衙役拘捕竺十八。竺十八到了衙门，县令见他年纪还小，而且事情涉及暧昧，便简单地问了一下情况，之后笑笑放他回去了。竺十八回到店里，女子忽然对他说："此地不再适合我们居住下去了，不然我们将会大祸临头。"商量好后，便匆忙卖掉店里的器具，整理行装，向北出发，最后在邗沟附近的南郭地方找房子住了下来。

　　女子考虑到竺十八年纪轻，经历的事情少，以前因为钱多了，导致他心志迷惑放荡，所以就决定不再开店，每天让他挑着担子去市里贩卖，收入仅够糊口。她自己就住茅屋数间，靠着纺布纳鞋，补贴家里。除此之外，再也没有其他收入。竺十八对于这种苦难的生活，渐渐不能忍受，于是每次出门，便暗地里与市里的年轻人进行赌博。开始也赢了几回买酒钱，便喜气洋洋，自以为得意。女子虽然早已经知道此事却故意不问。一天，女子出去打水，突然遇见住在同巷的某人。此人看见女子，非常惊讶，以为她是神仙中人，顿时神魂颠倒。这个人平时以赌博为营生，也因为赌博之事得罪了当地权势豪门，正在担惊受怕，见女子如此美貌，顿时起了歹念，想借此向豪门献媚消仇释怨，于是便乘机花言巧语对竺十八说："你做这种活，想赡养两个人，生活一定很困难。而且男儿远离家乡，也应当有奋身立业的志向，这样将来回乡去见乡亲才有颜面。像这样每天仅仅赚一点点蝇头小利，就好像守株待兔一般，不但不能回故乡，即使回去了，也会抬不起头！"竺十八听了这话，正好被说中心病，便无奈地叹息道："你讲得很有道理，但是我没有地方挣到钱，又何谈能建立大业呢？"某人见十八上钩，又假装十分犹豫的样子，慢慢地说："其实这事也不是很难。我同辈中某某都是以赌博起家，最后获得了成千上万的金钱财富。听说你的手气很好，赢了好多次，何不做这无本生利的事情？白手起家，可以成为富户，比坐着算钱理财还要好出许多。"竺十八本来就以此洋洋得意，加上对某人的一番描述十分羡慕，难以自禁，便立即捋袖伸臂，非常振奋地说："你如果能借给我一万，我就去试一试。我倒要看看我的赌运如何！"某人慷慨地答应了。晚上又带来一人，说："正好我现在手头有点紧，你可以向这位兄弟借贷，借到钱在借据上签字画押就行了。"竺十八平时并不会写字，妻子虽会写，却又不敢告诉她，就请某人代签。竺十八并不知道借据上的名字其实就是某权豪。那人收下借据后，即将钱付给竺十八，匆匆忙忙地走了。竺十八不等了解详情，拿了钱就直往某家去赌博。开始小胜，后来便大输，等到凌晨鸡叫时，一万钱财早已输得精光。大家见状哄然散去，竺十八也无精打采地垂着脑袋往家走，进了家门，倦意袭来不等脱衣便卧床而睡。女子早已知道他做的事情，却也不去问他。

隔了一天，竺十八来到某人家里，想让他出个主意，自己要如何背城一战，挽回败局，可去了几次都没遇见。一眨眼一个多月过去了，某人突然带了好几个人找上门来，他们衣帽穿戴得很漂亮，以前借钱的那个人也在里面。某人对竺十八说："据我所知，让你一下还清所欠的债，不容易，不过利息你应该先归还给人家。"竺十八早料到这一天，为此已经暗中积攒了一千钱，毅然问道："利息一共多少？"来人答道："五万。"竺十八一听震惊不已，急问："本债只有区区一万，利息怎么反而比它多出几倍呢？"那些人喧哗起来："你讲话怎么这样离谱？"急忙拿出借据，让竺十八自己看，只见上面清清楚楚地写着借钱百万。竺十八一看更是气愤不已，不觉脖子都气红了，与某人力争，某人也不甘示弱，两人一边争一边动起手来。那些人都发怒道："欠债不还的人你也敢如此猖狂吗？"便一起动手打十八，几乎把他打得奄奄一息，这才离去。同情他的邻居，将他扶进屋去，女子也为他抚摩受伤处，没有说一句责怪的话，别人更加觉得她十分贤惠。第二天，权豪家的奴仆又过来讨债，而且向十八透露了主人的意思："如果能用妇人作为抵偿，还能再另给十八四十万钱。"竺十八听后将他大骂一顿，那人便离开了，走之前还让十八好好考虑。不久上次那一伙人又来了，拍门相骂，满口肮脏之语，连左邻右舍都掩起耳朵，不忍听闻。女子背着竺十八急忙走出门外，制止他们道："你们不要再这样骂了。我已经知道了你们的意思，是在人不在钱。但是竺十八终究是我丈夫，虽然现在很狼狈，但是念及我俩的夫妻之情，不忍心就这样立即断绝。请你们回去告诉你们的主子：如果真的喜欢我，就等到竺十八痊愈以后，再来将我迎去，我并不是怜惜自己的身子。"权豪家的奴仆听后都很高兴，答应一声，出门而去。周围人都以为这是她的缓兵之计，竺十八也笃定她不会真的离开自己。

　　十天后，竺十八已经康复。刚开始担心权豪家会来逼债，果然气势汹汹上门讨债。仍是女子出去与来人相会，具体谈了一些什么，竺十八也不知道。只见晚上，女子在家摆上丰盛的宴席向竺十八表示庆贺。喝了一会酒，两人渐渐有了几分醉意，只见女子斟上满满一杯酒，从座位上站起来，对竺十八说："到现在我们结为夫妻已经三年了，可现在看来，我并不能对你有所帮助。起先唆使你背井离乡，骨肉之间不能互通言笑，现在又因为我平庸的容貌，使你遭受狂奴毒手的侮辱，我的心里实在对你感到愧疚。眼下进退两难，无力偿还借债，你打算怎么办？"竺十八听后默不作声，过了一会叹息道："不怪你，是我品行不端，辜负了你对我的期望。至于权豪家欠债之事，我要与他打官司，其他还有什么可说的？"女子流着泪说："没想到你是如此固执。你也不想想你一个异乡来客，竟然与权豪较量，不知道大祸就在眼前了吗？想来想去，假如你马上整装返回故乡，不仅可以使祖先的香火更加兴旺，也可以回报兄嫂的养育之恩，这才是上上策。"竺十八已经明白她的意思，便问她："我回故乡去，你将怎么办？"女子说："豪门图谋的是色。我既然用美色与你相处，也可以用美色与豪门相处，他也一定不会再追究你。"竺十八一听，感觉受辱，脸色顿变，说："这是什么话？！我宁愿死，也不会让妻子去抵债！"女子便不再往下说。睡觉时，她又在耳边对他分析利害，这才劝服竺十八同意。女子随即起床，为他整理行装，催促他快走，说："不能再等了，慢了恐怕会有祸事。"竺十八对女子还恋恋不舍，对女子的情意满怀愧疚。女子硬是把他推到门外，用手一挥，他的脚便不能自主，开始狂奔，一直到百里之外，才恢复原来走路时的样子。黄昏时投宿一家旅店，一算已离开邗沟两天了。竺十八毕竟心里牵挂妻子，就在旅店住了下来，方便探听她的音讯。

　　过了五天，竺十八果然看见从淮上过来的熟人。那人见了竺十八就责备道："你可真是一个负心汉，丢下妻子，自己却逃得远远的，让她被强暴而死，你怎么忍心对待那么贤惠的妻子？"竺十八虽然早已料到这一结局，但听他一说，还是控制不住号啕大哭起来。他又向来人打听事情的前后经过，那人告诉他："尊夫人到了权豪家中，整日哭哭啼啼，以泪洗面，不肯进食，夜里从房里出来，吊死在他家的门上，尸体抬都抬不动。官府知道后，从她怀里翻出一份血写的状纸，详细申诉自己的冤情。官府派人来捉你证实，但不知你的去向，于是将权豪绳之以法，引诱你的人也被判了罪，邻里对此都拍手称快。我出来时，案子已经快办完了。"竺十八心里又稍稍得到一点安慰，于是买了纸钱，到野外祭奠妻子，哭得死去活来，直到口吐鲜血，从此他病卧旅店，整日哭泣，很快神志又变得不清楚了。

正当他昏昏沉沉的时候，忽然看见女子由外而入，走近床来看他，而且笑着说："我已经生还了，为什么你又要去死呢？"竺十八看后惊愕地说："听说你已经殉节，你今天到这里来，不会是学敫桂英来索王魁命吧？我确实对你做了负心事，我死也无憾，请把我的命拿走吧。"女子又哭笑不得道："都已经这么大了，怎么还分不清豆和麦，像小孩一样啼哭？你忘记我本来就是狐仙，怎么会没有保护自己的办法？以前死去的，只是江上的一块石头而已。你不会以为我也会去学痴妇人，做吊死鬼吧？"竺十八本就知道她的身份，听了这番话，十分开心女子并无事。见他病已很重，女子便给他服了一剂药，顿时药到病除了。女子又对他说："我不能在这里现身，否则会让人家怀疑，我还是仍旧在前面的路上等你。你也不要在此地久留了。"说完就先走了。竺十八第二天也迅速上了路，到了晚上与女子在旅店重新团圆。竺十八提出再到别处去安家，女子并不同意，说："以前因为一时冲动，屡屡在他乡遭受挫折。今天才知道，即使他乡再快乐，也不如自己的故乡好，我们现在一起回去吧，不要在外面像游魂一样四处飘荡了。"于是拿出钱，为十八买了衣服鞋子，也为自己准备了妆饰用品，接着两人启程向故乡的方向出发。

当初，竺十八的哥哥见弟弟消失了踪迹，本想到官府去告师傅的状。乡里有人看见竺十八远走他乡，便极力劝阻哥哥的行为，这才使他哥哥打消了这个念头，可是对于从小在身边抚养的弟弟，兄嫂常常思念不已。一天见竺十八带着美丽的妻子回家来，着实让家里的亲戚都十分惊喜。十八对家人谎称自己在他乡已经娶了妻子，考虑到十八的容貌和年龄，别人也没有对此起疑心。之后女子交给十八一些钱财，让他仍在市里找地方开个店，并把兄嫂和师傅都迎到家里，奉养起来，对他们说："替我约束狂郎。女人再聪明，终究还是难以牵制丈夫的心。"众人一笑了之。从此只见十八与女子辛苦劳作，家里一天比一天富裕。

我起初见到青眉时，心里感到十分诧异，认为她不是一个普通的人物，所以再三询问，竺十八这才向我讲述了她的经历。他又对我感激说："如果不是你写的文章，我的妻子将会永远默默无闻。"我也很欣赏她相助丈夫时表现出来的智慧和对贞节操守的气节，便拿笔为她作此传。

外史氏说：青眉是功臣之首，然而也是祸罪之魁。当初如果不是她引诱年纪幼小的竺十八远离家门，又怎么会让自己和十八屡屡陷入险境？幸好后来重新幡悟，重回故乡，度其余生，还可以弥补一些从前的过失。不过话说回来，这也是竺十八咎由自取，自讨苦吃。如果不是自己贪杯嗜赌，又怎会陷入困境？又怎么能把祸端归罪于妇人呢？沉迷于醉乡，贪恋苦海，所以才会让自己失去所处的温柔乡，经历如此多的困厄。所以万万不能把罪归于青眉一个人身上，毕竟竺十八对此也难以推卸责任。

卷四

胎 异

　　粤东有个风俗，女儿长到十二三岁，即十个人结成闺阁同盟，号称"十姊妹"。无论贫富，不管美丑，插戴一样的簪子、耳环，穿用相同的衣服、饰物，很有同气相求的雅风。出嫁以后，姊妹之间缓急互相帮助，是非共同袒护，凡是那些公婆不慈祥、丈夫不和睦、叔伯妯娌不亲善，以及父母兄弟不敢打听的事情，只有姊妹之间才能够互相过问。所以闺门内，大家的关系很深厚，不可动摇；而一旦生气，发起威风来，即使是县令也只好退步避让，何况地位更低的人！

　　某县乡绅家，有一个女儿，已长大成人，与一个大族的儿子订下婚约。女儿忽然变得喜欢吃酸的食物，腹部也有震动的迹象，父母都起了疑心。然而乡绅家非常严格，室内没有一个五尺高的男童，只有一位与她结盟的妹妹，是因家里穷，无所依靠，女儿请示了父母，将她留在家里养着。她们白天同用一只绣筐，晚上同睡一张绣床，此外再没有别的人了。父母没有怀疑到这一点，所以认为女儿肯定是患了疾病。请医生来诊治，全都不能说明白是怎么回事。不久，怀胎足月了，而且居然生下一个儿子。众人议论纷纷，家丑外扬。女婿家是一户大族，不能忍受这种侮辱，便去县衙告状，想终止这门婚姻。女家也感到非常羞愧，又不能辩解清楚，准备将女儿处死，以洗清污名。只有结盟的众姊妹于心不忍，向县令递交状纸，称她蒙受冤枉。众姊妹在公堂上你一言我一语，吱吱喳喳，当堂又哭又叫，弄得县令不知如何判决才好。这件事传到上司那里，派人来调查审理，最后还是不能定案。

当时刑部侍郎某公，初到粤东任职，掌管刑狱。他办案熟练，审核详细，博闻强识。听说这件事后，便告诉下属："为何不让接生婆检查一下女子的身体，如果是处女，那么这桩案子就不难判断了。"下属觉得很好笑，认为怀上身孕，处女膜不破裂，或许还可能，从来没有听说已经生育小孩，还能保持完璧的。他们只好奉命勉强派人去查验，结果回报女子仍是处女。他们还害怕其中有误，便各自委派衙吏的眷属一同前去查勘，又都禀报她是处女。众官吏这才相信。然而他们越发感到糊涂，于是便向某公汇报。

某公听了以后，沉默了好长时间，突然问道："胎儿是不是异常？"下属回答："以前曾经看过，虽然是一死胎，但是已经具备了人体的形状。只是四肢百骸，内里空空，像蝉脱出的一层壳，又像是皮革制成的一个包裹，好像完全没有骨肉一样。只有这一点令人怀疑。"某公叹息地说："做官而不善于学习，几乎误杀了人家的子女。各位可能有所不知，这是二女同居，阴与阴交感而产生的物体。"大家请他详细地解说，他笑了笑并不说话，让手下官吏到库中取出某年官府的案卷，给大家看。其中有一桩案情，与本案一模一样，大家这才恍然大悟。原来这个女子年龄大了，对男女情事已有所知，私下与女伴仿效交欢之状。虽然两人一样都是女性，而真气流通，因此也能怀孕。只是因为没有男女交合，毕竟不是阴阳相交的正道，所以虽然结出了果实，却宛如被挖去核仁的李子，只是白白的有个空形，就是这个道理。下属官员对某公十分佩服，案子得以了结。婿家也没有异议。

过了几个月，娶过女子，夫唱妇随，亲密非常。如今生育子女数人，则骨肉皮肤硬朗饱满，与从前徒有皮相的异胎完全不同。

外史氏说：异胎这一类事情，自从传说姜嫄在荒野踏巨人足迹而怀孕生稷，简狄吞燕卵而怀孕生契之后，书里的记载多得数不清，本来就不止有这一件异事。只是用二阴相交，竟然能有水火相融的效果，人们以前多没有听到过，因此免不了十分震惊。然而，假如没有某公广博的学问，谁敢主观猜测定案，并将它公之于众呢？我曾经把这件事作为例子，和别人开玩笑说：也有先学会生孩子然后再出嫁的。有了这篇文章，可以补充先贤诸书不曾记载的内容。

夏　姬

　　金陵有个官员，向来就贪财好利。生了一个十分美貌的女儿，而且能作诗。常常把诗作拿到郡中某夫人那里去请教，因为夫人是女流中受人尊敬的前辈。晚春的一天，女子偶尔吟出一首诗："花落花开总是春，惜春何必怨花神？别余一种春光好，柳絮如花亦惹人。"写好诗后，抄录在一张小纸笺上，派婢女送到夫人那里，请她修改指正。夫人读后，皱起眉头说："这孩子想一辈子用媚态来迷惑人吗？"她在诗后面写下批语，强烈表达自己的不满。婢女回来后，转述夫人的话，女子于是努力约束克制自己，取来《诗经》中的《关雎》《葛覃》等篇，每日吟诵。这样过了一年，魅惑习惯改变了一些。

　　不久，女子的父亲通过钻营重新复职，被派往晋地做官。女子即将跟随父亲去晋，临行前，她到某夫人家去告别。她指着墙上挂的《红白二梅图》，求夫人临别赠言。夫人随即吟道："南枝不比北枝寒，漫把丹青一样看，傥共红芳矜笑日，更无人倚玉栏干。"诗中期望女子洁身自好，而且暗暗隐含了告诫规劝之意。女子听了夫人吟诵的诗，没有说一句话，回家以后，更加知道约束自己，自尊自重。一路上她时时记着夫人的教诲，不让自己稍有放纵。虽然所经过的地方处处都有很多美丽的风景，但无论在船上或在车中，她都不朝帘外偷看一眼，的确像汉水南岸的游女，沐浴周文王的风雅教化，如同一棵孤枝高耸的大树，让人难以攀爬栖息了。

　　只是这女子刚出生时，她父亲梦见一位楚国大夫前来拜访。经询问，知道原是春秋时的屈臣。他身边跟着一位美貌妇人，虽然年龄已经大了，头发将变银丝，但皮肤依然细腻紧致，散发出光泽，而且容貌异常妖冶，称之为"夏夫人"。屈臣告诉他："我俩在阴间相聚，已经快二千年了。现在上帝有令，将这朵长春花拿来赠送给你家，你一定要好好看护才是。"说完，他留下妇人，独自离开了。美人牵着他的衣袖，十分不舍，嘤嘤娇泣。某官从梦中惊醒，美人声音还恍惚留在耳边。他让人去侧房探视妻子，得知女儿已经降生，刚刚落地不久。他听说之后，十分厌恶这个孩子，因为心里知道夏姬是不祥的美女，想遗弃她，但又犹豫不忍心。等到女儿长大，便对她严加防范，亲族中的男子，只有十五岁以下的才能进入女儿的闺房。虽然他找借口说这样做是治家的规矩，其实是因为女儿。

他到了任官的地方后，又梦见楚国大夫贸然而来。他让大夫到屋里坐下，和他聊天。大夫一开口就说："你的爱女已经长大成人，理所应当要嫁给我。不然，恐怕她无法安下心来。"某官认为阴间和人间隔绝不通，不想同意这桩婚事。大夫生气地将衣袖一甩，从座位上站起来，嘲讽地说："我也不敢违背天意，只是旧爱难忘，才硬是向你提出请求，谁真的要做你家女婿！"说完，头也不回地走了。某官醒来后，心里更加担忧，然而看见女儿非常文静贤淑，便觉得是妖梦罢了，将它抛之脑后忘了。只是女儿听到了一点风声，恼怒愤恨地说："哪里来的这个下流鬼怪，竟敢用邪说惑乱人心！即使真有这种事情，难道人的心安定坚韧，就不能胜天吗？"她心里愤愤不平，想削发去做尼姑，家人极力劝住。她从此洗去脂粉，成了一个女道士，整天静静地坐在一间屋子里，连婢女老妪也很难和她见面。而且她还为此给某夫人写了一封信，信中说："自从聆听了您的教诲，更加知道要改变自我。平时常常只做一些针线活，不再吟诗填词。虽然经过瓜州、扬州、淮水、泗州等地的名胜，远方的山峰高耸青秀，近处的流水碧绿清澈，也全然不入我的心，空无一物罢了。不料突然遭到妖鬼诽谤，说孩儿是夏姬后身。夏姬生于千年以前，孩儿生于千年之后，为什么她一定要等到今日才轮回转世呢？孩儿发誓坚守女人的贞操，一辈子也不嫁人，不辜负您对我的教诲。这样或许可以使阴间妖鬼无地自容，白白搬弄是非一场，而使闺中女子增添光彩，长久保持纯洁清白的身躯，就和璞玉一样。"夫人打开信读了一遍，十分高兴，说："这孩子果然能回心转意，前世因缘不值得说。"

一年后听说女子死了，而且身首分离，夫人感到震惊极了，然而不知道为什么会造成这场悲剧。又过了一年，听说某官因事卸任，没有颜面回到故乡，就去了其他省，女子去世的真相就更加无法了解。当时是康熙四十七年。到了康熙四十九年，夫人的长子到晋地任官职，也就是女子父亲原来做官的地方。他将母亲迎接到晋地供养，竭尽做儿子的本分。夫人到了那里，看到衙署中一半的房间空关着，门上都加了锁，感到很奇怪，便问儿子其中的缘由。儿子答道："里面有鬼，天黑它就现形，遇到刮风下雨的晚上，闹得更凶，所以无人敢居住。"夫人听了之后，突然明白了，说："不会是某家的女儿吧？请揭下封条，我为你们用道理来说服她，让她离开这里。"儿子虽然了解以前的事情，但是非常害怕灾祸影响母亲，极力劝阻。夫人不听，坚持将门打开，带了一个年少的婢女，在众人面前在门内坐下，全家没人敢跟随进去。

还不到半夜，即有淅淅沥沥的声音。过了一会儿，风突然发威，寒意令人毛发都竖了起来。过了好久，风才停息下来，此时什么东西也看不见，只听见墙角传来声音，好像有人在轻声吟诗。夫人仔细一听，则是一首五言绝句。诗是这样的："舞蝶应难觅，花枝不久留。可怜今夜月，空照旧温柔。"咏叹再三，声音十分凄婉。夫人知是某官之女，便笑着说："这孩儿的情思看来还是没有能消尽呀！"于是和了她一首诗："三叠音应记，双鱼今尚留。但能怀窈窕，何事泣温柔？"女子一听，惊讶地说："原来是我的老师。"赶紧走上前去，虽然隐去了容貌，声音却听得很清晰。她叹息道："夫人身体安健吗？分别五年，鬓发已有一点斑白，不曾想到孩儿会死得这么惨吧？"说话时，近在咫尺。小婢虽然年轻，看见女鬼逼近，十分恐惧，差一点要哭起来。而夫人却神色自若，问她惨死的原因。女子答道："上次寄出一封信，敬向您陈述心迹，想必您已经知道。不料莲性难改，藕丝易缚。信刚发出，而孩儿的姑姑来了。因为姑夫也在陕中做官，将赴京城等候升迁，所以将家眷留在父亲官署，没有一起带去。姑姑有一个年幼的儿子，只有十二岁，容貌长得非常娇美。因为是中表姊弟，自家亲戚，也没有避嫌，所以他经常走入内室。孩儿很喜爱他，与他同吃同睡。不久，他突患暴疾去世。父亲与姑姑悲痛万分，询问得病的原因。婢女中有坏心眼的人，在父亲跟前讲孩儿坏话，说我与他私通。父亲一直怀疑我会出这种事情，就对我毒加拷打，孩儿虽然无辜，但无奈只好认罪。幸好丑恶的名声不曾传扬出去，父亲仍为孩儿与某尉议婚。眼看即将举办婚事，忽然有一天晚上，一个凶恶的强盗潜入闺房，砍下孩儿的脑袋，然后逃走。死后才知道此人原来就是某尉指派来的。我在冥冥之中，常常想对他进行报复，无奈此人剑术高明，无法接近，所以常常在晚上鸣冤叫屈。夫人遭受惊吓，请不要怪罪。"说完，悲痛欲绝。夫人有些嘲讽地说："你这是骗我吧！我从没听说申生、孝己，鬼神不为他们洗清冤屈，也没听说红线、隐娘有一时枉杀无辜的事情。你性情如水，勉强安于堤防之内，稍微遇上可以横流的机会，一定会泛滥成灾。既然与他同睡同吃，白丝怎么可能不染上颜色？怎么能借口说弟弟弱小呢？那个县尉，家里养着剑客，如何能容忍屋有荡妇？想必他惧怕你父亲的权势，不敢辞掉这门婚事，心中充满怨怒是肯定的了。把白刀架在你的头上，就是这个缘故。"

夫人话还没有说完，女子似乎已经非常惭愧，她慢慢地说："真的有这样的事。夫人认为我应该怎么办？"夫人知道她还是可以打发走的，于是神色严肃地说："读了你上次的信，结合近来的事情，你真是再生的夏姬。夏姬丑恶的行为，流传于诗篇文章。今天既然还没有开始祸害天下，破坏风化，这是你的大幸。我替你考虑，你应该远远地退避，躲到荒野僻壤，和草木在一起相处。必然会有从前钟情于你的人，会过来拜访你，或许能带你一起回去，这也是有可能的。如果你依然混迹于官舍，倘若遇见刚正之人，挥舞他的慧剑，你将魂消魄灭，永远陷于沉沦，后果就无法可想了。我就讲到这里，请你自己考虑！"女子听了夫人的话，好像明白了什么，悲哀感叹了很久，恭敬地告退。走了几步，微微露出身形，只看到鲜血飞红，彩衣尽赤，俨然是一具无首的尸体。婢女一见吓倒在地，夫人也头晕目眩了很长时间。

此时，夫人的长子忽然从旁边走出来，原来他担心母亲被鬼纠缠，遭遇不测，便悄悄跟随在后面。后来见母亲从从容容劝导教诲幽灵离开官府，非常佩服，所以没有马上露面。他扶着母亲回到寝室。第二天，女子的踪迹不再出现，衙署内才安全无事。向衙内一些吏役打听情况，很少能讲出女子通奸的细节。

后来，碰上某尉来拜见上司，母子留心观察，见他身边跟随一人，髯如虬，面似虎，左右瞻视，不同寻常，猜想刺杀女子的就是这个人。夫人的长子到晋上任不久，某尉即辞官离开了，似乎知道事情已经泄露。夫人又梦见女子戴冠披肩，前来致谢说："我跟随楚国大夫到三湘游玩，得以重新相聚。"

外史氏说：如果喜爱淫邪是源自一个人的本性，要教其改邪归正，只怕相当困难，更何况是转世的夏姬呢！所以她开始虽然态度诚恳地接受教诲，立誓坚守贞节，最终不免害死了十二岁的弟弟。照此下去，祸害何时才能穷尽？幸好剑客奋力一刀，杜绝了无穷的祸患。但凡是尊贵如陈灵公，浮浪如孔宁、仪行父，都得以幸运地免除祸殃，哪里是仅仅将快要陷入危境的某尉儿子拯救出来？某夫人的一席话，很有伟烈丈夫的风概，也足够和剑侠并传了。

郎十八

　　我滞留在旅途，望着窗外夜雨潇潇，点点滴滴，不禁引起人的愁绪。听见有人在唱"郎十八"韵歌，侧耳细听，声音极其凄婉。开始不知道它诉说的是什么事，第二天问其他旅客，才晓得歌中所咏唱的是湖襄一带最近发生的一个爱情故事。那人是桂阳的秀才，姓宗名酉，字蕴二，很擅长写诗歌文赋，文章写得很出彩，在当代很出名，可以算是楚中的杰出人物。他有一次在白天睡觉，梦见一个美丽的女子，柔媚娇小，对他说道："郎十八，妾十七，凤世相逢成姻契。"女子将身子向他靠来，他忽然醒了过来。当时宗酉已快四十岁，对梦中之事丝毫没有放在心上。从此以后，每次做梦都会见到那个女子，说的话与上次相同。宗酉想问她些什么，可是虽然有口，却好像哑巴似的不能讲话，随后即从梦中惊醒。大家听了他的讲述，有人以为是妖精作怪，告诫他端正心思，祛除邪念，然而怪梦依然不停止。

　　丙子年八月，宗酉到省城参加乡试。在考试房中，他偶尔向一起参试的学子谈起这桩怪事。其中一人非常震惊地说："这是我妹妹留下的谶言。我妹妹十七岁去世，没有死去之前，总在梦中听见人说：'良缘真不偶，可惜郎十八。'醒来后就忧郁不快，不久去世。她活着的时候很会作诗，所以我写了一首长篇歌行祭祀她，这是诗歌的开头几句。"他说着流下了眼泪，同人都对此表示惊讶。宗酉以为自己一个活人遇见死鬼，寿数就要完结了，也阿阿不乐，便没有心思问他整首诗的内容。秋试结束，宗酉经常忧心忡忡，然而他这次的成绩居然名列前茅，考中了第三名举人。他非常欣喜又庆幸，顿时将从前这件事忘得干干净净。

第二年即丁丑年，宗酉去京城考进士，没有考中，回到家乡。他坐船经过公安县，那里离他家只有百余里，他将船停泊在一个小洲边。月色十分清朗，宗酉借着几分酒力，豪兴十足，一个人登岸散步。刚走了几步，忽然看见一个丫鬟从芦苇丛中出来，拦住他的路，对他说："夫人听说主人返回南方，特意备下了清酒，将家中庭院打扫干净，派婢子来恭迎您的到来。请现在就屈尊光临，非常感激。"宗酉吃了一惊，问道："夫人是谁？"丫鬟笑着回答说："主人自己的妻子，怎么不认识了呢？"宗酉大惊，怀疑家中发生了变故。丫鬟又极力催促，就跟随她向前。小路弯弯曲曲，走到一个地方，朱红色的大门，碧绿的瓦片，仿佛是富贵人家，丫鬟将他带入门内。门庭虽然有人看管，也不敢问他半句话，而且态度十分恭谨，就像对待自己的主人一样。宗酉也不问什么。走进厅堂，装饰豪华，没有其他宾客。丫鬟对他说："夫人在内室，想必已是盼望等候您很久了。"又经过两道门，才到达闺房，只感到绣屋里充满浓香，翠楼上关着无限春光，又别是一处佳境。

丫鬟掀起门帘，请宗酉入内，并大声通报："主人到。"宗酉走进房间，有一位女子前来相迎，仔细一看，姿色可人，娇羞可爱；头冠、披肩，穿戴严整，原来就是他梦中见到的女子。她向宗酉行礼致意，神情庄重，美丽的双眼中含着泪水，凄惨地说："红颜葬身黄土，不能趁早实现以前的盟约，尽到妻子的责任，请你怜惜我，原谅我吧！"宗酉心里明白自己遇见了鬼，可是贪恋她的美貌，也不吃惊，慢慢地说道："我们从来不曾相识，从来没有婚约之言，承蒙召见，我已经有所怀疑；刚才又听了你这一番话，更加让人疑惑不解。请夫人对我说个明白。"说完向女子作揖行礼。女子让他坐在上座，答道："你前世与我同住在这里，其实是一对夫妻。我们立下誓言，愿来世还成为伉俪。今世你十八岁，我十七岁，眼看好事可以成功。无奈我前世造下冤孽，命中注定要早死，不能和你同享夫妻之乐，心中非常愤恨遗憾。我死后，向地下阎王倾诉，阎王允许我在阴间待嫁，仍然住在故居。到今天又过了二十多年！"说到这里，宗酉又暗暗怀疑自己已经死去，惊骇地问道："我将要在墓穴中娶媳妇吗？"女子笑道："不会这样的。昨天阴间官员传下判令，允许我转世，与你履行以前约定的婚事。刚巧你返回南方，所以请您屈驾来到这里，特意诉说衷情，希望能早成情侣，哪里是让你到九泉之下来光顾我呀！"

宗酉听了她的解释，稍微平定了自己的惊疑，便笑着说："你弄错了。我现在已经快是四十岁的人，再等你十七年，已经快要六十了，怎么好意思再结成花烛洞房之喜？何况我现在的妻子和我同甘共苦，已经十多年了。即使她死去，我也应当坚守大义，来答谢她的劳苦，怎么忍心再去思慕人间别的年轻女子？"女子又笑道："这事是命中注定的。那掌管男女婚姻的月下老人，他的姻缘簿，怎么可能是人间的如意算盘！而且婢子已经剥夺了我原配妻子的名分，享受了本当属于我的青春的快乐，我的报应已经够惨了，怎么可能有久借不还的道理！"宗酉问她详情，女子说道："你现在的妻子，就是我前世的婢女。她跟随我从娘家陪嫁过来，因为长得聪明伶俐，很得你的好感。我担心她分占我的床笫之爱，借着一件小事，将她拷打了数十棒，她便郁郁气闷，含恨而死。阎王于是记下我的罪过，转世后便让我早早死去。我刚才说的造孽，指的就是这件事。那婢女根基浅薄，得到这些已经足够，想来她也不可能与你白头到老，同享富贵。"宗酉心中犹豫，不太相信。女子又说："她患有心脏病，一年中偶尔会发作一次，这就是她前世遭殴打留下的后遗症。这可以作为证据，足以证明我说的是真的。"话还没讲完，忽然一个丫鬟进来说："机要之事应该要保密，夫人不要以为是主人而轻易泄露天机。"女子这才闭口不谈此事。她随即吩咐摆上酒菜，与宗酉一起喝合欢酒。十几个丫鬟，唱歌跳舞，眼前到处是她们摇曳多姿的身影，看到这般景象，宗酉也不知不觉地陶醉了。女子告诉他："这就是你从前享受的欢乐。好好努力，今世也将会重新享受这种生活。"于是两人举杯而饮，非常欢乐畅快。

宗酉正想缠绵温存一番，来安慰女子思慕之情，忽然有两个仆人匆匆来到房间，禀告说："育婴使者到了！"女子便站起来，与宗酉道别，哀伤极了。过了一会儿她又说："以后见面的日子还要很久以后，你能否陪我走一趟，认识一下那个地方，也好将来到那里去寻觅姻缘？"宗酉也想见识一下这种奇事，便高兴地随她起身。走到门口，一辆妇人乘坐的油壁小车已经停放在门前，由良马拉着。使者共两人，面目狰狞凶恶，对待女子却十分恭敬。女子指着宗酉对使者说："此人就是我的丈夫，现在和我一起去看看我的家，请不要阻拦！"使者连声答应，宗酉便与女子一起乘上车。车子飞快，风驰电掣一般，途中好像有城郭，都无法停下眼神细看。女子在车中对宗酉说："一个人转生以后，一定会记不清从前的事情，直到死后才会重新想起。我这次也将会如此。他日重逢，你年龄稍大，恐怕我难免对此有所不满。《郎十八》这首从前的作品，你还记得吗？"宗酉答道："虽然了解大概，诗句却知道得不详细。"女子于是将诗吟诵了一遍，语词极其哀艳，共有数十句。她硬是帮着宗酉记住这首诗，宗酉也就牢牢记住，不再忘记。过了一会儿，来到一个很像是黄冈的县城。靠近都市的地方有一户巨室，门墙高大。车停在门外，使者催促女子下车。她握着宗酉的手，流着泪说："不要忘记！这户人家也是我们这一带的贵族，和你的门第差不多，正是门当户对。"说完下了车，宗酉也准备亲自送她。刚离开车子，金声大作，仿佛凌晨五更传来的钟声。他睁开眼睛四处张望，发现自己躺卧在船篷下面，船夫正扬帆启航。他急忙呼唤随从的仆人询问，告知他昨晚并没有发生登岸观景的事情，而且船停泊的地方，离岸边有数千尺。宗酉这才明白自己原来是做了一场梦，感到十分惊讶。

回到家中，妻子幸好无病无痛，于是暗暗劝她行善积德，希望能够长寿。妻子问他怎么会想起这些念头，宗酉把梦中之事都告诉了她，她听后只是笑了笑，并不相信。从此以后，宗酉每次应试都失败了，一共参加五次会试，都落榜而回。后来以资深举人的身份，被任命为黄冈县府教授，这个时候他已经五十二岁了。妻子也将近五十岁，行动各方面都算康健，两人有可能白头偕老，他想以前那个梦，纯属荒诞。可是任职两年，妻子忽然去世。宗酉感到非常悲哀，发誓今后不再续娶；而且他有二儿一女，都已成家，晚年生活足以充满欣慰，所以他就更不动其他脑筋了。第二年，湘南发生大瘟疫，死了许多人。宗酉的子女，也都命归黄泉。他孑然一身，只能和影子相伴，开始心里充满哀伤，无所思虑，后来想到没有子嗣，事情重大，估量自己身体还算康强，便打算再婚。然而这时头发掉光了，牙齿也脱落了，别人都羞于与他结婚，所以也只是想想罢了。

　　一天出城迎接上司，乘马经过一处巨宅，很像女子诞生的地方。于是他谎称口渴，吩咐差役去讨一碗水来，而自己在旁边停下马偷偷观察。一会儿有位长者从门里走出来，见了宗酉，惊讶地说："文光照室，果然有奇异之人出现。请您光临寒舍坐一会儿！"宗酉一看，原来是县里的梁公，从前曾担任副职军事长官。他儿子有好几个，也多是显贵。只有梁公卸任居家，此处是他的别墅。宗酉急忙下马，向他行礼，梁公请他到家中，笑着对他说："你们这样的老书生，只应该坐在虎皮椅上教诲学生，怎么也弯着背，东奔西走，难道不觉得累吗？"宗酉听后，心中惭愧，也笑着致歉道："做了这官，不能免俗。一定要像您老一样，才可高卧东山。"梁公顺便问起他家里的情况，宗酉向他一一说明，梁公也为他感到惋惜。忽然传言上司将到，宗酉一听，马上和梁公道别，离开了。

　　第二天，有媒人到宗酉家来商议婚姻之事，原来她是受梁公之托而来。宗酉感到奇怪，连忙问其中缘故。原来梁公有一个小女儿，仅十六岁，老人非常钟爱她，不肯轻易许嫁给人。当初宗酉刚刚丧妻，梁公就做了一个梦，梦见女儿出嫁，女婿即是宗酉。开始他感到这个梦荒唐可笑，等到与宗酉相遇之后，他又做了一个相同的梦，而且梦见几个儿子都披枷戴锁，只有宗酉身穿华服，单独坐在一间屋子里，说了几句求情的话，儿子身上的脚镣手铐便全部脱落。他醒后感到很惊异，心里暗暗思量宗酉将来必定官运亨通，能在岳父家遭到祸难时出手援救，所以才派媒人来议婚。宗酉询问，媒人就将其中原因和盘托出。宗酉笑道："老书生哪会有飞黄腾达的一天？虽然梁公有令，恐怕其他人会看不起我。"媒人又一再恳请，才谈成了。

　　梁公选择吉日，接纳聘礼，县里人都在背后取笑，认为梁公年老糊涂，女子红颜薄命。可是许婚不久，宗酉竟因为政绩上等而被提升为县令，人们这才感到惊异。第二年春天娶亲，宾从显赫，仪仗宏达，与故家旧态完全不同，大家更是不停地啧啧称羡。洞房里，宗酉仔细观看女子的容貌，和梦中同车而行的女子一模一样，这才相信姻缘的确是命中注定。只是女子认为自己正值青春妙龄，出身贵族，嫁给一个老头，感到万分羞耻。虽然她不敢怨恨父母，但闺房无人时，脸上常有粉痕泪迹。宗酉知道她心中的不满，于是将《郎十八》一诗私下里传授给侍女，令侍女按节拍吟唱。其诗写道："郎十八，妾十七，凤世相逢成姻契。奈何金闺月易沉，朱陈未缔先相失！雨潇潇，云密密，巫峡阳台都未悉。纵令楚客梦中来，未必巫娥花里出。并蒂莲，合欢桔，世间草木犹亲昵。天公应是独怜花，人当美满遭妖嫉。白面郎，态飘逸，玉人何处新婚毕？红颜空向卷中求，须臾鹤发如太乙。绣帷人，倍啾唧，嫫母、无盐反超轶。银瓶落井玉沉埋，不许摽梅歌迨吉。叩元穹，凭彩笔，愿将百岁易一日。但得于飞十二时，花残月缺良不恤。且调琴，并鼓瑟，孤鸿浮寄双鸳室。艳李秾桃亦自春，白头吟咏曾何必。蝶寻香，蜂成蜜，前程由来黑似漆。鹡鸰惟望占枝头，甘心兰梦输燕姞。歌洞槃，乐衡泌，何必黄金千万镒？翠钢珠串逊卿卿，我先荆布奉巾栉。登皇朝，郎辅弼，朱轮画阁人安佚。非关薄命觊花封，侬取名兮汝取实。千百言，心专壹，回天只恨无神术。雏莺乳燕果同栖，信是红裙运不窒。楼十二，桥廿四，吹箫望月翻书帙。欢娱恰遇少年时，此乐何人能究诘！弹箜篌，吹觱篥，悲欢自古原不一。此中别有断肠声，娇歌未已珍珠溢。"那天正好是家宴，婢女便在筵前演奏。女子天生聪慧，对文理很了解，还没听到结束，早已泪流满面，伤心得抬不起头来。曲终，女子将婢女唤来相问，婢女答不上来，宗酉便在旁边为她详细说明了原因，女子恍然大悟道："噢，我明白了！"于是破涕为笑，与宗酉欢好非常。从此她再也没有了愁容，比起古代贾大夫射雉而博得美妻的欢心，两人更加恩爱亲密。

　　过了几个月，梁公病死。他的几个儿子都回家奔丧，很不把宗酉放在眼里，不通音问。等到宗酉因为清廉善治，多次升官至握有一方军政大权的要员，妻子家的亲友才对他尊敬起来，以礼相待。独梁公梦见排解患难一事，至今仍然是缥缈无影。想来可能是高尚的品德可胜妖吧？或许是时辰尚且未到？而且又怎么知道不是冥冥之中，鬼神为两人撮合婚姻，而特意用此恐吓老翁呢？女子现在只有二十余岁，生育的儿子已经能读懂他父亲写的书，而宗酉精神矍铄，与过去没有两样。这样看来，世人的姻缘确实是前世结下的！

　　我听说这件事情的大概，于是坐在芭蕉树下，听着淅沥的雨声，把它叙录在此编之中。

　　外史氏说：丈夫已经年老，妻子青春年少，如果不是用前世姻缘的说法来消解她的怨恨遗憾，很少有人不抑郁一生。然而这女子本来要成为她丈夫年轻时的佳偶，却含恨而死；最终嫁给一个白发老汉，再游人世。死亡复生，关键都是在一个"妒"字，给她自己增添了忧愁。所以古今医治妒忌的良方，这篇作品应该推举为第一。

三生梦

泾水之北有位奇怪的人某，他的名字没有被人传下来。某家中没有特别的东西，房里悬挂一只囊袋，里面空无一物。然而经过旗亭酒家，他带着囊袋进去，喝酒一定要到完全喝醉了才停止，醉后就伸手从囊袋中取钱付款，分文不少。别人因此觉得很奇异。

一天，某在一家酒店饮酒，已经喝得醉意醺醺。有个乞丐走到他跟前乞讨，衣衫褴褛，十分肮脏，状貌可憎，年纪三十以上。某惊道："美人怎么憔悴成这个样子？难道他们用千金买你一笑，还不够供你温饱吗？"乞丐很震惊。当时在店里洗涤打杂的人，全都哄然大笑。某全然不顾这些，命令酒保上酒，和乞丐一起饮酒，而且还要他唱歌助兴。乞丐推辞说不会，某笑道："你还和从前一样腼腆害羞，我见了心醉又有什么奇怪的呢？"两人对坐着举杯痛饮，非常亲昵，直到傍晚才分手道别。某又从囊袋倒出一千钱给他，说："这些钱先给你买胭脂、花粉，不要推辞。"乞丐非常高兴，连连点头道谢，某的脸上露出恻隐不忍的神情。乞丐走后，某便寄宿在这家店里，这也是他喝醉酒以后常有的事。第二天早晨起床，有些爱打听奇闻趣事的人争相问他其中情由。某笑道："这人在前世是一位美女。各位若想问他前世的事情，请随我一起去拜访他。大家都积极地跟着他。离店约半里路，就是乞丐寄居的地方，原来是一座废弃的祠堂，屋子破败不堪，围墙都倒塌了。只见乞丐一人睡在廊道上，走近一看，他身下垫着杂草，头枕着石块，正患着重病。大家十分惊骇。还没开口说话，乞丐早已睁开眼睛，见了某即说："仙师你来了吗？三生一梦，不是仙师的神力，我至今还执迷不悟！"大家更加感到困惑不解，你一言我一句，纷纷提问。某向大家作揖行礼，让各位围坐在一起，让乞丐自己讲述身世因缘，这才了解了事情的大概。

原来乞丐遇见某以后返回住处，心里也是既疑惑又惊讶，然而承受不住酒劲，便倒身鼾睡，犹如死人。梦中来到一座宅第，家中金玉罗列，锦绣堆积，他心里非常喜爱。随后他见家中无人看守，顿时生起贪心，于是挑选其中值钱的精品，随意拿取。过了一会儿，他明白过来，说："啊呀，我这不是成了盗贼了吗？一旦被别人知道，一定会遭受惩罚。还是赶紧回家去！"从房间出来，只见四周围墙高约一丈，不可逃脱。正在仓皇之间，两脚忽然离地，竟然能够飞起来，大喜过望。而回头看府第内，火光通明，正好有人手拿火把追来，喧嚣不停，于是他一边打量脚下房屋，一边拔腿逃奔，虽然屋顶之间隔开十来尺，对他来说，一点障碍都没有。回到家里，发现有妻有儿，正围着明亮的烛火在等候，他已经不再是孑然一身。妻儿见乞丐归来，都来慰问，暖酒煮肉，服侍格外殷勤。乞丐便喝得酩酊大醉，上床睡觉。第二天起床后，他带着银子进城，乘着高头大马，跟着仆人，满城的人都向他致敬。他看自己身上的穿戴，高冠盛服，很像一副大盗的架势，偷鸡摸狗的人远远不可比，心里更是得意。从此以后，他每晚一定外出，出去后就会获得很多财物再回来，别人拿他一点办法也没有。年纪六十，妻妾好几个，子女也都已经成家立业，钱物富裕，足够供娱老之用，他也放弃了行窃做贼的勾当。

一天晚上，他乘着醉意又出了门，来到一户人家，闺房深深，只有两位少妇、三四个婢女而已。他认为这些女子软弱可欺，竟然出其不意地冲了进去。一个妇人刚上床睡觉，另一个妇人已经解开衣服，她们见了乞丐，都吓得说不出话。乞丐看那位还未睡下的妇人，裸露的身体莹洁，不觉萌发了情欲。再掀开睡妇身上的被子，只见她身白如玉，好似落尽叶子的花朵，随风动摇，四肢不知所措。乞丐更是勃然兴动，难以控制自己。他直接爬到床上，准备上前嫖狎，妇人也不敢剧烈抗拒。乞丐突然回头一看，那个站着的妇人已经不知去向，心中很疑惑。刚想起来搜寻，突然听见门外响起一阵喧噪，人数众多，原来即是妇人叫唤来捉拿他的。乞丐还仗着自己本领高强，神色坦然，一点也不害怕。后来，他想夺门逃奔，忽见一物，如寒霜直灌脑门，他的身体随即倒在地上，耳中还听见有人说道："盗贼已被击毙，谁说我的宝剑不锋利！"乞丐知道自己已经死去，魂灵便悠然飘荡，还想回家去看一看妻儿。刚来到房门和屏风之间，即有人鼓掌笑道："以盗贼的身份离去，理所应当以娼妓的身份回来。"乞丐不明白这句话的意思，心里则十分悲伤。等到他发出声音，房里的人哄然叫道："婴儿落地啦，是个女孩！"乞丐吃了一惊，看看四周，自己已在一个妾的房里，妇人刚刚分娩。他知道自己已经转世，不敢说出从前的身份。然而他在襁褓中，家里的事情件件桩桩全都听得一清二楚。家中长子和次子，都被丢失财物的人告到官府。衙门追究，私家也逼着返还，两头都寻上门来，弄得家室财物全都没了，两个儿子都惨遭酷刑，死在监狱里。小妾带着女儿回到娘家，不久改嫁，竟然将女儿遗弃不管。

乞丐在舅家住了十几年。长大以后，容貌很美，但舅舅、舅妈待她很苛刻，将她当仆人、婢女来使唤。一天，有个老婆子登门，对舅妈说："你男人说家里有一棵柳树，要我把它移植别处。我要先看看。"舅妈明白她的意思，叫外甥女出来相见。老婆子高兴地说："你舅舅讲得一点不错。老妇来种植你这棵树，足足可以乘半辈子凉。"说完就要离去，舅妈关照说："她不是我家的种类，而是大盗某的孙女。你要记住这一点，不要让别人来笑话我家！"老婆子连声答应，返身走了。

过了两天，就有人抬着轿子来接她。乞丐知道是去娼妓家，坚决不肯走，舅舅、舅妈用鞭子使劲抽打驱赶，她痛极了，只好上路。到了那里，只能浓妆艳抹，倚门嬉笑，即使不想做娼妓也由不得你。几个月以后，名声响亮。筝笛琵琶，这些乐器以前一窍不通，而现在全都擅长，连她自己也不知道这是什么缘故。她天生美色，技艺又精熟，那些钱财不丰厚的人就无法与她接触，只有巨家富室，才可以狎玩。只是温柔娇软，虽比之前穿壁翻墙做盗贼要好些，但是低贱卑污，却更比偷鸡摸狗还要低百倍。朝张暮李，人人都可作为丈夫，斗转星移，嫖客尚未停歇入睡。清早翠眉描画，颜面如同燕市上的门帘；夜间锦被温热，身体正像是射场上的靶子。从前探囊撬箱，贪的是里面的精金；现在遭受蹂躏，又有谁惋惜床头的美玉？乞丐虽然从前也是一个盗贼，对目前的娼妓生活也感到万分羞耻。这样过了十年，因心情忧郁而死。

乞丐刚死，就有十几个獠牙巨角、非兽非人的怪物出来，将他绑走。一会儿来到一座衙署，他想这大概就是人间所说的阎王殿。入衙署见了阎王，只见他长得面黑而有光泽，两只眼珠炯炯有神，乌黑发亮，容貌高耸，神气清通，样子好像包公。他穿戴官服官帽，姿态庄严，双手交按，高坐在阎王殿上。没审问几句，立即便说："你还有羞耻之心，可予从轻发落。"却仍判他转世去做乞丐，而且让手下官吏把情况对他讲个明白。官吏即牵过乞丐，告诉他："你三世以前，也是一个乞丐。在市上行走，看见东西就起了贪心，终究因为没有本事偷到手，不久就忧郁而死。因为这一念头，你便转世成了一个盗贼，辗转相因，更加无可救药。今天能恢复你本来的身份，实在要感谢阎王的大德，还不谢恩！"乞丐点点头，刚想跪拜，忽然一个巨鬼用一种叫骨朵的兵器从后面击他一下，痛得他喊出声音，便在惊悸中醒来。醒时将梦中之事记得清清楚楚，只是脑痛得厉害，好像要裂开一样，便不能坐立。

听了乞丐详尽的叙述，大家都直冒冷汗，害怕极了。于是有人谈起，县里从前有个大盗，号称"飞手张"，去世已经数十年。他盗取东西，犹如拿走寄放的自家东西似的，谁也无法阻止他。后来被某户做官的人家用妓女为诱饵，击毙在房里。又有一位名叫苏五金的女子，是有名的娼妓。在风月场上生活了十年，倾倒了好几个郡的人，说是那个大盗留下的孽种。用乞丐的话来验证，确实一点不差。大家便互相慨叹不已。某于是对乞丐说："两生享受，一世贫穷，幸而获得了清白的名声，这要远远好过肮脏地苟且地活着。乞丐并不耻辱，值得忧虑的也不在于乞丐本身。"说着大声笑起来，带着大家离开了废祠，乞丐的病也顿时痊愈。

以后人们在集市再见到乞丐，他已经自我收敛了许多，好像被某种东西感动了心灵。偶尔看见行人在路上掉了几个钱，乞丐把他叫停下来。那人原先并不了解乞丐，看了他一眼，笑道："你是乞丐，为什么自己不捡，反而还要告诉我呢？"乞丐沉默无语，不去捡钱，只管自己走了。了解真情的人认为乞丐已经得道。不久，某提着囊袋来到店里，说是将要出远门，就告辞离开了。没过几天，乞丐也不知去了何方。成宁陈仰举、上元许辅仁，他们都一起听说过这件奇闻。

外史氏说：盗贼既然已经行盗抢劫，也就不会再害怕去做娼妓，因为行盗抢劫实在比做娼妓危险多了。盗贼既然想行盗抢劫，必定不乐意去做乞丐，因为乞讨远不如行盗。不知乞丐假如不偷盗，一定会凭借洁白的品行，高傲地处在红粉妓女、黄巾大盗之上。阎王爱惜人，出于品德，所以能够像这样赏罚分明。

固安尼

固安是一个小县城，从来没有尼姑。这里有尼姑，是从静定开始。静定姓王，起初是某大家的婢女，长得很漂亮，主人娶她为妾，妻妾中只有她最受宠爱。主人死后，她便请求主妇，让她剃发做尼姑，想要报答主人的大恩大德，其实是想摆脱约束，远走高飞。主妇很是高兴她这种想法，便为她在靠近城郭的地方建造了一座庵，花费估计超过了百万，非常壮观。庵里只供奉一座观音大士像，所以起名为"观音庵"。

静定开辟佛门以后，香火很旺，又收了几名女徒，作风逐渐放纵起来。离庵仅半里，就是法祥寺，寺里年轻力壮的和尚，都与尼姑暗中往来，每天晚上都一起行欢作乐。然而静定自从建造这座尼姑庵以后，每天锁着门户，白发老头、黄毛儿童都没有人能进到庵里去，青壮男子就更不用说了。而且早餐、晚饭，一切所需用品，每天请一位贫穷老妇购买置办，除此之外，庵门不再打开。她自己与徒弟如果不是设道场，求神拜佛，绝不轻易出门。人们因此称赞此庵是清净之地，很少有人会想到里面是浊秽淫乱的世界。

上元汪秉铎凭借举人资格担任固安县县令，看到尼姑与和尚住得如此近，心里暗暗惊讶。向当地一些权势之人询问情况，又都说静定处世高洁孤傲。汪秉铎还是觉得这事有点蹊跷，便派探子在附近暗中查探。十几天后，有个叫许二的挖土工，在庵前醉倒，口中不停地谩骂，句句都是针对静定。静定也关起门，不敢和他计较。探子觉得此事可疑。第二天，他假传县令的命令，到处招聘土木工匠，而唯独暗中给予许二许多照顾，许二心里非常感激。一天，探子请他喝酒，将他灌得醉醺醺的，然后问他："你某日在观音庵前，为什么要发这么大火？"许二笑道："骚女人许诺用重金酬谢我，每月五贯，现在她竟然耍威风，不肯按约定给钱，所以给她一点小小的教训。"探子假装惊讶地说："静师一直以来都有清德的名声，为了什么事情才要来贿赂你？你这不是诬蔑毁谤吗？"许二愤怒地说："这个尼姑哪有清德？只有我心里最清楚。附近寺里的和尚，都是她的情夫。她怕被别人跟踪发现，花了五万钱请我给她挖地道，从某家坟旁边直接通到庵里，一共四十余丈远，号称'方便门'。那些和尚趁着夜色，从地道中走过来，有时五人，有时三人，没有一定的数目。她又在每月初一和十五的晚上，率领女弟子赴寺，作大欢乐道场。非常害怕我泄露出去，所以来贿赂我。她只能欺骗聋子瞎子，怎么可能瞒得过我！"探子了解这一情况后，立即禀报汪秉铎。

汪秉铎将许二传到衙署，恐吓说要对他动刑，他便供出了静定全部的奸状。汪秉铎于是在当月十五这一天，五更时离开县城，到法祥寺去烧香。直到他到达，和尚才刚刚知道，急忙停下作乐，出来迎接县令。汪秉铎蒙骗住持和尚，说："你寺里有多少和尚，可悉数告诉我。我将向每位和尚施舍。"住持和尚仓促之间说出人数，队列中其实缺少一二人。汪秉铎用手指一个一个清点，假装发怒道："你为何竟敢欺诳我？那些人一定是藐视我的职位，高枕而卧，不出来见我。"他命捕役到各个房间搜查，看到几位尼姑躺在床上，就将她们缚起来押到外面，个个赤身裸体。汪秉铎对住持和尚笑笑说："阻碍了你们的好事，很煞风景，然而佛祖则皱眉生气也不止一天了。"住持和尚叩头求饶，直至额上流血。汪秉铎下令将和尚统统逮捕。可是众尼姑中唯独不见静定。询问之后，才知道她身体有病，留在庵里。汪秉铎也派人将她逮来。到了尼姑庵，原来她分娩后正在坐月子。

汪秉铎当堂审讯，那些和尚、尼姑都认罪伏法，唯有静定还想抵赖。于是传唤许二与她对质，又挖开地道，她只好招供承认。后来又从隧道旁边找到两具尸体，原来是和尚们因妒忌互相殴斗残杀致死。于是定下重罪，判定和尚、尼姑流放到岭南荒远之地。又剥去住持和尚与静定的衣服，用一大块布将两人捆起来，让他们面对面互相拥抱，好像在交欢的样子，装在一只供奉佛像的大柜子里，堆起干柴，点火焚烧。汪秉铎戏写偈语为两人送终，偈语写道："咄嗟二师，四大相依。听我一语，携手归西。由空入色，设想虽奇。刹那败露，信有天知。借此三昧，急早脱离。莫沉欲海，永证菩提。生既掌风流之教，死亦化连理之枝。噫！改换皮毛犹牝牡，秋风道上每双骑。"念完之后，全县官民都开心地笑了。一会儿，法身佛化成了灰烬，观音庵从此也就荒废了。至今同安的风俗，出家人中还没有尼姑，这是汪公整顿治理的结果。

外史氏说：尼姑的行为，到现在更加无话可说了。纵欲淫乱，丝毫不知道羞耻是何物。像静定这样的人，还有一丝廉耻之心，还算是好的。假如不是许二说漏嘴，她依然号称清冰洁玉，谁会在背后议论她呢？我的朋友邵次彭，曾写了一篇《解冤经》，有好几百个字，现在将经文的概要摘录于下面。经文写道："想来从前驮佛经的白马，不可能是一匹母马，那么为何宣扬佛义的人，反而要去求女性呢？用心钻研佛理，佛法深厚的人，眼前的花朵不会分散他的精力；如果学佛略得皮毛，心性不安分的人，他们的心就会像败落的花絮沾上污泥。好比引来摩登伽女子，一起到了极乐世界，导致佛家清净的地方，成了温柔之乡。因此，既然天赋形体有阴阳的分别，人间自当遵守礼法，严格区分男女。世上确实有这样一类人，他们不是承受了天地间阳刚气而降生，而又实在是生得超乎寻常；只因为处在一个婉柔的环境中，所以只能是掐花欢乐，供人们赏乐玩耍。干净芳香的女子，自有多情男子为她描画眉毛；而生性风流的俊士，少女们自然会把芳心赠予。如果循守自然，哪里用得着剃光头发？如果不是患病残疾，又有什么必要穿上和尚的衣服？我曾私下探寻其中缘由，不禁哑然失笑，讲出其中的奥秘。原来是因为老婆子偏爱佛门，便将掌上明珠轻易地丢进寺庙，月下老人主持婚姻，洞房花烛却忽然摆到了庵堂之内。既然剃光了头顶，怎么知道是和尚还是尼姑？假如掩饰行迹，又怎么能没有机会夫妻之事？况且接近洋溢着春色的面庞，欲望之海难以逃离；月色之夜敲响房门，离风流之地已经不远。最终导致梅娇杏俏，艳花插在出家人头顶；暮鼓晨钟，老僧耳旁常常留有娇声私语。应当解除的孽障，这才是最重要的。又想到僧人在幼小出家时，对他们进行佛理熏陶原是很容易的；

但是到了花样年华，心中怨恼就难以消磨了。人人都有感情，只有我整夜敲着木鱼；哪个人没有欲望？偏偏有的人可以在锦绣帐里享受春宵一刻。于是在打坐的蒲团上唉声叹气，因为通道阻隔难以逾越而满心伤悲；在莲花佛座之前流连不舍，所以才敢于跨越鸿沟，暗中许出自己的芳心。到了这时候，再多的佛家警语也难以劝说荡漾的心怀，八百金刚也无法力战胜满胀的欲念。等到琉璃房中点燃灯盏，在昏暗的灯光下谈说佛经，不负纸帐放落，梅花吐蕊，借暮色掩护便进入了痴境。僧人身披的袈裟沾上了露水，而且还有云雨过后的痕迹；出家人穿着草鞋去寻访春色，不再沿循莺鸣花开的路径。这多么可笑，藤蔓牵引，床头一对'葫芦'行欢作乐；又有些很可怜，春水流尽、烟雾消散以后，月色下惊散几双野水鸟。应当解除孽障，这是第二。不久，情深爱长，时时地将甘露储存在体内，又很难寻医求药，迟早会把引起麻烦的胎儿打掉。尼姑有孕在身，就像安禄山般的大腹难以遮掩，僧房增添人丁，杨贵妃的洗儿钱，谁能负责？于是寺院空隙的地方，到处都埋葬着少女男婴；佛家讲法的场所，变成了充满污血的地狱。应当解除的冤孽罪过，这是第三。所以，即使侥幸活在人世，清净之地早已经没有了清净可言；而不幸人亡玉碎，风流生活其实并不风流。方枷上托出和尚的光头，弥勒佛笑口难开；苗条女子受无情棒拷打，尼姑们羞耻极了无法言说。不如斩断情丝，才能保持佛门法界永远清洁；才可以跳出欲海，避免陷入迷途。不希望用菩萨的慧刀，割开并蒂花朵；只要求如来佛的宝树上，别再生出别的枝节。佛门不接纳女徒，就不会有人跳进火坑；美妙的女子返回世俗，迷魂阵也就不攻自破。从此以后，佛杖僧衣，不沾染尘埃。大雄宝殿，方才可以号称大雄；金刚佛身，也能永远保持不坏之身。啊，真想求到一滴杨枝水，将人间的污秽统统冲洗干净！"经中的话语还有许多，以上这些尤其能够给世人以警醒鞭策。

无常鬼

易郡有个叫吴可六的人，有一天晚上在大道上行走，沿着路边的树，走得很快。月色当空，皎洁明亮，只见前面有一团摇摇晃晃、动荡不定的白光矗立，好像云影穿梭徘徊。远远望过去，看不清楚是什么东西。走到跟前才看清是一位穿着白衣服、白裤子，长得和树一般高的巨人，正在来回走动。原来并不是云气。本来宽宽的路面可以容纳驾驰并排的三辆马车，可那巨人一步跨过去，便没有其他空间了。吴可六见状十分惊骇，吓得不敢再往前走一步。起初他还想等那个巨人离开后再继续行走，可等了好久，巨人依然踱步如常，而且两袖十分宽大，袖内好像有什么东西在不断地蠕动，发出鬼一样凄厉的叫声，让人听后更觉诡异。他不敢再站在那里，便转过身循着来路往回走，想着寻一条别的小道回家，最终也没有发生什么意外，安然到了家。他后来将此事告诉别人，有人说，那巨人看来差不多是专接人鬼魂的无常鬼。

外史氏说：深夜在空旷的郊外，出现鬼怪的影子，这是自然的事情。从前，亡父所居住的房子里面有很多怪异的东西。有一天半夜父亲睡醒后，忽然看见窗间印着一个巨物的影子。窗户宽一丈数尺，巨影竟然比窗户还大，还传来窸窸窣窣划窗纸的声音。父亲大声呵斥好几声，它才慢慢地缩起足，踏在地上，着地时动静很大，像扔下千余斤重的巨石，使整个屋子里的人都能听见。人们后来认为那巨物是魍魉，也算是一怪。

苏 绪

汝南有一个风雅之士名叫苏绪，字道基。金代皇统年间，因事在燕寄居，很久不能返回故乡，正好一年染上瘟疫，在城北的翀霄观卧床休养，病情已经恶化得很严重。众道士担心他会病死，便将他从房里扶出来，安置在堂下的走廊间。苏绪此时迷迷糊糊对此一点也不知道。恍惚中，看见他一个以前的朋友匆匆走来，告诉他："现在已经把所有事务都办完了，我们可以走了！"苏绪早已思乡情切，便高兴地随他起身。刚走出翀霄观，就见门口拴着两匹驴在那里等候，友人扶他骑好，和他一起同行。出城约数里，见天色已经昏暗，友人对他说："夕阳已经西下，我们找个地方歇息等到明天再赶路吧？"苏绪点头同意。于是两人一起来到一个村庄，只见村旁道路桃树和柳树夹杂而植，红绿相间，途中落花缤纷，柳条摇曳，像极了暮春的美景。苏绪惊诧地转脸询问友人："现在已是晚秋，为什么这个地方的花木还开得如此繁盛？"友人笑道："兄别问，到时候自会有佳境。"

一会儿，两人来到一家门口，房屋华丽气派，像是王侯的人家，只见不下百人的童仆进进出出。苏绪觉得自己的精神一下子振奋起来，回头看他的友人，却已不知去向。于是他自己从坐骑上跳下来，牵着驴朝门里走去。刚走到门侧，忽然听见屋里有金鼓的声音，越来越强，好像在演弋阳戏。他心里更是欣喜激动，悄悄走过去窥看，也没有人来阻止他的行为。穿过三重房门，直接来到大厅，只见堂上高高点燃的银烛照亮出一片气派，高朋满座，坐满了十多席。演员列队在前面翩翩起舞，舞姿甚是优美，听不清唱的是什么曲子，只听到箫管喧闹，琴瑟和鸣，夹杂着宾客们的欢声笑语，好不热闹。

苏绪伸长了脖子，站在一边仔细观看。客席上坐的全是男人，有的戴着黄冠，有的穿着黑衣，有的戴着礼帽，有的戴着皮帽，还有穿用花草编织起来的服饰的，客人身份贵贱相杂，模样都不相同。只有两桌主席上坐着四位美女，头上插满晶莹的玉珠，半遮娇面，身穿着五色宫衣。十五六岁的娇美丫鬟在筵席前忙来忙去来回斟酒，连一个三尺儿童也看不见。苏绪心里对这样的生活暗暗产生了艳羡之情。站了好一会儿，见无人来驱赶，眼睛一眨不眨地注视着眼前的景象，酒香扑鼻，不知不觉好像从前的顽症都消失了。他感到脾燥喉干，顿时将顾忌忘得一干二净，忽然高声大叫："这样有兴味的聚会，聚会的主人是否大方地允许旅居在外的人参加呢？"话未说完，就挺身径直走向前去，笑着告诉主人："来了一位我这样的不速之客。"说着便不客气地直接走到上座，想入席。一堂宾主都大吃一惊。主人也露出怒色，将看门的仆人一个个叫来责问。他们都跪在地上禀告，说并不知道此人进来。坐在客席上的人都笑道："这位狂客前世与我们有些缘分，请夫人莫生气啊。"主人这才让人给苏绪摆上酒杯、筷子，允许他坐在首座，厅堂又重新恢复了刚才的热闹。

苏绪连喝了三杯美酒，美酒摇曳像甘露醍醐，瞬间烦躁全都消除，心里更加充满喜悦。正想打听主人的官阶门第，忽然铜锣击打如雷，饶钹喧响似沸，演员装扮成十几个鬼，一起抓着一个人，当场将他肢解。只见舞台上的那个人手脚被割裂，血流不止，内脏被丢得到处都是，一时腥风血雨，扑鼻而来，惨状吓人。苏绪哪见过这样的场面，慌忙用袖子将自己的面孔遮住，汗如雨下，当场吓傻，只听见耳边传来凄惨的嘶叫声，顿时只觉得控制不住双腿颤抖，只想快快地逃走。又过了好久，他睁眼一看，只见自己仍在堂下的走廊寄身，而疾病却已经消除了。回想刚才，他这才知道刚才是做了一场梦，并为奇特的梦境感叹不已，于是匍匐爬行，去寻道士。道士给他喂了点粥汤，不到十天，苏绪就恢复了健康。

后来苏绪经过一座岳庙，突然在后面的庙堂里看见塑着四个美人的神像，好像是在梦中见过的那几个主人，可是不清楚所请的客人都是些什么神灵。又过了半年，他启程返回故乡。患上瘟疫的病人很高兴听他讲的故事，便常常来听，将它与杜甫用"子璋髑髅血模糊"诗句治疟的掌故相比。

外史氏说：被美酒女色熏心，很少能够减轻身体上的病痛，可每天凶相恶状，反而可以把疾病治愈。所以安不如危这个道理，太显而易见啦！而由危转安的人，世间实在有太多的例子数也数不清。如果仅仅认为使他濒临死亡而又重新复生是因为梦中与美人相遇，这事在我看来，只会加重他的病情，就连古代神医扁鹊对此也没有办法，更何况神灵呢？神灵之所以为神灵，想必是早已深知这个道理。

卫美人

京城某公，家中有一个性情朴实的老仆人李某，只要答应人家的事情一定会做到。他替某公家干活多年，所以稍有一些积蓄。年纪大了，便辞退了差事，自己在市里开设了一家以屠驴为生的店铺。

一天晚上睡在家里，梦见一位美人身穿黑衣，衣服上还有着白色的裰褶，白嫩的面容显得暗淡无色，独自凄惶哀伤，泪珠一直往下掉，好不让人爱怜。她径直走到李某跟前，拜了两拜说："我姓卫，突然遭到强暴，就要死于非命。除了你谁也无法救我于水深火热之中，所以小女子希望你伸出援助之手，以后定不会忘记你的大恩大德！"李某在睡梦中大致听懂了她的意思，出于同情，答应了她的请求。他随即醒来，正好是半夜，便在床上思考这件事，辗转反侧，无法入睡。直到打过五更，李某像平常一样起床上市，可是并没有看到心头所疑惑的事情。来到店铺前，只听见大家一边喧笑一边说："肚子胀得挺大，可是却没有身孕！"又有一人说："假如真的有孕，不知道怀的是谁的种。"说完，大家又哄然大笑。李某感到很惊讶，便从木板门的缝隙朝里窥看，只见蜡烛摇晃着红舌，锅里的热水雾气腾腾，众人正喧闹敲击着屠刀，对着屠桩上缚着的一个全身赤裸的妇人，妇人直挺挺地站立着，好像是睡梦中见到的那个女子，然而她已经被人破肚，肠子流了一地，腥红的鲜血也不断涌出，已经无法抢救。

李某十分害怕，怕牵连自己，便悄悄地退了回去，回到家里，身体仍控制不住地颤抖。直到太阳已经升得很高，他也不敢走出家门一步。铺里的屠夫不见主人，便赶紧找上门来催促，李某问明店铺有没有闯下什么祸，知晓没事才愿意与来人一起到店铺去。到了那里，只见驴肉已摆放在砧板上，幸好不是人肉，他这才明白了梦境的含义。由于没有相救，他对此事也闭口不谈。三天后，由于内心愧疚女子便关上店门，不再做屠驴生意。李某改业以后，常常拿这件事情为例奉劝别人不要乱杀生，说话时还为自己未能兑现诺言而感到遗憾。

外史氏说：香闺绣阁里的女子，怎么会有披毛戴角的日子？想来这个荒唐的梦境，反映了阎王爷的铁石心肠。但是，谁又怎么知道温柔缠绵的女子不会骄淫放纵，其实一切苦恼都是自己招惹的呢？我希望天下数不胜数的美人在读了这篇小说之后，都能够猛然醒悟，引以为戒。与其向人摇尾求生，不如在死以前就忏悔改过，这样不但可以免于被屠宰的命运，而且也不会发生焚琴煮鹤这类煞风景的事情。大家难道还要继续执迷不悟吗？

苦　节

就说自古燕、赵之地美女多。可是我所见到的那些住在农村乡野都城之外的人，没有一个美女。不是长得像黄面佛徒，就是像黑头包公，很难找到一个皮肤白皙令人赏心悦目的女子。还有的人脖子粗肿，有的脚板像撑舟的船桨，哪有什么丰洁的长颈和莲瓣似的小足。大概是民风淳朴的缘故。不过有一个玉田的少女，芳龄十五，虽然没有莹玉的光泽，但有着鲜桃的红润，姿色貌美，容貌超群。可是我后来再经过那个地方，听别人说她已经嫁人，而且为坚守贞节死去好久，心里不免暗暗对她产生同情和惋惜之情。打听事情的缘由，原来她的阿公姓聂，研诗习文三十年，性格迂腐执拗，屡屡考试却连一个秀才都没有考上，于是他最后弃文回家种地。有一个儿子，十分有父亲的风范，也屡上考场，同样落榜而归，他就是女子的丈夫。父子两人，相互夸赞，父亲称儿子是后起之秀，儿子称父亲是文坛老将。父亲说好，儿子也会跟着说好。反之儿子说坏，父亲也会随之说坏。还喜欢随意评价别人，讽刺别人缺点。对于人家的长处，也不停找茬。人家的缺点，更是数落个没完没了。所以乡里面的人都很讨厌父子俩，周围的邻居也不搭理他们。自从女子嫁来以后，家里更加贫穷。女子砍柴拾薪，收割庄稼，独自操劳。老阿婆又病瘫在床上，还要照顾。因为婀娜多姿的身材，在树林和庄稼地里常常行走，又怎么能保证没有坏心眼的人来勾引挑逗？幸好女子是一个品性贞洁善良，不苟言笑的自尊自重的人，加上民风淳朴，接近古时候的风俗，王法严厉，所以没人敢去轻易招惹女子。

阿公有个妻姐与阿公的住处相邻近，叫某氏。某氏生有一个女儿，名叫二姑，不仅容貌丑陋，而且生性淫荡，平时她喜欢涂脂抹粉，挤眉弄眼，村里的年轻人没有一个不在背后讥笑嘲弄。因为和阿公家沾了一些亲戚瓜葛，所以只要看到女子出外劳作，二姑一定要和她一起去，女子不管她的举止不当，只管做自己的事情，不去理睬她。

正值初秋，地里庄稼的秸秆长得十分茂密，田间作物交杂种植，豆蔓缠在梁木上，像是依附在高树上的女萝，结出的豆荚可供人食用，农家将它们当作时常吃的食物。女子想去采些菽豆做午餐。于是女子去叫二姑一起，发现她已经先到地里去了，女子便自个儿朝田间走去。拨开浓密的秸秆，走进地里，还没有将筐底采满时，突然在附近听见吃吃的笑声。女子大吃一惊，以为是不安好心的青年窥见自己只身一人，有什么非分之想。于是她拨开密密的秸秆察看，却看见二姑躬身下蹲，身子像弯折的磬，隐隐约约望过去，样子像在大解。女子并没有想到她正在与人交欢，见她一个人，便笑着朝她叫唤起来。两人听后都大吃一惊，以为女子已经看见他们所做的事。二姑不敢回应，立即提起裙子，穿过田间小路，仓皇逃走。女子很诧异，对她避开自己感到不解，还以为她是在和自己嬉笑玩耍躲藏在秸秆中，便停下手里的活去追她，最终没有找到她的影子。

回家时，在小路上遇见二姑，女子便笑着对她说："你也太大胆了，难道你不怕被人看见？"二姑被说得面色一阵红，一阵白，更加确信事情被她看破，也更加觉得害怕。于是找了一个机会与她的相好一起商量，说："我们的事情败露了！这怎么办好？她的阿婆和我娘是亲姐妹，她的阿公性格暴躁，抓住乡邻的一些小过错，便会气愤地数落个不停，何况是我做出这样伤风败俗的事情，我的父母一定会将我置于死地！"说完痛哭流涕，像死了父母一样伤心。她的相好是个姓齐的无赖，不是本乡人，家在城中，很富裕，因为要看管佃农收割，才来到乡下。他早就见二姑与女子在一起，早就被女子的美貌所吸引，和二姑一比更是美丽，仿佛辛夷与桃李的不同，便开始动坏脑筋。只是后来听说聂家父子为人严厉，而女子又端庄自重，并没有轻佻之举，感觉不容易得到手，于是就先攀上二姑的关系，等候下手的时机。他原来就是想要图谋女子到手，并不是得陇以后才开始望蜀。他听了二姑的话后十分高兴，便对她说："不要害怕，我有一计，不如用计将她和我们搞在一起，那么她就不敢乱说了。"二姑想了想点点头表示同意，过了一会儿又说："这恐怕不好办。她的丈夫正值年轻体壮，夫妻床第之乐十分和谐，不像我没人为我拨动琴弦。而且她说话从不轻佻，与她谈到男女之事，便双颊绯红，急忙走开。她与女伴相处都是这样，可想而知如果遇见轻薄男子是什么样子了。"齐某说："不对。她家里很贫困，女人又性情如水，如果我们用钱财相诱，再加上用情欲去挑动，就不信她不动心。"二姑勉强听从了他的意见。齐某随后交给二姑一千钱，并且教她如何去引诱。从此以后，只要有新鲜货物进村，只要是闺阁女子的用品，以及一切好吃的东西，二姑就叫女子一起去看，并花钱买下来送给她。女子对她如此大方挥霍感到惊讶也坚决不肯收。有时好奇询问缘由，只见二姑笑而不答。

又过了几天，齐某聚集了村中放牛的青年在新筑的打麦场上，踢球玩耍。球是用石头磨成的，以两球互相碰击为获胜。他瞥见女子与二姑慢慢走过来，手挎着篮子好像要去挑野菜。他便叫住二姑，站在那里与她讲话，还送给她一只腰兜，故意希望能被女子看到。可女子早已快步走到前面去了，离他们已有好几步远。二姑在路上故意向女子炫耀腰兜，说："此人真是太重情分，只要从别人那里得到的好东西，就都送给我，我该怎么谢谢他呢？"女子从这件事以后，疑心二姑和那个男的有私情，便远离她。二姑与齐某看到她的故意回避，也怕她觉察到什么，就更加紧了阴谋的实施。

不久，开始打小麦，女子听从公婆的吩咐，前去舂麦。可是因为自己体质弱小，所以没办法要请二姑帮忙。一直到黄昏还没干完，女子怕被阿公责备，吃过晚饭后，又出去继续干活。而二姑和齐某已经策划好，计划先藏在磨房，关紧房门。女子知道二姑已在里面，唤她开门，却没有人答应，四周静悄悄的没有任何声音。女子进不去磨房，拿不出麦子，便在外面来回踱步，等二姑开门。忽然听见二姑轻浮地笑着说："你的阳具真是好大好粗像萝卜一样，真是让人快活得无法形容。"女子听后脸色绯红，十分惊诧，更加坚信自己之前的猜测，二姑的确与人私通，赶忙想抽身回家，可又担心麦子被人偷走。进退犹豫之际，磨房中男女交欢的淫语之声不堪入耳，断断续续在耳边响起，女子又羞又气，又有几分害怕，不知该怎么办才好，便丢下麦子，自己走回家去。二姑见女子好长时间不进来，便知道她心志坚定，不易挑动。看见她离去，便让齐某快去追，可是已经追不上女子的影子了，两人更加惶惶不安。二姑指责齐某："上次就已经被她看到，今晚又让她听到，如果传出去，我还怎么做人，你真把我害苦了！"齐某想了好一会儿，说："既然已经到了这一步了，如果不能强迫她屈服，就不可挽回了。天快黑时，我就听说聂老头在邻家饮酒，已经醉得走不动路。他的儿子又在田畔，今夜也回不了家。她家里只有一个卧床的老太婆，恐怕早已进入睡乡。你不如带我到她家去，让我为所欲为，看谁能阻碍？"二姑心中焦急，见没有什么好办法，便听从了齐某的意见。

来到聂家，齐某又细细观察了一番，见家中没有什么动静。加上二姑平时常来走动，对屋子情况很熟悉，两人便悄悄趁着夜色打开门走了进去。突然听见生病的老婆子问道："你回来了吗？把麦子收藏得严一点，别让老鼠糟蹋了。"原来她在恍惚中，以为是媳妇从外面归来，却没有想到女子早已丢下麦子回家了。二姑学女子的声音轻轻答应，之后径直走到女子的房间，看见房间的烛灯还在垂死挣扎，知道她已经就寝，低声叫唤道："嫂子怎么丢下东西就如此匆忙地走回家来？我把东西带回来了。"女子听见二姑说话，以为是将麦子送了回来，就毫无戒备地打开房门。齐某趁机挤进房里，二姑随后也进来并关上了房门。

女子惊吓地看着齐某，知道他不怀好意，正要大声喊叫，二姑急忙用手捂住她的嘴，齐某便用力将她抱住，推倒在床上，想施暴强奸。女子见状十分气愤，使尽全力用手抓刺他的脸颊，留下几道殷红的血痕。齐某怒火中烧，瞬间两人就扭作一团，相持不下。见女子挣扎得厉害，他要二姑抓住女子纤细的手腕，自己又从床头取来破棉絮堵住她的樱桃小嘴，让她不能发出声音。一会女子力气用尽终于支撑不住，渐渐不再挣扎。齐某很高兴地脱下她的衣服，女子突然又像开头一样奋力挣扎。幸好内衣被系得很牢，不能一下子被解开，使得自己洁白无瑕的身体，得到有效的遮护，即使苍蝇也无法立刻让其玷污。几人相持了一会儿，二姑力气也渐渐不支，刚一松手，女子就已经自己翻落到地上。两人又用力将她弄到床上，可是一会儿她又翻落下来。已经半夜三更，二姑看还未成便不由担心起来，说："这么晚了，母亲要去找我，我要回家了，哪有麦子这么晚还没有舂完的？"齐某却不甘心，不再将女子往床上拉，想就在地上动手，使自己的淫欲得到一点满足。女子手和足的力气也都已用尽，齐某最后的来势更猛，而且他的手已经探到了女子纤细的腰肢，想扯断衣带。见状女子突然不知哪来的力气加上怒气一并使出来，反抗比刚才更加猛烈，趁着二姑松懈之际，十个指头能自由动了，扬起手便朝齐某的脸上打去，使他的眼眶和眉棱骨都受伤了。齐某顿时被打得猝不及防，觉得痛不可忍，赶紧松开女子，查看伤势。正准备离开处理伤势，可又气不过，恼恨地说："小婢子竟然如此无情！"返回身又用脚猛踢女子，正好踢中她的肋骨，女子痛得脸色发白但咬紧嘴唇一声不吭。二姑见女子的凄惨样子，动了恻隐之心，让齐某放开女子，又拿掉堵在女子口中的棉絮，她知道关系已经决裂，想借此弥补一下。柔言温语地劝慰了几句，然后与齐某一起走了。女子虽然没受重伤，心中却充满怒火，想站起来到床上去，可是身子却无力动弹，身上到处是伤痕，趴在地上的惨状无法用言语来形容。过了一会儿，听见一阵敲门声，随即有人走进了家门，呕吐了一番，还有人责问家人为何晚上不关好门。原来是女子的丈夫从邻居家扶回喝醉的父亲这时回家了。假如早回家一会儿，就会与二姑和齐某不期而遇，这难道不是老天故意安排的？

聂老头的儿子服侍父亲睡下后便来到自己房间，嘴里依然不停地在骂骂咧咧，对未关好门户一事发火。可走进房间一看，看见头发蓬乱、脸上沾泥的妻子躺卧在地上，脸色大惊，忙问她发生了什么事情。此时女子已经能够讲话，便把事情经过详详细细地讲了一遍。聂某听后，气愤不已。他用手缓缓去摸妻子的衣带，只见衣带早已经被挤到一边，乱纷纷的还没有扯断。聂某平时一直很迂腐，见状嘴上不说，心里却暗暗打量起来，想着想着起了疑心，怀疑是妻子在欺骗丈夫。他突然问道："你一个弱女子，遇到一个壮男子，怎么可能不会被奸污？"女子开始以为丈夫回来后，可以向他诉苦，为自己伸冤。忽然听他说出这种话，顿时气塞胸膛，脸色苍白，一脸茫然反问道："你又怎么能知道我不能幸免？"

聂某听后对妻子的话语十分生气，说："天下只有处女，才可以辨别她是贞是淫，像你们这种已经嫁人的，无法再区别了。衣服穿在你身上，本应谨慎，可在身上隐蔽之处的衣带，现在却已是将断未断，你说没有被人奸污，谁会相信？"女子听后更加气愤，说："你的姨妹，使我濒临危境。我奋力反抗强暴，为你保全了身子，现在你却反而来诽谤我！"聂某听妻子讲出这话，急忙摇手制止她继续说："这是母亲关系最亲的一房亲戚，你怎么能说这样的话？我也是老练的官吏，只用这衣带来判断此事。"女子极力与他争辩诉说委屈，可聂某始终以衣带被扯为证据充满怀疑，而且说："让其他人评评理，如果他们说没有什么可疑，我就不再怀疑你！"女子没想到他竟如此固执怪僻。

女子心里原已满怀不平之气，再加上受丈夫的诽谤蒙上不白之冤，无法忍受，便在屋里声嘶力竭地叫着二姑的名字痛骂起来，骂到后来，痛哭流涕。聂某平时将爱护母方的亲族视作孝道，现在见妻子诋毁二姑短处，害怕母亲听见，怒不可遏，随手拿起房里的短棍，想来打她。女子见他动武，更加气愤，更不愿闭嘴，呼天叫地，喊冤鸣屈，声音凄惨，左邻右舍都可听见，喝醉酒的阿公、卧病在床的阿婆，当然也不会无所察觉。聂某已经打了她十几下，只见妻子仍不肯屈服，正要继续打下去，忽然听见父亲醒来后厉声问话，便丢下妻子，快步走出房去，告知他大略的事情经过，却闭口不提二姑的事。老头大大称赞了儿子一番，说："不愧是我的儿子，我儿真是高明！否则，就要受她的蒙蔽了！"女子知道公婆已经醒来，想出去诉说委屈，可是身上再次负伤，站不起来，便匍匐爬出房间，从窗外向他们哭诉起来。话语刚刚涉及二姑，阿婆就大声斥责："你说的是什么话！二姑还是个黄花姑娘，不久将要许配给人，你用几句话，毁了人家名誉，你是想气死我吗？"说着，便作呻吟之态，吩咐儿子："把她拖开，别让她来气我老太婆！"聂老头又叮嘱道："我儿深明大义，我没有什么可多说的，但是你要好好管一管这媳妇了，否则事情只会更严重！"两人说完，便不再作声。女子还在那里凄惨地诉说，聂某怕这样下去会让父母更伤心，就将她拖回房里把门关上，拳棒交加，仍将被扯断的衣带为证据，逼妻子承认自己被人奸污的事实。女子开始就已经被齐某踢伤，现在又遭到聂某的毒打，伤势更加严重，胸中的怒气郁结，身体渐渐支持不住，于是大声说道："聂某，苍天有眼，老天作证，我没有对不起你的地方，是你确确实实对不起我！"说完竟合上眼睛，不再出声。聂某上前查看，见她已经断气。到了这个地步，他也没料到会有这个下场，十分害怕，即使自己是无意打死妻子，按照法律也应该以命抵命。于是思考了一会儿，顿时想出一条狡计。他把女子的尸体移到屋子左侧即将倒塌的刚用砖石堆砌起来的墙壁那里，造成女子是意外而死的假象，处理好一切又急忙走到室外，将墙推倒。做完这一切，他才去禀告父母。老头老太对媳妇的死没有一点哀伤，反而夸赞自己的儿子聪明，他们肚里安的什么肺肠，明眼人可想而知。

天一亮，聂某就赶到岳父家去报丧，全家都十分伤心，只有女子的父亲侧着头说："入秋以来并没有连续下过大雨，墙壁怎么无缘无故毁坏了？应赶紧去看一看究竟！"到了聂家，放声大哭着进了屋。挖去泥土，露出女尸，一看，尸体被破壁所压，遍体创伤，已经很难辨别面目，只有两只眼睛微微有光，眼里还噙着泪水。女子父亲查看后确信女儿生前是被打遇害。女子的父亲也不马上声张，只是痛哭一场，反而安慰了女婿几句，然后离去。当天就向官府告状诉说冤情。聂家父子知道后，也立即补呈状纸进行申诉。官府拘捕邻居调查，有人早就看不惯聂家父子的行径，如实说那天五更在梦中醒来，就听见女子悲惨的哭叫声，声音之大好像在诉说着什么。官员到聂家，下令验尸，只是肢体糜烂，几乎辨别不清死因。有个检验死伤的吏役名叫谢二，对验伤很有经验，引证了《洗冤录》，指出女子身上被木棍和砖石击伤情况各异，并又分析她生前和死后所受的不同创伤位置，都一一吻合。官员于是用严刑拷问聂子，他招供了致死女子的经过，但却始终不肯说出逼奸的事情。或许是老天故意保佑奸淫之徒，才使两位凶手得以漏网。

案子已经破了，聂子因为无故殴打妻子致死，被判绞刑，投入大牢中，择日处置。聂老头对儿子被判极刑深感悲痛，不免漏出风声，讲出了二姑的一些丑事。二姑的父亲平时性情强悍，听到后非常气愤。他开始还以为这只是老头的污蔑之词，后来慢慢观察，见二姑经常站在门里，与一个男子谈笑说情，此人就是齐某，于是也产生了很大的疑心。一天半夜，他起来前去捕拿，果然看见两人像夫妻一样并头睡在一起。他气愤极了，立即翻窗进去，亲手用刀杀了女儿，接着又杀死齐某。再一看一丝不挂的两具尸体，更是气愤，就将尸体斩为数段，提着首级奔赴县衙，叙述经过。可是奇怪的事情发生了，等到见了官员，他突然神志昏乱，用女子的声音哭诉道："我今天能借助于别人的手杀死仇人，死而无憾。但是不能就这样让我的冤情不见天日！"随即便当堂诉说了自己的冤屈，并把齐某与二姑通奸的事情，一件一件毫无遗漏细细讲来。官员、吏役听后都十分震惊，衙门内外，观看者站成了人墙。二姑父亲说完，顿时倒在地上，恢复了他原来的样子。而刚刚听到倾诉的人，无不愤怒不已，为女子不平。官员又从牢中把聂子提出审问，他这才如实招供二姑的所作所为。说他自己其实对此也是半信半疑，而且因为是母方亲族的丑恶之事，所以不敢公开说出来，隐藏至今，他万万没有想到死者还会到人间来喋喋不休地倾诉冤情。官员听了他的话，便笑着说："你的孝顺是愚孝，可是世上自有王法，你把人的性命都弄死了，难道是保全身躯以孝奉双亲的人忍心做的事情吗？你不要再为自己的罪责辩解！"聂子于是痛哭认罪，悔不当初。官员考虑到这件案子事涉荒诞，而且罪人齐某与二姑都已被斩下首级，最后只是轻微地惩罚了二姑父亲，记录在案后，便将他驱赶出衙门。而聂子的死罪，却不能幸免。第二年，乡人们都很感动于女子的守节，便向官府请求，为女子立祠，每年按时向她祈祷，颇有显灵保佑的神名。

我听了这件事情的大致经过，便写了一首长篇歌行来悼念女子，只是篇幅太长，不能在此一一展现。然而女子的大节，已经足以与日月媲美。所以特为她写下这篇记传。

外史氏说：我开始见到这位女子，只见其外表温柔娇小，似乎不像会做出这种坚贞刚烈的事情。可后来听说了她的事后，心中越发对她产生了敬慕之意。古代所谓的贞妇烈女，她们一定不是像无盐、嫫母这种长相丑陋的人，这由此可以推想而知。所以我又认为：在通常情形之下，体现不了守节的艰难，只有在不同平常的事变中，才能充分体现。女子发誓不嫁二夫，这种事情时常看到。可只有这位女子，能做到真正的无视名利和欲望的引诱，无畏暴力的威胁。这是在闺阁女子中不容易见到的。本应该感到光荣娶了这样的女子为妻，可谁知竟然忍心将她迫害致死而毫不惋惜！所以将她的故事传扬开来的人，并不是多舌，而是为女子愤愤不平，希望后来人能从听了女子悲苦的遭遇中吸取教训。

狐 妪

敬神祭祀的事情属于乐部掌管，即使皇帝要到各地巡行，乐官也要陪同左右，因为巡行时要对所经过的名山大川和当地的古代帝王和圣贤遗迹进行祭祀。有一个满族官员某公，官坐太常礼乐，位居赞礼郎，是六品官籍。话说在辛未年，皇帝去巡视南方，随行三人中就有某公，三人都随时等待差遣。随驾回朝，来到了济上，晚上留宿于一户巨族百姓家，住宅宽敞华丽。其中有一排很大的厅堂，紧锁门户，不让客人居住。某公好奇地问主人是什么缘由。主人答说："里面有仙子居住，所以不敢去贸然打扰。"又问仙子是何方神圣，说是一只狐精。某公与同僚听后都觉得荒谬，哈哈大笑。当时正好是初夏的下旬，天气十分闷热，让人无法忍受，他们看到这排厅堂高大宽敞心想一定很凉快，忘记了主人的话，贸然推门闯入。一看，房间里没有什么床铺帷帐，但房间装饰整洁、精致，很有一番情趣，心里很高兴。主人看后又再三对其苦苦劝阻，但他们放置于耳后。他们吩咐仆人借来几张闲置的床榻，然后在厅堂里搭好，接着几人在堂中赌钱饮酒作乐，直到喝得醺醺大醉才去上床睡觉。其中两个人这时想起主人的话，内心还是有点惶恐不安，有点害怕，便借口畏惧暑气，将卧具铺放在堂外的走道上，只有某公和另一同事，像无事一样安然上床，一个在中庭睡，一个在西侧歇息。厅堂从结构上一共可分成五间，而实际上划为正厅和东、西两侧三处。

睡到半夜，某公酒力稍稍醒了一些，只感到自己的身体随着睡的床榻的摇摇晃晃，不断在震动。开始他并不太在意，后来只见床从地上莫名升起，这才大惊。起身一看，只见四个身材短小，身穿青衣的人，各自抓着一只床脚，正用力抬举，使得床渐渐升高，后来几乎与屋梁一般。某公内心十分害怕，但怕事情更糟只得暗暗忍耐，不叫出声来。不一会儿，床已经上升到屋顶。屋顶的椽都是用木板制成，在月光的照耀下，涂在板上的油漆都红里透亮，而此时某公的面孔和屋顶只差了不到一寸就贴上了。此时某公更担心的是抬床的人突然松开手，而他们叽叽喳喳的，果然在商量将床摔下去。屋高有几十尺，如果从上面摔下去后果不堪设想。正当他不知所措时，突然看见屋上竟然出现了一个小房间，豁然敞开。里面有一个年纪大约六十岁的老婆子，发色银白，盘着高高的发髻，穿着褐色的布衫，手里拿着念珠，露出半个身子，正望着某公发笑。她赶紧训斥底下的四人："孩儿们休要胡闹！他们各位都随从天子风尘仆仆来到这里，十分疲惫。赶快把床放回原处去，难道你们不能忍耐一个晚上吗？"四人听了她的话，不敢违背，只见床渐渐下降，离屋顶渐远，好一会儿，床又平稳回到原处。某公感觉到床已经落地，不顾自己仅穿一条裤子，迅速起身连鞋子都没穿，跟跟跄跄奔向门外，出了门就大声呼喊。两位同事和仆人们都被惊醒，急忙起床询问，某公心魂未定地向他们讲述了刚才发生的怪事，满头都是汗珠，不知是热的还是吓的？众人听了都忍不住开怀大笑。不一会儿，睡在西侧的那个人也奔出来高声喊叫。大家一看，他的面孔涂满浓墨，像面目狰狞的恶鬼，又都被逗笑得起不了身。大家让他讲讲自己的遭遇，他也是惶恐不安地讲述了老婆子为他制止了四个人的恶作剧的事情。还说老婆子旁边有一位很生气的少女，用手掌在他脸上打了一下，顿时只觉得淋漓如浆，没想到全是墨汁。说话时他自己忙用衣服擦拭脸颊，之后惊魂初定，又感觉好笑。他们赶紧吩咐仆人举着灯火到厅堂里去，将床榻搬到外面。刚刚休息了不久，天色就已经发白，便起身整装而行，也不再和主人告别，怀着惭愧的心情离开了。

回到京城后，某公常常向别人说起此事，而且还说："如果不是因为皇上的威灵，那一下肯定摔得不轻，估计老夫也早已经不在人世了啊。"

外史氏说：陈蕃为接待徐孺准备了床铺，没有听说客人来了反而将床悬吊起来的。狐儿不仅怠慢客人，而且还想将客人从屋顶摔下去，竟然无礼到了这样的地步！老婆子用几句话既平息了事端，又不至于得罪客人，真是一位贤良的母亲啊，真的可以和"剪发留宾"的陶侃的母亲一起流芳千古！

王秋泉

　　王秋泉是我们县里的名医。话说某位富人病危命不久矣，就让人去请秋泉诊治。而秋泉因正在为某贵人治病，不能去。富人对此一直念念不忘，直到半夜病情危重，他又对儿子说："如果我能与王先生见上一面，即使仅说几句话，我死去也没有什么遗憾了。"儿子于是又派仆人到秋泉家叩请。恰好贵人的病已大有好转，又过了几天，贵人已经能下床行走，备下丰盛的酒席宴请秋泉，并送上百两黄金为他祝寿。秋泉赴宴喝酒，喝到醉醺醺才回去，来到船上，告诉家人："现在我们去赴富人之约。"富人儿子派来的仆人听后立即激动地解开船缆，和船工一起奋力摇橹，希望快点到家。来到富人家，仆人向主人传呼道："王先生到了！"全家听后又惊又喜，全都出门迎接。而此时秋泉已经睡得正酣，家人小心地将他从梦中唤醒。主人已穿好盛装，到船上向秋泉毕恭毕敬弯腰鞠躬，行礼致意。秋泉提出天色已晚，明天一早盥洗后再上门诊治。主人怕耽误病情，希望立即上门，说："老父亲忍死为等待先生光临，先生已经来了，为什么又再要等到盥洗完后！"硬是将他请到家中。诊完脉，配好药，秋泉便退出房间。主人设下盛筵，宴请犒劳秋泉，秋泉只是摆摆手，告辞离开。到了船上，脱衣睡下。凌晨，公鸡打鸣，秋泉的酒已经清醒，便大骂家人，说："赖奴误了老夫的大事！富人已经等我很长时间，本该夜里就去他家，怎么还停泊在这里？"家人说："您忘记了先前不久您已经为富人诊过脉，给过药这件事情了吗？"秋泉大惊道："我真的给他药了吗？坏了，坏了。我当时喝得大醉，一定会让他丧生的。"说完一边顿足，一边催促家人赶紧解开船缆回家，说如果不离开此地，一定会受到他们的羞辱。

　　家人赶紧手忙脚乱地解开船缆准备回家。主人早已派遣仆人守看秋泉，一旦得知秋泉离开的动静，就赶紧回来报信。一会儿舱门被打开，远望岸上只见亮着数十只灯笼，那边传话过来，让王先生先别走。秋泉此时以为是找自己算账，不知该如何是好。一会儿主人匆匆忙忙赶到，进入船舱，突然向秋泉下跪叩头，满眼泪水，感谢说："先生果真是神医啊！老父亲经过先生的医治，病情像是减轻了，刚才睡得很熟。先生在，家父的生命也在。先生走，恐怕家父也将离我们而去。请先生可怜可怜我们，留下吧！"秋泉自己感到怀疑，说："难道世上真有这样的事情？你一定是在骗我。"总是如此说，可是无法离开，只好勉强跟着他走上岸去。走进厅堂一看，房间屋门紧闭，秋泉一颗心还在怦怦乱跳。坐定后，主人又再三表示谢意，说："先生用药，怎么会那么神奇有效！"秋泉心不在此只是随便敷衍了一句："昨天已经诊断出一个大概，让我再看看病情现在如何。"于是到房里看病人，他要来药渣一看，暗暗放下心来安慰自己："幸好没有配错！"又给配了数剂药，治好了富人的病，最后获得一笔丰厚的酬金回家了。从此别人都以"醉先生"来称呼他。

外史氏说：这件事写于《青鸟志》。醉酒梦醒中，还能配药且有如此的神奇效果，其中是否有鬼神在起作用呢？从这件事也可得知，有时医术不一定完全可靠，生死早已经是命中注定的。大家看后笑笑罢了。

卷五

潇湘公主

　　南阳人侯鼏，字仲鼎，是一个性情豪迈洒脱的年轻人，和同乡人邵生交好。邵生家很穷，只有仲鼎真正理解他的困难，二人便成了知心好友，就好像古代管仲与鲍叔牙那样。他们学文不成，由仲鼎想方设法，一同进了县里的武学堂。

　　仲鼎有一亲舅舅在湖北襄阳做官，因为官衙中缺少人料理事务，写信叫仲鼎去。仲鼎打算去，但考虑到邵生生活困难，就给了他五十贯钱，嘱咐说："你拿这些钱做弓马费，好好学习，明年我回来，我们就可以一同去参加武举考试，拔取好的名次。"邵生感动极了，流着眼泪，苍白着脸，为他送行，悲伤极了。仲鼎也因此情绪低落，凄凉地上了路，心里却一直挂念着邵生。到了襄阳，官衙中事务纷乱繁杂，仲鼎一一亲自料理，半年后事情才有了头绪。因为想念邵生，并且也为了参加武举考试，便坚决地要回家探亲。舅舅挽留不住，只好同意他回家。仲鼎对金钱一向看得很淡，舅舅给他财物，他全都不要，仍然和来时一样，一个书童、一柄宝剑做伴，行囊空空的，一点儿也不像满带着他乡赠送的财物而归来的人。

　　船驶到淮河，遇到风浪，就在一个小港湾里停泊下来。那天晚上月光如水，夜气清冷有如深秋，仲鼎正靠着船窗闲闲地张望，这时一只大船由北向南逆流而来。大船驶得很慢，船上正在办着酒宴，箫管琴瑟齐奏，歌声婉转，非常动听。仲鼎下意识觉得是扬州富商巨室的船，就没放在心上。不一会儿，大船已驶至仲鼎的面前，忽听有人小声说："月色如此美妙，为什么还要行船呢？不如也停在这里吧！"话还没说完，船上众人就一起答应，声大如雷。大船于是就停下了。仲鼎听见这个人说话的口音非常像邵生，因为他时时想念邵生，所以一听就想起来了。一会儿，笙歌一下子停止了，船头静悄悄的，有人从舱中走出来，厉声呵斥说："公主和驸马要出来观看江上的景色，大家还不快快回避！"船上的气氛一下子严肃起来。很快，一阵浓郁的异香越过河面飘到仲鼎的船上，沁人心脾。只看到几对灯笼从船舱中缓缓出现，望去就如夜空中的两排星星。一位身穿紫衣的贵人，头裹黑纱巾，腰系犀牛带，就像古代的王侯，他手挽着一位羞花闭月的二八少女，她身上穿着华贵的宫装，娇艳逼人。其后有十几名侍女，都身穿锦绣华服，先摆放好精巧的躺椅，铺设厚厚的锦缛，他们二人这才并肩坐了下来。仲鼎远远地看了很长时间，猜测他们一定是鬼神，但仔细观看紫衣人的面貌举止，又发现非常像邵生，非常惊诧，自言自语说："我的兄弟难道已经死了吗？"于是更加注意观看。不久，那位美人的目光转了过来，发现仲鼎的小船，惊讶地说："这里有世间的俗人，为什么不早早禀报我？让外人偷看了宫中的情况，你们该当何罪！"说完恼怒地和紫衣人一同站起来，进了船舱。接着便有人厉声喝问："是谁的船停在那儿？"船家答道："是南阳侯相公，要回乡探亲。"那人吃惊地说："原来是我家驸马老爷的老乡。"说着便进舱禀报。很快就有两名内侍出来查问侯生的乡里门阀。仲鼎隔着船一一回答。紫衣人突然走出船舱，跳上船头，大声说道："哥哥怎么今日才回来？没想到小弟我会在这里吧！"仲鼎再仔细观察，果然是邵生，更加惊讶了。

邵生请仲鼎到大船上叙旧谈天，仲鼎答应了，上了大船。一走进船舱，光彩夺目，一种奇异的香气扑面而来。窗前横放着一张绘有孔雀图案的画屏，座椅上叠放着绣有芙蓉花的锦缛，真是奢华到了极点。仲鼎还没有开口讲话，邵生便把手一挥，金钟就敲响了，顿时琴瑟管弦，各种乐器都奏了起来，轰响震天，再要讲话也听不见了。乐声中邵生命内侍在地上铺锦缛，再拜行礼。礼毕后，一声玉磬清响，乐音突然就停止，连演奏乐器的乐师也都突然消失了。这时仲鼎才有机会说话，详细地询问发生这些变化的缘由。邵生只是笑笑不说话，只是命令内侍设宴准备，然后说："今晚还是尽情喝酒取乐，不要说以前的事了，免得你听了心里忧愁不安。"仲鼎听了更加疑惑不解，坚持要问邵生，只是酒宴已摆设开了，接连不断地送上一道道美味佳肴，杯盘碗盏，琳琅满目。邵生倒酒为仲鼎祝寿，这时乐声又响了起来，比先前更加喧响，充满耳朵，酒席前能不闭嘴吗？一会儿各自就座，席间的酒菜大多是仲鼎生平闻所未闻见所未见的。宫中的太监站在一旁斟酒，这使仲鼎更感到不安。邵生又说："大哥不是外人，不妨让侍女出来。"说罢，乐师们停止演奏，水晶帘掀开，有十多名绝色的女子，走到宴前，有的拨阮，有的弹筝，各自奏出美妙动听的乐音。接着有的婉转唱歌，有的翩跹起舞，邵生和仲鼎一边饮酒，一边欣赏，高兴极了。但仲鼎心中总有疑惑牵挂，趁着歌舞的间隙对邵生说："音乐歌舞很美妙，但我还有些话要说，还是请她们暂停吧！"邵生听后挥了挥白色的扇子，音乐立即停止了。仲鼎就把椅子拉得靠近些，询问事情的来龙去脉。邵生笑着说："大哥想听，就先痛饮这三大杯，我再和你一起通宵长谈。"说着便递过一大杯酒，仲鼎爽快地喝了，接连喝了三大杯，说："酒已干了，现在该你细说了吧！"邵生命令左右伺候的人离开，只留下两个小丫鬟斟酒，自己也走过来和仲鼎坐在一起，共同喝酒，这才开始讲述：

"自从和大哥分别之后，我一直想认真学剑读书，将来和大哥一起博取功名。因为嫌城里繁杂吵闹，便搬到表哥的乡间别墅去住。那里有不少竹子树木，空旷少有人去，可作为练习射箭的场所。你给我的五十贯钱，我用其中一半造了两间书房。白天骑马练剑，晚上便揣摩学习，那实在是一处供我们专心练武的好地方。今年二月十六，月光不明，天空中夜气迷蒙。我正坐着，准备点灯夜读，忽然听见窗外有人轻声地说：'贵人睡了没有？'口音很像女子。我开门一看，原来是几个宫中的宦官，他们都穿着紫罗衫。对我说：'大王和王后决定把公主嫁给您，我们奉命，特地到这里来打扫。'我吃惊地问：'大王是谁？我从来不认识他，为什么要把金枝玉叶托付给我呢？'宦官说：'大王是衡山大帝，您难道没有听说？'我想我只是一个世间的凡人，去当神仙的女婿，估计不是好事，因此坚决推辞。宦官却不理睬我，推开门直接走了进去，把房间布置一新，就离开了。我再进门一看，原来的书剑弓箭，已不知道被放到哪里去了；只看到锦帐低垂，两旁罗列着盖有绣套的桌椅。现在船舱中的摆设，大半都是当时用的。本来觉得房间还有些狭小，摆了这许多东西后反而感觉宽敞多了，而且也不知是怎样搬进去的，直到现在我还没有明白。当时也不知这究竟是福是祸，只能静静地等待。又过了一会儿，宦官抱来一个毡袋，从袋子里拿出我现在穿的这身衣服，替我穿上。又隔了一会儿，引了四个五彩宫衣的丫鬟进来，手拿铜制莲花状的火炬。她们看了看室内四周，相互讲着：'不错，没有粗俗的武夫气，勉强可以和我们公主匹配。'说完笑着走了。接着又一个宦官气喘吁吁地跑来，报告我说："请整理好衣服，公主来了。"

邵生讲到这里，又吩咐两个斟酒的丫鬟退下，低声说："闺房中隐秘的事情，本来难以开口，因为大哥了解我，所以我也不隐瞒，还是说出来。"于是又接着说："公主来了，我远远地看去，有十四五岁，风姿柔美，真不愧是天上的神仙。两旁有很多伺候的丫鬟。她乘着有帘幕的座车，上面张着翠鸟羽毛做成的帷盖，气派十分威严。公主才下车，宦官就要我用臣下见君王的礼节去拜见。我正感到为难的时候，公主身旁一个丫鬟赶忙摇了摇纤细的手臂说：'王后有命，驸马是阳世间人，并非属下的臣民，即使朝见我王，也只需要行主宾之礼即可，更何况是公主的丈夫！'这样我就不跪了，而以平辈的礼节相见。丫鬟们簇拥着公主进入房间，我才在公主的对面坐下。近距离观察公主，发现她肌肤莹白如玉，容貌似盛开的鲜花，美丽而端庄，而且神情羞涩，只是低着头，一句话也不说。正巧桌上的纸笔还没有收起，公主的目光从上面瞥过，小丫鬟就说：'公主想和驸马爷比赛诗文吗？恐怕粗莽武夫只懂得舞刀弄枪，作诗可不一定擅长。'公主听了微微一笑。我觉得她瞧不起我，当即提笔一挥，写了一首绝句：'倚天长剑吐虹霓，一啸何难退鼓鼙。翻笑终军无志气，仅能弱冠脱鸡栖。'诗中抒发了自己远大的抱负。公主看后，眼中好像露出笑意，并在丫鬟耳边轻轻地讲了几句话，丫鬟便转告我：'公主说诗写得不错，但今天是喜庆的日子，怎么不写些适合今夜良辰美景的催妆诗呢？'我听了有些不好意思，就叫丫鬟请公主写。公主并不推辞，也提笔写了一首。我接过细读，是和我的诗韵：'何事王姬驾彩霓，丈夫犹自志征鼙。封侯无骨君须记，且掷长缨入凤栖。'我反复吟诵了几遍，深深地被公主的才华所倾倒。正在这时，丫鬟们用红纱巾擦拭桌椅，让我和公主并肩坐下，接着又送上酒菜来，热气蒸腾，似乎才从炉上取下。丫鬟用犀牛角做的小酒杯斟酒，杯上系着红丝线，就好像婚礼时用的合卺杯那样。酒是深红色的，味道醇厚甘甜。小丫鬟告诉我说：'这酒只有在举行婚礼时才饮用，乃是潇湘的鸊鹈红。'公主滴酒不沾，我也只是略微尝了一点。不久，计时的漏壶移上三刻，宦官进来催促丫鬟们回去，她们替公主卸下发簪耳环，脱去礼服，然后静静地退下。我与公主亲密相处，就如同世间的凡人一样。只是公主本性娇贵，不轻易言笑。不过闺阁中的女子大多是这样的。一番欢好之后，公主才讲了自己的家世，她是衡山大帝的第四个女儿，封为潇湘公主，年仅十五岁。天一亮，丫鬟们就来了，在床前侍候，替公主穿衣打扮，然后簇拥着她乘车离去。她们一走，房间便恢复了原来的样子，一样东西也没有多，连我刚才穿的衣服，也消失了。到了晚上，她们又来，这一次不再乘车，也没有宦官跟随，只有三四个小丫鬟在两旁伺候。因为公主身体娇弱，不论是坐还是走，她们都要在两旁搀扶。公主喜欢看书写诗，古代的典籍全都有所涉猎，尤其对黄帝的《阴符经》很有研究，自称得到九天玄女的真传，与世间苏秦、张仪的传本大不一样。她还擅长下围棋，我远不是她的对手。因此我们每晚相聚，一点都不感到寂寞。就这样过了一个月，就发生了灾祸。

　　仲鼎听邵生讲到这里，紧张得变了脸色，不禁站起来说："你出了什么事？"邵生说："大哥你先坐下，听我细说。我和公主结婚以后，吃的穿的都是由公主带来的，生活富裕了，不免有些奢侈。公主经常告诫我说：'《易经》里有写：物保管疏忽，便会招致盗窃。你要小心谨慎。'我听了没怎么放在心上，觉得自己武艺在身，反而说了些大话。一天晚上，果然来了几个盗贼，我还没睡，和他们搏斗，盗贼往外逃窜，我追到野外，杀了一人，其余的都逃了。等我回到家中，公主已经到了，对我说：'大祸来了，快到官府中去自首，这样才能免去灾难。'叮嘱一番后，她就离去了。这时城门已关，我就坐着等待天亮。凌晨我再到出事的地点去，尸首已不见了。我想一定是逃去的盗贼怕受连累，毁尸灭迹，所以就不大在意了。既然尸体已没有了，我的财物也丝毫无损，为什么要再到衙门去报官呢？这样就把事情耽搁了。当晚公主没有来，只是派丫鬟捎来一封短信，信中写道：'快到侯生家避难，尚且还有救。'她知道大哥和我是好朋友，所以叫我到你家避一避。但我始终不相信自己会大难临头，犹豫不决。拖到天黑，还是没有什么动静，我便放心睡觉。第二天天还没有亮，县里的捕快已经来了，破开门气势汹汹地闯进来。我以为是盗贼来报仇，黑暗中又打死一人。等到捕快大声呼叫起来，我才知酿成大错，这时再怎么申辩也无济于事了。"

邵生讲到这里，仲鼎害怕极了，寒毛尽竖，担忧地问："杀害捕快，这是死罪！你是怎么逃脱的？又怎么到了这里？"邵生叹息地说："大哥先别担心，听我说完。当时我毅然地随捕快去了县衙，向他们详细地讲明事情的本末。没想到那些盗贼早把尸体移到路边，抢先到官府告状。他们说那天夜里结伴走至某处，被武生邵某人持剑抢劫，杀死同伴一人，抢去钱物若干。官府听了状词，就把我的邻居传唤过去询问，邻居都诉说我最近无故暴富。官府经过反复的勘察审讯，认为我追赶强盗到达郊野的说法不可信，又没有及时报官，再加上拒捕，杀伤了官差，所以断定我是抢劫杀人。我很难为自己申辩，竟被判处死刑。在监牢里，满身枷锁，受尽了苦楚。到了半夜，公主悄悄地来了，对我说：'你不早早地听我的劝告，现在已是危在旦夕。还是跟随我回家探望父母吧！'我只得点头答应。她伸手一指，枷锁便全都脱落下来。于是我们相互搀扶着离开监牢，悄悄来到江边，宦官们早已停船等候。现在乘船南行，不知哪一天才能再回到故乡了！"说完不禁泪流满面，神情十分凄惨。仲鼎猜测其中或许还有别的缘故，又不敢再问，虽然强忍忧愁找些话说，也不过是对邵生牢狱之灾表示安慰，并庆贺二人今日重逢之类的话。

快到了五更天的时候，仲鼎的小船要趁风启程，船家派小童来催促。二人分离在即，十分难舍。忽然一个小丫鬟拿着个小包进来，在邵生的耳旁低声说了几句，邵生笑道："这点东西怎能够报答我大哥呢？不过，暂时也只能这样了！"

随即将小包递给仲鼎说："一点点小东西送给大哥，只能充作船费。哥哥您的大恩大德，小弟还没有报答。仲鼎想推辞，但看见小包并不很重，估摸着还可以接受，就收下了。这时天色快要亮了，二人握着手，互相看着彼此，默默无言，眼泪不禁掉了下来。又隔了好一会儿，仲鼎才跨过船舷，回到自己的小船，邵生仍立在大船的船篷下殷勤道别。但等到仲鼎回过头还想说话的时候，看到的只是苍茫的水波，邵生的大船已失去了踪影。船上的人都大吃一惊，以为遇见了鬼，仲鼎也非常惊讶。等到打开小包，发现里面竟然有数千粒明珠，价值超过一万两银子。这时他才真的相信邵生是遇见了神仙。

仲鼎回到家，还没有卸下行装，就急切地向家人询问邵生最近的情况，果然因为犯下重罪被抓，当夜就死了。家人还述说了一些奇异的现象：邵生并没有死在监牢里，而是死在官衙门口，两足盘膝而坐，好像活着一样。身旁有一封信，写得很奇怪。看过的人私下说，信上大致是这样写的："曾参没有杀人，但有人告诉他母亲说，曾参杀了人。其实说这话的人才是真正的杀人犯。曾参的母亲不追究真正的杀人犯，反而因为伤害捕快的缘故，把儿子杀了。多么残忍呀？现在伤害官差的罪名，我已经以死谢罪，但杀人之罪，该由谁来承担这个罪名呢？毒蛇钻入室内，人们还要想办法弄死它，更何况是盗贼呢！盗贼搬移同伙的尸体，用来证明杀盗者是强盗，官府竟也认为他是强盗，不是同样地颠倒了黑白吗？要知谁是真正的强盗，那个向官府告发的人便是。"信的末尾还盖了一个篆文大印——衡山大帝。官府发现此信后大吃一惊，封锁消息，追捕群盗，审问出移尸的真实情况，依法处置了他们。当时邵生的尸体已由仲鼎的父亲立下字据，领出后收殓在棺材里。仲鼎想看看到底有什么异状，打开一看，棺材里只剩下衣服和帽子。全家惊讶极了。

几年后，仲鼎再去襄阳，又在路上遇见邵生，车马随从，非常显赫，怀里抱着一个两岁婴儿，递给仲鼎说："拜托大哥将他抚养成人，来延续祖先的血脉。"仲鼎高兴地说："小宝宝什么时候生的？"邵生说："我已有两个男孩，这是小的。因为大哥仗义忠诚，所以才把孩子托付给你。"说着递过孩子，便乘车远去。

仲鼎把婴儿抱回家，对外就说是自己的儿子，让他过继给邵家为后。等到小孩长大，给了他自己家产的一半。人们都赞美仲鼎的品德，却不知这小孩本来就是邵生的儿子。仲鼎自从得到邵生赠送的珍珠，家中逐渐富裕，武试考试接连高中，官一直做到协镇。一天晚上，仲鼎梦见邵生带着车马来迎接，就无疾而终了。邵生名承先，字履武，死的那年还不满二十岁，邻里一直为他的早死感到惋惜。

外史氏说：古人说"一生一死，乃见交情"，仲鼎和邵生可算得上是这样的好朋友了吧！当仲鼎和邵生分别之时，根本没有想到他会死；而后来归途中遇见邵生，也不相信他还活着。邵生生而死，死而复生，这是神仙的力量吧，但肯定也有仲鼎的功劳。为什么呢？如果他们交情不深，仲鼎便不可能在归途中偶遇邵生，遇不到邵生，那么这样一段奇缘靠谁来传之后世呢？仲鼎对死去的朋友无愧于心，邵生也能坦诚地对待自己的好朋友。两人生死之交，可以流传百世啊！

紫　玉

句容县有个乡民叫金二，父母都已经离开人世，有一幼弟叫作金镛，在邻村私塾上学，年纪不满十三，容貌非常美秀，如同女子一般。每日放学回家，常常有一位老妇人跟随着他一起走，笑着说："小孩子长得真好看，将来应该找个天上的美人做老婆，世间粗俗愚蠢的女子是配不上你的。你如果有意寻找，我就给你做媒人。"那时候金镛年幼，还不理解老妇人讲话的含义，但听了，还是很向往未来的。这样过了几个月，老妇人每次见面总要唠叨一番，金镛很害羞，一直没有回答。一年后，金镛长大些，已经懂得了一些男女间的情事。有一天又遇到老妇人还是这样说，便红着脸问道："天上美人在哪里？能让我见一见吗？"老妇人说："行。不过我不能陪你去，只能给你指路，你自己去找，如果见面后心中喜欢，可以告诉我。"说着指点道："离这里三里多路，门前种着桃花的就是她的家。"说完二人就分开了。金镛早饭后上学，便对老师撒谎说："我外公生了重病，哥哥叫我前去探望，要请一天假。"老师因为他平日敦厚老实，丝毫没有怀疑。这样金镛就离开学校，兴冲冲地去了。

到了那里，果然有一户人家，在门墙之内掩映着数枝红桃。金镛毕竟年少不经事，没有叫门便鲁莽地直接走了进去，才跨过门槛，就听到有人呵斥："哪家乳臭未干的小孩，竟敢前来偷花！"金镛吓了一跳，看见一个老翁笑着从房内走出来，头发像白鹤的羽毛一样全白，皮肤像鸡皮那样粗糙发皱，大约有七十岁。金镛本来聪明伶俐，觉得老翁并无恶意，便大着胆子，向前作揖行礼。老翁左手拄着拐杖，右手抚摩着金镛的头顶笑着说："我看你到这里来可没安什么好心！"金镛理直气壮地说："听说这里有个天上美人，特地过来看看，有什么不好呢？"老翁说："这一定又是刘家痴老太多嘴多舌。不过，我也不能让你白跑一次。你随我进来。"说毕便拉着金镛进门。只见桃花树后有三间小屋，窗明几净，一尘不染，房间里琴书罗列，展现了主人胸襟的不俗。老翁与金镛坐了片刻，便喊道："紫玉，端茶来！"一会儿布帘掀开一半，一个梳着辫子的少女，年岁比金镛略大，端着漆盘走出，盘中放着茶壶茶杯。金镛仔细看着她，只见她风姿绰约婉丽，美艳动人，就好像一朵新出水的荷花，虽然他还年少无知，也不禁目瞪口呆，眼光再也舍不得离开。老翁命紫玉给金镛斟茶，金镛竟恍然不觉。老翁大笑着说："真是天生的情种！"又问道："你已经见到了天上人，应该心满意足了吧！"金镛答道："心里确实高兴，只是还没有实现我的心愿。"老翁又笑着说："怎样才能满足你的愿望呢？"金塘说："我如果能和她朝夕相处，便心满意足了。"老翁说："事情可没有这么简单。"过了一会儿又说："不过也不是不可能，只要你留在这儿，不回家，我就让紫玉每天都陪你玩。"金镛十分高兴地答应了。老翁非常高兴，拿出果品糕点，让二人一起吃。紫玉也很喜欢金镛，二人一见如故，你推我让，说个不停。老翁看到这种情景，感到很欣慰，高兴地说："阿玉有你做伴，也不会再寂寞了！"于是让他们二人随意嬉戏，没有一点防范。金镛每天晚上和老翁同睡，白天就和紫玉一起游戏，有时在花前斗百草，有时在月下捉迷藏。他们常常肩并肩手挽手，虽然说不上是男女夫妻之爱，却也是两小无猜，结对成双，从不争吵，有着无穷的乐趣，这是出于他们的天性。

住了一年多，他们的饮食衣着都由老翁一手操办。然而随着年岁的增长，情谊渐浓，双方眉目之间，都有爱恋之意。一天紫玉起来晚了，在窗下缠足，金镛从窗外偷偷看见，只见她的小脚白如雪，细如锥，就像半枝嫩藕，一握娇莲。看着看着，忍不住神魂颠倒，隔着窗对紫玉说："我如果能娶你为妻，这辈子就没有遗憾了。"话还没有说完，老翁就走了进来，满面怒色地斥责道："小家伙不成材，竟然想偷走我的掌上明珠！"金镛听了，只觉得无地自容，惭愧非常。老翁又禁止紫玉以后再与金镛在一起玩耍，愤怒地瞪着她，似要动手责打。金镛更怕了，借口小便，匆匆奔出门，逃窜回家。

回到家中，只见大门的样子全变了，四周的景物也和以前大不一样，当年在墙边种的小柳树，已经高耸入天，要几个人才能合抱过来。金镛大吃一惊，赶紧敲门，有一老人拄着拐杖出来，相貌与其哥哥金二很像，但看上去已有六十多岁，似乎又不是。金镛问他全家的情况，老人惊讶地说："我就姓金，小朋友从哪里来，和我家有什么关系？"金镛于是简单地说了自己的遭遇，老人笑道："胡编乱造！我的父母已经死了多年。听说我有个叔父，名叫金镛，他小时候上私塾念书，天晚没回家，早已被豺狼吃掉。因此我生下后，就不再让我去邻村上学。从我叔父死的年份算起，至今已有七十年。假如他还在世，也有八十岁了，一定是白发稀疏，牙齿全掉光了，怎么可能像你这样年轻呢？"金镛不信，还要辩解，金家的一些年轻人，也就是老人的儿子、孙子，都在一边大喊："哪里来的小家伙，竟敢冒充我家祖公！"说着就要动手殴打。邻家有一个八十多岁的老翁，听见喧闹之声，便自篱笆洞中张望，见了这番情景，这时连忙走出来拦阻道："这件事确实有些奇怪，你们不可乱来！"接着对拄杖老人说："你叔父曾和我一起在私塾念书，面貌还能大略记得。这个小孩确实很像，难道真的是你叔父遇见了仙人？"金家后人说道："哼！凭什么要我相信他？"邻家老翁说："我知道他肋下有七颗黑痣，排成北斗形状，老人们说这是要成仙的标志。假若他也有，那就确实是你的叔父了。"金镛听了立刻把衣服脱下给大家看，果然如老翁所说的一样。接着又讲了他的兄嫂金二夫妇的日常行事与面貌特征，丝毫不差。到这时拄杖老人才信服，率领子孙一起下拜，认定金镛是真仙。金镛却笑了笑，自己也不相信。老人请金镛到屋内坐，邻家老翁与乡里父老也都来拜访，谈起当年旧事，如在目前，直到夜深，才纷纷离开。

晚上金镛自己独自睡在一间屋子里，一觉睡到天亮。清晨起来，觉得下巴下多了些东西，一摸，原来是一寸多长的胡子，雪白如丝，大吃一惊。再看自己的身子，一夜间暴长，几乎和成人差不多了，不禁感慨万分，感慨地说："长住仙境，身子一直如孩童一般。现在回到尘世，一夜间便满头白发，难怪说人间劳碌，青春难驻啊！"于是没有和家中人告别，自己直接离去，仍然回到老翁处，可是只见松楸一片，哪里还有茅屋的踪影！正在踟蹰徘徊，忽然发现旧日相随的老妇人又蹒跚着走来，心中大喜过望，便走上前去作揖行礼。老妇人茫然竟不相识，金镛又自道姓名，老妇人笑道："即使你活了七八十岁，你坟墓上的松柏也已长成大树了，怎么还自称当年金家小儿来欺骗我呢？"金镛无奈只好详细地诉说经过。老妇人听罢，笑着吟诵《诗经》中的两句诗："未几见兮，突而弁兮。你这老家伙对我弯腰作揖的，莫不是还要我说媒吗？"金镛叹息地说："你看我的头发又短又少，如何还敢有丝毫的奢望。只盼望能依附着仙人，如果能老而不死，便是万幸了！"老妇人严肃地说："你要成仙，就应当寻求佳偶，好姻缘还在，切不可灰心丧气。"说着拿出一段一丈多长的红绸，交给金镛说："拿着这段红绸向东南方走，遇有林木，便用红绸向空中拂去，你要找的人就会出现了。"金镛仍然担心自己太老。老妇人从袖中取出一面镜子照着他说："看，你又年轻了！"金镛朝镜中望去，果然是一翩翩少年，再摸自己的下巴，胡子全没有了。金镛高兴极了，向老妇人再次拜了拜，老妇人和镜子一下子都不见了。于是他遵照老妇人的指点，向东南走去。行了数里，果然有一片树林，立刻用红绸向空中拂去。绸中似乎裹着一样东西，落地之后，忽然变成了一个美貌女子，微笑着整理自己的衣服，原来正是紫玉。金镛惊喜如狂，急忙地上前拉住她的衣袖，紫玉假装生气说："这个媒人真是无赖，强迫婚姻，真令人受不了！"金镛急得一边作揖，一边讲好话，紫玉才和他和好。二人又朝东走了数百步，似乎腾云驾雾一般，一幢巨宅突然在眼前拔地而起，峰环水绕，栋宇巍峨。二人还未走进去，屋内就已经声乐大作。老翁与另外十多个人都穿着喜庆的衣服出迎，不再提及前事，大家都忙着安排筵席，举行婚礼。自此以后金镛便开始学道，不食五谷，终于成了地仙。

几年后，金镛的族人扶乩求仙，金镛就借乩仙之笔，补叙了上述的一些细节，并附以诗道："情缘引到洞中天，再履红尘已惘然。镜里长春无白发，枕边短梦少青年。瑶笙不羡秦楼风，锦瑟休挥赵女弦。直上云霄最深处，几回含笑话桑田。"此后便不再降乩显示自己的踪迹。这件事，不到十天便传遍了南京城。

外史氏说：人们都说仙家日长，人间日短，这是必然的。但人间七十多年仅是山中一年，这差别也实在太大了。金镛很幸运，能够立即回到老翁处，成了仙人；假若他回家后便长住下去，那么他从十几岁的孩童，转眼间就变为八十多岁的白发老头，距离死亡，也就没有几天了！因此我说毕竟还是仙家的日子短，远不如人间的日子长。

古冢狐

易州城西有一座古坟，不知有几千几百年的历史了，坟前没有墓碑或者石刻，所以无法得知是谁埋葬在这里。人们传说这是战国时荆轲的墓，大概荆轲被秦始皇杀死后，燕国的百姓便把他的衣冠埋葬在这里留作纪念。一天，有乡民送妻子回娘家，夫妇各自骑着一匹毛驴，经过古坟边。因为走得久了，妻子想小便，便下驴向荆棘丛中走去。丈夫骑着毛驴走在前面，并没有觉察，一直走了半里多路，才发觉妻子不在身后，就停下来等待。等了很久也不见妻子过来，心中起了怀疑，立即返回沿来路寻找，只见妻子所骑的毛驴独自在道旁吃草，人却不见踪影。丈夫大吃一惊，仔细向墓旁搜查寻找，只看见妻子所穿的衣裤纷乱地散在野草丛中。当时乡间常常有豺狼出没，丈夫怀疑她已被恶狼吞食，只得拣起散落的衣裤，独自一人哭着回家。

其实他妻子并没有死。当她小便后站起，听到有人在讲话，有两个仆人从坟中走出，身上须毛根根直竖，就如刺猬一般，形状十分吓人。他们走上前便要抓住妇人，骂道："哪里来的疯丫头，把我家主人的门庭弄脏了，抓住她，把她臭打一顿！"妇人吃惊，狂奔逃跑，想不到身上的衣裤却如蝉蜕壳似的自己脱落。转眼间已经赤身裸体。妇人十分羞愧，不敢再跑，眼看两个仆人迫近，不得已伏在荆棘丛中以图躲过灾难。只听得一个仆人笑着说："这下也够她受了，算了吧！"顿时所有的声音都消失了。妇人始终不敢起身出来，在荆棘丛中躲了整整一夜，浑身都是伤痕。天亮后，光着身子无法回家，出来寻找衣服，却什么都不见了。正当惶急得想要寻死时，恰好有几个人骑驴经过。他们走上前来，看见妇人赤身裸体的样子，像是疯疯癫癫的，都很吃惊，就停下询问缘由。妇人忍着羞辱讲述事情的经过。尽管用手遮盖下身，然而后背的部位却完全暴露了出来。幸好来人中有一人是她的哥哥，听了非常惊惶，说道："这是我的妹妹！"急忙脱下自己的衣服给妇人披上。这时她才敢回头看，才知是她哥哥奉了父亲的命令前来迎接她，没想到在这里相遇。妇人不禁泪如雨下。于是哥哥用自己的毛驴让她骑着回家，又赶去通知她丈夫，丈夫这才明白了发生的事。

后来人们经常看见有两只毛色苍黄的狐狸在坟上跑来跑去，要去抓它，却又看不见了。这时才知道妇人所遇见的就是狐狸精。难道狐狸也钦慕高渐离和荆轲慷慨悲歌的伟大壮举，特地来保护荆轲的坟墓吗？噫，太神奇了！

外史氏说：村妇愚昧无知，任意弄脏义士的坟墓，所以剥去她的衣服，让她受到羞辱，狐狸这样做，也可说是很明白人世间的道理。我还记得小时候听家中的老人说：河北省有许多平房，每当盛暑，民家妇女常常睡在屋顶上。倘若天气阴晦，就会发生与龙交配的事。唉，这些无知的妇女，在白天尚且不能暴露内衣，夜晚又怎么敢在星月之下毫不顾忌地睡觉呢？龙性并不好淫，只不过通过交配来惩罚这些妇女。家中有妻小的人一定要提高警惕呀！

崔十三

杭州有个贩卖海鲜的商人叫李念一，生性喜爱喝酒和美女，尤其是喜欢男色。虽然家产并不丰厚，却整日沉湎其中，从不管老婆孩子挨饿受冻。邻居崔十三经常和他在一起。十三年才十五岁，容貌比美女还漂亮，他母亲早死，父亲虽然尚在，但因病成了残废，家中生活十分困难。所以念一常常资助十三，目的是想占他身体的便宜，但始终都没有如愿。因为十三很聪明，善于察言观色体会别人意图，虽因父亲年老多病家境贫寒，不得不依靠恶人的资助，但无时无刻不小心提防，保持自己的清白，念一终不能把他搞上手。

癸未年夏天，念一要乘船去海宁讨债，往返需好几天时间，于是反复多次对十三的父亲讲，要十三陪着一起去，预谋在船上突现占有十三的心愿。十三的父亲拒绝说："小孩子不懂事，你还是一个人去吧。"念一坚持要十三一起去。十三从小就爱新鲜，想出远门，所以也在一旁蛊惑怂恿。他父亲没办法，只能同意。离开之前，悄悄地对十三说："这个人声名狼藉，我们家靠他资助，我实在无法只能同意你去。但是你必须以清白的身子去，清白的身子回来，这样我才问心无愧，对得起死去的祖先，你也可以称得上是孝子。否则的话，即使我活着无法知道，但死后做鬼也一定能一清二楚，绝不准你再跨进我们崔家的宗庙。"十三答应了，便告辞离开。邻里听说十三和念一同去，都在背后讥笑，认为崔父因为疾病贫寒，失去了理智，把儿子送入虎口，怎么能不被吃掉呢？但十三却仗着自己聪明，高兴地与念一上了船，同他一起，吃饭谈笑，一点也不忌讳。念一也把十三看作是已经在手的猎物，无法逃脱了。

船航行了一天，傍晚时分十三走出船舱远眺。当时念一仍在船舱里睡得正熟，没有跟出来。十三望着江面波光粼粼的波浪，忽上忽下，感慨地叹道："人生就像这江水一般，如果不能独立自强，立身于世间，瞬息间就被浪流卷下！"他触景生情，不由想道：今晚我和这个念一同舱，假如他用暴力逼迫我，怎么办呢？他身强力壮，我一个孩子怎能抵抗得住？刚才讲话就不正经，差一点动手动脚，我到底该用什么办法来对付他呢？左思右想，仍然拿不出好主意，这时才后悔不该随念一同来，正在彷徨失措，泪如雨下的时候，忽然上游驶来一只小船，乘风飞驶而来。船上有一中年妇人与一少女，很像母女两人。女儿荡桨，母亲扳网，应该是打鱼的。船靠近时，少女看见十三，笑着对妇人说："这少年郎就像一片树叶陷在泥中，怎么还能像我一样逃出疯狂的摧残呢？同病相怜，妈妈还是救救他吧！"妇人也笑着说："我儿之言，真是大义，自己才刚刚获救上岸，就立即想到救落水者了。何况这孩子也是孝子，不该坐视见死不救。"说着从怀中取出一本手掌大小的册子，只有十几页，用东西包好，隔着船扔给十三道："孩子，有了这个，你就可保持身体清白了。"话刚说完，船已如奔马疾驶而过。十三接过小包，再抬头看去，小船早已驶去一里多远，一会儿，连帆影也消失了。十三幼时曾跟着父亲读书，很通晓文字，这时赶紧打开册子，原来其中写的都是闺房中的戏术，别的内容再没有了，不由得皱起眉头说："这对我有什么用处呢？这位妇人莫不是骗我闹着玩的吧？"然而再仔细一想，如果可以巧妙地运用，倒也是一种好办法。于是便把小册子藏在袖子里。

这时念一已经醒了，在舱中大声疾呼十三。十三进入船舱，念一便盘问他到哪里去了，十三答道："在船头观赏江景。"念一笑着说："你那么漂亮，不怕被蛟龙捉去吗？"又笑嘻嘻地说："今天晚上能和我同睡，我就把这次赚的钱分一半给你，让你做孝子，奉养父亲。如果不同意，大江就是你的坟墓，你就要葬身鱼腹之中，再也回不去了。你父亲又老又病，还能向我要人吗？"讲到这里，脸色和声音都非常严厉。十三听了，害怕极了，顿时想起册中"移灯就火"的方法，正可以解救眼下的急难。于是爽快地说："大哥如此疼爱我，我又不是草木无心，理所应当该感念您的恩惠。但我年幼不懂情事，实在羞愧。假若喝醉了，那就随你怎么办，我也不再顾惜自己的身子。"念一听了后高兴极了，满口答应，便亲自上岸买酒。十三急忙寻出纸笔，在烛光下翻看小册子。"移灯就火"之法下面写着三个急口令，共有十几句，尽是详细描写男女间情爱的话，而且规定行令的方法："如果能够诵读如流水般熟练，而又可以没有笑容，才能免除惩罚。"十三将急口令一句一句地抄在纸上，自己先默记在心，然后连忙藏起册子。不久念一回来，摆上酒要喝。十三说："喝酒如果不行酒令，怎么能提起兴致呢？何况今日的美事，更不适宜无言相对。昨日我从邻家抄来几行口令，用这个行酒最好，我们就照着办，怎么样？"念一觉得自己平日应对敏捷，就不加思索地应道："好。"随即各自倒满了三杯酒，向十三索取口令观看。十三又说："你的年纪比我大一倍，一定不会欺骗我。如果不遵守这酒令，反要武力逼迫我行欢，那我宁可身赴这江水中，发誓绝不依从。"念一听了仍然丝毫不放在心上，答应了。这时十三才拿出口令给念一看，讲明犯令便罚一大杯。念一边看口令，边笑得起不来身。十三又提出自己先念，每发一声，就故意地目光波动，做出娇媚的姿态挑动念一。念一心神激荡，越发不能控制自己，不得已取过口令来念，还没有念完一行，早已经大笑起来。十三依令执行处罚，不肯宽恕。念一再念，又是这样，第三次念，更是笑得说不成句。才一会儿，就被罚了十几杯酒。念一既然已经大醉，就不再有其他念头。口令说得越来越快，更加念不成一句，待到二更时分，已是醉醺醺地倒下了。十三又接连劝几杯，念一却已连嘴都张不开了。十三见他深入醉乡，一颗悬着的心才算放了下来。这就是先用他的欲念引诱他，使他心神不定，然后利用他的弱点，用他所难封其口，没有必要灭掉烛火撤去柴火，便可使烈火顿时熄灭。这便是管子所谓的"因祸为福"吧。

十三既然已经用计谋灌醉了念一，再不用担忧其他的事情，正准备铺床就寝，忽然听到窗外弹指的声音，打开舱门，烛光之下，一人笑着侧身而入，回头一看，原来正是刚才遇见的少女。十三高兴地向她致谢，并问她为何突然来访。少女笑道："怕你事情办不好，特地前来帮助你。现在他已醉倒，今晚你也就不必担忧了。明天还是照计行事，一定会成功的。"十三仔细地打量这个女子，只看她淡雅清丽，好像神仙一样，而自己却形貌平平。当时十三情窦初开，刚才和念一调戏，心中满是欲火，看见少女返身想要离去，便笑着挽留说："请坐一会儿，让我设法报答你的恩情，可以吗？"少女察觉到他的意图，嘲笑地说："你自己都保不住，还想戏弄别人！"说着飘然出门，转眼就消失不见了。十三十分惊奇，隔了一会儿又取出小册子翻看，直到忍不住困意，才蒙眬睡去，一觉睡醒，天已经大亮。早晨起来，见念一仍然蒙蒙眬眬，起不了床，便用好话劝慰他说："昨天晚上喝得并不多，你怎么就醉成那样，昏昏沉沉的，让我担忧极了。"说完，摆出笑脸侍候，念一始终没有意识到这是十三以进为避的计谋。

　　这一天念一始终醉意朦胧，到晚上才恢复，发誓不再喝酒，十三也无法勉强他，于是便采取小册子中"反客为主"这个计谋，用言语挑逗他说："你今天酒后困顿，不可再喝了，以免伤了身体。昨夜的约定，还是等以后再说吧？"念一侧过头回答："不行。"十三说："昨晚我也心神不宁，一晚上都没有睡，现在疲倦得很，你让我先睡一会儿，半夜里我会前来找你。我说话算数绝不失约。"念一听了没有回答，十三又说："要不你到我这里来，我睡着等你。但不要穿衣服，也不要把我惊醒，我醒了免不了害羞，说不定会拒绝你的。"念一不禁露出了喜悦的神色，笑着答应了。十三暗地里在船舱中找了一根短棒，一尺多长，藏在席子底下。当晚十三与念一分床而睡，悄悄地把木棒藏在怀里。念一一点也没有察觉，心中情欲炽烈，在床上辗转反侧难以入眠。不久听到鼾声，估计十三已熟睡，急不可待，便悄悄地起来，赤身裸体，脱掉鞋子，蹑手蹑脚地来到十三的床前，轻轻掀开被子，十三也没有拒绝。一阵阵肌肤的香气传来，念一的情欲更加把控不住。正要睡下拥抱十三，十三忽然翻身向外，仍然熟睡。念一按照十三所说，不敢惊动，脱下鞋子，爬上床睡在里侧。念一刚刚躺下身子，十三似乎从梦中惊醒，说："心上人来了吗？"随即就将怀中木棒绕开那话儿，径往念一的下身戳去。从肛门深入，几乎达到前身，疼痛极了，念一再也无力勃起。念一痛得大喊大叫，手脚似乎也不能动弹。过了好一会儿，十三才装作刚刚醒来，回头看见念一，急忙藏起木棒，笑着说："原来是大哥你啊！刚才我梦见与美人嬉戏，她嘲笑我下身短小，我在暗中摸到一件东西，十分粗壮，拿着它和美人闹着玩，没想到是你来了。梦中不知实情，多有得罪。"说着故意装出亲昵的样子，要和念一行欢。念一痛楚惊慌才刚刚平定一些，睾丸浮肿，臀部更是剧痛如刀割，欲念顿时消失得一干二净，胡乱答应着回到自己床上，不停地呻吟，直到天亮。这就是闺中女子与女伴相戏，趁其不备而做小动作中伤的计策。念一这才开始怀疑十三是有意躲避自己。但是十三一大早就起来，更加勤谨地侍奉念一，说话更加甜蜜中听，还有呵疮舐痔的意图。念一的疑心又消释了几分，只是受了重伤，虽然贼心不死，但已无用武之力，可谓是心有余而力不足。

念一忍着疼痛过了两天，船已到达海宁。他拄着拐杖上岸，到集市商铺收取从前的债款。在海宁住了两夜，连本带利全都收回。十三思念家乡，催促念一开船返航，念一也找不出耽搁的理由，就登船起航。这时念一的伤口渐已平复，贪色的念头又重新萌发，刚开始还不敢轻举妄动。船快到杭州时，情欲难忍，恨恨地说："这次出行就是为了这个美貌少年，并非仅仅贪图些微财小利。现在离故乡越来越近，而不能实现这个心愿，活着还有什么意思！即使受伤溃烂而死，也是命中注定，我一定要实现自己的愿望。"但他仍对十三不放心，便图谋把十三灌醉，使他再也逃脱不了。

这天傍晚，船停泊在一个市镇旁，念一请船工杀鸡买酒，自己仍然装作十分狼狈苦楚的样子。十三是个聪明人，早已看透了他的心思，于是悄悄拿出小册子翻看，又得到一个好办法，名为"移花接木法"。这是要用圆竹筒的一个小节，装满蒜汁，用生面和着胶水把口封住，藏在床下。不时用唾液滋润它，一定要使它像油脂一样，不会干结。如果恶人来，先故意不理睬，等他再三央求，才假装同意，并要他听从自己的吩咐。然后趁着他没有防备的时候，迅速拿出事先准备好的竹筒迎上前去，将他的阳具套住，胶水碰着肌肤，就会牢牢粘住，无法松开，阳具浸在蒜汁里，痛入骨髓。这是惩罚淫棍的妙计。但是事先要准备好一把尖刀，作为防身之用，防止他情急发怒，致人丧命。十三得了妙计，心中很高兴，他向船工要了一些胶水，只是竹筒一时找不到。忽然想起床边有一节竹筒，原是念一所制，用来盛放零碎银子的。十三笑着说："就这样以其人之道，还治其人之身，真痛快，真痛快！"便照着小册子上所说的准备妥当，而念一却一点都不知道。

到了晚上，十三与念一共同高兴地喝酒，席间借口说醉了，先去睡觉。他将一切布置严密完善。等念一上床来，立刻如法炮制，念一果然觉得疼痛非常，像被蛇蝎咬了似的。急忙取过灯烛，低头一看，自己的下身已被竹筒套住了。他用手拼命想拉掉，但是很是牢固不可脱掉。念一非常愤恨，怒不可遏，要将十三置于死地。十三早已经拿着刀站起身，指着念一斥责道："你这人面兽心的家伙，一直干着这种猪狗不如的勾当，败人家风，污人子弟，已是罪无可赦。你一再引诱我，又以强暴逼迫我。我考虑到你是同乡，前些日子已对你稍稍惩戒。可是你却不思洗心革面，改弦易辙，今晚仍然故态重发，所以我略试小术，希望你知道羞愧改过自新。谁知你竟然执迷不悟，对我怒目而视，我早将生命置之度外，不再奢望回到家乡了！"

说完十三把刀横在胸前想要自刎而死，一边大声呼叫杀人。叫喊声传开，船上的人全都受惊起来，不一会儿，都聚集到船舱里。众人见两个人都光着身子，知道二人是干鸡奸的勾当，觉得好笑，争着问他们为何杀人。十三边流泪边哭诉，一一详细说明二人情形。众人听了，都吐着舌头大喊奇怪。大伙儿围看念一，看见他肚脐之下垂着一个竹筒，忍不住哄然拍手大笑。而念一已经是面如土色，痛得连话也无法说了。众人谁也不愿意帮助念一，只有船工怕念一伤痛死去，自己要受牵累，才帮他拔出。用尽九牛二虎之力，才把竹筒弄下来，念一的阳具已经是红肿不堪，丧失了正常的功能。众人叫十三穿上衣服，然后纷纷指责念一，念一只好俯首认罪。船客中有人打抱不平，提出要代十三向官府控告，念一非常惊恐，一而再再而三地哭着求饶。众人从中劝说，最后命令念一写一张认罪书，并把随身所带的钱和去海宁要回的钱统统交给十三，作为惩罚。第二天一大早，就把袋中空空如洗的念一赶下船，让他自己另找小船回家，而且回去之后不许再到十三家骚扰。如果还有报复行为，就拿着这张认罪书到官府控告，船上众人一定到堂作证，绝不宽恕。念一已是惨败，哪里还敢争执，只好垂头丧气地离开了。

回家后还在床上休养了一个月，淫心也稍稍地收敛了些。

　　船上的人都觉得十三聪明机智，十分喜欢敬重他，争着去买来酒菜款待他，表示安慰。可是十三非常害怕念一回家报复，心里急着要赶回家去，虽然离家只有一天的路程，无奈风向不顺，当天晚上船仍然停在前日与少女相遇的地方。十三感激在心，笑道："黄石公还在吗？张良报韩已归，如今可以跟着赤松子求仙学道了。"等到将要入睡的时候，有人敲门而入，正是送小册子的那个女子。十三高兴极了，赶紧上前迎接，请她坐下，并表示感谢。妇人说："前日我是可怜你是孝子，所以救你。如今你的耻辱已经洗清，而我的事却还没有完结，所以特地深夜来到这里和你商议。"十三爽快地答道："你对我有救命之恩，不论你要我做什么，我一定竭力达成。"妇人说："我在这条河里已住了几百年，来去纵横，悠闲自得。近来有一个不知名的妖怪，要霸占我的居处，还想奸淫我女儿。我迫不得已逃了出来，并想出许多奇妙的办法来对付它，其中的利害，比你所采用的还要决绝。幸好这件事被龙王觉察，把这妖怪赶走，并召唤我们母女回去。前次与你在此意外相逢，正是我们赶回家之时，因觉得自己的办法很奇妙，所以便拿来教你，果然助你逃脱灾难。我不久要离此地远行，但女儿年幼，我放心不下，想给她找个如意郎君，你是最合适的。如果能得到你的应允，我就可以毫无牵挂地到南海去修成正果。"十三听了，喜出望外，立即用女婿的礼仪重新拜见。妇人大喜，笑着说："今晚良宵，我就让女儿来和你成就好事。"说完匆匆离去。不一会儿，几个丫鬟簇拥着一个绝色女子从外面走进来，衣服装饰非常华丽，绝对不是当日风尘落拓之时可以比拟的。十三抬眼细看，果然就是前日所见的少女，心中更加欣慰高兴，于是笑着上前交谈，少女终觉害羞腼腆，不发一语。妇人过来催促他们早点安歇，才关上房门熄灭火烛，解衣上床。二人情意缱绻，欢愉无限，丝毫没有感受到时光的流逝。

　　天色刚刚发亮，妇人就来了，送给十三两条赤金，说："这些钱足够你一辈子花费，多给了对你也没有好处。"说完便留下女儿直接离开了。少女对母亲也不是很留恋，梳妆完了，便走过来和十三对坐。船中经常有人来来往往，都看不见她，就是十三也常见她忽隐忽现，就奇怪地询问。女子笑道："我其实是神仙，他们这些世俗的龌龊商人，怎么能看见我呢？"船将要驶抵杭州时，女子向十三提出，自己先住在外面，让十三独自回家禀告父亲。十三说："同船的人都夸赞我聪明，有一位妇人愿意把自己的女儿嫁给我，并赠送丰厚的嫁妆。因为她有急事出远门，不能亲自前来提亲，于是就先把女儿嫁给了我。我现在特地来请求父亲的同意。"崔父听十三讲了念一的事，很高兴十三能用聪明机智保持身子的清白，没有辜负自己的教诲，所以爽快地答应了。崔父简单地置办了结婚礼仪，命令十三迎接女子回家，喝了交杯酒。邻里乡亲听说十三清白地回来，念一受了伤，在床卧病，都感叹这件奇事，也不再猜疑女子的出身门户了。

少女嫁到崔家后，对待崔父非常孝敬，对待丈夫也很顺从，又用药治愈了崔父的病。家务料理得井井有条。十三又取出金条置办产业，生活很富裕。夫妇俩侍奉老人好几年，崔父才去世。他们便放弃家业，离家而去，不知去向。这时念一还活着，已是贫病交迫，家无余粮了。

外史氏说：我并不赞赏十三的聪明，但却十分赞赏他的孝道；我也不羡慕十三的幸运，反而常常为十三担忧。为什么这样说呢？假若十三没有遇到送书的妇人，早已成为砧板上的鱼肉，任人宰割，虽然他有些小聪明，可以自卫，却无法逃脱这种命运！这或许是老天爷被他的孝心感动，暗中命此妇人为他出谋划策，才能保全他的清白。所以我认为一般贫家的子弟，与其学十三的聪明机智，用计谋来保全自己，还不如学得稳重一些，不要轻易犯险。如若不是因为十三的孝心，念一必然已经得手，又怎么可能仅仅只做个门外汉，竟然把自己弄得焦头烂额呢？十三是一个值得称赏的孝子。但是他的行动真的太鲁莽，太冒险了！

白云叟

钱塘山水可称得上是天下第一。许多人只是听说过盛名却不能实地游览，总觉得很遗憾。即使当上钱塘县的县令，也因为纪律严格，公务劳顿，很少能喝上一杯酒，静静地享受湖光山色的乐趣，这也是当官的遗憾之事。山东临清人卢之椿凭借举人的身份被选拔到浙江省试用，离钱塘距离很近，但因为公务繁多，即使有事到省衙谒见上司，也只是匆匆忙忙，来不及游玩，就如韩愈路过南昌，却没有时间登上滕王阁一样感到遗憾。卢之椿有一个幕僚，姓名不详，自称是"白云叟"，是一个很神奇怪异的人。平时常常对卢之椿说："男子汉大丈夫能够施展抱负，主管一个县的事务，如果这个县没有什么名胜风光，也就算了；假若遇到如苏堤六桥、上下三天竺这样的胜景，如果不能驾着一叶扁舟，在画舫箫鼓、青烟绿水之间畅游，就不免辜负像西子一样美丽的西湖了。"卢之椿十分赞同他的议论，但因为官务缠身，即使近一点的地方，如兰亭、若耶溪也不能亲身前往，更不敢奢望西湖了。

一年后，白云叟忽然对卢之椿说："你现在还有游山玩水的雅兴吗？明天你就会到巡抚的治下，担任白居易、苏东坡所担任过的官职。赶紧整理行装，可以尽情游玩了。"卢之椿认为官员常例调动的时间还没有到，自己也并没有什么特别卓异的政绩，丝毫不相信白云叟的话。第二天早晨，正在大堂处理政事，果然有官员拿着巡抚衙门的公文来，调卢之椿为钱塘县令。卢高兴极了，十分佩服白云叟的先见之明，所以与他商量说："你的话虽然应验了，我的公务却要比先前繁重得多。三更放衙，五更退食，天黑了还在道路上奔走，天色未明却已经要在巡抚衙门之前恭候。即使有淡妆浓抹总相宜的西湖，还有可能顺着自己的心意驾车出游吗？"白云叟微笑道："那是你自己不懂得忙里偷闲。如果能完全听从我的安排，即使以孤山为家，冷泉为室，把净慈、灵隐作为别墅，把两峰一水作为园亭，也未必会耽误公事。"卢之椿听了并不相信，等到掌印官来后，就离任启程。到了杭州，上任第三日，白云叟就向卢之椿提出："游船已经准备好，明天一早我就和你遍游西湖的各个名胜之地。"卢之椿惊讶地说："我新上任，公务还不熟悉，你我都有职责在身，哪有空闲去游湖？要是被上司知道，肯定会上书弹劾我。"白云叟笑道："我早就说过你不懂得忙里偷闲。如果会妨碍公事，我哪里敢贸然地让你受到责罚呢？"卢之椿说："那么你打算怎么办？"白云叟说："你必须保密。明天仍然准备车马，安排吏役办事，一切照常行事，我自有办法和你一起相偕到西湖游玩。"卢之椿心神不定，半信半疑，勉强答应了。

　　第二天午后，卢之椿离开官署，准备去拜谒巡抚，马车旁边忽有人禀告道："白云叟先生静候。"卢之椿身不由己地下了车，看见十多名侍从拥着一辆小牛车，在路边迎候，态度都非常恭敬，很快地引导卢之椿登车。车辆立刻飞快地向前驶，疾如风雨，一眨眼就出了钱塘城门。卢之椿心中暗暗感叹称奇，心里又想着公事还没办完，就驾车出游，肯定要出差错，但是这时已没有办法回去了。车辆一到湖滨，果然有一只大游船停在岸边等候。卢之椿才下车，白云叟便从船舱内走出，敬候他上船，然后握着手笑道："我们两人都有替身代我们办事，我们何不痛痛快快地玩它十天。"卢之椿听了很是茫然，不明白什么意思，只看到这艘船非常华美，兰桨桂楫，惊愕极了。进入舱中，有多个歌女在左右跪在地上迎接，一个个齿白目秀，衣着鲜丽。卢之椿回头问白云叟道："这些人是从哪里来的？"白云叟回答说："是家中的婢女。"坐下之后，摆上丰盛的酒席，美味佳肴，琳琅满目。船慢慢地向湖中驶去，他们一边观赏，一边饮酒。又有四五名百里挑一的美女，自帘内走出来，都是穿着羽毛饰成的舞衣，挂着珠光闪烁的耳环，面容姣好，年轻可爱。女子为二人斟酒，卢之椿见了越发猜不出她们的来历，开口询问，白云叟答道："是家中的女伎。"卢之椿笑道："你在我的官衙中谋生，生活似乎并不宽裕，从来没有听说过家中厮养婢女。今天忽然女婢环绕，佳丽满目，难免让人感到奇怪。"白云叟听了后，微带讥讽地说："你也太小看穷书生了，难道没听说过死灰可以复燃？日前我遇到家在本地的一位好朋友，把这些全都送了给我。我不敢一人独占，便邀请你来共同享受。你为什么要怀疑我呢？"

卢之椿无话可说。

酒过数巡，船已经行驶到了湖心亭，二人便上岸游览欣赏。亭中早已铺设了锦垫，卢之椿与白云叟席地而坐，觥筹交错，女伎们轮番献上歌舞。这时远眺湖中，游艇如蚁，在苏堤下漂荡；四周的游人，或听莺，或观鱼，或凭栏怀古，或即景吟诗，丝竹声，吟诵声，此起彼伏，响成一片。岸边湖上也隐隐传来管弦之声，柳烟迷茫，时见舞裙歌扇在其中忽隐忽现。远处南北双举更是气象万千，和西子湖交相辉映，山光水态，变化莫测，真是人间难有的胜景。卢之椿到了此时，公事的牵挂，心中的忧虑，全都忘得干干净净，只知与白云叟举杯畅饮。坐了很久，白云叟又邀卢之椿去拜谒岳庙，攀登南屏山，到林和靖宅、苏小小墓畔寻访胜景。女伎们都跟随着，一路上香气飘散，旁人见了都觉得他们是神仙中人。不久，明月渐渐升起，轻轻洒在湖面，游人们纷纷散去，卢之椿也想回家。白云叟笑道："说好了玩十天，为什么就想回去呢？"卢说："职责在身，公务要怎么办？"白云叟说："他们自己会处理，你我不必担忧。"于是又回到船上，命船家选一风景秀美的地方停泊。就着月光，重新摆设酒筵，举杯畅饮。清歌妙舞，令人目眩神迷，直到喝得酩酊大醉，才在船舱中就寝。第二日凌晨，又换坐小艇，不再携带侍从女伎，专门寻找风景佳丽、人迹稀少的地方去玩，没有不去游玩的地方。但每到一处，就有人安排饮食，也不知这些人是谁，傍晚回来，仍在大船中歇息住宿。被褥的华美、设备的齐全已经大大超过宫府的内衙。但女婢们并不来侍寝，在他们睡觉时，便不知散到哪里去了。卢之椿悄悄问，白云叟笑而不答。就这样他们整日在西湖游赏，有时坐大船，有时乘小艇，山路骑马，平地坐车，十天下来几乎把西湖游了一个遍。卢之椿也陶醉于山水之中，乐不思返。

一天晚上他们正喝着酒，时间已经是三更了，白云叟忽对卢之椿说道："代理的人太劳累了，我们回去吧？"卢之椿说："城门已关，恐怕回不去。"白云叟说："再喝三杯，我自有办法的。"于是拿出大杯递给卢之椿，二人相对着尽兴喝酒。卢之椿不禁喝醉了，靠着桌子睡去。等到醒来听得门外梆响，翻身一看，原来自己正躺在官署中书房的床上。这时仆役们进来侍候，扶着卢之椿穿衣，似乎没有任何奇怪之处。当时卢之椿的妻儿都还在原来的官署，不在杭州，他心中虽然纳闷疑惑，却也没有人可以言说。正在洗漱时，有一个小吏奉白云叟的命令拿着一本小册子进来说："近日内的公事都已简略地写在上面，请你一定牢牢记住，防止应对时出现差错。"卢之椿匆匆地看了一遍，恍然大悟地说："原来这些天我的身子并没有出游啊！"于是秘密地把这小册子藏好。仍然照常升堂处理政事，一切按照小册子中写的办，丝毫没有失误的地方。后来拜谒上司，会见同僚，人们都称赞他办事干练敏捷。他听了也暗暗觉得好笑。他曾经找机会向白云叟追问其中的缘由，白云叟始终不肯说。后来他们仍不时地出游，三五天不定，虽然时间不如前回长，但同样很快乐。附近山水名胜之地，几乎都玩遍了。

卢之椿因为这件事太过荒诞奇怪，即使对衙中的亲信也不敢有丝毫的泄露。不久，卢之椿把家眷接来同住，卢之椿仍然不时地出外游玩，一年多以后才悄悄地告诉他的妻子。妻子惊讶地说："难怪有时候你竟像一个木头人。你自从担任新的职位后，常常在书斋内睡觉，我曾经暗中去偷偷查看，见你睡得昏昏沉沉，毫无知觉，摇也摇不醒，当时很担心，以为是你公务过度劳累才会这样。但天一亮就起身，办事也与日常没有什么不同。其中缘故，想也想不明白。而且听仆人说，某先生的情况也和你差不多。现在才知道这是施了法术的缘故。不过你最好还是谨慎些，如果去而不返，我可怎么办呢？"卢之椿听了微微一笑，并不放在心上，但事情却渐渐地在府衙中传了开来，人们常常暗暗地窥看推测。于是白云叟便不再邀请卢之椿出游，即使卢之椿提出，他也不同意，只是说："怕夫人担心。"又隔了两个月，因为政绩卓著，卢之椿被提升为某州知府。这时白云叟提出辞呈，说："西湖已经有了新的主人，我就不再凭借笔墨谋生了。"卢之椿一再劝他和自己一同前往，他始终不肯，于是便为白云叟在西湖边买了一块地，让他建造房屋住下。过了没有多久，白云叟便不知去向。

卢之椿到了某州任职，其属下有一个邑丞，精明干练，以前曾患一种奇怪的疾病，往往白天鼾睡，到了深夜才醒过来。醒后说："我得了病，被真君唤去代人办事，主持钱塘县政务，公事繁杂，很难胜任。明天早晨还须前去。"说罢便闭上眼睛，此时鸡还未叫，就又沉沉睡去，人们都很奇怪。这样地过了十天，病才痊愈。此后竟然时不时地复发，一睡便是几天。幸好时间不算太长。询问其中原因，他便说："真君嘱咐我不要泄露，讲了就会有祸事。"卢之椿上任后，这一邑丞也来府衙拜谒，见到卢之椿带来的侍从差役，好像都很熟识，还能讲出他们的姓名。卢之椿听说了他的奇事，发现恰好和自己的情形相符合，便单独召他来说道："你病中所代替的就是我。你的才干实在胜过我许多，我会呈文推荐你，一定不长期委屈你做这样的小官。"他们各自谈了自己的奇遇，仔细打量对方，既惊讶又感慨。后来这个邑丞果然由于卢之椿的推荐升了官，只是他们无法猜出谁是白云叟的替身。

外史氏说：怀才不遇的人，难以施展他的宏伟抱负；官场中胸有丘壑的人，也难以亲近山光水色。白云叟的这一番调遣安排，可以称得上是两全其美了。我尤其欣赏白云叟能为当幕僚的人扬眉吐气，不至于被那些当官的看成是一辈子穷愁潦倒的书生。否则的话，即使和当官的一起游乐，也要被看作是借了他们的便利，却完全不知这都是依靠了白云叟的力量才办到的。我再三阅读本篇，实在是高兴啊。

辽东客

我早已去世的祖父当年在沈阳做官时，曾遇见一个状貌奇伟，谈吐很豪爽的和尚，和一般人认为的出家人很不同。看见他前额以上的肌肤都已经脱落完，头骨也好像缺了一小块，祖父感到十分惊异，便问他这是怎么回事，那和尚也毫不掩饰坦然相告：

说是在本朝开国天下刚刚平定的时候，国家四处还有少量的亡命之徒，会聚在一起当起了强盗，而这和尚便是他们中的一个大头目。他们一共十几个人，一人为首领，一人次之，这和尚第三，其余的人都听他们三人的指挥。这伙强盗时常埋伏在辽东道，抢劫来往的客商，手段残忍，使很多人都闻风丧胆。一天，来了十几个在海上贩卖珍珠的商户，每个人都带着价值千贯的贵重物品，晚上一起到一家客店投宿。这间客店十分简陋，空空的没有什么东西，只在屋子的角落看见一个破旧的大圆柜，以前是用来贮米的。房子也只有几间而已。珠商们见了这样的情景都没有放在心上。其中有一个相貌清奇，身上总是带着一把剑的人，走过去俯下身细细地观察这大圆柜，不屑地笑着说："哼，这些老鼠真是不想活了！"众人也不去问他缘由，也不在意，只以为他像战国李斯看见仓中老鼠那样突然有感。快睡觉时，此人忽然说道："今天晚上有强盗来，你们一定要做好防备。"众人大惊，问其缘由。此人把灯烛打亮，打开房门，然后把大圆柜移开，只见屋角露出一个黑黢黢的、深不可测的大洞，再把大圆柜侧过来一看，就像杯子没有底，大家此时才恍然大悟，原来这就是强盗出入的门户。众人十分震惊，商量着换间房睡。此人又说："换间房难道强盗就不抢劫了吗？大家镇静，别怕，有我在此，就绝不会让你们受到一丁点损失。"接着让众人枕着包裹睡觉，还告知无论听到什么声响都不要大惊小怪，乱了分寸。说完自己搬了张矮凳坐在洞口，握着宝剑，并用帘幕把灯光遮了遮，暗中静静地等候。这时众人早已经被吓得发抖，哪里还能安然入睡，就连衣服也不敢脱，黑暗中众人只能看见宝剑射出的闪烁光芒，使人更加毛骨悚然，不敢靠近。确实这把宝剑是一件利器。

原来，客店主人和和尚等一伙强盗早已内外勾结。只要有旅客投宿，就前去报告，强盗之后便会闻讯赶来，等待旅客睡下后，便放肆抢劫。由于客店后面较低的地势，强盗便事先修筑了一道深丈余的土堑，堑下有一个大洞，一头大开，堑中还有土阶梯，通向隧道，便于抢劫。当夜，强盗们闻讯都来到土堑中，然后钻进隧道。那个首领认为事情会很容易，便毅然走在最前面。差不多快钻出洞口时，后面的人只听咔嚓的一声像衣服被撕裂的声音，只见首领的身体便坠了下去。后面的强盗一摸，满手鲜血，头已不见了。强盗们大惊，低声喝道："赶紧！赶紧！"众人一片慌乱。按照强盗的规矩，大头领死了，二头领要跟着上，他义不容辞，稍犹豫一下便从隧道中攀了上来，随即身子又坠落，头颅留在室内，死状惨烈。强盗们这时不安静了，人心惶惶。接下来该轮到和尚了。和尚这时也早已经被吓得满脸失魂落魄，进退两难，不上不行，上了又害怕。眼看前面二人死了，自己还要白白上去送命，心中此时恐惧不安。可又不得已毅然地沿着隧道向前爬，一会儿停一会儿不得已向前爬，过了许久才到达洞口，这时看见有光线射下洞中。和尚便不敢再冒失地往上爬，只得屏息窥视，顿时觉得一股寒气袭过来，毛发都竖了起来，颤抖着想退回去，却又怕被人嘲笑，犹豫了一会儿没办法，便伸出头试试看。才刚刚露出头顶，没有到眉毛，便忽然觉得有像冰雪的东西向脑袋洒来，顿时失去知觉坠了下来。后面的强盗举起火烛一看，只见脑门以前，额头以后，被削去了三寸，但人还没有死，气息还在。这下再也没有人敢上了，慌忙抬起两具尸体和受伤的和尚，溃散而逃。

　　和尚一直到第二天中午才醒过来，敷了药，半年后才痊愈。想起此事便感慨地说："我这条命是捡回来的，以后再也不作孽了！"随后把众人遣散，自己也到某寺庙里出家当了和尚。几年后，这和尚偶然与客店主人相逢，追问他那天晚上发生的怪事，才大概了解。客店主人还说："那两个人头也不知到哪里去了。第二天贩珠商离开后，人头也找不到了，室中也没有留下任何的血迹。只是那剑客看着我笑道：'昨天晚上你做的好事，以后自会遭到报应。'说完就离开了。我听后很害怕，提心吊胆地过了几个月。幸好到现在也没有出事。从此以后，我也再不敢和你们这样的人勾搭了。"和尚听了客店主人的一番话，也不胜感慨。

　　哎！这个贩珠客或许是以商人的身份隐居于世的剑仙之流的侠士吧。这和尚遇到我祖父时，已经六十岁了，这还是他壮年时候的事。等到我祖父任满回到京城时，辽东一带的百姓已经安居乐业，几乎夜不闭户，各商行旅也无所担忧，这是大家都知道的事情了。

　　外史氏说：假若强盗都死在隧道之内，这件奇事一定不会被后人所知道。这或许是剑仙故意留着这个活口的吧，不然的话，前面两个人连头都一起被砍下，可到第三人为什么只是被削去顶门呢？第三人最后放下屠刀，立地成佛，如果不是借着这一剑之力，斩除贪念与痴心，又怎能会有这样的结果呢？因此剑仙这样做可说是杀其来示威，留剩下的一人来告诫众人，其中的意味是十分深长的。此外过去人们还曾传说，有一位妇人夜里孤身夜织，有个小偷在墙上挖了个洞要钻进来。妇人听到声响后，看见小偷已经仰卧在壁洞中，光着头正准备向前钻挤。妇人见状笑说："你想睡吗，没枕头可不行。"说着便拿一块纺砖垫在他的头下。小偷的头被卡住，进退不得，只能直直地卧在墙洞口。天明以后，妇人便唤邻居一起将小偷绑送到官府。噫，这妇人的机智是否也与贩珠客一样了呢！

弱　翠

　　固安县有一个文才颇佳的王立猷，但几次乡试都发挥不好只考中副榜，虽说三十而立，但却仍不得志，平日在家中王立猷总是为此闷闷不乐。庚午年王立猷又再次参加乡试，可是因为母亲生病，考完了便立即启程回家了，没有时间等待发榜。回到家中时，母亲已经好了一点点，王立猷一边煎汤伺候着，一边挂念考场之事，便取出自己头场考的三篇文章念诵，读得津津有味，陶醉于此，不禁感叹道："像这样的好文章，就是丢在地上都会发出金石般的响声，主考官难道就欣赏不来吗？"话还没有说完，只听见墙角间有"嘻嘻"的声音，好像有人在偷笑。王立猷听后怀疑是窃贼，胆战心惊，但笑声娇细柔弱，似乎是女子的声音。他赶紧走过去一看究竟，只见一个十六七岁姿色貌美的女郎，眉目如画，穿着鲜艳华丽的服饰，手里拿着二枝菊花，轻飘飘地离去，瞬间便不见踪影。王立猷吓得不知所措，以为遇见了妖怪，不敢再往下读了，赶忙睡下了。

　　又过了两天，离发榜的日子越来越近，王立猷的兴趣又来了，把自己关在书房中，在灯下打开自己写的文章进行吟诵，声调抑扬顿挫，念个没完。忽然间上次那个女郎又出现了，手掩着嘴轻笑，径直走到书桌前，伸出纤纤玉手故意掩住他的文卷说："像你这样的文章只能拿来遮盖酱罐，而你却絮絮叨叨地念个没完，打扰得人睡不安宁！"王立猷听后心中又惊又怒，但看见女郎在灯光映照下，容颜如玉，秀发如云，十分明艳。心中虽然有些害怕，但是今日竟被一女子嗤笑，让平时一贯以名流自负的王立猷感到难堪，于是气愤地站起身，说道："你这女子也懂得文章吗？恐怕用来遮盖酱罐的文章还不如我。"女郎微笑说道："照我看来，这二者差不多。"王立猷听了之后更加生气，竟拉着女郎的衣袖让她坐下，说："你来仔细看看我的文章，看这优美的文辞，如果我不能蟾宫折桂，那一定是嫦娥瞎了眼睛！"女郎不急不慢安然坐下，仍然笑道："嫦娥不瞎，而是你的心瞎啊。"之后拿起桌上的红笔开始批阅王立猷的文章。女子神情专注，眼不眨，手不停，一会儿勾一会儿勒，不一会儿三篇文章都评改完毕，最后还写上八个字："桂枝半折，掇取为幸。"王立猷在一旁看着，目瞪口呆，急忙取过细细察看，辨章引句，研析文脉，都恰到好处，切中要害。于是不得不心悦诚服，询问她的姓名。女郎笑道："你应当拿着见面礼来拜我为师，怎么要迫不及待问人家姓名呢？"王立猷言辞恳切，再三请问，女郎才说："姓成，小名弱翠。家住附近。"接着两人又谈论起古今的文章，都能一一评论出其中的妙处与不足。王立猷听后更加对女子钦佩，便请她以她手中的菊花为题作诗二首。弱翠提笔疾书，立刻就写成一首律诗："采菊东篱学隐沦，指尖犹带露华新。奇擎掌上鸦黄淡，笑数风前凤嘴匀。摘去秋光寒翠袖，分来佳色艳罗巾。不因把玩香盈手，错认金钗欲赠人。"王立猷拿过来反复吟诵，不禁大赞道："文辞清新秀艳，恐怕连《香奁集》都比不上。"弱翠又打趣道："这首诗和你的文章差不多，没想到竟然能获得你的赞赏。"王立猷听了十分惭愧，想留她住下一起探讨，弱翠推托道："我和你两个还是做个文字之交吧。如果不小心再有进一步的关系，你家床头若已经另有他人，恐怕保证醋娘子要发脾气呢？"说罢就离开了，一晃眼便不见了。从此王立猷对女子日夜所思，每天晚上都独自一人在书房中等候，但却再也未见女子的倩影。

几天后全县的人都在传说某州的某人高中，某县某人高中，而固安县只有一人中副榜。王立猷一打听，正是自己，更加对弱翠的先见之明五体投地。晚上，他高兴地在书房中备下酒宴，遣退侍从，独自对外祝道："恭候翠娘子的光临。"话刚说完，便听见身后有吃吃的笑声，回头一看，弱翠早已经在室内。于是慌忙请她坐下，感谢道："你卓见高识，你可真不愧是我的老师。"弱翠说："只是我侥幸言中，哪里谈得上先见之明！"于是二人并肩入座，喝酒谈笑。渐渐地弱翠也不再拘束，两人一直谈到深夜还有聊不完的话题，似乎也并无去意。王立猷趁机拉住她一起睡，床上欢爱之时女子十分羞涩，原来她还是处女。弱翠不禁感叹道："原来只打算和你做个好朋友，没想到竟成了夫妻。笔墨文字中也有陷阱，女人真不能多管闲事的呀！"天色发白，弱翠起身离去，此后每晚都来，但行迹却很诡异，王立猷虽有疑惑但并未说出，家中人对此也毫无察觉。

　　一天弱翠对王立猷说："我家离这里只有数步之远，而你一直没有去拜见我父亲，这好像不太礼貌。"王立猷说："是啊。"随即便要弱翠带着自己一起去，弱翠说："明天早晨你对家里人就说去出门访友了，然后向东走直到走出村子，之后我来给你引路，这样就行了。"王立猷答应了。第二天一早，穿着整齐的衣服，赶往村外，果然见弱翠已在田野中等候。看见王立猷，问道："来了吗？"王立猷答道："来了。"赶紧奔过去。只见弱翠从袖筒里取出一方红巾，遮住王的视线，笑道："别担心，请你放心跟着我前行。"于是王立猷迈步向前，好像感觉踏在破旧的棉絮上，软软的使不出任何力气，心中很是害怕，可也只得勉强地跟着走。一会儿听到弱翠说："到了。"帮王立猷揭开面上的红巾，王立猷看见竹篱茅屋，景物清新雅致。一位老翁早已扶杖在门外等候，一见王立猷来，便双手一拱道："远来辛苦了！"弱翠指着老翁告诉王立猷说："这就是我爹。"王立猷见他眉发花白，面容清奇，神情矫健，便立刻迎上前去，以子婿之礼相见。老翁请王立猷进屋，只见虽是数间草屋，却都纤尘不染，一点也没有人间世俗的氛围。寒暄完，立即有一名不束头发的小女孩端上茶来，味道甘冽清香。喝完茶，老翁便向王立猷称谢道："小女年幼就丧母，闺中很是孤寂，听说了你们俩的事情，现在我就将她托付给你，对你我心中充满歉意！"王立猷听了连忙谦逊地道谢。这时弱翠入内室亲自做饭，不一会儿，桌上就摆满了新鲜的菜和水果。王立猷倒满酒为老翁祝寿，老翁也举酒回礼答谢。

二人互相敬酒完，老翁便对小女孩说："请你姐姐出来吧，王郎不是外人。"说完弱翠就含笑走出来，紧挨着王立猷坐下，一起喝酒。席间老翁问及王立猷乡试中的文章，王立猷害怕被弱翠讥笑，便想说又不敢说。弱翠看此在旁笑道："爹还是别问了，文章再好也只中了个副榜。"老翁生气地瞪了她一眼，说："你怎么一点规矩也没有如此对待夫君！"弱翠这才闭住了嘴。大家喝到酒意渐浓，老翁随即指着庭中的芭蕉让王立猷赋诗。王立猷酒后兴致更浓，忘却了身旁正坐着一位女才子，便随口吟道："清阴如柳碧如苔。"弱翠听后不禁皱眉说："用词也太俗，比拟不恰当。"王立猷不加理会，又吟道："伴尽纱窗器色裁。"弱翠掩口笑道："你这前一句太实，好比沟中的泥；后一句又太空，似水面抛石。"王立猷听后知道是在讥笑他没有能做到切题点化，写得似通非通，十分惭愧，便不再吟。老翁仍催他作下去，王立猷见推辞不掉，才接着吟道："剪剪春衣秋雨里。"一时间还没有想出结句，弱翠却抢着说："我已替你想出来了。"随即吟道："绿毛狮子到阶来。"说罢哈哈大笑起来，老翁也不觉笑了起来。这时王立猷却忍不住了，气愤地站了起来，大声说道："你这根本是瞧不起我，没有把我当丈夫，那我还坐在这里干什么！"老翁见状赶紧致歉，王立猷听不进去，一拂衣裳，怒冲冲地直跑出了门外。只见四周青山围绕，没有一个人影，根本找不到前来的路。

正踌躇不知向何处去，只见一个骑着匹赤栗色的小牛犊的牧童，悠闲地吹着笛子过来。王立猷赶紧迎上去问路。小儿说："这不是我家的新夫婿吗？出了什么事，让你这样着急？"王立猷便气愤地讲述事情的缘由，小儿说："让你回家也不难，坐到我的牛背上就可以回去了。"王此时没有其他办法，只得听从。小儿叫王立猷把眼睛闭上，像来时一样。顿时感觉仿佛在云雾中穿梭，不一会儿睁眼一看就到家了。王立猷张开眼睛四处张望，似乎还未回神，看到熟悉的村前，便下了牛背。小儿要告辞离开，王立猷立刻拉住他，问刚才所行的路程。小儿说道："你刚才所在的地方是四川的峨眉山。"说着便把一包川连送给王立猷，顿时人与牛便不见了踪影。王立猷十分惊异，回家之后对谁都不讲这段奇异的经历，心中暗暗发愤道："大丈夫不能出人头地，就连平民之妇都要羞辱于我，更不用说仙人了。"于是更加地刻苦学习，闭门攻读，不出一年，果然学业大增，再取出自己以前认为写得好的文章，仔细品读，连自己也不禁失笑道："我现在自己看这些文章，也觉得只不过是空有其表罢了！"于是更加发奋，同时也更思念弱翠，可始终没有再见到弱翠的身影。

壬申年，王立猷乡试中举，第二年会试又接连高中，被安排在京城供职。一天在旅舍中正感到寂寞无聊，忽然看见弱翠掀帘走入。王立猷立刻惊喜地站起来迎接她。只见弱翠神色庄重地行礼致歉道："我过去倚仗你对我的喜爱，讲话太过于随便，所以惹你生气，之后又害得你在深山中迷路，差一点回不了家。我也一直在家中反省，没有脸面前来见你。现在听说你乡试、会试接连高中，实在很为你高兴，因此不顾羞惭，向你恭喜。今日一见之后，我便回家，再没有脸面和你白头偕老了。"说罢便要走。王立猷笑着拉住她倾诉道："你不要这样子，你看不到我为你朝思暮想，谁还有时间计较那些陈年旧事？"弱翠于是笑道："说朝思暮想，那是真的；但说不计较，可不一定。否则你怎么会发奋学习高中呢？"王立猷感到奇怪，问她怎么知道，弱翠说："其实这些日子我天天都在你的身边陪伴，只是你不知道而已。"于是靠着王立猷坐下，回忆道："那天爹爹很生气，怪我羞辱你，把我也赶出家门。我摇身一变，化作一个放牛娃，把红巾变为一头牛，送你回家。之后我孤身一人没有地方住，只得在书房陪你，却不敢露出行迹。我一天也不曾离开过你！"王立猷听了不信，弱翠便细述别后的事情，每天读什么书，某日作什么文，都正好对上。这下王立猷才深信不疑，说道："如果不是你过去哂笑我，我也不会如此努力。我能够有今天的成就，多亏你的激励。汉代就有乐羊子妻为了激励大夫坚持求学，持刀断布的故事。你和她可以相比了。"弱翠听了连说不敢当。当夜，他们久别胜新婚，又和以前一样情意绵绵。弱翠立即吟诗一首庆贺王立猷。诗云："一声胪唱展娥眉，忘却临歧双泪垂。今日与君重举案，御香好向鬓边吹。"第二天，他们便迁居到别处，向外假称弱翠为新娶的妾。于是弱翠便在白日现身，人们见了也没有感到任何奇怪之处。后来王立猷凭借二甲进士被选为京官，便把妻小从家乡接到京城来。不久其妻病殁，便以弱翠为继室，生育了一子二女。又过了几年，弱翠因为思念父亲，要回家探望，离开后却再也没有回来。

外史氏说：过去仙人中姓成的只有智琼，弱翠应该是狐仙。弱翠言谈风趣，很有东方朔的口才，能在谐谑谈笑中，辅助她的丈夫青云得志，一般多嘴的妇人怎么能拿来与她相比！从他父亲的住所就可看出，她的父亲也是风雅之士。或许这是他们父女二人共同商量好用计激励王郎，使他发愤努力最终成就了一番事业吧。因此与其说把她看作狐狸，不如当作真仙更好。

考勘司

多公是刑部官员，手下掌管着好几个部门的事务。他的审案水平快速且准确，在本朝的大臣中，说他第一无人反对。有一年，审判了一件大案，审毕行刑之后，他回家歇息。在夜半时分，听到有咚咚的敲门声，以为是官署中的差役有事，正要询问，只见家中仆人拿着一封信匆忙进来。多公看信后，立即起身，让仆人伺候穿戴好衣服，随即骑马而出，像有什么急事处理。有一隶役在前面负责引路，马跑得很快，但不向西而朝东。多公对此感到十分奇怪，因为自己的住宅在京城的东面，平时都是西行到刑部，现在方向却朝东，然而马行速度太快，没时间多想。很快就到达一座城门前，只见城楼高高矗立，女墙巍峨，正是城东的齐化门。多公对此更是感到惊讶，暗想半夜城门还锁着，马总不能飞过去吧。等行到城门洞口，锁钥依然锁着，但是奇怪的事情发生了，在隶役的指引下，马却从门缝间昂然穿出，好像一点障碍也没有。多公更觉奇怪，简直不敢相信自己的眼睛。

出城后又行了一里多路，直到行至一座金碧辉煌，有些像东岳王庙的大官邸时，隶役说："到了！"于是多公下马，仍跟着隶役的指引，进门后向南走到一处院宅，好像刑部下的一个分支。隶役请多公在院外稍候，自己则转身入内禀报，随后有人出来相请。多公跟着进去，刚走到正堂外，就有十多个人走下阶来迎接。细看，这些人的衣服冠带的样式与自己相近，话语也十分谦虚有礼，可是多公却一个也不相识。众人热情地请多公进入正厅，谦逊地让他坐客席，多公推托不了，就顺势坐下。抬头只见大堂正中的匾，写着"考勘司"三字，白地朱文，多公也不知道来到了一个什么官署。众人依次坐下，侍从献上甘美的香茗。喝了茶，多公便聊天询问众人的官职，和自己来这的事由。东边首座有一位官阶与多公相仿的官员，回答说："不瞒你说，你是人世的官，而我们是阴间的官，在幽冥中与你多年同僚。平日审阅案卷，你断事的才干让我们都很佩服。近来有一件死刑案子，我等有些疑虑，所以特请你到这里来。还望你不要惊怪。"多公听后十分害怕，疑惑自己是否已经死了，赶紧站起来请求各位放自己回生。众人安抚他的情绪，请他坐下，笑道："你想到哪里去了，你的阳寿还长着呢！"随即让小吏把卷宗呈上，原来就是自己刚刚审判的那件案子。事情发生在一个做官的人家。他的妾与仆人私通，被主人发现，之后命人将仆人痛打了一顿，但没有立刻辞退他。当天晚上，仆人深受其辱为报仇便拿刀将主人夫妇杀死了。调查事情的缘由，查到当晚给仆人开门的是一十二岁的丫鬟，事情明朗，多公判妾与仆人凌迟处死之刑，小丫鬟也因同谋被处死刑。丫鬟死后，深觉冤枉就到东岳大帝处控告，东岳大帝特命令考勘司复审，所以才请多公到此。多公看完案件，微笑道："上天虽然好生，有宽容博大的同情心，但是以下弑上实在是人神共忌的大罪。丫鬟被判处死刑，或许比较严厉，但和《春秋》所记载的事例来参考，这并不算太过分。"于是又把自己所写的判词重新朗读一遍："如果不开门，主人就不会被杀死，开门无罪怎么让人信服？从小就不安好心，长大了岂不更加恶毒，怎么能因为年幼就不严加治罪了呢？"还没有念完，众人便都点头道："其罪确实确凿。我等虽然没有如此明确的认识，但也都知道，小丫鬟并非是无辜的。虽然已让她重新转世投胎。但案子一直未结，所以特此麻烦你前来作证。现在听了你的判词，更加觉得判决有理，让人没办法辩驳。"说完，多公起身向各位致谢，然后准备告辞。众人也不挽留，只是说："这里也有你的一席之地，回去后你应更加谨慎判案。多公点头应允，随后走出大厅，众人要出外相送，多公推辞不让。

多公一出考勘司，就看见隶役正牵着马在外等候，于是沿着原路一起返回，经过齐化门，仍然从门缝中穿过。五更过了才抵达住宅。这时马忽然要拉屎，即遗屎尿于地。多公下马进入屋内，忽然惊醒，原来只是一场梦而已。赶紧召唤仆人向门外查看，只见长街幽静深远，马的尿迹依然可见，马粪上还冒着热气。再看马厩中的马，身上还有着一层细微的汗珠。多公听过仆役的话后对梦中的经历更加惊叹不已。

外史氏说：世界上最难当的官应该就是审判官了！一个丫鬟死了，鬼神都要留心查询，更不要说比丫鬟重要的人物了！即使多公是一位经验丰富的审判官，在审理各种案子时十分慎重，可还是免不了被考察一番。至于那些审案时随心所欲、徇私枉法的官吏，即使能从考勘司中安然走出，能像多公那样受到礼遇，返魂回生的能有多少呢？这些人不应该为此而感到害怕，有所警惕吗？

杜一鸣

陕西有一个巨商杜某，生了个儿子，从小就是哑巴，所以给他起名叫"一鸣"，寓意长大后"一鸣惊人"的意思，希望他将来能有惊人的成就。长大后，除了不能说话，十分聪明伶俐。杜某特重金请来老师，教他读书。一鸣读书很用心，神情专注，学过第二天就能正确无误地进行默写。老师对他的聪明也拍手叫奇。不久一鸣便学会了写诗，且辞藻优美非常有大家的风范，超脱常人的俗套。曾经作《粉蝶》一诗："聊将春色作天涯，宿尽园林几树花。不愧吟香浑似我，却疑春里度年华。"写完后，人们都相互传诵称赞。父母见儿子的才华受到称赞很高兴并要为他说亲，可一鸣却不愿意，在纸上写道："儿不成材。因自幼生了哑病，说不出话，有哪个人家愿意把女儿嫁给我这样的人呢？即使有人勉强答应，他的女儿也未必能让我满意，这样岂不是误了我的终身。希望父母能耐心地等待，让我自己去寻觅良缘。或许将来有一天，我就能够让自己的心愿实现。"杜氏夫妇只有这样一个儿子，不忍心逼迫他，也就勉强答应，不再派人外出说媒。

第二年，一鸣十七岁，其父将要到外省去经商，一鸣在纸上写道："既然父亲说儿功名无望，读了无用的书不如让我跟随你外出，还能增长一下见识。即使将来不能做官，也还可以经商，继承你的事业，总比待在家中要好。"说到其父的心里了，对他的志向十分赞许，于是就替他整理行装，让他从行。一鸣对于即将踏上的旅途很是兴奋。只要经过的名山大川，他大多都要写诗题咏。其中最为让人熟知的是《函谷关》："雄镇固金汤，眈眈视六王。地吞百越尽，祚翦二周长。堞壔存余烈，丸泥少异方。青牛背上客，长笑过咸阳。"他以笔代舌写了许多诗，人们都不知道一鸣其实是个哑巴。

其父将启程到汉口，在船行到淮上时，突然遇上大风，船也因此差一点被吹翻掉。一鸣初次乘船，并不懂得波涛的凶险，见大风刚刚平息，就独自走上船头，去观望扬州的美景。谁知大风又至，瞬间波浪滔天，帆樯起伏，一鸣此时回返不成，站立不住，瞬间就被江水埋没。当时人们都在舱内，并没有注意一鸣的踪迹。而一鸣又不能喊叫，顺流漂下，消失于百里外。等到风势过后，其父没看见儿子的踪迹，便四处寻找，终没找到，不得不接受他已葬身鱼腹之中的事实，哀伤不已。望着无边无际的长江，茫然不知所措，无处搜寻，只得设祭招魂，痛哭返回，再也不提去汉口经商的事了。

再说一鸣掉入茫茫大江之中，周围只见汪洋一片，害怕不已，也觉得自己再无生还的可能。猛灌了几口江水，很快便沉入水底。水下死鬼纷纷围绕而来，欢呼道："终于来了个替死鬼！"争抢着要抓住一鸣替死回生。这时有一穿着竹冠布衣的道士，手中拿了根木杖，快步赶来，仔细看了一鸣一会儿，惊呼道："这是位哑进士，你们想干什么？！"喝散群鬼，握住一鸣的手腕，分水而行。所到之处，江水纷纷避退，侧立如墙。登上江岸，道士用木杖指示一鸣说："从这向西行，你就会到一个佳境。"又从袋中掏出一卷书递过，嘱咐道："这是《素女养生要方》，并不是教你淫乱，而是给你保护自己的身体，你一定要谨慎应用。"说罢突然不见。一鸣刚刚经历奇险，神志还没有完全恢复，只是点头听着，想问，却也说不出话语，只用心记牢。过了一会儿，心神稍微安定，这才展开书来看，见书背上题有一首五言绝句："百卉原无主，孤禽宁有声。三春虽寂寂，遇贵自长鸣。"一鸣看后觉得这是一首暗示自己即将有好运的诗，便宝贝似的珍惜地拿着。好在当时正是大热的天气，即使他的衣履都已被水湿透，也不觉得太难受。依照道士的指引，沿着河向西走去。

走了大约还不到一里，看见有一幢气势十分壮丽的大宅院。一鸣平时很少在外走路，刚走到院墙边，便感觉气喘吁吁，于是靠着一棵大树休息。举目四望，发现自己正对坐处的一段院墙已倒塌下来，估计是连日下雨的缘由，还没来得及整修。朝院内窥望，只见到处都是青苔，没有任何花木，好像是一座废弃的菜园。一鸣年轻鲁莽，觉得在里面晒衣服不错，便跌跌撞撞站起来，翻过倒塌支架走了进去。里面寂静无人，有一座顶上覆盖茅草的亭子在院内，四周都种着新鲜的瓜果蔬菜。前边又看见另有一座高墙，翠竹遮掩，柳树垂拂，大概应是园中主人游赏观览的地方。一鸣查看了许久见没人，便把湿衣服都脱了下来，放在太阳下晒，打算等晒干衣服后再上路。经历落水受惊，此刻早已疲惫不堪，连坐着都感到吃力，便不顾赤身露体地睡在亭下。倦极思眠，很快便睡熟了。

一会儿，从梦中醒来，只听得一群女子喧笑打闹的声音，一鸣睁开眼，只见面前正站着一位年轻的美女，身上穿着轻柔的丝衫随风飘动，腰间一袭白纱制成的长裙，手中还拿着一柄团扇，半掩芳容。还有几个愤怒的丫鬟在一旁呵斥自己："哪里来的莽撞男子，竟敢这样大胆，赤身躺在人家的庭院里！"一鸣无法说话，只得以手比画。众婢女笑道："原来是个哑巴！"这时美人的目光扫过他的下体，好像很是满意，靠近丫鬟耳边轻轻讲了几句话，丫鬟们顿时全都笑了起来。只见美人羞愤地转过身，嘴里嘟哝着说："真是羞人，看了他，我的眼睛都要污染了。"说着慢慢走去。一鸣害怕惹祸，抱起衣服就想逃走，丫鬟们猜着他的用意，赶紧上前拉住他的手臂说："我家娘子怪你无礼，要禀报主翁处置你，看你怎么逃？"一鸣一时挣脱不了，这时又有一个丫鬟气喘呼呼地奔过来说："娘子命我们把他拖进去狠狠地打。"众丫鬟全都笑了，推推拉拉地扯着一鸣向里走去。一鸣又羞又怕，只得听凭她们摆布。只见来不及细看已经过好几道门，最后走到一间小屋前，只见珠帘低垂，翠幔高挂，好像是女子的闺房，一鸣此时怕冒昧更不敢进入。丫鬟们硬是推着他走入，见室内没有一人，心里才稍稍放下来。众丫鬟把一鸣带入小屋后，便在外面把门反锁上，笑道："你就学阮籍吧，以后待在屋里就不用再穿衣了。"说完笑嘻嘻地走了。这时一鸣才恍然大悟，原来这就是仙人所说的佳境。于是也不再害怕，只是静静地在屋里等候。天黑后，丫鬟提着饭盒进来，拿出酒食给一鸣，笑着说："娘子怕你挨饿，经不起鞭打，特命我们拿这些给你吃。你快吃吧！"一鸣早已安下心来，也没察觉有什么恶意，便坦然地拿起筷子就吃。丫鬟又笑道："吃得这样香，你不怕里边有毒药？"一鸣不理会她。吃完，丫鬟收拾了碗筷，便自离去。一鸣独自一人赤身裸体地躺着，想到老父亲此时必定为自己伤心难过，暗暗流泪。

到了三更时分，只在门外听到丫鬟们相互谈论说："娘子喝了不少酒，回来后一定就要睡下，可先让这个莽汉睡下。随即拉着一鸣走出暗室，转来转去来到另一个房间。房内陈设十分华丽，绣帷锦衾，银烛辉煌，四壁散发出一种椒桂的芳香。众丫鬟簇拥着一鸣上床睡下，羡慕地说道："你可真是好福气！在这里做新郎，要比在外边亭子里露宿好多了吧！"一鸣睡在又香又软的锦被上，心中不禁漾起一种奇怪的感觉。又过了一会儿，在一对纱灯的照耀下，那位美人来了。美人一进来便自言自语道："痴老头子不知羞，偏要缠住我喝酒，差一点坏了我的好事呢。"说着又向丫鬟问道："裸体郎在哪里？"丫鬟答道："已经在被子里等候了。"美人这才笑了，打开梳妆盒，取了些银钱分给众丫鬟，然后让她们赶紧退下。关闭房门，脱掉衣服，也赤身裸体上床休息，见床上之人便笑着说：

"郎君我来陪你了，你睡了吗？"一鸣听不懂南方话，只觉得此女吹气如兰，肌香流溢，不觉情动。美人又伸出纤纤玉手抚摩其下体说："想不到郎君相貌文雅，这个却那么雄伟！"说着二人情到深处，相抱而寝。男欢女爱，满屋春色盎然。美人不觉叹道："如果我一直守着那个老头子，怎么还能享受如此的快乐呢？"于是便为一鸣讲述自己的身世。原来她出生于苏州，是淮商某翁的第三房小妾。此翁没有儿子，便娶了五六个小老婆，而且都是百里挑一的美女。此翁的正妻早已去世，家中事便由诸妾管理。此妾的房间在宅院最后面，便让她管理菜园。因为今天天热想吃瓜，亲自摘取，这才能与一鸣巧遇，于是暗中瞒着其他姬妾，把一鸣藏过，不让其他人知道。

次日早晨，美人仍把一鸣藏在暗室，一日三餐都安排丫鬟送入。渐渐地，一鸣也和她们都发生了关系，美人知道后对此很生气。丫鬟担心受到责打，便向主翁告发。主翁十分愤怒，提着鞭子闯入美人的住所，到处搜寻，果然找到一鸣，拖出来就要打。一鸣指着嘴巴，作出求饶的样子。主翁这才知道他是一个哑巴，见他面貌清秀，一表人才，忽然转怒为喜，丢下鞭子便走了。美人仍然胆战心惊，猜不透主翁的意图，急得满头是汗，抱着一鸣哭泣道："是我害了郎君，即使让我死一百次也不能抵罪！"一鸣也胆战心惊地哭着。二人正急得不知怎么办，只见主翁命人来呼唤美人，并嘱咐道："别把他吓坏了。"美人胆怯地跟着走了，不一会儿又回来，眉目间藏有喜色，拉一鸣坐下，然后行礼，说道："主翁要请你做件事，你可千万不要推辞！"一鸣作手势询问何事，美人便在他耳旁说起了悄悄话，之后两人都面露喜色。原来主翁见一鸣是个哑巴，可避免风声泄露，便想利用他来为自己生儿子。到这时候一鸣才领悟道士赠他《素女养生要方》的缘由，而且诗中"百卉原无主，孤禽宁有声"两句也已应验。美人又转达主翁的命令，未免得旁人生疑，要他改换女装。一鸣爽快地答应了。美人十分开喜，赶紧命丫鬟向主翁报告说："事情讲成了。等一会儿，就领着改换女装的他过来拜见。"于是美人便亲自替一鸣挽发髻，搽脂抹粉，梳妆打扮。

正在改妆，忽然听见帘外有人笑着说："偷花汉子的事情败露，怎么没有杀了这个荡妇呢？"又说："一个人独吞不如让大家尝一尝，岂不是更好？"语音清脆娇媚。说着，四个正值妙龄、长袖浓妆、艳丽非凡的女子走了进来，见到一鸣，都不由自主地目光凝注，似乎要燃烧起来。美人请她们坐下，并笑道："如果不是我，你们恐怕以后都要寂寞憔悴地死去了。活着有什么意义！"众人又笑了起来。一鸣改妆完，美人又为他换上衣服。众人看去，顿觉失色，就是绝代的美女也比不上他，于是更高兴了，簇拥着一同去见主翁。主翁安慰了一番，命丫鬟称他为"六娘子"。于是摆上酒和众姬妾共同欢饮，说道："有了这么一个好替身，你们就不会再埋怨我老了吧！"说罢大笑，众人也哄笑不已。到了晚上，主翁让诸妾依次与一鸣歇宿，不要因此争吵，说罢笑着离开。诸姬簇拥着一鸣到另一美人的住处，打趣地说："既然代耕人来了，那就可以下种了！"从此，众人都习以为常，没几天便已轮了一圈。一鸣已经掌握了素女行房之术，所以在床上让美人们都很愉悦。众美人尝过其中的乐趣更是对他亲如骨肉，爱若珍宝，亲切地称他为"哑郎"。众美人抢着为哑郎缝制衣服，抢着调理哑郎的饮食；一个个争妍献媚，就怕惹哑郎不开心；时而清歌，时而妙舞，只为了能让哑郎高兴。而哑郎整日迷恋于百花丛中，对于家乡的思念也不再深了。如今他才真正领悟到自己幼年所作《粉蝶》一诗，竟早已暗示了自己长大后奇特的经历。

　　一年之后，在同一天出生了两个男孩，主翁对外宣称是自己的儿子。前来祝贺的人络绎不绝，都在称颂主翁积德，才会有如此好报。又过了不久，第三个男孩也出生了，人们开始怀疑，其中一定有古怪，不然怎会如此神奇。接着又一女，又一男接连出生，一年之内竟生了五男二女。乡里间议论纷纷，亲戚们也对此十分疑惑，只是因为主翁还活着，没有兴起词讼。

　　又过了一年，主翁生病去世，官司便打了起来。明代嘉靖五年，族人告到朝廷派来的某御史处。御史因为议礼事违抗嘉靖皇帝的旨意，被贬谪到两淮盐道，而某翁的族人都经商，因此向他提出词讼。御史看了状词了解了缘由后，大笑说："老翁得子，有一个也就不容易了，怎么会突然这样多呢？"便将诸姬妾传来一一问讯。一鸣也在其中，即使穿着女子的服饰，也终究隐瞒不住男子的事实。于是御史命人将他捆起，正要施刑，一鸣忽发声喊冤道："我被关了几年，今天才得以重见天日，为什么大人还要给我上刑呢？"诸姬听到他竟发声讲话，全都大惊失色。御史不解地追问缘由，一鸣如实禀告，御史仍不相信，一鸣便详细地讲述了事情的始终。御史听到书背上写的"遇贵长鸣"的话，笑着说："看来我就是治哑的贵人了！"于是也不再追问下去。鉴于一鸣是个文弱书生，也并非出于本心做出此事，便不对他判罪。只是判令某翁的家产由其族人继承，诸姬母子都判给一鸣。某翁的族人也不敢有异议，一鸣便带着诸姬母子在当地安置。诸姬问他："你过去不会讲话，今天怎么会突然开口，而且还滔滔不绝，好让人惊吓！"一鸣说："我自己也不知道，忽然想讲，就讲了出来。"诸姬对此惊异不已。

御史有个女儿，姿色艳丽而且博学多才，年已长成，还没有议定亲事。曾作咏燕诗道："非向金闺惜羽毛，双飞只虑近蓬蒿。雪衣笼内终嫌媚，霜爪风前亦惮劳。"写到这里费尽心思地苦思冥想，也接不下去了，于是暗中立誓道："谁如果能续成此诗，就嫁给谁。"御史便把这首诗给一些读书人看，一个接着一个，来了几十人，可都写不好。后来听说一鸣擅长写诗，便有意地唤他来续写此诗。一鸣看后提起笔，一挥而就："落月屋梁眠自稳，飞花帘幕舞偏高。香泥衔罢清波静，又逐炉烟傍衮袍。"御史女见后高兴地说："我的郎君就是他了。"御史也依了女儿的心愿，把一鸣招赘到家中为婿，并且劝他读书，还为他花钱买了生员的身份，接着在江南乡试中举，准备去京城参加会试。会试前先带着诸妻妾子女回家去探望父母。

当时杜翁夫妇因思念唯一的儿子，终日泪水洗面，抑郁成病，双眼也渐渐失明。一天，守门人突然报道："公子回来了！"杜翁夫妇不信，反而训斥他。等到一鸣进来，立即拜倒在膝前，二老将他拉近细看，认出是儿子，十分惊喜，又细细询问他落水后的经历，一鸣从头到尾把经历详细地讲了一遍。不久，众妻妾来拜见公婆，二老看到此景更是笑得合不拢口，感叹道："当日想找一个媳妇都找不到，现在竟突然有了好几个。我儿立志要自寻良缘，果然不错。"此后二老每日以逗孙男、孙女玩乐为乐，视力也逐渐恢复。不久，一鸣安顿了家中老小后，便启程赴京师参加应试，最后竟然高中进士。同乡人知道他过去曾患哑疾，便以"哑黄甲"称呼他。其后一鸣又被选入翰林，于是便把父母和家小都接到京城奉养，一家人生活和美融洽。而诸姬靠御史的力量，也都分得某翁价值数万的家产。杜家日益富裕，直到今天，仍然是陕西一带屈指可数的富家。

外史氏说：一个人的精神元气会因为多讲话而泄去，而哑巴却能因此保全其精气。至于一鸣为什么会突然开口呢？那是因为他过分沉迷于声色之乐，真元被侵蚀消耗，这时自然不得不讲话了。到后来中了进士，在官场呼风唤雨，他的本来面目就更加荡然无存！所以人们为杜一鸣高兴，而我却深为他感到可惜。为什么呢？一鸣惊人还不如不鸣呢！

酒　狂

有一个浙江嘉兴人叫梁生，天生胆子小，可是酒醉后就无所畏惧。平时连和客人交谈都羞涩得像女孩子一样，不敢多说一句，可只要喝多了酒，便拔剑斫地，慷慨悲歌，旁若无人。人们因此便称他为"酒狂"。梁生中年丧偶，打算另娶，一时间还没有合适的对象。一天晚上和朋友一同饮酒，稍有酒意，一人开玩笑地说："听说某太史有一个如花似玉，姿色美丽的女儿，在十五岁就死了。她的棺材寄放在五圣祠，每当月高风清之时，就会现形。既然你丧妻，为什么不去找她呢？"梁生这时已经半醉，听后立即站起来说："遵命。"并笑道："诸位好友好心做媒，我一定不会推辞。那就请你们明天带一壶酒到那里来为我庆祝结婚。"说罢便要动身，朋友们都起哄为他鼓掌，并不把刚才所讲之事放在心上，认为他去五圣祠绝不会出什么问题。

梁生趁着月光，踉踉跄跄地往五圣祠走去，将近半夜才抵达，因为怕被管理祠庙的人发现，便从旁边的短墙偷偷跨入。他知道棺材停在西侧的廊屋，便直接走了过去，这时只觉得一阵阵阴风吹来，渗入肌骨。这时酒已半醒，胆子也不觉就小了，正犹犹豫豫地想回去。忽然闻到一股浓烈的酒香，引诱着鼻子。循着香味寻去，只见廊下正摆着一瓶好酒。梁生取过就喝，味道十分醇美，不觉地又醉了。醉中突然又想起前事，便一直走到棺材边，用手指敲了敲棺木说道："我梁生不才，中年丧妻，一直未有所属。听朋友说您时常现形出游，能否让我见一见呢？"说完后，见棺内没有什么反应，梁生又笑道："原来你已经如枯木死灰，不可能再燃烧。看来我今天是白来了。"回过身准备走，不料双腿无力，竟狠狠地跌了一跤。忽听得棺中传出娇媚的声音："郎君请稍待，我这就来。"话未说完，就听一声巨响，之后就见自己的身旁已站着一个女子。只见她满脸病容，面色苍白，肌肤削尽，已不成人形。看着紧握着自己的来自女子的一只干瘪手，顿时觉得冷气直侵骨髓。梁生还在醉中，也不很害怕，只是大呼道："朋友骗我，你和他们说的完全不一样！"挥手催她快快离去。女子面露羞惭，过了好一会儿，才说："你太让我失望了，你原来是个好色之徒，也浪费了我的一瓶好酒。"说罢，气愤地退去，棺材又发出一阵牛鸣般的响声。梁生也惊出一身冷汗，不用冷水洗脸，酒也醒了，一步一颠，踉踉跄跄地奔出祠堂，回到家后便一病不起。

第二天一早，朋友们提着酒来探望，问他新婚是否愉快。梁生紧闭双眼，摆摆手苦笑道："快别说了，你们差一点没把我害死！"接着把昨夜的事细述一番。众人不信，一起到祠中去验看。走到廊屋，果然见女棺已经裂开了一条一寸多宽的缝，从缝隙中看去，只见女尸的状貌和梁生所述一样。众人对此十分惊诧，一个个被吓得说不出话来，急忙返回。此后梁生彻底地把酒戒了，也再没看到他发酒疯了。

外史氏说：一个因病而死的人，死的时候一定是枯瘠憔悴很难看。但是小说传记中往往用许多美妙的词语来加以形容，这就不符合事物的常理。看了这篇文章，就可知道前人描述的错误了。近有《莺莺灰》一文，文字十分哀艳，附录在下：

　　"美貌艳丽的女子，本该长期生活在金屋绣阁之中；可是无情的岁月，并没有对她们特别宽容。于是时间长了，徐娘渐老，不能尽占风流。苏小小早死，但最后终究是香消玉殒。做不到像株林的夏姬一样，能三次返老还童，一再婚嫁；即使是博陵的崔莺莺，最后也只是归于黄土，葬身泉下。因此人们对于崔莺莺初时娇媚地对镜弄影，都爱慕不已；可对于后来生病，不再梳妆打扮的她，还有谁会喜欢呢？她整天躺在鲛绡帐中，拥着翡翠色的绣被，婉转呻吟，病骨分离，人早已瘦得不成模样。双乳下垂，同床时也早已无温柔可言；两眼空洞失神，只留下惨淡的目光。脸上的香粉消退，只留蜡黄，又是尘污，又是汗渍，满面是灰黑之色。纤纤玉指，瘦得像鹰爪，东躲西藏。云鬓越搔越短，总算乱如飞蓬的头发还没有落尽。这就是汉代的李夫人要掩饰病态，明代的冯小青特意要留下生前春容的原因。待到魂断梦消，佳人逝去，灵帐高设，阴风阵阵，她原来柔软纤细的杨柳腰也早已像强项令的头颈一样僵硬，巧语如簧的樱桃小口也钩辀格磔如反舌鸟一样再讲不出动听的话来。被红绡包着的素手，也听不到玉镯叮咚相碰悦耳的响声；白布缠着的双脚，又怎么能像金莲一样迈着步伐？被葬在黄土之下，就像丝绳断绝的银瓶，坠落井底；一张开眼睛，四处就是泛着青莹莹的磷火，翠玉镶嵌的金花永远埋在坟茔之中。坟头上松柏青青，只能哀伤地回忆着往日的千娇百媚，墓穴中阴风嗖嗖，成年累月的也听不见一点走路的声音。缥缈的香魂，也无回生的希望；艳骨嶙峋，终将在泉壤之中销蚀。罗衣化成片片飞蝶，锦褥朽烂成灰烬，不能够把冰肌玉体掩盖。就像凋零的莲蓬，脸上已找不到从前滑嫩的皮肤；又像干涸的水池，眼中也不再有血有肉。香香软软的身体，也只剩下根根肋骨，如桃如杏的脸蛋，也只剩最后稀稀落落的残牙。经过如此重重劫难，乌黑的鬓发已化为飞烟；因为贴近地下的寒泉，白雪般晶莹的肌肤也融化成水。不管她是杨玉环还是赵飞燕，最后只有一个结局，就是变成红粉骷髅；纵然是花妖梅精，也不能永远保持当日绮窗前的美丽容貌。想到这些，人们也不用合上书本，驰想风流旖旎之事，又或者闲中欣赏美人图画，白白意乱神迷。即使一辈子追求美色，谁又能永远偷香窃玉？哎哟，真是可悲啊！

美女早已变成了辞藻，才子们何时才能不再为她情思缭绕，柔肠寸断呢？如果你还不相信我的话，那就请到莺莺的墓穴去看个究竟吧。"

卷六

祝天翁

　　陕西渭南乡村中有一人姓祝，名字已经失传，生性淳朴憨厚，不善说话。以务农为生，每当田中庄稼成熟，总是向天祷告："上天保佑我！"人们就叫他"祝天翁"。祝翁年老丧妻，有一个三十岁的儿子，也学着种田，一直没有成亲。父子二人早晨去田里耕作，晚上关门睡觉，生活寂寞单调。邻里都同情他们，有人劝祝翁说："你年纪老了，还是快替儿子讨个媳妇。这样你们耕田，中午就有人送饭了。"祝翁笑道："上天保佑我，身子骨还健朗，等我衰老了，儿子再结婚也不迟。"人们听了这话，都嘲笑祝翁小气抠门，怕讨媳妇花钱。一天祝翁有其他的事，祝子一个人在田间耕作，忽然听见草丛中有人笑着说："男子汉长了胡子，怎么还不结婚？你拉我一把，我就给你当老婆！"祝子吃惊地回头看了看，四周一个人也没有，就不予理睬，仍然埋头耕地。一会儿话声又响了起来："你不拉我，就要一辈子打光棍了！"祝子忽然想起以前某家的女儿未婚先孕，父母发觉后非常生气，逼她上吊自尽，就草率地埋葬在这里，不由自主地惊惧万分，狂跑着逃走了，回到家中后双腿还在不停地打战。祝翁回家后，追问儿子为什么提早收工，祝子一五一十地说了。祝翁根本不相信，斥责道："你自己懒惰，还想说些鬼话来哄骗我！"于是就把祝子赶到田头看守庄稼的草屋里住，晚上也不许回家。

　　祝子在田头歇宿，心想如果女鬼找来，自己没有地方躲藏，干脆接纳她，也算尝试一下男女间的欢爱，就算死了也没有遗憾了。于是也就不再害怕，穿着衣

227

服躺下等待。本来还担心赶不走她，这时却只害怕她不来。等到深夜，疲倦极了准备歇息，忽然有人轻声地说道："我来了，你怎么睡了呢？"祝子赶紧站起来，只看到月光皎洁，星河璨烂，这个女子打扮得很漂亮，笑着走来，和活着的时候一样。祝子和她本来就非常熟悉，话也没有多说，拉住她就上床。此女生性风骚放荡，祝子正当壮年，二人在一起很快乐。事毕，祝子问道："你说要当我的老婆，是真的吗？"此女说："我不是已经做你的老婆了。还要问什么？"祝子说："现在还算不上。当老婆就要替我侍奉父亲，养育子女，还要操持家务，不能只图一个晚上的欢快。"此女说："这些都不难。我生前被父母瞧不起，死后也只是浅浅埋葬。现在时刻受着霜露的侵蚀，草根的纠缠，更担心有一天被野狗刨出残骸，弄得尸骨不存。你如果能把我迁葬到高岗之上，深深地埋入土中，我一定做你的鬼妻，你所说的，我全部都能做到。"祝子怀疑她说谎，问道："鬼魂也能生儿育女吗？"女子答道："能。一个女人如果突然死去，她的魂气就会凝聚而不消散，可以和男子交合，也能像常人一样地怀孕。这是很自然的。如果是因病而死，就不能了。"祝子听了笑了笑，讥讽地说："那么你过去所怀的胎儿，也将要生下来了吧！"此女十分羞愧，脸也红了，隔了一会儿才说："你不要讥笑我。这确有实事，但胎随人死，至今还留在尸体中。现在给你做老婆的是我的灵魂。"祝子听她说得有理，更加喜爱她了。一直到群鸡齐鸣，此女才告辞离开。

祝子回到家，不敢把这件事告诉父亲。天黑后便扛着铁锹畚箕一人偷偷前去。在田间等了许久，直到人迹渐渐消失，才走到女子埋葬的地方，祝子祈祷说："你不要误我！"刚挖下一尺多深，就发现了女尸，在月光下看去，面色仿佛活着一般，一点也没有腐烂。祝子费尽力气把尸身背到一个土岗上，挖了个很深的洞穴埋下，并在上边插了柳条作为标志，等他回到田间的草屋，只见女子亭亭玉立，已经在屋内等候着了，看到祝子就高兴地说："你真是诚实可靠的人。迁葬的恩德，我永世难忘！"祝子说："你还是先慰劳我吧！"便拉住她行欢，并商量以后的安排。女子说："你爹把所有的事情都归于天命，你就拿老天爷哄他，什么事都说是上天保佑，他就不会怀疑了。他不怀疑，旁人也没有什么可说的了。此后家中一日三餐，生儿育女，我来做，但无法出外打水舂米也不能哺乳婴儿。"祝子听了很高兴，同意了女子的话，此女就告别离去。一会儿祝翁忽然来了，叫儿子回家，说："小偷欺负我年老体弱，见我独自一人，竟然来家里偷东西。你还是回家睡吧，我住在这里。"因为祝翁生性多疑，并不是真有其事。祝子听了暗暗高兴，就回家住了。到了晚上，此女果然又如约而来，祝子要和她睡觉，她却说："让我先竭尽作为妻子的责任。"于是为祝子缝衣，一直到半夜才睡。鸡还没叫就又起来，扫地生火，准备好一天的饭菜，才匆匆走了。祝翁回家吃饭，看到菜肴整洁精致，和平时大不一样，非常奇怪，怀疑是儿子所做，却又不像是。正在疑惑不解的时候，祝子笑着说："你千万别告诉别人，这是老天爷显灵。我回来时，一切都已准备好了，我也很奇怪。但再想一想，这不就是天意吗？"祝翁果然非常高兴。以后就习惯了，不再感到奇怪了。

这样过了数十天，天亮后女子也不再离开了，常常在一间暗室中操持家务，一日三餐能随烧随吃，不用提前置办。祝子问她白天不回去的缘由，女子答道："因为得了你的阳气，白天也可以居住在这里，只是害怕见到生人。"到了秋天农忙时节，祝氏父子都在田间忙于耕作，此女虽然无法亲自送饭到田间，但祝子一回家，就把早已准备好的饭菜装在盒中给他，不论是菜还是汤，色香味俱全，村中有妻室的人家也做不出这样好的菜肴。祝翁相信这是上天保佑，也不多问，反而想要在外人面前夸耀，祝子再三阻止他，这才没有说。此女还嘱咐祝子暗地里买些棉花，有空时就忙着纺纱织布。她整天洗涤缝补，裁制新衣，天还没有变冷，棉衣都准备好了。祝翁穿在上身，认为是上天保佑，也不多问，只是邻里之间心中难免有些奇怪，但因为父子二人平日朴实本分，也就没有胡乱猜疑。一年后，此女生下一个男孩。祝子先把他放在一间空房内，然后跑到田头告诉祝翁说："有一个婴儿在我的房间里，也不知是从哪里来的。"祝翁赶紧回家，只见门窗都紧紧关闭着，床上果然有一个呱呱啼哭的婴儿。仔细看他的面貌，竟然和祝子非常像，不禁笑着说："这是老天爷担心我家没有后代，所以赐给你一个儿子。"随后就找了个乳母来喂养婴儿，心里毫无怀疑。

但从这以后邻里间的疑惑却愈来愈大，他们暗中观察祝子所住的房间，白天有织布的机杼声，晚上有制衣的裁剪声，吃饭时有烹饪声，睡觉时有欢笑声，于是断定祝子一定怀有秘密，打算寻找机会问个水落石出。众人还没有来得及行动，女子已有所觉察，对祝子说："我和你的缘分到此为止了。祝子非常惊讶，询问原因，此女哭着说："我因为生前行事不当，天理不容，即使上吊自尽，也不足以弥补我的罪过。上天因为你爹生性纯正朴实，事事都遵循上天的旨意，而你命中又没有妻子，所以借我的身子，来为你家延续香火，而我也可以借此减轻弥补自己的罪过。现在我已经为你生了儿子，我的使命已完成，你替我掩埋骨殖的恩情也已报答。不久我就会到别处投胎重生，不能再留恋此地，不要惊吓到他人。"说完就要走。祝子再三竭力挽留，但此女坚决不肯留下，且叮嘱说："你爹享受儿媳的侍奉，命中只有一年期限，他的福分已经完结，你要赶快准备后事，免得临时匆忙来不及。"说完就离开了，再也没有来。以后邻里再有询问，祝子就告诉他们实情，众人刚开始还有所怀疑，直到见了种种实迹，才深信不疑。只是祝翁反倒不相信，生气地对众人说："这是上天保佑，女鬼怎么可以贪冒上天的功劳，据为己有！"人们都暗自发笑。

第二年，祝翁果然死了。祝子守孝期满后打算再结婚，忽然得了阳痿病，所以再也不做结婚的打算。后来此女所生的儿子长大成人，继承了祝氏的血脉，子孙繁衍，几代后便成了当地的大族。

外史氏说：此女子现身是因为祝翁，却不是为他的儿子。因为她能尽到当媳妇的责任，祝翁才真正享受到小辈的侍奉。否则的话，一生劳累穷困，即使有儿子，没有儿媳，和绝后差不多了，无人继承血脉，在九泉之下怎么能安心呢？祝翁事事都信仰上天，本身已经占到了许多好处，上天还如此地恩宠他。帮助善人，促成善事，上天真是和圣人一样啊！

畅 生

畅生名正，字无畏，陕西三原县人。刚开始曾当过道士，后来还俗做了儒生。他很擅长写文章，常常有独特超凡的见解。他曾经指出：《老子》不过五千字，其中的玄言妙旨之深奥，人们已经难于透彻地理解。孔子的学说更加深奥，怎么会比不上西度函谷关的老子呢？因此他所写的八股文就很不同寻常，很能发挥孔孟之道的精深的要旨，只是词藻还有些不足。他对母亲非常孝顺，处处依顺老人的心意，奉养很有一套。尽管家里很穷，仅仅只能温饱，但母亲每顿饭都有些好菜。三十岁时母亲病逝，他伤心过度，人一天天地消瘦，形销骨立，不久也跟着死去了。

畅生并没有意识到自己已经死了，他的灵魂轻飘飘地，如飞絮一般趁着风飘荡前行。忽然眼前出现一道巨大的白光，上承天，下接地，不停地旋转。畅生追着白光飞快地飘着，转瞬之间就过了数百里。忽然白光消逝，出现了一座大山。山高数万尺，嵯峨怪状，非常险峻，无路可以攀登。此时暗无天日，畅生心想：我怎么会到这里来的呢？这难道就是人们所说的阴山吗？于是才感觉到自己早已经死了，异常悲痛。忽然又想母亲已死，也在阴间，正好有机会寻访母亲，于是又高兴起来。随即就顺着山路向前，往山上攀登。正要往上爬，远远传来金石丝竹之声，如击云墩，如弹锦瑟，仔细倾听，乐声竟然是半空中传下来的。接着从山顶上飞下一群羽毛装饰得五光十色的帷盖，如天际翔凤，瞬间就降到平地。等到近前一看，就看到数十名六七岁粉雕玉琢的小童，没有穿衣裤，只围一条花肚兜，下边系着根竹枝。他们手中拿着各种乐器或是旗幡之类的东西，不断地跳着舞。畅生此时震惊不已，他们已一拥而上，不由分说地就把畅生引上一辆四轮蒲车，畅生无奈只好顺从。这时笙乐大作，在数十名小童的主持下，蒲车安安稳稳地越过险阻，向山上飞去。

不久到了一个地方，处处是琼楼玉宇，云霞飘拂。正中间宫门高大而宽敞，阶前立着两个玉兽，上面缀有金泅，上面悬着一匾，书写着"九天文衡之署"。畅生想要下车，小童们拦着他，竟然推着车一窝蜂地闯了进去。经过几道门，才到达正厅，早有十多名身着紫衣的贵官走上前来迎接，扶着他下了车。其中一人面朝着南方站立，手里拿着像皇帝诰敕似的黄色卷子，大声宣读。畅生俯伏在地上听宣。原来并不是天帝的玉旨，而是西王母的诏书。全文有数百字，畅生也不能一一记忆，大意是说西王母驾前的一些侍者都要晋升仙阶，按例需要更换。所以把具有仙质的得道之人，还有狐精中挑选数百名来担任这些职务。过去选的女侍大多空有文采，而品行不佳，最终导致生出许多风流香艳的事情，被世人嘲讽讥笑。所以现在要纠正这种弊端，不用玉楼中的文人来主管考试，因为畅生文章雅正，品行端方，所以特地聘请他前来。说完又勉励他要认真选拔人才。贵官宣诏结束，畅生叩头谢恩。侍者立即送上主试官的衣饰，有朱衣、赤履，以及绣有獬豸的帽子，畅生穿上后，很有钦差大臣的气派。接着又摆上丰盛的筵席，都是天上仙厨的杰作，饮酒时众人都恭敬地立在一边，只有捧读诏书的使臣坐在主席陪伴着畅生。畅生询问他的官阶门第，原来是清华上仙郑康成。酒过数巡，便撤下筵席。畅生有些微微醉了，但精神爽朗，气骨坚凝，与活着的时候没有两样，心中暗自高兴。

一会儿，众官禀道："王母的诏命不能够拖延，况且你的阳寿未完，也需早一些回去。现在考院已经封锁，请主试官立即命题。"畅生问郑康成以前历次都考些什么类型的题目，郑回答是诗。畅生说："近体的律诗、绝句，容易写得轻浮浅薄。"于是出《曹娥祠》《过露筋庙》二题，要求作五、七言古诗各一首。出题后过了几刻时间，考卷都收了上来。畅生一篇篇批阅，共选中十人。郑康成认为太少，又加了十五人，其余都落选。接着宣读录取名单，其一为吴静婉，本是中州读书人家的女儿，丈夫去世后她守节而死，今年仅二十。吕洞宾可怜她，推荐当西王母的侍儿。她写的《过露筋庙》诗，其中有"肌肤可糜心不靡，海枯石烂天为泣"二句，畅生把她定为第一。此外，王昙影、宋修华都是人仙中的佼佼者。天狐有两个，也都已修行数千年，超凡脱俗。郑康成祝贺畅生选得了优秀人才，名单公布后就拿着考卷向西王母复命。不久就和一个穿戴蟒袍玉带的女官骑马一同前来，传达西王母的口谕说："畅生和所选录诸女有师生之分，你们可以见一见。诸女子先拜见座师，然后到宫中待命。"畅生想要推辞却没有办法，只看到香风拂拂，彩袖翩翩，吴静婉与诸女子都已到来，在嘹亮的天乐声中，一同向畅生参拜。畅生看了看眼前，诸女子每个人都仪态绝俗、才华高妙，远远超过当年狄仁杰推荐的人才。诸女子参拜结束谢恩离开了。女官又传西王母命，赐畅生文星一枚，书香一束，并且告诉他说："这二者无形无质，清贵非常，不像人间的珠玉金钱，是有形的东西，有来必有去。你能享有这两件东西，自然能够世代书香，翰墨绵延了。"畅生再拜领受，郑康成也向他表达了祝贺。

试事已经完毕，仍命令先前驾车小童送畅生回到阳世。畅生十分思念亡母，向女官询问。女官说："令母生前没有犯大错，并且还做了不少善事，昨日已去富贵人家投生。你不必再挂念她了。"畅生于是转悲为喜，换上本来的衣服，登上蒲车。出了宫门，并没有走来时的旧路，瞬息之间就到了家中。畅生看见驱车的诸小童长得十分秀美，自己还没有儿子，便想留一个下来。于是紧紧拉住扶车轮的小童不放开，小童大哭，畅生也猛然惊醒，前事仿佛是做梦一样。畅生的真身实际上已经死去整整一天，家中人因为时辰不吉利，还没有收殓。见到畅生忽然转动起立，都非常震惊害怕，想要逃跑。畅生大声呼唤，讲明原因，众人听了，这才不再害怕，转而高兴起来。三日后畅生就可以扶杖而行，五日后可以快步疾走，十天不到旧病便完全好了，而且能看见隔墙的事物，能跃上一丈多高的屋顶，这都是过去做不到的。人们这才相信他是真的遇见了仙人。但畅生非常风雅，从来不炫耀这些。

一天晚上，月光皎洁，他正在庭中闲步，忽然听到空中有女子的声音，说道："先生近来安好吗？"畅生猜测她们是自己所选拔的女子，抬起头询问，只看到两辆有帷幕的小车从空中降下，车上各坐一位仙子，一个就是吴静婉，另一位不熟识，自报姓名，原来是宋修华。她们走下车来，风度翩翩地向畅生行礼。畅生很高兴，请她们到室内坐下详谈。静婉代表诸女子向老师问安，并献上金丹、雪藕等几十种礼物。畅生推辞说："你们尊师之情，我已心领。但这些都不是人世间所有的物品，藏起来独自占有，就太自私了；拿出来展现给别人，反倒引起人们的惊怪，违背了儒家立身谨慎的原则，所以不敢领受。如果你们执意要送的话，那不如送我一些日前在文衡署公宴时所饮的仙酒还有考试用的纸张，我便感到很满足了。"宋修华笑道："这点小事容易办，马上就可以送来。"话还没有说完，就有两只青鸟飞到阶前，一只背上负着两罐酒，一只颈下系着一袋纸。打开封罐，酒色澄碧中微带青红，宛如一泓春水；袋中纸笺则呈嫩红色，质地细腻光滑洁白。畅生向二位美人询问酒与纸的制作方法，静婉答道："这酒就是瑶池玉液，不必再加以酿造。纸是用直径十丈的大莲花捣制成的。"二人又再三请求拜见畅生的妻子。畅生刚开始并不同意，不得已才唤她出来，二人用师弟的礼节参见。静婉送金发饰、修华送玉手镯，作为见面的礼物，畅生也叫他的妻子推却了。二人都十分感叹佩服畅生清介廉洁的品德。叙谈了许久，才依依不舍地辞别，仍然乘着小车冉冉升空而去。畅生的妻子初出见二女时，见她们宫装盛服，美貌非凡，十分惊慌失措，后来知道她们是畅生所选拔的才女，便对畅生说："你有这样好的门生，自然可以立即成仙；就算不当仙人，也可做一个富家翁。为什么把送的礼品全都推却不要，这不是太迂腐、太固执吗？"畅生笑道："我这样做是有些对不起你，不过这件事你确实是很难理解的。"并告诫她不要将此事泄露出去。此后女就不再来了，但是畅生家凡是需要什么东西，只要其妻一动念头，第二天就会在妆台上见到所想要的东西，金钱玉帛，珍珠绣品，什么都有，畅生家中也渐渐富裕起来。这是二女知道老师清贫耿介，便采取暗中馈赠的方法。

两年后，畅生家生养了一个儿子，面貌和扶车轮的那个小童非常相像。静婉、修华等诸才女都来道喜，每人都送了庆贺的诗文，畅生高兴地接受了。到了三朝洗儿时，她们瞒着畅生，又送来差不多一万枚金钱。小孩长大后非常聪明，十岁便学完了五经。人们都赞许畅家文星辉映、书香绵延，前途无量。

外史氏说：人们通常认为上天是人世间的主宰，没有想到上天品评人物，有时也要借鉴人间的方法。因为畅生的孝心可以感天动地，人品学问足以成为人们的模范，这些都与天上的列仙相似，而修文院中的一些仙官反倒是尸位素餐了。只是畅生一味喜爱推崇质实，贬抑华靡，以此来选拔才女，就有些偏执，就如同拣起了翠羽，遗落了金珠。主考官有眼力，仙女董双成自然不会名落孙山；但是过分看中名节，像李清照这样的才女便要落第了。吴静婉继《柏舟》之后抒发了节妇的情操，光荣地被选为第一，而一些青衣女流也都被录取在仙榜中。畅生的弟子都不是原来蕊珠宫中的仙子，而一些女鬼灵狐却获得他的赏识，得以名列仙班，这就不奇怪了。长期以来理学与文艺就分成了两派，真正能够用风云月露般的华丽语言，表达仁义道德的深厚的意蕴的人，确实是太稀少了啊。

镜中姬

　　淮上人俞逊字仰之，在扬州某巨室入赘。妻姓沈，姿容秀美，喜欢打扮，觉得自己无人可以媲美。自从与俞逊结婚后，夫妻感情很好，争吵或越轨的事情从来都没有发生过，亲戚中夫妻失和的人都非常羡慕他们。沈家很富有，家传有一面古镜，据说是唐宋时的物品，不轻易给外人看。俞逊也想看一看，向妻子要了好几次，妻子都没有答应，俞逊心中很不高兴。一天晚上有小偷来，偷的东西并不多，偏偏这面古镜消失了。沈家人很奇怪，暗暗猜测这小偷一定是个知晓内情的人。

　　十天后，俞逊在街上走，看到一个老人在卖一面式样很古老的镜子，不像是新铸造的。问它的价钱，才二千文，俞逊就买了回来。拿到家中，他的妻正在对镜梳妆，俞逊便开玩笑地对她说："你家把一面废镜当作稀世的珍宝，也不让我照上一照。这是我今天在街上买的，只要一百钱，别人都看不上眼，我把它买了回来。"因为俞逊从没有见过沈家的古镜，故编造这种谎言来开玩笑。没想到沈氏看到镜子就大惊，大声说："这就是我家的古镜，你到底是从哪里得到它的？"

俞逊也非常震惊，讲了实情。

沈氏拿起古镜，揽镜自照，忽然惊叫道："你是谁？"古镜也发声道："你是谁？"不一会儿，又娇声地说："我是郎君的姬妾，理所应当参见大娘子，否则的话，你吃起醋来便容不得我了！"沈氏听了，既惊讶又气愤，砰的一声把古镜翻过来摔在桌子上，叫道："吓死我了！"古镜也叫："好疼！"俞逊在一旁十分惊奇，拿过古镜一看，只看到镜子里面站着一个长眉圆脸的美人，漂亮极了。与自己的妻子相比，美艳远远不止十倍。于是追问女子的来历，古镜答道："我是五代时朱全忠的宠姬。朱全忠被后唐所灭，我也死在了乱军之中。后来遇见仙师，用我的血铸造成一面镜子，让我的魂依附在它的上面。至今已有好几百年了。听说你为人风雅，所以心甘情愿当你的姬妾。"俞逊说："不会害我吧？"古镜说："我怎么敢害你！你只能拿在手上把玩，我不和你同寝共枕，你丝毫不必担心。俞逊听了很高兴，问她有什么拿手的技能，古镜答道："从小学习唱歌。"俞逊便把古镜竖立在床边，夫妇二人一起坐着欣赏。她的歌喉娇媚细腻，余音绕梁，很久都不消散。所唱的曲子也雅丽动听，和时下流行的曲子不同。俞逊夫妇听着很高兴。唱了一会儿，镜中美女就把衣服都脱了下来，露出洁白如玉的身子，光着身子跳舞。她双臂旋转弯曲，腰肢扭动，呈现出万分的媚态。夫妻二人看着，渐渐地也情不能禁，放下帷帐，寻欢作乐，也顾不上那面镜子了。自此之后，夫妇俩对镜交欢，竟然逐渐习以为常了。

过了没几天，俞逊便病了，病势相当危险。沈父知道这件事后，立刻索回此镜，斥责女儿道："以前不给你们看，就是因为镜中有妖怪，曾经伤害过很多人。因为这是祖传下来的东西，所以我不忍心打碎它。你们怎么可以拿着它，不分白天黑夜地玩弄呢！"于是把此镜放在铁柜中锁起，并请医生为俞逊治病，半年后才渐渐痊愈。后来沈父病逝，镜子也失踪了。

外史氏说：这面古镜和画屏美人差不多，都是妖物。但镜中女子没有发泄自己的情欲，只是促成他人的燕好，为什么要斥责她呢？或许因为她暗中附在女子的躯体上，所以才导致过度消耗男子的精髓。如果没有这面古镜，夫妇间敦伦欢好，怎么可能十天不到就使丈夫病入膏肓呢？其中原因，知识广博的人必能知晓。

程黑二

本朝开国之初，辽东有一无赖叫程黑二，勇猛力强，矫健而又擅长跳跃，特别擅长爬竿，简直比猿猴还要迅速。他靠着这一本领，常常翻墙越院，偷盗财务，人们防不胜防。乡里中一些有钱人家经常受到他的侵扰，防备愈来愈严。因此黑二想道："我一直靠偷窃为生，偷来的钱很快散去，没有多少积蓄。现在快要三十岁了，还没有娶老婆，半辈子已经荒废了。况且村里人家处处防备我，在这里我还怎么待得下去？"于是把所剩的钱财全都分给熟识的穷朋友，自己随身只带一根长竿、一个包袱，行装十分简便，就出门远行了。临行前向乡里中富家告辞说："过去来偷东西的都是我。现在我要离开这里去往他乡，不会再来打扰你们睡觉了。请不要再担忧挂念。"于是就上了路。人们对他的行动感到很奇怪，但想到他走后便可高枕无忧，又高兴地摆酒相互庆贺。

黑二离乡远行十分匆忙，还没有明确的去向。暗暗思量京城里豪富人家多，而且人口稠密，很方便藏身，于是就向西走去。一路上吃穿所用，都靠一根长竿施展手段，所以并不缺乏财务。一天走到一片山间谷地，空旷无人，天却黑了下来，没有地方可以歇宿。黑二走惯了夜路，也丝毫不放在心上，仍然跋涉前行。走到夜半，忽然看到谷中有一座大宅院，气势宏壮，很像是大户人家。就自言自语地说："一路上活得像乞丐，也太难受了。为什么不在这里觅些盘缠，一路上也可风光一些。"于是拿着竿子快步往前走，直奔大宅。来到宅前，只看到楼阁重重叠叠，一百多间的样子，远远超过故乡的富贵人家，不禁大喜过望。他将竹竿靠在侧墙边，飞速地攀援而上。往里一看，原来这里是后宅，灯火半明半灭，还有人没有睡觉。黑二见四下无人，翻越围墙，一跃而下，因为路径不熟，只能在暗角里静静地等候。忽然隐隐听到有人低声说："星移斗转，都过了半夜了，那人估计是不会来了。又有一人笑着说："如果真的不来，就算是兰姑的运气好，恐怕还是要来哩！"说完就嘻嘻地笑。等到走近细看，是两个小丫鬟从夹弄中出来，说笑着向远处走去。黑二推测夹弄中一定有侧门，就跟随她们过去，果然发现了目标。他轻轻推开侧门，里面是另一番风景，竹影参差，花香袭鼻，景物清幽极了。中间有一幢三开间的大屋，绣帘半卷，烛光一直照射到阶前。黑二有些害怕，不敢再向前走，仍然在墙角暗影中躲藏。一会儿，看到一个女子从房中走出，倚着栏杆叹道："心上人，等不到；恶姻缘，逃不了。"停了一会儿又低声说道："今晚他如果再来，我真的就要活不下去了。"说完，用衣袖遮着脸，似乎在暗暗地哭泣。黑二听不懂她讲些什么，也就不放在心上。

突然有一样东西快极了，如飞鸟般地从屋檐上降下，落地便化为一个男子，身形高大雄伟，发出如猫头鹰啼叫似的奇怪的声音，笑着对女子说："等急了吧！我不是来了吗？"说着便要拥着女子一起进入内室。女子似乎很害怕，停步不愿意向前，男子竟然将她推了进去，随后立刻关上房门。黑二料定男子必是妖怪，想看看究竟发生些什么事，便悄悄地伏在窗下偷听。只听见这男子笑道："你别怕，我是驾车老手，何况今天更是轻车熟路！"女子说："我是穷人家，门户窄，您这辆车我真容不下。"男子说："试试看，试着就行了。"一会儿听到女子呻吟之声，哀求说："我已忍受不住了，就留一半吧！"男子生气地说："昨天晚上已经让我很生气了，今天还要装模作样！"接着女子又再三哀求，发出断断续续的惨叫声、啼哭声，悲惨极了，让人不忍心听。黑二听着听着不禁义愤填膺，顿时忘记自己此时还是个小偷，大喊："哪里来的畜生，竟敢欺侮闺中女子，看我打不死你！"话音未落，只听得宅中男子惊慌地说："这人好厉害，听到他的声音我就害怕，还是赶紧逃跑吧！"黑二正要推门闯入，男子已逃了出来，黑二上去就是一拳，正打中他的眼睛，痛得他嘶吼不止。一看，长耳朵，水桶腰，原来是一头黑驴，一跳就上了屋顶。黑二急忙攀上柱子追去，那东西早不见了。等到黑二沿着柱子滑下，女子已经整理好衣衫，在门外迎候，上前道谢说："小女子十分不幸，突然遭受强暴，如果没有你的仗义相救，今晚我一定已经死了。大恩大德，不知如何报答？"黑二这时才想起自已到这里来，是小偷的身份，但仍无所顾忌，跟随女子进入房内。

灯下细看女子容貌，清丽脱俗，丰姿妖冶，是平生见所未见的美女，没有一个人能比得上。而此时残泪盈眶，粉脸还是湿湿的，更是楚楚动人。于是向她询问，为什么会遭到强暴。女子低头不语，隔了一会儿才说："这实在是命中注定的厄运，说起来令人惭愧。"黑二笑道："我打断了你们的好事，是否会埋怨我太莽撞了？不过，让你免去极度的痛苦，我也想得到一些报答呢！"女子害羞地说："我已经是残花败柳，不敢高攀。如果你确实不讨厌我，我也想借此来报答你救我的大恩。"黑二又打趣地说："这个我不计较，只恐怕你曾经沧海难为水呀，再瞧不上我！"说着拉住此女行欢。等到云雨停歇，女子才对黑二说："实话对你说了吧。我家都是狐狸，我小名叫胜兰，在此山谷中随父母一起已住了将近百年。这里有个长鸣侯，实际上是个驴精，见我长得漂亮，硬要送聘礼定亲。我父母害怕他，只得答应。结婚才一晚，我已狼狈不堪，无法承受。如今多亏了你仗义相救，恩德深广似海，只要你不嫌弃我是狐狸精，我愿意一辈子侍候你。"黑二本来就胆大包天，又见此女长得美貌，也就毫无顾忌，只是追问道："狐狸见驴子就害怕吗？"女子答道："也不是。但这头是聂隐娘所骑的黑驴，一般的驴子不能和他相比。聂隐娘是剑仙，能百步之外取人头颅，我们特别怕她，所以也不敢和这头黑驴抗争。"黑二听了难免也有些惊惧，说："这样的话，我也很危险了？"女子说："你没必要担心，你前生就是空空儿，与聂隐娘同是剑仙，她绝不会害你。否则的话，那只黑驴本事很大，怎么会听到你的声音就吓跑呢？"两个人一同躺着悄声细语，不知不觉就到了天明。女子先起身，去禀告父母。隔了一会儿，侍仆丫鬟纷纷前来拜见黑二，又替黑二换上新衣，摆上酒席，奏起音乐，欢欢喜喜地办了婚事。

女子了解到黑二原来是小偷，就劝他改邪归正，学武从军。后来黑二常常独自一人骑着马在谷中来往，旁人也不知他在干些什么。一年后此女生下一子，面长如驴，黑二想杀掉他，但此女不舍得，再三劝说哀求，就没有杀。后来黑二因军功卓越被提升为把总，而后又因为酗酒被剥夺了官位，于是就回到谷中，再也没有出来。

外史氏说：狐狸生性喜淫，只有像驴子这样的兽类才把她降服。可惜这只黑驴本事不够，又被黑二抢夺霸占。假如长鸣侯都能得志，那么世间被狐狸所蛊惑的人便可以举杯庆贺了，如同黑二离乡时村中的富室那样。无奈黑二一声叫喊就惊走了它，结果反而让狐狸精得意了。

拾　翠

江苏江宁县的汤汝亨可说是当代的柳永。他词填得非常好，也擅长写诗作赋，唯独不会写八股文。就是在科场应试的时候，他还是要填写小词，等到交卷，都是些写词曲用的华丽绮语，没有一句话是可取的。因此到了三十岁，还没有当上秀才，常常和孩子们一起参加县试，他自己无所谓，旁人却为他感到可惜。他填词的名声越来越响，即使是妇女或小孩也都知道有汤汝亨这个人，这当然也是人生的一件得意之事。丙寅年县试，他又落选了，不幸的事接踵而来，他的妻也随即亡故。他一个人居住，十分孤寂无聊，便去丹徒某公处当幕僚。在丹徒待的时间长了，就用丹徒的籍参加当地考试，仍然不成功，更加被士人讥笑。他长期不得志，在他乡穷愁潦倒，词却写得越来越好。曾有《临江仙·剪刀》一词，写道："买自并州光似雪，殷勤玉手擎将。缕缕丝丝吐吞忙。灯前轻放处，尺寸费思量。漫道春风如汝快，秋来伴尽宵长。银缸影里燕低翔。裁成犹有待，古塞莫飞霜。"词写好之后，丹徒士女争着传诵，脍炙人口。

　　一日汤汝亨去郊外游赏，经过乡绅孙家。孙家是城郊的大族，因为汤汝亨是某公幕僚，孙家热诚地接待了他，一直到天黑汤汝亨才离去。孙家有一个十六岁的女儿，容貌绝美，特别喜爱词。一天偶然得到汤汝亨的词集，就成了心头之爱，经常放在针线筐中，时时吟咏。自己有作品的时候，也都依照汤词的韵脚来写。因为喜爱汤词，自然也爱屋及乌，喜爱填词的人，但实在不知晓汤汝亨究竟是怎样的一个男子。此女有一个名叫拾翠的贴身丫鬟，相貌秀美，和小姐相比不分伯仲。这一天偶然从后堂偷偷看到汤汝亨，只见他神情飘逸，风仪俊美，虽然已是中年，但和古代美男子卫玠也差不多了。于是暗中把这一情况告诉小姐，小姐听了更加倾心，竟然相思成病。她的父母明白了女儿的心意，嘲笑地说："汤生年岁已大，事业一无所成，只不过因为写曲子有几分薄名，怎么能当我家的女婿！"于是赶紧和豪富人家商议婚事，却骗丫鬟说议婚对象就是汤生。拾翠也照此告诉小姐，小姐的病很快就好了。后来拾翠弄清了其中的骗局，非常后悔，很自责地说："我误传消息，耽误了小姐的姻缘，小姐会怎样看我呢？我一定要让小姐如愿以偿。"

　　拾翠的外婆家在城中。她的舅舅是县里的生员，因为拾翠的父亲把拾翠卖给人家当丫鬟，很生气，平时就不再来往，但拾翠还能记得外婆家的位置。她先偷藏了小姐写的一卷词，半夜里偷偷逃出来，直奔外婆家。月色很昏暗，她跌跌绊绊地朝前走，脚上都磨出了血泡。到了城外，门还没有开，她就躲在荆棘丛中，夜露沾湿衣服，也毫不在意。城门一开，她就寻到外婆家，正巧外婆在门口等菜贩子，她便哭着拜倒在地，撒谎说："东家主人狂荡好色，逼着我当小老婆，不顺从就要受鞭打。我担心会伤害外婆家的体面，所以连夜逃出来。"说完，泪流满面，悲伤哀戚。外婆一直以来就喜欢拾翠，一边关切地抚慰她，一边自己流泪不止。她把拾翠领进屋，说："你爸爸简直是个畜生，把我的心肝宝贝害成这个样子，还有什么好说呢！"不一会儿，舅舅从外边回来，拾翠起立拜见。舅舅问明缘故，愤慨地说道："你的卖身价不过十五贯，我家虽然贫穷，卖掉两亩田，也就足够了。怎么忍心让姐姐的亲骨肉给人家当玩物呢！"拾翠哭着道谢。舅舅和外婆商议，先借些钱，凑足十五贯，然后又请孙家的一个近族做中间人，去赎回券契，并且明确地告知孙家说："乡绅与生员地位是一样的，侮辱我的甥女，也就是侮辱我。如果不同意赎回券契，我们一定向官府告发。"那个近族答应后就去了。当时孙家找不到拾翠，又听说她舅舅是县中的生员，非常担忧，那个近族来讲明情况，提出拾翠的外婆家要赎回拾翠，就很爽快地答应了。但孙家小姐失去拾翠，却如割去了左右手一样。

拾翠住在外婆家，脱掉富家侍儿的装束，俨然就是贫家少女模样。外婆与舅舅考虑为她择婚，拾翠私下对外婆说："我的命薄，不能嫁到有钱人家。听说江宁县汤某，家贫丧妻，年近三十，这样的就好。"外婆将此话转告其舅，拾翠的舅舅也看不起汤汝亨，于是就说了一大堆难处。拾翠就把小姐写的那卷词交给舅舅，说："你拿着这个去见汤生，事情一定可以成功。"其舅也没有细看，随手把它放在书斋中，有事出门。才出门，就在路上遇见汤汝亨，二人本来就熟识，其舅便把汤生拉回家中。恰巧拾翠正在书房，看见有客人来，十分害羞，也没有看清楚是谁，便像惊弓的小鸟，赶紧躲了起来。其舅请汤生坐下后，进内室安排茶点。汤汝亨自己坐着，很是无聊，见桌上有词集，就拿过来翻阅。开卷是《行香子》一首，其词写道："窗外风清，窗里烟清，一炉香暂且消停。闲凭玉案，懒阅金经。看苏家髯，辛家幼，柳家卿。掩卷思生，展卷春生，个中人忒煞关情。吴头楚尾，徒仰芳名。待坐君床，捧君砚，与君赓。"汤汝亨见这首词似乎是为自己写的，惊诧不已。一边吟诵，一边披阅，发现集中称赞自己的有十分之三，和韵而作的有十分之五，几乎每首词都与自己相关，不禁拍案大呼道："女知音原来就在这里！"于是眼睛也不眨，手也不停地一遍又一遍地吟诵品味。

一会儿拾翠舅舅端茶进来，他仍然丝毫没有察觉，还像刚才一样吟诵。拾翠舅舅戏谑地拍了拍他的肩膀，呼道："老兄，好得意啊！"汤汝亨这才猛地醒悟过来，对拾翠舅舅说："我今年三十岁了，文字上真正的知己实在没有几个，虽然写了些下里巴人的小词，被人们谬赏，但从来没有人对我之爱如此深厚。希望你告诉我作者的芳名，或许将来有机会可以报答知己之情。"拾翠舅舅取过一看，随即扔到桌子上说："原来是闺中女子的小词，有什么值得问的？"汤汝亨愤愤不平地说："暂且不说其中的情感，就是这些词作，水平与我写的也是不相上下，可算是当今女子中的秦少游了。你怎么可以小看她呢？"拾翠舅舅见汤汝亨情意殷殷，便坐下告诉他道："这是我家小甥女初学填词所写，大胆妄为所写，我已经多次呵责。你是名家，为什么要如此称赞呢？"汤汝亨听了惊喜地说："你家宅子风水好，当出贵甥，可惜是个女的。假如我到你们家来，应当也可以像晋代魏舒那样，为外婆家扬眉吐气啊！"话中明显地有自我推荐的意思。拾翠舅舅听了没有说话，隔一会儿才说："即使是男的，也不过和你差不多。况且小甥女才十六岁，整天跳跳蹦蹦，还不能操持家务。"这话不仅明白地拒绝了汤汝亨，而且也嘲讽了他。说完就换了个话题，再也不提起此事。但汤汝亨已知道才进书房时，看见到的女子就是写词的人，心中更加倾慕，神情不宁，就借口离开。第二天就请来熟人向拾翠舅舅提亲。其舅本来不想答应，但考虑到拾翠的心意，于是婉转推谢说："甥女出身贫困，未来恐怕你会嫌弃她，所以不敢答应。"汤汝亨又请某公再次提亲，拾翠舅舅这才同意了。

两个月后，汤汝亨送来彩礼，两家又商定了婚期。这时拾翠对外婆说："我举办婚事不必告诉孙家旧主人，但小姐一向待我很好，听说她也即将结婚，我想去看看她。"外婆把这个想法对拾翠舅舅说了，舅舅不同意，外婆却竭力赞同，舅舅只好让外婆和拾翠一起去了。当时孙家小姐已经知道真相，没有和意中之人定亲，心情抑郁苦闷，旧病复发，整天睡在床上，不停地哭泣。对方豪富家已经下了聘礼，选择的婚期恰巧和汤汝亨是同一天。拾翠一到孙家，得知结婚的日子，心中非常高兴。先拜见旧主人，因为其舅的关系，旧主人对她很客气。然后进闺房探望小姐，小姐低头躺着，显得很生气，很久都没有理她。过了好一会儿才说："你要走，也不跟我说一声，现在又来做什么？"拾翠赶紧道歉。小姐请外婆坐下，又问拾翠近日在做什么。外婆代替石翠回答说："她就快要出嫁了，整日忙着做针线活。"小姐问："女婿是谁？"外婆笑着说："就是写曲子的汤相公，也不是什么了不起的人家！"小姐一听，颜色顿时变了，满面怒容，转身向内，再也不说一句话。隔了一会儿，外婆要带拾翠一起回家，拾翠说："我和小姐还没好好地讲话，你先回去，等婚期到时来接我，好让我和小姐再聚上十天。"外婆答应了，就一个人先回家了。

当晚拾翠要小姐支开丫鬟，二人单独讲话。拾翠说："小姐知道今天我为什么来吗？"小姐仍然满面愁容，没有说话。拾翠长叹一声说："我为小姐心都要碎了！以前曾听小姐讲过李易安、朱淑真的事，每次听了，总要为她们伤心落泪。我知道小姐并不是没有主见的人，我看你平时仰慕汤相公，就想尽力促成这件事。没想到主人竟然把小姐许配给豪富家。那个富家公子认识不了几个字，小姐和他成婚，真是步了李易安、朱淑真的后尘了！我今天来是向小姐献上一计，行或不行，就听你一句话。"小姐听拾翠讲得认真，心思也活动了，急忙问是什么方法。拾翠说："汤相公运气不佳，年岁又大，这些你都知道。我现在之所以与他定亲，完全是为了你。如果你现在还想实现你本来的愿望，想要举案齐眉，夫唱妇随，那么我拾翠情愿把这个婚姻让给小姐。如果你喜欢年轻讨厌年长，喜欢富贵鄙视贫穷，那我明天就回去，自己嫁给汤相公。究竟如何，由小姐决定，我一定没有怨言。"小姐听到这里，已经明白了拾翠的计划，要把和汤相公的婚姻让给自己，心中感激极了。没有丝毫的踌躇犹豫，毅然地说："你把他让给我，这正是我梦寐以求的。只是豪富家怎么办呢？"拾翠没有回答，小姐也明白了她的意思，由她替代自己与富豪家成亲。因为汤相公是自己所爱，所以也毫不犹豫，只是问道："调包固然是好方法，但具体该怎么做呢？"拾翠在小姐耳边低语了几句，小姐也不禁笑了起来。自此她们整日不出闺房，你模仿我的态度，我模仿你的声音，没几天就学得惟妙惟肖，即使是熟悉的人仓促间也分辨不清，也不明白她们这样做的意图。小姐的病很快地痊愈了，全家都很高兴。十天后外婆来接拾翠回家，小姐骗她说："拾翠服侍我很多年，现在出嫁，一定要打扮得体体面面的。我已经代她做了好些衣服，还没有完工。等到迎亲那天，你傍晚来，我把拾翠打扮得整整齐齐，人和东西直接抬走就好。"外婆喜欢贪小便宜，高兴地答应了，竟然又一个人回家了。回家后舅舅虽然责怪她，但也没有办法。

到了迎亲那一天，小姐与拾翠故意起晚了点。饭后把丫鬟们都支开，在绣房中面对面地梳妆，发上插着许多簪饰，让垂珠遮住脸面，打扮得极其华丽。两个人打扮得完全一样，衣服一般的花式，鞋子一般的红艳，不是贴近了细看很难区分。太阳刚刚西斜，就把门关了起来。外婆早早地走来了，一进房就说：“我年老糊涂，没带你回家，被你舅舅数落，差点气死我。快走吧！”拾翠这时坐着，让小姐站在一旁。拾翠模仿小姐声音对外婆说：“痴老太婆急什么！谁耽误了你家小娘子的好事啦！”又回过头对小姐说：“拾翠，快跟着你外婆回家。日后内心思念，有空就来看我。”说完又指着一只大箱子对外婆说：“这是送给你外孙女的，可不要嫌少。”外婆谢过，拾翠便唤丫鬟将箱子抬着，同外婆一起出门，小姐跟随在后边，头也不回，也不再到大堂向主人家辞别。外婆来时就准备好轿子，到门外就乘轿子离开，人们都奇怪拾翠为什么突然变得那么冷漠。

拾翠把小姐送走后，就关上房门独自坐着，不和家里人见面。一会儿天黑下来，城门也关了。那个豪富家也住在城外，与孙家只隔一条小河，所以要等到天黑才来迎亲。时辰将至，小姐的父母一起来到绣房前敲门，拾翠想着此时小姐早已进城，他们不可能再去把她追回，就把房门打开了。小姐的父母拉着女儿的手道别，忽然觉得不对，大吃一惊。因为在此之前全家都忙着整理嫁妆，激动高兴，丫鬟们来来去去，也都没有留意。更何况小姐平日里脾气便很执拗，父母都顺着她，她要一个人闭门独坐，别人也不敢去打扰她。到这时孙家的父母拉着女儿的手在灯前话别，母亲还要为她系上面巾、结上腰带。假小姐当然很难再装下去，真相就暴露出来。孙父气愤极了，大声责问。拾翠早就想到会出现这样的情况，一点也不慌乱，将调包的前后经过讲述一遍，情绪激动，最后大声说道：“我知道自己有罪，也作好了死的准备。现在就让我死在你们面前，借这个机会来报答小姐对我的大恩。”说完，从袖子里取出一把短刀，就要自杀。这下孙家的父母也慌了，急忙拉住她说：“别这样，让我们仔细考虑。”

正在说话时，豪富家迎亲的人来了，唢呐声、锣鼓声响成一片，大门内外挤满了人。孙父见事情已经到了这个地步，就和孙母商量不如就让拾翠代替女儿出嫁，暂且应付过去眼下的局面。这样虽然说失去一个女儿，也算又得来一个女儿。于是安慰拾翠说："我那不成材的女儿，好人家不嫁，情愿去吃苦，我们也不稀罕她。现在我们就把你当作自己的女儿嫁出去，日后可别忘了我们老夫妇啊！"说着伤心地流下眼泪，拾翠也哭着向两位老人道谢。于是孙父严厉地告诫在一旁的丫鬟，即使对自己的亲人，也绝不能将这件事讲出去。然后拾翠向小姐的父母拜别，盖上红巾，坐入彩车中。那个富家公子向孙父孙母行过了奠雁赘抛之礼，便亲自驾车迎娶拾翠回家，没有人知道她是假冒的小姐。拾翠美丽大方，性格贤淑，丈夫和公婆都喜欢她。孙家父母也保守秘密，对待拾翠就像亲生女儿一般。

小姐来到拾翠家，彩车早已在门口等候，拾翠舅舅也没有细加辨认，便催促登车。到了汤家，牵着红巾入内。汤汝亨以前只匆匆地看过拾翠一眼，故也分不清小姐的真假。当晚定情，二人各写新诗，彼此间更加钦慕，只遗憾相见太迟。第二日早起，便又各自提笔吟诗作词，一唱一和，写个不停。小姐深深庆幸自己嫁了一个好丈夫，也就不再思念父母。三日后，拾翠舅舅来看外甥女，小姐装作害羞躲在闺房里不出来，汤汝亨拉着她出来。等到见了面，二人互相都不认识。拾翠舅舅惊道："她不是我家拾翠，是谁呢？"汤汝亨也大吃一惊，小姐迫不得已把事情的本末还有拾翠的一番心意讲了出来，二人听了都惊叹不已。拾翠舅舅回家后派人到孙家了解，知道拾翠已经代替小姐嫁至豪富家，于是也保守秘密，不敢讲出事情的真相。拾翠嫁到豪富家后，担心汤家贫穷，小姐过得不好，便借口说挂念旧日的贴身丫鬟，派女仆前去探望，并送些银钱。仆人回来报道："汤家娘子与官人好像一对小书生，在书桌旁咿咿唔唔地念着，不知疲倦。书桌上堆满了纸张，你也写、我也写，写完了又念，念完了又相对大笑，一点也不担心清贫。"拾翠听了，这才放心。

第二年汤汝亨带着小姐回江宁，被江南总督高公所赏识，帮助他编撰《升平乐府》十种，准备在皇帝南巡时呈现。编撰完毕后，高公给了他一千两银子，并在学使面前推荐他进入府学为生员。这时小姐家境渐渐富裕，而拾翠家却逐渐败落下去，她的丈夫吃喝嫖赌，把家产都挥霍完了，不久自己也患痨病死去。拾翠没有依靠，又回到了孙家。孙家老夫妇日夜思念女儿，通过拾翠的安排，才得以和小姐见了面。小姐回家后把拾翠的遭遇对汤汝亨说了，为了感谢她成全二人的美德，就把拾翠娶回家中当侧室。后来小姐生了几个儿子，拾翠生了一个儿子。汤汝亨先死，小姐与拾翠至今还在。我的朋友邵次彭写了《汤太母含传》记叙这件事，在这世上流传。

外史氏说：这件事有三处值得人们称奇。汤汝亨不追求科举功名，而对吟词填曲执着不悔，不顾旁人的非议耻笑，这是一奇。小姐不慕富贵，而甘心嫁到穷人家去，甚至是不顾父母的遗弃，这是二奇。拾翠一心一意促成小姐实现自己的心愿，她的才干也丝毫不逊于小姐，半夜逃出孙家，想方设法博取舅舅的同情，巧妙地安排和汤汝亨的婚事，然后又设计调包，可以说是足智多谋。一开始并不为自己谋划，可结果自己也达成了心愿。春秋时期宁武子不避艰险，在乱世里周旋，既辅佐了君主卫成公，也保护了自己。拾翠做人处世，和他们不是差不多吗？这是三奇。不过，假如用世俗常人的眼光去看，一定会认为小姐被拾翠出卖，因为拾翠自己嫁到富人家，却让小姐过粗茶淡饭的贫困生活，难道这也算是帮助别人、替别人打算吗？但是看到小姐嫁到汤家后夫唱妇随的快乐，便可知道这样的眼光是非常浅薄庸俗的了。

小珍珠

杭州有姓苏、姓李两名秀才，都花钱买了北京国子监的名额，准备在北京参加顺天府乡试，因为那里中举的名额较多。他们到达京师的时候，槐花正黄，考试的时间马上就要到了，于是就在试院左侧租了一间屋子，作为入场暂时歇息的地方，不再另外寻找别的居住地方。但是京城的风俗，每当科举考试时期，离试院较近的地方，不但房租贵，一间都在十贯以上，而且物价也相应地被抬高。苏、李二生应试结束后，考虑到发榜的日期还很早，为了节省开支，便计划搬到别处去住。有个浙江来的和尚，长期住在京城，因为是同乡，苏、李便托他找房子，和尚说："东城外三里多有一白石精舍，环境清静幽雅。二位如果想去，我可以代为关照。苏、李听了很高兴，便托他介绍。和尚来去花了半天时间，二生也已收拾整齐行装，于是就一起前去。到了那里，只见满路都是松花，竹影横斜，真是一座雅洁清幽的佛寺。他们选了东边的一间廊屋，居住下来。和尚告辞离开时，悄悄地对他们说："这里是郊外，四周很荒僻，不要随意出游，一定要小心！"说完就离开了。

苏、李二生正庆幸自己找到一处好地方，打算痛快地游览一番，听了和尚的话，口中虽然答应，心中却一点也没有放在心上。第二天早饭后，他们先游览了本寺，随后询问和尚，附近有什么赏心悦目的去处。众和尚都不说话，只有一小和尚说："距这里一里多，有个留云观，景致不错，值得游玩。"其他和尚听了后都瞪着眼看他，好像在责怪他多嘴，二生也有些莫名其妙。午后，就请这小和尚陪着一起去游玩。住持和尚知道后，赶紧跑过来对小和尚说："你别把二位相公带到留云观后边去，有性命危险！"二生听了大吃一惊，问小和尚，小和尚只是笑了笑，并不回答，仍然引着他们离开寺庙前去。在茂林中转了好几个弯，许久才走到。只见围墙大都倒塌了，四周荆棘丛生，有几根柱子立着，好像是大门，走近一看，上面还有一块破旧的木匾，上面写的正是"留云观"三个字。小和尚带他们跨了进去，里边不少古树倒卧在地，就好像一条条发怒的蛟龙在草堆里盘旋。草有二尺多高，没有一丝人迹，显然已经荒置很久了。二生拨开草前行，一直走到大殿前。大殿有五根柱子，原本金碧辉煌的油漆都已剥蚀得差不多了，门窗残破不堪，歪歪倒倒。殿中死一般寂静，神像还立着，神态狰狞可怖，黑黝黝的积满了灰尘，已经无法知道是什么神仙。苏、李二生大致浏览了一下，不禁哑然失笑，说："小师父说好玩的就是这里吗？那也太差劲了！"小和尚微微有些脸红，说："好玩的不在这里。但我师父已经发话，我不敢擅自带二位前去。"二生又笑了笑，说："去了也不见得就好玩，不过你师父不在，为什么不带我们去玩个遍呢？"小和尚为了证实自己没有说谎话，便答应了。

从殿后只走了几步路就有一扇侧门，小和尚推开门，其中果然别有洞天。只看见芳草鲜美，树木茂盛，亭台楼阁，在其中掩映。远远地还听到潺潺的流水声，大概还有小溪、池塘。二生很高兴，想要抬脚往里走，小和尚连忙拦阻道："就在这里远看，已经很好啦！再往里走，恐怕有灾祸发生。"二生笑他胡扯，仍要前行，忽然听到亭中有妇人严厉地斥责说："哪里来的野汉子，到我家花园东张西望，想当盗贼吗？"声音十分刺耳，就像是猫头鹰的叫声。这下苏、李二生才真的害怕了，小和尚急忙拉着他们说："快走，快走，狐夫人发怒了，不能再停留了！"二生听了赶紧回身，循着来路，急急匆匆地往回走。路上问小和尚，其中究竟有什么古怪，小和尚回答说："这里原是某贵人家的花园，荒废很久了。后来有妖怪占据，不能再随意出入。如果狐夫人不在，还可以进去玩。今天碰到狐夫人，就不行了。"二生听了，感到非常惊奇。回到寺院，住持和尚问："到后园去了没有？"他们都瞒着不敢说。到晚上，二生与住持和尚闲谈了一会儿，到二更时分才散开回去睡觉。走到东边廊下，月光清朗，映满了整个窗户，便不再向和尚要火，回到房内脱衣睡下。这时住持和尚突然走来，隔着窗子问道："二位白天外出游玩，如果听到什么，赶快告诉我，不要自己害了自己。"二生仍然坚持说没有，和尚才离开。二生在枕上还嘲讽道："这个光头和尚真是个胆小鬼，即使有妖魔鬼怪，也不敢来侵犯举人老爷！"说完就睡熟了。

半夜，苏生先从梦中醒来，觉得怀中非常温暖软滑，仿佛有人和他一起睡觉。他怀疑是李生，但李生从不胡乱地开玩笑，试着用手摸去，只觉得肌肤细腻润滑，这才大吃一惊。就着月光，张开眼睛细看，原来是一个二十岁左右的少妇正和自己同衾共枕地睡着。于是伸手将她摇醒，问她是谁，妇人答道："我特意来陪你睡觉，何必多问！"苏生自己一个人很久了，情欲萌动不能控制，便顾不上详细询问，紧抱着妇人，做成了好事。欢好过后，很快地便昏昏然沉睡过去。沉睡中忽又听见李生的呼唤，大喊奇怪。勉强睁开眼来，怀中的妇人早已不知去向。他问李生为什么惊叫，李生说："我半夜梦醒，闻到枕边有女子鬓发的香气，十分奇怪，睁眼一看，果然在我身边睡着一个美女。我不禁有些心动，但又想功名事重，而且这女子也不知是从哪里来的，于是准备拒绝她，没想到这女子，百般引诱纠缠，我只能侧过身子，不理不睬。这时窗外忽然现出一双大眼，像灯一样明亮，直射屋内，又有声音呼唤道：'小珍珠，不可纠缠人，快回来吧！'这声音就是白天在留云观所听见的狐夫人的叫声。我怕极了，就大声叫你，突然间狐夫人与床上女子都不见了。"苏生听了李生的话，大惊道："这下我可完了！我没能像你那样端正自己的心思，已经被妖怪迷惑，这可怎么办呢？"接着讲述了自己的经历，说着便哭了起来。李生只好安慰他，仍然各自睡下。

天明，李生起来洗漱，叫唤苏生，听不见答应。走近一看，苏生紧闭双眼，一点气息也没有，已经死了。李生害怕极了，急忙去唤住持和尚。和尚赶到，见苏生突然死去，痛惜地说："不早点告诉我，果然被妖怪害了。不过还有一个活着，还算是幸运。"李生询问其中的缘故，和尚说："二位去游览的那个废园中，有个妖怪叫狐夫人，其实她自己并不是狐狸精，只是狐狸精都听她的话，所以人们这样叫她，狐狸精中有小珍珠、小珊瑚等，她们都能迷惑人，只要被她们迷住的人都活不了。听说狐夫人专替她们物色青年男子，她们则把男子的精血摄去，供养狐夫人。青年男子前去游览，如果没有遇见狐夫人，还没有关系，偶尔撞见，便活不成了。"李生听了，便把昨晚发生的事详细告知。和尚说："你是正人君子，以后会有大福气。不过，如果你们早些对我讲，我在你们房中放一卷经文，那么苏生也不会死了。"说着，大家都非常感慨。李生随后就买了棺材将苏生收殓，当天便搬到南城去住。这一年李生在顺天府中了举人，第二年带着苏生的灵柩返回浙江。乡里父老听了苏生的遭遇后，都叹息不已。

外史氏说：古话说邪不侵正，这是确实的。读书人在紧急关头，最重要的是"正心"二字。做到心正，连佛家的经文都可以不要，哪里还怕什么妖怪！假如不能做到心正，香暖的绣被，会成为男子葬身的深渊；芳香的秀发，也会变成令人魂飞魄散的魔障。其结果是黄泉路上多了一条汉子，龙头榜上少了一名俊才。苏、李二人，一死一生，他们读书养性功夫的浅深，这还不明显吗？

尸 变

　　河北涿郡有一个风水先生，擅长妖术。乡里中的大家富室如果死了人，就必须要花许多钱请他来，并且盛筵款待，方可平安无事，否则就会发生祸事。某村有一个富翁，有两个儿子，都在武学堂读书。富翁年老得病死了，亲戚们都说某人有法术，一定要请他来才可以把富翁的尸体殓入棺中，这主要是为了免除家中活着人的灾祸，而不仅是替死者祈求神灵的庇佑。两个儿子也曾经听说过某人的法术很强大，有些害怕，就带着钱去了。当时这个风水先生正在造房子，知道死者家中很有钱，就想借此狠狠地敲诈一笔，让他们出钱造房子。所以见到富翁儿子拿来的钱，觉得太少，拒绝了。富翁儿子又加了钱再去，风水先生仍然嫌少，并嘲笑道："你们家可不是街市上的佣工小贩，可以草草了事。若是真心请我，至少一百两银子。"富翁儿子本来就比较任性，听了很生气，说："你也别太得意，死生都是天命，难道你有法术能把我们全家都诅咒死吗？"于是气冲冲地返回家中。亲戚们知道了都很担忧，打算另觅一个风水先生，但是整个县城没有一个人敢承接这件事，结果进退两难。好不容易才打听到某人和风水先生是好朋友，便请他前去讲情说和，答应照付一百两银子。没想到风水先生听后笑着说："他自以为是富家公子，发了一顿脾气走了，怎么现在又来求我？我已经算好了，按他父亲死的时辰，今晚子时与亥时交替的那一刻，就会发生尸变，所以才向他索取高额报酬，作法为他镇邪。那么一点钱，他当时还舍不得；现在要我去，没有三百两银子，我还不愿意干呢！"说完就送某人出来，说："请你传话给他家公子，性命攸关，这可不是什么小事。"某人回去后如实转述了风水先生的话，众人更加担忧了。

　　老翁的尸体还停放在床上，快要腐烂了，棺材早就准备好了，却不能收殓。两个儿子看了，十分心酸，没有办法，只好同意这风水先生的要挟，请某人再去一次。这时亲戚中忽有一人气愤地说："他这样敲诈勒索，实在令人忍无可忍，我推荐一个人，或许可以完成这件事。"众人问这个人是谁，原来这个人也是个风水先生，本领很不错，因为那个风水先生的名气太响，就很少有人请他。而且他家就在附近，很快就可以把他邀请过来。富翁儿子本来就咽不下这一口气，听到此人这么一说，立刻就同意了。派人去请，一会儿便来了。他衣着很破烂，家中仆人见了也不向他作揖致礼，心想这个人一定会把事情弄糟。刚才推荐他的人和他讲了几句话，他急走进屋察看老翁的尸体，又闭上眼睛弯曲手指掐算。隔了好一会儿，很坚决地说道："今天是个好时辰，办事情百无禁忌。"众人七嘴八舌地转述了那个风水先生的话，这个人听后不禁笑了，说："这家伙长期以来为非作歹，他今天这么说，那是他的死期到了。我也曾经遇见奇人，学到一些本领，今晚请让我一试。"富翁儿子听了很高兴，说把准备付给那个风水先生的银两作为他的报酬。这个人说："我不计较报酬，只希望你们全家都能平安无事，说明我不是讲大话的骗子。"于是要了三只大黑碗、一支毛笔和一钱多丹砂。这个时候天已经黑了，他趁着烛光在碗内用丹砂画符，弯弯曲曲，就像蛇一般地盘来盘去。他又嘱咐众人说："大家都关门睡觉，不要害怕。有什么灾难，我一个人承当，不会连累你们。"说罢光着上身，披散着发赤着双脚，并把剩下的丹砂放在裤腰里，然后便沿着柱子像猴子一般地爬上屋梁，叫人把三个画了符的大黑碗递给他，然后就挥手对人们说："快离开这里。如果听到我哭叫，那就是他把我害死了。"众人听了害怕极了，很快地都躲了起来。

这个人靠着梁上的短柱躺着，很快到了二更时分，心想："这下要来了。"等了一会儿，已经快到三更，仍然悄无声息。他感到有些疲倦，正想睡一会儿，忽见有影子在晃动，风声渐渐，心中顿时一惊，暗暗叫道："来了！"就坐起身子，凝神观望。很快便听到窸窸索索的声响，是尸体上盖着的纸被发出的，尸体已在微微地蠕动，转瞬间就坐了起来。这个人立刻取过一只大黑碗掷下，啪的一声震响，尸体随着这声音就倒下了。这个人刚松了一口气，没想到尸体又动了起来，还没有来得及取碗，尸体便突然走下床来。他连忙把碗掷下，尸体又应声倒下。这个人担心还有变化，双眼盯着，丝毫不敢移动。忽然尸体又站了起来，口中凄厉地大叫，大概已知道屋梁上有人，愤怒地抬头向上看，似乎想要扑上来抓取。这个人心想，只剩下最后一只碗了，如果再不成功，我也难保性命。于是又拿过一只碗掷了过去，尸体又应声倒下，过了很久没有动静。这个人以为事情已经完结了，正要转身下来，不料尸体又站了起来，比前几次更加凶猛。这个人见第三只碗仍然没有效果，再也没有别的办法，不禁也恐惧极了。这时尸体已经能移动，直接逼近房顶，脚并拢跳跃向前，口中发出呜呜的惨叫声，响遍周围，吓得梁上的人几乎掉下来。顷刻间，尸体已经到了梁下，仰起头奋身往上跳跃，像飞鹰一样快，伸出双手来抓他的短裤。这个人害怕极了，心想今天倒霉的不是我就是他，发誓和他拼个你死我活。伸手一摸裤腰，幸好丹砂还在，便全部倒入口中，并狠心一口咬破舌头，将血和丹砂搅混，对着尸体喷去。尸体中了丹砂，再也无法支持，无力地倒了下去，并惨叫道："我和你无冤无仇，你为什么要害我？"说完就再无声息。这个人隔了许久才能慢慢转动手脚，四肢筋骨不听使唤，如风痹一般地，只好仍然躺在梁上。不久天亮鸡叫，众人进来察看，见尸体已经不在床上，满地都是砸碎的碗片，个个惊得直吐舌头。这时这个人才沿着柱子慢慢爬了下来，穿上衣服，命令众人仍把尸体抬到床上，并说："快派人去看一下，那个风水先生已经死了。"众人前去打听，还没有进门，便听到满院号啕大哭的声音。原来那个风水先生到晚上还不见富翁家派人送钱去，心中怨恨，说道："你敢小瞧我，我一定要报复，看还有谁的法术能比我高明！"说完就睡下了。到了五更，他的妻子忽然听到他惨叫道："我和你无冤无仇，你为什么要害我？"正是老翁尸体所说的那句话。妻子摸他的鼻息，已经感觉不到了，全家都非常惊慌惶恐，这时风水先生就一命呜呼了。打听消息的人回来讲了情况，大家都惊诧不已。富翁儿子就把准备好的银子拿来酬谢请来的风水先生，并将其父的尸体收殓装进棺中。

　　后来那个死去的风水先生的儿子听到富翁家所发生的事，就写了状子呈到官府，告某人用法术杀了他的父亲，官府没有受理。那风水先生死了不到一年，妻子和人私通，儿子整天在赌场混迹，把家产输得干干净净。而这个风水先生却因此名声大振，人们都称赞他的法术高超，如今郡中无人不晓，生活也渐渐富裕起来。

外史氏说：人啊，真是贪心不足蛇吞象啊！家里死了人，本来没有什么事，却借此骗取钱财。一次一百两银子已经是够多的了，还要嫌少，竟然要增加到三百两。我知道即使给他三百两，他也未必就满足。可是狗急跳墙，人被逼无奈，自有对付的办法，于是有人捷足先登，不仅使他魂飞魄散，身亡惨死，而且夺了他的饭碗。此人贪婪的欲望非但没有得到满足，家产却荡然无存。人们常说"以术杀身"，这个风水先生的下场却远不只是这样了。

黄　灏

监生黄灏是吴县的巨富，因为得到县宰的赏识，很想报答他，却没有找到机会，总感到有些歉意。县宰非常喜欢女色，家中娶了好几房漂亮的姬妾，心中还是不满足。黄灏知道了这个情况，就到处想办法寻访美貌女子，想送给县宰来表达自己的感恩戴德之情，但一时还没有物色到。

盛夏的一天，黄灏正在田亩间巡视，忽然看见一个漂亮的女子，在太阳下行走，穿着轻纱制成的衣服，纱眼中隐隐露出的肌肤，晶莹洁白，好像玉石一般，心中暗暗感到高兴。他突然上前问道："看你这身衣服，绝不是一般贫寒人家，为什么一个人在田间行走，难道不怕别人嘲笑你和情郎偷偷约会吗？"女子听了，似乎有些生气，水汪汪的眼睛斜看着黄灏说："你是从哪里冒出来的轻浮男子，多管闲事，这些不是你应该问的！"说完，穿过田间的沟渠，头也不回地走了。黄灏听了后有些惭愧，但又想到如能把此女献给县宰，那一定能得到他的欢心，只是不知此女是怎么样的一个人，不知从什么地方下手，不禁有些懊丧。第二天，黄灏又在田垄旁遇见她，但见她满面都是泪痕，形色十分慌张，完全不像昨天那样悠闲自得。黄灏情不自禁，又走上前去，双手一揖，轻声询问。女子这时才神色庄重地说："我的事如果不是贵人，那肯定是办不了的。看你的样子，似乎和贵人很有交情，我就厚着脸皮，把事情讲给你听吧。"黄灏就请她详细说出来。女子说："我家离这里有五里，丈夫早已去世，只有公公还在。我的父母在东乡居住，可怜我很年轻，要我回家重新嫁人。昨天从娘家回来，把这个想法说给公公商量，他竟蛮横地不肯答应，并要我去对父母说，除非把我嫁给一县之长，那还勉强可以同意，否则的话他就要告官。我想我父母只是平民百姓，怎么可能认识县太爷呢？你如果认识的话，就请帮我说句话，你的恩德我绝不会忘记。"黄灏听了大喜过望，正和自己的想法不谋而合，便爽快地说："县太爷就是我的老师。这件事我自然可以办到，想你那乡巴佬儿的公公能拿你怎么办！但是县太爷德高望重，你虽然漂亮，恐怕也当不了正房，不知道你是否愿意？"女子破涕为笑说："像我这样一个乡下女子，能够当上他的姬妾已经是非常大的福分了，怎么还敢存有奢望呢？"黄灏更加高兴了，向女子保证必定尽力办成这件事，二人约定好之后就分开了。

黄灏立刻就到城中拜见县宰，当面说了这件事。县宰本来就是个色鬼，听了也非常高兴，但想到讨本县的民女做姬妾，有损自己的名声，不禁又有些踌躇。黄灏便替他出谋划策，说："不如由我借老爷的威望来压服乡民，而老爷却用我的名义来成就好事。对她父母讲，是我自己娶妻，对她的夫家讲，便是县太爷讨妾。事情就是以后出什么意外，有人作证，也就不必担心了。"县宰高兴地答应了。黄灏才回到家里，女子即前来询问情况，黄灏把县宰的想法说了，她也全都答应了。第二天她和她的父母一起过来，黄灏给他们一百两银子，写了婚约，他们就回去了。傍晚女子又来，还带着一个密封的小匣子。在办理婚事的过程中，黄灏自始至终都没有和她的公公见过面，他因为有县太爷作后台，行事也就无所顾忌。他又花了几百贯钱为女子置办了衣服饰品，然后选了个黄道吉日，亲自送她到县衙。县宰见此女子的姿色果然与众不同，娇媚美艳，十分感激黄灏。

晚上入洞房，女子情态很亲密，可是天亮起来一看，似乎换了一个人，容貌姿色极其平常。县宰大吃一惊，问她是谁，女子哭道："我是黄监生的小妾，昨天看新娘子上轿，被她抓住一起来。晚上你进房间，她就不见了。你拉着我一起上床，我只好听你摆布，想说也说不清，只能暗中哭泣。"县宰听了更是诧异，踌躇了许久，就命令仆人立即驾车送她回去，并且撒谎说："县宰昨天感冒，没有进洞房。今天早晨才发现新娘搞错了，不敢留她，立即送回。"黄灏见到小妾后惊讶极了，赶快到此女所住的房中，只见她好端端地坐着，刚梳好头，正在对着镜子插花。黄灏非常恼怒，当面指斥她说："你耍了什么鬼把戏，把我的小老婆搞到县宰家里，差一点叫我戴上绿帽子，快把一百两银子还我，你走吧！"女子听了也不在意，慢吞吞地回答说："和你开个玩笑，你怎么急成这样！县宰的车还在，我这就亲自前去。"说完缓缓出门，登上车离开。黄灏怕她再搞出什么花样，把家中老小都检查了一遍，一个也不缺，又把房门锁好，心想这下再也不会出问题了。

第二天一早黄灏正坐着，他的叔父从外边闯了进来，一边吼叫，一边用头顶着黄灏的胸口，愤怒地骂道："你害我，我和你拼命！"黄灏被弄得莫名其妙，只好跪下来请叔父息怒，并问究竟是怎么一回事。叔父怒气稍定，说道："我年过五十，就只生了一个女儿，想将来招个女婿，老了也有个依靠。现在你用妖法，把她送进县衙，玷污了身子，将来嫁不出去，你这不是害了我吗？"黄灏听了大吃一惊，猜想仍然是那个女子捣的鬼，便请叔父详细说明经过。叔父说："我年纪老了，平时起身比较迟。刚才正要出门，忽然看见门外停着一辆车，车门打开，竟是我的女儿。她拉住我不停地哭，说昨天正在对着镜子梳妆，被你强行拉到车子里，很快来到一处富丽堂皇的地方，看起来不是平民百姓的家。那里的人给她吃好饭喝好酒，到了晚上就有一个做官的人进来和她一起睡觉。我问她这个人的长相，原来竟然是县太爷。她又说一到天亮，这个人看到她就大喊奇怪，问了几句话，便命人驾车把她送了回来。这件事不怪你，那怪谁呢？"黄灏便把遇见那女子后所发生的怪事都详细说了一遍，家中人在旁边一一证明，叔父这才无话可说，只是不停地流眼泪，黄灏又讲了许多好话劝慰他。叔父一走，这个女子便又来了，一进屋就笑着说："黄官人，你的小妾真是清白的吗？"黄灏一下子醒悟过来，县宰说因为感冒没有进洞房，都是假话，不禁怒气冲天，就要和女子拼命。

这女子毫不在意，笑着走进她所住的屋子，从房内取出一个小匣子，交给黄灏说："你拿着这个匣子到县衙去，一切都会真相大白，我也没空和你细讲。"说完转身出门，坐上早就等候在门口的轿子，一晃眼就消失了。黄灏感到十分奇怪，忙派人到东乡去寻访，根本没有这样一户人家。

第二天黄灏拿着匣子去找县宰，准备一同打开验看。到了县衙。听见衙役们议论纷纷，说县宰生病不能坐堂理事了。黄灏询问其原因，更加震惊。原来县宰两次受骗，也觉得这女子有些奇怪，便把她所住的新房锁了起来。晚上县宰偶尔经过，突然看见这女子立在门口，打扮得花枝招展的，向他招手说："你把我娶过来才两天，就要抛弃我。这就像是天气凉了，就把团扇扔掉，你也太狠心了！"说着，露出妩媚的笑容，迎了上来。县宰情不自禁，便与她一起进屋，双双脱去衣服，上床欢好。枕席间风情万种，县宰更加神魂迷醉。天色渐亮，仍然抱着她熟睡，忽然间手臂像被刀割一样，剧痛无比。张开眼睛一看，怀抱中哪里还有什么美女，原来是一只凸眼暴牙、狰狞无比的大狗。县宰惊恐极了，赶紧滚下床来，想开门逃跑。谁知门被外边反锁着。大狗猛扑上来，县宰只能光着身子绕屋而逃，被咬得遍体鳞伤。幸亏仆人们听到他的呼号声，赶来相救，打破房门，大狗立刻冲了出去。有人认识，原来这是县中僚属养的一只猎狗。

县宰惊定之后，浑身剧痛，躺在床上不能起身。黄灏再三请求才得以进来，便在床前探望他。二人谈到之前的事情，都不禁有些羞愧。黄灏拿出小匣，转述了女子的一番话。打开匣子，里面空无所有，只有一张白纸，上面写道："我本南山狐，偶来尘世内。蓦遇胁肩徒，强入参昴队。赚尔资百金，劳我神三昧。一污画屏姬，再戏金闺妹。受者尚无伤，今与眠猵配。以色悦长官，应得风流穟。居位思邪行，当遭韩卢吠。劝君各洗心，良言莫予惎。长歌归去来，不复语汝辈。"县宰和黄灏看后，羞惭得汗如雨下，衣服都湿了。后来县宰迁官，黄灏就把自己的堂妹嫁给他，也算了结前事。此后就再也不和官府来往，活到六七十岁。看来狐狸精给他们的这一番教训，还是相当有效的。

外史氏说：一个读书人向长官溜须拍马，这已经和倚门卖笑的女子差不多了；

更何况又把女人作为手段，去博取长官的欢心，黄灏实在是太过卑鄙无耻！这个狐狸精还是很有趣的，用黄灏的小妾和堂妹作为替身戏弄了他，黄灏但凡还有些人性，能不羞愧死吗？只是一般说来狐狸都怕狗，这个狐狸却能驱遣猎狗，看来她是个狐仙，而不是一只只会抓鸡的狐狸。

徐小三

京城有一个歌手，名叫小三，本家姓徐。他容貌清秀，妩媚动人。他的父亲在世时不让他唱歌，父亲死了，为了挣钱奉养母亲，才拜师学唱。他歌唱得非常好听，人们送的财物也多，一时名声大振。师父爱惜他的歌唱天赋，不舍得让他离开半步，就怕他受到放荡青年的引诱学坏，所以已经十五岁了，仍在师父家睡，只能在白天抽空去探望母亲。

一天，小三的外公生病死了，他母亲一再向师父请求，才同意他前去拜祭，但师父还是亲自陪着他，非常小心谨慎。外公家在城外，离城还有十多里。小三到那里时已经是中午了，小三哭着奠祭外公，花去好些时间。舅舅和小三很久都没有见面了，非要他留下来住一晚，师父不同意，小三也不敢强行留下来，吃过晚饭，就匆匆地告辞离开。走出门外，已经是日落西山了。他们出来时，本是坐车的，回去路上，马忽然僵直身体倒下了，他们只好下车步行，速度就慢了下来。这时天色早已经黑透了，师父估计城门也关上了，不禁焦虑地说："进不了城，晚上怎么过夜呢？"小三也没有主意。想找旅舍，旅舍也远在城门口，只能加快脚步，继续向前。走了不到一里多，已经到了初更时分。那天正是阴历下旬，没有月色，格外昏暗，远望路边的树木，就好像一个个站着的人影。小三非常恐惧，紧紧地依靠着师父，不敢远离。二人正一脚高一脚低地走着，忽然看见前方有火光闪烁，穿越树林走过来。近了才看清，原来是一个人，手里拿着一盏灯笼，穿着黑色的短衣，戴着宽边的帽子，就像舞台上戏子所扮演的家仆。师父和小三都大吃一惊，觉得他是鬼，便想躲开。没想到这个人看见小三，就像是十分熟悉的样子，一直走到他面前，拉住他的手说："小家伙逃到这里来了，快随我去见驸马爷。我可为你受了大罪啦！"说罢，拉着小三就跑，快得像飞一样，小三吓得哭了起来。他师父来不及把他夺回来，也追不上去。转眼间二人便跑得无影无踪，他师父只是说不出的懊恼丧气。

这个人拉住小三飞跑，很快就来到了一处大院，安慰小三说："你别害怕，这个地方比你家要好得多。"小三抬头看看，满眼都是红墙翠瓦，好像是王侯的府第。小三平时经常出入大户人家，也没有放在心上，只是想着"小家伙逃到这里"的话，担心被拉去责打。走进院子里，只见门墙都造得又高又大，四处灯火通明，众多的官员们来来去去地忙碌着，身穿锦衣、头戴花帽的仆人更是多得数不清，见到这个黑衣人，都恭敬地招呼。黑衣人也不搭理他们，带着小三一直走了进去，经过几重门槛，才走到一间大堂。里边火炬辉煌，上面高高地悬挂着一方匾额："仪凤双栖"。小三也不知道这究竟是什么地方，只看到珠帘垂在地上，画栋凌云，花格的窗棂被烛焰照得雪亮。一会儿，帘后似乎有人影晃动，立刻音乐声响起，笙管齐奏，大堂中一下子出现了许多人。接着有一宫装打扮的妇人拉开珠帘，询问说："歌手来了没有？"这个黑衣人答道："来了。"随即就把小三引到妇人面前，自己退了出去。

小三跟着妇人进入帘内，看到堂中设了两张宴桌，一向南，一向西。向南的桌后坐着一人，就像庙中所塑的圣姥，身披云衣，头上插满了珠翠。向西的桌后也坐着一人，头戴貂饰的金冠，穿着朱紫色的宫袍，似乎是古代的王侯贵戚。二人的左右有十多名美女伺候，有的拿着乐器，有的拿着酒具，都很安静地站着。妇人命令小三跪下拜见，向西坐的人问道："听说你会唱歌，你会唱多少歌？"小三双腿不停地颤抖，吓得说不出话来。向南坐的人便叫侍从拿酒给小三喝，壮壮胆，又说："驸马别吓着他。"说话的声音娇细，勉强能听清楚。这时小三心中仍然七上八下，惶恐极了。两个十三四岁的小丫鬟走了过来，都披着长发，一个拿着酒壶，一个拿着酒杯，笑着倒酒给他喝。其中一人穿着杏红色的短衫，淡绿色的裙子，相貌尤其娇美，小三看了，心中微微一动。她们奉命赐酒给小三喝，小三不敢推辞，跪着喝了。穿杏红短衫的丫鬟低声对他说："今天是公主的生日，你要唱祝寿的歌。"说完，很快退了回去，回过头又微微笑了一下，显然对他很有好感，小三也更加喜欢她了。小三喝过酒后，胆子大了些，站起身手舞足蹈，发声吐气，就唱了起来。歌声抑扬顿挫，轻细处如黄莺啼叫，高昂处如白鹤长鸣，众人听了都拍手叫好。唱了三曲，都是祝寿的歌，向南坐的人更高兴了，娇声说道："这个小孩真聪明，好像很明白我的心思。"回头命侍从取出两锭银子赏给小三。小三磕头道谢，并报了些歌名，请贵人选择。向西坐的人说："你自己选着唱吧，这些歌我都没有听过。"小三最是机灵，就专门选自己拿手的，又能助长宴会喜乐气氛的歌唱。每唱完一曲，人们都称好。

　　这时已经快到半夜了，向南坐的人脸上微微有些倦色，伸了伸腰，对向西坐的人说："附马，你再听一会儿，我有些困了。"向西坐的人说："今天是公主的诞辰，特地为你祝寿。兴致正浓，为什么就要走呢？"极力劝说公主留下。又听了两曲，然后对公主说："这孩子如果是不拴住他的心，一定会闹着要回家。为什么不想些办法，把他留下来？"公主说："怎么办呢？"驸马答道："我看他聪明伶俐，男女间的情事不会不懂。假若选一个丫鬟作为藕丝，大鹏鸟的翅膀都可以缚住，更何况是这个小小的燕雀？这办法是否可行，请公主决定。"公主笑道："这孩子好大的福气，驸马爷亲自替他当媒人啦！"又对小三说："驸马要派一个人陪你，你可以自己选择，免得以后埋怨月老。"然后就让丫鬟们排成一行，任他选择意中人。众丫鬟听了都很高兴，小三倒有些害羞，谢过公主后便仔细地看着众丫鬟，单单指一人说："我想要她，不知是不是可以？"人们一看，就是那个穿杏红短衫的女子，堂上的人都笑了，公主和驸马也笑着说："看来他是早就有意了。"便命令侍从在堂边的小屋内摆设床帐，作为二人新婚的洞房。于是公主和驸马都站了起来，丫鬟们用绛纱灯笼在前面引导，簇拥着纷纷离去，堂中只留下穿着杏红短衫的丫鬟陪着小三。小三问她的姓名，她娇羞地说："我是公主的贴身丫鬟四喜，公主一直很喜欢我，从来不离开左右。今天把我赏赐给你，她对你可真不错！"话还未说完，刚才那个身着宫装的妇人和两个丫鬟拿着枕头被子走了进来，笑道："那么小的一对孩子就结婚了？好啊，恭喜你们！"她们把床铺好后正要走，四喜叫小三向妇人行礼，说："这是宫中的刘院君，对我有恩，就像母亲一般。"小三听了，就以女婿的礼节参拜，刘院君很开心，笑着走了。这时小三拉着四喜要脱衣服，四喜轻声地说："我年纪还小，不懂这个。"小三笑道："我也是试着来，谁又明白呢？"两个人相抱睡下，草草地成了好事。

云雨停歇，四喜对小三说："你知道驸马是谁吗？"小三说："我才来，怎么会知道？"四喜说："我也不太清楚，只听说他姓巩，明代末年人，明亡时全家殉难，离现在已有一百年了。上帝怜悯他的一片忠心，命他主管蓟北一带的祸福。这里是他的坟茔。你怎么会到这里来的呢？"小三听了，吓得大哭。四喜急忙制止他说："别出声，隔壁恐怕有人。我既然嫁给你，就一定要对你讲真话。你只要真的把我当妻子，也就不会长久地留在这里。"小三不再哭泣，双眼盯住她问道："你难道不是鬼吗？"四喜说："我是鬼，不过跟随你出去后，还可以变成人。"小三追问她为什么，四喜答道："我家离这里半里多，本来是好端端的人。因为得了流行病，发不出汗，突然死去。父母不忍心抛弃我，便把我埋葬在公主的墓侧。驸马查我的死籍，阳寿还没有完，但也无法再复生，就给我吃药，救活了我，留着当丫鬟。我现在可以说是一半生一半死。"小三听了仍然不大相信，四喜说："凡是鬼都没有血，如果有的话，颜色也是很淡的。你不信的话，可以拿金钗刺我的大腿。"小三不忍心，还在犹豫，四喜已经拔了根发簪，自己猛地刺下，顿时鲜血涌出，颜色深红。小三这才相信她说的是真话，便和四喜商量要一起逃走。四喜说："现在还不行，到晚上再商量。"随后就起身穿上衣服，嘱咐道："这里阴气盛，不要随意到外面去。"说完自己离开了。

小三遵照她的吩咐，不出房门半步，不久，听到外面人们讲话的声音，闹哄哄的。有人进来报告说："都城隍前来祝寿。"里边回复说："请回驾，明天登门道谢。"又报道："都土地来贺喜。"回答道："不敢劳驾，请即回府。"之后又有都邑城隍、土神、谷神等，里面便只是传呼登记，小三听了也都记不住。一会儿侍从送了饮食过来，小三心中害怕，不敢吃也不敢喝，一个人默默地坐着，就像一只呆滞的木鸡，不停地流眼泪。傍晚，四喜从外边进来，拿着两只桃子给他，说："这是阳间的东西，还可以吃。"她见小三满脸泪痕，眼睛红红的，满面愁容，便告诫他说："不能整天这个样子，小心要挨打。"说罢又走了。小三拿起桃子吃，又甜又鲜，吃了就不再觉得饥饿。

不久，天又黑了，堂上点起了巨大的蜡烛。刘院君走来把小三带到另一间大堂，比昨天晚上那一间还要高大宽敞，更加富丽堂皇。公主与驸马高高地并肩坐在堂上，亲密无间。刘院君先叫小三和四喜一起参拜，然后叫小三唱歌。驸马觉察到小三的神情和昨晚不一样，歌声也变了，惊讶地说："这丫头大概把我的身份泄露出去了！"又笑道："这也是我自己糊涂，外边的人本来就留不下来。"接着在公主耳边轻声说了几句话，一挥手，让小三停止唱歌，并叫他和四喜一起跪下，然后说："我因为对明朝忠诚不渝所以成为神，并不是一般的鬼。你们侍奉我，可以活到一百多岁。现在既然有别的想法，我也不责备，你们一同回去吧！"小三听了很高兴，四喜却有些惭愧。公主立刻命令丫鬟取了几件钗、钏之类的饰物和一长条黄金赐给他们，并对小三说："你回去要成家立业，不要再去学唱歌，这是个下贱的职业，带累我的丫鬟也脸上无光。"二人万分感激，磕头道谢。驸马便叫刘院君带领他们出去，然后由以前领小三进来的黑衣仆人送他们回人世。

小三夫妇刚走出高墙，整幢府第都不见了。小三回头一看，只有一座古墓巍然地耸立在大路左侧，这下他更相信四喜所说的话了，就和四喜商量回到什么地方去。四喜说："不能再在这里住了，住的话必然引起人们的惊疑。可以先到附近的州郡，选一个地方安家，然后把你母亲接来奉养，这是比较妥善的方法。"小三也认为很好。当时因为天黑不能走，就坐在树下休息，躲避霜寒。天一亮，就往近处的村镇赶路。小三用公主所赐的银钱租了一辆车，让四喜坐在车上，向东行驶。走了两天，来到蓟州。他们又拿出黄金买田产，建房屋，就像是乡间的富裕人家。都安置好了，才派遣仆人把母亲接来同住。刚开始，师父因为在半路上把小三丢了，怕小三的母亲告官，不敢回家。小三的母亲每天哭着思念儿子，穷病交加，生活越来越艰难。这时小三把母亲接去，又给师父写信，告诉他自己已在蓟州安家，生活很好，这样师父才放心地回了家。一年多以后，有人从蓟州来到京城，师父询问徐小三的消息，说是已经抱上儿子了。

外史氏说：明末皇戚中为朝廷尽忠报效的只有巩永固一人。想来他的英灵没有消亡，所以特地借小三这位歌手来传播自己的事迹，并不是真的学杨素、裴度，把自己的侍女慷慨地送给别人。只是四喜的经历十分奇异，传染病流行时，死的人并不一定都是短命鬼。如果都像四喜这样，那么坟墓中的活鬼一定还有很多。这件事可以笑一笑了。

花 异

湖州有一个商人叫汪仲鋐，十分喜爱花，已经到了爱花成癖的程度。自家园中种了几百株上品名花。从春天到秋天，每天都有鲜花怒放，五颜六色，浓淡相间，好一幅美花图。对待各种颜色的花，汪仲鋐不分高低，同样对待。一天晚上，汪和朋友一起在园中的袅香亭安寝。三更过后，汪已熟睡，而他的朋友却翻来覆去怎么也睡不着。忽然听到近处有喧闹的声音，声音娇细柔美，像是女子的声音。心中十分惊奇，便披衣坐起，认真倾听。只见有人说："晚上时间长，闲着没事，想和你的士兵戏耍一番，你可以靠着车栏观看。"又一人说："我也准备了一些小东西，打算慰劳你的手下，希望你们不要败退才好。"说完双方都哄然起笑。朋友从窗缝中朝外窥望，只见月光皎洁，园中整齐地列着两列队伍好像在对峙着：一列打着红旗，就连装束也都是红的，望上去像一团火焰；一列张白旗，白盔白甲，望上去如一片白色的芦花。但仔细一看，两边军士却都穿着绿衣裳，个个都是长眉杏眼，朱唇玉肌，都是姿色美丽的女郎。军中各筑一高台，台上也立着一名女将，比一般的士兵更加美丽，披着金锁片缀成的细甲，内衬锦袍，也分为红白二色，各自拿着小旗指挥着各自军队的进退。士兵们都拿着雪白闪亮的刀，在月光下挥舞，一边喧呼，一边酣斗。本来并不大的花园，这时看上去俨然像个宽广的古战场。朋友大惊，以为是些鬼怪狐精来闹事，不觉叫道："太奇怪了，太奇怪了！"外边一听到人声，瞬间如娇鸟投林，全都不见了踪影，园中又恢复了一片寂静。朋友赶紧把汪仲鋐叫醒，把刚才所见的情况向他叙说，汪觉得不可思议，朋友也就睡了。第二日早上起来，汪仲鋐打开门一看，只见园中红白二色的花都已蔫萎，和昨天的争奇斗艳的神态大不相同，这才相信朋友说的是真话，二人相对都震惊得说不出话来。朋友当日便匆匆离去。

外史氏说：这真是个俗气的朋友，身上一点都没有雅士的风度。若能只在旁静静地观看，不出声，红白二队的厮杀可能会像刘、项垓下之战一样激烈。只可惜他心慌神乱，张口出声，使花仙们受到惊吓，突然收兵。或许连这两队的美女都会怪他煞风景，骂他是蠢猪吧！

鬼书生

明代成化年间的商州有个在家排行第二，姓不详，专门以贩运为生的人。不管是白天出门，还是晚上回家，都是一人独行，也不怕什么豺狼鬼怪。一天晚上，回来得特别晚，正值深秋，夜风刮得很大，路经道旁坟墓时忽然听到有呼啸的声音，其实是白杨树的落叶被秋风吹拂所产生的，老二丝毫没放在心上，继续走着。忽然又听到有咿唔的吟诵声随风飘来，时快时慢，断断续续，心中十分惊讶，心想："我每天晚上都经过这里，连一砖一木都没见过，从哪里来的读书声呢？"于是便停下来仔细倾听，好像声音就在旁边。料想一定是什么鬼怪，便大声喝道："天气清朗，星光灿烂，哪来的鬼东西，竟敢在这叽叽喳喳，吓唬我过路的行人？

好大的胆，看我不揍你一顿！"话还没有说完，读书声戛然而止。接着好像有烟雾从坟墓中飘出，老二便伏在草丛间窥望。

只见一个人穿着长袍，戴着高帽，长着书生模样的人说道："半夜三更，这条小路上哪还有行人，刚才听到什么东西在乱叫，好像很害怕我念书。不妨拿火照一下。"声音似乎是湖北的口音。接着便呼道："徐家，快快拿一盏灯来。"随后只听一娇细的声音答应着，立即便有火光从墓内出现，光影闪动，颜色青白而惨淡，可以肯定是磷火的光。很快地光影移近，原来是提着一盏闪烁的灯笼的少女出来了。灯笼和平时的并无二异，不像是鬼怪的用品。老二心中十分惊诧。那个书生又对少女讲了刚才的情况，准备好好地搜索一番。忽然少女笑道："我们正要找这个人，这个人来了，你为什么反而又大惊小怪呢？"书生也笑道："正如你所说，草中人就是媒人嘛！"于是两人径直向草丛走去，双手一揖请老二出来，说："既然你不害怕鬼怪，为什么又躲在里边呢？请你不要猜疑，快出来和我们相见。"老二听后一点也不怕，镇定自若地从草丛中走出，回了礼。侧眼看去，只见书生容貌如玉，长得很美，年纪也不过二十岁；而拿着灯笼立在一旁的少女，衣着淡雅，容貌妍丽，神态十分恭敬，老二眼睛都看直了，因为从来没有见过这样秀美的人物。老二估计他们绝不是一般的俗鬼，便客气地抱歉道："我回家太迟，忽然听到你的吟诵声，以为你是在讥笑我。没想到你是高雅的读书人，吟风弄月，只为消遣时光。我刚才的胡言冒犯，还希望你能见谅。"书生听后笑道："我们虽是妖怪，但绝不会兴妖作怪，还请你不要多虑。不过，确实有事想请你帮忙，也不枉我们这一次见面。"说完就请老二在林中坐下，并讲述了自己的身世遭遇。

原来这书生是湖北襄阳的人，商州知府某公是他父亲的朋友。书生因为在家乡应试落第，愤愤不已，便想到北京去，通过纳捐博取功名，因此路经商州，特地找某公谋些资助，供自己在京城考试中用。由于年纪轻轻，这是第一次出远门，忘记伪装，衣服行装都穿得很考究，于是很快便被坏人打上了主意。天色渐渐黑了，恰巧走到这片树林，正想赶紧赶往州府，谁知埋伏在林中的强盗一下都冲了出来，抢劫了自己的财物还把自己和两个仆人都杀了。这些事，商州知府某公当然还不知道。强盗杀人后，打开没有什么财物的包裹，大失所望，又害怕被捕快跟踪搜寻，便把林中的一座坟墓挖开，把尸体扔到墓穴中，然后瓜分了钱财散去。书生说到这里，声音哽咽，伤心得掉下眼泪。只见旁边的少女皱着眉头不耐烦地说："你别再说了，我听了也跟着心里难过。"书生指着她对老二说："她其实是这座墓穴的主人，生前因貌美被妒妇害死，葬在这里。我和她死后在墓中相遇，见她姿色貌美秀丽，谈吐风雅，又加上相同的遭遇，便生爱慕之情。两人虽然情爱相投，住在同一个墓穴，但苦于没有媒人为我们主婚，所以一直未能正式成亲。今晚恰巧你来，便可以了却我们这一心愿了。"说罢起身，对老二深深地作了一揖。老二连声答应，询问怎样主婚。书生答道："我这有一张上呈的文书，里面写明某人与某人愿结为夫妇，已把你证婚人的名字写上。请代我们拿到城隍庙去烧掉，我们的婚礼就算成了。另外这里还有我秘藏在腰间保留下来的两锭银子，请你替我买一具棺材。晚上到这里来，把坟墓打开，将我的尸身殓入棺内，和她葬在同一墓穴。这样的话，我几辈子也不会忘记你的恩德，不知你是否愿意帮忙？"老二一一答应了，丝毫没有为难的样子。书生便拿出银子与文书，又向老二深深一拜。这时灯烛瞬间熄灭了，也不见了书生与少女的影子。老二目光迷眩了一会儿，见四周围阴森森的，不敢再停留，便藏好银子，赶紧回去。走到家中，拿出银子在灯下仔细观看，银光可鉴，果然是真银，便笑道："这个痴心鬼想有个好棺材，讨个好老婆便给我银子，可谁不知掘墓是犯了死罪！我不是不想做好事，可万不想受到连累。有了这点银子，够我快活几天了，其他的我也不管了！"老二把书生的话抛之脑后，私吞了这银子，更别说去替书生买棺材和去城隍庙烧那张文书。其实老二是个贪心之人，早在接受银子时便已经暗暗萌生了私吞的念头。

　　十天以后，银子已用得差不多了，老二便出门去做买卖。可路上忽然莫名其妙地被商州的差役抓住。到了审案时，看到几个惯赌都在，原来老二曾拿书生给的银子来还赌债，不久这银子就变成了锡箔，所以被控告为拿鬼钱骗人。老二开始时还死不承认，后来见证据都摆在面前，隐瞒不了，这才如实把这鬼钱的来历讲了。审案官认为老二是编鬼话骗人，很生气，吩咐用刑伺候。忽然原告中的一人，瞪大眼睛呆呆地望着，大叫道："就是这伙人中的某人杀死了襄阳书生某某。大人先别对老二用刑。"审案官听了大吃一惊，原来他就是书生父亲的好朋友商州知府。前些时听说书生将到，很高兴，便每天派人在城外迎候。可是后来一直没有消息，便怀疑出了事。这时候突然听到书生的死讯，大惊，立即追问详情，那人回答道："我是城隍司的捕快，详情在老二保存的文书中，不能当面陈述，先告辞了。"说完，这个人便晕倒在地。知府看那些被吓得变了脸色的原告赌徒，便假装糊涂地笑道："哪里有什么鬼怪，这不过是老二耍的妖法。"随即让人把老二关在另外一间房子里，喷上狗血，等明天再严刑审问。实际上判官让老二赶紧回家把文书取来。果然这下众赌徒都放心了，知府又对他们说："事情还没有完全弄清，你们暂时也不能回去，还是留下，等着把钱还给你们。"于是又命令将他们分散关在旁边的屋子里，暗中派遣兵丁在外巡守。半夜，老二才把文书交上来，知府一看，这哪里是什么结婚文书，分明是一张沾满血泪的冤状，里面详细地记载了书生被抢劫致死的经过。知府十分愤怒，立即升座开庭，命衙役把众赌徒都铐上带来。他们都还在睡梦中迷迷糊糊，便被赶到大堂，经过一番刑审，全都招供了罪行，没有一个漏网之鱼。

案子审理完，知府便到城外，从坟墓中挖出书生的尸体，只见面色如生，还没有腐烂。又根据老二的陈说，买了一具上等的棺材，将他收殓后和少女的棺木并列放在同一个墓穴中。料理完了事情，才让老二回家。临走时，知府笑着对他说："你要以此事为鉴，下次要好好地做媒人，可千万不要再耽误别人的好事啊！"众人听了都笑了起来。老二也深感惭愧。从此老二的胆子还是那么大，但却不像以前那样见利忘义了。

外史氏说：一开始看到书生似乎忘记复仇，而只贪恋女色结婚，我心中还有些鄙视他。后来他利用鬼钱，揭发了杀人的强盗，巧妙地报了仇，而竟没有提结婚的事情。可见他一开始向老二提出做媒的事情的用意，和晋国荀息借道虞国去打虢国的计谋差不多，真是太聪明了！像老二这样，因贪财坏事，最后又竟成了破案的关键人物，还促成了书生与少女的婚姻，也算是庸人凑巧办成了好事！

于成璧

有一沈阳人于成璧，少年时就跟着哥哥在外地经商。这时于成璧已经成年，准备回家结婚成家。他的哥哥就拿出一千两银子给他，并嘱咐道："一路上有不少歌楼妓院，你可千万记住不要把钱浪费在那上面，赶快回到故乡，做新郎倌。"成璧本来就有逛妓院的打算，口头上虽然答应着不去，实际上根本不听。离开他哥哥启程上路，一路上拈花惹草，寻欢作乐，将银两花得所剩无几。

快到蓟门时，车夫在一个小镇上给马喂草料。成璧因内急，便独自一人到郊外解大便。当时正是初夏耘草的时期，外面是一片长得郁郁葱葱的庄稼地，田里根本走不进去，他忍不住便在田埂上蹲下大便。解完后，正准备系裤带，忽然面前钻出一样东西，好似一只长着长毛的小猪，飞快地向远方逃去。成璧觉得奇怪，便跟在后面紧追。那个东西沿着小路拼命地跑，头也不回。追了半里路，成璧渐渐地跑不动了，便停了下来，那个东西也不知跑去哪里了。

成璧正要沿着原路返回，眼光忽然被沿着小路正慢慢地走来的两个美貌的女子吸引。其中一个穿着绿色的短衫，大红的裙子，头上戴满了金珠翡翠做成的饰物，相貌非常妖艳，看装扮像是一个富家女郎；另一个打扮得素雅一些，只穿着素衣布裙，像是贫家女子，但长得却更漂亮，光彩照人。成璧认为她们是一主一婢，却不敢开口询问。他本来就喜欢与女子搭讪，此时更加目醉心迷，舍不得挪步。两个女子边走边聊天，走到成璧刚才追逐怪物的地方，贫女向四周查看了一下，忽然说："你昨天就是在这里和情郎约会的，今天怎么不见他的身影？他怎么这么不讲信用？"富女只是微笑不答，慢慢说道："你不要在背后嚼舌头。我刚才从远处望过来，好像看到这个家伙样子很狼狈地在路旁逃窜。估计又是被路人追赶，我都替他害臊。"贫女听后捂嘴大笑，赶紧摇着手拦阻道："你可快别说了，追的人还在这里呢，要是被他听到，你岂不是更加没脸见人了。"说着话，二人渐渐走近成璧，两双俊眼在成璧身上转过来飘过去，上下打量看了好一会儿，才慢慢走过。虽然成璧尽量侧身让行，但无奈那条路很窄，二人身上散发的浓烈香气熏得他差点没呼吸过来。这时即使是个正人君子，也会情不自禁靠近。更何况二女走过去后，还回过头来多情地向成璧回眸一笑，使得成璧魂销魄丧，就更加把持不住自己。等二女走过好一会儿，他仍在原地呆呆地立着，一动也不动。那个车夫看成璧一直不回，便寻找过来，看见他痴呆地望着远方的样子，不禁暗中发笑，赶紧上前催他回去，准备驾车就走。成璧借口说："我身体有些不舒服，就在这里住下，明天再走吧！"车夫口中叽咕不停，认为天还不到住宿的时候，成璧一再坚持住宿，车夫才不反驳。于是他们便在镇上找了家小店住下。只见成璧不吃也不喝，独自在田埂上徘徊，想再见到这两个女子，但等了许久，始终不见她们的倩影。

终于功夫不负有心人，在太阳快下山时，成璧见富女一个人走了过来，惊喜道："美人到了！"可又忽然听见田中稻秆发出簌簌的响声，只见一个像侏儒一样矮，穿着黑衣服黑帽子的男子，从茂密的稻丛中闪出，一直跑到富女跟前拉住她的手说："我和你约好是中午，现在天都晚了，你不会怪我失信负约吧？"女子似乎很不高兴，一挥袖子说："'子如不思，岂无他士！'你失信不失信，我才不稀罕呢！"这个男子笑道："你就别说违心的话啦。现在除了我，可没有别的人'褰裳'来找你。"富家女指了指站在男子身后的成璧道："这不就是吗？你真是'狂童之狂也且'！"这男子听了富女的话，不禁回过头来，看见人后不由惊慌地大叫："你，你，你怎么盯着我不放？！"说着又慌慌张张地向稻田中钻去，一晃眼便不见了踪迹。成璧一心只在富女身上，看了也不以为意。富女将翠袖向成璧招去，他便走了过去，富女走入茂密的稻田间，他也跟随而入。一入稻田，好像跨入了另一个世界，四处根本看不见翠株绿叶，处处是亭台楼阁，画栋雕檐。成璧奇怪地问富女，富女笑道："有好地方你只需好好住就行，又何必管它房子到底是从哪里来的呢？"于是在床上把锦被摊开，铺设绣枕，然后脱下衣服，和成璧行欢。女子肌肤滑嫩白腻，神情娇媚，虽然成璧去过不少的妓院，但却从没接触过像她这样让人神魂颠倒的女子。

事后，富女向成璧询问道："你是做什么的？为什么会到这里来？我看你面目清秀，不像是拉车子做小生意的。"成璧便把自己回乡结婚的事告诉她。富女问："你是已经定亲了？还是等你回去后供你挑选呢？"成璧说："事情还没有定，等我回去再商量一番。"富女又笑道："回去就算好好地挑选，也不过是些蓬头黑面的女子，怎能和你相配！假如你能拿出一千两银子给我，我可以给你找一个漂亮的老婆。怎么样？"成璧听后很高兴，问她究竟准备找谁。富女答道："就是刚才我的女伴。她很不幸，丈夫早死，单身一人，没有伴侣，乡里中经常有些坏人要打她的主意。假如她能嫁给你，她不仅可以不再忍受饥寒，而我也可以不再为她担忧了。"成璧早已经迷恋上她，也不计较要价的高低。心中暗自盘算，卖去衣服行李，去凑足这个数，便爽快地答应了，只是又怀疑地说："我和你才刚刚认识欢好，你却不顾自己，介绍别人给我，不会是想拿这个来引诱我吧？"富女说："不是的。我的性格放荡不羁，不可能老老实实地守在家里，而且耐不住寂寞，又不能给你操持家务，假如你真的娶了我，有什么用呢？她便不同了。她嫁给了你，我还能凭借亲戚的关系时常来看望你，和你还能保持联系。只要你不喜新厌旧，我就很高兴了。"说完，就赶紧催促成璧起身，说："旁边有人看着在生气，你还是先回去吧！只要你能在这里多停留两天，好事就可以成功了。"成璧站起身，整理一下衣衫，再回头一看女子已不见了踪影，连床榻也没有了，亭台楼阁也全都消失得无影无踪，只剩下自己孤身一人站在稻田中间，心中对此十分诧异，猜想此女一定是个妖怪，但由于年轻贪恋女色，也就不会感到害怕。

回去的途中，天色渐渐黑了，成璧远远就看见好些乡下人张着弓，拿着刀枪绳索，好像在追赶着什么。走过去一看，原来是一只黑色的雌狐狸，正一瘸一拐地在草丛间奔逃，后边猎犬在紧紧地追赶，形势非常危险。成璧看后心中有些怜悯，趁众乡人还没有追来，拿了块石头朝猎犬扔去，猎犬遭到突然的袭击，稍稍退却，黑狐狸便趁机逃跑了。成璧当时还不知道这黑狐狸就是白天所见的贫女，等到众乡人追来，他早已快步离去，只远远地听到人们说："这畜生本来就不狡猾，几次差点快要抓住，怎么这次又让它给逃了？"成璧听后，暗自好笑，也没有放在心上，回到客店后，便呼呼地睡去。

第二天，成璧仍然借口身体不适，不能赶路。吃过早饭，又独自走到田间去，果然就看见先来了的富女，只见富家女高兴地说："你可真是一个守信的人！不仅多情，而且又坦率而不猜疑，把我妹妹嫁给你，确实是选对了人！"又问他银子准备得怎样，并主动减少二百两。成璧也很高兴，约定好明日交钱，富女同意了。说完，成璧想和她交欢，富女推辞道："你还是留点精力给你的妻子吧。不要再让人家说我生性狂荡。"说完便自走了。成璧回到客店，查看所存的银两，由于已经花去了三四百两，只够一大半。没有办法，只能把所带的货物低价卖掉，又典当衣物，勉强凑齐。幸好那里紧靠着大路，货物很容易脱手。忙了整整一天，才凑足八百两，但自己已是空空如洗。车夫原是雇来的，给足了车钱，他也不管这闲事。

第二天，成璧考虑到银子太重，一人带不了，便只身前去。等了一会儿，果然见富女和贫女一起来了。贫女仍然穿着那身素衣布裙，但看见成璧后却有些脸红，好像做了什么惭愧的事。成璧以为是她害羞，没在意。富女便叫他们俩举行交拜仪式，还开玩笑说："好儿子、好媳妇，回家后一定要好好侍奉母亲。我老了，再也受不了别人的气了。"三人都忍不住大笑。富女也不再说别的什么话，笑着便要离开，成璧赶忙唤住她，说明原因，要她一起到客店拿银子。贫女见状笑着说："恐怕银子早就长了翅膀飞走了。"成璧听了还不大相信，扶着贫女一同回去。贫女看着成璧疑惑的样子又笑道："《诗经》上有'叔兮伯兮，驾予与行'的句子，我们现在不正是这样吗？"两人到了客店，天色还很明亮，但旁人好像都没有看见贫女。成璧和她一同进入房间，拿出封藏的银子，外边仍是封得好好的，里边却已空空如也。成璧这时才相信贫女刚才所说的话了，但也没觉得有什么奇怪之处，拿出酒和贫女对饮。贫女喜欢开玩笑，常常一句话就让成璧笑得直不起腰来，客店中人听了，还都认为他是旧病复发。两人一直喝到晚上二更时分，成璧委婉地询问贫女的身世，贫女支支吾吾地不愿意说，只是笑道："请我来却不给我饭吃，你是不是认为我不懂得品味？我告诉你，我们不是专吃小孩的鬼子母，就是啖人精气的鸠盘茶。你是否害怕，又为什么邀请我过来呢？"说完便拍手大笑，成璧也不禁跟着笑起来。二人说着说着，情到深处，便相拥而起，互相脱去衣衫，把灯烛吹灭，行男女喜乐之事。

早晨起来，贫女对成璧说："你现在口袋中已经没有多余的钱财，而从这里到你家还有差不多一千里的距离，你准备怎样回去呢？我身体十分娇弱，经不起车马劳顿。不如这样，我自己先回去，你也可以少些牵挂。你说行吗？"成璧以为她仍在开玩笑，便不在意地答应了。谁知只见贫女掀开门帘走出，瞬间便看不见踪影。成璧这才回过神来，感到十分恐惧，再到田间去等候，连富女的身影也没等到，沮丧地回到客店。车夫已经等了好几天，不肯再留了，于是只得启程登车上路。成璧的钱财已经用完了，财物也已经用完了，一路上狼狈不堪，再也不敢像以前一样摆阔气了。

成璧日夜兼程赶到家，他母亲之前已收到他哥哥的来信，为他向某家的女子定了亲。这个女子才从关中来，姿色貌美漂亮，嫁妆又很丰厚。由她的堂姐主婚，两家很快地便谈妥了。成璧听后很高兴，但看到他一路上浪费了许多钱的事情，母亲和嫂嫂都很生气，便一气之下把婚事拖了下来。半年之后，他哥哥又有信来，并寄回一千两银子，这下成璧才能顺利办了婚事。当晚入洞房，乍看新娘子的容貌，正是在客店中和他欢会一夜的贫女。成璧十分诧异忙问缘由，她才原原本本地讲出。她说道："我们姐妹俩都是狐狸精，她住在河北，我住在甘肃。那天我正好到她那里玩，遇到你并得到你的眷恋，就改变了我原来的计划。但又不好意思自己出面，就让我姐姐先和你接触。现在能有幸嫁给你，只希望你不要因为我是异类而拒绝我。"成璧听后一愣，才恍然大悟，原来以前见到的许多奇异的现象都是狐狸精的花招，只是自己糊涂，被她们蒙骗了。他又问道："你我既然已经结为夫妻，为什么后来你一个人偷偷地走了？"贫女答道："我害怕自己来历不明，会引起你亲戚和乡邻的猜疑，所以不敢和你一起回家。现在我们通过明媒正娶，这样便不会让人们起疑心，我们就可以永远地在一起了。"成璧又问："为什么过去很简朴，现在却又那么有钱？"贫女回答道："狐狸精的东西都是用法术从人间摄取来的，会根据所处的环境而改变，所以有时会很奢华，有时又会很简朴。我曾经在终南山修道，一直住在荒郊野岭，所以穿着简朴。现在托了你的福，才能穿得那么华丽漂亮。你剩下来的银钱还在箱子里，我姐姐一点也没有拿。"成璧听了仍有怀疑，贫女立即站起来，打开箱子，只见里面装满了银子。细细一看，果然是自己原来封存的，于是很高兴，但贫女却不禁感慨道："因为这几百两银子，我们却耽误了半年的时间。我刚见你时，就觉得你是一个看重美色、轻视财物的人。担忧你在路上就把银钱全部挥霍光，回到家里一定会惹得长辈责骂，将来也没其他的本钱去做生意。所以便和姐姐商计，把你的钱暂时弄出来，存起来。就是等这个好日子，再把钱送回到你的手中。"说着便把钥匙交给成璧，又接着说："现在把这些银子原封不动地还给你，希望你好好地用它来谋生。毕竟不能一辈子都依靠哥哥嫂嫂。"成璧听了女子如此良苦用心，十分感动，连声向她道歉和道谢。接着也愤愤不已地讲述了自己在沿途吃苦的经过。当晚，久别胜新婚，满屋春色盎然、情意绵绵。第二天早晨，新娘子出来与亲戚见面，人们都称赞她像图画中的美人。贫女很善于料理家务，成璧也变得忠厚谨慎，用积蓄的银钱又开了一家店铺，收获了相当丰厚的利润，日子也日渐富裕，已经比得上他的哥哥。富女时常来看望她的妹妹，并和成璧欢愉。

之后，贫女接连生了两个男孩。一天，她突然向成璧告辞，说要回到甘肃去。成璧一再地挽留她，问其原因，只见她很愧疚地说出真相："我们狐狸精和人在一起睡觉，就会吸收人体的精气，来滋补自己，这也是为什么我们能够修炼得道，获得长生。我和姐姐一开始遇见你时，也是打算想用我为钓饵，引你上钩，吸取你的精气，并图谋你的钱财，并不是真心想和你成婚。后来我被猎狗追赶，幸好你及时出手相救，让我逃得一命，我一直都铭记着你的恩德，所以后来改变原来的想法，真心想嫁你。现在结婚几年，我们的日子也越来越好，你也变得稳重了，我也为你生了两个儿子，也算是报答了你的恩情，可是我之前修炼的道行却已经全部毁了。现在我必须要回到山里面重新修炼，不能在人世间再逗留了，希望你以后也不要再挂念我。"说完，富女忽然来了，两个结伴而去，以后都没再出现。

成璧这时才知道那天所救的黑狐狸就是自己的妻子，从此以后也不再杀生，不再结婚。一直到后来活到了八九十岁。

外史氏说：狐狸精中竟然有像无盐那样的丑女，这本身就是很奇怪的。这个贫女却是狐狸精中的徐吾，凭借着别人的力量，最后成为贵妇人。既然狐狸非常狡猾，又何必还要费尽心力地去仰仗他人呢？看到文中所说"有时奢华、有时简朴，都依据所处的环境而改变"一语，才茅塞顿开，所谓的富女也不过是靠着谋取别人的钱财，又怎会只有贫女这样呢！人世间不也是如此，狐狸和人相比，仍然不值得一提啊。

白话萤窗异草 下册

BAIHUAYINGCHUANGYICAO

【清】长白浩歌子 ◆ 原著

陈西 ◆ 编著

广东旅游出版社

GUANGDONG TRAVEL & TOURISM PRESS

悦读书·悦旅行·悦享人生

中国·广州

图书在版编目（CIP）数据

白话萤窗异草. 下册 /（清）长白浩歌子原著；陈西编著. — 广州：
广东旅游出版社，2017.10（2024.8重印）
ISBN 978-7-5570-1105-5

Ⅰ.①白… Ⅱ.①长… ②陈… Ⅲ.①笔记小说 – 小说集 – 中国 – 清代
Ⅳ.①I242.1

中国版本图书馆CIP数据核字（2017）第219829号

白话萤窗异草. 下册
BAI HUA YING CHUANG YI CAO. XIA CE

出 版 人	刘志松	
责任编辑	李 丽	
责任技编	冼志良	
责任校对	李瑞苑	

广东旅游出版社出版发行

地　　址	广东省广州市荔湾区沙面北街71号首、二层
邮　　编	510130
电　　话	020-87347732（总编室）　020-87348887（销售热线）
投稿邮箱	2026542779@qq.com
印　　刷	三河市腾飞印务有限公司
	（地址：三河市黄土庄镇小石庄村）
开　　本	710毫米×1000毫米 1/16
印　　张	36
字　　数	540千
版　　次	2017年10月第1版
印　　次	2024年8月第2次印刷
定　　价	158.00元（全二册）

本书若有倒装、缺页影响阅读，请与承印厂联系调换，联系电话 0316-3153358

仙
涛

　一天半夜，秋月微明，她独自一人在门外篱笆下徘徊，忽然看到一只黑毛白嘴，样子好似猫一样的东西，两眼金光闪闪朝自己注视着。仙涛平时就喜欢猫，虽然心情不好，但看着仍很喜欢，就不自觉地走了过去。

　　周生于是离开船登上岸，不再往前行进。一进园中，看到那地方极其宽敞，修竹媚秀，落花缤纷，和尘世环境完全不同；亭台掩映，布局非常漂亮，又显出高雅之人深长的意趣。

序 言

　　志怪笔记体小说是中国古典小说形式之一，以记叙神异鬼怪故事传说为主体内容，产生和流行于魏晋南北朝，与当时社会宗教迷信和玄学风气盛行以及佛教的传播有直接的关系。汉代以后，儒教、道教和佛教逐渐盛行，鬼神迷信的说教广为流布，所以志怪的书特别多。历朝历代作品中就有不少以"志怪"命名的，如祖台之的《志怪》、孔约的《孔氏志怪》，乃至清代蒲松龄的《聊斋志异》。（"志怪"一词出于《庄子·逍遥游》："齐谐者，志怪者也。"）

　　鲁迅就在《中国小说史略》中说："中国本信巫，秦汉以来，神仙之说盛行，汉末又大畅巫风，而鬼道愈炽；会小乘佛教亦入中土，渐见流传。凡此，皆张皇鬼神，称道灵异，故自晋迄隋，特多鬼神志怪之书。其书有出于文人者，有出于教徒者。文人之作，虽非如释道二家，意在自神其教，然亦非有意为小说，盖当时以为幽明虽殊途，而人鬼乃皆实有，故其叙述异事，与记载人间常事，自视固无诚妄之别矣。"志怪小说的内容很庞杂，大致可分为三类，一是炫耀地理博物的琐闻，如托名东方朔的《神异经》、张华的《博物志》；二是记述正史以外的历史传闻故事，如托名班固的《汉武故事》《汉武帝内传》；三是讲说鬼神怪异的迷信故事，如东晋干宝的《搜神记》、曹丕的《列异传》、葛洪的《神仙传》以及托名陶潜的《后搜神记》等。

　　志怪笔记体小说多以人物趣闻逸事、民间故事传说为题材，具有写人粗疏、叙事简约、篇幅短小、形式灵活、不拘一格的特点。另外不同的作者在这类小说中也倾注了自己的思想、智慧和情感，例如在《聊斋志异》中，蒲松龄"用传奇法，而以志怪"，将生命力和"孤愤"注入其中；而在《阅微草堂笔记》中，纪昀则是将智慧注入其中，以"测鬼神之情状，发人间之幽微，托狐鬼以抒己见"为核心，目的在于益人神智。大多数的志怪笔记体小说更高超的地方在于对人性的把握，鬼怪皆有人性，甚至比人更为生动真实，可敬可爱。

志怪笔记体小说在明清时代达到了一个新的高峰，为后世树立了一座中国古典小说的丰碑。本着品读经典书籍，弘扬优秀文化的思想，我们首批选取了明清两个朝代中比肩《聊斋志异》的四本志怪笔记体小说，严格遵循原文，编写了这套白话志怪笔记体丛书——《白话夜雨秋灯录》《白话夜谭随录》《白话剪灯新话》《白话萤窗异草》。本系列书所述均系当时社会之旧闻轶事、神鬼狐怪、烟花粉黛一类故事，情节离奇，生动有趣，文笔简洁朴实，颇有艺术造诣，流传甚广，是明清笔记小说中的佳作。

总之，志怪笔记体小说作为中国最传统的文学形式，用的是中国思维，写的是中国神怪鬼狐，讲的是中国故事，这些都渗透在我们每一个国人的骨子里。悠闲时光，品一杯茶，读读这些经典之作，聊发怀古的幽思也是一种极大的精神享受。

出版者语

　　《萤窗异草》十二卷，作者署名为长白浩歌子。今存申报馆本和《笔记小说大观》本。申报馆本是目前所见到最早的本子，原题"长白浩歌子著，武林随园老人续评，关中柳桥居士重订"，三编卷首题"光绪丁丑（1877）夏日申报馆印"。

　　关于作者，大致上有两种说法，一说该书为乾隆时代作品，作者是尹庆兰；二说该书为光绪初年作品，是申报馆文人的假托之作。尹庆兰字似村，满洲镶黄旗人，大约生于乾隆元年（1736），至迟卒于乾隆五十五年（1790）。他虽然生于贵胄之家，却性情恬淡，不慕功名，耽吟咏，好风雅。乾隆十九年（1754），在尹继善督理南河时，庆兰与袁枚相识于袁浦署中。在此后的数十年中，两人诗酒唱和，过从甚密。庆兰博学多才，曾经乾隆殿试，颇受称赏，然终身未仕，著有《绚春园诗钞》。从庆兰的经历、志趣和文学素养等情况看，他是有可能成为《萤窗异草》的作者的，然而没有佐证支持此说。

　　《萤窗异草》一书，是继《聊斋》后又一具有巨大成就和影响的文言笔记小说。它在故事的社会内容及创作主旨上承继了《聊斋》的传统，并在承先启后上具有一定的独创性。记叙的多是明末清初的异闻奇事，描写了各种各样的社会生活，特别是中下层市民的生活状况。其中的故事绝大多数都涉及狐仙鬼怪。这些神狐鬼怪虽是异类，思想感情却和常人接近，甚至比现实中的人更通情理。它们虽有超自然的力量，但却始终服从当时社会的法则，可以说是人间喜剧的幻觉延伸。此外，故事内容多涉及男女风情，其中大多数作品表现了青年男女追求婚姻自主的合理愿望。总览全书，文字隽爽，在诸多仿《聊斋》的作品中成就较高。

目 录

卷七

绿　绮

　　高邮的李生温文尔雅，风姿俊美儒雅，没有人能比得上，已经二十岁了，还没有结婚。他暗地里立下志愿，如果不是遇到像西施这样的美女，就不会考虑结婚。知道他有这样一个志愿的人，都劝他说："人世间未必真的有十全十美的佳人，你一定要遇见像毛嫱、西施这样的美人才肯结婚，恐怕你还没有成亲，头发就已斑白，虚度了大好的青春。"李生听了只是笑笑，并不回答，始终不愿意和姿色平庸的女子结婚。这样过了几年，一直没有找到美人，但他仍然坚持自己的想法。

　　一天正是清明节，他去郊外扫墓，祭完祖回家，路上遇见已经死去的仆人李忠。李忠是在他年幼时死去的，所以他大致还有印象。恍惚中他忘记李忠早已死去的事实，便喊他说："是夫人叫你来接我吗？家中也没有什么事，为什么急匆匆的？"当时李生的父亲已经死了，只有母亲还在，所以他这样说。李忠说："是老主人要见你，不是主母。"李生感到很惊讶，只是因为父命难违，只能随他前去。二人来到一座院子前，门墙很高大，屋舍一排接着一排，李生正要进去，李忠拦阻他说："老爷对你很生气，肯定要责打你。这里没有旁人能够劝解，除非新姨帮你说情，或许能让老爷平息怒火。让我先进去求新姨，然后你再进去。"李生糊里糊涂，不知怎么办好，问道："新姨是谁？"李忠回答说："是老爷新娶的小妾。"李忠走进院子，隔了好一会儿才出来，说："新姨应了，有事的话

1

就会替公子说情。"说着，就带着李生进门。

李生知道父亲发怒，心中十分忐忑，畏畏缩缩地跟着向前。院中房屋规模宏大壮丽，很像公侯世家。中间有一大堂，匾上题着"鹤栖"二字，静悄悄地一个人也没有，但富丽堂皇，远远胜过其他地方。一会儿，李生见他的父亲走出来，只有两三个小丫鬟跟着。父亲的衣冠服饰和生前没有什么两样，对他喊道："你过来！你是李家的后代，不想着生育儿女，继承李家的宗嗣，而只是一心寻求美女，这算是什么道理？"说完坐下，气呼呼地瞪着李生，李生吓得跪在地上，不敢抬头。他的父亲又叫李忠取木棍来责打，李生不停地磕头，辩解说："是儿子不肖，确实是辜负了父亲教养的恩德和深思。但我想婚姻是人生一辈子的大事，如果和自己不喜欢的人勉强结为夫妇，那就好像骨头上长了个毒疮，只会一辈子苦恼，希望父亲大人宽恕儿子的罪过，让我能实现自己的心愿，父亲的恩德如天地一样深广，儿子我就更加感激不尽了！"说着，额头上的血都渗了出来。李父听了更加气愤，不断地呼喊李忠："快打！快打！"这时，屏风后忽然走出一位盛装的妇人，笑着对李父说："刚才听了公子的一番话，也是年轻人常有的想法，你也别过分地责怪他。如果至今还没有合适的对象，我家侄女中有些长得还不错，我愿意做媒，这样你们父子二人的愿望不是都实现了吗？"李父听了，怒气一时间还没有消散，李忠又在一旁劝解、怂恿，李父这才说道："你想怎么办就怎么办，这样的儿子，我总不喜欢。"说完，衣袖一甩，就走了进去。

这时李忠立刻带着李生用见后母的礼节拜见妇人，妇人叫他坐下，并对丫鬟说："快把小姐们唤来，让公子自己选择，如果喜欢的话，就办婚事。"丫鬟去了不多久，忽然有香风从堂外飘入，随后就有十多名漂亮的女子，有的穿薄如鲛绡的衣裙，有的披着翠鸟羽毛织成的大氅，有的淡妆，有的艳服，纷纷从台阶上走来。她们年纪都只有十六七岁，个个容貌美艳非凡，全都神情庄重，向妇人下拜行礼。妇人领着李生一个个相认并且说出姓名，让李生挑选。李生早已看得眼花缭乱，不知道该如何。他来到一个垂发的少女面前，少女年龄似乎比别人都小，穿着件飘拂轻盈的纱衣，风姿绰约动人，光彩照人。妇人看了她一眼，对李生说："她叫绿绮，是我的侄女。公子觉得怎么样？"李生转眼看去，绿绮把衣袖半遮住粉红色的脸，羞怯怯的，更加令人爱怜，李生立刻不停地点头称好。妇人见状，

2

看着李忠笑道："公子的眼光果然不差！"于是便让诸女退去，只留绿绮一人陪李生坐下，对她说道："现在你就是我家的新媳妇了，要好好地主持家中中馈，为娘家父母争气！"绿绮听了，更加羞愧了，又不时地侧眼看着李生，眉目间情意非常殷切。妇人说完就进入内室去告知李父，一会儿又出来说："痴老头还有些生气呢！"然后就命令李忠安排举行婚礼的房间，又拿出一箱子新衣，让李生和绿绮都更衣穿戴打扮起来。她布置周密，事事周全，与亲生母亲没有什么两样，李生心中非常感激。天晚了，大堂上点燃了巨烛，李父这才出来接受李生与绿绮的参拜，对李生说："这都是你后母爱管这些事，我才不耐烦管你呢！"二人拜堂礼成之后，就被送入堂后一间华美的洞房。里面床缛摆设绮丽奢华，都是后母送的。李生催促绿绮赶紧就寝，代她脱去衣服，绿绮满脸娇羞，缱绻情深。二人燕好之后，李生才问起她的身世和族里，绿绮回答说："我姑姑都姓胡，父母远在四川。我们姐妹几个从小靠姑姑抚养长大，所以婚嫁大事也完全听她安排，不必事先禀告父母。"

天亮起身，小丫鬟已经来到窗下呼唤。李生和绿绮梳洗完了，绿绮把长发盘起来，梳了个发髻，才一起去拜见公婆。这时李父正与妇人一起坐着，见李生进来，便对他说："你已经成亲了，应该赶快回去，避免你母亲在家里着急。"李生跪下哭泣，舍不得离开。李父笑道："傻儿子，这里难道是你能久留的地方吗？"李生这才醒悟过来。李父拿出两大块银子给他，说："拿去孝顺母亲，善待妻子。多给了，怕对你没有好处。"妇人也嘱咐绿绮："好好地侍奉婆婆，不要像在我身边时那样撒娇懒惰了。"并另给她一匣簪珥，数十件衣服，让他们早些回去。临走之时，李生和绿绮都已经悲伤到了极点，哀泣不成声，李父和妇人也不禁神色凄然。没多久，李忠进来劝解说："车马已经准备好了，请公子夫妇起身！"李父于是严厉斥责说："小畜生，只知恋父，就不顾念母亲吗？"李生迫不得已，才哭着拜别。妇人亲自送到门外，果然早已经有仆人等候。绿绮坐着一辆油漆得很漂亮的小车，李生骑一匹小黑马。夫妇二人走了半里多路，回头看去，还看见一抹高墙，妇人与李忠仍站在门口远远地看着，似乎还在挥手示意。再走远些，就看不见了。

回到家里，母亲果然一个人坐在堂上，苦苦地等候。李生和绿绮进去，登堂拜见，母亲大惊，急着询问他到哪里去了。李生详细地叙述了事情的经过，母亲听完之后，恍然大悟地说："对了！新媳妇的姑姑就是那个狐狸精。你父亲中年时在外边书房读书，晚上常有美女来陪他，问她的姓氏，只是低着头不回答；与她谈论古今诗文，却滔滔不绝。两个人情意眷眷，就有长久相守的心思。美女却推辞说：'使君自有妻子，我不忍心自己成双作对，而让别人形单影只。一定要二人朝暮相处欢好，请等十二年之后。'说完就再也不来了。后来你的父亲临死时，忽然对我说：'那个人来迎接我，我死而无憾了。'我问那个人是谁，他答道：'就是十年前在灯下陪我说话的那个女子。'说完就咽气了。那个时候你年纪还小，所以我也不告诉你。现在根据你说的话推测，肯定就是她了。"李生又讲了此妇人对他的照顾与关心，母亲说："她把我的儿子当自己的儿子看待，我也照样地对待她的侄女，这也算是报答她对你的恩情。"于是对待绿绮就如同自己的女儿一样，而绿绮也非常温婉顺从，很得母亲的欢心。李生的朋友听说李生突然成了亲，都在暗中嘲笑说："李生等得急了，果然饥不择食了。"李生听了，微微冷笑，就在家中摆了酒席，请朋友们都来，然后让绿绮盛装出来拜见。朋友们看了，一个个目瞪口呆，都称赞绿绮是神仙般的人物。这样一来，人们背后的议论自然烟消云散了。

第二年，绿绮就生了一个儿子，面相很好。一天，李生去郊外。路上又遇见李忠，李忠行礼拜见，说道："老爷听说公子生了儿子，非常高兴。新姨也叫我传话给你：'这个儿子很聪明，将来一定能让李家的门户光大荣耀，你要好好地抚育培养他。"说完之后，便不见了。李生为此感叹了许久。现在这个小孩才八岁，就已经通读《毛诗》《左传》，客人来家，也能侃侃交谈，说话很有分寸。人们都对他期望很大，认为他将来一定会成为栋梁之材。

外史氏说：父母对子女的关怀和操劳真是无穷无尽啊。李父死了之后还顾念着儿子的婚娶之事，更何况活着的时候呢！李父有狐妾，他的儿子有狐妻，李家与狐狸精真算得上是世代婚姻了。假如没有贤惠聪明的狐妾，李父就不能达成儿子婚娶的夙愿，儿子也不能娶得如西施般美貌的妻子，结果只能受尽朋友的嘲笑讥讽了。

痴 狐

痴狐是我同乡吴公很宠爱的小妾。她性情娇憨，媚态十足，所以人们都叫她痴狐，并不真的是狐狸精。吴公名畹，戊辰年进士，官做到太仆寺卿，年六十退休。回到家乡后，便把心思寄托在歌舞美色上，想方设法地寻找，一直没有找到称心如意的美人，内心总是不满意。一天正是晚春时候，吴公只带了两个小书僮去郊外游玩，儿孙亲朋，一个也没有去，因为他希望能够有意外的收获。走到城外，看到桃花就要落了，菜花渐开，吴公触景生情，就写了一首诗："结子桃花颜色失，沿畦蔬菜蕊空香。可怜一样闲风月，难向枝头觅海棠。"念完以后，往四处看看，十分闷闷不乐。忽然隔着竹篱笆传来一阵嬉笑的声音，有人探出身子在张望。吴公回头看去，原来是一个绝色的少女，面容比花朵还要娇艳，身姿比柳枝还要婀娜。吴公精神顿时好了，假装说口渴，命小书僮前去讨茶，并问她姓什么。小书僮把吴公的意思说了，篱边少女笑嘻嘻地说："这个老头嘴里念叨个不停，当然要口渴。不过我家也没有空闲的炉灶，可以专门煮茶给过路人喝。"小书童又问她姓什么，她答道："我记不清了，我的爸爸妈妈或许知道。"随后大声喊道："阿妈，别人有姓，我家也有姓吗？他来问我，我可不知道。"吴公听了大笑，连小书僮也笑得合不拢嘴。一会儿，就看到一位老妇人走了出来，穿着整洁的粗布衣衫，想来就是这女子的母亲。她笑着和吴公打招呼，并说："这个孩子痴痴呆呆的，不会讲话，您见笑了。"吴公也向她作揖致礼，然后询问她的姓氏家族。原来这家人姓王，丈夫以耕田来谋生，家中很贫困。所见女子是她的小女儿，年仅十七，就是痴狐。

吴公听她说了这些情况，估计可以花些钱来打动她，讲了一会儿话，便讨了一杯茶喝，又自我介绍说："我是城里的吴太仆，和你们也算是同乡，看你们生活困难，我也于心不忍。以后可叫你丈夫来找我，我会给你们一些帮助，只是不要嫌少。"说完，又讲了几句感谢的话，就离开了。这时少女还在篱笆边自言自语："东家小二姑骗我，说要来斗草玩儿，怎么到现在还不来？"接着又生气地说："谁都有眼睛，他偏偏只盯着我看，走了还要回头看，瞧他的白头发都快掉光了。"她母亲听了，连忙呵斥她闭嘴。吴公回家后对守门的家人说："如果有个姓王的求见，就赶快进来通报。"第二天，姓王的果然来了，吴公热情地款待了他，并给他十两银子，说："以后需要用钱，就来找我，不必客气。"姓王的很高兴，就回去了，吴公家里的人都猜不透他为什么要这样做。此后他经常周济这家人，三个月下来已经给了五六十两银子。王家生活逐渐好转，十分感谢吴公的恩德，吴公便派媒人前去提亲，王家夫妇这时才明白了吴公赠银的意图，二人既贪图他的钱财，也感谢他的情意，便答应了。事情传了出去，乡里间不少人很为痴狐感到惋惜，但她本人却一点儿也不在乎。

到了成婚那天，吴公送去五百两银子为女子的父母祝寿，并把女子迎到京里。她的父母哭着送她，她却还是像以前一样娇痴，对她的母亲说："那边又有好吃的，又有漂亮衣服穿，为什么不跟我一起嫁过去呢？"她母亲生气极了，朝她的脸上吐唾沫。到了吴公家，人们引领着她拜见夫人，又和其他姬妾会面，全都嘲笑她痴呆，也就不再和她计较礼节。晚上，吴公到她的房内，她一点儿也不害羞，走上前就抓住吴公的胡子说："你的胡子比阿爸的还要白，好像你是哥哥，他是弟弟。"丫鬟们听了都暗暗发笑。后来吴公关上房门，替她脱衣服，她也不拒绝，但脱到内衣，她便用手拦阻，说："我从来不脱内衣睡觉，怎么到了你家，反而要我光着身子？"吴公笑着对她解释："女孩嫁了人，就应该脱内衣睡了。"她始终都不愿意。吴公勉强她，她便哇哇地大哭，又叫爹，又叫娘。吴公不忍心太过于强迫她，就抱着她和衣而睡。一直等到她熟睡之后，才把她的内衣脱了，抱着她和她欢好，这时她又娇声地哭了起来，幸亏她性情十分柔顺，吴公又讲了不少甜言蜜语逗引她，才算勉强成了好事。第二天早晨起来，此女梳妆打扮后出来和亲友见面，她的美貌让众人都非常惊讶赞叹。和姬妾们私下见面时，她还把晚上的情况讲出来，诉说自己的痛楚，姬妾们都捧腹大笑。几天以后，痛楚渐渐消失，兴趣快感渐渐增加，她又时常得意地讲述自己的感受，姬妾们听了又不免有些妒忌，但此女却一点儿也不知道。吴公知道她生性憨痴，也就听之任之，不去管她。逐渐地此女对吴公越来越体贴，小心侍奉，神情也越来越娇媚柔顺。

吴公的胡子又长又密，早晨起来时往往乱成一团，此女就在枕旁放一盆水，先把水放在嘴里含漱，待水温热，再慢慢地喷上胡子，替他梳理。吴公身体很瘦，床上垫了几层棉花还嫌硬，此女特意为他换了新的棉絮，并且用自己柔软的身体去亲昵他。吴公喝茶，她要先尝一下冷热；吴公吃肉，她也要先品一下滋味；吴公坐下，她必定先用手拂去椅子上的灰尘；吴公行走，她总是小心搀扶着他；吴公高兴，她也高兴；吴公发怒，她的面色更加和蔼。因此吴公越来越爱她，把她当成是自己的性命。此女喜欢养长指甲，一天晚上，在被窝内无意中碰伤了吴公。吴公忍着不说，她自己却非常懊恼，一直睡不着，半夜起来，把灯挑亮，把指甲全剪了，吴公劝阻，她也不听。一次吴公不小心，把口水吐在她的衣服上，她从此不愿意换下这件衣服。吴公问她为什么，她神情有些凄楚，却不说话。吴公知道她的意思，不禁感叹道："你不是没有心肝的人，谁说你痴呢？"又写了一首诗送她："抱璞谁知美玉盛？人前故作太憨生。只因一语留情后，始信聪明尽逊卿。"自此以后，对她更亲密了。姬妾们都妒忌她，只有夫人喜爱她，常说："你们只是眷恋枕席之情罢了，可是有谁能像她一样体贴地照顾老头子呢？"姬妾们恨她，给她起了个"痴狐"的名字，后来人们也都这样叫她了。不过痴狐虽然每晚都陪着吴公，神情也妩媚到了极点，但对于男女交合的事情却一点儿也不随便。吴公要和她欢合，她总是推辞说："年轻人当然喜欢这个，但年老的人可千万经受不住。怎么能因为我年轻，就不顾及你年老呢？"这番话一点儿也不痴，吴公听了后更加觉得她贤惠明理。因此一百天中虽然难得行房一次，吴公也不嫌少，因而保养得很好。到了吴公七十岁生日那天，亲朋们都来祝贺，家中人也都举酒庆寿。只有痴狐一人不参与庆寿酒筵，整整一个月一直吃素，暗自祈祷说："只希望吴公能再活十二年，别无其他的奢望。"

不久吴公生病，痴狐日夜侍奉汤药，衣带不解，没有好好地睡过一夜觉。吴公的病越来越重，眼看就要不行了，痴狐忽然向吴公告别，人们怀疑她变心，问她要到哪里去。她凄楚地说："我要先走一步，在黄泉之下服侍吴公。"说完就倒在地上，七窍流血而死，原来事先已喝了毒药。吴公伤心极了，隔了一会儿，又大笑着说："你不抛弃我，我还有什么遗憾呢？"立即叫几个儿子都到面前，吩咐自己死后要和痴狐合葬，说完也合上眼睛去世了。他的儿子不敢违背，遵照父亲的意愿，把二人合葬在一起。现在人们谈到吴公的墓都称"痴狐墓"，两人间的这段情事一直留在人们的记忆中。

外史氏说：狐狸精往往很妖媚，既妖媚又痴情的狐狸精，我却没有看到。既媚又痴，那一定不是真的痴；既痴又媚，这样的媚才是到了极致的媚。古往今来有不少愚忠、愚孝的人，旁人未必不认为他们有些痴，媚又何尝不是如此？如果感情是从肺腑中流出的，唯恐对方不合意，唯恐对方不开心，这就是痴了。何况"痴狐"既能讲明道理，拒绝吴公有伤自己身体的要求，又能服毒自尽，追随吴公到了九泉之下，这就远远超出一个"媚"字了。但是把人称作狐，总是带有贬义；但是把这样的一个女子称作狐，那么狐狸也应该要感到很光荣了。狐狸精啊！你们能够做到像"痴狐"这样的痴吗？

灯下美人

琼州的余舜章年轻时曾在某个寺庙中读书，当时他已经定亲了，还没有结婚，每当月明风清的晚上，总感到孤独寂寞，没有意中人相伴。一天晚上，他在灯下打开书，正准备认真夜读，忽然灯光闪烁，似乎有个人在身旁。他以为是庙里的和尚，抬头看去，并没有人。隔了一会儿，又出现这种情况。余舜章十分疑惑，合上书，静静地等着。又过了一会儿，果然看见一个朦胧的身影，就像一缕烟，颜色淡淡的，时有时无，说不出是怎样的东西。余舜章一直都很胆大，虽然知道这肯定是个鬼怪，但也不怕，还是等着。隔了很长时间，形状越来越真切，很明显是个人，但还是比较模糊。又过了很久，露出了半个面孔，到半夜时，整个人便显现得清清楚楚了。余舜章仔细看去，鬓云高卷，风姿婉媚，原来是个非常漂亮的女子。余舜章立刻站起身，双手一揖说道："是鬼还是仙？为什么行踪这样奇怪不定？我是余舜章，是个生性狂放的读书人。如果你不讨厌我，就请你和我在此烛光之下，叙谈一会儿，如何？"美人笑着说："你真是又大胆又莽撞。我确实是个鬼，知道你和司马相如一样，有求偶的愿望，特意来教你一个好办法。我怎么会不知羞耻，为自己求婚呢？何况我是鬼，体质阴寒污浊，对你也没有好处。"余舜章听了，认为她是一个贞洁的女鬼，便收起了不正经的玩笑姿态，认真地问她的来历。美人说："我活着的时候积攒了一些功德，上帝知道了，就委派我掌管人们的祸福生死。近来主管婚姻的月老常做糊涂事，闺中女子生了很多怨气，上帝命我帮助他主持婚姻，于是佳人才子才能够匹配，很少再有朱淑真、李易安这类不幸婚姻出现了。"余舜章听了，惊讶地说："这样说来，你也和掌管人间婚嫁的氤氲大使差不多了。是否我也有和韦固遇月老一样的缘分，你事先来告诉我吗？"美人说："不是。老人讲话太严厉了，几乎伤害了人家夫妻之情，我不忍心这样做。我在天空中来去，经常看见你独自一人在月光下伫立，闷闷不乐，想必因为婚期还早，青年男子总不免有怀春之情。我有一个好办法，特意来告诉你。"余舜章听了很高兴，非常谦恭地向她请求。美人拿出一张用朱砂画的灵符，说："司马相如弹琴引诱卓文君，这不是正人君子的做法，我也不敢教你这类方法。但你已经有未婚的妻子，她也已经成年，所以为什么不邀她来陪你。等于让你提前几年结婚，这也没什么关系的。"余舜章请她讲得详细些，美人笑道："你没必要多问，只要把这个放在枕头下，你所邀请的人马上就会来了。"说完把灵符放在床头，自己却像一阵烟似的消逝得无影无踪。

余舜章正闷得无聊，也就照她的办法尝试一下。刚一睡下，就梦见父母已经为他选定了婚期，派人到女家去迎亲了。很快彩车来了，用红绸把新娘子引入房中，行了婚礼。揭开面巾一看，新娘子很漂亮，非常像之前遇见的美人。余舜章兴奋得很，也不去多想。二人携手同梦，情意十分欢畅，欢好之后，互相拥抱着入睡。等到一觉醒来，庙里的钟声早已敲响，和尚送来了茶点，说："余相公，晚上做了什么好梦？太阳都好高了，还不起床？"余舜章笑着起身，整个白天都想着昨晚的梦，根本没有心思念书。到天黑，早早地就睡了，女子和他亲狎嬉笑，不再像昨天晚上那么害羞了。因为余舜章早就听说自己所聘的那家女子长得很美，所以丝毫没有怀疑。从此以后，余舜章越来越沉浸于温柔乡中，成天就想靠着枕头睡觉，早晨盼晚上，晚上怕天亮，恨不得能得到中山酒，喝一杯便醉倒一千日。时间长了，他白天睡觉时，此女子也在他旁边刺绣，陪着他说说笑笑，他就更不想醒来了。过了一段时日，女家因为余舜章家越来越穷困，而且很久也不送聘礼去，便又另外选了人家，余生的父母也没有办法。余生知道了，闷闷不乐，但是梦却依旧延续着。时间一长，余舜章的精神越来越萎靡不振，终日昏昏沉沉的，梦也不分白天黑夜，越来越频繁了。

一天，余舜章强打起精神到街上走走，看见两个人在打架，一个人被打得快支持不住了。旁边围着许多人，但只是看着，却不上前劝解。余舜章忍不住上前询问缘由。打的那个人和余舜章熟识，愤愤地说："他欠我钱，说好了把老婆抵债，给我当小妾，后来又后悔，欠的钱又不肯还，所以我要打他出气！"余舜章又问被打的人，到底欠多少钱，那人回答说："因为父亲死了，没有钱埋葬，只借了他五贯铜钱。现在老婆不愿分离，每天哭着求死，谁真的要赖他钱不还！"余舜章听了，心里很踌躇，想着这件事关系着丈夫的孝，妻子的节，按理应当想办法去成全他们。自己袋中还剩一两银子，再向庙里的和尚借一些，就能够凑足这个数。自己省吃俭用半个月，事情就可以过去了。于是对动手的那个人说："你是要钱，还是要人？"那个人知道余舜章是穷书生，不可能拿这么多钱做好事，就说："他的老婆并不好看，我也不想讨她。只是他不还钱，我总不能白白地就算了。"余舜章笑了，说："既然这样，你跟我来，我来代他还钱。"旁观的人听了都说："余相公真是做了件大好事，功德无量，一定有好报！"大家都支持这样做，那个人有些后悔，却也无法改口，只能服从。被打的人感激得哭了出来，发誓以死相报。大家相随着一起到了庙里，余舜章向和尚讲明情况，和尚对余舜章的义气大加赞赏，同意借钱。余舜章当即把自己身边的钱都拿了出来，一起交给那个人，烧了借据。被打的人不停地向余舜章磕头致谢，血都流了出来。

余舜章仗义地解决了这场纠纷，当晚睡觉，竟然没有做梦，心中十分怀疑，以为灵符失效，于是默默地向美人祷告，想问清楚原因。到了半夜，美人果然来了，有些惭愧地对余舜章说："过去我说的话都是骗你的。我只是一个吊死鬼，怎么可能管人间的婚姻？因为我知道你的命运不好，不久就要死去，所以想趁你活着时先结为夫妻，死了就能和我相伴永远。只是怕你怀疑，不敢冒昧地自我推荐，所以冒充你的新娘子，和你在梦中幽会。这些天来，你梦中见到的都是我。今天你一时发了善心，保全了孝子和节妇，土地神把情况上报，你的命相全变了，有福有禄，还可以活到八九十岁。因此我也就躲起来，不敢再欺瞒你了。现在你召唤我，我只得厚着脸皮，讲明实情。"说着有些手足无措的样子，又叹了口气说："过去欺骗你，这是我的错，但是欢聚了这么多天，也希望你能原谅我。我会为你找回失去的婚姻，让你们郎才女貌，成为美好的一对，你可不要随便地另找别人。"说完拜了两拜，显露出披发吐舌的原形离去。余生梦中惊醒，汗如雨下。从此之后，神清气爽，白天就不再想睡了。

隔了不久，女家果然请了个人来打圆场："以前因为一时糊涂，背弃了两家的约定。现在希望能够恢复婚约，以后决不会再有二心。如果你能原谅接纳，真是太幸运了。"余舜章暗中了解，知道了内中实情，原来那家的女儿近来一直被鬼缠身，常常要拿根绳子上吊，并狂叫道："这是余少卿的妻子，谁敢抢她！"后来下聘的那家人家听说，十分害怕，不敢再娶，讨回了聘礼。所以女家才又来提亲。余舜卿猜测这都是灯下美人替他做的，便编了一番话对父母说了，同意女家的要求，一年后结婚。此女的面貌比灯下美人并不差，余舜章也不对外人说。又隔了一年，余舜章果然接连高中，成了进士，后来官做到光禄寺少卿，活到八十岁。现在琼州人做媒，都开玩笑地把"月下老人"说成是"灯下美人"。

外史氏说：温峤喜爱姑母的女儿，便假托朋友的名义，自己娶了她，灯下美人的所作所为，与温峤有些相似。她当面说羞愧不敢自荐，实际却冒名顶替，这实在是阴险狡诈，很像出谋划策的政客。假如不是余生偶然地做了一件大好事，改变了自己的命运，那么新娘子的冤枉就永远洗刷不清了。新娘子如果知道灯下美人冒名顶替自己，一定会气愤地吐她口水的。

梁少梅

城中梁少梅才二十四五岁，风姿秀美，言谈爽利，是一个高雅且有风度的青年。一天七月十五，正是中元节，他和朋友一起到城外法觉寺观看和尚放焰口施食，解脱地狱中饿鬼的困苦。当时主持经坛的是寂禅师，他谨守戒律，道行很高，因此经坛前常常有奇怪灵异的现象，喜爱热闹的人都喜欢前去观看。少梅和他的两三个朋友一起走出城门，到法觉寺时，月亮已经出来了。他们看见好些小孩在装鬼，有的拿着卷起的荷叶做灯笼，有的烧着蒿草当火炬，一个个胡乱叫着跳着，非常有趣。一会儿，笙箫鼓钹都奏响了，和尚们举着旌旗，打着伞盖，簇拥着寂禅师登上经坛。于是按着盂兰盆会的仪式，念经、说法、散天花，给众饿鬼施舍食物。寺院中挤满了围观的人，却什么奇怪的现象都没有看见。少梅平时就胆大，心想这里人山人海，鬼肯定不敢来，就是来了也看不见，不如到偏僻冷静的地方去等，这样就能够判断和尚们施法是否灵验了。于是也不招呼同行的朋友，一个人走到寺庙旁小路边，选了个隐蔽的地方等待。等了不久，就看见有近百团的黑气，如斗一般大，源源不断地飘来，从他身旁经过，还隐隐地发出声响，的确是一种奇观。少梅赶紧登上高处观望，见这些黑气飘到经坛就不见了。接着又有许多黑气团继续飘来，数量多得根本数不清。少梅站立了很长时间，夜露把衣服都浸湿了，他觉得很不舒服，就想回到寺前去寻找同伴，找住宿的地方。忽然传来一阵笑语声，好像花间的鸟语，十分好听，他又停了下来。

笑语声越来越近，只见有十几个妇女走来，前边有两个小丫鬟打着灯笼照路。她们的容貌都很妖艳，最后一个少女姿色更为出众，独自拿着一盏荷叶灯，迈着急促的碎步向前。眼角瞥过少梅，便举起手中的荷叶灯打招呼，似乎早就认识他。少梅顿时神魂颠倒，不由自主地便跟了过去。妇人们都走得像风一样快，他竭尽全力才勉强跟上。一会儿走到一个大院，房屋高大宏丽，就像神庙一般。妇人们都走了进去，根本不管后边跟着的少梅。少梅累极了，走不动，就靠着墙角坐下休息。隔了好一会儿，有一个人拿着灯笼从门内走出，说道："刚才一个疯狂的少年追着我姐姐走到这里，怎么看不见了？"说着用灯笼四下照着寻找，在墙角发现了少梅，笑着说："少年郎不是在这里吗，谁说回去了？请你随我进去。"少梅见她就是打灯笼引路的小丫鬟，也就高兴地站起来，紧跟着她往里走。经过几道门，好像有些神像，也来不及仔细观看。接着走进一个小院落，里边花木茂盛，景致很好，而刚才看见的那个少女正站在走廊上等着。看见丫鬟就问道："逐臭郎找到了吗？"丫鬟说："找到了。"少女就走下来，笑着迎接少梅，带着他走入房内。里面的铺陈摆设非常华贵富丽，许多东西少梅见都没有见过。他在灯光下斜着眼打量这少女，十八九岁的年纪，眼波流转明亮，面容光彩照人，真是一位美人。少梅心中倾慕不已，就谦逊恭敬地说道："刚才在路上匆匆相遇，来不及回避，希望你不要见怪。现在你又引我到房间里来，我更加感到惶恐不安。"

少女听了微笑着回答说："刚才见先生在草露间徘徊，心想一定是黑夜中迷失了路，没有地方歇脚住宿。因此尽管家中地方荒僻，仍然冒昧邀请先生光临寒舍暂住一晚，怎么反而这样谦逊？"少梅又客气地道谢。少女请他坐下，并对丫鬟说："好事情不要告诉旁人知道，我怕她们会捣乱的。"丫鬟笑着答应了。少女又命令摆上酒菜，二人对坐着喝点小酒。丫鬟很快地捧出许多美味佳肴和瓜果，少梅大都叫不出名字。当时正又饥又饿，吃得分外香甜。谈话中间问到少女的姓氏，她笑着不讲，只是说："初次见面，情谊并不深厚，还不能告诉你，以后再说吧！"少梅也就不再追问。喝了一会儿酒，两人都有些神魂飘荡。丫鬟看到这种情形就说道："良宵欢愉，时候已经不早了，鸡都快叫了，请安寝吧。"二人就挽着手站起身，转身进入卧室，里面的帷帐被褥更加奢华。少女自己脱去衣服，里外都是新缝制的，只穿一件红纱制成的抹胸，和少梅同睡。少梅轻轻抚摸，只觉她身体很丰满，肌肤更是非常滑腻。欢好之时，少女非常娇媚诱人，少梅犹如置身魂梦之中。欢好之后，沉沉睡去。

　　少梅醒来，只听到一片女子喧嚣的吵闹声，说道："小淫婢真不害臊，偷偷地和男子睡觉，我们可不要饶了她！"少梅吓得睁开眼睛，看见少女还躺在自己的怀抱中，一点儿也不害羞，只是笑着说："知情人也要同样判罪的。"众女子又喧嚷起来："这丫头耍无赖，竟然要拖人下水！"说完，都拍起手来。少梅听了她们这些话，心里就不着急了，偷偷看看这几个妇女，都是昨天晚上见过的，便起身穿衣服。那几个妇女都眼睁睁地盯住他的下身看，似乎很欣赏。少女也起床了，众妇人用手理着她的头发说："头发乱蓬蓬的，你也太癫狂了！"少女回答说："你们想狂还狂不了呢！"于是领着少梅向众妇女行礼拜见，说道："女子出门远行时要'问及诸姑，遂及伯姊'，看来不愁没有做媒的了。"众人听了，起初是一阵沉默，隔了一会儿才又高兴起来，一个个挨着坐下，相互打趣。接着又拿了些酒菜来为二人庆贺。喝了一会儿酒，一个年龄稍长、身穿绿衣，少女称她为姑姑的女子忽然对少女说道："你已经对你的情郎说了吗？"少女答道："萍水相逢，不敢轻易泄露秘密。"姑姑笑道："你的情郎胆大气壮，没有关系。"接着转头对少梅说："我讲了，你千万别害怕，我们都不是人，是狐狸精。她是前明中丞毛一鹭所宠爱的姬妾，十九岁就死了。毛一鹭因天启末苏州百姓事变，被崇祯处死，草草地葬在这里。这里是圣姥的行宫，我们经常要到这里来服役，大家都很喜欢她，就教她修炼形体的法术，所以虽然是鬼，已经和人没有什么两样了。现在既然已经得到你的爱怜，希望你就把她带回去，不要弄脏了圣姥的行宫。这样我们对她也算是有始有终了。不知道你准备怎么办？"少梅听了，刚开始有些吃惊，但也不怎么害怕，爽快地答应说："一切遵命。"众妇人相互看着大笑道："这个人胆子可真大！"姑姑说："我知道他的为人，所以才敢讲明事实。"于是又一起向少女祝贺。少梅这时才知道少女姓王，小名阿怜。众妇人又忙着为她办理嫁妆，很快地桌上便堆满了珠玉锦绣，每人又各封了一锭黄金作为贺仪。阿怜和少梅一一致谢。姑姑又说："白天不能回去，恐怕被乡里猜疑，还是等到晚上吧。"于是众人都散去了。

阿怜这时对少梅说："刚才如果不是我叫你向她们一一行礼拜见，你就危险啦。"少梅问这是什么缘故，阿怜说："她们生性都很放荡，幸亏昨天晚上没有看见你，所以我才能把你引到我的房里。今天早晨撞见时，她们也都不怀好意，我让你对她们一一行礼，她们才不好太放肆，姑姑又喜欢我，这才答应我和你成亲。否则的话，你和我独自'与少乐乐'还可以；如果是'与众乐乐'，你就吃不消了。"少梅听她巧妙地引用《孟子》的话，不禁捧腹大笑。又问她丫鬟到哪里去了，阿怜回答说："她们原来都是毛家的婢女，一起埋葬在这里。我喜欢她们，让她们做些针线。但她们只能晚上现身，白天不能出来。"于是带着少梅观看自己的住处，花木繁茂，不像是墓地。阿怜说："这些都是姑姑她们帮着种的，我自己是办不到的。自从我跟随她们之后，平时的饮食衣服都靠她们供给。几天前，姑姑忽然说我眉宇之间有喜色，一定会有奇遇，不可以再穿旧的衣服，就叫我从里到外都换成新的。今天穿的这些衣裳，都是她送的。我的棺材仍然埋在这后面，尸体已经腐烂，不必再管它了。"阿怜絮絮叨叨地讲了许多，都是少梅闻所未闻的奇事。

到了晚上，众妇人又来为他们设宴饯行，两个小丫鬟也来了，都有些依依不舍。喝了数巡酒，姑姑拔下鬓边的金钗，敲着桌子唱道："有女婉娩兮，共我翱翔。今兹别去兮，予心忧伤。愿汝倡随兮，如凤凰。何时重晤兮，在仙乡！"音节很古老，调子也很凄婉。阿怜听了，拜了两次致谢，回答说："一抔久弃兮，冥然可知。肉我白骨兮，匪彝所思。今夕别离兮，乌夜啼。深恩未酬兮，步迟迟。聊祝眉寿兮，与天齐。"众妇人又齐声唱道："女萝附木兮，得所依。留君不住兮，心孔悲。子兮子兮无久违。"唱完歌，大家都流下了惜别的眼泪。酒喝到快天亮时，姑姑说："快开城门了，你们去吧！"就把众妇人所送的珠玉珍宝分开放在二人的衣袖中，他们也不觉得重。大家送他们出门，阿怜又和众妇人一一握手话别。少梅出门后一看，这里果然是城外的碧霞祠，离城不过一里多路，就扶着阿怜步行回家。

少梅家中没有父母，也没有妻室，只有一个老妇人管家。她开门见了阿怜，很惊奇，也不敢多问。但阿怜和少梅总觉得心里不踏实，第二天便搬家到乡下，拿银钱购置产业，过着富足的生活。后来常常准备酒宴，祷祝狐狸精前来相会，但总是看不到踪影。阿怜重新回到人世已有十多年了，仍然和当初一样的年轻美艳，亲友们还经常见到她。

外史氏说：狐狸是有毛的动物，它们把毛一鹭的姬妾嫁给别人，好像并不顾惜自己毛氏的宗族。毛姬当初埋葬在这里，原来并没有想到会遇见有毛的狐狸。而狐狸竟然自作主张，把她再嫁出去，也不去征求毛一鹭的意见；而毛姬胆大妄为，引诱少年男子，并不害怕有毛的狐狸。这样看来，毛狐狸和毛一鹭、毛姬都是一丘之貉了。少梅的胆子像簸斗一样大，阿怜的脸皮比牛革还要厚，如果没有他们二人，狐狸精再怎么胡闹，这对姻缘也无法凑成啊！

定州狱

河北省定州有一个村民，娶了邻村某家的女儿作为妻。村民的父亲很早就死了，母亲长期生病，所有的家务都靠他妻子一人操持。妻子十八岁，很有姿色，因此村民总是守着她，很少让她回娘家看望父母，妻子和她父母都很不满意这一点。那年秋收季节，邻村为了酬神，请了戏班子到村里演好几天戏。岳家就派人来说，想接女儿回家看戏，当时村民的母亲病好了一些，就答应了。妻子便打扮得整整齐齐，回了娘家。村民心中本来就不愿意，一直牵挂着，隔了不久，就去催她回家。岳家父母十分疼爱女儿，不同意。等到戏快演完的那天，村民又去接，说这几天母亲劳累，病又发了，应该早些回家，唠唠叨叨，说了好多理由。但妇人贪图看戏，很不愿意，说道："让我再看一晚上。你母亲即使生病，晚上也用不着做家务。今晚让我把戏看完，明天早晨就回来，决不会耽误什么事。"妇人的母亲也在一旁帮着说话，村民勉强不了，只得悻悻地回家了。当时他也没有什么恶意，只是因为新婚不久，小夫妻舍不得分开。但回去的路上一个人走着，却越想越气，心里想着：贱骨头不念夫妻枕席间的情意，却只顾自己看戏取乐，我一定要给她一点厉害瞧瞧！回到家中，吃过晚饭，又一个人悄悄地返回岳家的村子。他知道岳家有一间矮房正好靠近演戏的场所，妇人和姐妹们总是坐在屋檐边看戏。这时他远远望去，妇人果然坐在上面，指指点点，边说边笑，非常开心，他却更加生气了。趁着天色昏暗，没有人注意，他弯下身子，悄悄地穿过人群，躲在妇人家的屋檐下。当时戏演得正热闹，金鼓齐鸣，满场都在喧闹呼喊。妇人眼睛盯着戏台，看得出神，一只脚不经意地垂了下来。村民知道她毫不防备，不会留意脚下，就抓住机会，悄悄地摘下了她的一只绣鞋，匆匆忙忙离开了。妇人竟然浑然不觉。村民回到家中，也不和母亲说，关上房门就睡，打算等到天亮妇人回家时狠狠地羞辱她一顿，来发泄几天来心中积攒的愤怒。

　　妇人的鞋被拿走以后没多久，忽然觉得脚冷，伸手一摸，绣鞋没有了，怀疑是村中的小流氓偷走的，心中很焦急。又想到亲友们都在这里看戏，这件事传出去，一定要被她们取笑。于是不等戏演完，独自从屋檐上下来，找了一块布条绑脚，并对父母说，自己要马上回家。父母都很吃惊，不明白是什么原因，问她她不说，留她她也不肯，只是说走不动，请人牵了一头驴子送她回去。她想晚上回到家中，换了鞋，这件事就可以遮掩过去。回到家中，婆婆还没有睡，开门见她回来，很吃惊地说："你丈夫说你明天回来，怎么半夜就回来了？你爹爹不会责怪吗？"妇人说："我听说母亲病又发了，所以赶着回家，不等明天了。"婆婆笑道："我也是老毛病，用不着担心。"妇人等婆婆睡了，然后回到自己的房间。

　　她怕吵醒丈夫，不敢点灯。但村民还是醒了，问是谁，妇人答道："我回来了。"村民嘲讽地说："我还以为你跟着戏子一起跑了，怎么还回来？"妇人知道丈夫在生气，也就没有回答。村民又说："那么好看的戏，听说明天还要重演，你为什么匆匆回来？"妇人仍然不说话，打算等丈夫睡后悄悄地拿鞋子换。但村民又问："既然回来，为什么不点灯？"妇人答道："夜深了，灶中的火已经灭了。不点灯，也可以睡。"村民猜测到她的用意，忽然起身说："我来替你点蜡烛。"妇人极力阻止，他不听。蜡烛点燃后，屋内的东西看得清清楚楚，妇人害怕，赶紧站到椅子背后，遮住双脚。村民早已经看见了，假装笑道："你把脚伸出来，你的行为很反常。"妇人把穿鞋的那只脚伸了出来，也笑着说："你怎么老是盯着我的脚看，难道我还赤脚走路？"村民看了一会儿，猛地拉出她的另一只脚说："这只脚怎么没有鞋子？"妇人非常羞愧，低着头说不出话。村民得意地漫骂道："你不听我的话，竟然闹出了这样的丑事，就是把你煮来吃了，我的心头之恨也不能弥补发泄！"于是再三追问她鞋子到哪里去了，妇人无话可答。村民说："鞋子在你的脚上，现在不见了，你干了什么好事，那还不知道吗？像这样的女人，我还能留着做老婆吗？"口中不停地唠叨，一边骂，一边回到床上，准备睡觉。又说如果明天找到鞋，一定要把妇人杀了。村民原想借这个机会羞辱妻子，使她听话，骂了一会儿，不知不觉睡着了。妇人在一旁惊恐不安，觉得无地自容，又担心第二天事情闹大，被乡邻耻笑，一时想不开，竟然找了根带子，悬梁自尽了。等到村民听到声音惊醒过来，发现妻子吊在梁上，赶紧救下来，妇人的身体已经凉透了。这时他既害怕又懊悔，心想妇人半夜回来，旁人未必知道。不如暗中把她的尸体藏起来，并且诬陷妇人父亲，或许可以免除灾祸。于是便背着女尸，投到邻近寺庙的井中，再悄悄地回到自己的房里，想起妇人平日的好处，伤心极了。天亮之后，他也没有把情况对母亲说，就直接到女家去接人。妇人的父母说早已送回，村民肯定地说没有这回事，而昨晚那个牵驴子的人正好有事不在，大家都起了疑惑，便把状词呈到了官府。

定州太守胡公是一个聪明而又能干的人。接到状词后，立即把那个牵驴子的人押来审问，他不服，并转述了送妇人回家时妇人和村民的母亲见面时所讲的话。胡公也觉得事有可疑，又拘村民的母亲来审讯，她的供词和牵驴人的陈述完全一致。显然村民没有说实话，便用严刑逼他招供，这才讲出了实话。胡公下令给村民上了枷锁，押着去寺院的井中寻找妇人尸体。让水性好的人下去打捞，捞上来一看，却是一个光头和尚，并没有妇人的尸体。胡公与旁观的众人都大吃一惊。仔细看尸体，认出是庙中的某个和尚，额头已被砸烂。

原来妇人的尸体被扔下井去，恰好挂在井壁上一个凸起的地方，没有掉在深水中。绳索松开后，妇人竟然渐渐地醒了过来，只觉得浑身冰冷，一股寒气侵入肌骨，四周昏黑如夜，心想大概是到了阴间。但用手抚摸，碰到了身下的泉水，抬头望去，又看见圆形的天光，这才醒悟到自己是落在水井里面，于是大声呼叫求救。这时已是五更过了，庙中某和尚已经起身，准备到井中汲水，浇灌菜园。听到井中呼救声，怀疑有人失足落水，便伏在井边询问，知道她就是邻村某人的妻子。和尚本来就认识她丈夫，赶紧放下长绳下去救人。井有好几丈深，妇人力气小，手又软弱，怎么也抓不住绳子。正急得没有办法，一个年轻人走过，他是在附近农家做短工的，看见和尚弯着腰用劲，便笑道："大师父为什么如此费劲，是不是掉了什么宝贝？"和尚告诉他情况，年轻人又说："大师父太没有善心了，你要普度众生，怎么自己却高居彼岸呢？我把你绑着绳子放下去，她就可以上来了。这个办法怎么样？"和尚说："我也想到过，只是刚才没有人，所以只能拼命往上拉。"于是他请年轻人拉住绳子，自己缒绳下去。到了井下，便把绳子拴住妇人的腰部，叫道："快拉吧！"年轻人双手用劲，很快地把妇人拉了上来。仔细一看，虽然衣裙都浸湿了，面貌却十分娇媚，顿时就产生了邪念，骗她说："娘子把绳子给我，请到那边高坡上休息，我把大师父拉出来。"妇人听了，解下身上的绳子交给年轻人。年轻人四处张望，找到一块像酒缸那么大的巨石，用力抬起，将它扔到井里，正好打中和尚的脑袋，和尚当场毙命。年轻人还怕他再活，又丢了几块石头，听到井下再没有声响，知道已死，才住了手。返身走向妇人，拉住她的衣服说："走吧，这里不能再留了。"

妇人见这年轻人砸死和尚，知道他绝不是好人，吓得要逃，但年轻人紧紧抓住她，怎么也挣不脱，只得跟着他走。曲曲折折走了一里多路，来到一间土坯砌的房子。年轻人对妇人说："刚才和尚对我说话，显然是不怀好意，所以我尽力救了你。现在打算送你回去，但你浑身湿漉漉的，估计很不好受。我到外面去，你一个人在里边，等衣服干了再走。我对你其实并没有什么恶意。"说完就走出去。妇人信以为真，反倒觉得这个人不错，同时湿衣服裹着身体，也觉得又冷又难受，就把房门紧紧地关上，将湿衣服一件件地脱下来，用手绞干。正当她全身赤裸，毫无防备时，年轻人却打破窗子，跳了进来，按住她要强迫和她欢好，妇人一点反抗的能力也没有。事情结束了，年轻人对妇人说："你要回去呢？还是要离开这里？"妇人说要回去。年轻人说："不行。和尚因为你才死掉，我回去少不了吃官司，一定会把你牵连进去，算是我的同谋。何况我现在送你回去，你的丈夫更要怀疑你，你还有活的机会吗？"妇人果然害怕她的丈夫，就问道："那怎么办呢？"年轻人说："我的老家在新乐，来这里打短工，明天就要回去。我还没有结婚，你能跟着我回家去，我就把你当作妻子，你看怎么样？"妇人考虑了一会儿，实在没有别的办法，就答应了，但说："我的另一只鞋也掉了，你给我找双鞋来，我才能走。"年轻人点头答应了，开门出去，又把门反锁了。到了晚上，他拿了些饮食回来。妇人向他要鞋子，他回答："鞋子都在人家的脚上，我到哪里去找？"妇人说："没有鞋，我就走不了。"当晚二人同居一室，互相欢好。第二天一早，年轻人又出门去，妇人又叮嘱他一定要找双鞋子，年轻人口上答应，心中却很为难。中午时听说和尚的尸体已被发现，就更加害怕紧张了，直到天黑才敢返回土屋。一个人走在田野间，忽然看见路旁有双红绣鞋，又小又窄，好像正合妇人的脚，心想一定是别人不小心掉的，高兴极了，也不多考虑，拾起来赶紧赶路。回到土屋，拿给妇人看，妇人仔细一看，惊讶地说："这本来就是我的鞋子，你从哪里弄来的？"年轻人正要开口说，两个差役突然破门而入，用链条锁住年轻人说："杀人犯果然在这里！"年轻人吓得脸色都变了。

这是怎么回事呢？原来胡公检验和尚的尸体时，在井下搜到妇人的一只绣鞋，怀疑妇人没有死，并且没有鞋也不可能立即远走他乡。和她在一起的，必然是附近的一个单身男子，他也必然不敢向旁人乞讨绣鞋。因此胡公就叫村民把家中妇人穿的鞋子全都取来，交给差役，让差役把绣鞋散放在附近的小路上，然后潜伏在一旁。假如有人拾鞋，就跟随这个人走，就可以找到妇人。妇人找到后，和尚被害的情况自然也就真相大白了。差役按照胡公所说的做，果然找到了杀人犯。胡公把情况分析给年轻人，那个年轻人只得低头认罪，被押解到县城，按杀人罪处死。村民按诬陷罪判处徒刑，妇人另外改嫁。胡公审理这件案子，英明果断，不久就因此升了官，人们都很佩服他。

外史氏说：一只绣鞋，竟然导致了那么大的祸事，这说明歌舞娱乐实在是导致人们犯罪的罪魁祸首。如果妇人不贪图看戏，她丈夫便不至于偷她的绣鞋；丈夫不偷绣鞋，妇人也不至于上吊；妇人不上吊，和尚和年轻人都可以不死。但如果胡公没有找到这一只绣鞋，那么和尚好心救人反被害死，年轻人阴谋拐骗妇女最终竟然成功，沉冤就得不到昭雪了。就是有了这只绣鞋，才能打破疑团。古人有《绣履传奇》，好像还比不上这个案子曲折离奇啊！

住 住

长安的谷家是一个世家大族，族中子弟大都从武举发迹，因此一个个都争着练习骑射、舞长剑，坐下来提笔学文的却很少。一天春雪才结束，天气晴朗，他们全族人，有老有少，都到城北的山里去打猎，大家比赛骑术、箭法，追逐飞禽鸟兽，意气风发，玩得十分痛快。黄昏时分，他们已经打了数以百计的兔子、野鸡，人困马乏，就准备勒马返家了。

谷维藩是谷家兄弟中年纪最小的，还只是个孩子，但骑马射箭都很出色，兄长们疼爱他，也带他一起出来打猎。这个时候，大家乱哄哄地提着猎物往回走，维藩一个人落在后面。他一向胆大，也没有什么戒心，独自骑着一匹小黑马，牵着一只小狗，在荒原枯草间漫不经心地走着。渐渐地月亮升了起来，原野里弥漫着一片淡淡的烟霭，他这才想起要寻找原路返回。忽然有两只小狐狸飞速地从路旁窜出来，维藩一见，兴致又来了，先把狗放出，自己也骑着马随后追去。狐狸跑得极快，狗和马都追不上。黑暗中已经分辨不清行迹，一会儿狗不见了，狐狸也不见了，维藩十分懊丧，只好勒住马往回走，这时就更加找不到回家的路径了。

大约走了一会儿，马也累得走不动了，维藩准备找个地方借住一晚。忽然看见在参差的树影中有灯光闪现，就驱赶马走向前。近前一看，是一幢巨大的院宅，围墙高大，楼宇重重叠叠的，就像是王侯的府邸。刚才看见的灯光原来是值夜人手中的火炬，他们听到马蹄声，就上前询问。维藩连忙下马，说是迷了路，希望能借住一晚。众人拿火炬照他，笑道："这孩子，年纪这么小，深夜独行，难道不怕虎狼吗？我们代你向主翁禀告。"于是让维藩在门口草屋中等待，由一个人进去通报，很快回来说："主翁已经起身，亲自接客。"维藩把马系在门外，跟着他进去。走了几步，只见一道道大门都敞开了，里面灯火通明，房屋一进又一进。守夜人引领着他进去，里面站着三四个身穿美服、头戴花帽的仆人，就好像古代富贵人家的侍从，简单问了几句，就带着他入内。走过两道门，都有仆人守着，看见他都笑着说："迷路的小孩子来了吗？主翁早就等你了。"维藩听了很奇怪。仆人又引他向西走，走到一座小院，显得非常精致整洁。刚刚跨入院门，主翁就掀开门帘，出来迎接。他大约有五十多岁，穿着礼服，戴着高耸的帽子，有几个仆人紧随在他的身后。他走下台阶就说道："住住她们难得在外边玩耍，你为什么一点儿也不客气？"随后又笑道："看你年纪小，我也不怪你。"维藩听了，十分茫然，毫无头绪，听不懂他讲些什么，只是瞪着一双发亮的眼睛看着主翁。主翁又笑道："小孩子知道什么，反而是老夫错怪你了。"说着，请维藩走进屋内。里面摆满了图书以及钟鼎古玩，富丽堂皇，很难用语言来形容。主翁请维藩坐下后，问了他的姓名住所，随即客气地说："原来是我的世家邻居。我们两家住得这么近，虽然没有机会到你家拜访，但是我已经仰慕很久了。"接着又命仆人快去喊住住过来。

仆人进进出出好几次，才听到清脆的环佩撞击声。一个十三四岁的少女从门帘外走了进来。她眉清目秀，风韵自然天成，披着一头长发，打扮也极随便。看见维藩，顿时神色就变了，停住脚步，好像很害怕的样子。主翁笑着对她说："这也算是有夙缘，我儿不必害怕。"少女听了，便走近一些，站在主翁的身边，低着头，垂着手，一句话也不说。维藩偷偷地看她，眼睛好像秋水一样，姿态明丽妖娆。虽然维藩此时年纪还小，也不由自主地产生了爱慕之情。只听见女子轻声地对主翁说："他好凶啊，我的胆都被吓破了，你怎么还要引贼入室？"主翁生气地看了她一眼，说："小孩子，怎么乱讲话！"少女吓得不敢再说。于是主翁指着少女对维藩说："我生了三个女儿，两个都嫁人了。这是小的，和你的年龄差不多，想跟你家结个亲，不知你是否愿意？"维藩一见少女就已经喜欢上了，而且那时也不知道她是狐狸，立刻站起身来道谢。少女听了主翁的话，不禁偷偷地向维藩看来，脸羞得红红的，好像也非常称心满意。两人目光交接，默默沟通了感情。过了一会儿，主翁站起来说："你今天骑了一天马，太劳累了，还是早点休息。这件事明天早晨再决定。"说完就迈步走出屋子，仆人都随着离开。少女走得慢一步，落在后面，快要走到门帘的时候，维藩情不自禁地用手拉住她的衣襟，少女娇羞地回过头来，低声笑道说："荼蘼花刺还没有长成，就懂得抓人家的裙带啦！"说着便用手去解脱。维藩碰到了她的手，感到又细腻又滑润，更加忍不住情兴，便上前拥抱，少女着急地要叫起来。想不到主翁却转身回来，维藩马上松手，十分羞愧地站在一旁。主翁斥责少女道："还不快走，又要我回过来找你。你就那么慢吞吞的！"说着，二人便一起离去。

维藩很失望，感到非常疲倦乏力，屋内没有床褥，他倒下就睡了。天明时他还没有醒，主翁就来叫他，寒暄了几句，就拿出一只碧玉指环给他说："这是住住平时一直戴的，你拿着它作为信物，明年春天桃花开放的时节，就可以来这里迎亲了。"说完就叫他回去，说："恐怕你家中双亲挂念，你还是早些回去，也不留你吃早饭了。"随即命令仆人送他到门外，把马还给他，并给他指明了回家的大路。维藩骑马赶路，中午时才回到城里，家人们正着急地四处寻找，看见他回来才放了心。问他昨晚睡在什么地方，维藩一五一十地说了。他的堂兄维垣见识较广，听了就震惊地说："这肯定是狐狸精。幸亏你年纪幼小，没有害你，算你运气好，你还想真的和狐狸精成亲吗？"以后大家都闭口不提这件事，并且替维藩和一个豪家女子定了亲，想以此来断绝狐狸精攀亲的念头。只是维藩心中仍然对住住念念不忘。

第二年春天，谷氏家族要到郊外去祭扫祖坟，这时维藩才有机会出城，一个人悄悄地前去寻访。找到原来那个地方，只看到春草丛生，丝毫不见人迹，根本没有以前见到的宫殿般的院宅，而且环境十分冷僻，树木阴森，群鸦鼓噪，有一种说不出的恐怖感。正要返回，忽然看见两个漂亮的女子挽着手走来，脸上没有施脂粉，衣着却十分华丽。她们走到维藩前，看着他问道："这是谁家小孩，在这里东张西望做什么？"维藩把实情说了。一个穿深红色纱衣的女子竟然气得脸都涨红了，大声呵斥说："你就是那个薄情郎吗？住住就是我的妹妹，你们家骂我们是异类，是畜生，我爹气坏了，要给住住另外选人家。你还来干什么？！"

另一穿绿衣服的女子也发怒道："阿爹自己稀里糊涂，随便地就把妹妹许配给这种坏蛋。那只玉环呢？快交给我！"其实，当时维藩正好带着玉环，但他坚决不肯交出来。二女没有办法，恨恨地离开了。维藩也非常失望，一个人闷闷地往回走。

才走了一里多路，遇见一个穷困的老道士在路旁讨钱，维藩见他面黄肌瘦，很可怜，就把自己口袋中的钱都拿出来给他。老道士向他道谢后，忽然又对他说："我看你的脸色，好像有很重的心事。年轻人年华正好，不应该这样。"维藩满腹心事正愁没有人可诉说，老道士问他，他便原原本本地讲了一遍。老道士笑道："这件事好办，就是怕你们家里不欢迎她，结果让她无处安身，这样我反而是多管闲事了。"维藩发誓决不会这样，老道士便从袖筒中取出三张灵符，说："先拿一张在你的房中焚烧，那个老头立刻就会来的。你可以和他约定，叫他把女儿送到你家。到了约定的那天，如果不来，再烧第二张，你一定能心满意足，娶他女儿为妻了。最后再烧第三张符，把烧后的灰烬融在清水里，让你的妻子吞服。这样就是真仙下降，你们夫妻二人也不会分离了。但你要有节制，才能确保你们夫妻百年好合，可千万不要让别人说我是乱点鸳鸯谱啊！"维藩再三地致谢，并立刻拜老道士为师。一转眼老道士就消失不见了，维藩惊诧极了，转身回去。路上见到族中兄长，问他一个人到哪里去了，他便编了一套谎话，也没有讲出实情。

回到家中，他就一个人坐在自己的房内，迫不及待地等着，一直等到夜深人静，才拿出一道灵符烧了。一会儿，听到飕飕的风声，接着呼的一声巨响，一件很大的东西从屋檐上被扔了下来。出门一看，是一只被缚得紧紧的灰黑色的狐狸，就像祭桌上供的猪，双目炯炯发光，显得非常痛苦。维藩知道这就是主翁，大声斥责说："你拿女儿来引我定亲，然后又自己反悔。现在我施法术把你抓来，你还有什么话说？"狐狸缩成一团，倒在地上，露出了求饶的神色，口中呜呜地叫着，说不出话来。维藩笑道："这次饶你不死。给你三天的时间，如果准时把女儿送来，我们还是姻亲，否则，我不会轻易放过你的。"说完就把绳子解了。狐狸摇摇尾巴，头也不回，就自己离开了。维藩知道他心中不服，自以为还有第二道符作为保障，第二天对家中人说："三天之后，新娘子要来，你们要给我安排好结婚的新房。"当时维藩的父母已经去世，和堂兄维垣一起住，维垣又正好出外办事，只有嫂嫂在。嫂嫂责怪他说："你虽然已经订婚，但还没有送彩礼，成亲还早着呢，别胡闹！"维落听了，也不辩解，只是指挥仆人丫鬟打扫自己的房间，重新布置，帷帐衾席全都换成新的，装饰得非常富丽。家中人都认为他发疯了。

到了第三天，狐狸果然没来，维藩生气极了，又烧了一道符。那天天气晴朗，当时已是中午，晴空万里，突然间浓云密布，雷声震天，谷家院子内下起了倾盆大雨。一会儿主翁带着一个少女从空中降下，衣服一点也没有沾湿。他们直接走进洞房，对维藩说："你这个人也不讲一点儿情面，只是不停地恶作剧，我们嫁妆还没有准备好，所以迟了一会儿。为什么急着就要派云师、雷公来召唤？"维藩严肃地说："你反复无常，不守信用。我不这样，事情就成不了。"主翁无话可说，留下女儿，独自惭愧地离开了。维藩细看住住，年纪大了一些，比以前更加娇艳美貌。住住看着维藩，却显得很不高兴，嘟嘟囔囔地说："以前那么凶，现在还是老样子。"维藩说了很多好话劝慰她。住住又说："是你家嫌弃我，并不是我家背弃你。你就那么不留情面。"维藩一再表达自己相思之苦，这样做也是出于不得已，住住才渐渐地高兴起来。他们谈着话，天已晴了，乌云散尽，丫鬟们都争着过来看新娘子，夸她长得就像图画中的美人一般，只是猜不透住住的来历。维藩把大致情况告诉嫂嫂，嫂嫂听了既欢喜又担心，也无法阻止，就听之任之，干脆为他们二人摆下花烛，让他们喝交杯酒，交拜成亲。住住相貌娇美，嫂嫂看了也很喜欢。当晚维藩和住住入洞房，情好亲密非常。欢合之时，住住痛楚极了，娇嗔地说："你啊，总是那么凶狂，怪不得我们都怕见像你这样弄枪使棒的武夫！"维藩听了大笑。第二天一大早就把老道士留下的第三道符烧了，逼着住住吞服。吞后，住住顿时就感到神情爽健、精魄凝实，心中暗暗高兴。二人相处更加亲密，感情更加浓厚了。午后，维藩家来了几乘轿子，原来是主翁夫妇和住住的两个姐姐。他们衣着都十分华丽，走到屋内，与维藩的嫂嫂按姻亲的礼节相见。见到住住，拉着她的手都哭了，舍不得分离。这时维藩也按女婿的礼节参拜主翁夫妇，主翁始终耿耿于怀，既有些气愤，也有些惭愧，也不和他多讲话。他们带来了十几箱衣服首饰送给住住，远远超过一般豪富人家的嫁妆。维藩和嫂嫂盛情款待，他们到晚上才离去。

一个多月后维垣从外边回来，听说此事，非常担忧，劝维藩把住住打发走，维藩不同意。维垣听说某县有一个异人，擅长法术，就派人请他来除妖。那个人来后，到住住的房间周围转了一圈，对维垣说："一点儿妖气也没有，看来是个仙人。我的道行不行，除不了她。"说完就走了。维垣不相信，知道狐狸怕狗，便和维城等几个弟弟牵着几头猎狗突然闯入维藩的房中。想不到住住一点儿也不害怕，只是笑道："伯伯也太鲁莽啦！"说着走下台阶来迎接，猎狗见住住走来，反而吓得向后退，好像被什么东西追赶，转过身想逃走，维垣等大失所望，也就惭愧地各自离开了。又隔一年，住住生了个男儿，和一般的小孩完全一样，大家也就不再议论此事了。只是维垣总是放心不下。后来在皇帝面前当差的某道士有事来到陕西，他又恭敬地用厚礼把他请到家中。道士搭造了一个法坛，施行法术，住住在房中也很害怕，准备和维藩告别。忽然维垣等人看见一个身穿金甲的神仙站立在半空中，手中拿着一条一丈多长的黄绸，在空中展开，上面有五个红色的大字："葛仙翁作媒。"一转眼就不见了。道士随即起身对维垣等说："这是我师父的命令，我也不能违抗。"说完急忙告辞离开。维藩的嫂嫂一直很喜欢住住，曾多次劝说维垣不要再从中阻拦，这时又再三地劝说，大家才心悦诚服地接受住住成为族中的一员。

住住接连生养了三个儿子，依旧像原来一样年轻美貌。几年后，维藩把儿子托付给哥哥嫂嫂，然后和住住一起回到房中，关上门再也没有出来。众人破门而入，里面空无一人，他们已经跟着葛仙翁成仙去了。

外史氏说：有这样一个有本领的媒人，再也不用发愁婚事不成功了。葛仙翁夫妇经常自作主张地撮合男女婚姻，这也是其中的一件。维藩也实在是个莽撞胆大的男子汉，先在打猎路上追逐住住，初次见面就要动手拥抱，后来用风雷逼迫主翁，几乎使他丧命，在洞房花烛之夜，又让住住痛楚难忍，显然他只是个粗鲁的莽男子，而不是温柔体贴的好女婿。何况更有强横霸道的仙师，从中作梗的族人，住住要担心受欺凌，嫌他太凶狠，这也就不奇怪了！

仙　涛

扬州城中有一个穷人家的女儿叫仙涛。父亲姓杜，平时游手好闲，不务正业，左邻右舍都看不起他。仙涛从小就十分聪慧，长大后更是出落得异常漂亮。扬州以买卖小妾出名，贫穷人家生的女儿，大多是被拿来买卖。仙涛自知命不好，将来也总免不了当人家的小妾，可是心中却是万分地不愿意，于是每天真诚地祈祷上天，只求能让自己早早地死去。实在是可悲的一件事。当她十七岁时，由于姿色貌美，替豪富人家议亲的说媒人踏破了她家的门槛，她的父亲被钱财诱惑，很快便答应了。她知道自己这一辈子再没有正式婚配嫁人的希望，十分痛苦，几乎想上吊自尽，只是舍不得她的母亲。

一天半夜，秋月微明，她独自一人在门外篱笆下徘徊，忽然看到一只黑毛白嘴，样子好似猫一样的东西，两眼金光闪闪朝自己注视着。仙涛平时就喜欢猫，虽然心情不好，但看着仍很喜欢，就不自觉地走了过去。见它很温顺，便用衣服把它兜起来，抱回房中喂养。这时夜已深了，人也很疲倦，就和衣躺下，抱着猫睡了下去。正睡得迷迷糊糊，忽然觉得胸前的猫儿猛地膨胀起来，就像牛那么大，吓得正要惊叫，身体却不由自主地跨在它的背上。随后那东西猛吼一声，便冲出门外，原来这竟是一头老虎。这时的仙涛早已被吓得脸色苍白，全身颤抖，可只能闭着眼睛，毫无办法，听凭老虎载着自己奔跑。

一会儿，老虎不跑了，蹲在地上，仙涛也清醒了过来。睁眼向四周看去，只见所处的地方，有高山，有小溪，野花遍地，柳树成荫，还有几间屋子，好似远离世俗。仙涛觉得离家时间并不长，但这时已是中午了。她见有房屋，便大声呼救，不料老虎轻轻地一耸身子，把她搁在地上，摇摇尾巴，便离开了。仙涛庆幸老虎没有把自己给吃掉，休息了一个多时辰后，见屋子里仍然没有人进出，便不得已站起来，向小屋走去，伫立门前。这是三间草堂，门前有松有竹，环境清幽，收拾得很整洁，一点儿也没有世俗之气。仙涛怀疑这或许是哪位仙家的住宅，可是推门进去，里面不但没有人的踪影，也没有锅灶碗筷等用具，感到很奇怪。见屋内有张藤床，她就躺着休息。等心神渐渐安定，腹中却不受控制地叫起来。正巧老虎又来了，只见其悠闲地走到门前，以前爪作为枕头，惬意地躺在树下。这时仙涛意识到这只老虎的不同寻常，便对它祷告道："很感谢你把我带到这里，让我脱离了火坑，但是我现在快要被饿死了，这可如何是好？"老虎似乎能听懂她的话，爬起来就走了。很快又回来，身上还背着半只野鹿。仙涛见状笑道："这里怎么烧火？我总不能连毛带血地吃吧！你的好意我可万万没法接受。"老虎似乎又听懂了，又离开了一会儿，之后口中衔着几十支莲蓬回来，把它搁在门外。仙涛赶紧剥开来吃，味道甜美，竟也吃饱了。从此仙涛和老虎渐渐地熟了，也不再害怕它。老虎每天晚上出去，早晨回来，白天便守在家里，好像是在陪着她。还会不时采些野果当作干粮。仙涛不用担心饮食，可秋风凛冽，却又担心起寒冷的天气。屋里没有棉衣，晚上睡觉，连被子也没有，实在难以御寒。没想到这里是世外桃源，连气候也与尘世间不同，不但草木长春，而且从来也没有寒风阴雨的恶劣天气。住的时间长了，仙涛也就渐渐地习惯了。起初因为她胆子小，所以感到孤独苦闷时也只是靠着门向外眺望，之后熟悉了便渐渐地外出走走，越走越远，甚至有时还骑着老虎出去玩。原来这里被山水环绕，纵横数百里，仅有一条路和外边相通，到处风景优美，树色花香，像仙境一样。仙涛自从住到这里，便再也没有吃过人间烧煮的食物，渐渐感到自己身体像树叶一样轻盈，行走如生双翅，虽然没有练过吐纳的功夫，但却已和地上的游仙差不多。闲来无事，便常常驯虎玩，呼来唤去，就像自己的奴仆，遇到不合自己意的便要责打十来下，老虎也被驯服得服服帖帖任她处罚。

　　就这样住了五六年，一天老虎出去后却再没有回来。仙涛自从可以凌空飞动后，便常常自己去采集山果，料理生活，不需要事事依靠老虎。只是一个人在深山里，却没有办法再弄到衣服。当年她初到山中时正是初秋，身上穿着件单衣，这几年来早已破得无法缝补。布缕磨蚀后就再没有衣服可穿了，虽然是个美丽姑娘，也不免赤身裸体。不过时间长习惯了，也就不觉有什么害臊。一天，她忽然思念家乡，尤其想念母亲，心想既然自己可以凌空飞动，不如先回去看一看。谁知才一动念，老虎就来了，并发出人的语言，对她说："你前生对我有大恩，曾把我从陷阱中救出来，使我能回到山林中，活到一千岁。所以我才化身小猫，成全你的心愿，把你从危难中解救出来，打算和你一同修炼成地仙。现在你却动了世俗的念头，想孝顺母亲，我不能再留你了，现在我就送你回去。只是以后富贵有望，但成仙却没有机会了。"仙涛听了这番话，有些后悔，但想起母亲生育抚养的恩情，不再犹豫，准备启程回家。她长期一个人住在深山中，和麋鹿野兔为朋友，早已经忘记穿衣服这件事，坦然地赤身裸体骑在老虎背上回去了。

那时天色已晚，仙涛骑在虎背上，听着耳边的风声，像在风云中飞行，不知飞越了几千几百里，天色微明时，就到了扬州。只见山川如旧，风景依然，道路两边翠柳茂盛，城堞巍峨，前人诗中所吟诵的"绿杨影里是扬州"的景象又出现在眼前。仙涛看后恍如隔世，不禁有些凄然的感觉，落下泪来。忽然老虎大吼一声，转眼间便从云端跳下来。等仙涛定下心神观看时，已落身在扬州郊外。晨光四照，远处行人纷纷，这时她才想起自己是女儿家，此时赤身裸体没脸见人。幸好身旁有一片苇塘，她便躲在里边整整一天，到晚上才敢飞身而出，寻旧路回家。但隔了好几年，街坊门巷，已经记不清楚。四处张望，找了一里多路，自认为是找到了家门口，其实却不是自己的旧居，而是一个秀才的屋子。她匆匆敲了几下门，听到有踏踏的脚步声，见有人走了出来，她还以为是自己的母亲。谁知门打开后却是一个衣帽翩翩的青年秀才。当时庭院月光皎洁，而仙涛赤身裸体，顿时羞得无地自容，飞一般地逃走了。但她听到他惊讶地呼叫，知道那人已经看见自己，还听那人自叹倒霉，撞见了妖怪，又赶紧关门进去了。仙涛又迷路又找不到家，也不能再飞越云山，重回仙乡，进退两难，不禁悲从中来，又后悔又伤心，呜咽地哭了起来，猛然间又想到：既然那人已经看了我光着的身子，那只有嫁给他我才能心安。这个人大概就是我的丈夫吧！想到这一点，就想再去找他，但又怕他猜疑，并且自己也不能这样不顾羞耻地自己找上去。正拿不定主意时，忽然又听到老虎的呼啸声，突然从空中掷了一个包袱下来。仙涛借着月光解开包袱，里面竟有一套女子的服装，内衣外袍全都齐备。仙涛大喜，更加感激老虎对自己的恩德。穿好了衣服，深更半夜随便找了一块草地睡下。天亮后仙涛寻到自己家门，父亲出远门干活去了，只有母亲在。母亲见到失踪多年的女儿突然出现，拉着她的手仔细查看，激动得不知所措，痛哭不已，仙涛也随之失声哭泣。母亲说道："那天你失踪时，家门和窗户都关得好好的，不知你到哪里去了。我就怀疑是不是你不愿意当人家小妾，死在荒郊野外，想不到你还活着。"接着仔细讯问仙涛别后的经过，仙涛将自己的奇遇全都说了。母亲很怀疑，后来验了她的身体，见她依然是处女，才相信了她的话。

仙涛在家住了十多天，仍然吃不惯烧煮的东西，每天只吃几枚果子饱腹，并向往仙家的生活，想出家当女道士。但又牵挂着那晚裸体被秀才看见的事，找机会告诉母亲，要母亲去寻访这个人。后来打听到他是一个非常有才华的秀才，姓许名靖，是秀才中的佼佼者，仙涛就更加挂念了。母亲猜到女儿的心意，又听说许靖的妻子刚死，便托媒人前去说亲。起初许靖没有同意，后来做了一个好梦，又找人算命，说如果能娶此女为妻，以后一定会金榜题名，青云直上，于是同意了婚姻。当时仙涛的父亲不在家，她母亲又不计较聘礼，许家送来一支金钗，就算订了婚。仙涛担心父亲回来后会为了钱财反悔，便叫媒人催促男家，一个月后就选个好日子成亲。等到仙涛父亲回来，她早已嫁到许家。许靖与仙涛新婚燕尔，十分恩爱，只是仙涛所经历的奇遇，除她母亲之外，再也没向一个人透漏，许靖当然更无从得知，决不会想到那天月下飞去的妖女，就是今天同床共枕的妻子。婚后仙涛担心自己怪异的行为会被丈夫怀疑，就开始每天吃一餐饭，显示自己和普通人一样。她身体特别轻盈，只能悄悄地以跳跃为乐，常常一跳好几丈高。几个月后，渐渐地却跳不起来了，饮食也完全恢复了正常。一年后许靖参加乡试果然中举，不到三年，又高中进士，入选翰林院，几年后出任某郡太守。仙涛想起老虎的话果然应验了，便绣了一幅老虎的像，早晚朝拜。为了不让别人感到奇怪，她又同时祀奉道教的神仙。

外史氏说：虎懂得报恩，这并不奇怪。奇怪的是它生性刚猛，却能对仙涛温柔顺驯，一点儿也不鲁莽。老虎怎么能做到这一点呢？至于仙涛立志高洁，因而享受了几年仙家的生活，这也是应当的。她光着身子骑虎，虽然不免有失女儿家的规矩，但是世外的仙人与人间的女子不同，稍微有些越礼的行为，也并不会在意，何况她是因为念母心切，急着要回家，所以才忘了穿衣服，神仙也是要讲究孝道的。杜甫诗写道："绝代有佳人，幽居在空谷。"仙涛大概可以算得上是这样的佳人了吧。

陆 厨

在桐城的张相国家有一个厨师，姓陆，名不详，人们便都唤他陆厨。他厨艺精湛，煎熬烧烤都十分在行，相国特别喜欢他。他家在城外，一年会请假回去一次。他的妻子很年轻，而陆厨又爱喝酒，回到家中总是醉醺醺地睡大觉，妻子一个人在家十分寂寞，夫妻关系也并不融洽，陆厨便把妻子休了。陆厨休妻后并不对旁人说，只是想以后仍然以此为理由请假回家，因此相府中的人几乎都不知道他单身汉的身份。

一年中秋节后，相府中宴会的事少了，陆厨又借口请假回家。回去的路上遇到相府中熟识的某仆人，两人平时关系很好，某仆见状便开玩笑地对他说："陆大哥今天才回家去看阿嫂，恐怕阿嫂要生气，不和你好呢。"那时陆厨已经有些醉了，随口笑道："如果这要是以前，那还差不多，现在可不对了。"某仆听了随即一愣，追问原因。陆厨见已经说出来，也就不再隐瞒，把自己休妻的情况如实说了。某仆不信，反复盘问，陆厨一本正经地回答，讲了让人信服的细节，某仆这才笑道："你也太无情了，只顾喝酒忘了老婆，怪不得会有如此下场！"说着，心中打起小算盘，又拉他到酒店一起喝酒。原来某仆在相国家干了几年活，虽然稍有一些积蓄，想讨个老婆，但一直没有中意的。以前曾经见过陆厨的妻子，很漂亮，十分中意，现在听说陆厨离了婚，便想请他为自己做媒，所以拉他到酒店喝酒，借此说起这事。

喝了几杯酒后，某仆见时机差不多便试探地说："你既然休了阿嫂，凭她的相貌，恐怕早就改嫁了吧。说来还是你做事糊涂，不经思考，即使现在你想复婚，破镜怕也不能重圆了。"陆厨偏过头不屑地说："老子才不稀罕呢！不过我上次回家，听说她因为和我结婚的教训，所以一直在挑肥拣瘦，还没有寻到好人家嫁人。"某仆听后高兴地为陆厨倒了杯酒，说："如果真是这样，小弟有件事相求于大哥，还希望大哥能成全，大哥的恩德小弟没齿难忘。"陆厨一口喝干了酒，问他有什么事，某仆说："汉代陈平偷着和他的嫂嫂搞关系，我没有胆子学。但是大哥所抛弃的人，谁都可以要。小弟多年一直未找到满意的妻子，所以一直是单身，你一定可怜我吧，何不为我促成这件好事呢？"陆厨听了某仆的话，左右为难，思考了许久才说："妇人既然已被夫家休了，确实嫁谁都可以，你要娶她，也并不影响我们二人的情义。只是我和她终究是夫妻一场，和陌生人不同，这做媒的话要我怎么说得出口呢？"某仆又一再恳求，而且语气带有威胁说："我住在城中，乡下并没有熟人，只能找到你做媒人，如果大哥不愿意，那就休怪小弟把你已经休妻的事泄漏给主人，此后再也不让你回家。"陆厨听了，只是微微一笑，仍然不答应。某仆见说他不动，顿时便想了一条鬼主意，问他道："你和大嫂分开已经几个月了，有没有想着再讨个老婆？"陆厨说："那当然，我正值壮年，断然不会一直打光棍。只是由于在相国府当差，几个月才能回一次家，把老婆留在家中总不放心。现在再讨老婆，一定要在城里找，不过城里的女人又总是嫌弃我，这可怎么办呢？"某仆听了，心中暗喜，说道："你既然这样想，就不必再另找新的，旧的就可以了。"陆厨不懂话中意思，问他缘由。某仆吞吞吐吐地隔了好一会儿才说："我家就住在相府的旁边，我把她娶来后，当然就住在我的家里。因此她虽然是我新娶的妻子，但也还是你的旧相好。妇人家本就水性杨花，对她说了，一定会答应的。假如你情动，可以晚上过来，我就把她让给你。两男一女，相处融洽，永远好下去。你看如何？就看你是否能替我做媒啰！"陆厨听了大笑道："你别骗我啦！世上哪有这个道理，况且你也不是这样的人。"某仆又解释说："她是再婚的女人，不是刚出嫁的处女，我不会怜惜，又为何要欺骗于你？"陆厨见他一本正经不是在开玩笑，便暗自想：我现在赚的钱才只够我喝酒用，没有多余的钱再去讨老婆，而且也找不到像原来老婆那么漂亮的了。不如按他所说的办，我虽然没有老婆，可又等于有了老婆。他自己都不怕戴绿头巾，我又怕什么呢！陆厨心里虽然打好了主意，但嘴上仍推辞说不同意，直到某仆对天发了誓，才表示勉强答应。两人立下约定后便分手了。

陆厨回家后，立刻去探望曾经的岳丈，委婉地说道："都怪我这个人没有什么出息，干的活又苦又累，不能时常回家，恐怕耽误您女儿的青春，所以让她回到您这儿来，但夫妻之情是决不会淡忘的。令爱如今还未嫁人，我心中也不免时时挂念。今有城中熟识的某人，家里很有钱，积了几千两银子，是一个很好的人。假如您同意的话，我愿意当这个媒人。"说罢又再拜为礼。妇人的父亲觉得他的话十分中听，就没有拒绝。陆厨回去后又请人从中促成此事。第二天某仆穿着新衣，骑着骏马，打扮得漂漂亮亮的来看陆厨，陆厨留他在家喝酒。妇人的父母亲自暗中前去窥看，见一表人才，都很高兴，就听陆厨的话不顾妇人的意愿答应了这门亲事。于是某仆选个好日子送了聘礼，没有隔多少天便把妇人迎娶回家。某仆的年纪比陆厨小得多，在相国府干的活也轻，每天都在家陪着妇人，妇人也渐渐地安心了。只是陆厨根据事前与某仆的协议，一再要求与妇人见面。某仆已经娶了妇人，就好像得到了一颗明珠，怎么舍得再拿来弹麻雀呢？只是难于一口拒绝，开始时不断借故拖延。几次之后陆厨便忍不住了，常在相府其他仆人面前骂某仆背信弃义，听到这件事的人都忍不住哈哈大笑，觉得此事荒唐至极。某仆知道后，又气又恼，指责陆厨造谣诬蔑，陆厨为此更加愤愤不平。

几个月后，某仆跟随张相国到外地去，晚上没有回家，有人翻墙进入他的房内，杀死了妇人，并在她脸上划了十几刀，面目惨不忍睹。某仆回家后，立即报官验尸，全身赤裸，显然是先奸后杀。某仆认为陆厨与他有旧仇，一定是陆厨杀的，把情况如实向张相国禀告，平时听到陆厨咒骂的人都加以证实。张相国便命人把陆厨拘送到县宰衙门去，严刑审问。因为他们二人为了妇人争吵结仇是事实，陆厨有口难辩，只能屈打成招，其实他是无辜的。

某仆自从妇人死后，再不敢一个人住在家里。一天某仆的一个朋友从山东来，有事要多留几天，嫌旅馆费太贵，他一点儿也不知道房子中曾经发生的命案，就借某仆的房子住。晚上客人睡觉时，只听到有人哭着说："虽然我的面目被毁，也应该仔细检查我的身体，怎么能让真正的凶手流氓逍遥法外呢？"同样的话重复了好几遍，却看不见人影。客人这才怀疑陆厨是受了冤枉，第二日见到某仆，告诉他晚上的事，某仆却觉得不可信。相国府的其他仆人在一旁听了却感觉很奇怪，告诉张相国。相国说："陆厨有可能真的被冤枉，需要重新开棺验尸。"之后又给县令写了一封信。县令也怀疑陆厨不是凶手，便命衙吏安排某仆、妇人的父母和被关在监狱里的陆厨一起到妇人落葬的地方，打开坟墓，重新检验尸体。打开一看，众人十分惊讶，因为尸体一点也没有腐烂，竟像活人一样，县令更觉得此事很奇怪。先叫某仆前去观看，确认是否是自己的妻子。某仆看后说是。接着又让陆厨和妇人的母亲去看，却都说不是。县令分别追问理由，陆厨先说："这个女人以前曾是我的妻子，后来才嫁给某仆，我和她肌肤之亲，一起睡了几年，她身上的隐秘我都知道。在她的左乳有个大如手掌的疮疤，下体长着一个像手指尖形状的瘤，可现在女尸身上什么都没有。而且皮肤太白，也不像女子的肤色。"县令又问妇人的母亲，讲述的和陆厨完全一样。县令大吃一惊，命令把棺材暂时盖上，把有关的人全部带回去。到了县衙，先用刑罚拷问妇人的父亲，问他平日家中有什么人往来。她的父亲是个老实的乡下人，一吓就讲出了实话，说有一个姓邢的远亲，住在某县，平时来的话就住在自己家里。但在妇人还没嫁给某仆时就已经回去了，此外就没有什么人来往了。

县令猜测邢某和此案一定有关联，将众人拘留在监狱里，立即写文到某县。不到十天，邢某与他的女人都被带到。县令叫众人去认，有的哭，有的怒，有的瞬间变了脸色，原来这个女人正是已经死去的某仆的妻子。县令严刑审问邢某缘由，这才把他的阴谋揭露出来。当初妇人被陆厨休掉后，忍不住寂寞，不能规规矩矩地待在家里，便和常来家里的邢某私通，并私下订了婚姻。邢某是妇人弟弟岳父的兄弟，辈分不称，虽然中间几次向妇人的父母求婚，但都没有成功。后来妇人的父母勉强同意，却又提出要许多聘礼，邢某便赶回家筹办。正在这时，陆厨趁机来说媒，妇人的父母背弃了和邢某的约定，将女儿嫁给了某仆。邢某返回后，听说妇人已嫁，气愤不已，也不再到女家去，只是千方百计地想要报复。邢某本就是个无赖，和街坊中的小偷、流氓关系很好。于是花些钱让小偷把妇人偷出来一起逃走，但又担心事情被发现，便策划了以下的事情：死者实际是个和邢某人交好的暗娼。那天晚上，邢某人先是睡在她家，然后小偷依照计划把某仆妇人引出门，到娼家，一起把娼妇灌醉，然后放在大口袋内，背到某仆家中，又轮番地调戏她，到天快亮时才用刀割断她的喉咙。害怕被人发现面貌不像，又在脸上划了十几刀，来迷惑众人，因此无人辨别出。邢某连夜带着妇人逃走，临走前还特意在娼妇家桌上放了二十两银子，意图贿赂她的丈夫。果然娼妇丈夫回家后，虽然知道妇人已经随别人私奔，但见钱眼开，也就没再追究这件事，避到别处去了。假如这次不是冤魂自己显灵，恐怕也就无人为她昭雪了。

几天后小偷便被抓到了，和邢某一起都被判了死刑，以命抵命。妇人在被杖责后被遣送他乡，陆厨和某仆，两个一个因为贪财，一个因为诬告，也都挨了板子以示警诫。整个县城都知道了这件荒唐的事，口口相传，成为笑谈。这件事是在张相国还没有入阁时发生的，当时他母亲死了，他正在家乡守孝。等到张相国入阁当宰相，陆厨仍跟着进了京，只是他的脚微微有点跛，不像从前那样好了，据说那是被板子打得过重留下的后遗症的缘故。

外史氏说：厨师不称职，在旁边的巫祝、史官都会起而代替他，这是一定的。像陆厨这样的厨师，自己不称职，还想代替别人干，丢了自己的田不种，还要去插手耕别人的田，又贪心又愚蠢，最后难免会大祸临头。邢某的阴谋很巧妙，几乎可以瞒天过海，但终究逃不脱法律的制裁，耍这些小聪明又有什么用呢？至于某仆这个人，也真是无耻到了极点，不守信用，出尔反尔，狡猾欺诈，一开始主动提出和陆厨共有一妻，后来又想独吞其宝，这是小人中最无耻的，不值得一谈。

艳　梅

云南有一个进士出身的人，在浙江当了多年的县丞和主簿，叫于伯玉。晚年得了个女儿，十分开心，视之若珠宝，因为其出生的日子恰逢红梅盛开，所以家人取名叫艳梅。长大后很漂亮，而且聪慧过人，于是于伯玉特地请老师教她读书，已经把《内则》读完，将要学《毛诗》。伯玉觉得女儿快十五岁了，再和男老师在一起不妥当，便想找一个像班昭那样的女才子来教她，但一时却找不到这样的人。

一天，有个秀才叩门求见，自我推荐道："我有个姐姐学问十分渊博，兼通时文，只是年老贫困，加上儿子又不成材，想靠自己的学识谋一碗饭吃。听说小姐要聘一位女老师，所以大胆冒昧地替姐姐前来应聘，不知大人可否愿意？"伯玉看他三十岁左右，风姿秀美，谈吐清雅，十分有好感。秀才又拿出一卷稿纸说："这是我姐姐的近作，请大人欣赏。"伯玉翻看浏览，诗文高雅超群，可以称得上是名流之作，更是高兴，当即就和秀才约定。两天后秀才又来领取正式的聘书。秀才又说姐姐夫家姓茅，过去也是名门大族，无奈半途中落，伯玉听后顿时觉得靠谱，也没来得及详细查核。

到了约定开课的那一天，伯玉事先命仆役打扫好一间屋子，重新布置，但等了许久，也不见人来。伯玉心中感到有些奇怪，却又不知她家在哪里，无法派人去催促。又过了一会儿，只见艳梅穿得整整齐齐，手里拿着书走向新布置的书房。

伯玉感到很奇怪，问她做什么，艳梅答道："父亲不是为我另外聘请了女老师，马上就要开始授课了，我去拜见老师，这有什么奇怪的吗？"伯玉听后更加充满疑惑，猜想其中一定有怪异，便跟着女儿一起去。才刚走到书房外，便闻到一股非常浓郁而又奇特的香味，和人世间烧的香一点儿都不一样。伯玉还没有跨过门槛，就听到一个老妇人的声音传了出来："是主人翁过来了吗？我不愿意麻烦车轿随从，所以就一个人悄悄地来了，还希望你不要见怪！"伯玉听了大惊，向室内张望，没看见一个人影，心想她一定是鬼狐妖怪，拉住艳梅要她赶快回去。艳梅不听，径自入门上前行礼，絮絮叨叨地对着前面谈话，好像熟人一般。又听到老妇人笑道："既然主人翁不嫌我年老，愿意聘请我来教书，这是我的荣幸，不过既然把我请来了，那就请主人家放心。"说完就打开书本讲述《诗经》首篇《关雎》三章，口齿清晰，解释详细而明白，艳梅遵照老师的教诲，自己勤奋读书。伯玉也不得不进屋，和老妇人互相寒暄，然后坐下来交谈。伯玉问她古今妇女中的人物事迹，老妇人一一说来，如数家珍，听了夫人的谈吐，伯玉对她很是佩服。虽然看不见她的脸，但是听她的声音，大约是一个五十岁的人。老妇人又说："我是涂山氏九尾白狐的后代，在贵治寄居已有一百多年了。因为和你家小姐有缘，所以才如此卑微地到这里来教授小姐，你尽可放心，我决不会伤害任何人，也请你不要再惊疑。"伯玉听后口中虽然答应，但心里仍然很担心家人安全。离开书房后，命人送饭菜进去，老妇人与艳梅都很高兴地举筷就吃，虽然看不见老妇人现身吃饭，但一会儿工夫，四个盘子都空了。家人因为好奇私下问艳梅，她是否看得见老妇人，艳梅只是笑笑并不愿多谈。伯玉思前想后还是打算找法师来除妖，艳梅听说后极力劝阻道："父亲为了让我好好学习才到处寻访名师。现在既然有幸请来了学问渊博的大师，可以教我成材，又何须考虑其他？而且一开始是我们以礼聘请，现在却又要用武力驱除，对于读书人来说是不符合行事的准则的。"伯玉一向很宠爱女儿，听后觉得有理，便听从了她的意见。

艳梅每天早晨学新课，下午串讲，晚上复习，不到三个月就学完了《诗经》。伯玉知道后非常开心，在饮食的供应上也命令下人做得更加丰富些，礼节也更加周到了。老妇人也感觉出主人翁的厚意，又教授艳梅命相卜卦等书，告诉她说："依我看，多才反而不会给你带来好福气，你的命薄，学这个却可以帮助丈夫度过贫困的日子，笔墨诗文终究不是你该学的。"艳梅领会老妇人的话，学得很认真，才两三个月，就把其中的奥妙全部搞通了。一天，老妇人忽然要告辞，并说："现在你在学业上已有所成就，以后还要学做针线，操持家务，这些我就没法教你了。现在我的任务已经完成，要到别的地方去了，十年后有缘我再和你在邯郸道中相会。分别后还希望你不要挂念我。"艳梅不忍分别，泪眼婆娑，牵着老妇人的衣服不放。老妇人因此勉强地留了一晚上，但第二天一早便不见了踪影。自从老妇人来后，平时也只有艳梅一人能看见她，此时艳梅也找不到她，便知道她确实已经离开了，不胜悲伤。这时艳梅才向大家稍稍透漏了老妇人的情况：其实她是一个既年轻又容貌姣美的女子，就像没有出嫁的少女，只是头发却已经斑白了。不论夏天还是冬天，平时总穿着褐色的衣衫和白色的长裙。有空便会提起笔写诗，好像在和别人唱和。写完后，她的诗稿便不知被什么东西取走，但是品味诗中的意思，猜测大概她是个天狐，因为某件事暂时被贬谪到人世间来。又说自己其实从小时候起就一直梦见老妇人，所以两人才会一见如故，没有什么猜疑。从前愿意拜她为师，就是这个原因。今天她忽然离开，少了一个亲人，自己的心里又怎能不悲伤难过？说着眼泪也大把大把像珍珠似的滚落下来。家人看后也都红着眼眶，在一旁劝慰她。

自从老妇人离开后，艳梅开始试着为家人卜卦算命，每一次都很灵验。伯玉见女儿年龄已到便想替她挑选丈夫，她推辞道："父亲在这里已经做了好几年官，而且政绩赫然，不久便会有升官的喜事。那时候将我一个弱女子留在这里，假使夫婿待我不好，我该找谁为我做主呢？"虽然当时伯玉已年老，但仍想升官当县令，听了女儿的话非常高兴，想进一步问个明白，艳梅却并没有明说，不愿再回答，神色有些凄楚。当时家中人都有些莫名其妙，没过多久，伯玉受了风寒，病情逐渐严重，最后竟然卧床不起，死在官舍中，这时家中人才佩服艳梅的先见之明。大殓后，家人要将灵柩运送回故乡，艳梅却不赞成这样做，说："父亲死后，我家就要开始遭受厄运了，恐怕有难以预测的灾难，如果我们回家，到时会连累家乡的父老。"她的几个哥哥都笑她胡说，不信她的话，决定立即回乡。船行到云南地界时，便听到风声，说朝廷已下命令，要抄他们的家。原来当时正值康熙初年，吴三桂叛乱，伯玉的二弟曾在吴氏幕下做官，吴三桂兵败后，他就逃亡他乡，这时才被抓住，按参与叛乱的罪名被判处死刑，并牵连到他的兄弟，假若伯玉还活着的话，也要被处死的。全家听到这一消息后，震惊不已，赶紧连夜赶路，等他们回到家乡，还没等行装从船上卸下，就见京城来的差役已经到了，将家产全部没收，眷属全都被关在家中，不许出去。州县的长官担心他们已经转移家产，因此连带地搜查了他们的许多亲戚。这时艳梅的几个哥哥才明白赶紧回乡确实是一个错误。幸好云南巡抚某公一向知道于伯玉为人谨慎忠厚，特地上奏朝廷为其申辩，承蒙皇恩宽大，不用被满门抄斩，从轻发落，将伯玉的三个儿子流放到边疆。这样一来，于氏全家在云南就没有安身立足的地方了。艳梅的几个哥哥想带母亲一起到流放的地方去居住，可遭到艳梅的坚决反对，说："母亲年老，就像风中的残烛，哪还经得起跋山涉水的折磨？何况女儿和儿子一样，都受了母亲养育的大恩，我也会像哥哥们一样承担起侍奉母亲的责任，请哥哥们放心。"几个哥哥思考后也觉得母亲年老，不能远行，便带着妻小各自离开。艳梅在家中被抄时，曾私藏了一百两银子，既然这时事情已经过去，便拿出来买田，供养母亲。县令又念她女子一人，贫弱无依，也时常会资助一些柴米银两，母女俩的生活勉强可以维持。

第二年，艳梅已经十九岁，乡里人早已经听说她很贤惠，都想娶她当媳妇。这时她母亲已从远房亲戚中过继了一个儿子，这个人还比较忠厚勤快，就让他继承伯玉的门户。因此她母亲也劝艳梅赶紧挑选中意的人结婚，别误了人生大事。起初艳梅还不愿意，想实现自己以前的诺言，终身奉养母亲，可是自从过继的哥哥来家后，处处和他格格不入，便无奈答应了。媒人们先后拿着许多男方的生辰八字来，艳梅一看就坚决地回绝说："这些将来不是贫穷，就是早死的人，怎么能当我的丈夫呢？"最后又送来一张生辰八字，艳梅看后终于点头道："行了，就他了。"她的母亲和哥哥也知道她会算命，也就不再详细查问，立即同意了这门亲事。这个人姓陆，名学洙，父亲原是城中有名的绅士，早已死去多年，只有老母亲还在，家中钱财万贯，是当地的首富。亲事定下后，人们都替艳梅的好运而高兴。嫁到陆家去后，夫妻俩的日子也很和谐融洽，平日的衣服饮食都十分奢华，左右都有丫鬟仆役伺候，这时艳梅不禁怀疑师父当初说她命薄，将来要过穷日子的话了，觉得师傅的话没有灵验。

隔了不久，她的婆婆过生日，大摆筵席，祝寿的人很多，亲属中的妇女都来了。陆母举酒一一谢过大家之后，就让艳梅代她向客人敬酒。艳梅一个一个地轮过来，到一个老妇人面前，她看上去年纪很老，已有些糊里糊涂，忽然笑着对艳梅说："新娘子也太忙了，明天又恰巧是你丈夫的生日，虽然没有客人来祝贺，可是烧饭做菜，能忙得过来吗？"话没说完，客人们都恼怒地瞪着她，她才止住不说。艳梅心里对大家的反应很是疑惑，但当着众人的面也不好多问。晚上回到房中，便一再地追问丈夫，到底生日是哪一天。学洙心想二人已经结婚，而且感情很好，也不再隐瞒，便简略地讲了真实的情况。原来媒人因为做不成媒，白白地来回奔忙，便暗中和陆母商量想了一计，用重金贿赂算命先生，把生辰八字按古人最好的命相重新改过，然后拿着假八字前去求亲。艳梅听后十分难过，叫他赶快把真的拿来。学洙从柜中取了出来，原来比艳梅小三岁，而生日果然是在第二天，这才知道老妇人所讲的话是对的。起初艳梅还对学洙的真八字抱有希望，认为还不错，可等到在灯下仔细推算后发现，竟然比以前那些贫穷的、夭折的命相还要差。艳梅再也忍不住大哭起来，但事已至此，也无法挽回了。

在他们结婚还不到一年的时候，学洙果然病了。虽然学洙长得高大，外表高壮，但由于年龄还小，体格还没有发育好。加上婚后两人感情好，艳梅又长得漂亮，花容月貌，本就让他销魂，无节制的房事，更是掏空了他的身体。再加上他本就血气虚亏，体质不好，最后竟得了痨病，从此卧床不起。前些日子，艳梅知道丈夫命薄后，本就天天担心他夭折，便减少房事，并劝婆婆叫学洙到书房里和老师一起睡。虽然婆婆并没有听从，但家中人都因此称赞艳梅贤惠懂事。这时看学洙病危，艳梅不禁自责道："虽然我不是凶手，但丈夫确实是因为我而生病，我怎么忍心就这样看他死去呢？"于是自己写了篇几千字的疏文呈给上天，措词非常沉痛、恳切，大意是："宁愿饿死，来日和丈夫同赴黄泉，也不愿寡居，今生独守闺房。"趁晚上人们都睡后，她独自一人向上天祈祷，祷告完就拿起刀割向自己的手臂，鲜血瞬间染红了整个衣袖，让艳梅痛得昏晕倒地。迷梦中忽然听到有人大呼道："上帝已经被你的真诚所感动，已经同意把你丈夫的命由夭折改为贫困了！"声音像巨雷一般响亮。艳梅被吓得苏醒过来，只见四周一片寂静，别人仍是一点儿都不知道。艳梅忍痛起立，到房内看学洙的病，好像比以前稍有好转，便把自己割下的肉和药一起煎好后给他喝。第二天病果然好了些，十天后就完全康复了，一个月后就已能自己扶着手杖走路了。这件事，艳梅自己不说，她的丈夫、公婆自然一点儿也不知道。

学洙在婚后已不能安下心来读书，病好了之后就更加不读书了，不时地溜到外边去游玩，学了喝酒、赌博的坏习惯。但因为他母亲管得太严，还不敢过分地放荡。两年后，母亲病死，他便毫无顾忌地寻欢作乐，每天都和一些无赖混在一起，吃喝嫖赌，无所不作，玩得昏天黑地，把家中成千上万的金银，以及祖父的经营、母亲多年来的积蓄、家中田产的收益等等，都挥霍得一干二净。用完现钱，渐渐地变卖田产。亲友们都为他痛心，只有艳梅不管不问，一点儿也不在意。亲友们都来责怪艳梅：夫妻之间竟不管不问，漠不关心，难道丈夫穷了，妻子还能过好日子吗？艳梅听到后，只是叹息无奈地说："虽然他不是有钱的丈夫，但只要能免于一死，也就不错了，我劝他有什么用呢？"于是更加放任学洙在外游乐，而且还拿出自己的私房积蓄供他挥霍。学洙常在旁人面前夸艳梅待他好，旁人听了就更加瞧不起艳梅。这样不到两年，家产已经被卖得精光，夫妇二人也只得搬到穷街陋巷去住，竹屋低矮，门窗破烂。这时学洙才渐渐收了心，不再到外边鬼混，整日待在家里，全靠艳梅供给吃的穿的。艳梅白天缝补衣服，晚上纺纱织布，一天忙到晚不停歇，天天如此，一点儿也没有怨言。学洙从小娇生惯养，没有一点儿谋生的本领，只能帮着烧火，看着妻子劳累心里很愧疚，经常痴呆地望着天花板叹气，这时艳梅反而温言细语地来安慰他。人们听说后又都夸奖艳梅能安于贫穷，却不知她也是听从命运的安排。

这样又过了三年，云南发生了饥荒，物价趁机暴涨，艳梅一人做针线活已不能供养二人的生计，只得一天干两天的活，可仍然是饥寒交迫。正巧学洙的舅舅来信，说他以京官的身份到河南当县令，听说外甥家已经破落，生活有困难，想给钱接济他，但又怕他再挥霍浪费，于是只给了点路费，让他到河南去谋生。学洙收到信后十分高兴，想带着艳梅一起去，艳梅心平气和地劝他道："从前成千成万的家产都已经被你挥霍殆尽，现在却要依附别人四海浪迹，我不同意你去！何况在官衙任职就像住旅馆一样，随事务调动频繁，舅舅在河南也像个过路的客人，我们去投奔他，万一没碰着，漂泊异乡，那时情况岂不更糟了？"学洙因为长期困顿受苦，十分向往舒适生活，就没理艳梅的话，租了船，硬要拉她一起动身。艳梅突然想到自己和师父十年后在邯郸道上相见的预言，想想或许真能在他乡意外相逢，也就同意了。他们从云南到河南，长途跋涉近万里，走了三个月，才到了汝州、蔡州之间的地方。还没有进入县境，就碰上舅舅派出的仆人，告知舅舅已经被升为赵州刺史。于是他们转向西走，走了差不多有一千里。艳梅的体质本来就比较弱，加上长期的劳累和长途折腾，半路上就病倒在旅店，无法再走。舅舅的使者见状便先离去。他们夫妇等艳梅病好差不多耽搁了一个月，才继续赶路。到达赵州府治时，只见衙署粉刷一新，官吏差役正准备迎接新任刺史。他们觉得情况不对，上前一打听，前任果然是他的舅舅，上任不久，便因为在河南时接受贿赂被弹劾，本人已经被押送到省城，家属也已经回到京城的旧居。派出接引外甥的仆人还没有回到赵州，这一切就已发生了，所以不知道情况。这时学洙人地两疏，进退无路，盘缠又快要用完，不由得心灰意冷，懊悔当初没有听艳梅的话。没有办法，只得跟艳梅商量说："我很后悔没有听你的话，现在到了这个地步，我们进退无门，恐怕离死也不远了。不过我死了，对你也没有什么好处，你还是赶紧想个办法吧！"艳梅气愤地说："你要我想什么办法？这里不是故乡，可以靠我的十个指头挣钱糊口。我一介女流还能做什么呢？"学洙说："不对。听别人说你不是会奇术能相命问卜，以前在家乡，不便借此谋生。现在被困守在这里，为什么你不试一试呢？总比我们在这坐着等死好吧！"艳梅听了有些为难，学洙再三劝说，才勉强答应了，因为她这时想到师父曾经对她说的要"帮助丈夫"的预言。

他们把剩余的盘缠都拿出来，找了间屋子租了下来，又买了些应用的器具，选个好日子便开张了。屋内挂着门帘，艳梅坐在帘后，不让外人看见她的面容。有人来算命，艳梅也不讲话，只在纸条上写下批语，由学洙负责里外传送。这样外人连她的声音也听不到。开始两天，赵州的人大都持观望的态度，渐渐地看艳梅算命灵验，人便多了起来。十天之后，门外挤满了要求算命的人。艳梅一一批出，将人们的疑难疑惑全都指示明白，从此艳梅的名号被传扬开来，名声越来越大，人们都称她为"幕中仙"，不但一般的老百姓争着求她，就连城中的官宦士绅也都慕名而来求卦。但艳梅安于贫穷的命运，每天早晨在帘后坐着，只给十个人算命，其余的都请他们改天再来。每天只赚一百多个铜钱，也不多要酬金，勉强能够供二人吃饭，此外便没有多余了。学洙十分不理解艳梅为什么这样做，问道："按照你的本领，很快就可以致富。虽然我并不是还想发大财，可你为什么不多赚一些？挣下盘缠，我们也可早些回到家乡，为什么一定要每天限制十个人呢？"艳梅不想把自己真实的意图告诉他，便编了一套话回答说："命相的道理是十分微妙的，就连孔圣人这样的都很少讲命。我的本事也只有这么一点，多算了就不灵了，岂不是辜负了来人的一片诚心吗？"学洙哪里理会这些，已经被眼前的利益所蒙蔽，一心贪财，笑道："我才不信你的话，这一定是你的托词。你是真有本事，为什么就不可以多多益善呢？"他一再地劝说艳梅，艳梅也有了动摇，想不如借此试一试自己的命，是不是真的注定要穷下去。于是决定增加每天规定的人数，酬钱也增加了一倍。第二天，对前来算命的人一概不拒绝，从早晨算到傍晚，就赚得千钱，学洙见状非常高兴。到了第三天早上，在他们还没有起身时，外面便下起了滂沱大雨，中午时分才稍稍晴一些，来算命的人很少。到了傍晚，又开始阴云密布，雨水不断，一连下了十多天，导致城外河溪暴涨泛滥，街上水深数尺，也没人冒险乘船来算命了。夫妇二人一连坐吃山空了十多天，赚的钱都用完了，还饿了整整一天，然后天才放晴。这时艳梅更加相信自己的命是注定要贫穷的，想恢复原来的规矩，但学洙却并不甘心，仍勉强她多赚钱。接连算了三天，一共赚了好几贯，夫妇二人都很高兴。不料晚上趁他们熟睡时，小偷凭借着连日阴雨，外墙倒塌没有修，轻易地翻进来，把他们赚的钱和柜内的衣物全部偷走，但实际上这仍然是命中注定的。

学洙又伤心又气愤，几乎不想活了，艳梅却谈笑自如，她心平气和地对学洙说："你不懂得命，所以才会一而再地贪心。我当年上了媒人的当，现在还深深地警惕着。你的命相不是贫困，便是夭折，如果不是我为你向上帝诚心祷告，你早就死了，怎么能像现在这样虽然穷，到底还活着，能夫妇相聚呢？你呀，还是别再埋怨了！"接着又把梦中听到的上帝的旨意告诉学洙。学洙听了后更加大哭不止，认为命中注定贫困，今生就再也没有指望了。艳梅又劝慰他说："但是，你也应该知道，上帝是根据每个人的行为来施行报应的，做了好事就可以改变天意。假如你能努力做好事，积功德，上帝也会另外降福给你。那时候我就能够帮助你回返家乡，说不定还能做一个乡绅。"艳梅说这些话，只是安慰一下他，不想让他失去了生活的希望，不料学洙却很认真地听了，希望艳梅指导自己做好事。艳梅沉思了好一会儿，忽然想起一件事，说："我和你来这里时，经过一条小溪，那里水深流急，很难涉水走过。那个地方距这里有一里多路，溪上至今没有桥梁。假若你真有心，不如每天抽出早晚空闲的时间，搬石填土到那里，我再拿赚的钱帮你买木料、请工匠，不过一年，我们就可以把桥造成，给来往的行人免除涉水的麻烦。这不是一件大好事吗？"学洙听后当即表示赞同，并认真和艳梅商量，每天饭后开始算命，到下午四时就停止，其他时间就都去造桥。学洙在没膝深的溪水中搬石运土，也不叫苦喊累，冬天手足被冻得皲裂，夏天被烈日暴雨折磨，一点儿都没有阻止他建造桥的脚步，遇到有人想帮助他，他都婉言谢绝。夫妇二人也从这天开始吃素，赚来的钱除去平时的饮食花费，都用来购买材料。材料备齐后便召集工匠，锯木凿石，忙着开工兴建。从开始准备到最后的大桥完成，共花了十个月的时间。以前这条溪水并不总是很深，有时也只能淹没行人的膝盖，但因为水势非常急，人们很难涉水而过，斗大的石块都会被冲走，会砸断人的脚骨，人在水中也很难站稳，当然更没有人想去冒险造桥了。但学洙整天立在水中造桥，即使溪水来势凶猛，也没有伤害他丝毫，人们都把他看成是神仙下凡。木桥造成后，来往的行人欢欣鼓舞，为了纪念艳梅夫妇，特地给它起了个名字叫"幔仙桥"。此后学洙的生活逐渐好了起来，也逐渐有了一些积蓄。

又过了两年，他们已经存了一百贯钱财，便准备启程返回家乡。学洙买了两头毛驴，和妻子一起骑着上路。自从艳梅到赵州后，一直小心谨慎，大门不出，这次骑驴回家，人们才看到她的真面目，虽然已经三十岁了，但却仍然貌美如花，都惊诧地认为她是天上下凡的仙女，不敢抬头细看。他们夫妻二人也不多停留，出城而去。走了还没有三天，突然学洙得了急病，整天昏睡不醒，没有一点儿知觉，身体也渐渐变得冰冷，最后竟然死在旅馆中。艳梅伤痛不已，只怪学洙的命太坏，即使自己想尽办法去扶助他，却仍然不能与之白头偕老，抛下自己一人，孤零零，无依无靠，独处异乡。想到这里，不禁更加伤心，直哭得最后口吐鲜血，死去活来。旅馆老板见学洙死得太突然，害怕连累自己，想去报官。旁边围着许多人观看，也都对此议论纷纷。正在这时，只见一人推开围观者，直接走到艳梅的面前，递给她一张纸条说："前村有一老妇人，听说你精通命理，特想请你前去。"众人听后气愤不已，认为在艳梅丈夫暴死的紧急关头，这个人竟还提出算命这种不打紧的事情，太没有同情之心，几乎要动手打他。艳梅却拦阻道："其中一定有特别的情况。"说着，打开条子一看，原来是她的师父到了。连忙擦着眼泪问："老妇人在哪里？"那人答道："她本来和我一起过来，只是她走得慢，所以落在后面。"艳梅立即走出旅馆等候，远远看去，只见老妇人正从容地走来，神态和当年一般无二。老妇人还没有走到，艳梅便禁不住跪在地上，呜呜咽咽地哭了起来，就好像失乳的婴儿忽然见到了母亲一样。老妇人走到面前，拉住她手说："孩子别哭，有的人是美玉，有的人是泥沙，这都是早就注定好的。还是先救我的女婿吧！"她扶起艳梅，一起进旅馆看学洙。

艳梅认为丈夫已经死了，仍然眼泪不住地流，老妇人笑道："这是难得的好机缘，哪里是真死？"随即要了一张纸，写上几行字后用火烧去。只见床上的学洙突然打了个哈欠，过了一会儿，猛地坐起，好像刚从梦魇中醒过来。艳梅见丈夫又活过来了十分惊讶和高兴，问他是怎么一回事，学洙答道："昨天晚上和你一起睡觉，忽然就觉得身体飘飘然地凌空而去，很快便飘到了一个像宫殿的地方，门和柱子都是红色的，非常宏丽威严。主人穿着华丽的服饰，年纪只有三十来岁，侍从很多，看见我便走下阶来迎接。又听到堂上有人称呼你的名字，声音很细，说：'这是艳梅的夫婿到了。'主人让我坐下，说：'听说你造了一座桥，免得千万人揭衣涉水，功德很大。刚才接到上帝的天命，要赏赐给你一件珍贵的宝物。请你拜受。'说罢，就见侍从牵来一只全身长着灰毛，外貌像猫一样的动物，口里吐出一颗红光闪闪的珍珠。之后主人让我吞下去，吞了三次我才咽下，顿时只觉得腹中五脏六腑好像被火烧一样，热腾腾的，使人坐立不安。一个多时辰后才稍稍平复，这时我顿时觉得神清气爽，血脉像被打通了一样，全身舒畅。主人又为我摆酒庆贺，还叫出两个女子说是你的姐妹来为我斟酒，说以后见到越水茅家妇人便知道了。我在那里逗留了差不多一整天，忽然有人拿着一封信来，主人看后笑道：'姐姐未免也太多虑了！'便送我回来。我才走出门便醒了，哪里想到生死只在一瞬之间。"艳梅拉着学洙拜见老妇人，老妇人对学洙说："我就姓茅。你那梦中的主人过去曾向你岳父推荐我当艳梅的老师，那都已经是十年前的事了。"学洙恍然大悟。老妇人又说："这次他也太拖沓了，假如不是我写几行字给他，他或许要把你从艳梅身边夺走，把那两个女子许配给你当媳妇呢！"讲到这里，旅馆老板和围观的人都知道已没事了，便各自散去。

学洙安排酒菜款待老妇人，大家在席上谈得很愉悦，老妇人忽然问学洙、艳梅道："当仙人快乐，还是回家乡快乐？"二人异口同声说当仙人快乐。老妇人听了，便从袋中取出一些药，叫艳梅吃了大部分，然后只给学洙吃了一点点，说："他身上已经有宝物了。"剩下的便分给两头驴子吃，并告知驴子吃了药，就不需要再喂养。第二天凌晨，他们一同走出旅馆，老妇与艳梅同骑一驴，学洙另骑一驴。老妇人轻轻地吆喝一声，驴子便冉冉地凌空而起，一会儿像风筝一样，飞入云中，转眼就不见踪影。周围有数千男女拥着观看，见他们升空后，行人、居民都纷纷跪下来行礼叩拜。此后这个小镇就被称为"三仙里"，和黄粱镇同样传之不朽。

外史氏说：一个人确实可以通过努力改变自己的命运。艳梅夫妻情深义重，愿与丈夫共死，结果打动上天让她的丈夫由夭折变为老寿；学洙因造桥一事听了艳梅的建议，本该命相贫困一生的人竟最后也成了仙。两条毛驴一起上天，这和刘安"一人得道，鸡犬同升"的故事一个道理。茅家老妇人的行为虽然听起来很离奇，但她作为艳梅的师傅始终帮助艳梅，真不愧是一个好老师，只是她的弟弟先曾为艳梅推荐老师，后来却又差一点儿夺去艳梅的丈夫，这行为就让人无法理解了。

卷八

袅　烟

　　高邮县生员邓兆罴是御史邓兆熊的弟弟，他在家中造了一间精巧雅致的房间，四壁摆满了图书，整天把自己关在房内，除了谈吐风雅的好朋友，很难再有旁人进去。一天正是深秋季节，风霜高洁，天高云淡，邓生读书后休息了一会儿，就叫小书僮拿出笛子吹奏乐曲，自己和着歌唱。他一边喝酒，一边歌唱，心中很高兴。不知不觉醺醺沉醉，命令小书僮牵马，准备外出游玩。那时邓生还是单身，还没有找到心目中的情侣。他恍恍惚惚地出了门，马在街市上奔驰，经过曲折的小巷，有户人家，门上涂着红漆，并不高大，两旁有一副对联："舞罢云停岫，歌成柳啭莺。"字迹柔媚婉约，语气看起来似青楼妓院，邓生就停下马来。忽然一个蓬头垢面的女子开门走出，自言自语地说："我袅烟怎么会干这种事？随便你怎么折磨我，我死也不会屈服！"邓生非常惊讶，仔细看她的面容，虽然有些尘垢，但眉清目秀，确实是一个绝色的女子。女子出门便向东走，邓生想跟着她过去，所骑的马忽然跌倒了，一下子就惊醒了，原来自己仍然睡在书房的床上，原来是一场梦，但心中却念念不忘。

　　第二年他母亲替他娶了一个大户人家的女子，为人既贤惠又美貌，但邓生仍然常常想念袅烟。秋天，邓生到京城探望他的哥哥，住在正阳门外。邓生清闲无事，不经意间走过一条小巷，仿佛是梦中所经过的。向前走到一户人家，红色的大门紧紧关着，和梦中所见就更像了，门两旁同样也有一副红纸写成的对联，显然正是那十个大字。邓生十分惊诧，询问路人，原来这是名妓玉兰的家。玉兰年轻时名气很大，现在老了，所以很少有人再光顾这里。她曾养了一个干女儿，名叫袅烟，被一恶少引诱，一起逃走，至今下落不明。所以现在总是大门紧闭，不再接待客人了。邓生问清楚详细情况，怀疑袅烟一定是被逼，不屈服而死，所谓逃走之类的话，不过是玉兰骗人的。他回去见到哥哥，希望他能把自己的看法转告巡视南城的官员。他哥哥认为这纯粹是捕风捉影的猜测，缺乏事实根据，没有听从。邓生不甘心就此罢手，便和他的仆人私下商议，让仆人冒充是袅烟的哥哥，先到玉兰家要人。如果玉兰不给，就告到官府。仆人按计划行事，玉兰果然不肯交出人，邓生就亲自出马，穿上生员的服饰，向官府提出补充申诉，呈词中写道："丫鬟袅烟曾在我家干了几年活，她就是我仆人的妹妹，很不幸被坏人拐走，后来就一直没有音信。前段时间仆人到京城，有事经过玉兰家，看见袅烟站在门边，看见他就躲避了进去。仆人把她的容貌衣着都看得清清楚楚，所以恳请贵衙差人前去搜捕。"当时某公管理南城的刑案，为人正直，破案捕盗很有名气，又了解到邓生是邓御史的弟弟，品行端方，一定不会诬陷乱告状，所以审讯时便用严刑威逼玉兰。玉兰害怕，立刻就说出了实情。果然是袅烟不肯接客，多次遭到鞭打，一天夜里上吊自杀。人命关天，袅烟被人威逼致死，因此玉兰不敢声张，把她偷偷地埋在院子里，又害怕旁人追问袅烟下落，就编造谎言说她和坏人一起逃走，但不知道她还有个哥哥。现在经南城御史台审讯，甘愿服罪。某公命令差役前去掘出袅烟尸体，只看见袅烟面色好像活着一样，丝毫没有朽坏。旁边围观的人很多，都感到奇怪极了。

忽然有一人穿得整整齐齐地从外边冲进人群，抱着袅烟的尸体嚎啕大哭，众人都吃了一惊。差役上前询问，他说自己是袅烟的哥哥。差人们更奇怪了，要他说个明白。那人说自己叫陆仲昇，曾经在某部管理案卷，后以吏员的身份参加考试，被选授杂职。有个妹妹十四岁，两年前陆有事外出，陆妻性格凶悍，在家虐待他的妹妹，后担心她向陆哭诉告状，便趁她睡着时，用席子卷起捆好，派人丢到野外。陆回家后知道此事，气愤极了，把妻子赶出家门，但妹妹却再也找不到了。两年过去，这一天陆的仆人前去验尸，看到之后便立即回家告诉主人，说玉兰家的女尸就是主人的妹妹。陆听了，赶紧前来察看，看到女尸果然就是自己两年前丢失的妹妹，所以伤痛极了。差役回衙后把这情况告诉某公，某公也觉得奇怪，让人把邓生请来，婉转地询问他。邓生看到真的哥哥出现，便笑着把假冒的经过讲了，但梦中相遇的事却没有讲。某公听后，觉得邓生仗义的精神很难得，令人感动，京城中讲义气的侠士知道了这件事，也很仰慕他，想和他交朋友。陆某对他更是感激不尽，以后二人经常来往，就像老朋友一般。

邓生在京城住了几个月，就辞别兄长回家，御史台的差役奉命送他。走到城外，经过一片丛杂的墓地，差役指着一座新坟告诉邓生说："这就是袅烟的坟，她的哥哥将她安葬在这里，丧事办得很隆重。"邓生听了心中一动，就命仆人到附近村中去找来一杯酒，自己下马，亲自将酒洒在坟上，祝祷说："我为你昭雪了沉冤，你难道一点儿也不知道吗？"话刚说完，就觉得衣襟上好像有什么东西沉沉地往下垂，转身张望，却什么也没有，于是又骑上马向前赶路。到了旅舍，走路转身时仍有这样的感觉，等到睡觉时躺在床上，那东西伏在床侧，用手一摸，却什么也没有。邓生猜测其中一定有些古怪，但也没有和别人说过。以后路上几十天都是如此，渐渐习惯了，也就不再注意。回到家中与母亲、妻子相聚，讲起在京城中的事，她们也都非常惊奇。

隔了几天，他妻子即将生产，邓生就一个人睡在书房中。下半夜时，只听到床前有窸窸窣窣的声音，惊讶地问："是谁？"一个女子声音回答说："是袅烟。"邓生一直在想念袅烟，并不感到害怕，笑着说："深更半夜没有灯烛，谁知道是真的假的！"话音未落，忽然屋内灯光四射，原来是熄灭的蜡烛又燃了起来，果然看见袅烟站在灯下，眉目如画，打扮得十分艳丽，和梦中惨淡的神情完全不一样。她拜了两次，说道："我生来命运不好，先是碰上凶恶的嫂嫂，后遇见淫荡的娼妇，受尽了折磨摧残。我担心清白的身子受到污辱，所以上吊自尽。没有想到死后能遇上像你这样的侠士，豪爽仗义，为我洗雪了冤情。我早就想报答你，只是因为没有适当的途径。后来你又到我的坟上祭奠，我更加感激，所以才不顾羞耻，暗中跟着你从京师来到这里，直到今天才敢现出原形。希望你不要因为我是鬼而嫌弃我，如果我能报答您些许的恩德，对我来说，这又是莫大的恩惠了。"邓生听了很高兴，只是稍稍有些担心，问道："鬼对人没有伤害吗？"袅烟羞愧地答道："伤害是有的，但也要看对什么人。如果为了报恩，为了情义而相好，那么鬼也和人差不多，反之，如果为了色欲而贪图短时的欢快，那么即使是人，也会有伤害的。何况我因为坚贞不屈，早已经超越鬼界，你还担心什么呢？"邓生欣喜极了。但睡觉的时候，袅烟仍然非常害羞，畏缩不敢上前，邓生拉她，她笑着说："生前我是一块没有瑕疵的美玉，死后却要把少女的贞操献给你，如果不是为了报答你的大恩，我这样做就如同淫奔了。"于是脱掉衣服睡觉。二人水乳交融，欢好之间，袅烟婉转娇媚，和活人没有什么差别。

第二天一早起身，此后邓生就把小小的书房当作藏娇的密室。袅烟在白天也仍然现形，只是不洗脸，不吃饮食。他们二人整天在一起，说说笑笑，作诗唱和，生活得很快乐。因为袅烟的缘故，邓生在书房内不再接待朋友，僮仆也不敢随意走进室内。幸亏邓生本来就喜欢安静，朋友来往很少，所以旁人也没有怎么怀疑。袅烟本来不善于唱歌，因为邓生喜欢的缘故，她就学了，一开口却唱得动听极了，响遏行云；袅烟本来也不善于乐器，也因邓生的爱好，向他学着弹奏，一弹起来却也抑扬婉转，丝丝合扣。因此两个人长夜相对，一点儿也没有枯燥无聊的感觉。邓生有些奇怪地问她，袅烟回答说："以前在玉兰家虽然没有学过唱歌弹琴，但经常听，所以还是能领会声音节奏的微妙。过去不高兴学，现在对着知己，就完全不同了，这也是因为感情，才能真正快乐。"邓生听了，更加喜欢她了。袅烟本来就识字，邓生略加指点，就能读通文章。有时间就央求邓生替她买《金刚经》《楞严经》等佛经，双腿盘坐念诵，常常念到半夜。邓生的妻子产后身体渐渐恢复了，这时袅烟便主动提出要邓生回内房歇息睡觉，说："我在这里不过是棵柔弱的小草，绝对不能和并蒂莲花争艳的。"邓生不听，但袅烟却不见了。于是邓生仍然入内房睡觉，只是每当月半的时候，都要借口睡到书房，和袅烟欢会。

就这样过了一年多，袅烟忽然笑着对邓生说："鬼也能生孩子，这真是很奇怪吧？大概是上帝有意让我借此，来报答你的大恩吧。但是今后我不能再住在你这里了。邓生大吃一惊，舍不得她离开，问她要到哪里去，袅烟说："我读了佛经后，已经明白了自己再生的因缘。我前世是天妃的侍女，因犯了过失，被处罚遭受今生的苦难。幸亏我能立下志愿，不甘心堕落风尘。天妃谅解了我的苦心和忠贞，同意我仍然回去当侍女。只是因为腹中有了你的一点血脉，所以才拖延了这么久。明天你出城去，在城边白杨树下有一个襁褓，里面的婴儿就是你的骨血。你把他抱回去，就说是捡来的，人家一定会相信。你命中没有成材的好儿子，这个孩子能够继承你的事业，记住千万别耽误。"说完，流着泪告别，渐渐化为一阵淡烟消逝了。邓生悲痛极了。第二天，按照她的话出城去，果然捡到一个端正丰满的婴儿回来，撒谎说是别人家丢弃的，请了个奶妈哺乳，人们一点儿也不怀疑。但是长大以后，孩子的耳目口鼻都非常像邓生，人们这才有些奇怪。邓生就把旧事稍稍透露一些，听到的人都非常惊叹。

邓生后来官位很显赫，妻子所生的三个儿子都没有成材，只有袅烟生的儿子梦锡能够读书上进，中了进士。那时候陆仲昇在外省做了几年官后，已经退休回到京城，邓生父子也都在京城做官，于是邓生就带着儿子一起去拜见仲昇，讲明前因后果，舅甥相见，悲喜交加。从此以后，邓、陆两家世世往来，好像姻亲一般。

外史氏说：袅烟具有宁死不屈的贞操，但是被邓生的情义所感动，就不再坚持，这说明感情产生于道义。感情是可以抑制的，而道义不能丧失，所以袅烟既能面对鞭打的威逼毫无惧色，也能温柔娇媚地献身于邓生，这是因为由道义而产生了感情，并不是她先前是贞洁烈女，后来却不是。一个人，假如没有邓生那样的侠义心肠和作为，而只是想和女鬼欢合，不仅不会引来贞洁的女鬼，淫妖却会马上就到身边，这时候自己的性命都保不住，更不要妄想女鬼会给自己生个儿子了！

镜 儿

灵隐寺和尚邵本一非常严格地遵守戒律清规，是个得道高僧。他是陕西人，年轻时是县学的生员，因为仰慕江南地区厚重的文化、风流俊逸的人物，就渡过长江南下，一路上寻师访友。几年之后，忽然悟道，竟削发当了和尚。他去过许多佛寺，辗转来到浙江，此时他已经是佛门中非常著名的禅师了。杭州人仰慕他的大名，就把他请到灵隐寺中，现在人们都称他为定心大师。他有个儿子名续，当年他离开陕西时，邵续还在地上爬着学走路。邵续长大后，因为不认识父亲，一直感到非常遗憾，在江淮地区到处寻访，始终都没有遇见。后来听说父亲在杭州灵隐寺，就乘船沿着长江顺流而下。和他一起乘船的是一个青年人，容貌清秀姣美，好像女孩子，说自己姓龚，由京城返回家乡绍兴。听说邵续万里寻父的事，非常敬重，二人非常投缘，一路畅聊。到了杭州，邵续打听到灵隐寺所处的位置，立即动身前去，龚生也想拜见禅师，就一同去了。

　　刚刚到达寺门，早已经有一个和尚等着他，说："禅师打坐醒来，已经知道公子从很远的地方来到这里，但不应和镜儿一起进去，请让他停在这里。"邵续听了莫名其妙，龚生却变了脸色。邵续有所察觉，但很着急早一点儿见到父亲，也来不及细问，便请龚生停在门外，独自进去。到了法堂，禅师正在盘膝坐着，邵续不认识，旁边的和尚说："他就是你的父亲。"邵续十分伤心，哭着拜倒在父亲膝下。禅师挥手拦阻他说："快点起来，千万不要这样。我现在生活得很安乐，你应该为我高兴、欢喜，为什么要哭哭啼啼呢？"于是叫他在一旁坐下，简略地询问亲属中长辈以及同学、老朋友的一些情况，邵续一一回答。忽然禅师皱着眉头说道："你万里迢迢赶到这里很不容易，体现了你的一片孝心。只是你要来就自己来，为什么要把镜儿带来，给我添麻烦呢？"邵续赶紧跪在地上，声称自己什么都不知道，并请问其中的缘故。禅师说："龚生是镜儿的丈夫，镜儿就是龚生的妻子，镜儿是一个狐狸精。两个人被情欲纠缠住，舍不得分开，靠着你的一片孝心，依附着渡过长江。现在又来打我的主意，想要我说些好话，来成全他们的情缘。镜儿就在龚生的身边，你是肉眼凡胎，怎么能看见她呢？"一会儿又说："这个狐狸文才很好，又能看出你是孝子，我就成全他们吧！"然后就命令小和尚取过一张黄纸，写了几个字后又交给他，嘱咐说："拿这个给他，这里是佛门净地，叫他快些离开。"小和尚拿着纸条出去，交给龚生，龚生拜了再拜，行了礼，便走了。

　　邵续在灵隐寺住了一个月，禅师就叫他回去，说道："回去侍奉母亲，也就等于侍奉我了。这里是出家人住的地方，你也不应该久留。"邵续还想再留几天，禅师不同意，只能离开。回家后，见到母亲，母亲身体仍和以前一样康健。邵续和母亲一起生活了几年，因想念父亲，又再次到了浙江，而禅师已经到南方云游去了，不知道在什么地方。邵续念父心切，就继续向南寻访。走到山阴道上，忽然遇见一人，衣着华贵，侍仆前呼后拥，看上去很面熟，原来就是当年同船的龚生。龚生见到邵续，立即跳下马，拜伏在路旁，说："孝子近来好吗？"邵续急忙回拜，并扶他起来说："老朋友为什么这样客气？"龚生站起说："你们父子对我的恩德，像天地一样大，没有报答你的机会，我总是很惭愧，怎么敢在你面前失礼呢？"接着再三地邀请邵续到他家去，邵续也想借此机会了解他的奇特经历，便高兴地答应了。于是坐上另一辆马车，和龚生并排前行。他们见面的地方离龚生家还有半日路程，路上邵续就试探地问他，龚生丝毫没有隐瞒。

原来龚生是浙江人，他的叔父到京城做官，带着他一起上任。在京城西北的山中，他租了几间房子，那里环境非常清幽雅洁，于是就闭门苦读。那是初冬的一天，雪很大，龚生正在屋内围着火炉读书，口中咿咿唔唔地念着，忽有一个大红色的火团，火焰足足有一尺多高，从屋梁上落下，落在地上后旋转不停，整个房间顿时暖和起来，而且越来越热。龚生大吃一惊，担心整个房子会烧起来，准备逃出门外。忽然火光收敛起来，变成一个白头发、衣着很简朴的老妇人，两手一拱，站在面前。龚生估计是山间的妖怪，更加害怕，逃得更快了。老妇人却上前阻拦，说："你别害怕，我不会害人。看到你读书很寂寞，我有个小女叫镜儿，也喜欢读书写字，我想把她嫁给你，让她有些进步。所以我匆匆忙忙地赶来见你，不知道你是否愿意？"龚生听了更加惊奇，也更加害怕，推辞说："我年纪轻，学业不精，没有成就，恐怕会耽误你的女儿。而且你行踪那么神秘可怕，我更不敢和你女儿攀亲。希望你可怜我，饶了我吧！"老妇人性子很暴躁，似乎根本不愿听他解释理由，发怒说："我的女儿像天仙一样漂亮，嫁给你，你还不要？难道你觉得我刚才还不够厉害，不能把你烧成灰烬吗？"说着，两眼睁得就像牛眼睛一般大，闪闪发亮。龚生更加害怕，正不知所措的时候，忽然有一个打扮得很艳丽的丫鬟从门外进来，笑着说："像你这样逼迫人家答应婚事，反而破坏了他们的感情，不是好办法。你还是回去吧，镜姑会自己来的。"又说："我早就知你性子急切，办不成这件事。"说完，就扶着老妇人向外走，老妇人仍然是气呼呼的。她们出门没走几步，就突然消失了。这时龚生吓破了胆，想逃下山去，可是大雪纷飞，已经把山路遮盖得严严实实，马根本不能走，而且年长的仆人已经到城里去搬运柴米，这里除龚生以外，只有一个十二岁的小书僮，又能干什么呢？没有办法，只好静静地等着，是死是活，一切听天由命。

　　到了晚上，雪渐渐停了。龚生关上门睡觉，想着过完这一晚，明天便可迁到其他地方。但是因为心神太过紧张，一时竟然睡不着。忽然听到窗外有弹指的声音，有人一边敲窗一边唱歌："叹空闺兮掩孤檠，望伊人兮违素诚。伐柯伐柯兮其音丁丁，果得相随兮我愿卿卿。"声音非常娇媚，婉转悠扬，余音绕梁，不停地传到耳边。龚生猜想一定是镜儿来了，从窗洞中向外偷看。只看到雪光映天，比月亮还要皎洁，一个垂着发鬟的少女，苗条轻盈，正站在窗槛前。杜甫描写山谷中绝代佳人的诗句"天寒翠袖薄，日暮倚修竹"，用来描述她都远远不够。龚生心中暗暗喜欢，但想起白天凶暴的老妇人又觉得很害怕，踌躇着不敢出声。一会儿，少女又唱了起来："雪欲晴兮云微，鸟不宿兮双飞。奈有人兮愿孤帏，我不见兮又空归。"唱完之后，微微叹息，转身便要回去。龚生看到这种情形，情不自禁地大声呼喊："你要找的人就在这里，你还要回到哪里去呢？"少女听了又转回身来，隔着窗说："几次被你拒绝，我实在很难为情，不得不回去，并不是真的生气。"龚生立刻披衣下床，打开房门，将她扶了进来。那时屋内的残烛还没有熄灭，镜儿映着火光，更显得美艳极了，肌肤不施粉黛而如玉，容貌不修饰而似花，一言一笑，处处都显得婉媚动人，实在是人间罕见的绝色。龚生问道："她们所说的镜儿就是你吗？如果老妇人不是那么凶狠撮合，好事早就成了！"镜儿笑着说："你也可以算得上是色胆包天了。如果不是我亲自来，好事真是没戏了。"龚生就想拉她上床，镜儿推辞道："我年纪还小，你不要胡闹。"随后就拿出一卷稿纸说："这是我练习写的诗，没有人教我，希望你能给我仔细地改一下。三天后我再来取，你可不能讲一通好话来骗我！"说完之后，拜了两拜，转身就不见了。龚生看她的诗作，文辞秀丽，语意风流，心醉神迷。第二天早起，便用红色的笔细细地加以评点，再也没有搬家的打算了。

　　第三天晚上，镜儿果然来了。龚生把诗稿还给她说："遵照你的意思，我已经改过了。只是你的诗写得实在太好，我无法不说好话啊！"镜儿把评改的地方看了几遍，笑着说："果然名不虚传。"说完又要告辞离开。龚生拦住她，就动手解她的衣带。镜儿不禁羞怯地笑道："女子才十五岁，就要嫁给王昌，真是前世作孽呀！"于是两人上床欢好，镜儿虽然娇啼婉转，却也是极尽男女之间的快乐。欢好之后，龚生就问老妇人是谁，镜儿答道："她是我的义母，姓古，是村野人家。"龚生道："她的威风好大，现在想起来我都害怕。"镜儿打趣地说："今晚你的威风也不小呀！"说着，二人都笑了起来，于是又依偎着睡去。天亮了，上次见到过的那个丫鬟敲门进来，龚生感谢她那天晚上解围的事，丫鬟笑道："痴老太不懂情事，我本来就说这件事一定要镜姑自己来才行。"镜儿起身，穿好衣服后，就和丫鬟一起走了。此后每天晚上都来，二人的感情也越来越深。

镜儿喜欢诗文，所写的诗文富有情韵，但因为房子窄小，而且有书僮同住，行动很不方便，二人只好在夜间睡在床上推敲诗句，或者辩论文章的主旨意味，有时用文雅的语言打趣对方，有时一同背诵诗文妙句，说说笑笑，常常一整夜不睡。那时年长的仆人已经回来，听说后很惊奇，天亮时便潜伏在门外。只看到主人还疲倦地睡着，门却自动地开了，一阵细碎的脚步声伴随着淡淡的香气，飘过身边，却什么都看不见。仆人很害怕，知道当地没有相邻的人，一定有鬼狐在迷惑主人，就极力劝龚生回家，龚生不听。仆人又进城告诉龚生的叔父，叔父派专差来叫他回去。专差还没有到，镜儿已经知道了，当晚哭着对龚生说："我们不能长长久久地在一起了，怎么办呢？"龚生吃惊地询问原因，镜儿回答说："仆人已将我的事告诉你叔父，就要派专差来叫你回去。你离开后肯定不会再来，我们不是就分离了吗？"龚生也很伤心，提出要镜儿一起到城里去。镜儿说："我当然想陪着你，但实在是不敢。我本是狐狸精，狐狸精都各有各的地盘，况且京城是皇帝住的地方，我不敢擅自前去。你如果不想抛弃我，只有回到南方去才可以。"龚生当时已深深地陷进情网之中，舍不得和镜儿分离，便问她怎么安排。镜儿说："我平时积了一些钱，足够沿途车船的费用。你只要按我说的做，就可以回到故乡，为什么还要留恋京城呢？"龚生想也不想，就决定照镜儿说的办。二人商量后，什么东西都不带，悄悄地趁着天黑就离开了。那时年长的仆人还在京城里，书僮睡得正熟，因此也没有人阻拦他们。

走了一里多路，草丛间好像有灯光在闪烁，隐隐约约的有两支火炬，忽暗忽明，龚生还以为是山野人家，指着告诉镜儿。镜儿嬉笑着说："你最害怕的人来啦！也太不给人面子了，到现在还要耍威风！"龚生还不明白，只听到一声虎啸，响彻山谷，不禁大吃一惊，差一点儿掉下山崖。镜儿拉住他说："有我在，你怕什么！"于是大叫道："我和你的女婿要到别的地方去，承蒙母亲帮助，以后回来，会报答你的。"话音未落，老虎已不见了。龚生稍微平定了心神，反而开玩笑说："过去你是狐假虎威，今日却威风可以伏虎了。"他们一直走下到山脚，看到有个村庄，讨了些早饭吃。他们自称是夫妻，人们也毫不怀疑。镜儿拿出银子，购置了车马、衣服，绕过京城，一直向南到达通县，不久就租了一条船，沿着运河南下。等叔父派去的专差到达的时候，他们已离开三天了。在船上，他们完全摆脱了种种顾忌，或者品茶相谈，或者灯下对弈，或者记诵诗书典故作为酒令，或者提笔记述沿途的山川景物，有时分题限韵作诗，此唱彼和，兴致比以前更豪放。刚开始龚生总要勉强镜儿才肯唱和，后来渐渐地乐此不疲。两人就像是风雨相对、形影不离的好朋友一般。

　　他们行驶到江苏，即将要转入浙江地界，镜儿忽然担心地说："这里的水神管得很严，我不能过去。一定要等有大福气的人，靠着他，船才不会出毛病。"龚生问其中的原因，镜儿说："这里的水神是伍子胥和范蠡，一向都很有威灵，不比其他的神道。我实在很害怕。"龚生不相信，仍然坚持要继续向前，想不到才张起帆，一排巨浪就打过来，突然间阴云密布，暗得什么都看不见了。龚生害怕极了，只得停船不再向前。等了五天，碰上邵续的小船，镜儿高兴地说："他是个有大德的人，比有厚福的人还要可靠。你能和他一同坐船，再有一百个江神，我也不怕了。"龚生听了她的话，碰巧邵续要换船，便怂恿船家招他上船。但此后镜儿白天就不再现身，她告诉龚生说："这个人是孝子，天上各路神仙都会保护他。在他面前，我如果肆无忌惮，恐怕会遭受灾祸，一定要小心躲避。"因此邵续虽然和龚生同舟，始终不知道他还带有家眷。果然邵续上船后，始终风平浪静，渡长江时也像走在康庄大道上一样平稳，没有几天便到了杭州。邵续将要登岸，镜儿告诉龚生说："这个人的父亲是高僧。我到你的家乡，不知土地神是否容许我住下，假如有他父亲为我讲一句话，我就可以一直住下去，和你白头偕老了。"龚生听了，就向邵续竭力请求，想一起去拜望禅师。这时镜儿又叮嘱他说："你手中白扇子就是我的化身，一定要带在身边。见到禅师后我自己会向他禀告，你不要随便插话。"龚生答应了，但是还没有走进寺门，就被禅师派人阻拦，所以非常惶恐。幸好不久小和尚就送来一张纸条，上面有十个字："一切水土诸神，不得拦阻。"就像是官府的命令。龚生看了纸条很高兴，赶紧和镜儿坐船回家，果然一路平平安安，什么事也没有。到家中，撒谎说是叔父作主替他在京城中娶的妻子，亲友们一点儿也不怀疑。龚生的父母早就死去了，于是家中的一切都由镜儿主持，安排得井井有条。又拿几百两银子买房屋田产，龚生就突然间富了起来。他以前从没有看见镜儿身上带有银钱，现在却取之不尽，用之不竭，非常奇怪。

这天的路上，龚生把自己的经历详细地讲给邵续听了。天快黑时才到达龚生的家，只见房屋大门宏伟辉煌，一看就是富实人家的气象。龚生请邵续进去，准备了盛筵款待，又把三岁的儿子抱出来见客，说是镜儿生的。他长得眉清目秀，远远超过一般的小孩，可以想象他的母亲一定非常漂亮。当晚他们喝酒畅谈，一直到半夜才休息。邵续睡在龚生家中，床褥铺设都极其华美。第二天告辞离开，龚生也不挽留，只是说"南方地域广大，你可能找不到尊父，回程时还是请到我家来一叙"。邵续答应了。龚生送他到城外，并赠送一百两银子。邵续推辞不了，也就收下了。

邵续一直向南，走到海边，仍没有遇见父亲，只好闷闷不乐地返回。又来到龚家，恰好龚生不在，仆人奉镜儿的命令呈上一个包袱，打开一看，是一只雪白晶莹的玉如意。仆人又转达镜儿的话，恭敬地说："这点东西略微地表达我们夫妇二人感激的心意，它象征着洁白而有华采，事事如意。您离家已经很久了，应该早早返回，否则父亲没有找到，还要失去母亲，那就要抱憾终身了。"邵续听了非常吃惊，不再等待龚生，夜以继日地赶回家。回到家中，他的母亲果然已经病倒在床上，已经相当危险。看见邵续回来，很开心，笑了笑，就永远闭上了眼睛。邵续佩服镜儿的先见之明，每次向旁人讲起，听的人都惊叹不已。

后来龚生写信过来，说因为镜儿不愿长途跋涉，所以他也不外出应试求官了，打算在家乡悠闲自在地度过一生。邵续的父亲却一直没有音信，或许已经得道成佛，回到帝释所住的天上去了。邵续虽然非常孝顺，却没有能随着父亲一同成佛，这也是人生的一大憾事。

外史氏说：我空闲的时候常常喜欢看戏，对昆剧《雷峰塔》，虽然觉得故事非常荒诞，看后却总是对法海老和尚恼恨极了，无缘无故地拆散人家恩爱夫妻。

后来听到龚生的故事，本一老禅师就很通晓人情世故，想来他一定是第一大活佛转世的。不过推究本源的话，这实际上就是儒家所提倡的仁爱宽恕的精神。否则的话，和尚既然出家，断绝尘缘，又怎么会知道镜儿、龚生之间的爱情，去促成这一段离奇的姻缘，传为千古佳话呢？

翠微娘子

以前有个跛脚老头，精通医术，手到病除，被他救活的人不可胜数。他生了两个儿子，甲已经结婚，乙还是单身。老头死后，甲听了老婆的话，把弟弟赶出家门，不让弟弟和自己一起居住。乙非常愤怒，向官府控告甲。甲的老婆家是大户人家，替他们向官府行贿，官府便袒护甲，斥责乙傲慢无礼，打了他十几下板子。乙更加气愤，半夜里拿着尖刀，要杀他的哥哥和嫂嫂。走到家门附近，忽然看见他的父亲拄着拐杖走来，严厉地骂他，说："你这畜生要干什么？男子汉就不能靠自己生活吗？我侥幸有些积蓄，你们兄弟就闹成这个样子；如果我是穷光蛋，你们又该怎么办呢？"乙看见父亲，十分悲痛，哭着拜倒在地上，一时说不出话来。老头抚着他后背说："我儿不要悲伤。向西走几百里，有个人叫翠微娘子，我对她有救命之恩。你可以去依靠她，生活会很好的。"说完就不见了。乙挥泪回家，放弃了和哥哥拼命的念头。第二天捆上被子就走了，也没有和兄嫂告别，他兄嫂也绝不会想到他竟然会离家出走。

乙走了几天，一路打听，人们都不知道翠微娘子是谁。乙认为一定是父亲骗自己，世上根本没有这样一个人。于是找间旅舍住下，不再往前走，但这时身边带的钱已经用完，进退两难。正是不知如何是好的时候，忽然听到旅舍里的人说："明天晚上住的地方正在演戏，早点回去吧。"接着又称赞那里的戏班子演得好，唱得好，好话说了一大堆。乙正在愁闷，顿时想前去看戏，散散心。第二天一早就跟着去了，走了将近一百里。到那里时天还没有黑，他也不去找旅舍，就先去看戏。台上正在演出《千金记》，有项羽挥戈，韩信拜将，台下人摩肩接踵，围得水泄不通。台上钲鼓如同雷鸣，台下人声喧嚣热闹，正好能够发泄心中的苦闷愤怒。乙聚精会神地站在人群中观望，一直看到戏演完，才想起要找旅店过夜。这时忽然有一个人走到他面前，双手一揖说道："你就是跛脚老头的儿子吧？翠微娘子老早就叫我在这里等你了。"乙听了喜出望外，这个人青衣小帽，看起来像个仆人，也顾不上细问，只是说："翠微娘子在哪里？我是奉了老父的命令来拜见她的。"这个人看找对了人，也很高兴，便请乙跟随他一起走。

从村后走了半里多路，就看到一幢大院宅，门墙十分高大，楼宇巍峨。门外站立着十几名兵丁把守，全都身披铠甲，手持兵器，守卫森严。门口还有一支小小的仪仗队，打着各色旗幡，簇拥着一辆画有鲜花图纹的帷车，人们都说"娘子将要去参加一个盛大的宴会"。乙看见这样大的气派，心里不由得一震，不敢再往前走。那个人先进门通报，一会儿又出来，一下子拜倒在地，口中说道："娘子没有讲明，刚才我以同辈的身份和你见礼，冒犯你的尊严，乞求原谅我。"乙大吃一惊，不知该怎么办，就点了点头。那个人又跪着说："娘子正巧要出门，车驾已经安排好了，不能因为来了贵客就不去了。请你暂时住下，先用晚餐，娘子很快就会回来。"于是那人带着乙进门，经过曲曲折折的路径，来到一所院子。房屋十分华丽整齐，外边有高墙围绕，灯火辉煌耀眼，铺陈富丽奢华，如果不是富贵人家绝不能有这样的气派。屋内有一张床，铺着几寸厚的锦褥。那个人请乙坐下，乙觉得脚下尤其柔软，不像是砖石，低头一看，原来地上铺的是五彩的地毯，色彩绚丽，更加惊讶了。一会儿，传来一阵车马的喧嚣声，声音渐渐远去，娘子已经出门去了。

乙坐下不久，就有十几名漂亮的丫鬟前来参见，而刚才引他进来的那个人就退了出去。等到吃饭时，侍女就更多了，还在阶下奏起音乐，箫管悠扬，听不出来是什么曲子。桌前燃着一支巨大的烛灯，每上一道菜，侍女都报上菜名。菜品非常多，都是各种美味佳肴，此时乙筷子停在半空中，反倒不知道该吃什么好，自己也不觉得好笑。乙从小遵守上天禁戒，不会喝酒，稍稍喝了一点儿就有些醉了，命令侍女上饭。吃饱了，刚起身离席，就听众丫鬟叫道："娘子回来了！"又过了一会儿，有人来请乙，说："娘子请先生前去见一面。"乙跟着他出了院子向东走，经过曲折的回廊，萦绕的花径，走了很久才进入内院。四处都点着灯笼，虽是黑夜，却明亮如白昼，院中的一花一木都看得清清楚楚。穿过内院，来到娘子的闺房，空气中香雾缭绕，灯光辉映，又是另外一种景象。闺房共有五间，锦绣帷帘轻轻低垂着，前面有美石砌成的台阶，朱木雕琢的曲栏，两边回廊挂满珠灯，连人的眉目都能照得清清楚楚。

乙还没有进屋，娘子早已走出帘外迎接，娇声地说道："承蒙你的父亲看得起我，用宝钗作为聘礼，许诺结秦晋之好。我一直苦苦等着你，但你却迟迟不来，令人难免有一种被遗弃的感觉。现在你终于来了，希望不要忘记你父亲过去的决定。"乙听了十分茫然，不懂她说些什么，只是情不自禁地凝视着娘子，见她头戴五凤冠，身穿七宝衣，装束和图画上的仙子一模一样。而且她说是父亲的决定，和那天半夜父亲对自己讲的话正好相合，也就满口嗯嗯地答应着。乙随娘子走入屋内，呆呆地站着，向四周望去，各种摆设都是崭新的，在灯光下映射出奇异的光泽，可是一件也不认识。屋子中间摆着一张沉香木做的小榻，娘子请乙在对面坐下，又客气地说："刚才你来时，正巧我被本地官长喊过去观赏演出，没能及时迎候。失礼之处，一定请你谅解。"乙听了仍然只是嗯嗯答应，不知怎么问答，侍女在一旁都忍不住遮住嘴，偷偷发笑。

隔了不久，外边传报说："土谷诸神都已经来到堂上，正在等候和新贵人见面。"乙听了这才大惊，娘子站起来说："你不要担心。我因为婚礼无人主持，所以特意告诉诸神，他们愿意前来相助。他们都是你父亲的朋友，你也应当行礼拜见。"随即对一个年龄较大的丫鬟说："你带着他去沐浴更衣，并教他一些揖拜逊让的礼节。我先到前厅去陪客人，隔一会儿再派人来请。"丫鬟点头答应，接着就带着乙从屏风后转入另一间屋子。推开门，里面热气蒸腾，盆水芬香。丫鬟服侍乙脱衣，看见他的下身，忍不住出声笑道："乡下人果然厉害，只是不太雅观。"乙听了也忍不住笑出声来。洗完澡，丫鬟拿来衣服，都非常华贵，乙穿上身，起初好像背上有刺，浑身不舒服，慢慢地才习惯了。丫鬟又带着他进入内堂，让乙学习礼节，口中一边讲解，一边用身体演示。乙反反复复地练习，总算把脚步放缓了，腰杆变柔了。丫鬟拍手笑道："现在可以称得上是风流丈夫了！"旁边观看的丫鬟们也都笑得前仰后合。礼节练得差不多了，这时已是三更时分，娘子已经派人来催过好几次，众丫鬟就簇拥着乙来到前厅。厅上点着许多红烛，乙也来不及细看，娘子就叫他和众宾客见面。一共有四个人，娘子一一指点：一个是司农，一个是田祖，另外两人是社神与山神。他们的衣饰和平常人差不多，但是和舞台上穿官袍、持牙笏的神道却很不一样。众神讲了几句客气话，就请乙和娘子并肩站着，在音乐声中交拜行礼。礼节完毕，众神告辞离开，娘子也不挽留，只将他们送到门外，说："晚上行礼并不能完全周到，明天再登门道谢。"

客人们走后，娘子才和乙一起回到刚开始见面时的房间。东边一间，早已摆好了酒宴。乙觉得比刚才见到的房间更幽雅、更华丽，鲛绡做的帐，蜀锦织成的席子，被褥又香又软，兰桂香气萦绕鼻间，真像是天上神仙的洞府。他们饮了交杯酒以后，丫鬟就将酒宴撤去，屋内只剩下他们两人。娘子忽然害羞起来，乙把她拉入床帷，替她宽衣解带，娘子更加羞涩，连忙钻入被窝，乙也匆匆脱衣上床。正在这时，忽然听得外边丫鬟们大声嚷道："妖怪来啦！"一时间啼哭声、号叫声、哀求声由远而近，顿时乱成一片。乙大惊，跳起来想逃跑，可是又不忍抛下美貌妻子，娘子也吓得浑身发抖，说不出一句话，只是紧紧地抓住乙的手臂。情势越来越紧迫，乙也顾不上穿衣服，背起娘子就往外逃跑。乙不认识院中路径，娘子说左拐，他便向左；说右拐，他便向右。幸好各间房屋都有门户相通，他们左转右弯，逃了出去。走到一处花园，有两扇小门，乙打开园门，看到杂草遍地丛生，对面好像有山冈。娘子仍然焦急地大喊着："快走，快走！"乙只好背着娘子拼命地往山冈上跑。到了山冈顶上，再回头向下望去，只见宅院中火焰冲天，隐隐还传来格斗呼叫的声音。娘子哭着说："姑娘们全都因为我受害啦！"

乙喘息稍微平定了些，才问娘子这究竟是怎么一回事。娘子答道："我不是阳世间的人，实际上是本省城隍的第三个女儿。父亲活着时曾在这里当县宰，后来全家染上瘟疫，我的病尤其严重，幸亏你的父亲精心诊治，才得以活了下来。这样的大恩，我始终铭记在心。后来我父亲升官，渡江的时候遭遇风浪，船翻落水，全家都被淹死。上帝因为我父亲为人忠心耿直，又是因为公事而死，所以封他为神。我活的时候就信奉道教，曾经碰到一个女道士，传授我制服狐狸的法术，因此父亲就命我管理这一带地方，不让妖怪到处作恶。我的丫鬟侍仆都是狐狸，所有的用具也都是狐狸为我弄来的。想不到今天竟然在妖狐的手中惨败，实在是不甘心！"乙又问道："这个是什么妖怪，为什么就不怕你呢？"娘子回答说：

"你知道了一定会笑话我的。它也是个狐狸精，盘踞在这山谷中已经有一千多年了，道行很深。我到这里来，一些小狐狸都服服帖帖的，只有它依然强横不服，甚至还毫不羞愧地向我父亲求婚，要娶我为妻。我听了当然更加恼怒，用法术治它，还没有服帖。恰巧你父亲经过这里，用宝钗替你定亲，说你不久就会来找我。我感谢你父亲的救命之恩，却忽视了这妖狐的威胁，离开这里去向父母禀告，又忙着安排办喜事，没想到这妖狐竟然会突然偷袭，肆虐猖狂。不过它的死期已经不远了。"乙又问自己的父亲现在在哪里，娘子说："你父亲在某地当社神，已经上任，你不必担心。"

话还没说完，就听见空中有人说道："父亲知道姐姐遭受狐妖的偷袭，已经派神将前去抓它。只是姐姐既然已经坠入情网，不适合再当神仙。可以和郎君一同回乡，创家立业，不要辜负跛脚老翁的希望。"说完，从空中扔下来一个包袱，接着又笑道："'无衣无褐，何以卒岁'？我可不愿和赤身裸体的人在一起，再见啦！"乙有些惊恐，询问娘子，原来是她的妹妹玉华。娘子又笑道："为了和你讲话，竟然忘了两个人都还光着身子。今天让妹妹看见，以后再见面，可是要羞愧死啦！"说着从包袱中取出衣服，二人分别穿上。

第二天天刚亮，娘子便对乙说："走吧，这里片瓦不存，没有什么值得留恋的，我们还是回到你的故乡去吧。"于是二人挽着手走下山冈。这时乙虽然得了妻子，但她的家却烧了，自己本来就没有家，以后怎么办呢？想到这里，走一步，懒一步。没走多远，娘子说："脚力有限，靠走路估计到不了，一定要找个东西代步的。"说着向田间一指，就有两匹驴子奔了过来，身上鞍鞯辔头，全都齐备。娘子叫乙一同骑上驴子，那驴子奔驰起来快极了，像风一样，转眼间跑出几百里，家乡城门已经遥遥在望。乙顿时感到非常惊奇。

到了离城不远处，娘子勒住缰绳，说道："这里不城不村，住下最好，不必再走了。"于是翻身下驴，一起寻找合适的住房。正好路边有一处屋子，被雨水冲坏了，原来住的人都已经搬走。娘子说："这里可以住下。"走进去一看，四壁空空如也，抬头就能看到天，乙不禁大笑起来。娘子却一本正经地说："可以住，等我的丫鬟来装修一下，一定十分漂亮。"于是她非要叫乙把两头驴子牵到集市上去卖了，换些银子买米做饭。等到乙回来，房间已经完全变了样，虽然比不上之前所见的那么壮丽奢华，却也十分干净、整洁。乙很高兴，走进门内，果然看到有两个丫鬟侍立在娘子身边，只是全都穿着白色的上衣，青色的裤裙，不像以前那样打扮得十分艳丽。乙问她们老家的情况，两人一起回答说："妖狐已经歼灭，我们舍不得娘子，所以一路寻来。其他人仍然住在老家，都很好。"乙和娘子相对而坐，一起吃早餐，两人说说笑笑，非常高兴。晚上，二人高兴地同睡，床帐卧具都是崭新的，乙也不知是从哪里弄来的。

第二天早上起来，娘子叫乙去寻找房屋的主人，愿意出一百两银子买下他的房子，房主当然很乐意。娘子请来工匠全新修建，一个月内全部落成。那些工匠尽管天天干活，但对房屋结构的奇特、建造过程的短暂，都非常意外，始终不明白是什么原因。娘子进进出出，也和寻常人一样。开始时穿着布衣布裙，和乙一起规划商量，旁人看去完全像一个田家少妇。等到房屋造成之后，就深居内室，衣着饮食非常精致，家中的丫鬟侍仆数以百计。家中人口日渐增多，开销那么大，也看不到她有什么田地产业，钱财却似乎永远用不完，乙也不禁暗暗称奇。

刚开始，甲听说乙回来了，又在外乡娶了老婆，夫妇二人觉得很可笑。后来听说他盖了新房子，才有些惊奇。几个月后，城中轰动起来，人人都夸耀说乙家如何如何富有，甲听了半信半疑，回来和妻子商量，想着假借关心的名义，派丫鬟送些饮食去，来趁机窥探乙家的真实情况。丫鬟去了整整一天才回来，对她的主人说："我奉命去查探二娘子家。才走到门口，看门的人就拦住我，不让我进去。我说了主人的姓名，看门人才恍然大悟地说：'原来是主人的兄长派来的。'叫我等着，他来回跑了三次，总算让我进去。他家的房子庭院，比我们家要好上十倍，丫鬟仆役，也比我们家多了十倍。我走进屋子，看到二娘子正坐在椅子上，用一方绿手帕逗着一只雪白的小猫，在铺着红地毯的地上嬉戏。她见到我就笑着说：'你家主母也太费心了，那么远的叫你来，是想要打探我家的底细吧？'我行礼拜了两拜，把主人的意思又恭敬地陈述了一遍，二娘子才不再说了。我偷偷看二娘子的容貌，城里没有一个人能比得上她，衣饰也鲜艳华贵极了，都是我从来没有见到过的，忍不住就说：'阿叔真是好福气，竟然娶了一位天上的仙女。如果他在家乡娶亲，哪里去找这样漂亮的美人？'二娘子听了似乎很高兴，就把我留下来吃饭。精美的菜肴，也是我从来没有见识过的。饭后，阿叔从外面回来，和以前大不一样了，满脸都是富贵气派，穿的衣服都又轻软又有光泽。跟在他身后的僮仆都只有十三四岁，一个个穿着鲜艳的服饰，面目清秀，到了中门，就都散开了。阿叔看见我，似乎已经不认识我了，我赶紧站起来拜见，二娘子又在旁边介绍，阿叔讥讽地说：'大哥是富翁，嫂嫂是贵家，又为什么来看我？过去一间小房子都容不下我，今天又为什么送饮食糕点呢？难道苏秦一辈子注定是穷困的吗？这些东西请你仍然拿回去，我不敢劳动兄嫂大驾。'说话时严厉极了，非常气愤。二娘子劝阻道：'你不要生气。讲起你兄嫂以前的所作所为，按理说没有必要再来往了。但你父亲的遗像灵位还在，你是他的儿子，结婚还没有禀告父母；我是他的媳妇，嫁后还没有拜见公婆，心中总觉得还缺少点什么。我正打算随你一起回家去祭拜父母，完成大礼，你现在却要和兄嫂断绝往来，你父母在九泉之下能不伤心吗？'阿叔听后默默地不说话，似乎消了些怒气。在我看来，阿叔夫妇也像老爷太太一样。隔了一会儿阿叔才笑着问我道：'你看我家的东西比兄嫂家怎么样？'我当然极力赞美，阿叔也十分高兴，把我留下，让我到处看看。他家有一百多间屋子，还有非常赏心悦目的亭园。到了晚上，吃过饭后才让我回来。临走之前阿叔对我说：'你替我告诉哥哥嫂嫂，三天后我将和娘子一起来看望他们。'丫鬟一五一十详细说来，甲和妻子听了非常惊讶。知道三天后兄弟一定会来，就把亲戚们也都邀请来，准备了酒宴，还准备了礼乐。

到了那天，甲和妻子早早地就在门外等候。不一会儿，骏马香车结伴而来，旁边跟着几十个丫鬟仆役。到了家门时，娘子先从车上下来，两旁围观的人见了，都震惊地以为是神仙下凡。乙看见甲，下马拜见，甲不由得感到深深的羞愧，拉住乙的手一同进门。乙和娘子一起参拜父亲的遗像，乙想起父亲对自己的关怀，不停地痛哭，很久以后才站起身来。接着娘子参见族中诸位尊长，送了十多盒珠绣作为见面的礼物。又另外准备礼物送给兄嫂，甲与妻子惭愧地收下了。事情都办完了，娘子就对乙说："我身体不好，应付不来这些应酬，要先回去。"乙点头应允。甲夫妇无法挽留，娘子登上车离开。乙也不再流连，没有喝一点儿酒，拜了拜，辞别了父亲的遗像，就跟上娘子一起走。亲朋邻居知道他们兄弟的事，都批评甲，议论纷纷，甲与妻子非常羞愧，几乎无地自容。

乙回去后，娘子就对他说："今天我们这样做，一是能使你父亲在九泉之下感到快慰；二是可以让你扬眉吐气。但世人少见多怪，必然会对我的行踪百般猜测怀疑，我们不能再在这里居住了。隔几天你可以叫兄嫂来，这些房产算不了什么，就送给他们吧。我和你效仿陶朱公，五湖四海到处遨游，你看怎么样？"乙听了非常赞成，就写信邀请兄嫂。甲夫妇果然到来，乙安排酒食款待。酒意正酣的时候，乙站起说道："弟妇实际上是一位仙人，不愿久居尘世，我将和她一起去远方游历。这幢房子以及其中的一切都作为寿礼送给你们，请不要推辞。"甲和妻子都非常震惊，反复挽留乙。乙忽然拔出一把一尺多长的短刀，"砰"地扔在地上，感慨地说："假如不是父亲的关怀，这把刀早就已经沾满了你们的鲜血！"于是详详细细地把自己的经历说了出来，甲和妻子全都惊恐不安，一句话也说不出来。娘子对乙说："可以走了。"乙大笑一声，就和娘子一起走了，起先的两个丫鬟跟着，一共四人四骑，向南飞奔走了，不知去向何处。

甲仔细察看了乙所居住的房子，虽然没有金珠宝贝，但米仓笥箱之富有，服饰物件之华贵，价值超过几万两银子。于是甲就把家搬了过来，乙的仆人丫鬟也都留下，归甲所有。后来甲生了个儿子，整天游手好闲，不成器，夫妻两人都被他活活气死了。儿子后来就把房子卖了，仍旧以看病为业，勉强维持生活。人们说这是因为跛脚老头生前做了许多好事，遗泽还没有完全消失的缘故。

外史氏说：兄嫂完全不顾及手足之情要赶走弟弟，弟弟身怀尖刀要杀死兄嫂，跛脚老头在天之灵十分伤心，于是就替幼子在远处定下姻亲，找个仙人做他的妻子，来消除他心中的不平之气。如果不是他生前正直，死后当了神仙，怎么能会是这种结局？翠微娘子可以说是女中豪杰，她不嫌弃乙的粗鄙，内心只看着恩义，使天下的狠心凶恶的兄嫂知道此事，都灰心丧气。所以虽然乙本来是平庸之人，曾经受到丫鬟的取笑，但后来分手之时竟然能拔出尖刀扔在地上，慷慨陈词，也变得十分豪迈。我认为他们兄弟早已经恩断义绝，再用兄弟来称呼并不合适，所以用甲、乙来区分，这也算是效仿《春秋》正名的规矩。

徐之璧

　　明代末年有个福建的巨商，叫徐之璧，经常在湖北湖南一带贩卖中草药。崇祯十年，遇上张献忠手下的乱兵，财物被抢光了，只身一人逃到湖北西部的崇山峻岭中。他只顾拉着藤葛往上攀行，也不知道跑了多远。偶尔看到一块平坦的地方，实在累极了，就坐下来歇息。想到自己资本都亏完了，也没有回家的路，忍不住唉声长叹。忽然听见从远处传来咯咯的木鱼声，好像有座庙宇。当时他正在忍受饥饿的痛苦，想去讨口剩饭，就挣扎着站起来，循着声响走去。弯弯曲曲地走了半里多路，峰回路转，前面好像另有佳境，走近一看，看到一座清幽的茅屋，柴门半掩着，原来是一户人家，而不是庙宇。徐之璧侧耳仔细听，木鱼声是从茅屋内传出，便走上前敲门。有一个小童开门出来，问客人有什么事。徐之璧讲了自己的情况，小童立刻入内禀报，很快又拿着酒壶饭菜出来，对徐之璧说："我家主人说这个地方很危险，请你吃饱饭后赶快离开，不能停留在这里。"徐之璧听了很奇怪，心想在敲木鱼念佛经的人竟然说出这样的话，世途险恶，由此可见一斑。吃完饭，他把食器还给小童，拱手道谢。本来想着顺原路往回走，但又想走回去也没有地方可以过夜，把心一横，说道："与其被虎狼吃掉，还不如就留在这里。即使撞犯鬼怪，不过一死罢了，还可以解除心中的迷惑，不至于做个糊涂鬼。"于是在一棵大树下休息，不走了。再看那个童子，已经关上门进去了。

　　天渐渐地黑了下来，木鱼声敲得越来越急，童子也不再出来。等到夜深，山风寒冷刺骨，徐之璧冻得受不了，忽然看见一团火光闪耀，大得像斗一样，翻腾着过来。等到草屋门前，顿时变成一个全身红毛、像猪一样的怪物，咆哮着冲了进去。徐之璧吓得瑟瑟发抖，战战兢兢地想要避开，又看见有一团黑气，像笆斗般大小，由北向南，像飞奔的马一样席卷而来，来到茅屋前，也化作一个夜叉，双目闪着凶光，张开血盆大口，呀呀地叫着冲了进去。徐之璧更加害怕，转而又想命中注定要死，怕也没用，便打消了逃走的念头，屏住气静静地看下去。一会儿又有一道矗立的十丈长的白光，顶天立地，越来越近。到门口时白光缩小变为一个英俊的男子，身穿白袍，头戴七星冠，有一丈多高，俯身走入茅屋。徐之璧接连看了几件奇怪的事，反倒是见怪不怪了，一点儿也不害怕，恍然间好像是在观看变幻莫测的戏术，也实在是一位奇人。

不久，木鱼声停了下来，柴门忽然敞开了，远远听到说笑声，好像是闺中少女，心中暗暗惊讶。不一会儿，只看到四五个容貌都很妖艳的小丫鬟，手拿绛纱灯笼，引着一个非常美貌的女子从门中走出。徐之璧悄悄望去，那女子大概有十八九岁，云霞为衣，百宝为髻，打扮得像神仙一般，容貌特别出众。她们才走出竹篱编的门墙，就听见一个丫鬟说道："这样好的夜晚，可惜没有月亮！"女子微微一笑，随手拿过丫鬟手中的灯笼，扬起袖子一拂，瞬时空中晶光四射，和白昼一样明亮。徐之璧猜想她必定是个仙人，就要走过去请她搭救，这时一个伶俐的丫鬟早已发现了他，急忙对女子说："有俗人在此，姑娘怎可炫耀仙技？"女子惊讶地说："老父的占卦果然应验了！否则的话，山中出现了三怪，谁见了不会吓得逃命呢？"然后立刻收敛法术，天际晶光仍然变成一盏灯笼，落入丫鬟手中。眨眼之间，她们都返回茅屋去了，门前顿时安静下来。

徐之璧正在懊恨自己和仙家没有缘分，想不到先前见到的小童又开门出来，叫道："客人还没有走吗？主人等着你，请快进来相见。"徐之璧高兴极了，赶紧整整衣帽，跟着他进了茅屋。里面共有三间草屋，花竹相互掩映，木鱼经卷还放在桌上。过了一会儿，主人出来，年纪大约七十岁，眉毛很长，目光明亮有神，神采焕发。老人扶着拐杖客气地说："刚才我正在施行法术，恐怕惊动客人，所以命小童谢绝留客。没有想到你竟然胆量如此之大，足够护身，反而令老夫惭愧难当。"徐之璧拜伏在地，答道："我是逃难的人，无处安身，承蒙你赐我一顿饭，非常感激。我只因为天晚了无处安身，所以留在这里，闭着眼睛等死，并不是真有什么胆量，你过奖了，我真是惶恐不安。"主人听了，赶紧扶徐之璧站起，请他坐在客席，慢慢地详谈。二人谈得很愉快，徐之璧就请问老人的姓氏。老人答道："我在元代时就已入山修道，住在这里不出山门已经有三百多年了。时间太久了，忘记了自己的族里，也不记得自己的名字。近来有些显得老迈，耳目不清楚，人家便叫我'懵懂公'。家中还有老妻弱女，住在一起，很久都没有了尘世间的念头。今天早晨偶然起了一卦，判定家中即将要有婚嫁的喜事。我并不想把女儿嫁走，所以施些法术想破解它。谁知道老天决定的事，人是难以改变的，你竟然在我家门前逗留不走。这大概就是命中注定的了！"徐之璧听了暗暗高兴，但还是装着不懂，还在问究竟是怎么一回事。主人大笑道："你可不是一个懵懂人，怎么反来问我呢？这件事不讲你也会明白的。"徐之璧于是含笑站起，向主人道谢。

主人喊老妇出来相见。妇人年纪四十多岁，容颜依然显得年轻姣美，但自称只比主人小十岁，这可真是奇人啊。相见后，主人设宴款待徐之璧，摆出几十样珍奇的菜肴，主人还谦虚地说："山中人家拿不出更多的菜了，老夫实在是惭愧。"才喝了几杯酒，老妇就进内屋替女儿打扮，准备送她出嫁。不久，就听到里面有轻微的哭泣声传来，主人郑重地说："从这离开终究还可成为地仙，为什么还要那么伤心？"又对徐之璧说："本来想留你们在这里成亲，但这里不是凡间，不能布置洞房，所以让小女跟随你走。她们母女舍不得分离，所以哭哭啼啼。"徐之璧本来想可以在这里住下，听了主人的话大失所望，赶紧起身说："小婿已经四海无家，愿意留在这里，侍奉二位老人家，不想再回去。"主人摇头不同意，说道："去吧！去吧！自然会有好地方的。"不一会儿，主人的女儿已经打扮好了，丫鬟们簇拥着她出来和徐之璧见面，果然就是刚才见到的那个女子。他们交拜成礼后，主人便拿出一个巨大的酒杯，放在屋子中间，对女儿说："我用这个送你们夫妇出山。你已经能够自己建造家园，我不想再代你操劳了。"女子还是不依不舍，她父母却在一旁催促，她就擦干眼泪跳入杯中，一眨眼就不见了。徐之璧大吃一惊。主人又要遣送女婿，徐之璧只好也爬上酒杯，恍惚中觉得自己从山崖上往下掉，吓得直想呼喊。等到睁开眼睛看时，自己正站在一条平坦的大路上，女子早已经迎面立在身边。女子见他已经站稳，便笑着对他说："像你这样一个龌龊的商人，也不知道前世修了什么福气，竟然能成为仙家的女婿。实话告诉你，我的父母都已经一千岁了，我也只比他们小二十多岁。如今因为前世的孽缘，不得不嫁给你，只是将来就不能和父母一起上达天仙了。"说着忍不住连声长叹。徐之璧听了这些话，再三致礼道谢。他仔细观察这里的环境，原来已经到了汀州漳州的地界，离故乡不远了。

徐之璧想回故乡，女子不同意，说："战乱还没有结束，就是这里我们也不能住。"于是二人向东走了几十里，选了一个山间僻静的地方，女子观察了很久之后才说："可以了。"然后就从耳鬓边拔下一支小钗，东指西划，也没有见她打地基、砌砖瓦，一瞬间，一座巨大的院宅就建成了。徐之璧更加相信她是神仙了。两人挽着手一同进去，床帐等用品非常齐全，好像早就已经准备好的。女子一声呼唤，丫鬟仆役纷纷应声而至，也不知他们是从哪里来的。命令他们做事，全部都恭敬小心。一会儿，喜酒摆好了，二人相对共饮，这时徐之璧才知道她姓陶，小名采春。晚上欢好，也和常人完全一样。交合的时候，女子婉转难当，因为她还是一个处女。自此以后，徐之璧整天不出门，时时都和女子在一起，共同研习修道养生的法术。徐之璧练得久了，渐渐也学会了吐纳的功夫，后来能够辟谷不食。自从在这里住下，他们对外界的事物一点儿也不知道，也没有受到战乱的影响，徐之璧似乎完全忘记了过去的自己。

　　隔了十多年，女子忽然对徐之璧说："前些时候天下大乱，我和你幸好一直隐居在世外桃源。现在大圣人统治天下，四海之内都很富盛，可以出去当太平盛世的老百姓了。"徐之璧也不懂她的话是什么意思，跟着她走出家门。走了没有几步路，回头看去，院宅已经不见了，侍从仆役也都瞬间化为乌有。徐之璧惊讶极了，询问女子，女子笑而不答。等走到大路，女子向徐之璧告辞道："自从嫁给你，一直没有探望父母。现在我要回家去探望父母，五年之后再相见。"此时徐之璧已经懂得了人生的大道，也不挽留她，只是叮嘱几句便分别了。徐之璧回到故乡，田园早已经荒芜，亲戚朋友也都不知去向。拉住路人询问，才知道明朝已经覆亡，大清建国已经五年了。徐之璧非常感慨，也不想再回到尘世中。于是在九仙山上搭了一间茅屋，每天坐在屋中，不吃饭，也不出门。有人问他，他也不隐瞒，而且详细讲述遇到仙人的经过。这样生活了五年。一天晚上，附近的乡民都听到茅屋中传来阵阵木鱼声。早晨起来查看时，只剩下茅屋在那里，人却不见了。大家都感叹极了，认为他已经成仙去了。

　　外史氏说：世界上没有懵懂神仙，那些说自己懵懂的人，其实都不懵懂。徐之璧因为胆识过人，才和仙家结缘。假如他见异思迁，半途逃走，又怎么会有这一段佳话呢？当然这也是因为他生来就有仙骨，世人哪里能够知道其中的缘故。徐之璧胆子最大，所以也能够成为懵懂神仙。

女南柯

　　悟枕道人是杭州生员黄履诚的最小的女儿，原名叫婉兰。她从小就非常聪明，三岁就能认识简单的字。黄履诚非常喜欢她，把她看作掌上明珠，亲自教她读书。九岁时教她读杜诗，一天就能把所教的诗一字不漏地背出来，好像以前就学过一样，实在是难得的天才。但她自幼体弱多病，从春天到冬天，总要生几次病，在床上躺着。就是病好了，身体也非常虚弱，走路摇摇晃晃，像风中飘飞的柳絮；坐下来也是东倒西歪，像雨后的梨花。父母都非常担忧。长大后，人越来越漂亮，脸颊像朝霞那样鲜艳，眉毛修长如远山，远远看去，就像是画中的仙女。而且精通诗文，擅长作诗，写的诗清新幽雅，格调飘逸超群。因此黄履诚选女婿就很慎重，有人提亲，他都没有同意。婉兰已经十八岁了，还没有定亲，心中也不免有些愁闷。

　　一天过寒食节，邻居杨夫人约她到花港游览，女伴都是一些闺阁中的小姐。她们乘着木兰船，船上奏着悠扬的音乐。游人见到她们，眼睛都看直了，以为是天上的神仙下凡。到花港后，她们就一起倚着栏杆，俯身观看。池中的金鱼在翠绿色的浮藻中游来游去，五彩缤纷。女伴们有的把香饵扔下去喂鱼，有的扔些花片戏逗，欢声笑语，都是娇柔婉转的声音，就像是柳树丛中的一群黄莺。只有婉兰一句话也不说，目不转睛地盯着池中的游鱼，见它们一会儿并排游去，一会儿首尾相衔地游了回来，随着水波上下浮动，神情悠然自得，不由自主地感叹说："鱼在水中竟有这样的快乐啊！"顿时触动情怀，竟然有说不出的惆怅。忽然有一条金红色的大鱼，长近三尺，飞一般游了过来，头上隐约露出头角。别的鱼见了，都纷纷退避。诸女子正在感叹奇怪的时候，大鱼游到婉兰面前，突然把头昂了起来，似乎在看什么，好一会儿才悠悠然地调转尾巴游走了。诸女伴嬉嬉闹闹地说："黄家姐姐被大鱼看中了！"婉兰羞得脸都红了，心中也觉得很奇怪。过了一会儿她们玩够了，就又回到船上，命人摆上酒席，吹奏乐曲，顺流向东行驶。这时觥筹交错，箫管悠扬，没过多久，这些美丽女子们一个个都有了醉意，于是放下杯盏，随意观览。有的对着远山画眉毛，有的映着清波施粉黛，有的提起笔即景赋诗，有的用团扇遮面，倚着船舷，偷偷看过往的游船。婉兰体质一直以来就很娇弱，三杯过后就推托不饮，到船舱中躺着休息，侍女给她盖上绣被，此时她就像一枝娇慵的海棠花，沉沉睡去。

　　忽然看见有两个小丫鬟分别侍立在卧榻的两旁，一个穿红色，一个穿素色，姿态都很柔媚，十分讨人喜欢。她们轻声呼唤说：“君夫人醒了吗？君王等你很久了。”婉兰不由自主地推开绣被，坐了起来，还没有开口问话，穿红衣的丫鬟就给她梳理鬟发，穿素衣的代她整理衣裳，态度都非常恭敬。接着弯腰一拜，说：“车驾已经准备好了，请立刻启程。”婉兰起身，想要向邻居杨夫人告别。穿素衣的丫鬟微笑道：“什么老太婆，竟然敢劳动贵人去行礼！”婉兰听了不说话，穿红衣的丫鬟瞪了对方一眼，似乎责怪她讲错了话，又笑着对婉兰说：“她们正在喝酒，你去了，恐怕会被留下，耽误时间，君王会怪罪我们的。”她说话很委婉，婉兰这才笑着点了点头。刚刚走出船舱，穿素衣的丫鬟就喊道：“驾车的过来！”随后就有十多名身披金甲的武士，一起拥着一辆雉羽装饰的小车迎了过来，车上的篷盖还绘着鸾鸟。两个丫鬟在左右搀扶，牵衣捧鞋，服侍婉兰坐上车子，然后各自乘一匹小川马跟在后边。婉兰暗暗地想：难道父母已经为我定了婚事，今晚是来迎亲的吗？不知道对方是什么人家，气派竟然这么威严显赫！正在疑惑不解的时候，忽然发现车子走的并不是原路，恍惚好像走在云雾中，耳旁还有潺湲不绝的水声，也不知道到了什么地方。驶了一个多时辰，车帘外似乎隐约地有座城墙，丫鬟立即掀开车帷禀报说：“诸位大夫奉命到城郊迎接君夫人。”婉兰更糊涂了，又听车前高呼道：“江湖大使臣某某，招文学士臣某某，敬谒夫人。”婉兰迫不得已，只好微微点头。丫鬟随即传话说：“诸位大夫远迎辛苦，请平身。”一会儿又禀报说：“各位勋臣贵戚奉命前来迎接夫人。”车前又高声喊道：“骨鲠侯臣某某，浪喷都尉臣某某，参见夫人。”丫鬟又传语道：“将军跋涉辛苦，请随即退下。”其余还有丙穴太守、枫叶令，不下几十人，丫鬟只是挥挥马鞭示意，不屑再通报。婉兰从车帷后朝外窥望，见他们或者穿飞鱼服，或者披细鳞铠，帽子衣带用五种颜色分等级，也有同时用红白两色的，分别佩戴着印章、绶带，行礼后一个接一个地退去。

　　车子又驶了许久，听到宫中侍从的呼喝声，这时已进入内城了。过了一会儿，穿红衣的丫鬟禀告说："已经到了路门，请夫人面见君王。"婉兰这时才感到羞涩起来。丫鬟扶她下车，经过几道朱门，来到一个地方，这里雕梁画栋，殿堂巍峨。只听见殿上有人说："我等你很久了，怎么到现在才来呢？"丫鬟叫婉兰俯身跪下，她吓得不敢抬头。殿上又说道："我就是依蒲国王，刚才出外游览，看到了你的芳容，我想留你下来，主持中宫，不知你是否同意？"婉兰又羞又惊，脸都红了，一时说不出话来。丫鬟从旁附和道："君夫人答应了。古诗不是有'尽在不语中'的句子吗？"殿上立刻赐命平身，丫鬟便簇拥着婉兰登上石阶。这时婉兰才看清君王的仪容：他戴着绘有明月的帽子，穿着饰有龙鳞的衣服，大约三十岁左右，风姿潇洒，真的好像神仙。左右有几十名侍女，都穿着五彩的衣服。君王命令说在藻香殿设宴，一起喝交杯酒。顿时各种奇珍异肴，琳琅满目。君王坐在左边，婉兰坐在右边，在一片音乐声中，二人手捧红绸系着的金杯，交叉手臂，一饮而尽。婚礼完成之后，二人便一边小酌，一边叙谈。接着又有宫廷戏班演出，他们先送上剧目，君王点了《南柯记》中的几折，戏班就在宴席前演出。婉兰默默地看着，君王却笑着对她说："我和你今日相会，也和这戏中的奇遇一样。"婉兰听了不理解。不久，夜也已经很深了，演出也完了，丫鬟说道："'三星在户'。时辰不早，君王、夫人可以安寝了。"于是就提着绛纱灯笼，在前引着君王与婉兰回寝宫。君王握住婉兰的手说："你不是羡慕鱼在水中的快乐吗？我得到你，也就像鱼儿得到水一样！"于是先脱衣上床。丫鬟们催促婉兰卸妆，婉兰实在是羞怯腼腆极了，众丫鬟就代她宽衣解带，并簇拥着她入帐，与君王成就好事。君王当即吟诗一首送她："艳自生前得，情从梦里来。早知鱼水乐，不羡楚阳台。"婉兰文思也非常敏捷，随即吟诗答谢："雨露花间过，恩波枕畔来。莫教纨扇冷，胜筑避风台。"君王听了非常高兴，更加眷爱她了，挽着她的颈项说："你真是当今的谢道韫啊！"早晨起来梳妆，丫鬟们送来飞凤冠、明珠履、翠玉钿、锦绣衣，完全是王妃的打扮，并把她原来的衣服藏在箱子里，说："破旧的帏帐还舍不得丢弃，更何况这是君夫人进宫前的服装呢！"

三天后，君王又大宴群臣，称为"鱼水宴"。群臣都写诗贺喜。其中有一首律诗尤其工整清丽，写道："星轩降自木兰舟，鱼贯宫人咏好逑。水国旧传龙并戏，湖邦今喜凤来游。虽欣在藻君臣乐，莫为忘筌伉俪忧。千古苹蘩羞爝处，禹门从此近河洲。"婉兰反复吟诵了好几遍，非常喜欢，但是不明白其中确切的含义。君王命婉兰按照这首诗的韵脚也写一首诗，婉兰挥笔立成，写道："深宫每愧济川舟，须信千城亦好述。彤管不堪劳柱史，卷阿何事拟仙游？漫言同梦无人戒，也解司晨有客忧。愿把脱簪风折槛，好将磐石固沧洲。"君王看了称赞道："谆谆劝诫，言婉意深，十分得体，不比古代的贤妃差啊！"他又把这首诗传给群臣看，众人都非常叹服，都专门写了表章向君王祝贺。婉兰在宫中住了十多天，虽然和君王十分恩爱，但仍然很想家，空闲之时总是思念父母。君王每次出外巡视，宫中的丫鬟也都跟着一起去，内庭静悄悄的，婉兰更觉得寂寞。隔了几天，旧病又发了。君王非常关心她，亲自料理她的汤药，导致耽误了朝廷大事，为此群臣都写了讽谏的奏章。婉兰也竭力规劝君王以朝政为重，并且说："你忘记过去写韵诗了吗？快出去处理国家大事，不要让群臣责怪我。"君王仍然不舍得离开她，叹息道："意中人实在难得啊！"婉兰看到君王这般钟情，不愿意让外廷群臣讲宫中的闲话，便挣扎着起身，不再卧床了。

君王到外朝处理国事，没想到当天边境就发生了大祸，传送警报的烽火接连不断，朝廷上下顿时布满了愁云。君王带着告急的文书进入内廷告诉婉兰。当时婉兰刚刚病起，见丫鬟正忙着洗锅熬药，就提起象牙笔，展开乌丝笺，准备和王建《宫词》的第二首，即"树头树底歪残红"那首绝句，忽然看见君王回来，急忙起身。君王神色不宁，心事重重，从袖笼中拿出一张奏疏递给她说："我们夫妇二人的缘分为什么这么浅薄啊？！"婉兰大吃一惊，打开奏疏就看，其中大略写道："湖壖守将骨鲠侯臣某，因为邻国大军压境，紧急上书，请求援兵：前不久接到吞舟国来信，信中说：吾王新近得到一位美人，有汉皋游女的风姿，更有洛浦神仙一般的美貌，邻国羡慕，非常想要得到。希望你学汉明帝送王昭君远嫁的榜样，把她送来，否则的话，免不了要兵戎相见了。我因为这封信言辞冒犯出格，就将使臣骂了回去，也不敢把这件事上报君王。现在吞舟国调动全国兵丁，凶恶得像鲸与鲵，庞大像鲂与鲔，鳅与鳝当前锋，鳢与鲭在后都察，而且有擅长舞剑的三千兵士，擅长爬竿的五千兵士，大军过处平地生波，无风起浪。乱纷纷一同拥来，镜湖变成了一团泥浆；黑压压一片，断桥却好像连了起来。我没有任公子钓大鱼的智慧，难以阻止他们的冲击，只是怀有史大夫救国的忠心，忧虑他们会动摇君王的统治。希望君王迅速地定下奇谋，平定国家的危难，千万不要坐失良机，让臣等遭受灾难。"骨鲠侯的奏疏中大多都是这一类乞求救援的话，没有一点克敌制胜的勇气。婉兰看后，小脸顿时红了，皮肤起栗，噙着泪问道："君王打算怎么办？"君王皱着眉头说："我们国家就好像是小溪中的娃娃鱼，如何能够和他们江海中的鲸鲵相比。但是，不管它来势多么凶残猛烈，我宁愿被他们吞吃掉，也不能把我心爱的人舍弃掉，奉送给敌人！"婉兰默默地想了许久，毅然决然地说："我有一句话，君王请不要怪罪。在你看来，我和你的宗庙国家，哪一个更重要？"君王说："宗庙国家重要，你也重要。"婉兰说："你说错了。我在整个国家中，不过是一个女人，和王位的承袭、宗庙的祭祀并没有重要的关系。站在你的位置上考虑，如果最终结果是国家破灭，妃子被别人抢去，还不如舍弃妃子，保存国家。请让我为你抵御强国的入侵，保存君王统治下的一国百姓。我愿意像王昭君那样报答君王的恩宠，为后世留一个坟草不枯的青冢，更能显示女儿家贞节的志气，君王觉得怎么样？"君王听了脸色大变，生气地说："怎么可以说这种不吉利的话！"随即袖子一拂，走了出去。婉兰也不敢再多说了。

没多久，大臣们人心惶惶，纷纷提出辞呈，表示宁愿不做官，也不肯白白送死，言外之意都把战争的责任归罪在婉兰身上。君王没有办法，就和婉兰商量道："敌兵打过来了，怎么办呢？"婉兰回答说："这全是你造成的，我有什么办法！假如听了我的话，舍去夫妻的爱情，敌兵早就退了。"君王看到她态度很坚决，就答应她离开，并写信通报敌国。仍然在藻香殿设宴为婉兰饯行。婉兰对丫鬟说："我不能穿着华丽的服饰去敌国。"让丫鬟取出原来的旧衣服换上。宴席上君王拿着酒杯哭着说："你要走了，以后再也不能像从前那样在一起欢聚。希望你好好侍奉新主人，不要再挂念我。"说完就哭了出来。婉兰却严肃地说："君王怎么能这样说呢？你现在还不理解我吗？为了国家，我才答应前去，只恨不能像虞姬那样自刎在君王面前，来表明自己的忠贞。但是我的心，坦坦荡荡，以后你自然会知晓的，希望你不要把我看成是见异思迁的女子。"君王听了，惭愧地道歉。婉兰讲这番话时虽然言辞神色很激烈，然而已经是泪流满面，倾满酒杯，左右侍从也都哭得抬不起头来。泪眼相对，伤心极了，再也不能喝酒了。婉兰起身辞行，君王要送她，婉兰阻止道："我这次前去，已经丧尽脸面，不能再侮辱国君。"

于是君王停步不前，只命令先前去迎接她的两个丫鬟送她出境，并且说："今日生离死别，心乱如麻。恐怕以后非但没有再见的机会，信也很难畅通。我勉力写了一首诗，给你作个纪念。"紧接着就吟诵说："一曲骊歌送画轮，鲛绡无复梦中春。龙宫亦有毛延寿，又把丹青误美人。"婉兰凄惶地说："昭君和番使人疑惑，我一定要让人们相信我。"当即和了一首，吟道："百结柔肠似转轮，罗衣难忘汉宫春。君王只待香魂返，莫费黄金赎美人。"吟诵完之后跪伏在君王面前，泪流满面，说道："今生我不能再侍奉君王了！"君王挽着她的手道别，伤心极了。婉兰又起身再拜，随后就辞别君王出宫。刚出路门，金甲武士早已驾车等候。婉兰擦干眼泪上车，不敢再回头。两个丫鬟仍骑着小马紧紧跟随。车辆行驶到来时所停留的城郊，大臣们都在那里等着，于是在驿亭中稍稍休息。群臣匍匐而行，上前来道别，并自责地说："我们武将不会打仗，文臣缺少谋略，不能为君王乘长风破巨浪，才导致了强敌压境，使君夫人受到侮辱，死罪死罪！"婉兰客气地慰劳几句，随即提起笔在墙壁上写了一首律诗："故国辞雕辇，他乡怯舞衣。云深宫树远，木尽雁书稀。欲堕鲛人泪，羞随介士旗。惟留香草在，仿取汉明妃。"后边又附了一首绝句："强将眉月渡沧波，肯负当年得宝歌？云雨若归别岫去，画图人面愧如何！"写完之后，群臣争着观看，都感到非常惭愧。

婉兰离开驿亭，不再坐车，改乘一匹小黑马。所有的仪仗随从都打发回去，只留下两个小丫鬟相随，十分凄凉。又走了一个多时辰，好像到了西湖的放生池，穿红衣的丫鬟说："这里已是国境了，我们不敢再过去。请就此告别。"婉兰心中怅然若失，脱下左手上的戒指递给她说："交给君王，请他不必再挂念我！"这时迎面出现了几十个大口凸肚的黑衣人，看见婉兰便跳着叫道："妃子来啰！我们国王整天都在等你。"婉兰这时义愤填膺，也不再顾忌，骂道："你们国王不讲道理，蛮横地拆散我的婚姻，还妄想我嫁给他吗？"随即把自己骑的小黑马交给丫鬟说："马也不能给他们！"话音未落，就纵身一跃，往水中跳去。恍惚中好像还听到小丫鬟的呼救声，但睁开眼睛一看，自己却仍然睡在船上，吓得满身冷汗，原来是一场梦。当时邻居杨夫人和众女伴还在欢宴，身旁一个人也没有，婉兰不禁叹道："这场梦让我清醒了，我确实是个薄命的女子。"于是就产生了跳出尘世的想法。她坐起身子，窗外的红日才略微有些偏西，离她睡下的时间也只过了一会儿。侍女走进船舱，看到婉兰已经醒来，就报告杨夫人，又勉强她再去喝酒。她坐在酒席旁，女伴递来酒，她不喝；拈来菜，她不吃；和她说话，她一句话也不说；和她开玩笑，她仍然没有反应。酒宴还没有结束，一只小船驶过，她就借口说身子不适，一个人先乘小船回家。回到家中，就整天卧床不起。父母问她怎么回事，她因为害羞不愿意讲出实情，只是提出想出家当女道士。父母感到奇怪，便再三地追问她，她才讲出实情。父亲仔细思索她做梦的前因后果，便背诵《诗·小雅·鱼藻》二句道："'鱼在于藻，依于其蒲。'你那天游玩花港时是心中在想着什么，这一定是那条大头长尾的大鱼了。"婉兰回忆过去君王所写的诗文，果然很像鱼类的口气，可是她当道士的志向更加坚定了，仍然一再要求。父亲笑着说："这是梦，你怎么鲢鱼、鲤鱼都不分呢？"婉兰说："是的，这不是真的，但又如何能肯定真的又不是梦呢？并且我既然已经在梦中有了丈夫，自然就不能再嫁人了。"她父亲仍然不同意，婉兰就赌气不再吃饭，直到她父亲同意了才吃。后来去栖鹤观中当了女道士，自己改名为"悟枕"，表示因为枕上一梦才领悟了人生的真谛。从此她整天关着房门，起居都在室中，不见外人，只有闺阁中的好朋友才能偶尔见到她。

钱塘县县令陈公在任上时，他的夫人陆孺人也是福建省中很有才学的女子，很仰慕婉兰，时时去看她，这才了解到她奇特的经历，将它写成《鱼水缘》传奇，至今广为流传。

外史氏说：我以前读汤显祖的传奇《南柯记》，总觉得它太过虚幻，缺少真实感。因为梦是由情产生的，一个人在梦中的哭笑喜乐，都和情相关。婉兰一开始遇见君王时就像苧萝村中的西施，后来被君王宠爱时像汉武帝的李夫人，再后来变为离家去国的王昭君，变为殉情跳楼的绿珠女。梦中所经历的一切欢乐还有忧伤，她都有切身的体验和感受，怎么能说梦中无情呢？因为她有情，所以花港观鱼时有那么一番感想，而一梦醒来之后又能领悟到人生的道理，总的来说没有超出"情"字。因为多情，所以快乐时极其缠绵，忧伤时也非常愤怒。在梦中她感情奔放，不受约束，梦醒时也不特意地加以否定，于是她才能够超出情关，得以达成大道。但如果真的以为"鱼，我所欲也"，婉兰是以身殉鱼，那就大错特错了。

子　都

　　河南某县有一个有怪癖的县令，只爱男色，而且当侍从的差役也只挑选漂亮的青年男子，和自己的妻妾反而疏远了，有时十天八天也不能相见一面，更不用说男欢女爱之事了。大家都觉得他的行为很荒唐。辛巳年时，巡抚命令他去黄河堤岸巡视，他就带了所有喜欢的侍从随行，也不去询问旧堤溃不溃，新堤坚不坚，而是每天都喝酒自醉，和美少年一起欢愉就像信陵君晚年时那样，不接近女人。上司早就对他的放荡行为有所耳闻，多次苦口婆心地劝说，但都没有改变他的嗜好，使他的行为有所收敛。要正式行文弹劾他，却又因为涉及隐私，拿不出确凿的证据，于是便发文让河南布政使吴公把他的侍从差役全都收押，并全换成面容长得十分丑陋的人。迫于上司的命令，县令不得不到河防工地上去查巡，以此来消磨时光。以前每天回到歇宿的地方，看到的是体态英俊眉目清秀的美男子，神清气爽，心情愉悦，可现在睁眼一看却是一些黑脸、麻子、驼背、鸡胸等在左右，让人心情也更加郁闷，和过去一点都不能相比。他本来酒量很好，饮一石酒才能醉，由于心中郁闷，现在才喝一斗就已经醉了。这样一来，风流的河阳县令潘岳就变成了期在必醉的彭泽令陶渊明了。

　　一天晚上，一钩新月高高地挂在天边，闪着银光，看到院里皎洁的月光，他把侍从屏退，一人独自去散步。月色虽好，但只有美酒供饮少了欢乐，他突然发出如此良宵难以排遣的感慨。忽然又听到从竹林中传出嘻嘻的笑声，是女子的嬉笑声。这里是官署，他想或许是应召女郎，既然让自己无心遇上，风流一番也并不是不可。于是便拨开层层的竹枝向里边窥望，只见在竹林深处，两个男孩子在里面彼此撩起裤子，抚摸对方。他见后高兴不已，想悄悄地走近，好一箭双雕，把两个男孩子都抱住。其中一个男孩听到簌簌的竹叶声，知道有人走来，赶紧提上裤子，像兔子一样迅速地穿过竹林溜走了。而另一个却似乎不在意，旁若无人，依然在弯下腰蹲着，等到县令走近时才发觉有人过来，觉得十分羞愧，慌忙把脸捂住，想逃却已经来不及了。县令赶紧拽着他走出竹林，透过朦胧的月色，县令见他大约十四五岁，肌肤白皙如玉，容貌清秀美丽，比女子还漂亮。县令得到一块美玉一样的男子不禁大喜，忍住内心的激动，问那男孩姓名，他低着头沉默不语。县令见他羞涩，又把他拉到自己的房中。他已经很久没有和男子欢好，顾不上多说情话，便要拥着他上床行事，竟然比以前还觉得愉悦，心中更加的高兴。事后，他问道："你这个美少年，曾经有过这样的快乐吗？"男孩听后面带羞惭地答道："不知你还有没有记忆？我是子都，你十世前就是公子寤生，所以我借这个机会和你重温旧梦，而不是为了寻求快乐。"县令觉得他不仅漂亮还很聪慧，对他的喜欢又增加了。晨光破晓，男孩告别道："为不影响你的名誉，我就先告辞了。"从这晚以后，男孩每天晚上都如约赴来，县令和他闲聊周平王东迁以后的事，谁知他都十分熟悉，了如指掌，县令更加确信他真的是子都了。想着那晚另一个逃跑的男孩，又故意问那晚和他在一起的那个男孩，男孩答道："他是申侯，是从楚国到这里的，现在已经回去了。"

过了几个月，巡视堤防的事结束了，县令将要回去，男孩来告辞说："人生分分聚聚，总是别离的时间要多一些。相聚在一起的日子本就不多，现在又要分离了。希望你以后不要再挂念我。"县令想让他和自己一起回去，男孩说："我现在还不能和你一起，明年我会来看你的。"说完便走了，县令也启程出发。这时布政使吴公以为他已经耐得住寂寞，癖好有所改善，便又把他原来的一些侍从差役还给他。回去的路上自然也少不了做那些事情，等回到县衙里时，县令已经被掏空身体，形如枯木了。不久县令便生了大病，卧床不起了。熬到第二年的春天，忽然又梦见男孩对他说："卫灵公那边有要紧事办，现在可以走了！"随即县令就死了。

之后又来了某公继任县令，谁知也是癖爱男色，对某戏班中唱旦角的男孩更是喜欢，人们都议论说他是弥子瑕转世投胎的。

外史氏说：这个县令死后，由于他生前就喜欢臀部，可以把他埋在庭院的后面。以前有个人喜欢用文言雅语讲话，称鸡为鸟，称屙为粪，称捞为取，称坑为窟，其他用语也大致如此。他的仆人丫鬟一说俗语便会被他打，为了避免挨打，讲话时也习惯用文言雅语。一天，一只小鸡掉进茅坑里，一个仆人看见了，赶紧向他禀告说："粪窟中有只掉入的鸟，再不取出就要死了。"旁边的人听后哄堂大笑，口中的饭都喷了出来。实在是悲哀啊！在这个窟中死的人已经有不少了，县令为什么还要如此不知悔改呢？于是戏谑地作一篇文章来祭奠他：这位先生平时非常讨厌潮湿，喜欢干燥。所以背水为营，尝粪得窍。打破玉壶，凭空开出一条鸟道。经过一段时间的酝酿，顿然感到其中有着无限的美妙。就像喝了滋味甘美的美酒，穿过丹灶，直入黄龙，探索奥秘。水火相济，上下冲撞，陆地行舟，前后迴荡。只是亲不到何郎雪白的面颊，嗅不着荀令馥郁的芳香。二人并头，好像颠倒的模样；又因为同属阳性，免不了有些勉强。等到事完之后，算是白白地辛苦一场。不能结成胚胎，完全扔进粪缸。这位先生竟然对此独有癖好，长年累月地不辞辛劳。时间长了，精神逐渐萎靡，即使吃尽人参茯苓之类的大补之药也没有起到任何疗效，突然一命呜呼，吊客来到。妻子儿女，转瞬丢开，满县名花，也撒手抛掉。往日相好的娈童，仍然继续春风得意。而自己的妻室不免伤心大哭，满身穿上缟素，哭哭闹闹。假使留下一个儿子，还可把他抚养成人，如果没有子嗣继承，那又能依靠谁呢？这时可真是到了穷途末路，叫天天不应叫地地不灵了。何况家中也少不了一些狡诈的童仆，借此机会作乱，把财物盗窃。既然如此，这位先生为什么不及早回头，寻找自己以前的妻子和小妾，生时同床，死后共穴，子孙绵延，祠庙中供奉的香火也会一直不断。可是这位先生却仍痴迷不悟，不思反悔，我也白白地为他感到伤感叹惜。哎呀，这可真是悲哀啊！我也只能放下手中的笔笑笑罢了。

大同妓

　　大同的妓院中有一位女子很有艳名，对外自称曾经遇到过一个有法术的异人，能够知道别人前生的事情。某女子便讲述生平经历，问自己到底前生造了什么孽，导致今生堕落成为妓女。异人听后只拿出一个枕头给她，说只要枕着它睡觉就能知道。某女子遵照他的话做了，才刚睡下便觉得自己的身体忽然失去了重量像一片叶子，轻便快捷，又像猴子一样，低头一看，只见身上长满了一寸多长的毛，原来自己已经变成了狐狸。正在得意地跳跃奔跑，忽然一只神鹰飞来，巨翅蔽天，睁着一双犀利的眼睛，在空中盘旋搜索，然后发现目标，一个劲儿猛扑下来，用它的利爪抓碎了狐狸的脑袋，狐狸当场毙命。它的灵魂才刚离开躯体，就被一个阴间的捕快用黑绳子紧紧地捆住，然后带到一幢像衙门似的房子里，已经有十几只狐狸在那。捕快把它们都赶了进去，只见堂上两旁列满了凶神恶煞的衙吏差役，氛围十分严肃。旁边还站着数十名像僵尸一样面色蜡黄、骨瘦如柴的男子，只剩下一双双牛眼似的大眼睛还不时地来回闪动着。它仔细看去，有的人似乎还曾认识，于是便和其他狐狸一起做出可怜的样子，摇着尾巴求饶。不一会儿只听从堂上传来呵斥声道："怪就怪你们勾引害死了某某。现在必须以命抵命。"众狐狸听了，纷纷喊冤，都说是因为某人自己贪色好淫，并不完全是众狐狸的责任，希望判官能从轻发落。堂上的官员思考了许久，才宣判道："某某确实也有罪。就让他来世投胎当鸨母，而你们就当妓女，这就叫各有各的报应。"随后命令行刑的差役用大刀把狐狸的皮割下，鲜血顿时流得满地。它痛得大叫起来，顿时醒了。异人也不再说话，只是要过枕头，独自离开。

从这件事可以推测，当今世上鸨母恶毒地拿着鞭子逼迫妓女卖身而从中获利的行为，实际是报前世被狐狸迷惑而死的仇恨。而现在前世以美色害人的狐狸精成为倚门卖笑被鸨母盘剥的妓女，这不就是报应吗？

外史氏说：妓女也是狐狸精。狐狸精当了妓女，她迷惑人的花样更多了，将来又不知道该怎么偿还这一笔债呢？如果只知道罚迷惑人的狐狸，转世当妓女，那来世迷惑人的妓女又会变成什么呢？这就像见到前面的车子翻了，又听任后面的车子跟着重蹈覆辙。阴间的判官们是不是要为此费尽脑筋了呢？

虢国夫人

唐代安史之乱，唐明皇匆匆忙忙地逃出长安，在马嵬驿时，六军认为是杨贵妃导致，她不死便不肯继续前进，逼得杨贵妃在佛寺中上吊自尽，同时虢国夫人、韩国夫人、秦国夫人也都在战乱中死去。宋代元祐年间，洛阳张生要去甘肃探望父亲，夕阳西下，正好路经马嵬驿，凭吊了前朝的遗迹，并写了一首律诗题在墙上："金屋香消艳色空，可怜羞对上阳东。当年凤舄徒怀恨，此日金车不再逢。虢国蛾眉悲晓月，太真罗袜冷西风。只余行客题诗处，赚得幽魂泪点红。"写完，便离开驿站上路。他急忙继续赶路，赶着马向前，可不久便迷了方向不知到了哪里。只听得有人低声说道："来了一个尖嘴男子。"张生吃了一惊，闻声望去，只见从茂盛的荆棘丛中走出一个体态妖娆的青衣丫鬟，向自己行礼，说道："夫人们承蒙你作诗纪念，思来想去很惭愧没有什么可以报答，就特让我来邀请你过去赴宴，聊作彻夜长谈。"张生问道："你家夫人是谁?"答道："就是你诗中提到的虢国夫人三姊妹。"张生性情豁达，虽然明知她们是鬼，内心一点儿也不害怕，立刻爽快地答应了。

　　走了大约半里路，来到了一幢高门大院前，外观雄伟高大，像是王侯人家的宅院。张生刚走到门口，就有好几个仆人过来迎接，忙着接过马鞭，牵马拴好。青衣丫鬟进入房内通报，很快又出来迎客，张生把衣服又整理了一下，随她进去。只见一道道的门墙，到处都点着巨大的蜡烛，火色发青，与人间的东西不同。最后来到一座宽敞的厅堂，珠帘低垂，香雾轻飘。青衣丫鬟又先进去禀报，之后才请张生入内。堂上已经摆好了四张宴桌，两个美貌女子已经入座，一个穿着碧绿色的锦缎，大约四十岁模样，风姿犹存，另一个年龄小很多，穿着藕色的短衫，面貌十分清秀漂亮。她们都用一条绸巾围着颈项。青衣丫鬟向张生介绍说："这就是秦国夫人和韩国夫人。"张生接连两拜为礼，夫人们也行拜还礼。夫人再三逊让，张生才入座，侍女随即捧来香茶供张生品茶，张生喝了，只觉得顿时神清气爽，茶味特别清香。喝完茶，秦国夫人首先说道："自从遭遇天宝之乱后我们姐妹就一直住在这里，虽然早已经改朝换代，世事变迁，但多亏有当地主人的照顾，我们几个也不感到寂寞。刚才恰巧看了你写在驿站墙上的诗篇，忽然又烦闷起来，所以委屈你到这里来一叙，还请公子不要见怪。"张生谦逊地答道："应该是我多有冒犯，我胡乱写了首诗，还请夫人莫要往心里去，今天你们的盛意邀请，实在让小生感激不尽。"张生还在谦谢，韩国夫人却略带嘲讽地说："诗是写得不错，可为什么诗中没有我们二人?难道你是被张祜那首'虢国夫人承主恩'的诗所迷惑了吗?"秦国夫人也笑道："佳客已经来了，他的意中人怎么不出来见一见呢？一定是忘记了。"立刻命青衣丫鬟快去请虢国夫人，又对张生说："她可能是因为你诗中有'金车不逢'和'蛾眉晓月'的句子，觉得羞涩，不好意思出来见你。"张生笑道："这正是我羡慕她的说法，夫人难道不理解吗？"

张生话还没有说完，一阵香风从屏风后袭来，虢国夫人已经到了。她穿着一身洁白的衣衫，颈上也像这两位夫人一样，用红绸巾围着，见到张生后便含羞地拜了两拜，然后以袖掩面，沉默不语。张生抬眼望去，果然是古人诗中所描写的模样，肌肤白皙，双眉淡描，风韵天然，不禁看得出神了。秦国夫人见状赶紧请张生入座客席，她们三人坐在主席相陪。侍女奉上玻璃杯盛的酒，酒清摇曳，和酒杯相碰撞发出好听的清脆声。韩国夫人对张生说："这是西凉产的葡萄酒，公子品尝一下看如何。"接着有十多名梳着双鬟、穿着鸟羽制成的衣服，发上插着桑枝的女伎上来，一时萧瑟和鸣，声音悦耳醉人，也不知到底是什么乐曲。虢国夫人这时才开口说话："这是《霓裳羽衣曲》的第二叠，是我从玉环那里要来原谱，又花费了许多心思，才把她们几个教会。谁知还没有机会好好演奏，就遇到安禄山突然叛乱，从此就再没有演奏过。今晚为你表演，我听了心里仍然非常伤痛。"说着眼泪也流了下来。秦国夫人劝止她说："阿妹你不要太伤心，否则客人也会跟着难受。我听说唐明皇在沉香亭赏牡丹，青莲学士李白应诏写了《清平调》三章，配上音乐，弹奏起来非常动听。今天晚上难得有此机会，不如把公子的诗作也谱入曲中，这不又给人间留下一段佳话吗？"虢国夫人觉得此法甚好，连声称妙，便把张生的诗写出来，交给众女伎。一会儿乐声又起，唱的就是张生壁上的诗句，音韵哀婉，大家都不禁鼓起掌来。奏完一遍之后，虢国夫人已喝了不少美酒，此时双颊红晕，眉目间神采奕奕看向张生，似乎对张生十分有情。韩国夫人觉察到了，便说："既然张生作诗赞赏阿姐的蛾眉，不知阿姐如何报答啊？驿站墙上的诗，不就是御沟中传情做媒的红叶吗？"说着笑着站起来，把二人拉坐在一张桌子旁，并拿一个大酒杯强迫张生与虢国夫人一同喝。秦国夫人看了也不禁大笑起来。两位夫人又命侍女用绛纱灯笼引张生和虢国夫人回到卧室，然后各自散去。张生早已经痴迷虢国夫人，情意绵绵，此时和虢国夫人在一张床上相拥而眠，"角枕粲兮，锦衾烂兮"，内心的快乐无法言喻。稍息，虢国夫人叹气道："以前崔家千牛被妖婢所诱惑，明皇对我说：'为什么她要私藏男子？'没有想到今天我也重蹈覆辙了！"

鸡鸣破晓，天色发白时他们才起身穿衣，忽然外边传来喧嚷的人声，只见青衣丫鬟神色慌张地跑进来说："将军来了！"虢国夫人立即吓得香汗淋漓，不知所措，赶紧让张生到门外去躲一躲。张生慌忙地刚一出门，便见一人怒吼着闯了进来，他的头像没有角的龙，身体像野猫，目光犀利如电，赤裸全身，长满了白毛。张生躲在短墙后，被眼前的怪物吓得大气也不敢出，又听见室中怒吼道："想不到你竟是那么放荡的女人！枉我可怜你们把你们收为姬妾给你们依靠，我真是瞎了眼了！今天不杀了你，我定不会罢休！"随即只听到虢国夫人不断啼哭求饶的声音。张生此时心中不忍，便大叫道："请不要伤害夫人，大丈夫敢作敢当，我一人承当罪责！"话音未落，只听见砰的一声巨响，山鸣谷应。转眼间什么院宅、美人、怪兽都没有了踪迹，只见松阴遍地，鸦鹊鸣噪，东方已露出了半轮红日。

张生十分惊诧，远远听到萧萧的马鸣声，循声找去，自己骑的马还在，便骑上往回走。遇见当地的百姓，打听这里是什么地方，原来正是杨国忠全家被埋尸的地方，想起刚才的事情不由得胆战心惊，赶快上马离去。

外史氏说：自古以来在有名的美女死后都会流传她的风流韵事，这也是人们聊天谈笑的对象，但像虢国夫人这样多情的女子却没有，这就好比渔人把小鱼网上来，却漏了大鱼。现在我听说的这件事，就能够证明虢国夫人在死后也是一个多情的女鬼，所以趁着记忆仍在，赶紧记下来，为以后的各家笔记小说作补充。

姜千里

福建有一个武举人，叫姜骧，字千里。此人把钱财看得很轻，而且为人仗义，爱打抱不平，因此乡里人们对他十分尊重。但是一些无赖之徒恨透了他，只因为畏惧他勇武有力，所以不敢放肆作恶。姜骧因为觉得自己武艺高超，也不把他们放在眼里，对他们也不加戒备。一天，他在门口遇到一位相面的人，对他说："你将遭遇三件飞来横祸，还是赶快想法躲避一下。"姜骥平时就不相信命运，听后笑了笑，也没放在心上。相面人惭愧地离开，叹口气道："真是可惜啊！能打过万千之人的勇士如今却要被一些狐鼠之辈暗算。"旁边的人听他这么说，面面相觑，没理解话中的深意。

过了不久，有一个小偷半夜翻墙进来，偷去了几件银器。家人发现后赶紧告诉姜骥，姜骥气愤地说："好大的胆，他们竟敢到我家来偷东西！"准备彻查明白，但一时还没有抓到小偷。不久，他的姑母带夫妇二人来，说是想投靠他家当奴仆。姜骥看男的长着一脸络腮胡子，像个兵丁，女的也身强力壮，腰圆臂粗。问他们的名字，答说男的姓吴，在家排行第四，妇人姓马，是山东济上人。两人因为家乡正在闹灾荒，逃难到这里，碰巧随身带的钱都用完了，所以想找户人家做帮工，只求能填饱肚子，没有其他什么想法。姜骥对此没有丝毫怀疑，便把他们留了下来，还给男的改名叫吴吉。其实两人的身份都是江湖大盗。这两个男女，故意做事装出勤勤恳恳、十分卖力的样子，姜骥看后十分满意。十多天之后，姜骥突然觉得身体有些不太舒服，晚上早早就休息了。半夜被吵吵闹闹的打斗声惊醒过来，只见火光照亮了窗户，人们都在喧嚷呼喊。问手下出了什么事，说是姓吴的仆人在院中和强盗打了起来，姜骥打算前去帮忙，他的妻子怕出事，急忙劝阻他说："半夜乱哄哄的，你一个人前去太危险了。"一会儿一阵急促的敲门声传来，只听有人叫道："我丈夫受伤，快要死了，主人怎么还在睡觉？"仔细一听，是吴吉老婆的声音。姜骥听她这样一说，顿时感觉羞愧耻辱，披衣起身，黑暗中随手摸了一件兵器，就要开门出去。妻子仍然担心进行劝阻，但他不听。走出门外，看见吴妇拿了一根棍子站在门口，对姜骥说："主人你在前面走，我和你一起去打强盗。"姜骥听了还深深佩服她的勇敢。走到院中一看，只见吴吉被十几个强盗狠摔在地上，拳打脚踢，正在狠命地毒打。姜骥见状拿着兵器立刻冲上前去，喝道："住手，你们不认识我姜千里吗？"话还没有说完，只感觉脚踝被一样东西狠狠地打下，顿时倒了下去。姜骥并不知道是吴妇在后面偷袭的。强盗们见状立刻围过来按住姜骥，往死里打，直打得他体无完肤，但姜骥强忍着疼痛，一声也不出。众强盗一边打还一边嚷道："你就是大名鼎鼎的姜千里吗？怎么这般没用！我们本可以和你井水不犯河水，可你却偏偏要多管闲事，一再让我们没有退路！"姜骥这时才明白他们是为报仇来的，更加不说话了。强盗们在灶上烧起熊熊烈火，准备用烙铁来烙烫。他妻子知道后很害怕，赶紧派别的仆人拿银钱去赎人，一连去了三次才满足了强盗的要求，拿到钱后强盗们就纷纷离开。而这时姜骥已经昏死过去。他妻子正要叫人去帮忙搀扶，吴妇一个人就把姜骥背进房内，放在床上，然后说："你好好照顾主人，我去看我丈夫，看他是否还活着。"说完匆匆离去，姜骥的妻子十分感动。不久姜骥醒了过来，还能开口说话，全家又深感庆幸。第二天，派人看望吴吉，他也躺在床上，但实际上并没有什么痛苦。姜骥夫妇都相信他们是忠实可靠的，赏给他们不少酒食药物。偶然听到别的仆人怀疑他们，姜妻就生气地斥责道："她一个妇人在危险时刻，能不顾自己的丈夫而先照顾我的丈夫，而且又有谁家的妇人愿意把别人家男子背在身上？"从此对吴吉夫妇更加优待。姜骥伤稍微好了一些，害怕乡里间嘲笑他，所以闭口不谈家中被抢的事，也不让家中人叙说。又过了不久，身体就又恢复到了从前。而吴吉康复之后，晚上经常出门，口袋中的钱越来越多，出手十分阔绰，仗着姜骥的保护，别人也都不敢多加议论。

第二年，姜骥将去京城赶考，认为其他仆人没有用，只带着吴吉和两名书僮一起前去，把吴吉看作最可靠的人，把行李中成千的银子和无数的绸料，都交给他看管。姜骥腰中带着弓箭，骑着骏马，非常神气。走了还没有两天的路程，到了某县的郊外，那里林深地僻，很少能看见行人的踪迹，姜骥担心遇上强盗，对吴吉说："前边的路况危险，我们要快马加鞭赶过去。"吴吉不在意地笑道："主人今天怎么胆子变小了？我很熟悉这条路，哪来的强盗。就是有，难道我们主仆二人不能对付吗？"姜骥听了他的话很高兴，便按着马辔慢慢地前进。夕阳西下，草丛间忽然传出了阵阵呼啸声，越来越近。姜骥吃惊地看去，只见几十个盗贼从两侧蜂拥而来，都骑着马，穿着一色的紧身衣，戴着宽斗笠。为首一人开口说道："姜骥，你想顺利地到京城去应试吗？那就赶紧交出你包袱中的一千两银子，否则，你就像砧板上的肉，只有死路一条！"姜骥听后气愤不已，从箭袋中抽出箭，搭上弓就要射去。箭在弦上还未射出，一支从身后射来的利箭，像飞鸟一样直穿他的左臂。姜骥顿时感到一阵钻心的疼痛，手中的弓，掉了下来，对面的盗贼哄然大笑。姜骥回头看去，只见吴吉提着弓，驾马飞奔而来，远远地向群盗高呼道：

"大哥们今日不费力便收获成功，为了这个姜骥，我可是费尽心力啦！"众盗贼都向他表示感谢。这时姜骥才明白原来这一切都是吴吉的阴谋，为吴吉的背叛气愤不已。但考虑当时的情况，自己已不可能决斗过他们，便不顾行李，调转方向，以迅雷不及掩耳之势向来路飞奔而去，众盗贼在后面紧紧追赶。姜骥的马跑得飞快，众盗贼一时追不上，便瞄准他的背脊纷纷乱箭射来。姜骥哪还顾得上箭伤，拼命策马奔跑，虽然没有从马上掉下来，但背上已像刺猬一样插满了箭。众盗贼见姜骥跑远了，只得叹着气返回，把他的财物行李以及两个小书僮统统抢走。姜骥骑马飞奔了十多里，马也受了重伤，支持不住，突然跌倒，姜骥未预料到，也猛地被摔在地上，箭伤溃裂，顿时鲜血汩汩流出，染红了整个脊背，之后失血过多昏迷过去，不晓人事。

昏迷中模模糊糊好像听到一阵急促的马蹄声，好像有许多人骑马过来。姜骥猜想又是盗贼追上来了，只能感叹自己的大意。来人走近，他见其中一人戴着乌纱帽，穿着华贵的袍服，被身边的人簇拥着，威势显赫，好像是个贵官。那人见姜骥卧在路旁，便问仆人道："他是谁？"仆人近前一看，惊道："这是姜举人，估计是遭遇强盗抢劫，死在这里。"那人说："姜举人是当今像郭解一样的侠士，阳寿并没有耗尽，现在他还不能死。"说着便从怀中拿出药交给仆人。仆人下马，将姜骥背上的箭一一拔去，然后脱去衣服，为其上药，喊道："多亏本县城隍老爷把你救活啦！"说罢，跳上马疾驰远去。这时姜骥突然醒来，背上不过稍有背着带刺的东西的那种感觉，已不怎么疼痛。侧过身仰望天空，只见天空中繁星闪烁，已到了下半夜，于是赶紧站起身，将衣服穿整齐，见马已死去，便踉踉跄跄地向前走去。

又走了一里多路，远远看见前面有灯光闪烁，好像来自于人家，便赶紧走过去。走到了跟前，果然看见几间茅屋，屋中有好些人在说话，而其中一人的声音非常像吴妇，只听她大声说道："那个女人死活不肯答应，我一气之下把她杀了，这就是她的首级。"又说："今日留下活口，以后一定后患无穷。你们为什么不追到底？"听到这里，姜骥知道这就是伤害自己的仇人的窝据点，并且他们还把自己的妻子残忍地杀害了，心中充满悲伤和愤慨，不加细想，拔出腰间仅剩的一把剑，踢开门便闯了进去，呼道："你们这群毛贼实在是太残忍了！"众盗贼受到惊慌以为他寻来报仇，正准备逃走，但看他只是孤身一人，便又胆大地围了上来。姜骥奋力杀了一人，因为刚受过伤，抵挡不住这群盗贼的联合攻击，不得不扔了剑逃走。众盗贼黑夜里摸不清情况，也不敢远追，都回到茅屋里去了。

姜骥拼命逃出几百步远，看见一个竹篱围成的小院子，穿过竹篱，只见草堂内灯火还没有熄灭，主人正在夜织。姜骥喘息还没有平复就听到屋内传出话来说道："你是小偷吗？夜已深啦，我的宝剑不想再沾染血迹，赶紧走吧！"姜骥觉得这话讲得很有气势，便向主人求诉道："我不是小偷，因在途中遇上盗贼，受伤流落到此，还请不要见怪，希望能在这里借宿一晚。"屋里人听了自语道："什么人我都不怕，既然他说急难相投，那就让他进来吧！"姜骥听说话语调轻柔，好像是女子的口吻。门开了，果然见是个二八妙龄少女，请他快进屋。踏进房内，姜骥见四周墙上都挂满了山獐、野鹿的皮革，心想主人是猎户之家。少女开门后又坐在虎皮上继续纺麻，灯光照耀下只见女子面貌清新秀丽，神态清朗，看上去很有威严和气势。问她的姓名，她回答说："我姓顾，小名阿惜。母亲出外到现在还没有回来，所以独自在家纺麻等待，不然早就熄灯睡了。"接着对姜骥说："你的脸面是人的模样，可是你的脊背就好像是刚被剥去皮的猪，伤口那么多，那么深，你还命大地活着，实在让人匪夷所思！"姜骥把自己的遭遇详细地说了。少女听后也不禁气愤，咬牙切齿地说："如果不报此仇，不把这些人的头砍下来作饮器，实在难解心头之恨！"又问姜骥是干什么的，姜骥答道："我是武举人。"少女听后大笑道："武科举人都不能制伏强盗，那么拿笔的秀才如果遇到会更惨吧？"姜骥听出少女的话意更觉得惭愧不已。少女又说："本来我打算现在就去替你报仇泄恨把这伙强盗杀了，但正好老母不在家，没有得到她的同意，我不能随便就去。既然你伤势那么重，不宜挪动，就先在这屋里睡下，我到别的房间去等候母亲。"便把虎皮铺好，请姜骥睡下，自己拿着灯离去。

姜骥实在是疲惫不堪，一觉就睡到了天亮。醒来时忽听院中有人喊道："阿惜儿赶快把它的皮剥了，这个泼毛团害得我忙了整整一晚上。"像是壮年妇女发出的声音。妇女随后推门进屋，看见姜骥后大吃一惊，嚷道："虎儿这个小妮子，竟然在家里面藏男人，看我不教训她！"厉声呼唤少女过来。姜骥知道她是在疑心自己和少女有私情，便坐起身，转过身把背上的伤给她看，并讲述了自己的遭遇，妇人这才又放心地笑了。姜骥看她状貌魁梧，大约四十岁年纪，和一般女子不同，特别是眼睫毛特别长，与众不同，便恭敬地向她行礼，妇人也依礼答拜。姜骥走出屋子，果然在廊下看见一只死虎，而少女此刻正口中衔着刀，双手在用力剥皮。他为女子的魄力感到十分惊诧和佩服，便询问是在哪里打来的。妇人说："在西北山中，等到半夜才打着。"姜骥知道那个地方很远，想着妇人竟然背着死虎走了一百里地，心中更加钦佩。转念一想自己孤零零的一个人，不能顺利报仇，就想请求这两位女中豪杰帮助，于是试探地说："这里山深林密，远离闹区，虽然住在此处不用担心受到野兽的伤害，但伯母住着不也是很寂寞。我家祖上留下一间很大的宅邸，如果你们愿意搬去的话，我来承担伯母的一切柴米油盐，也省得你们遭受半夜打猎的辛苦。您认为怎么样？"妇人微笑道："即使你不说，我也有这个意思。刚才我进屋，见你睡在床上，以为是轻薄男子在引诱我的女儿，十分生气。后来看见你背上的箭伤，才放了心。只是我的女儿还小，不能担当家事，所以我白天出去，晚上不论多晚也一定要赶回。现在我打算把她托付给你，这样我也就可以一个人自在地来去在山谷间，不知你是否愿意接纳她？"姜骥听她提及婚姻，又不禁想起亡妻，难掩泪水，说："伯母的好意我本不应推辞，但我的妻子刚刚因为坚贞不屈，被强盗残忍杀害，死了还没有几天，现在我怎么忍心谈续弦的事呢？"妇人听后沉默不语，随即闭上眼睛，隔了一会儿又笑道："你是不是弄错了，尊夫人现在好好地在家里，你怎么说出这种不吉利的话？"姜骥坚持说他亲耳听见，不会错，妇人说："好吧，你且先回去，假如尊夫人真的如你所说死了，那我就不送女儿到你家。"话还没有说完，少女红着脸气愤道："妈，你别啰里啰唆地烦人，我就要跟你在一起住，我才不愿意和这样一个没本事的男人一起，而且还要和别的女人争风吃醋！"妇人斥责她不懂事，少女这才住了嘴。姜骥半信半疑，不得已按照女婿见丈母娘的礼节重新参见妇人，妇人高兴地拿出新的衣服给他穿上，又把打来的老虎肉当饭。饭后妇人嘱咐道："你先回去看看，如果你原先的妻子还在，我这就把女儿送来。"姜骥还是不太相信，拜别后便赶着回家。

走了一天一夜姜骥才到家，脚后跟都走裂了。进了家门，见仆人们举止和往常一样，好像这段时间没有发生什么事，见到主人回来，都大吃一惊。姜骥急忙问道："夫人在家吗？"仆人答道："在里边。"走到里边遇见丫鬟，又问她们，丫鬟答道："在屋里。"姜骥进屋，妻子和阿惜正相对坐着聊天，见姜骥进来，便站起身迎向前来，说："伯母已将新娘送来，我知道你就要回家。虽然这一次碰上危险，但幸好能够安全回家，这真是又可悲又可幸啊！"姜骥才相信妇人的话，又问道："家中难道一点儿事也没有吗？"他妻子摇摇头，细述了别后的经过。原来他妻子有一个亲信的丫鬟，专门掌管着库房的钥匙。她和男仆某结婚，并怀了身孕，姜骥出远门后，为了更好地看守库房，她就让她与吴妇二人晚上在内院睡觉。吴妇便使尽方法引诱这丫鬟，让她把主人家的财物偷出来两人平分，然后逃往别处。丫鬟念及主人大恩不肯同流合污，吴妇一怒之下便将她杀了，然后取过钥匙，把库房中的奇珍异宝都偷去了，连夜逃走。天亮后，他妻子呼喊丫鬟，见没有人回应，便四处搜寻，结果找到了丫鬟的无头尸体，而吴妇已经不见踪影。妻子害怕不已，赶紧报官，官府限期拘捕，到现在仍然未抓到窃贼。姜骥听妻子讲了情况，这才明白那天晚上在门外听说什么"不答应"，原来是为财物，而不是为强奸；死的是丫鬟，而不是主人。姜骥了解了事情的来龙去脉，总算放了心，接着也讲述了自己的遭遇。全家听后为之震惊，这才知道吴吉和他的老婆马氏的真实身份，都是江洋大盗，以前上了他们的当。

姜骥决心要复仇，准备到县衙门去控告他们，少女并不赞成，毅然地说："你认为这帮官差能办得了事？还是让我改装前去，不出十天，一定能抓住全部的强盗。"姜骥知道她的本领，所以没有反对，他妻子却担心地劝阻道："妹妹是女孩子，怎么能做这种事？而且马上就要成亲，要等办了喜事才能走。"少女笑道："姐姐，我这就是要在办喜事前去，回来还可以证明身子是清白的。如果结了婚再去，风言风语，谁还能相信呢？"到了晚上，少女便不见了踪影，可是门户都关得紧紧的，没人知道她是怎么出去的。众人对此十分惊诧，姜骥却不在意，并问妻子她是怎么来的。妻子说："自从丫鬟死后，人心惶惶，都不知该怎么办才好，又不知你是死是活，甚是挂念。昨日一早，忽然在门口停了两辆轿子并对仆人说：'你家官人回来了没有？新娘子到了。'我出门查看，就见到她们母女俩。她母亲先说明婚约，然后很详细地讲述你的情况，而且说：'官人马上要回来了，我就把我的女儿托付给你了。'说完就走了。我也不明白她们是从哪里来的，正在疑惑不已，这时你就回来了。"姜骥也把她们母女的奇事讲给妻子听，并说："她是个侠女就像古代红线女一样。她既然去了，那么我们的仇一定能报！"

果然在五天后的晚上，少女带了两个书僮，背着两个大皮袋回来。进入屋内笑道："总算圆满地完成了任务，坏人也全都被杀了。"然后打开一个大皮袋，里边装着吴吉夫妇的脑袋和被劫走的丫鬟的头颅。姜骥惊问她是怎样报的仇，她说："我改扮男装后，当晚就离开这里。先和这些毛贼套近乎，摸清他们的底细，原来这都是些乡里中的无赖，过去和你有仇，并不是什么惯匪。只有吴吉夫妇是大盗，以前一直住在山东济上一带，以盗魁出名，号称'吴一椎''马娘子'，十分残暴。近来因为被当地追捕得紧，所以逃到这里。乡里中的无赖都跟着他们，这才策划到你家当仆人作内应的计谋，让你吃尽苦头。我查清真相后，开始并不知道吴氏夫妇藏身之处，便亮出剑术，假装要投靠他们。他们十分高兴，就派人带我去见吴氏夫妇。来到一处坟地，吴吉和马氏正在和这两个书童喝酒，我便挥剑杀了三个强盗。这两个书僮一再申辩是你的随从，我这才把他们带了回来。不然的话，估计也早已被毙命。"两个书僮在一旁也竭力夸说少女的神勇，众人听了好奇不已，都想看看女子的容貌。只见她长得姿色貌美，虽是一个闺阁中的弱女子，竟然有着如此高超的、惊人的武艺，大家都充满了佩服之心。少女接着又打开另一个大皮袋，里面全是珠玉宝贝，家中被盗的珠宝，还有强盗的积蓄都一起带了回来。众人见状更加开心了。姜骥想把吴吉夫妇的脑袋交到官府，并申报他们手下小贼的姓名，少女说："你最好不要让外人知道有关我的事。而且通过这次教训，你也要少结冤家，给他们留个后路。"姜骥听了觉得有道理，便不再报官，只是用三个强盗的脑袋去祭奠被害的丫鬟和那匹被射死的马，然后埋在粪坑的旁边，说："这就算把他们的头颅当便壶吧！"两天后，乡野中有人报官，说在某村发现三具无头尸身。官府以为他们三人是被强盗杀的，却不知道他们就是真正的强盗。至此姜骥才和少女办喜事成亲，洞房花烛之夜，少女笑着向他问道："假如一开始我听从姐姐的话，先和你结婚，再去报仇，那我到外面去了几天才回来，你会不会猜疑？"姜骥更加佩服她的聪明机智。

这时已是初秋了，离武举考试的日子已经很近了。姜骥认为时间太紧迫，便不再赶去京城应考。他派人去探访顾母，却什么也找不到。问她的女儿，少女也红着脸不说。几个月后，姜骥偶然地经过邻县，遇到一个姓顾的，便向他打听顾母的下落，并说她女儿小名阿惜。那个人惊奇地说："她是我的堂妹。曾经我的叔父在山中打猎，遇上一个睫毛长长、容色貌美的女子，也很英武。我叔父对她十分喜欢，便将她带回家，结为夫妻。一年以后，生下一个女儿，就是我的堂妹阿惜。可是后来亲属中有人一直在背后讲闲话，对女子指指点点，女子大怒，变为一头野熊，背着女儿跑了。这已是十多年前的事了，算起来阿惜今年应当有十七岁了，你遇见的是否是她？"姜骥见他说的情况完全吻合，十分开心，便邀请他到自己家，以兄妹之礼和阿惜见面，阿惜也承认了事实。从此阿惜与父亲家有了联系，也时常回去探看，姜、顾两姓竟成了姻亲。

姜骥自从受了这一番挫折教训后，便不再与人争强斗胜，也很少管别人的闲事。旁人听说他家中有剑仙，也不敢来招惹他。这事发生在前明天启五年，本朝开国之后，姜骥还活着，头发和胡子虽然已经都花白了，但是神采奕奕，精神十足，常对人说："一定要认真阅读《马援传》。"

外史氏说：司马迁的《游侠列传》，误导了多少有血性的男儿，最终却比不上马援"画虎不成反类犬耳"这一句话，如佛寺的晨钟，禅师的棒喝，使人猛然清醒。姜骥年轻时喜欢管闲事，屡受挫折，如果他没有遇到仙人，估计真要成为可怜的小狗小猫了。连武艺高强的姜骥都无法避免这种挫折，更何况其他不如他的人呢？

画　廊

以前有几个走远路的旅客，偶然地经过一座废弃的寺庙，便到里面稍稍休息一会儿。进去后，只见院墙、大殿都已经倒塌，佛像也破败得不成样子，而两边的画廊却丝毫未受影响，依然完好如新，细看，图画精致生动，像真的一样，但内容却十分诡异。众人依次看了一遍：有骑着老虎而打扮得非常妖娆妩媚的美妇人，也有身穿艳服、对镜梳妆打扮的女骷髅；有的女子正在挖缚在铜柱上少年的心肝，还有的把男人摔在火床上，拿着烧红的铁正在烫他的手脚；有的女子拿着金光闪闪的金针刺丈夫的眼睛，还有的拿丝线缝丈夫的耳朵；有两个女首蛇身的妖怪双双纠缠一个男子，也有两个狮面狼牙的大汉正为了追逐一个美丽的女子而争吵不休。像其他剥皮吸髓、挖肉舐疮等画面还有很多。凡是壁画中的男子大都俯首帖耳，甘愿忍受各种痛苦，而女子都是脸上神采奕奕，洋洋得意。整个壁画错综复杂，琳琅满目，没有一丝空白的空间，也不知是出自什么人的手笔。

旅客中有个好奇的人想了解这壁画到底是怎么一回事，便向他旁边的一个读书人询问，读书人答道："这座破庙听老人说已经有一百年的历史了，我出生晚，也不了解详情，只知道这座庙建于前明正德年间。这座庙的创建者是被人们称为空上人的一个和尚。他向县中的大族募集资金，花费了整整三年时间才完工。寺庙建成后，他又亲自绘了壁画，但见过这些壁画的人都皱眉头，所以庙里的香火很冷落。众和尚见状都纷纷埋怨上人，上人感叹地说：'迷惑的人到如今也不能醒悟，白白浪费了我的苦心。老衲我也是受害者，所以用笔代舌，向人们详细说明其中的利害，可是人们竟然不予理会，我又能怎么办呢？'众人因为他身为和尚，却说自己深受其害，都感到好笑。上人说：'你们这是在怀疑我吗？我作这些画，当然是有原因的。三世以前我曾是一个奉公守法、办事清廉的官员，只可惜喜欢女色。又因为受一个宠姬的迷惑，把一个应判死刑的人误放了，最后被罢了官。回到家乡之后，又因为听她的话，硬要出面干涉一件官司，结果丢尽颜面。虽然我内心十分埋怨她，但只要她在我面前一撒娇，我又会对她百般听从，到死，我也没能醒悟过来。转世后我成为一名书生，喜爱一个邻家女子，她也对我情意绵绵，百般挑逗，渐渐地我便和她有了私情，两个人每天晚上都睡在一起，男欢女爱，导致身体亏虚，得了痨病，从此卧床不起。开始时我和她还有情书往来，可是后来不等我死，她便早已另嫁别人，我也因此含恨而终。今世我当了和尚，年轻时并没有出家。一次跟随父亲走南闯北，在路上突然遇到一个女鬼，死缠住我不肯离去，导致我油枯灯烬，身体骨瘦如柴。幸亏这时碰上我的师父，给我吃了药，才让我免于被害。之后师父又作法借天上惊雷震女鬼，才让她露出骷髅白骨的原形。这下我才彻底醒悟。随后跟随师父苦修三十年，在禅定之中，我前世的经历不断在脑中翻阅。因此我才有感而触，作了这些壁画，把它看作是渡过爱河的宝筏，超脱欲海的桥梁。你们既然对我怀疑，我也不必留在这里了。'说罢便把众和尚散去，用锡杖挑起个瓦钵，便要离去。临行前，他舀了一盂水，用口喷向两侧的画廊，祝道：'一座寺庙，能经住百年风雨的考验；两廊画壁，应当会历千载而不毁。人如果不自己及时回头，画也不起作用。'祝毕便飘然地走了。他走后，有别的和尚想翻修寺庙，打算把两侧的壁画毁去。可是即使锹锄轮番毁坏，画壁依旧坚硬如铁，岿然不动。他们又想了许多办法都不能毁掉这壁画，只得放弃了翻修的计划。到今天又过了一百多年，画壁仍然完好如新，这是不是冥冥之中佛法显现威灵了呢？"

众旅客听了读书人的话，感慨不已。离开庙门时，天已经渐渐黑了，便立刻动身赶路。他们再没有经过这个地方，也不知道这两廊画壁最后的结局。

外史氏说：自古红颜祸水，女人特别是美貌的女子往往会带来各种大的灾难。我翻阅历朝的史籍，也常常为此感到寒心。对一个国家来说，女色之害影响很大，而对个人来说，影响稍微小一些，但迷恋女色会使人丧失名节，严重的会因此丧失生命，一定要谨慎对待女色。我的家乡有一户大家，家产数万，土地富饶，只是人烟不旺，代代单传。传到某人时，从小父母早死，亲族都欺负他，幸好家里的老仆人夫妇对主人很忠心，把他抚养成人。十六岁时，便替他成了家。妻子是一个很漂亮贤惠的女子，小两口的感情也很融洽，也不免床笫之间频繁。看着他身体一天不如一天，瘦弱憔悴下去，老仆人很是担忧。甲午年的夏天，某人得了流行病，情况危急，老仆人为他请来名医诊治。服药后出了汗，名医叮嘱道："郎君本就气虚不足，后天又亏损过度，现在发了大汗，真元已经丧失得差不多了，从今以后一定要戒绝色欲，病才能治愈，否则后果不堪想象。"老仆人遵照医生的嘱咐，请主人的妻子到别家暂住，自己亲手料理汤药，悉心照顾，三天不到，果然某人便能挂着拐杖起身了。但某人正当壮年，受不了孤苦的寂寞，不顾医生的警告，日夜思念妻子。起初只是自己独自长吁短叹，后来便发脾气、大吵大闹，自作主张地要派人把妻子接回来。老仆人极力劝阻他，他便不顾情面怒斥道："你要拆散我们夫妻吗？"老仆人没有办法，只得把主人的妻子接回家。又怕出什么问题，便让自己的老婆陪在房中，实际是看守他们。晚上在卧室中设了两张床，让主人和妻子分开睡，老妇人点燃蜡烛，静静地坐着，连眼睛也不闭。这样过了三个晚上，由于被看管得很严密。某人找不到任何机会放纵，便和妻子商量一计，买来好酒割了一大块肉，犒劳家中的仆役，尤其力劝老妇人喝酒，把她灌醉，使得她醉得昏昏睡去。等老妇人醒来才知中了圈套，发现某人与妻子已经同床合欢了。她又一再劝诫，二人才分床睡下。谁知天还未亮，某人的病就又复发了，而且情况更加危急，两个眼睛直往上翻，脸色苍白如纸。老仆人赶紧把名医请来，把脉后大惊道："这是房事过度劳累导致内生邪风，救不活了。"药方也没开便叹息离开。老仆人不敢责备主人的妻子，只是骂自己的老婆："我叫你看好主人，怎么会到这个地步呢？"说着狠狠地抽打老婆，连血都打出来了。某人一直不能起床，第二天便死了。族人瓜分了家产，妻子也改嫁他人。后来老仆人每当谈起这件事便痛哭流涕，充满愧疚地说："我对不起老主人，使老主人断子绝孙！"旁边的人听了无不为他难过叹息。又有某人姓宋，在家排行第六，在州郡当仆役，替别人奔走了许多年，对京乡的老婆孩子不管不顾。到了六十岁时，他拿出自己的积蓄，又讨了个小老婆。不到三个月，眼睛就瞎了。这时主人也辞退了他，周围人也都看不起他。一年之后，生活穷困潦倒，住在一间简陋的小房子中。仆役们编了一句顺口溜："六娘子不狂，六阿公不盲。"这件事也成为人们饭后的笑谈。这两件事，都是我近来听到的，所以我把一段《论语》改几个字，作为训诫："及其病也，血气未复，戒之在色；及其老也，血气即衰，戒之在色。"是啊，病人和老人都应该要戒色，可难道没有病、没有老的人，就可以尽情放纵了吗？

窃 妻

话说在广州的西南乡村中，有异姓兄弟甲乙两人，其中甲读书，乙经商。乙由于非常善于做生意，所以比甲生活富裕，乙时常接济甲，甲内心很感谢他，认为就算是古代管仲与鲍叔牙的友情也不过如此而已。一天，乙受西国的朋友的邀请，到汉口去代为管理财务，大概要三四年才能回来，于是便把家中的事都托付给甲。临行前，乙在家中大摆筵席与甲告别，并叫自己的妻子出来与甲见面，并称呼甲为大伯。甲见乙妻容貌艳丽，神韵颇具风情，心动不已，但在酒席间仍然摆出一副很庄重的样子。乙为人爽直，没有一点儿察觉。

乙离开后，甲时常到乙家向乙妻献殷勤，逐渐地来往频繁相互熟识，可是甲却一直没有机会得逞，乙寄回的家信都由甲来转递，因此甲心生一计，假冒乙的笔迹写了一封信，信中说自己一人在外不方便，把妻子托甲送到汉口来。乙妻此时思夫心切，不加考虑，信以为真，便和甲一起到港口，搭上船离开，乙妻并不知道甲去的是福州，而不是汉口。到了福州，甲先假装上岸寻访，回来对乙妻说："你的丈夫真是太糊涂了，他半月前去天津购货了，听说大概要到年底才能回来，我们先暂时找地方住下等他回来吧。"于是便在南台租了间屋子住下。两个人住在一起后，甲时时用言语挑逗乙妻，一来二往，眉目传情，两人便发生了关系。住了一年多，乙妻问丈夫什么时候能回来，甲用各种借口支吾拖延。时间长了，乙妻也觉得其中一定有不可告人的秘密，但远在异乡，孤身一人，没有人可以商量，只能暗暗忍着等待机会。

甲妻自甲离开后，仍经常可以收到乙的信，信中并未说到他妻子是否已到汉口的事，因此对甲的行为产生了疑心，便托人到港口的过路船只去打听。托的人又恰巧是个没有见过世面的乡下人，正巧几个月前有一只去汉口的船中途翻沉，他便断定甲与乙妻乘的就是这艘船，回到广州后就说甲已死了。甲妻本身生性放荡，难忍寂寞，不能独守空房，得到了噩耗，便立即改嫁他人离开。

乙因为一直没有得到家中消息，心中感到十分奇怪，正巧西国友人叫他到福州去讨债，完事后便想顺道回家看看。一天偶然到南台妓院中游玩，在车中忽然看到一个和自己妻子非常相像的妇人站在某家门口，暗中观察了好久，更觉得她的神态举止没有一处不像。乙心中顿时生疑，便命车夫把车停下，在这户人家附近找了一个小茶馆喝茶，打听这家的情况。人们告诉他这户人家是不久前从广州迁来的，乙心中有着不好的预感。一会儿又看见一个人拿着东西进去，细细观察，正是朋友甲。乙断定其中一定出了什么问题，便喊上几个朋友一起去查问。当看见他们进门时，甲就知道事情已经败露，立刻从后门逃走。乙妻恰巧正从房中走出，看见乙后又高兴又羞愧，把事情经过如实地向乙告知。乙查清缘由，才知道妻子并没有罪只是上了当，这所有一切全是甲的阴谋，顿时愤恨不已，当即状告至官府，可是甲已远走高飞了，见不到踪影。

外史氏说：我曾经就说过假若知书识字的人干起坏事，那要比一般的小商小贩更加的奸诈狡猾。因为他深谋远虑，考虑得周密。但是之后甲回到自己的家中，不见妻子，定会懊悔不已。甲图谋别人的妻子，最终却使得自己的妻子嫁了别人，这难道不是因果报应吗？

卷九

唐城隍

　　中州某郡有一位城隍神，非常灵验，来祈求的人可以得到保佑。起先并不知道他姓唐。夏月的某一天，据说是神的生日，方圆几百里的人，都争着抢着来到这里。神祠不是很宽敞，这时候祈求得到福祥的、求去灾邪的、还愿酬神的，接踵而至。香烟萦绕，烛火不断。前面的人刚将香烛点燃插入鼎炉，后面的人立刻把它们拔掉。跪拜的也不能跪拜，一跪下别人就要踩到肩上；叩头的来不及叩头，一叩头别人就从头顶上越过去。男男女女都在拜礼，一时人群拥挤堵塞，后面的人走不上去，只能看着神座点头示意罢了。并且祠庙外边有摆摊卖百货的，有演各种戏文的，人们停留观看，更是熙熙攘攘。所以人们贴背而行，侧着脚站着，气喘吁吁，挥汗如雨。在郡城外面，有一位老头以卖酒为生，同时也顺便卖茶。每到这个时候，总有一位衣着整洁、仪表俊美的读书人到酒馆来，每次都独自喝上几盏。喝完酒又喝茶，整天待在那儿。就这样过了十来天，祭神将要结束，那位读书人也消失不见了。但明年这个时候，他又会在酒馆出现，没有一次错过时间的。卖酒的老头对此感到很惊奇，问那位读书人姓什么，回答说姓唐。久而久之，两人混熟了，读书人有时还跟老头谈论时事和古今典籍，都烂熟贯通。老头本来读书不多，而且乐于做好事，在交谈之中，两人互相敬慕，常谈得十分投机，不知疲倦。

有一天，老头稍许喝了点酒，就有几分醉意，恰巧读书人又来了，老头就用话挑动他："看您的样子，像是城市里入乡学的读书人。最近郡城中祭神，准备了盛会，珠绣耀眼，笙乐充耳，人人都争前恐后地过去，而您反而在郊外游玩，来我这个小店喝酒。过了十来天，一别又将是一年。老夫我很不理解，大胆地问一下这是为什么呢？"那位读书人听了老头一番话，忽然叹息着说："你我缘分大概到此为止了吧？全是定数安排。我原本不是人，而是郡中之神。每次这几天的行踪，主要想要躲避尘嚣，哪里是真的学当年平原君，欢饮十日呢？"老头听他这番话很惊讶，怀疑他在开玩笑，所以又接着问道："人们以为神能显灵，纷纷来到神殿，消耗物力，是为了给神祝寿，而神却避开出游，难道那些敬神而来的人都不是真心实意的吗？人神虽然有区别，但不能超越道理准则，阁下不能欺骗我这个老头子。"神笑着说："我骗过谁？人和神想要心神接通，重要的是要有诚意，不在乎用什么草根树皮，夹杂檀屑，然后当作馨香来祭神。像老伯这样洞明事理，心地虔诚，每到祭神日，总在无人的地方做三次叩头礼，又哪里亲自去过祭神场所，而我不是降福给你吗？"老头听了神这一席话，表示理解认同，而且又惊讶不已。原来老头因为酒馆缺乏人手不能离开，而又内心感激神灵的庇护，所以每每这样做而别人并不知道。老头因而相信眼前读书人是真神，要跪拜行礼。神阻止了他，说："坐下，我跟你说。我在这儿躲避，实在是因为有些事情忍受不了。来祭神的人大多有其他的意图，不是都有诚意，我处在神境，已经察觉到了。而这些人嘈杂纷扰，大破男女之防，有的又丢下公私事务，目睹之后更有所不能忍耐。更何况村人野夫，在赤日炎炎的暑天，流汗像蒸气，浸透衣服，长年不洗的污垢随着汗臭弥漫，即使以东汉荀或衣服上的香气来熏染，闻的人也都掩着口鼻。而且口中还有酒蒜的臭味，早上吃的谷食渐已消化，在大庭广众下，这些人口臭长吐，屁臭四散，一阵阵飘散开来，基本上都是这样。这样怎么能让我忍受呢？"话还没完，老头也咧嘴笑了，说："是的，确实如此。"

神说："不止这些，这种情况还能够忍一忍。最可恶的是妇人女子，不遵守闺阁中的礼法，觉得焚香礼拜可以讨好神灵，求取福祥。她们涂脂抹粉，穿着鲜艳的衣服盛装打扮，外表打扮得庄重整洁，其实反而恰恰起到了诲淫的作用，也避免不了藏污纳垢。登阶入殿，瞻仰神像，揭开帷帐，我的五尺躯体，忍受着难言的垢秽。那些白发苍苍的老婆子还可原谅，而年轻的娇女最可憎恨。和丈夫共度良宵，难免留有房事的遗迹，又或是有月事在身，则免不了要受污秽。神对此特别反感。而那些村姑田妇，穿的是麻纶织成的裙衫，上面沾满孩童大小便的污渍，身体肮脏也不清洗，不修脚茧，气味熏人，而又和那些男人混杂在一起，轮番传出，这大概只有木偶能忍受那一切。有神像在就意味着有神灵，人们避让尚且唯恐不及，神怎么能独自安然承受呢？"于是神对老头说："你有善心，寿命应该再加十年。考虑到你是我朋友的情谊，十年之后，我一定叫急行传信的人来召唤你。城隍庙中东堂有判官的职位，到那时应当会更换，其中一位就是你坐的地方。"说完，拿出一锭银子，说："用这付几天来的酒钱。只要替我宣扬这些话，我就非常感激了。并且凡是立庙祭祀的神灵，也会赐你福祥。"老头还要有所请求，一转眼，神竟不见了踪影。

外史氏说：偏偏是妇人女子，尤其喜欢寻神入庙，却不知道神已经厌恶很久了。到了集会祭神的日子，她们全都和亲朋好友结伴而来，真不知道有几千几百人呢！即使是像西施这样的美女，如果沾上肮脏，人们都要掩起鼻子经过；更何况这些妇人女子身上的阴浊气息和她们妖艳的模样，早已经让明察正直的神灵为此退避三舍，不敢喘一口气。像这样来求取福祥，难道不是太难了吗？以前京西有位奇异的僧人，砍削了两只石球，一大早就登上高峻的山峰，从崖上将石球掷下，一直滚到山麓。然后下山把石球拾起，再登上山峰从崖上推下，整天反复做这些。人们因此称他是"魔"。而仰慕他道行的人，相继前来。僧人对男子还以礼相待，而对女流之辈，就直接骂道："真没有家法！抛头露面，不过是在男人面前淫荡地搔首弄姿，哪里是真的为我来的？"仔细思考僧人的话，就能知道城隍神这样做，心中另有怆凄的念头，不仅仅是因为不能忍受祭神者身上的气味而已。

智　媪

听说从前燕南有个老妇人，不知道她具体的身份，家境非常富庶。周围有一伙大盗，聚集了十几个人，盯住了老妇人家的财产，夜里闯入她家。当时老妇人已经睡下了。她以前听说盗贼头领和自己是同乡，而且小的时候失去了父母，于是心里十分镇静，一点儿也不害怕，披上衣服起床，准备亲自迎接。她听到盗贼的脚步声，知道他们已经到了门外，于是操起一口乡里土话喊她儿子："你们这些孩子怎么这样贪睡，你舅舅来了也不起来迎接？"盗首听了大吃一惊，正在疑惑的时候，老妇人已经走了出来，哭着说："几年不见，弟弟变成了魁梧的男子汉，为什么不想念姐姐，而直到今天夜里才来看望呢？"说完，遮住脸不停地哭泣，悲恸欲绝，很像是一副骨肉重聚的样子。盗首很感动，说："弟弟少时不肖，早年失去父母，不知道还有姐姐，不敢忘记，更不敢无动于衷。"老妇人又说："弟弟年幼时，我还回娘家看看，后来跟你姐夫离开很远，到了这里，就无法回家了，哪里想到父母都已经离开人世，弟弟也长大成人了！"说完显得十分悲痛。盗首竟然信以为真，再三安慰老妇人，并随她进了屋。老妇人吩咐婢女点上蜡烛，盗首又出去告诫他的同伙："这是我姐姐的家，不是什么其他没有关系的人，千万不要骚扰。"就让他们全都一起待在屋外。

老妇人心中暗暗感到欣喜，又叫她儿子出来见过"舅舅"。她儿子们知道对方是强盗，全都吓得发抖，硬着头皮出来拜见。盗首笑着说："外甥都已经长大成人，姐姐真是有福之人。"老妇人又叫媳妇出来拜见。当时老妇人二儿子媳妇刚过门，装扮一新出来相见，仿佛是一家人。盗首竟然一时间也忘了自己的身份，只是说："不知道我外甥娶亲，舅舅也没准备什么礼物，怎么办呢？"于是叫随从的同伙拿来一套衣服，从衣袋中掏出十颗珍珠，作为见面的礼物。老妇人反复推辞，最后无奈才叫媳妇收下，又让她儿子连忙设宴款待"舅舅"，犒劳他的随从。这时儿子的心已经安定下来，家境本来就很富裕，不一会儿，几桌宴席就准备好了。老妇人和盗首相对畅饮，聊一些乡里细事，都一一说到点子上。盗首更觉得对方真是他的亲姐姐，酒足饭饱后才离开。临走前，老妇人说："幸好姐姐家有些积余，弟弟如果手头紧缺，不如拿几百两银子去。"盗首大笑着说："弟弟白手闲游四海，哪能耗费姐姐的家财呢？"说完就直接离开了。老妇人和儿子送到门外，连忙回到家里。这一天，老妇人家中除赔了一些置办酒宴的费用外，其他的没有丝毫的损失，全家都非常庆幸，也不敢告诉外人。

几天后的一个夜晚，盗首又来了，将一千两银子放在老妇人床榻上，说："这是给姐姐的寿礼，略微表达小弟一点儿心意。"老妇人不再推辞。盗首又送给"外甥"和"外甥媳妇"金币和玉镯首饰，价值大约几百缗钱，送给仆人婢女好些东西，挥霍无度，又和老妇人儿子欢饮，一直到天亮才离开。从此习以为常，盗首每次来，总是带来些东西馈赠，老妇人家因此更加富裕，别人根本不知道，或者也意想不到有这样的事情。老妇人又嘱咐盗首保护她家，盗首给了她一把剑，说："啸聚山林的强盗只要看见了这把剑，就不会动手。"老妇人十分欢喜。

过了一年多，盗首出远门劫掠，老妇人和儿子们商议把家搬迁到山西去，主要是担心盗贼会带来麻烦。搬到河东后，老妇人家将剑插在卧室，有小盗夜晚闯入，一见此剑，丧魂落魄，不敢作恶。从此以后很多年，老妇人家没有遭受盗贼抢掠。老妇人的聪明真是超乎寻常，一般人是很难企及的。

外史氏说：让凶残而难以对付的盗贼变成同胞手足，不是仅仅凭着一副哭泣的面孔就能做到的，实在是用天性去打动他们。想来盗贼非常狡猾，怎么可能甘愿受老妇人的笼络？而老妇人拉拢人心，完全是出自人的本性和感情，盗贼即使察觉对方实际上非亲非故，但也不忍心拉下面皮打击报复。更何况老妇人事先了解盗首的身世，谈吐不离谱呢。所以老妇人的智慧，一般人无法相比；而她运用智慧的方法，人们更是比不上了。

挑　绣

长州生员邹大任，年龄只有二十岁左右，仪表俊美白皙，但有点傻乎乎，关在屋里只知道读书习文，其他事什么都不知道，连男女间的事也不知晓，朋友们都嘲笑他。有一天他来到集市里，看见迎亲的队伍，箫鼓喧天，宾客络绎不绝，不明白是怎么一回事，就去问朋友。朋友骗他说："老兄没有看到吗？这是郡中某家刚做了官，向别人炫耀呢。"邹生竟然真的相信了，加上向来功名心很重，兴致勃勃地跟着迎亲的队伍一直走。到了女家，看见新郎向新娘家行过一系列婆亲的烦琐复杂的礼节，邹生心里感到好奇，停下脚步不愿离去。一会儿彩轿在吆喝声中又抬起启程，隐约听到轿子里有人在伤感地抽泣，邹生拍手大笑，说："这是大好事，有什么可伤心的！"旁观的人听了都感到奇怪，眼睛都看着邹生，他却一点儿也没有察觉。第二天又来到市中，碰上送葬队伍，情形和迎亲的很相似，只是哭声更加悲哀。邹生更加疑惑不解，对别人说："该高兴的却悲伤，这样一定不吉利。"别人听了全都捧腹大笑。他的傻样大多和这种情况相似。

庚午年的夏日，邹生在某寺院读书，那地方靠近山，一直以来都有鬼怪出没，寺院中的僧人受不住骚扰，都迁走了。朋友们看见邹生这副傻样，故意教唆他住到寺院中，邹生却也丝毫不觉得害怕。来到居室，只看见门口布满蜘蛛网，台阶上布满蝙蝠粪，邹生打扫干净后住下了，关起门来苦读。住了三天，没有什么异样的动静。朋友们以为傻人有傻福，于是也不再劝他搬走。

但邹生在寺院中住下后，每当夜晚读书的时候，总是听到有什么地方发出笑声，刚开始并不在意。几天后，天气炎热，邹生敞开衣衫，就着窗前月光执卷苦读，吟诵到深夜还不停止。忽然听到"砰"的一声，房间的门被打开了。邹生吃惊地看了一下四周，只看到两位打扮一新的女子，很像画中的人，都穿着薄如蝉翼的丝衣，手里拿着白纱小扇，飘然而入。邹生也不当一回事，没有放在心上，还是低头读他的书。两位女子靠近邹生，用纤纤玉指戏摸着他的肌体，笑着说："这个人的身体如同白玉一般。"听上去口气很是羡慕。邹生当作没有听见，更用劲地吟诵起来。两位女子摸了很长时间，见邹生反应冷漠，反倒把手缩回去，羞愧地离开了，一出门就忽然不见人影。邹生也没有感到奇怪，只是说："此处是山中寺庙，夜又深了，哪里来的娘们？手指又尖又瘦，叫人受不了。"说完，合上书想睡觉。过了一会儿，又听见有人在说话，声音轻柔，笑着说："我来看看郎有没有睡？"只见进来一位大约十六岁的少女，乌发微微蓬松，红腮娇艳动人，身上一丝不挂，笑着掩住嘴角，站在邹生面前。邹生定睛细看，那女子容貌犹如绽开的花朵，肌肤如同凝冻的脂肪，洁白柔滑。但邹生仍然漠然，丝毫不为所动，只是笑笑说："你是效仿祢衡，而以清洁白净的躯体向我炫耀吗？我的身体也并非不洁白。"说着就把自己裤子脱了，和女子相对站着，看上去如同一对翩翩起舞的白鹤。那女子看到邹生这样，反倒羞惭退缩，用手掩面，细声细语道：

"你这个人只配和痴鬼做伴，应当叫挑绣来。"邹生谈笑自如，慢慢地穿上裤子，说："白雪的白，还是比不上白玉的白。"于是安顿睡觉，毫无恐惧。他的愚痴真是无人能比。

到了早晨，没有人来访，邹生依然安心读书。黄昏时分，大雨滂沱，台阶下积水有一尺来深。邹生这时正在挑灯用功，又听到嘈杂的说笑声，其中有一个说："我们送痴女来陪伴痴郎，希望不要再白忙一场。"邹生在灯下一看，发觉是昨晚来的两女子，还带了好些人，而那位赤身女子也在她们之间，早已经穿戴整齐。大伙儿簇拥着一位年轻美貌的娇女，凑近邹生，说："把她给你作妻子，你愿意吗？"邹生也不推辞，反问道："'作妻'这个词，我特别不能理解。"大伙儿说："人伦的第三条，说的不就是夫妇关系吗？"邹生立刻拿书翻了一遍，恍然若悟，说："的确这样，我是夫，她是妇，是这个意思吗？"大伙儿都哄堂大笑，说："不错。"邹生想也不想，立刻称呼那少女为妻子，只是说："我现在正在读书，要探究臣子之道，夫妇之间的问题，还来不及学习思考。学习不能越级而进，你们可以仍然把我妻子带走。"

大伙儿不听，娇声细语地嘀咕了一声，只见一群婢女从外而入，摆开宴席，强行叫邹生和那位美女并肩坐在一起，喝交杯酒，系同心结。邹生仔细打量眼前这位美女，只见她容貌如珠玉一般丰润，体态如花似柳，婀娜多姿，心中很喜欢，于是感叹道："有这样一位妻子，我心满意足了！"年轻的美女也痴态可掬，没有一点儿羞色，不时用美丽动人的眼睛，含情脉脉地盯着邹生看，还笑着说："我丈夫太无赖了，我几乎被他看杀了！"又对众人说："我丈夫也就是你们的丈夫，为什么不分吃这一杯羹，而是让我一个人独享？"大伙儿都笑弯了腰。仪礼过后，大伙儿这才围坐在一起，举起酒杯痛快地喝酒，谈笑戏谑，显得十分高兴。唯独邹生和这位少女互相看着对方，不喝也不吃，只是"吃吃"地傻笑。大伙儿叫少女为"挑绣"，邹生也这样称呼她。酒器旁边，还放着邹生的书卷，他时而吟诵两句，说："有关夫妇的问题，我应该和挑绣一起来探讨。"不一会儿，夜间报更的鼓声响了两下，大伙儿都已喝得有些尽兴，站起身说："新人夫妇要就寝休息了，我们走吧。"于是纷纷一齐退出。随后有两位又返回屋内，说："这对小儿女还不懂男女间的事，我们必须代他们操持一下。"于是为邹生铺好床被，拉着两人的衣服，让他们上床共眠，并用手摸摸枕头说："今夜共眠，明年抱子。"说完，笑着离开，行踪如同暴风急雨，也不知道她们上哪儿去了。

邹生与挑绣头并着头一起睡觉，毕竟不懂床笫间的事。邹生躺了一小会儿就起身说："夫妇有别，我不能无礼。"于是朝东而坐。挑绣听见邹生这么一说，也起身朝西坐着。各自分别闭目养神，不说一句话。两人困倦极了，就想睡觉，各自靠墙壁打瞌睡。才闭一会儿眼睛，天已经亮了。一阵群虫飞动声响过后，那帮人又早早来到。进门看到邹生和挑绣低头相对坐着，形如土木偶像，忍不住失声笑道："傻瓜，果真没有情欲？"挑绣看到大伙儿进门，就起身离床，想跟大家一起回去，并且说："真是憋得难受，跟丈夫待在一起，还不如和姐姐们一起玩耍。"大伙儿又笑了，说："你这丫头真傻。你已有了丈夫，跟我们回去，要做什么？"挑绣低着头，不停地抹眼泪，像小孩似的嘤嘤哭了起来。大伙儿都偷偷笑了，替她整理妆容，完了离去。挑绣从此待在邹生屋里，每天替他补衣烧饭，沏茶烫酒，没有丝毫的厌倦。一有空就掘土和泥，学做孩童的游戏，一点儿不像长大成人的大家闺秀。她所制作的大多是一些玩具，如酒器鼎炉和其他容器之类，十分精巧，也不知干什么用。邹生并不过问，依然和平常一样读他的书。但他自从和挑绣共处以来，即使是盛夏也从来没有解衣露臂，彼此相敬如宾，挑绣也是如此。一到晚上两人同睡一床，却是你朝东我朝西，各睡各的，床中间一处总是空着的。一连几夜都是如此，没有发生男女私情。

邹生原本是一个非常清贫的书生，家中只有一位守寡的嫂子，因自己借住在外，所以隔十天要回家看看。出门在路上遇见朋友，友人问起邹生近来学业如何。邹生连忙说："兄应当祝贺我，我学有长进。近来又悟出《礼记·中庸》中'夫妇也'一句的含义。"友人感到十分奇怪，问怎么回事，邹生一五一十全数讲了出来。友人一向对人诚恳，急忙说："这是鬼狐，会给人带来灾祸，你应该快点躲避！"邹生还没有领悟过来，只是口中答应着："好的。"于是不再去看嫂子，急急忙忙回到寺院中。一进门，就对挑绣说："朋友说你是鬼狐，这是真的吗？"挑绣目光炯炯盯着他，不说一句话。邹生取过书找证据，看到书上有"鬼神没有形体与声音"的话，顿时非常生气，说："朋友坏我事！眼前这一位不是既有形体又有声音吗？"又读到书中"狐狸吞吃了他"的句子，更是十分恼怒，说："朋友在骗我！眼前这位根本不可能吃人。"于是将朋友的话丢在脑后，和原先一样和挑绣同居共处。

自此之后，朋友们都听说了邹生这件事，约好一起来他这里，看看有什么动静。他们走进邹生住的房间，恰巧挑绣不在。朋友们向邹生打听情况，邹生一五一十地说了。他们坚持要见一见挑绣，邹生说："她刚去后园移植花木，一会儿就来。"没有多久，挑绣果然来了，用红巾裹着头，襟前盛着鲜花，姗姗走来。大家一看，宛如仙女。挑绣见了客人，没有一丝的惊讶，也不回避，将花放在地上，蹲下身子，种起花来，旁若无人。大家见她衣服有缝，形体有影，而且不回避客人，也就不敢贸然断定她是鬼物。叙谈一直到晚上，挑绣也不时地进进出出，只是不和客人交谈，饭菜也是由她操办的。客人一走，两人仍同以往一样，卿卿我我。

有一位朋友喜欢开玩笑，一天他对邹生说："兄和尊嫂共处，不知是不是同床共被？"邹生回答说："没有这事。"友人笑笑说："为何不同床？"邹生说："我读《礼记·内则》，上面谈到'七年男女不同席'。席尚且不同，何况被子呢？"友人笑了起来："嘻嘻，你理解错了！夫妇之间不同于一般男女关系。《诗经》中不是说'角枕光灿灿，锦被五色闪'？不同床共被，那么诗中为何要倾诉女主人独宿的怨愤呢？"邹生脸色庄重起来，谢道："领教了。"回去便跟挑绣商量："朋友叫我和你同床共被，你不要推辞。"挑绣也表示同意，只是问道："书上这么说的吗？"邹生说："《尚书》没说，而《诗经》是这么说的。全信《尚书》，不如相信《诗经》。"这一夜，两人盖一个被子睡觉，但都没有脱去衣服，转身非常不方便。

早晨起来，邹生去友人那儿告诉他说："听了你一席话，让我一夜没有睡着。"友人一问，邹生就把情况说了，友人又笑了起来，说："同被却不脱衣服，与分被睡有什么区别？你哪能睡得着？"邹生听了，大吃一惊，问："可以脱衣服吗？有什么依据？我怎么以前没听说？"友人骗他说："你不善于读书，所以这么笨。《孟子》说：'你是你，我是我，你在我身边赤身露体，所以很高兴和你待在一起。'说的就是脱去衣服，不这样，哪能高兴地在一起睡觉呢？"邹生也笑着说："的确是，不过照你这么说，《孟子》的这句话中本还有'虽然''哪能'等字句，看起来是传抄错误而多出的文字啰？"友人强忍着笑回答说："不错。"邹生自是深信不疑。碰巧遇到其他事，回到寺院已经是傍晚时分，邹生顾不上看书，又同挑绣商量："朋友叫我和你脱衣共眠，可以吗？"挑绣开始脸有难色，又问书上怎么说，邹生叹息道："读书而分不清楚句读，以前白白荒废了学业，朋友不说，我真的还全然不知呢！"于是强迫挑绣把衣服全部脱掉，上床睡觉。邹生一接触到细腻的肌肤，立刻神魂颠倒，于是呼呼大睡到天亮。

第二天碰到朋友，邹生道谢说："你昨天说得不错，我已尝到一点儿醋睡的甜头。"朋友说："恐怕你还没有领略过真正销魂的滋味呢。"邹生又感到惊讶，问："那有什么不同？"朋友就详细地说了床笫之间的秘诀，邹生听得津津有味，只是说："夫妇关系如果是这样，难道不是太淫秽了吗？"朋友笑着说："你这是没读过《周易》。《大传》上说：'夫妇交媾，生育儿女。'不是这样，你的祖庙早就断了香火。"邹生一听，顿时敬畏起来，对友人作揖说："我太笨，看不到这一点。不仅是我一个人得到了你的教诲，我家祖祖辈辈也都得到了我友的赐福。"说完，若有所失地回去了。朋友为此大笑绝倒。

邹生进了寺门，天还未黑，就又和挑绣商量，要上床共寝。挑绣问："白天睡觉行吗？"邹生回答说："晚上睡觉，白天也可以睡觉。"挑绣顺从了他。邹生依照朋友说的去做，刚行事，挑绣就痛楚呻吟，起身想要逃避，说："今天你心思坏，我不再和你共处了。"邹生坚持要做下去，挑绣经不住痛楚，潸然泪下。邹生平时从来没看见过这番情形，心中不忍，稍一松手，挑绣脱身逃离。邹生光着身子追逐，挑绣的踪影一眨眼就不见了。邹生正站着发呆，凑巧朋友来了，看到这种情况，大笑着说："怎么一回事？"邹生郑重其事地回答道："我要和妻子交媾，想要继承延续祖先的血脉，这也是伦理纲常中的紧要之事，你为何取笑我？"友人情不自禁地拍起手来，硬是拉他进屋，待他穿衣后坐下聊谈，天黑才离去。

邹生失去了妻子，懊恼万分。到了晚上，以前的这群女子又来了，簇拥着挑绣进门，笑着说："你害了我们的小妮子，我们实在不甘心。"邹生振振有词地回答说："以前她没有嫁给我，由你们作主；现在她成了我的妻子，由我做主，不甘心又能怎么样？"众女子都高兴地说："这傻瓜也挺犟的。"于是一起把挑绣放倒在床上，对邹生说："逃跑的人还给你，再跑的话，可就不关我们的事了。"

就放开手走了。邹生关门解衣，想和挑绣亲热。挑绣身子使劲往后退，不敢靠近。邹生强行继续行事，刚开始挑绣痛苦呻吟，最终两人都尝到了夫妇之间的乐趣。邹生于是高兴地对挑绣说："今天我才知道其中的愉快，真是太好了！"以后每晚都是如此。挑绣也渐入佳境，不再像以前那样推辞了。邹生既和挑绣交欢尝到乐趣，逢人便说，别人听了都感到好笑。有一次邹生回家看嫂子，对她详细谈起了这件事，嫂子的哥哥正巧在场，听了就变了脸色，很不高兴，说："这是什么话？"邹生笑笑说："事情没有不能跟人说的，难道只有嫂子不可以说吗？"竟然心安理得，不认为有什么不对的。

后来，因为挑绣怀上了孩子，两人准备搬回家里。挑绣叫邹生将她所制作的东西全都带回家。嫂子见了，大笑起来："你们家真像是梳妆匣子，什么都有！"挑绣也不感到羞惭，还是和从前一样戏耍，而对嫂子十分恭敬。第二年，挑绣生了个儿子。这时家境更加贫穷，挑绣让邹生把自己制作的泥器拿到市上去卖，要价很高，嫂子以为她精神不正常。到了傍晚，邹生竟然带着上千两银子回来了，而卖出去的货还不到一半。嫂子这时候才大吃一惊，再一看，原来的泥器都成了古铜器。从这以后，嫂子越发觉得挑绣很神奇，而邹生与挑绣也不再显得傻乎乎了。后来挑绣接连生了三个儿子，家境越来越富裕。

相处五年之后，挑绣忽然提出告辞，说："缘分已尽，我应该走了。"邹生吃了一惊，连忙问为什么。挑绣回答说："我实际上是鬼而不是人。生前因为天性愚痴，被人瞧不起，郁郁不欢，最后含恨离开了人世。靠众姐妹指点，才使我渐渐聪颖起来，而痴情并没有完全消失。与君成亲也是天数所定，眼下即将要投生到富贵人家，希望你不要牵挂我！"邹问她投生到哪儿，挑绣低头不答，皱着眉头说："重生之人似不必相识。"她一点点地消散了身影，化作淡淡的烟雾飘然离去。邹生思念极了，就将三个儿子托付给他嫂子，自己在湖湘之间遨游，不再考虑娶亲的事，毕竟不知道替挑绣搭桥牵线的是鬼还是狐，每每都因为没来得及问挑绣而感到遗憾。

外史氏说：痴傻的人保存了自然的本性，因为痴是绝没有什么欲求的。所以即使是面对美艳的女子和淫荡的妖女，也丝毫不会动心。有了这样的本性，就可以成仙成佛，并且可以成为圣贤。像这样没有丝毫雕饰的本性，谁也不能小看它。

而由于朋友糊涂，用情性唆使，使人因此失去痴态。这样的朋友，最是危害人心，一定要同他一刀两断。在别人眼里这可能是医痴的良药，而在我看来，这是危害生命的毒瘤，一定要分辨清楚。

田一桂

田一桂是大梁人。他的父亲是洛中的富室。到了一桂的时候，家境开始衰落，但仍然还拥有万金家产，乡里的寒微人家哪里敢同他们攀比。

一桂幼年的时候失去了父亲，只有母亲还在，替一桂和乡里的一门富家定了亲。岳父姓卢，有一个女儿名叫四娘，长得绰约多姿。一桂十七岁时，就将四娘娶了过来。四娘不仅容貌出众，而且心计很深。在新婚之夜，她心里就暗暗算计开了："富人家的儿子，生性高傲，如果不对他加以约束，恐怕稍不留意就让他跑了。"于是一面温和柔顺，一面施加一点手段，既不会严厉地回绝，也不会轻易地给予，腼腆之外，又略带一点悦媚，柔顺之中，稍有几分严肃。或推或拉，忽送忽迎，女儿多变的情性，叫人捉摸不定。只过了一夜，就熄灭了一桂男人的威风。三日后进祖庙参拜之后，更显出婉顺的模样。而且她很善于试探婆婆的脾气，看他人颜色行事，嘘寒问暖，料理饮食，所以是出了名的孝顺媳妇。她还善于和亲戚周旋，一点儿也不失礼，别人以为一桂得了贤内助，而实际上四娘在家内多有操纵。

自新婚夜后，四娘白天碰见一桂，从不说笑，走路也分开走，也绝不同席而坐，像是在生对方的气。等到房门一关，同居相处之时，一桂言语有时候带着些淫邪，四娘就郑重规诫，指责他轻浮，甚至嘤嘤哭泣，感叹自己薄命。要不然就是不脱衣服，不施脂粉。一旦同床共枕，大多时候全无笑容，羞颜满面。和结婚之日相比，更是变本加厉。等到一桂毫无心情，想要睡觉时，她又大谈家事，喋喋不休，还翻来覆去扭动身子，故意搅扰他睡觉。到了睡不成觉，情欲兴起的时候，又一定等到一桂强行动手之后婉转顺从，欢娱之时，极其缠绵。一颦一笑，百媚俱生，叫一桂得来的好不容易，做不到舍弃，神魂颠倒，无法言说。四娘又很会妆饰，每每借口要早晨请安，早早起床梳洗，常常叫一桂陪伴。一桂起床后，叫他坐在一旁，看自己梳妆。有时让他捋捋头发，戴上头花，虽然没有张敞画眉的行为，但关于脂粉的浓淡，首饰的高低，总是面带笑容和一桂笑着商量。到了黄昏又是如此，更是精心妆扮，极尽了美艳姿态。发髻散束如同一团浓云，另添油脂；面容细腻正像一块洁玉，再施铅粉。虽然没有将头饰弄得贵族气十足，但从来不会草草了事。完了之后，一定让一桂捧着镜子，自己则站在镜前反复照看。当处在夜深人静的内室，灯烛之下，面对这么漂亮的美人，碰上如此风流韵事，即使是宋璟这样的人，铁石心肠也不能不为之倾倒心动，更何况是一桂呢？所以男女之爱，生怕不够深厚，日积月累，最终导致了尾大不掉，四娘的气焰就这样逐渐嚣张起来。

当初一桂迎亲成家时，好友祝希年曾经规劝他："妇人女子，会用她们的姿色来控制丈夫。你年轻难免好色，但如果庄重又端正地加以对待，不会有什么危害。假如轻浮亲昵而无所顾忌，夫妇间的伦理纲常就会颠倒。"一桂不听。满一个月以后，因为一件小事触怒了四娘，他的脸上被抓出了指痕。祝希年见了，笑着说："好色的人难逃这样的下场。以前要是听我的劝告，怎么会落到这种地步。"一桂根本听不进去，回去后还把祝氏的话说给四娘听，四娘十分生气。刚巧这天祝氏来访，一桂招呼上茶，四娘用糖浆调和花椒，涂在茶盏上，让婢女招待客人。祝氏并不知内情，乍一呷，嘴巴像被胶水粘住一般，而且麻得难以忍受。再看看茶具，这才知道四娘在责怪他多嘴，叫他学学周庙中的神像，闭嘴别说话。祝氏大笑着离开了，以后也不再多言。

没过多久，一桂的母亲去世了。四娘料理完丧事，便自言自语说："我并没有像曾子的妻子那样，有蒸梨不熟的小小过失，他即使想要休弃我，也没有什么理由。"从这时候开始，就更加专横了。一天，因为饭菜烧得不合口，迁怒于一桂，突然将盛汤的碗朝一桂砸去，说："土包子，叫老娘吃这样难吃的饭菜！"幸好一桂没有被砸伤。从此，煮饭烧菜，一桂常常亲自操持，稍微有一点儿不干净不可口，四娘就拿来喂狗，还把餐具敲碎，并且一连几个晚上，四娘都不让一桂进她卧室睡觉。一桂十分害怕，小心翼翼，唯恐触犯了她。但夫妻反目生气的时候，一桂仍然常常反唇相讥，还不至于俯首帖耳。

四娘因为这个经常气恼，总以为未能彻底拴住一桂，又要借机和一桂生气争吵，从此竟然不和一桂说话。一到晚上，也同意让一桂进她的卧室，不再像以前一样将门一关了事。一桂暗自高兴，但一进房内，四娘早已经另外铺好了一张床，准备了红绳作为界线，上面挂满了铃铛，一接触就会"叮叮当当"响个不停。四娘又叫婢女在堂前廊屋值夜，一有声音就必须报警，要是不报，就鞭打她们，婢女不敢违抗。四娘将一桂安顿完毕，就独自点亮灯烛打扮起来，更加起劲地涂脂抹粉装扮自己，满屋子香气袭人。等到睡觉的时候，又显得比以前放荡，露出纤纤小脚，摆弄风姿，亲手脱衣解带，慢慢地用锦被把身子盖上。这都是一桂结婚多年来所没有经历过的，猛地见到，自然控制不住自己。无奈四娘在床前横插两把刀子，凛然不可冒犯的样子。四娘还瞪着双眼叫道："我已经豁出去自己娇弱的身子了，假如哪个不要脸的家伙钻洞越墙，即使不要他的命，也要把他弄成残疾。我发誓不再和负心汉同床共眠！"一桂全都听到了，忍不住胆战心惊，虽然神魂颠倒，想入非非，但不敢轻举妄动。只能循守本分，独自睡着，在床上辗转难眠。而四娘像是察觉到了什么，忽然惊醒，伏在枕头上打量四周，说："铃好像响过了，我不能不提防。"说完竟然不穿衣服从床上起身，绕着屋子来回走动，有意让一桂看在眼中，在暗地加以撩拨，应该说不止是局部的容颜肌体。一桂果然不能自禁，急忙起身凑过去，一看到四娘手里握着寒光逼人的剑刃，吓得不敢朝前。四娘见一桂又躺下，就叹着气说："碰上这杀千刀的，让我胆战心惊，要不然，这时就可以共度良宵了！"说完，好像抽咽起来。一桂因此唉声叹气，反倒不怨恨四娘而责怪自己。没过多久，夜风从窗户吹进来，铃铛微微发出响，门外顿时响起一片惊叫声。"屋里有强盗！"一桂听了忍不住笑起来。四娘却仍旧四下查看，过了好久才躺下。她又告诫婢女说："人有动静，铃声一定响得很厉害，小的声响就不要报警。但是应当清醒一些，不要贪睡。不听话的，就要重重处罚！"婢女都一口答应下来。四娘猜想丈夫没有过关斩将的勇气，直接灭掉烛火，合上眼睛睡觉。

就这样过了三个晚上，一桂无法再忍受，等到四娘四周查看之时，跪倒在界绳中间，哀声恳求道："我知罪了，原谅我，让我和你同床共寝吧！"四娘不理睬。

一桂就跪着不起来，更加低声下气，差不多都要哭出声来。四娘知道他是真心屈服，于是数落他："你一个男人欺负一女流之辈，谁能和你相抗衡？假如想要重新和好，就必须答应我三件事。"一桂让她讲，四娘说道："我生性不喜欢啰嗦，只要做到不动手，不动脚，不动口就可以了，我哪里有什么过多的要求呢？"一桂表示不理解，四娘就给他解释："你当初也是听话的，我只是怨恨你一生气愤怒就不知体恤我。从今以后，稍受挨打，你要甘愿忍受，重重挨打，也不许你躲避，不能有抵抗的意思；招呼你就要过来，挥斥你也不能退缩，没有违背的念头。至于谈吐，为害不大，要做到唾面自干，即使听到恶声恶气，也不要去分辩。如果能认真做到这一些，并且一直到老死都是这样，我就会不计较你以前的过错，和你同床。不然的话，这辈子别做美梦！"一桂连声答应，发誓做到。四娘这才叫婢子走开，把铃铛全数撤走，招呼一桂同睡。这一夜四娘极力温存，两人颠鸾倒凤，一桂欢喜极了，就好像饿夫忽然见到食物，大吃大嚼，叫什么听什么，又哪里敢违命呢？从此一桂依照四娘的命令小心行事。稍有不是，四娘就叫婢女来鞭打他，一桂强忍着不发出喊声。四娘有时对他倍加凌辱，他也不敢挪动半步。叫他是牛，不敢答应是马。一天骂下来，不敢顶嘴半句。雌威越发嚣张，男儿心虚气短，发展到了极端。

一天晚上，四娘因为什么事而对一位婢女发怒，将她绑在柱子上，把一只雄猫放入婢子的裤裆中，然后痛打此猫。猫一怒之下，用爪子抓破了婢女的大腿和下身，几乎是体无完肤，血流到脚面，裤子上殷红一大片。婢女痛苦号叫，只哀求着速死。一桂看不下去，在一旁婉言相劝。四娘更加恼怒了，急忙剥下婢女的裤子，套在一桂的头上，一桂沾了一脸的污血。一桂无法忍受，但到底还是不敢发作，也只能勉强赔着笑脸，忍气吞声。第二天，一桂外出碰到他的堂弟，愤愤不平地诉说昨天的事。堂弟于是开玩笑说："嫂子生性淫荡，兄想要报复，一定要在床笫方面下功夫。"一桂十分羞赧，不回答。四娘听说了，笑着说："我原本是水，你小子火攻，真正是下策了。"这一夜，四娘依然和一桂分开睡，又像以前一样严加提防。随后也不再妆饰，洗去脂粉，一副寡妇的模样。等到入睡，常常用线将衣服紧紧缝好，天亮再拆除，还说道："他胆大包天，竟敢轻侮我，我难道是他家小妾，整夜不知满足？"四娘守身一月，一桂无法近身。而四娘又密切督察，白天不让一桂游玩，晚上又提防他偷偷溜走，于是一桂狼狈极了。

一次，一桂借口脱身，又向堂弟倾诉，堂弟态度坚决地说："兄没有深谋远虑，让弟弟亲自跟她说说。"随即来找嫂子，见了四娘就叹气，一会儿又笑个不停。四娘知道他的用意，假装问他道："叔叔为什么前悲而后乐呢？"小叔子说："我听说兄嫂分床，子孙后代将要断绝，所以感到伤心。"四娘又问："那么为什么发笑呢？"小叔子答道："我冒昧地想替我兄娶妾，而担心嫂子不能接受。可是现在嫂子晚上不和兄共处，倒是促成我的这桩心愿，能不感到高兴吗？"四娘忽然笑着道谢说："叔叔这样想，正是田家的运气。但应该趁早办事，你哥哥急不可待了。"说完，就聊起其他的事情，脸色非常温和。堂弟出来之后欢天喜地，即告知一桂，要用重金为他讨妾。十天之后寻找到一妾。一桂起先还犹豫不决，倒是四娘反而一本正经地唆使他把事情办了。

等到娶妾进门，四娘忽然装扮一新，接受拜见，并坚持叫妾陪坐在一旁。一桂细细打量，觉得新人十分美丽，但比四娘到底还是差得很多，只是人处在饥渴的时候，一方得不到，心思就用在另一方，得到了另一方，也非常欣慰。于是四娘亲自起身将妾引入房中，叫她更衣，全身换上新的衣服，被褥也是崭新的。随后就叫妾同居内室，不让她住侧室。一桂觉得不妥当，四娘则说："我已经闲下来，明天就把家里日常事务交付给她，叫她住在这儿吧。能让我长斋奉佛，也是人生一大快事，你不必假客气。"一桂虽然没有消除心中的疑虑，但见她洗心革面，专意奉佛，也如同背上去掉了扎人的芒刺，于是再三温言劝慰。四娘说："我累了，你不必在此啰嗦！"随即起身放下帷帐，解衣就寝，但却故意不熄灭灯烛，等一桂来。

还没到半夜，一桂果然来了。原来他因为纳妾很不易，所以一到手犹如得许多钱财，十分高兴。等到一桂解开妾的衣服，闻到了一股鲍鱼一样的腥气，尤其是下身特别厉害，叫人无法忍受。一钻入被窝，更是如此。一桂忍不住感到恶心，也来不及问妾是怎么一回事，就光着身子逃出。房内没有其他的床，于是一桂想和四娘同睡，但又担心她醒着，撩开帷帐一看，看见她已经入睡，急忙掀开被子一角钻了进去。顿时一桂闻到了兰麝沁人的温香，一摸肌体，又柔软细腻，一丝不挂。一桂情不自禁，准备偷偷亲热一番。刚一动手，四娘好像惊醒过来，大吃一惊，喝道："我手中有利剑，哪个盗贼竟然这样胆大妄为？"一桂于是说："是我。"四娘笑着说："你怎么不知满足，难道有了沐雨新花，还愿意来找我这样的枯枝？叫人很难理解。"一桂只好说出实情。四娘："这事我已经略有所闻，但想想用百合熏染，屎壳郎也或可拥抱入怀。"讥笑几句就罢了，不是很推拒。但是一桂一旦想要寻欢，四娘就坚决不从，说："我被人讽刺成淫荡，万万不敢再生邪念。夜晚仓促，给你留半个床位也已经是很给面子了，别的事坚决难以从命。"一桂不同意，强迫行事，四娘这才不再推拒。而两人久别犹似新婚，不但一桂陶醉在其中，连四娘也纵情放荡。只是那位娶进门的妾，苦熬长夜，也感到床榻间有很强的秽气，知道被正室所算计，只是低头哭泣，不敢说什么。一早起来，一桂想把妾赶出门，四娘阻止了他，说："这样的脏货，怎么能再嫁他人？一定会被冻死饿死。我们家还可收容她。"于是剥下她华丽的衣服，叫她负责打扫茅厕。一旦有稍许怠慢，就用鞭子鞭打，妾因此无颜对人。四娘和一桂欢好如初，但她对人的约束更是变本加厉。一桂失去新人，不过还是庆幸得到了四娘，想想这是天意，也就自己安慰自己。

几天以后，堂弟来探访兄嫂，一桂刚巧外出，四娘就和小叔子聊开了。小叔子问起妾的情况，四娘便骗他说："多谢叔叔撮合，新人很是心满意足，只是一直想家，必须得叔叔亲自安慰她一番。"小叔竟然真的相信了，答应说："好的。"过了一会儿，小叔子要回去了，四娘派了一位很有心计的婢女，骗他一指说："这就是小娘子的居室。"小叔子顿时想起嫂子的话，叫婢女引路进入房内。房内漆黑一片，突然有一女子从里面走出，满面黑色，衣衫褴褛。小叔子一见，正是兄所纳的妾室，不由得大吃一惊，开口就问怎么回事。妾还没来得及答话，四娘忽从外面进来，对小叔子骂道："你上次诬陷我，眼下你为什么和你哥哥的小妾偷鸡摸狗？"小叔子听了非常羞惭，转身就走。四娘于是毒打小妾，逼她供出奸情。小妾经不住折磨，只好违心招供。等一桂回来，四娘告诉他这件事，又叫小妾出面作证。一桂一怒之下，竟然和他堂弟断绝来往，又将小妾转卖给别人。到现在才知道四娘之所以容留妾室，正是为了对付小叔子的。

第二年，四娘突然患病，一直卧床不起，最终因病身亡。临死的时候，还勉强支撑起身子照照镜子。一桂在一旁侍候，偶尔有不小心，四娘就将镜子砸碎，大叫：“老天这样不仁慈，为什么叫我四娘远离人世，而让懦弱的汉子得志？”话还没有说完，吐出一升多的血死了，死的时候只有二十六岁。四娘死后，一向屈服于她的淫威的那些婢女，才敢把事情的真相讲出来。原来四娘送给妾的衣被，里面的夹棉全都塞进鱼干做成的碎屑，而短袄裙裤这些精美华丽的丝绣品中，塞得更多。婢女们都亲眼见她动手制作，只是不敢对别人说罢了。一桂丢掉了一个沉重的包袱，没多久就续娶了妻子，也是乡里大族人家的女儿，容貌比四娘要差得多，而且一样凶悍泼辣。一桂已习惯于逆来顺受，胆小又不敢争辩什么，最终也郁郁不欢，离开了人世。

祝希年的婢女实际上来自田家，常常把田家发生的主要事情汇报她的主人。希年又曾经受到过四娘的戏弄，所以他知道得最为真切。所以乡里中人就这样纷纷把事情传开了。唉，四娘是女流中的曹操、王莽之类的人吗？为何牢牢控制、玩弄着丈夫，而让人不可猜度呢？

外史氏说：天下喜欢妻室的人，没有一个不惧内的。正是因为喜欢，所以别人能够对他们进行伤害。汉成帝不娶歌女，哪能发生赵飞燕姊妹谋害皇孙的事？唐高宗不宠幸武则天，武氏怎么会篡夺李唐皇业？凭着天子的威严，却无法在宫闱中间起到作用，主要都是由喜欢妻室的念头造成的。何况人们娶妻，都正值情窦初开，加上寂寞孤独的缘故，他们急不可待地要求婚配。所以最开始的时候，辗转反侧，结婚之后，双方好合。正因为这样，女子不一定有才却认为有才，不一定秀美却觉得秀美。即使称她们是黑丑的孟光，或是聪明的谢道韫之辈，那些娶妻的人一定也是一笑了之，绝对不会相信的。既然已经施加宠爱，那些女子就会骄横放纵。妻子出言如同对待敌人，丈夫又宠之如同上宾。开始时稍有言语，还忍气吞声，后来发展到妻子专横无礼，丈夫又尽力包容，最终导致出现了河东狮吼、牝鸡司晨的局面。有时在众目睽睽之下遭到羞辱，激发起羞耻的念头，未尝不想发怒，稍稍压制一下对方凶悍的威风，无奈妻子的怨恨已经深深累积，丈夫的情性已被打动。夜深人静，经不住妻子一番哭哭啼啼的惨相；黑夜灯火下，挡不住妻子巧舌如簧的言语功夫。在这个时候，男儿刚肠已软，怎么会不低头哈腰？女方恶气渐渐增加，哪会卑躬屈膝？一会儿女方怒气消退，丈夫在床头边还得赔罪起誓。俗话说：“夫妇怨恨不过夜。”并不是女方没有让人憎恨的地方，事实上是丈夫不敢对她们下狠心。事情这样艰难复杂，有谁有胆量轻易去体会这番味道呢？所以听不进父兄师长的训斥指责，唯独只在娇妻面前低声下气；宁愿忍受乡邻朋友的讥笑怒骂，却对闺中少妇大献殷勤。假如有肺有肝，如何会到这样的地步？推究弊病的根源，原本就喜欢得太深，所以陷入爱河不能自拔，以至于深深地惧内。不必玉软香温，只怕迷失在桃花源的路上；不必花愁柳怨，只担忧月夜关上的房门。一些小小的言意，便以为独自钟情于我，甚至是肆意恃宠而骄，又怎么敢口出违言？先是从绣窗下小试毒手，发展到新房中大施淫威。嘉梦无验，到庭坚后代亡国；《螽斯》诗篇戒妒，周公夫人不乐于耳闻。全军既已覆没，哪敢卷土重来？然而屈从于四娘这样才貌双全的女子，尚且还能理解，如果对方比四娘差得多，也要像一桂那样爱她怕她吗？

沈阳女子

　　沈阳有一女子，年纪只有十五岁，长得非常秀美动人，而被鬼狐缠上，吸取其精气，导致身体日见虚弱，她父母对此忧心忡忡。郡城中有位叫赵三公的人，擅长驱邪的法术，自称得到了神仙的传授。他的办法是用五根银针，依次刺入病人的手指，才刚刚刺到拇指，鬼怪就会哀声呼喊救命。赵三公让鬼怪立下约定发誓不再来，之后才将它们放掉，以后鬼怪不敢再来冒犯，病人的毛病不久也就痊愈了。赵三公原本是世代做官人家的儿子，并且乐意替人治病，不收分文报酬。这样做已经有很多年了，人们对他更加敬重，纷纷来找他。

　　这位女子的父亲听说了赵氏的大名，准备了礼品，恭敬地把他请到家中。赵氏还没有进屋，附在女子身上的鬼怪就谈笑自若，对人说："久仰赵三爷的大名，今天姑且我们面对面较量一番。"赵氏一听生气极了，推门闯入，说："该死的老魅，既然知道赵某，还不快快回避！"病女发出了狐的声音："恭敬前来，很想领教一下你的绝技，有什么好回避的？"赵氏更加恼火，他曾经问过病女家人，得知狐与病女称呼姐妹。所以知道它为雌性，急忙拿出银针刺病人的手指。刺穿了一指，鲜血直流，病女还在呻吟，笑着说："就这点微末的技法吗？我不觉得有什么。"赵氏吃了一惊，知道对方非同一般，又刺穿了病女一指。病女脸色有了些变化，看上去好像很难忍受，但还显得气势凌人。赵氏又去取针，准备刺病人第三指，而狐已经忍不住嗥叫起来："我和你无怨无仇，今日为什么你要取我的性命？"赵氏笑道："你既然爱惜性命，为什么要来害人？"没有理睬。而针还没有刺入，病女便辗转哀号："我不敢了！"赵氏说："不敢就应当离开。"病人满口答应。赵氏让它发誓，这才拔去银针。屋内还能听得到狐的声音："遗憾，遗憾！"直接离开了，病女也跌倒在地。赵氏吩咐病女父亲请医生用药物治病，起身走了。

过了一年，女子的病已痊愈。赵氏有个儿子还没有成家，看遍城中女子，没有一个中意的。而赵氏在病室中见到那位女子，觉得是一位理想的媳妇，于是提出求亲。女方的父亲对赵氏为他女儿驱邪感恩戴德，也就欣然同意了。成亲之后，夫妻非常恩爱，公婆也很欢喜。

十天不到，女子的病就又发作了，并且疯疯癫癫，比以前变本加厉，将赵家儿子咬得体无完肤。赵氏正巧外出，家人看到这种情形束手无策，只好将病女关在屋内。赵氏回到家里，听说这事，大笑起来："以前替人驱贼，现在贼反而进入我了。"急忙过去治病。病女一见赵氏，怒目相视，开口就骂："该死的老畜生，你赶我走，就是想把这女子娶到你家吗？我实在不甘心，即使死了，也不让你得到这位媳妇！"赵氏感到很羞愧，于是口气温和地让它走，说："你立过誓约，口血未干，为什么又要违背自己的誓言呢？"病女依然疯狂地又蹦又跳，口里骂着不干净的话："你想扒锅底的灰吧！不然的话，天下这么多的女子，为什么只看中她呢？"赵氏听了大为恼火，施展起法术。病女三个手指被针刺得鲜血淋漓，嘴里还是骂个不停。赵氏怒火中烧，用针刺病女的无名指，病女这才收敛了一点儿，说："我知道你的厉害，饶了我吧！"赵氏想到这鬼怪极其凶悍，而且在家中生祸，一定要斩草除根才能罢休，于是大声喝道："你反复无常，不讲信义，今天一定要你的命，决不轻饶！"病女口口声声央求饶命，还一个劲儿地叫他赵三爷，发誓不再作祟。赵氏态度坚决，没有丝毫的怜悯，又用针刺穿病女第五指，病女毛发全都竖起，瞪着双眼，嘴里大骂，说："五百年基业毁于一旦，赵三真狠心啊！可是我做了鬼也饶不了你！"说完，跳了三跳，向前跌倒。

赵氏连忙叫人搜索，在堆积柴木的地方捉到一只雌狐，身体很大，像初生的牛犊，毛色灰黑，右爪刺着银针，嘴边殷红一片，已经没有气息了。赵氏叫人剥去狐皮，医治女病，病女恢复了健康。只是从施行法术以来，赵氏还没有杀死过一个生命，现在因为媳妇的缘故而要了狐狸的性命，心中十分不快。没过多久他就病倒了，渐渐地病入膏肓，而狐又不时地来到窗外，哭哭啼啼，破口叫骂，发出鬼声向赵氏讨命。赵家人都很恐慌，不敢在晚上行走。赵氏病情越是恶化，那狐纠缠越是猖獗。赵家的资财和竹箱里的衣服莫名其妙地消失毁坏，连所藏的契据也全部化为灰烬，犹如战国的冯骧，焚券市义。而狐既然变成了鬼，鬼又变成狐，赵氏也显得黔驴技穷，再也没有办法了。没过多少时间，赵氏去世了。那狐又来纠缠他的儿子，儿子也死了。赵家因此一天天衰落。婆媳二人，孤苦伶仃，现在还活着，但已经是一贫如洗，人们每次谈起这件事就为之感叹。

外史氏说：赵氏如果不替儿子娶妻，鬼狐就一定不敢再来纠缠。妖怪的出现，是由人引起的，事实上也就是由人的心念引起的。开始时为公，最终为私，而又依靠法术加以驱除。鬼狐不死，一定不甘心；即使死了，又怎么可能瞑目呢？如果淡泊寡欲，连神也会敬佩，鬼也屈服，又怕什么像鬼一样的狐，又如何会害怕死狐变成的鬼呢？

晋阳生

晋阳生以前并不是晋阳人。他的父亲在太原做官，娶妾生了一个儿子，取古人以地名命名的传统，给他取了一个名号叫"晋阳生"。晋阳生生在山西，长在山西，喝山西的水，吃山西的粮，言谈举止都保持着山西人的特征，即使连山西当地人也忘了他原非山西人。晋阳生才十二，他父亲就去世了，因为父亲只是小官，而且囊中羞涩，所以无法回老家，就在山西榆次落了家。晋阳生生性放达，不喜欢读书。长大之后，总是外出和无赖混在一起。他母亲也没有办法阻止，只好拿出一百两银子的积蓄，让他去外地经商，嘱咐他说："你父亲虽然官位低下，但好歹也是一个官。你现在已经长大成人，还没有成家，我心里总是很担心。只是我们是异乡人，这点钱恐怕不够娶亲。现在给你，你权衡一下本利，如果做生意得了三倍的利钱，就赶紧回家，为你娶妻。要不然，你就只能一辈子打光棍了。儿啊，你得好好干！"说完，为他打点行装，送他动身。

晋阳生记着母亲的嘱咐，高高兴兴地上了路。乡里中有位叫顾二的，原来曾经在京都经商，于是晋阳生就跟着他一起前往。晋阳生一心要讨媳妇，所以每每举止都收敛起来，不敢再有所放纵。顾氏感到奇怪，问他："你一向豪放爽快，现在怎么拘束得像个守财奴？难道真的把母亲的话当回事？"晋阳生不好意思地答道："不是的，不是的。我母亲准备用利钱替我娶亲，担心不够，所以叫我外出做生意。如果出手挥霍，所剩无几，那么打光棍就不止是十年了。所以我必须慎重行事。"顾氏了解到他的详情，顿时心生奸计，拍着手说："你真是迂腐极了！我没有听说当渴的时候再去掘井，就能马上掘出水来的。像你这样的年纪，正应该在家陪伴娇妻，现在反而长途跋涉，企图赚几个小钱，讨个媳妇。我担心事情还没有办成，你已经是一个两鬓斑白的年老汉子，谁家会把姑娘嫁给你呢？"晋阳生内心很受触动，连忙想听听他的意见。顾氏说："你想用小本钱去谋取重利，即使贱买贵卖，不过赚十分之一的利钱，要想翻倍，要花上十年的时间才行，你等得了吗？"晋阳生皱了皱眉头，说："那可等不了。你有什么好法子吗？"顾氏说："你一心想娶妻，又没有发家致富的念头，为什么要采取辛劳受苦的办法？离这里几天的路程，有个叫清风店的地方，有不少美丽的姑娘。而且娶个妻子，只需要几十两银子，买什么样的服装头饰，一切都照你的意思去做。你到了那儿，挑一个中意的成亲，结了婚再回家，显然就是一副有了妻室的样子，难道不比在外长途奔波好吗？"晋阳生真的相信了，不由得高兴极了，说："你让我提早十年娶妻成家，要是听我母亲的话，几乎耽误了我的人生大事。"于是就和顾氏凑在一起商议，整天谈得津津有味，嘴里别的事不说，只有这件事说个没完没了。

到了那儿，顾氏叫晋阳生待在旅舍，不让他出来，自己和熟人去市上喝酒，直到傍晚才回来，对晋阳生说："事情办成了，某家有一位姿色绝佳的姑娘，我托亲戚和女方父母谈好了，聘礼要六十两银子。头饰衣裙，再花二十两银子。因为你身在他乡，就在女家入赘，满月之后，再一起返回你的家里。只要你一点头，好日子就定在明天晚上。"晋阳生非常高兴，急忙站起身拜了拜道谢，把聘金如数给了他，只要求见姑娘一面，才能安心。顾氏显得有点不高兴："哪家的姑娘会让陌生人轻易偷看呢？我已经答应把美人许配给你，怎么可能说谎？"晋阳生就不再说什么了。顾氏带着聘金走了，一会儿工夫，他带着一个人来，看上去是十五岁左右的男孩，面目非常清秀，说是姑娘的弟弟。晋阳生细细一打量，心花怒放，高高兴兴地和他寒暄，约好以后互相告别。顾氏笑着对晋阳生说："你好好准备，他姐姐不知道强过他多少倍。"晋阳生更加深信不疑，又朝顾氏拜谢。

第二天，顾氏又叫晋阳生拿出一些钱，买来被褥，全都换成新的。晋阳生手头的钱已不到十分之一了。到了晚上，顾氏先拿了被褥去，然后领着晋阳生一起走。到了一个地方，只见屋子很低矮，而修整却非同寻常。晋阳生第一次闯荡江湖，丝毫没有察觉这是嫖娼狎妓的场所。一进门，就有老头和老太口口声声称晋阳生为贵客，而且喊他女婿。晋阳生以为这是当地的风俗，也没放在心上。他要行婿礼，老头和老太都再三地推拒，带着晋阳生走进屋内，桌上已经摆满了酒菜。顾氏坐了片刻就起身要走，对晋阳生说："明天再来喝酒，今晚不敢打扰你。"晋阳生也不明白他说些什么，留不住他。顾氏一回到旅舍就立刻打点行装，连夜往北逃，再无踪影。

晋阳生送走顾氏回到屋里，这时老头老太也起身回避。不久有一位美貌女子，身着盛装，浓妆艳抹，年二十多一点儿，掩口笑着，从外边进来。晋阳生以为是妻子的姑表姐姐，起身作揖。那女子招呼晋阳生，而后贴身坐下。女子神态非常自然地向晋阳生敬酒，举止很放荡，不像良家女子，晋阳生开始有些怀疑。喝酒喝得正高兴，女子朝着晋阳生频送秋波，态度极其轻浮。晋阳生对此反而感到羞惭，呆若木鸡一般坐着。女子时不时暗自嬉笑。三鼓时分，女子还没有要回去的意思，晋阳生渐渐不耐烦了，连忙站起身来说："老伯老太在哪里？请新娘子现在入洞房吧。"那女子笑着说："家里没有其他姐妹，我就是新娘子，你还不知道吗？"晋阳生惊讶极了，说："你这妇人，年龄已经不小，怎么可能是什么新娘子？"女子说："身在妓院里，你感到开心就可以了，有什么必要再去要求其他的呢？"晋阳生大怒，说："我拿出八十两银子娶妻，你可不能开这样的玩笑！"那女子也正儿八经地说："嫖金五钱银子，还在我的袖中，你为何说这话诬陷我？"晋阳生这时候才明白中了圈套，高声呼唤老头和老太，没有一人答应。那女子于是笑笑说："你不要着急，或许事情有其他内情。这地方是南北要道，像我这样的摇钱树，多的是，数不胜数。今天早晨你的朋友来到这里，说你旅途十分寂寞，找不到可以寻欢的地方，让我陪你一夜，明早就走，根本没有什么婚约。更何况我自己有丈夫，又有谁敢将绿帽子转送别人呢？"晋阳生问老头老太是什么人，那女子回答说："都是你朋友拉来的差使。你朋友一走，他们也偷偷溜走了，实在不知道他们的下落。"晋阳生听了更加吃惊，也就不再询问女子，独自跑回来。到了旅舍一看，室内空空如也，顾氏的踪影早就不见了。再来到那女子的住处，门已经锁上了，不仅美女像云一样飘走消失，就连自己的枕被和余下来的钱，也被洗劫一空。

晋阳生生气极了，而那些人的姓名，全都不知道，想了想顾氏一定要到京都去，为什么不跟踪追击呢？或许遇到了，还能出一口气。于是奋不顾身，连夜赶了十几里路。这时天已亮了，晋阳生已经疲惫极了，就在路边小憩。忽然看见一位跛足老头背着行装，迈着小步走来，看看晋阳生，好像感到非常惊奇，又急忙回头对他说："不肖小子，你竟然在这儿？"晋阳生听了怒不可遏，立刻准备出手挥拳，又看到对方年老，不忍心发作，只是瞪着眼睛看着他。老头操着西部口音说："你还像从前那样蛮横无理，尽管如此，我想你都快想得肠断了！"说完凄然泪下。晋阳生觉得其中有文章，于是假装出一副害怕的样子，毕恭毕敬地站着，一句话也不说。老头又开口大骂说："畜生，不要再装腔作势了，快跟着我去省城，代理店里的事务。明年和你一同回去。"晋阳生知道老头认错了人，也就随便应付着，故意装出悔恨的样子，代老头牵驴，慢慢地走。老头感到高兴，路上谈起家里的事，两人交头接耳，看上去像是一对父子。晋阳生说话都是山西口音，老头也因此深信不疑，而晋阳生则管别人叫起了父亲。到了保定，在北门钱庄停下。晋阳生此时已经详细了解了老头家里的情况。这位老头也姓顾，祖上是平阳富豪，生了个儿子，整天游手好闲，多次劝戒仍不知悔改，老头就把他赶出门外。过了三个年头，老头非常思念儿子，无奈儿子竟然一去不回。前段时间在途中碰见晋阳生，就觉得耳目口鼻无一处不酷似他儿子，于是就把他当作是自己的儿子，重新收留下来，带回店里，饮食起居，两人同处。晋阳生也很有心计，趁机随口附和，于是没有人知道他是别人家的儿子。

住了半年，老头收到家里来信，读了信之后，脸色大变。第二天，把晋阳生叫到卧室，给了他三百两银子，说："你岳父最近来信，说是你几年不回家，准备把女儿改嫁。你现在立刻动身回去，将银两交给你母亲，把婚事办好。等到明年春季再来经办店里的事。我看你比以前稳重多了，千万不要再犯老毛病，要是这样的话，就是家门的大幸了。"说完，又拿出一封信，说："榆次有你一位排列老二的堂兄，名某，以前因为你四处游荡，族中人主张他过继过来。现在你已经待在我身边了，你可以拿着这封信回复他们。这事也非常重要，不要怕上门跑一趟。"晋阳生一一都答应了。听到堂兄的名字，原来正是以前和他一起上路的顾二，忍不住暗暗高兴。过了两天，晋阳生告别了老头，立刻启程，用老头所骑的毛驴赶路，还是走原先来的旧道。晋阳生一路上心里打着算盘：要是返回老头家里，舍不得这三百两银子，而且担心事情万一败露，很难保全自己。于是决定返回家乡。

到了乡邑的境内，离家只有百来里路，突然下起大雨，毛驴无法行走，只好在村舍歇脚。主人出来见客，晋阳生看到他穿戴朴实，脸上带着怒色。等到和晋阳生行礼之后，又非常热情。晋阳生心里十分迷惑。主人带着晋阳生进入屋内，随后就听到里面争吵声："他既然无情无义，现在来了那个人，完全可以作为丈夫。"过了片刻，主人又从屋内出来，对晋阳生说："听你的口音，和我们是同乡。你这样年轻，不知有没有妻室？"晋阳生不想去平阳，就随口说是没有妻室。主人十分高兴，说："我家的女婿就在眼前！"急忙进屋，拿来一套衣服，打开一看，虽然是粗布，但都是刚刚新做的。主人说："家有小女，容貌很美，愿意侍候你，希望你不要推拒。"晋阳生高兴极了，稍稍推辞一番就答应了，于是用女婿的身份见过岳父。主人说："婚期原本应该稍微缓一缓，选择一个黄道吉日。只是因为我家上了不三不四人的当，原定的婚礼迟迟没有举行，被乡里的人取笑，心中非常不快，请求今晚就举行婚礼。"于是把新衣给女婿穿上，晋阳生也不推拒。主人又急急忙忙请来所有的亲戚邻里，顿时鼓乐响起，花烛高照。晋阳生恍惚好像在做梦一样，但始终不明主人嫁女的原因。等到走进新房，见女子姿色绝佳，年龄比晋阳生稍许大一些。晚上同房，夫妇俩十分恩爱融洽。

女子忽然长长叹了一口气，对晋阳生说："我没想到失去姓顾的而又得另一位姓顾的！"因为当时晋阳生还在冒用老头的姓，所以女子这样感叹。晋阳生当时是满心疑惑，就问她原因。女子说："我从满周岁就已经答应许配给一位排行老二而和你同姓的人。他长年外出经商，前年回来过一次，又不办婚事。父亲催促他，顾氏反而不高兴。前些天晚上他写信回来，说是准备在京都娶妻，要直接断绝了我家这门婚姻。父亲非常恼火，刚巧你来到我家，于是决定撮合我们俩在一起，难道不是天意吗？"晋阳生连忙问那位姓顾的住址，才知道又是这位和他同路的顾氏，于是感慨地说："冥间果真有所谓鬼神存在，竟是这样丝毫不差！"女子也惊奇地问他怎么一回事，晋阳生就把事情一五一十全都说了，于是两人相对感叹不已。从此夫妇感情非常融洽。满月后，女子向她父母提出要跟随晋阳生回家看望公婆，她父母都答应了。于是晋阳生让妻子骑驴，自己牵着牲口在前面走。没到一天的时间，就来到了晋阳生的家。他领着妻子见过母亲，全家人都感到非常惊讶。晋阳生一一诉说所经历的事，家人都感到非常庆幸。那女子侍候婆婆十分孝顺，一家相处很和睦。女子又很会打扮，年纪虽大一些，但看上去并没有这种感觉。晋阳生又把老头那封信带给顾家，顾家都很失望。

三年以后，晋阳生有事来到太原，在人群中遇见了顾氏，顾氏见了晋阳生感到十分羞愧，转身就想溜走。晋阳生把他叫住，说："顾二兄，别来无恙？难道没有一点儿老朋友的情谊吗？"顾氏没有办法，硬着头皮见晋阳生，为自己哄骗的做法谢罪。晋阳生握着他的手大声笑道："我的两个憾恨都有人替我打消，我对你又有什么可抱怨的？"顾氏吃惊地问是什么缘故，晋阳生邀他来到市中店铺，将事情的来龙去脉详细地讲述了一遍。顾氏面红耳赤，大汗淋漓，好久感叹地说："苍天果然是不能欺骗的！"于是说他有个叔父，在保定经商，他原来离家出走的儿子又回来了，没有想到正是你。去年叔父又有信来，说他离家的儿子仍然带着重金在潜逃，并且因此得病身亡。以前原准备把我过继过去，后来有了你，才取消了约定。今年叔父去世，我正巧外出，就把远房的亲戚过继给他家。这当中大概是老天爷安排的。叔父留下的簿籍上说，有三百两白银给了儿子，你得到的三百两银子，不就是吗？以前不知道我所欠下的都由叔父偿还了，现在又知道了我所抛弃的人被你娶为妻。晋阳生为此拍起手来，转念又想起老头的恩德，忍不住流下眼泪。他和顾氏讲完事情之后，绕道经过平阳，在老头坟上哭了一场，又拜见顾老太太，把她看成是自己的母亲来对待。家人一看，犹如是顾家的儿子一般。回来后，晋阳生又硬拉着顾二来到他家，妻子打扮一新出来相见，顾二十分羞愧，转身溜走了。晋阳生从此以后完全改变了以往的所作所为，用功读书，后来经考选做了某县的官员，夫妇俩最终白头偕老。

外史氏说：顾二所作所为并不奇怪，而晋阳生的回报反而叫人感到惊异。然而也是苍天在操纵的缘故，不是人力所能办到的。之前如果晋阳生被骗后立即回家，损失的不过是一百两银子，而像顾二这样的小人难免就会达成了心愿。现在顾二竟然因此有了报应，又使晋阳生得知失去金子又得到金子，失去妻子又得到妻子，而金子原是顾二的金子，妻子也是顾二的妻子，怎么能不叫他觉得懊悔呢？这样看来，骗人的勾当，要收敛起来了，从此事可以看到，天公回报，丝毫不差。

春　云

沔阳北面有位叫毕应霖的人，从小失去了父母，依靠着他叔父生活。毕氏天性聪慧，读书并不是很刻苦，而诗赋文章却做得很漂亮，人们认为他身上聚集了天地灵秀之气，所以才会这样。

有一年深秋，毕氏和别人一起游玩菊园，大家都面对着菊花，端起了酒杯。只有毕氏一直都不喝酒，他坐在菊花开得茂盛的地方，放上一只竹炉，拾取落花，用参片掺和，泡茶品味。一时间茶香花气，别有一番滋味，而喝酒的人是不知道的。毕氏正在流连品味，诗兴一来，刚要开口吟咏，忽然看见一个人挂着短杖，慢慢地走来。走近一看，来的人头发和眉毛都斑白了，衣着古朴，像是一位年迈的隐士。毕氏知道对方不是一般人，连忙站起身来，拱手站立。老人笑着对毕氏说："众人皆醉你独醒，郎君品性一定不流于世俗。"于是将拐杖敲击地上，说："老态龙钟，不能行礼。你请坐，咱俩暂且谈谈心，稍稍领教。"于是撩起衣服先坐了下来，毕氏也席地而坐，就和对方聊开了。刚想问姓氏，老人就笑笑说："高雅的人在一起，不应该说这些俗事。你就像鸡群中的白鹤，一鸣必定惊人。请求欣赏一下你的佳作，让我开开眼界，别的事我不想听。"毕氏嘴上非常谦逊，而实际上正跃跃欲试，不愿藏拙，于是请老人命题。老人手指畦边两种菊花说：

"这是东篱的美人。咏菊的作者，名家辈出，恐怕容易落入前人作品的旧路。这菊花如此鲜艳芳香，请各赋一律，怎么样？"毕氏也微笑着说："老伯的想法很好，但是在隐逸高士面前，喜爱这些带有脂粉气的东西，担心不能脱俗。"于是咏西施菊道："不共五湖游，偏逢三径秋。露凝归浣洗，烟罩捧心愁。吴苑香何在，庄园艳独留。近来添傲骨，无复舞腰柔。"又咏杨贵妃菊道："忽访陶彭泽，因惭李谪仙。亭中原殢酒，篱畔且偷眠。月映残妆懒，风回睡态偏。倘逢新雨露，绝似浴温泉。"诗写成以后，老人十分高兴，急忙起身用手拍拍毕氏的肩膀说："你真是我家的好女婿啊！"说完，人影顿时不见了。毕氏大吃一惊，以为自己遇见了鬼，跌跌撞撞回到喝酒的人群中，茶具炉子撒了一地，也顾不上收拾。大伙儿正在大吃大喝，看到他慌慌张张，不知所措，十分惊讶，就问他出了什么事。毕氏喘着气，流着汗，讲了一遍刚才发生的情形。大伙儿听了好笑，并不相信。毕氏又吟诵自己写的诗，他们这才惊恐起来，觉得此地荒僻，又惊又疑，等不到尽兴就都散开了。毕氏回到家里，也不敢说什么。

过了几天，毕氏的姐姐忽然患病，从邻县派人来告知，叔父叫毕氏前去探望。到了姐姐家，住了下来，等到姐姐身体稍稍恢复，才动身回去，这时已经过了十几天。到了叔父家，叔父正好在堂上，一看到毕氏，就大声呵斥说："你这畜生，翅膀稍硬就不让老夫作主，婚姻大事，竟然不说一声，你还有什么脸面来见我？"连忙操起大棒赶来，毕氏惊恐地逃躲。他的婶子从屏风后面走出，把叔父劝阻住了。毕氏跪在地上请问缘由，叔父怨气未消，口中还是骂骂咧咧。婶子因此对毕氏说："你一去不回，你叔叔非常疑心。昨天傍晚，有一位老太把新娘送到我家，登堂拜见。我们俩吃了一惊，问是怎么回事，老太说自己姓陆，她主人住在离村上不远的地方，喜欢你的聪颖，要把女儿许配给你。成婚已经有十来天，想想你该回来了，所以先送新娘上门。你害怕叔叔责备，迟迟没有回来。老太说完就走了。你今天果然回来了，足以证明她的话不假。新娘已留在我的房内，可以作证。"毕氏感到非常惊异，极力争辩，婶子就叫了一声："春云，你丈夫回来了，还不出来见一见？"不一会儿，一位女子从屏风后走出来，装扮一新，十分耀眼，还在躲躲闪闪，显得有些含羞，站在婶子座位旁边。毕氏转头看了一眼，那女子年龄还小，长得如花似玉，一生见到的人都绝少能比得上，心里不免动了动。他暗想肯定事出有因，如果当面争辩作证，叔父脾气一向火爆，一定会拒绝亲事，不能容下这个女子留在家，这样难道不是自弃佳偶。不如暂且应承下来，到了晚上仔细打听，就能知道事情的真相。于是他伏地承认说："确实有这事，因为是那家主人的意思，怎么也无法推辞。我没有事先告知，难以免除罪责。希望叔叔看在我父母的面上，免儿重责，我不敢争辩。"婶子于是大笑着说："我本来就知道春云不会骗我的。"于是和叔父说明情况。叔父怒气还没有消除，让打扫东侧几间小屋，完了之后叫毕氏夫妇住进去。随即就把大棒往地上一扔，拂袖走了。毕氏不敢违抗，婶母又在一旁怂恿，叫他前去打扫。过了一会儿打扫完了，毕氏就带着新娘搬到东侧小屋。婶子又派了一个老太和一个丫鬟，供他们差遣，所有用具，全都配齐。春云刚到，婶子非常爱怜她，当作是自己的女儿，所以直呼其名，又帮她办妥事情，照顾十分周全。到了傍晚，还送来晚餐，等小两口吃完，佣人才告辞离开。到了夜深人静的时候，毕氏才问春云："我和你家素昧平生，又不知道住在哪里，现在忽然贸然成婚，给我蒙上不白之冤，实在无法理解。"春云听了，羞涩了好一阵子，随后慢慢开口说道："这是大人的安排，我也实在是不知道。"说完，背朝灯烛坐下，不再说话。毕氏年轻，没有结过婚，控制不住自己，再三询问，对方就是不回答，就不再问了，径直强行拉春云上床，放下帷帐，两人欢好，发现春云是个处女。毕氏见她行事时非常痛苦，就开玩笑说："哪有已经成婚十来天，还留着女儿身的？从这就可以看出你善于说瞎话。"春云也微笑起来，却始终一句话也不说。早晨起来一开门，看到院内堆积着各种东西，几乎没有空隙，原来是女方陪嫁用品，也不知道他们是怎么运来的。毕氏问春云，春云依然不回答。然后就招呼佣人，把房间布置一新，凡是婶子赠送的东西，全都一一送还，说："所需物件，我家已经送来，无须烦扰婆婆费心。"毕氏贪爱美妻，而且年轻不知害怕忌讳，反而感到很高兴。只有毕氏的叔父和婶子非常担忧，怀疑对方是妖魔鬼怪。于是他们派人到毕氏姐姐家，并且到村上附近的地方查访。毕氏姐姐家的人告知毕氏迟迟回家的原因和留宿的日期，和毕氏当初说的一模一样，而且村上附近地方也没有什么姓陆的富家。他们更加惊恐，但也无可奈何。

过了几天，春云对毕氏说她要回娘家，毕氏答应了，并想和她一起去，春云也同意了。第二天早晨，有两座轿子停在门前，说是前村陆翁过来接春云和新郎，希望马上动身。毕氏想跟叔父、婶子打声招呼，春云竭力劝阻，于是两人各坐一轿，悄悄地出发了。毕氏本想暗中观察有什么怪异之处，但是轿巾遮得严严实实，无法偷看。不知走了多少路，已到了哪里，轿子停了下来，毕氏这才撩开轿帐一看，只看到山峰巍峨直插云天，脚下是悬崖峭壁，处在群山环抱之中，不由得大吃一惊。又仔细一打量，鸟鸣花落，树木茂盛，似乎别有洞天，心里这才稍微安定了一些。等到了陆翁宅所再一看，连云蔽日，气势壮丽，很难用语言描绘。春云先下轿，招呼毕氏一起进去，毕氏犹豫着跟在后面。来开门迎接的没有成年男子，只有几个孩童，头发垂披着，年纪十五岁左右。他们见了春云就笑着迎接说："阿姐来了，老伯和各位姐姐都等待很久了。"春云叫他们先进去禀告，自己拉着毕氏的手，慢慢走着。

经过一道道门槛，绿树参天郁盛，太阳光都无法照射进来。再进去，墙边是稀疏的翠竹，台阶上布满兰花，有几百种奇花异卉，都不知它们叫什么名字。人还没有走近，睡着的小狗受惊而起，穿花绕柳，叫声和铃铛声交杂在一起。春云于是笑着说："几天不见，小狗竟然不认得我了！"走到厅屋，老人早已经拄着拐杖出来迎接，再看看他的样子，原来就是毕氏在菊园遇到的那位老头。老人身着盛服，和原来见到的模样完全不同，在孩童的簇拥下走下台阶，一边作揖一边笑着说："我家女婿果然来了！老夫还担心你不来呢。"毕氏想起从前的事情，顿时感到很恐慌，硬着头皮以女婿的身份行礼，然而早已经是惴惴不安。忽然听到画屏旁边传来一阵叽叽喳喳的娇声柔语，好像有人在拍着手说："姐姐从前说市井中的小子，十分俗气，眼下来的新女婿不知道怎么样？"说完，引起了一阵笑声。毕氏一听，感到很羞惭。抬头一看，有四五位佳丽，容貌都比不上那位女子，但却比她妖冶许多。老人带着毕氏走上台阶，又表示歉意说："隔壁家的众位侄女，是阿云的姐妹，向来喜欢互相开玩笑，希望不要见怪。"又朝众女子喝道："嘉客初来乍到，你们这样嬉笑喧闹，真是没有一点儿礼貌！"众人这才收起笑容，簇拥着春云进了屋。

老人和女婿坐下交谈，毕氏看到堂上金碧辉煌，陈设也非常优雅，只是心里怀有疑虑和恐惧，显得惴惴不安。老人就自我介绍说："你不要感到惊异。老夫其实是狐仙，在这里住了一千五百年。爱女挑选女婿，总是没有合适的人。遥遥看到你的家乡，觉得有浓郁的灵秀之气，想来应该是有好小伙子在那儿生活，于是怀着恭敬的心情前去拜访。前些日子看到你临风品茶，像是荆棘丛中的芝兰玉树。又欣赏了你的佳作，字字句句好像珠玉一样。老夫心中暗自钦慕。回来后和阿云商议，于是就施了一计，结下这桩良缘，并非想要害你。"说完，又为自己欺骗的做法道歉。老人虽然一一明说，可是毕氏还是感到恐慌，勉强起身表示谢意，反复要求先回家。老人显得不高兴，嘲笑他说："哪有远道而来拜见岳丈，却不喝上几杯的？"说话之时，迅速飘来一股麝兰的芳香，众女又走了出来，老人一一指着她们介绍说："这是艳云、腻云，她们都是我们家族里的人。"又指着一位说："她名叫春柳，原是别的家族的人，住在这儿，现在已依于我的膝下。"毕氏偷偷一看，看到对方风流洒脱，别具丰韵，已经动了几分心思。一会儿工夫，众童子把酒宴摆好了，满桌子的菜肴果品。老人亲自起身为女婿敬酒，毕氏再三推托自己不会喝酒。于是老人叫人另外拿出甜酒，让毕氏和春云并肩下坐，自己隔席劝酒。众女全围坐在春云身边，脂粉气浓香袭人，毕氏快乐极了，一时忘了返回。他时不时和众女猜拳争胜，觥筹交错，最后竟然忘了老人坐在一边。

正在嬉笑喧闹之间，似乎听到老人轻轻地叹息道："了解人不容易，这位也是一身俗气，不可救药！"于是起身走进屏风后，不再相陪。不一会儿，杯盘狼藉，春云和艳云等人也先离开了。毕氏不擅长喝酒，虽然没喝几口，却早已显得醉醺醺了，总是和春柳互相嬉闹。他醉眼蒙眬，更加觉得对方楚楚动人，于是用言语调戏，春柳笑笑没有拒绝。毕氏朝四周偷偷一看，发现众童子不在，就和春柳在堂上一侧交合欢好，觉得她与春云相比，更有一番滋味，越发为之神魂颠倒。春柳对毕氏说："你已经知道老头是狐狸，也听说我不是他的同类，而人与狐狸相处不到三个月，就有死神降临。老头的话是哄骗你的，你应当慎重行事！"毕氏本来就疑虑重重，听春柳这么一说，更是非常恐惧，问道："他本是狐仙，而你说不是他的同类，难道你也是人吗？"春柳回答说："是的，我就住在这座山下，本是人，因为多次受到狐仙的纠缠，所以在这里强作欢颜，哪里真的是老头的养女！"毕氏喜出望外，商量和春柳一同逃跑，春柳也同意了。两人起身穿好衣服，一起偷偷逃出去，老翁家没有人知道。

东绕西转走了大约一里路，果然来到了春柳的家。只看到几间茅屋，有矮篱笆围绕，虽然远远比不上那位老人的居所，但毕氏自得其乐。春柳要准备酒，毕氏推托不胜酒力，于是两人铺床展被，重新寻欢作乐。毕氏原先和春柳交欢，就觉得小腹隐隐有些疼痛，好像里面浇上了冰雪。当初也并不在意，这时又发作了，但是因为两厢缠绵，忍不下心舍弃。事后，毕氏感到冷气直逼丹田，直接渗进五脏六腑，于是昏死过去，不省人事。灵魂脱离了躯体，缕缕如丝，似乎听到春柳笑着说："那个妖婢不知羞耻，竟然独自占有这么个好丈夫！"毕氏听了，心里对她仇恨极了。

又过了一些时候，火光大作，雷电震耳，毕氏恍然好像从梦中惊醒，还来不及伸个懒腰，耳边好像听到有人在嘤嘤抽泣，哽咽地说："我领着丈夫来到这里，不是我害死他还怪谁？"又有人娇声娇气地埋怨说："薄情郎本来就不值得同情。"低声细语，十分嘈杂。毕氏睁开眼睛一看，见春云伏在他身上哭泣，艳云等人也围在一边。毕氏感到非常羞愧，而且身子赤裸，也就不好意思地重新合上双眼。春云见毕氏活过来了，拿衣服替他穿上，微含怒气，斥责他说："你如果以为我是狐仙鬼怪之类的，不考虑我们原来的夫妻之情，也应当另寻新欢，怎么会心甘情愿地做鬼的丈夫，半夜潜逃，自寻死路呢？今天如果不是我们父女俩，你哪能活着下山呢？"毕氏更加感到惭愧。他穿好衣服起来，稍稍问起春柳现在在何处，春云指指岩壁下一堆白骨说："这就是你的意中人。她原本是宋代淮南一位名妓，跟着一位商人来到此地，因为身患心病身亡，草草地埋葬在这座山岭的一侧。天长日久，精魂不灭，有时出来给过往的行人带来祸患。父亲担心我受到侵袭，就用法术制伏了她。她苦苦哀求饶命。父亲于心不忍，叫她和我姐妹相称，朝夕相伴。春柳的名字，也是父亲给她取的。昨晚举行欢宴，本来不应该让她参与，但考虑到郎君品性高雅，一定不会被淫荡的妖鬼迷惑，所以让她入席。谁想你竟然被她引诱上钩。幸好父亲请求雷神击破了她的坟墓，又用丹药把你医活，不然的话你就没命了！"说话的时候，毕氏看看那堆尸骨，骷髅颜色像雪一样白，更是胆战心惊。于是他向春云提出要见见她的父亲，感恩谢罪。春云摇摇手说："父亲说你俗气未脱，不想再看见你，叫我陪你立刻回家去，免得叔父和婶子疑虑不安。"话还没有说完，原先接他们来的轿子已经停在面前，春云和毕氏各自乘坐一轿。春云忽然回头对众人说："妹妹们稍等一会儿，姐姐过些时候会再回来的。"毕氏虽然听到这话，但还没有想到春云有回去的打算。

一路走得飞快，转眼间就到了毕家的门口。春云招呼毕氏一同下轿，扯起衣袖哭道："郎君快回去吧，父亲已经严厉警告我，不允许我再侍候你了。希望你自己珍重，不要牵挂我！"毕氏听了目瞪口呆，大惊失色，悲伤地哽咽道："多亏了你才把我救活，正盼着和你白头偕老，为什么忽然又要离开呢？难道还在生我的气吗？"春云说："不是。父亲性格向来刚强生硬，生下我之后，一直盼望着把我许配给高雅之士。以前他一见到你，就十分倾心，所以不惜一切手段促成我们的婚姻。没有想到你贪图一时的欢愉，割断了百年的恩爱，竟然就在今天。"毕氏知道事情已经没有办法挽回，就用话激她："照你这么说来，我的确自作自受。然而一定是有什么比我高雅的人，所以老伯改变了主意。"话还没有说完，春云早已沉下脸来说："你怎么能说出这样薄情的话来，难道你反而不能体谅我吗？我虽然受到父命的逼迫，但自己的终身大事自己或许还能作主。可是自从来到你家之后，周围嘈杂不安，多有怪异，所能依靠的，只有你一个人。现在你心中又增添了疑虑，再不分手，就要祸起床笫了。前车可鉴，你不是曾经被邪鬼的谗言迷惑了吗？"毕氏一时语塞，春云又感叹道："天地广大，但大半都是不值得相交的俗子。我就要回去了，实在是没有其他的意愿。然而以你的才貌，虽然不能免俗，但还有灵秀之气，不能说不是理想的配偶。如今既然这样分手，也是命中注定的结果！"说着留下玉钗作为纪念，又脱下珊瑚戒指一双，说："把这些送给婶子，或许见到这些东西还会想起我。"最后擦干眼泪上轿，像疾风一样离开，一眨眼工夫就不见了踪影。毕氏垂头丧气回到叔父家，来到自己的住所，推门进来，只看到家徒四壁，原来的物件原来不知从什么地方出现，如今也不知到哪儿去了。只有几卷古书放在桌上，粘着一张精致华美的信笺，上面写着九个大字："劝毕郎，宜苦读，毋过俗。"毕氏见了再三叹息，前往叔父婶子那儿说明情况。他们并不为毕氏感到难过，反而感到高兴，唯独婶子见了戒指，勾起了对春云的深深思念。其余的人全都喜形于色的。

春云留下的话的确很有见地。毕氏叔父急着要为侄子商议婚事，毕氏不同意，但又拗不过。成婚的那天晚上，有急使上门，说："春云娘子有一信给郎君。"毕氏打开信一看，原来是一首七言绝句："大雅从来绝世尘，奈何相见即相亲。

知君俗骨因难换，莫对新人话旧人。"毕氏正在哽咽难过之际，急使的踪影忽然不见了。自从那时起，他刻意追求高雅，谈吐抱负，和以前大不一样。龚鼎孳先生曾经称赞过他。

外史氏说：高雅之士和他们深邃的情致，近代很难得到。老人想要在交谈的短时间里得到，哪有那么容易。既已轻易抛出宝贝，不久又急忙收了回去，狐仙做事，终究显得迂阔。更何况当男女混杂相处的时候，又没有礼节约束，老人自己事先已经失去高雅之道，哪里能得到号称雅士的女婿呢？只有春云理直气壮的一番话，不仅显出妇人的浩然正气，而且还具有高雅的真义。

折　狱

某少年在十八岁时就考取了进士，金榜一下，朝廷就授官某县县令。虽然说朝廷此举是想考验他，但实际上这是一个非常不容易的差事。他的父亲在心中也暗暗担忧，就陪同儿子一起去赴任，亲自处理各种文书，做县令的儿子只是升座签发一下而已。一有空父亲给儿子讲解各种官吏治事的政绩和弊病。县令的父亲原是浙中一位对儒家典籍素加研习的文士，又对文书很精通，所以每次都能剖析利害。县令本就聪慧，再加上父亲的指点，也逐渐通晓治政的方法。上任一年，治政的声誉就广被传诵，自中丞以下，没有一个敢因县令年轻而小瞧县令的。

有一天，县令因公出城，碰巧遇见一大户人家发丧，送葬的大约有几百人，一路旗幡飘扬，鼓乐吹打，仪仗非常隆重。按照惯例，遇到喜丧大事，即使身为长官也要回避。于是县令就站在道路一旁，等送葬队伍通过后再启程。灵车过后，后面是送葬的乘轿，轿内不时传出嘤嘤的妇人哭泣声，这一定是死者的亲属了。忽然一阵阴风吹过，乘轿素白的帷帐被吹开，妇人的衣着也都显露出来，只是她竟然在丧服的里面穿有红裙，色彩十分鲜艳夺目。县令瞥了一眼，很是惊诧，于是叫差役去查问一下轿内哭泣的人和死者的关系，当时并不知道她是死者的妻子。差役了解情况后回来禀报，说死者是某监生，他没有别的亲属，轿内是他的妻子。

县令更觉得奇怪，觉得事有蹊跷。于是他叫众差役把送葬队伍拦下，并且命令将灵柩停在某寺，等候查验，没有说明缘故。送葬的亲戚中一半人是大绅士，就是稍次的也不是普通的老百姓，听县令这么一说，他们都面有惊色，连忙跑到县令面前再三哀求。县令不加理睬，只是严肃地说："诸位和死者一定不是陌生人，难道就忍心看着他死得不明不白吗？如果不接受查验，我宁愿辞官回家，发誓不再在此县任职。"众人没有办法，只好暂且从命，并且暗自商议道："如果检查没什么，我们到时一定要让这个毛孩县令再无立身之地。"

县令阻止了送葬队伍之后，又急忙赶回去把情况告诉了父亲。他父亲歪着头沉思了一下说："看到你能细心考察，我很高兴，但这些人都是大户人家，并不是普通的平民百姓，这可不是闹着玩的。假如开棺验尸没有查出有什么伤痕，恐怕局面就不好控制了。一定要先查明这件事的根底，等有了确凿的证据，然后再一举破案。要查明此事，看来我一定要亲自出马了。"县令这时早已心里有数，所以并不同意父亲的意见，而且又不想让父亲劳神费心，便跪在地上加以劝阻。父亲笑着说："虽然我没有担任任何官职，但替百姓忙碌，就好像在为国家出力。这并不是我们一家子的事，你为什么要阻止呢？"于是装扮成算命先生，秘密出访。临走前，给县令面授计策，又告诫他："由于事情涉及闺中私情，千万要注意不要因一件衣服的小事去惹祸招灾！"县令这才明白过来，一一恭敬地答应了。

第二天，县令对外以病为借口，不亲自出庭处理公务。诸位绅士听后非常开心，都认为县令在阻拦送葬队伍一事上实在是不知好歹，现在恐怕是感到后悔，所以躲在衙门不敢出来见人了，还玩小孩子的那套把戏。于是众人就故意联名写就文书，催促县令赶紧开棺验尸，县令依然对此不予理会。过了几天，又来文书催促，县令更是不理不睬。棺柩久久不能下葬，墓穴也没办法掩埋，众人都气愤不已，就连县署中的官吏差役和乡里百姓也对县令大加谴责。之后事情被知府知道了，他不忍心下公檄发号施令，只是来信严加责备，让县令向绅士们认错。县令没有推辞自己身上的职责，只是禀报知府，说这关系着人命，推迟葬棺并没有什么不妥的地方，要求再宽限十来天，等到自己病好之后，就立即开棺验尸。如果到时还查不出死者致死的原因，愿意承担拦葬的责任。措辞理直气壮，知府也理解他的意思，但内心还是感到担忧。

县令的父亲到处跑了几天，没有看到有人要喊冤的迹象，心里也七上八下地暗暗担忧。一天晚上，一个人独自在郊外行走，找不到住宿的地方，只得借田间小舍歇脚。之后有人过来叱问，县令的父亲起身行礼，说自己从外乡流落在此，靠替人算命糊口，因路黑无法继续行走，便在此歇息。那人没有怀疑，很爽气地留他住下，屋舍非常狭窄，住两人实在是很拥挤。那人是被田主雇来看守庄稼的，也不敢睡，两人一起彻夜聊天，用来打发夜里的漫漫时光。县令的父亲本就是有意查访，但不想泄密，只是稍稍甩言语打探对方说："今年的庄稼如此长势，假如遇到贤明的县官，百姓一定就可以没什么担忧了。"只见那人忽然叹了一口气说："你不要说这些让我伤心了。我们乡里几年来一直受到酷吏的欺凌。眼下这位县令虽年轻，但能体会民心。不过前些日子进城，又听说他可能做不了官了，恐怕接替他的人很难能像他那样贤达开明。"县令的父亲听后心中为儿子的声誉感到开心，又故意问他，那人回答说："听您的口音，好像和县令相近，有些话我不太敢说。"县令的父亲假装说："贵贱分明，哪里谈得上什么乡情。我要拜见县令就如同登天一样难，我又能给谁说呢？"那人这才放下心来说："反正我们是庄稼人，说了也没什么用。某监生，其实就是我的田主，身体一直很强壮，最近听说他突然身亡，我心里很怀疑。我去办理丧事，问起他的死因，家里人都说不知道。只有一位童仆详细知道事情的真相，私下里偷偷地和我说了。原来监生的妻子一直和她的表兄关系暧昧，表兄才刚死了妻子，她就想杀害她的丈夫，然后和表兄结婚。事情就快要做成，没想到恰巧被县令怀疑，留下棺材，等候验尸，又不马上开棺。族中的人早就对监生家丰厚的家财虎视眈眈，所以商量着一起搞垮县令。果然上面知道了此事，县令这次能不受牵连吗？"县令的父亲听到这里，恍然大悟，私下感到十分庆幸，又故意感叹道："这真是平民百姓没有福运。不过县令这番举动，的确太鲁莽了。"那人大声说道："您错了！依我看来，应当立即开堂断案才能让真相大白，顾虑重重只会让案件继续扑朔迷离，县令实属胆怯的人。如果开棺验尸，去留意检查隐秘，真相立刻就会大白。"县令的父亲一再询问缘由，那又低声耳语了几句，县令的父亲也不禁拍手而笑，就不再问了。天快亮了，县令的父亲起身告别，那人又叮嘱千万不要传出去，县令的父亲满口答应，随即回到官署。

这时县令因为挂念在外奔波的父亲，没有处理公务，吃不下，睡不着。他父亲见了，笑道："傻儿子还要立志作大好官，怎么现在变得这样瘦！"于是又将事情来龙去脉一一告知。县令听了父亲的查访，第二天立即升堂处理事务。到了将近中午时分，这才派一位办事精细的差役跟随验尸，并且嘱咐道："我说查验，你就立刻查验，千万不要误事！"差役答应了。

到了那里，诸位绅士也都早已到场，全都怒气冲冲。县令面带讥笑地说："我是来为大家平愤的，你们倒好反而过来怨恨我，就那么急着想瓜分死者的家产吗？"众人听出话中有话，脸色都为之一变。县令坐定后，下令打开棺木验尸，里面的尸体已经腐烂发出浓臭味，无法靠近。死者家族中的人这时更是哭哭啼啼，他们对县令的怨恨可想而知。县令也不加理会，只让差役依法仔细验尸。等查验到死者的下身时，县令急忙一指："这里认真看看！"差役心领神会，随手拔出一根五寸长的银针，血迹殷红，隐藏在死者的阳具里。众人见状一片哗然，无不伏地道谢，死者亲属一些人又喊冤。县令笑笑说："诸位开始时如此傲慢，现在怎么又这样谦恭？幸好你们不用再担心，我已经查明凶手是谁了。"于是问某某人来了没有，众人一齐回答来了，此人果然在人群之中，原来就是那位表兄。再一看他，脸色如同死灰一般，众人这才醒悟。县令令差役将他逮捕起来，然后起身出寺，命人将尸体入殓，等候审问结果。回到官署之后，连忙发一道紧急文书，捉拿那位知情的童仆和死者的妻子。

傍晚时分，相关人员全都到了现场，县令当庭审讯，先用重刑威吓童仆，童仆很害怕，如实招供了自己所知。原来这位童仆是那位表兄的心腹，表兄把他推荐给死者，实是别有用心，死者的妻子就是和他合伙同谋。一天，死者在那位表兄家喝酒，喝得酩酊大醉回到家中。童仆扶他进屋，妻子便让童仆用皮带将他捆起来，然后自己又动手剥下他的裤子，将银针全都刺入他的阳具，一直到看不到银针。死者当时因为酒醉而无法反抗，只是大声惨叫几声然后就断了气。童仆和死者的妻子见状就解开死者的捆带，把他放倒在床上，向外人报丧说是暴病而死，别人也根本意想不到会有这一出。看童仆已如实招供，表兄和死者的妻子也都纷纷低头认罪。县令大笑，让人剥下妇人外面的孝服，艳丽的红裙露出来，诸位绅士看到这情形恍然大悟，气愤不已。县令又向那妇人审问，她招供说，自从丈夫死后，就怕遇到什么不测，时时暗中将红裙穿在里面。真不知道她是怎么想的，不过多亏老天爷有眼露出了马脚。县令听后怒不可遏，立即叫人对妇人笞刑伺候，然后将他们一同铐上了枷锁，关进监狱，又把审讯的结果禀报给上司。上级官吏都很高兴，纷纷上奏章加以推荐表彰。而县令只是叹息道："辛辛苦苦做了一官半职，却让老父亲心力交瘁，为儿到处奔波，我这个做儿子的实在有愧于老父亲。"当天就以要奉养父亲提出辞官，然后带着父亲返回家乡。现在这位县令还在家乡，年仅二十五六岁，而据事论断，他要比一些资深的官吏还厉害。假如没有辞官，前途一片灿烂啊！

外史氏说：这位害死丈夫的妇人想到用银针来对付她的丈夫，想必一定对铜制人体针灸穴位很精通，所以，只要是妇人所喜欢的，有什么能比得上这个？现在舍得丢弃，难道是因为丈夫房事疲惫，所以特拿银针来惩罚他吗？可惜人已死，妇人随即也魂归西天，没能与她意中人偷欢作乐。就算用阎王堂前的照妖镜来形容这位贤明县令的火眼金睛恐怕也不是不可以的！

隔江楼

江南某县有位刘医生，具体名字无人知道。由于住在江边，所以每次去看病人时，都驾起一艘小船，独自渡江到北岸，到了后就将船停靠在隔江楼下，都成了习惯。这座楼具体位置在某姓人家住宅的后面，恰好是这户人家的女儿——大姑的妆楼。后来大姑因气愤上吊自杀于此，从此家人就把楼紧锁起来，不再让人登入。刘氏对此也存有辟邪之心，从此不在楼下停靠船了，大概已经有几个月的时间了。

一天晚上，病家为表感谢特地请刘氏留下喝酒，直到喝得酩酊大醉才回去。刘氏驾着小舟游历在江面，只见在皎洁的月光照耀下水面晶莹剔透，刘氏心情喜悦，不禁对着江面大吼。在经历楼旁时，就突然听到楼上有人在低声招呼自己："刘先生，今天怎么这么晚才回家呀？"刘氏醉醺醺中顿时忘记了一切，抬头朝声音源一看，只见楼上大姑独自凭栏而立，乌黑的秀发随着江面小风轻轻飘动，别有一番姿韵，和生前一样美。刘氏曾经在大姑生前，多次给大姑看过病，所以对她的音容笑貌都很熟悉。在楼上昏暗的灯光照耀下，人与光恍惚不清，刘氏也忘记了大姑已经死了的事实。他赶紧停船问候，大姑便邀请他上楼喝茶。刘氏此时口干舌燥正想要喝茶，于是停好船上岸拜访，顺着梯子登上楼。大姑招呼着将他领入闺房，房内梳妆器具的摆设和以前一模一样。坐了片刻，大姑亲手递上泡好的茶盏。茶一入口，刘氏顿时觉得神清气爽，茶味十分清香，心里感到特别高兴。大姑这时开口道："一向劳你费心，时时给我配妙药良方，这份恩情大姑一辈子也不会忘怀。现如今我因体内郁塞，又生了鬼病，死过一次后就忍受不了再度死亡的滋味，所以还得烦请您给我治一治。"刘氏非常高兴地答应了，一搭上手脉，觉得她手腕冰冷，忽然想起对方已经死去。已经醉酒的刘氏，竟然一点儿也不感到害怕，只是问道："你人既然已经死了，为什么你还担心生病呢？"大姑道："你有所不知，其实鬼生病和人生病是一样的。而且这病是生前就已经郁积在身，不是死后才患上的。我因受气自缢，气积郁在胸中，便有这样的病症。所以虽然说事实上是人医鬼，其实是人医人。"说话当中也流露出恳求的目光。刘氏给她开了药方，又关心地问她冥府中有没有药，大姑回答说："多亏地藏王广施仁慈恩惠，在冤死城中设立一个药铺，距今已有一千年了。"

　　两人边看病边聊天，刘氏非常健谈好问，连地下九泉情形都问得一清二楚，大姑也一一对答，所讲的和人间传说的大多不一样。刘氏忽然同她开玩笑说："你不要生气，我听说吊死鬼的样子十分可怕，但现在见到你，为什么却并不是这样？"大姑听后面色庄重地说："我受了你的恩义，怎么敢现出鬼形来吓你。"刘氏却非常好奇，催促着要看一下，大姑怎么都不愿意。刘氏正巧口中吸烟，就朝大姑喷去，而且连喷几次，大姑有点儿生气不能忍受，大叫："这是你来强迫我惊吓你，如果你受到惊吓，那就不要怪我了！"话未说完，发出了鬼的凄厉的哀叫声。刘氏一看，只见对方披头散发，口中吐出血红的舌头，头上悬挂一条丝带，两手低垂，眼球突出，丑态百出，顿时酒醒了被吓得跌倒在地，惊吓万分。他两脚发软，无法行走，挣扎着爬起来，夺门而逃，暗中又感觉好像有人扶着他，走下楼来。最后还未登上船，就又倒在了芦花丛中。黎明时分，才清醒过来，求人帮他驾船，才渡江而归。从此隔江楼下，再也没人敢来问津。

外史氏说：鬼是由气积成的。生前有气郁积，死后自然就还会患病。不像受伤生病而去世的人，已经没了身体，在墓穴中也一定不会呻吟作怪。照这样看来，气能造成如此大的祸害，事件中大姑虽然只是简单地说了原因，难道这还不能够唤起人们的警觉吗？

谈易狐

天下用来安顿先师孔子的文庙，大多都很宏大宽敞。尤其是陕西某郡的文庙，特别的宽敞，后面有数间楼屋，飞栋接宇，十分宏伟华丽。那儿还时常有狐经常在殿堂出没，月初和十五来打扫的人，一直发现有狐的踪迹，对此都感到十分奇怪。那地方起初没有什么书院，后来有一位知府，开始让秀才们在研习礼教的时间外，在文庙内学习学业。他自己出钱建造了房屋，让他们住在棂星门外，不仅方便修习，同时也是出于对儒教崇尚的雅意。

一天，秀才们聚集在一起，研讨经书的旨意，列坐在奎楼之下，彼此相互争辩不休好不热闹。但只有讲到理义深奥的《易经》时，很少有人能够通晓其中的意思，大家都皱着眉头，长时间苦苦地思索。这时，突然听到有人在拍手大笑，大家十分惊诧地回过头望，只见座位后面站着一位拄着拐杖，衣着粗陋的老翁，年纪大概已经有七八十岁，面带笑意对他们说："你们各位的资质都不同寻常，只可惜生在边远地区，缺乏老师的讲授。大家要想通晓《周易》，为什么不问问我这位老朽？"大家一听顿时喜出望外，谦逊有礼地把他请到中间的座位上。老翁也不推辞，随后对秀才们感到疑难的问题一一进行剖析，每一个解析都切中要点，迎刃而解，并且列举了名家的各种说法作为例子讲解，滔滔不绝，秀才们都对此深感佩服。也有不服气的，故意拿古今疑难的问题向他发问，老翁也能对答如流。众人这才无不肃然起敬，纷纷要求做他的弟子。老翁微笑着说："你们回去吧，像你们这样有所请求我一定会来教你们。"说完老翁径直起身离去，秀才们也都各自回屋。从此老翁总是隔几天来一次，大家越发谦逊，老翁非常高兴，无不悉心指点，渐渐地发展到和大家朝夕共处。一年多的时间过去了，秀才们对于六爻十翼之事，无不通晓。只是当大家拿其他经书上的问题向老翁请教时，老翁却以不懂作为推脱的借口。秀才们有时请他喝酒，老翁也一定欣然赴约，必定喝得酩酊大醉才回去。

有一天晚上，月色迷人，老翁感到赏心悦目，不禁多喝了几杯，结果喝得大醉。他要告辞时，大家苦苦挽留，推脱好久他才得以脱身，然后径直走入殿堂后面。在月光之下，大家隐隐约约看见了一条狐狸尾巴，十分惊诧，这才恍然大悟到他并不是人，而老翁却没有察觉。第二天又碰面了，有个利嘴快舌的人问："请问《易经》中'小狐汔济'这话怎么理解？"老翁立即感到十分羞愧，拄起拐杖，拂衣而起，说："小鸤鸮真的忘恩负义，从小哺育它们，可谁知它们长成后就啄母鸤鸮的眼睛。诸位的举动和这种情况有什么不同呢？"忽然转身就不见了踪影。以后就再也没有来。然而，府学秀才每遇督学官员巡查就试，都能把《易经》所蕴含的深奥的旨意加以深入广博地延伸，在河陇各郡学子中还算是首屈一指。

外史氏说：《易经》的旨意十分深奥，孔子熟读《易经》，所以才会韦编三绝。小小一狐竟然能通晓大意，真是怪事。我想也许是因为它天资聪颖，能探测天地之间的奥秘，所以晓知人性天命蕴意，就和修行的人特别能领悟《黄庭经》《南华经》精辟的道理是一样的。只可惜这些秀才太轻佻傲慢，只见到尾巴就立即反击羞辱老翁，导致失去了一位能够传授《易经》之道的老师，实在是愚不可及啊！

田再春

福建有个商人叫田再春，再春并不是他原来的名字，只是因为曾经快死了却又复活了，于是给自己取名再春，来警策自己。丙子年八月，我在旅途中和他相见，两人通宵长谈，他也毫不隐瞒地给我说出了改名的原因。

再春本名某某，一直在江湖上做买卖，身世可怜，没有妻子孩子，也没有兄弟，孤身一人，但为人却很洒脱。他把旅舍车船作为自己的住宅，在水地陆地之间来回奔波，获利丰厚，从来没回过家一次。他生性放荡，皮肤白嫩，无论在哪里，都时常干些偷鸡摸狗的事。而且对房中之术很擅长，对于和他欢好的女人从来不轻易泄精。当有人劝他娶个妻子成家时，他总是笑笑说："我欠别人的债多，如果一点一滴计算起来偿还，我的老婆恐怕受不了。"于是下定决心不娶妻。但是他为人很讲义气，不把钱财看回事，时常帮助人，为人排忧解难，所以很受到别人的尊重。

癸酉年早春，他在吴郡经商，碰巧染上了当地流行的传染病，躺在市舍中，病情非常危急。他在睡梦中梦见一位穿黑衣的人，长一头刺猬般的须发，像是捕捉犯人的差役。那人用巨大的锁链将他绑住押他飘飘然来到了一处衙门，衙门外观巍峨壮观，与一般衙门不同。田再春并不知自己这是来到了阴间的官府。过了不久，里面层层大门一一打开了，远远地就看见穿着紫衣的官吏坐在堂上，纷纷拿着文书，从东西两侧的边门走进就位。不一会儿，听到里面的传呼声，也不知说些什么，穿着黑衣的差役连忙牵着再春奔马一般过去，总共过了三道门槛，才来到厅堂。左右差役给他把上的锁链打开，让他老实地跪在庭阶上。再春偷眼一看，只见堂上两侧坐着十几位贵官，有长得端正的，也有丑陋的。正中间坐着一位道士，戴着雷巾，穿着雷衣，样子十分魁梧，气度也很尊贵。他一说话，厅堂上所有的人都投以目光，十分谦逊。再回头一看，几十个人跪在自己身后，其中竟然还有熟悉的，可是也不敢和他们打招呼。

跪了没有多久，面向西的一位贵官，长着一脸卷曲胡须和一副虎面。叫人查一下再春的命簿。差役立刻将文书送上，贵官一看，大吃一惊，说："这不是还没到该死的时候呢？"之后起身告知给道士，道士点了点头，叫人查核再春的生平行迹。又有差役立刻将文卷递上，众贵官相互传看，一时间都变得满面怒容。堂上于是大声喝呼："田某！"再春吓得赶紧朝前爬了几步。道士怒目圆睁，叱问他："你一个人放纵淫欲，却玷污了千百人家的名声，女方的父母公婆，没有不恨你的。你又十分狡猾，没有可以偿还的东西，你说该怎么处置你？"再春哪敢说一句话，吓得浑身发抖。面向东的一位贵官站起身来说："应该要他的命，把他罚为娼妓，这样才显得公平。"道士说："还不能这样办。所有世人的淫债一定要在他生前偿还，这样才能惩一儆百。如果等他转世之后，死者就什么也不知道，活着的人岂不是很冤枉？虽罚作娼妓，还不如不罚。我想换另一种方法，诸位一定能想出一个更好的办法。"众官吏都唯命是听，卑逊地表示自己不行。道士笑着说："这本不难，正好接到直北某城隍神的报告，说是某村有位相貌丑陋但很贞洁的女子。她的一位人面兽心的叔父，将她卖给别人，沦为娼妓，女子怒气郁结，绝食而死，前不久被叔父草草葬在郊外。我现在使用炼形的法术，让田某代替女子的身体，以十天为期限，让他能够稍微地偿还以前欠下的债，然后再让他复生，可不可以用此惩罚他呢？"众官都笑着夸赞说："真君的计策果然很妙，但就怕会玷污这位女子的名声，这怎么办呢？"道士笑着说："我自有两全的办法，并且一定让作恶的人原形毕露，上堂断案不准立即判别到底是贞洁还是淫邪，哪又会重新给那位女子带来麻烦呢？"

说完，就让差役用火烧了用黄纸写下的几个如符书一般的字，再和上水，朝再春脸上一喷。再春一惊，顿时感到肌肤膨胀了起来，原来如同影子一样浮虚，现在则结实如形体。身处公堂之下，暗地听见众人议论纷纷，不禁心里慌张起来。没过多久，堂上又以严厉的口吻叫人把再春阉割，之后就有几位差役将再春双手反捆绑在凳子上，割去了他的阳具。再春顿时感到钻心的疼痛，吓得叫不出声来，晕厥了过去。差役又朝他喷水，这才慢慢苏醒过来。偷偷朝下身一看，只见腹前的肉隆起，已经变成一位女子的模样。道士下令将再春赶出，限期满了后再来。穿黑衣的人再次带再春出去，问他真君是谁，那人回答说："是许旌阳真人，奉天帝的旨命来负责处理有关瘟疫的事务。左面列坐的都是瘟疫部门的神，右面列坐的是冥王。"等到出了衙门，再春抬头朝匾额一望，上面果然写着"瘟疫之府"几个字。再春更加吃惊，不想出去，穿黑衣的人又叫来两个兽头人面的人，用大棒槌逼迫，十分恐怖，再春这才不得已往前走，速度如同风驰电掣一般。

转眼之间来到一个低矮的茅屋面前，四处围着矮墙。再一听，里面有喧哗声，好像是一位老妇在叫吼："你把我的人藏起来，想拿死鬼来骗我，怕我不知道吗？"接着又传来男子的低语声："我哪里敢骗你，她不愿为娼绝食自杀，坟上的新土还没有干呢，不信你去看看。"过了片刻，又听见几位男子在怒骂："那既然人没有了，赶紧还我的钱吧！"屋内吵闹声乱哄哄一片。穿黑衣的人仔细一听，说：

"可以了。"就甩手朝再春背上一拍，再春顿时觉得迷迷糊糊，突然直接闯进屋里。一会儿又听到屋里人声嘈杂，说："摇钱树这不是还活着吗？死老龟说谎，可真是不要脸！"脸上都露出喜色。只有一位男子见状惊慌失措，连呼有鬼，夺门而逃。众人也不理他，竟然高兴地簇拥着再春往前走。再春一看，屋内有男男女女几个人，全都长着一副凶悍可怕的脸，他想说话，却有口无声，只好顺从地跟他们走。

走了大约几里路，又来到一户人家，只见土房茅墙，低矮狭小。刚进门，再春此时已能说话，对众人说："我是福建商人田某，你们是什么人？为何将我带到这儿？"大伙儿全都十分惊诧，正要往下问，那位老妇突然骂开了："这一定都是你叔父预谋好的，准备用这一套变怪现异的花招想赖我的钱。我还从未听说世上有女子去做买卖的。"再春听了，朝自己身上一打量，发觉自己上下一身都是女子打扮，再左顾右盼，又发觉自己头发蓬松，低头看脚，又是像鸡趾一样的一双三寸金莲。于是他不再争辩。老妇问他到底是干还是不干，再春毕竟觉得羞耻，沉默不语。老妇一连问了几遍，失去了耐心，最后怒气冲冲地说："要你尝尝老娘的厉害！"于是叫来强壮的男子，折下柳条做成鞭子，浸了浸水，打算剥光再春的衣服抽打。再春见状感到害怕，又在心里暗暗盘算："看来受到冥府的惩处，是注定无法逃脱了，难道我还要多遭这样的毒手？"于是含羞地答道："奴家愿意。"老妇这才眉开眼笑，将再春领进门内，回头对他说："因为你这贱丫头，耽误了我一天的生意。"再春正要抬脚，顿时感到室内热气蒸腾如雾，又闻到一股鲍鱼一样的腥气，吓得再也不敢进去。在老妇的呵斥下，再春才慢腾腾跨进门槛，见里面有四五个相貌丑陋的妇人，正在往脸上涂脂抹粉，看上去像是泥塑的鬼像，身上只穿一件短袄，腰部以下，一丝不挂。再春更加感到惊恐。老妇又向外呼喊道："多谢各位帮忙，我也没有什么可以酬谢的，只希望今晚各位早些来，让小丫头先陪各位玩玩。"强壮男子等人都嬉笑着离去。到了晚上，这些人果然来了。在老妇的威胁下，再春不得已只得脱掉衣服，含泪屈从。一会儿工夫，身上就鲜血淋漓。老妇和众妇人都拍手笑道："黄花开了！"接着第二个人继续上来，再春渐渐忍受不了折磨。老妇担心会出问题，于是叫别的妇人代替再春，这才让再春得以稍许喘息，这时已是三鼓时分。

　　早晨起来，再春正要穿上衣服，老妇一把夺过扔掉，不让穿衣，说："你看这里的哪个穿着衣服？"甚至连一件短袄都不给再春，赤身裸体，再春深感羞辱，越来越无法忍受。老妇依然叫他梳洗，浓抹艳妆。才到了黄昏时分，门外已经挤满了客人，一看都是身穿粗服头戴斗笠的粗人，没有一个显得温文尔雅。他们见了再春，相顾淫笑着说："这新来的丫头很不错！"都争着要先霸占再春，对别的妇人连看都不看，因此再春接的客人非常多。这些人不停地在再春身上发泄，没有片刻的安宁，再春身上被糟蹋得不成样子，一天之内，多次处在窘迫困顿的状态。幸好夕阳西下，客人逐渐少了，再春这才能够躺下休息。夜深人静，再春和众妇人谈起自己的遭遇，大家都只是傻笑不相信。到了第二天，情况依然如此，客人都因为再春年纪小而喜欢他。经常有人坐在一旁作好了准备等待，这个干完了那个又粗鲁地接上去。再春一个人接这么多的客人，身体疲惫不堪。而且来的人都是身强力壮的男子，不能快快完成事情。以往再春喜欢长时间地与女子交欢，眼下来的客人也是如此，果真是一报还一报，一点儿都不差啊！再春整天受尽折磨，性命都快保不住了。转眼已过了十天，再春庆幸自己还活着，谁知有一天过了午时以后，又来了一位强壮的汉子，从中午一直折腾到晚上，再春被折磨得头昏目眩，大汗淋漓，舌头冰冷，死去活来，已是奄奄一息。正当他神志恍惚之中，看见以前的那位穿黑衣的人又来了，一直走近他的床前，叫他："冥府规定的限期已经到了，赶紧走吧！"说完就把他带出去，别人也不知道，只听见屋里发出惊诧的声音。

　　他们又来到原来阴间的官府，堂上居中是一位据案朝南而坐的贵官，他对再春说："你尝够了风流的滋味没有？本来不该饶你的命，只是真君有命，赐你复生。你应当赶紧悔过自新，痛加改正，不然的话将罚你做十世的娼妓，受尽折磨！"于是叫人还他男身。一走出门，再春赶紧抚摸起阳具，和原来一样，豁然醒了过来。这时已昏睡了十天，不吃也不说。一些朋友围在身边守护，一直用药治疗，但一点儿效果也没有。等到再春醒来，将梦中的遭遇说出，大家都惊出一身汗，他的病最后没用任何药就好了。从此以后，再春就改邪归正了。

　　后来再春因买卖而来到京都，听说某县有一位娼妓，情况和再春梦中所见很是相似，就去查访。当地人告诉他："没有这样的事，真相是某家女因被她叔父所卖，为表清白含恨死去。埋葬之后，老鸨来家要人，老鸨不信人已经死了，坐下要人。忽然看见亡女从外边走了进来，老鸨叫人把她强行拉走。做了几天的娼妓，有一天正要接着接客，可是一转眼就不见了人影，客人和老鸨互相谩骂，都认为是遇到了妖怪。官府一查，搞清了事实，打开亡女的棺材，女子的身体依然是清白的，立即知是受冤而死，于是重重惩处了她的叔父和老鸨，将他们流放到远方。现在他们早就不在这里了。"再春将自己梦中所见讲述了一遍，和以上发生的事无一不吻合，人们听了都感到十分惊异。这一夜再春将事情的经过详细地跟我讲了，我认为这件事能够引起世人的警戒，就将它大致写了出来。

外史氏说：在花营柳队中淫乐的男子，应该也会有漏受报应的例子；依靠地狱里的孽火罡风，也并不是报淫的好法子。叫妻妾抵罪，妻妾本就清白无辜，还殃及子孙，子孙又有什么罪呢？只有让男子在这一辈子就变为女子承受折磨，这才算得上朝施夕报，不昧天理。许旌阳酌情治罪，田再春洗心革面。要不然，即使罚他十世为娼，也不能让他马上醒悟过来。读了文章之后着实让人汗下，真可谓是贯顶的金针。

卷十

宜　织

　　柳生，名叫家宝，是山阴人。他出生时，祖父母年事已高，像爱惜珍宝一样疼爱他，于是给他取了这样一个名字。长大之后，气度温和又富有涵养，才智出众。而且家宝年幼时就进了官学，县上凡有女儿的大族人家，都想要将女儿嫁给他。而家宝的父母选择媳妇的条件很苛刻，总是说："我家的儿子是众人中的龙凤，哪能配世上鸡鹜之类的人？"所以媒人一进门，总是坚决回绝。岁月蹉跎，家宝快二十岁了，还没有娶到妻子，心里也不是滋味。

　　一天，父亲叫家宝去城外探望姑母。家宝到了姑母家后，稍微聊了一会儿家常，就和姑母的儿子在门前随意闲望。过了一会儿，婢女来叫他的表弟，家宝和他一起走了进来。原来姑母要去附近村上办点事，叫儿子一起跟着去，让家宝在家等一会儿，说是回来后还有话要跟他说。家宝没能一起前去，心中很不开心。原来姑母的儿子年纪才十五岁，已经和某家订了婚，这次去就是因为结婚的事情。家宝看到姑母带着儿子高高兴兴地走了，顿时更感到无聊，依然站在里巷门前，看着远处西南方的山林涧谷，景致似乎优美极了，顿时萌发前去观赏的想法，于是独自向前走去。守门人阻止他，家宝说："这个地方太寂寞了，闷得发慌。我去去就回来，不要担心。"说完直接就走了，守门人拦他不住。

　　路程还没有走到一半，就看到一条溪水横在面前，家宝已经走得精疲力尽，于是就在水边休息，俯看清澄透彻的溪水，感到非常惬意。不久对岸传来娇滴滴的声音："长得这样英俊，怎能不令人看杀！"家宝吃了一惊，循声望去，见有一位女子，大约十五岁的样子，样子娇艳妩媚，像花儿一样。她拿着一块红色的纱巾在溪中漂洗，玉指映在水中，洁白晶莹，身上装扮也显得十分淡雅。家宝忍不住为之心醉神迷，想要搭话，但因为羞怯而不好意思开口，欲言又止。女子见他呆呆地站在那儿，于是笑着说："为啥盯着我看？即使是西施美女，恐怕也比不上你美。"家宝听了心头一喜。女子招呼他说："渡溪过来吧，我再和你说话。"家宝摇摇头表示不行。女子指了指说："西侧有红桥，你这傻瓜难道还害怕过不来吗？"家宝抬头一看，不远处果然有一座木桥，通红闪亮，就高兴地走了过去，小心翼翼地过了桥。

来到对岸，女子早已经洗好了在那儿等候，见家宝过来，高兴地同他聊了起来，对他说："我在闺中，自守节操，今天见到你就沉迷不能自拔，这也是天意。"随后就拉着他一同坐在柳树底下，绿色的小草柔密丛生，很像是精致华美的垫席，远远胜过铺席而坐。女子问家宝住在什么地方，家宝最终还是因为不善言谈而说不出话来。女子红着脸站起身来说："男子汉还这样忸怩，做女人的怎么受得了！我要告辞了，今后不敢再和你见面了！"家宝拉住她的衣袖不让走，勉强说出自己的姓氏，但嘴里结结巴巴说不清楚。女子情不自禁地拍着手说："你口中'艾艾'，还有几艾？"说着又自我介绍说："我家住在附近的村上，父亲姓令狐，有个女儿名叫宜织，那就是我。你如果不嫌弃，就来我家坐坐，巷前有垂杨，在东面一点儿有一排稀疏的篱笆，不难找。"说完，把洗好的纱巾送给家宝，说："这可以当作定情的红丝线。"两人正要缠绵一番，溪水上流方向隐隐约约有笑声传来，宜织急忙起身说："女伴要来了，我不能再留在这里。一定要记住，千万别让人等得望穿双眼！"随即顺着溪边慢慢地走去，还不时地含情脉脉回过头来，依依不舍。家宝心中也感到若有所失，长时间伫立着，直到看不见宜织人影，才转身回去。急匆匆地过了木桥，早已经是夕阳西下。等到回到姑母家，一轮新月已经升空。这时姑母早就回来了，左等右等家宝不来，心里担忧，已经派童仆四处寻找。家宝一回来，姑母怒气冲冲地问他去了哪里，家宝回答说出去闲逛了一圈。姑母训斥他说："你这孩子也太任性了，城门现在已经关了，你怎么回家？

你父母倚门盼你回去，幸好在我家，还没事，不然的话真要急死了！"家宝连忙认错，姑父也在一边极力劝解，姑母这才收起了怒容，叫婢女安排家宝吃饭。这一夜家宝住在姑母家。

第二天，家宝告辞了姑母回到家里，用别的事在他父母面前搪塞糊弄了过去，父母一向宠爱他，也没有刨根究底。家宝来到自己的房间，拿出纱巾把玩。纱巾有数寸宽，长只有一尺多一点儿，两端缀着金色的扣结，已经缝制做成，看上去像是妇人的抹胸。再想想纤腰再细，抹胸也不应该这么短。拿起来靠近鼻子闻闻，虽然经过漂洗，但还留有女子的体香，果然是抹胸。于是家宝惊喜若狂，害怕被人发现，把它秘藏在竹箱里。夜晚睡觉，总是抱着它钻入被窝，像是抱着一位佳丽。从此每次去姑母家，一定会到宜织幽会的地方去探访，溪水泛滥无可奈何，并没有桥梁，家宝因此心中感到非常惊讶。很多次无法渡过溪水，每每闷闷不乐地回来。

几十天之后，家宝听说父母为自己提亲，已经派人去问女方的名字和出生年月，原来是同乡陆弇的女儿，一直以来在乡里有美女的名称。家宝的父母行过聘礼，家宝心里也稍稍安定下来，但仍然一直对那位女子非常思念。一天，偶然经过陆家，正好碰上陆女出游，轿子停在门外。陆家原本贫寒，住的地方低矮狭小，轿内的人进出上下，路人都可以旁观，家宝因此有机会看到。看到陆女虽长得娇美小巧，但身体丰满而骨骼很小，又加上涂脂抹粉，不仅比不上那位洗纱女美艳动人，即使和自己相比起来，也有高下之分，差了很多。家宝心里感到很不满意，但迫于双亲的命令，也是无可奈何。于是他气呼呼地出城，依然来到溪水边。虽然没有船可以坐，幸亏水势清浅，他也顾不上许多，直接脱去鞋袜，赤着脚涉水渡过溪水。家宝原本不习惯这样做，加上溪水寒气逼人，冰冷刺骨，摇摇晃晃地登上对岸，衣裤全部都湿透了。他笑着自嘲说："《诗经》上说'提起衣服渡过溱河'，今天我倒是成了这样。"

整好衣服朝前走，走了一里路左右，看到一个村子，村中房屋整齐，桑麻茂盛，好像不止一两户人家。家宝慢慢地走着，偏东方向有条小巷，巷前绿树成荫，仿佛就是宜织姑娘所说的那样。走近一看，只见篱笆上的鲜花争妍吐艳，黄蝶来回飞舞，很快就找到了宜织的家。家宝还没有走进门，就看到有一位拄着拐杖的老翁，没戴帽子，伸开两腿，独自坐在篱边的树下，看他年纪已有七十左右，气度不同寻常，根本不像庄稼人。家宝怀疑对方就是宜织的父亲，就直接走过去行礼。老翁态度很是傲慢，慢慢起身还礼，问家宝从什么地方来。家宝忽然感到自己有点冒失，结结巴巴好久都说不出话来。后来他先说出了自己的姓名，但却不敢一下子说出自己的来意。老翁听了忽然惊讶地说："你原来是我妻子的侄儿，几年不见，现在都长大成人了。今天是什么风把你吹到这儿？"家宝心里暗暗高兴，怀疑对方认错了人，而自己或许可以趁机进门，于是编了一通谎言说："很久都没有你的消息，父亲非常想念，所以派侄儿来看望。"老翁大笑着说："你父亲怎么会认得我呢？这肯定是借口。尽管如此，你大老远的过来，并且又是亲戚关系，不会没有事情，快请进。"说完立刻谦让着要他进去。家宝因为说漏了嘴，满脸通红，硬着头皮跟着老翁进屋。

老翁的居处也非常幽雅，有流水萦绕，很有幽谷小村的景致。屋内摆放着琴书，桌子上不沾丝毫的尘埃，主人的风韵气度，可见一斑。家宝以侄儿的身份行礼，老翁也不辞让，安然受礼。两人坐下交谈，老翁说："我的妻子是你父亲远房的姐姐，死去很久了。留下一个女儿，老夫带着她住在村上，从来没有去过城里，到现在还不认识她的外公外婆，想她心里一定有些怨恨。今天你来了，可让她见一面，也让她知道她母亲家族的人，并不像一般卑微者，小丫头或许能消除心中的憾恨。"家宝连忙答应了。正好有丫鬟端着茶水出来，老翁就让丫鬟将他女儿叫来。喝茶的时候，老翁又问："侄儿年幼的时候，我曾经去过你家，也见过你父亲，但并没有当面结识。你刚刚说你父亲认识我，所以我私下怀疑你说的不是实话，现在可以明白地告诉我了。"家宝没有办法，只好起身说："父亲事实上未曾有过思念，侄儿只是听别人说令狐老伯是世间的伟人，在这儿隐居，所以奢望能见上一面，有所赐教，希望不要有别的想法。"老翁微微一笑，就不再询问。

没有多久，传出佩玉相击的声响，只见精心装扮的宜织来到了跟前。家宝侧脸一看，女子着装和头饰已换过了，比在溪边所见到的模样更加娇美艳丽。和陆女相比，两人更有天壤之别。宜织低头站着，眼光流转，默默地不说话。老翁说："你的哥哥从城中来，他就是你表舅的儿子。你是做妹妹的，应当以礼相见！"宜织于是向家宝行礼，家宝也还了礼。而当两人目光一接触，宜织的脸色顿时就变了，如羞如恨，如怨如怒，好像在深深地埋怨他来得这么迟。老翁又笑着说：
"宜织和你哥哥长得这么像，假如不是长在两家，足够让一家添光加彩。可惜侄
男不能随从姑母，而小女徒自长得和舅舅相似。"说话之间，多次打量着家宝，
对他很是中意。家宝原本不敢替自己做媒，但又眷恋着宜织，不忍心离开。时间
渐渐过去，转眼间阴云密布，急雨滂沱，家宝慌张起来，不知道该怎么办。老翁
安慰他："侄儿不要担心，虽然说我们是第一次相遇，但也是关系密切的亲戚，
今晚住在我家，没有什么不可的。"家宝喜出望外，再看看宜织，只见她抚弄着
衣带，一言不发地坐在父亲的旁边，脸上没有了怒容。家宝于是用话挑动老翁：
"妹妹多大了？"老翁回答说："十七岁了。"家宝又说："只比侄儿小两岁吗？"
老翁好像听出他话中的意思，不再答话。

这时饭菜已准备好了，菜肴果品摆了一桌，家宝又客套了几句，言语流利爽
朗。忽然听到宜织在低声嘲笑他，说："在长者面前为啥不结巴了，说话难道也
因人而异吗？"家宝也偷偷地笑了。吃完饭，雨还没有停，老翁叫人在东堂摆下
床榻，作为客人的卧室，又辞别说："老夫年纪大了，不能久陪，侄儿你自己歇
着吧，千万不要想家。"随后就带着宜织走进屏风后面离去。家宝暗暗欢喜道：
"我今天也像王羲之一样，成了东床快婿。"

没过多久，丫鬟拿着灯烛出来，小声地说："阿姑要我跟你说一声，等老伯
睡下，她会来的。"家宝更加高兴，随手取来桌上的书翻阅，不敢睡觉。快到半
夜的时候，宜织果然来了，妆卸了一半，姿态显得更加楚楚动人。一看到家宝，
她就一本正经地责备他说："我出于一时的柔情，不顾旁人笑话，偶尔相遇，就
将贴身的内衣赠给你，想你一定领情。哪里想到你竟然抛弃它，一别三月，不来
探访，让我感到又是羞惭，又是悔恨，一气之下正想一死了之。又想到你年少俊
逸，不应该这样失信。今天特地来见你，恳求你把东西还给我，不要再说什么了。"
说完，泪珠在眼眶中打转，快要哭出声来。家宝知道她对自己的怨恨很深，就拉
她坐下，解释失约的原因，又讲明了渡溪的艰难。宜织假装不相信，家宝又挽起
衣襟给她看，浸湿的水痕迹还在。宜织这才转怒为喜，但口中还是唠叨不停，嚷
着要讨还纱巾。家宝笑着从怀里取出，说："东西还在，但已经碰过我的肌肤，
恐怕你不能再用来束身了。"于是描述起他抱着纱巾入睡的情形，女子脸色绯红，

不禁显出娇羞的姿态，急忙起身离开，家宝想拦住她，但已经来不及了。等到走过画屏，还听宜织在说："这个人也太无赖了，几乎叫人无地自容。"不久，传来一阵嘈杂的说话声，声音隐约来自于堂后，好像是有人在生气叫骂，有人在伤心地哭泣，又有人在一边劝解安慰。家宝心里大惑不解，仔细一听，苦于听不清楚。过了一些时候，才平静下来。家宝随后脱掉衣服睡觉。

第二天早上起来，家宝准备去见过老翁道谢，然后告辞，还准备稍微透露自己求偶的心愿。忽然看到宜织面容憔悴，神色悲伤慌张，急匆匆赶过来，对家宝说："我因为将内衣赠给你，很难讨要回来，只好把事情告诉了父亲，希望得到他的同意。没想到父亲异常震怒，大发雷霆，要置我于死地。幸亏婢女婉言劝解，才得到许可。限你十天之内回去告知父母，而且要亲自前来议亲。如果那一天不来，那天就是我的死期，刻不容缓，只求你哀怜一些答应我，我无法自己做主！"家宝听了这话，大吃一惊，并且自从见了宜织之后，早把原来的婚事抛到了脑后，好像并没有那事一样。眼下看到宜织这副模样，痛心极了，慌急之中更顾不上什么了，一口答应道："行。"宜织又和他相约，家宝对天发誓，依依难舍，宜织一直将他送到门边，方才挥泪告别离开。

等走到溪边，水已经涨了一尺左右，看上去根本无法涉水过去。家宝徘徊了好一阵子，忽然看到那座木桥又出现在溪水上，弯弯曲曲犹如一条彩虹。家宝高兴极了，指着桥说："河水流动，世称无定河，眼前难道不是无定桥吗？"于是可以直接渡溪过去，到达对岸。在回家路上，家宝忽然盘算起来："已经向陆女行过聘礼，并且是父亲的命令，而宜织的事并没有跟父母说起，父母怎么能同意呢？陆女的婚事不能推掉，和宜织的盟约一定没法实现，王魁、李益负心的事，就会发生在我身上，这可怎么办呢？"想到这里，心里开始犹豫起来，想不出什么好的办法。快到家的时候，忽然心生一计："假如和陆女成亲，就别想娶宜织，可是如果失去这位佳人，还不如死了的好。听说父母将要选择黄道吉日为我完婚，何不用重金买通算命先生，谎称陆女的年庚不吉利，有害公婆，我再根据孝义来规劝双亲，发誓不娶。父母一向疼爱我，一定会推掉和陆女的婚约，然后去和令狐翁议亲就不难办了。"确定好计策，回到家里，家宝推说下雨道路泥泞，留住在姑母家，他父母亲也没有起疑心。

　　第二天，家宝着手实施他的计划，买通了县上所有的算命先生。他父亲考虑到儿子和媳妇年纪不小，就打算选择吉日办成这门婚事。家宝听了，也请求一同前往。一连过了好几个算命的摊位，算命的都皱着眉头说："谁叫你定下这门亲事的？媳妇一进门，你们夫妇俩就要遭殃了！"家宝的父亲一听，大惊失色，当初听说陆女姿色秀美，就想赶紧定亲，根本没去卜算过。现在婚约很难毁去，只好缠着算命先生定个日子，然后回到家里。到了晚上，家宝在他母亲面前忽然声泪俱下，说："生儿娶妻，虽然说是出于父母天大的恩情，实际上也是让小辈尽到奉养父母的义务。现在所娶的媳妇会给父母带来不利，如今儿子也知道了。娶妻反而造成不孝，这罪名实在太大。即便算命先生的预言不会应验，儿子心里已经感到非常不安。假如果真应验了，儿子不是成了违抗礼教的罪人吗？请求推掉这门亲事，儿子冒死告请。"母亲听了，吃惊极了，连忙告知了家宝的父亲。父亲不同意，说："相信那些胡言乱语，毁掉已经订下的婚约，别人会怎么看我呢？此事关系到名誉和节操，而开这样的玩笑，陆家一定心有不甘，势必要打官司，到那时候怎么办？而且我们夫妇俩年衰体弱，假如娶个好媳妇，来配好儿子，即便死了也不会有丝毫的怨言，更何况未必会死。"坚持不同意。家宝又长跪在父亲面前，发誓就是死不愿同陆女成亲，又说："儿子请求去陆翁家讨回聘礼，假如要打官司，儿子自己来承担，一定不会连累父母亲。"父亲到底宠爱儿子，虽然没有直接答应，但是也默许了，不过想安慰一下儿子罢了。

　　第二天早晨，家宝来到县学，拉上几位要好的朋友，直接来到陆家，要求退婚。陆弇感到惊讶，家宝和朋友都侃侃论说，说了一通伦理纲常的道理，又说："孝和义哪个重要？即便是老伯去官府告状，我也誓死不成婚。"陆弇原本就粗俗卑微，不会强词争辩，又怕这些文士，只好叫来媒人责怪一通，最终退还了聘礼，不敢强争。这次行动，家宝说得头头是道，别人反而以为他做得对，却并不知道其中有文章。

　　家宝踌躇满志，一算十天时间已经到了，担心宜织有闪失，于是想先去赴约，回来后再告诉父母亲，劝他们答应他和宜织的婚事，这样做或许可以万无一失。于是他又一个人前往，幸亏溪上那座桥还在，渡溪没有什么困难。才到了村中，就在路上遇到宜织的父亲，老翁高兴地和他握手，把他请到家里，说："侄儿来，我很高兴，有一件事恳求你。"家宝问是什么事，老翁回答说："老夫原本是燕地的官员，退居在这儿有好些年了。前些日子接到皇上的旨令，因为京都一带很多官吏，每每私出而给百姓带来祸患，特地派老夫前去管理。现在就要远走，但小女绝不能跟着走，我正在为这事发愁。凑巧在这里碰见你，看在亲戚的面上，我就把她托付给你，你娶她为妻是最好的了，把她嫁出去也可以，老夫从此不再过问。侄儿马上带她走，希望不要推辞。"家宝听了又惊又喜，满口答应。老翁立刻站起身走进内屋，催促女儿准备行装，离别时凄惨的声音，外屋的人也能听见。过了片刻，老翁带着宜织出来，宜织那对美丽动人的眼睛还含着泪花，向家宝行了拜礼，说："妹妹现在只有靠哥哥了！"神色十分凄怆，老翁又说："宜织好好跟着你哥哥去，钦命的期限很快到了，房子已经卖给别人，不能再停留了。"于是指了指几十个箱子，将它们全数送给家宝，其中有各种器具书籍古玩。老翁叫他们立即动身，一刻都不能耽搁。于是家宝和宜织哭着拜倒在老翁的膝下。等到他们出来，外面已经停着数乘轿子，一百多人在等候，也不知道为何这么快，如此多的人和轿子都备好了。宜织带了两位婢女各乘一轿，家宝也乘上一轿在前面引路。老翁目送着他们出门，宜织非常伤心，已经说不出话了，老翁安慰她说："孩子，不要这样折磨自己，父亲虽然官事在身，但要相见，万里尚且不难，更何况只是几千里的路？"家宝更是不理解话中的意思。

　　既然已经动身上路，不能再停，一时队伍在路上前后相接，村中居民都翘首旁观，有人感慨地说："令狐翁真是阔气，他住在什么地方，以前怎么没有听说？"不久渡过溪水，家宝心里算计开了：一下子带着人回家，父母会害怕的，我也会背上不预先告知的罪责。为什么不先到姑母家暂时住下，让姑母替我出出主意，应该不会有闪失。于是指挥轿夫随从直接去姑母家。姑母正好和她丈夫闲坐，谈到家宝退婚这件事，都啧啧称赞他有孝心。忽然家宝带着装扮得像神仙一般的宜织一头闯入，而且还有数不清的包裹箱笼，全部都放在庭院里。姑父姑母非常吃惊，问家宝是怎么回事，家宝一五一十详细说明。姑母突然吃惊地说："这女子就是我姐姐生的吗？但事实上是狐生的，不是人。"姑父急忙问她，姑母说："我有一位堂姐，还没有出嫁就死了，是被狐纠缠之后得病的。她在病危的时候，才肯说出事情的经过，说：'我十五岁时，总有一位美男子过来一起睡觉，醉后常

常露出原形，其实是一只狐。如今我已经怀有身孕，将要生产，死后不要马上入
殓，担心狐会来找它的孩子，全家都得不到安宁。'说完断了气。父母听从了她
的话。这一夜风雨大作，家人中有胆大的偷偷窥视，看到有狐来扶着尸体起坐，
就像是替活人接生一样。不一会儿，就听到婴儿呱呱的啼哭声，狐竟然把她抱走
了。雨停后，再一看堂姐，则血流满了床席，依然僵卧着，于是把她殓入棺材。
堂姐十七岁亡故，如今已过了十七年，按年岁来计算，这位姑娘还不到十八岁。"

　　姑母一五一十说了之后，屋里的人都惊异极了，只有宜织听说了她母亲身死
的惨状，哭得抬不起头来。姑母又仔细打量她的容貌，觉得非常像死去的堂姐，
于是拉着她的手一起坐下，说："外甥女不要太伤心，我就是你的姨母，你见到
我，不就等于见到你母亲了吗？"随后又笑着说："我一向以为家宝淳朴老实，
如今知道他心眼多着呢。我曾经亲眼见到过陆家的女儿，果然比我外甥女差多了，
难怪他要舍弃她选择这个。但是编了这么一套借口，父母亲和其他人全被他蒙在
鼓里，你说他的主意不是很鬼吗？"姑父一听也大笑起来，家宝面有愧色。姑母
叫宜织和她睡一个屋，把细软藏在内室，其他粗重物品另外放置。又对家宝说：
"我成全了你，要不然，你不仅很难达成这桩心愿，而且罪责也难以逃脱。"于
是对他面授计策。家宝听了满心欢喜，赶回家去。

　　回到家，他对父亲说："儿去探望了姑母，姑母非常想念母亲，一定要去一
次。"父亲果然叫妻子来看望他的妹妹。到了姑母家，姑母叫宜织出来见面，并
说是邻居家寄养的，"她的父亲远出做官，不能带她走，所以托付给我，婚嫁的
事也由我做主。"家宝的母亲仔细一看，看到宜织长得比陆家的女儿不知好多少
倍，于是目不转睛地盯着宜织看，趁机请求姑母把宜织嫁给家宝。姑母笑笑，假
意说："你家这小子，三心二意的，不能让这位姑娘也遭受被抛弃的痛苦。"家
宝的母亲央求再三，又问起宜织的年岁。姑母又笑着说："嫂子用不着担心，我
已经合过他们的八字，肯定不会给你们夫妇带来不吉利。"婚事就这样讲定了。
家宝母亲急匆匆回到家，详详细细地对丈夫说了。家宝的父亲也很高兴，选定日
子准备好礼物去姑母家求婚。不到半个月，就把宜织娶了过来。新婚之夜，家宝
和宜织对姑母很是感恩戴德。除宜织父亲所送的物品之外，姑母又补充了一些原
来没有的东西，衣饰和各种梳妆用品应有尽有，即使是富贵人家也比不上。家宝

的父母都喜笑颜开。到了晚上，家宝才将红纱还给宜织，一定要她戴上。宜织含羞地解开衣服，将束胸戴上，一看还长出许多，于是低头笑着说："都因为你，我才会瘦成这样。"家宝于是想起古人所说的楚宫细腰，果然是有根据的，更加得意了，二人更是缠绵恩爱。到了第三天，双双出来见人，亲戚都以为是天生的一对，没有白白浪费择婚的一番苦心。

宜织从此遵守妇道，家宝的父母都很喜欢她。只是时时思念她的父亲，父亲满足她的心愿，晚上一睡下就能见上一面，又暗中赠送她想要的东西，宜织于是也不感到遗憾了。有时她跟家宝说起，讲她只有几岁的时候，"父亲开始从山中把我带到那里。稍稍长大，教我女工，又教我念书，像严师一样对我严加管教，毫不懈怠。父亲自从住在那里之后，不耕不织，却始终是丰衣足食。并且闭门不出，不和乡邻交往，人们只知道他姓令狐。今年春天，父亲忽然叫我去溪边洗东西，婢女跟随一起，也放任她们戏耍。我所说的女伴即指她们，而不是别人。每次出来，父亲就给我一根红色的筷子，叮嘱说：'有小伙子来渡溪，你一定得用这筷子帮他渡过去。'于是教我口诀，我因此稍微懂一点神术。如今在梦中相见，父亲总是说：'你们夫妇跋涉真艰难，但对我来说，只需要一天的工夫，一点儿都不辛苦。'嘱咐我要好好侍候公婆，协助丈夫，你竟然听不到吗？"家宝于是感叹事情如此奇异，并悟出那座木桥时有时无，原来都是因为狐翁在施加神术。

起初陆弁得知家宝另外定了亲，以为全县的姑娘不会比他女儿更出众，娶来的人一定不是什么国色天香的美女。等到宜织来到姨母家，陆氏族中见到宜织的人，全都心服口服，觉得陆家的女儿实在比不上。后来家宝之前买通的算命先生稍稍泄露了实情，人们才知道家宝的用意，讲孝不过是借口罢了，家宝的名声也受到影响，最终在科举上一直是一个秀才，不能飞黄腾达，人们都说这是因为家宝抛弃陆家女儿。然而靠着宜织的资财，加上祖上积蓄下来的家产，家宝家至今还是县上的首富。家宝的姑母等事情办妥之后，不时对兄嫂亲族提起宜织的事，大家这才得知宜织的身份。闺室中的妯娌互相开玩笑，经常喊宜织为"灵狐"。

外史氏说：浣纱西施，千百年之后，竟然再也见不到，也是天地间一大遗憾之事。没有想到柳生却在匆忙之中碰见了，而且人长得美丽娇艳，丝毫不逊色于西施。而夫唱妇随，百年偕老，远远胜过越灭吴以后，越大夫范蠡带着西施泛游五湖的结局。只是狐翁用神术引女婿上钩，柳生又用智谋迷惑双亲，作为岳父和女婿，难道像这个样子吗？如果不是家宝姑母的义举，婚事虽然可以撮合，但人言实在可畏。谋事在人，成事在天，俊男美女的结合，难道不是天意吗？

遗 钩

京师有位叫高二的巡逻士卒，平时很喜欢喝酒。喝醉之后就拄着一根白棍，在街巷边走边唱。棍的顶端有铁器，坚固锐利，下端弯曲，样子很像结缨的矛枪，称作是"钩"，是夜间巡逻的人用来捕捉盗贼的用具。

一天晚上，夜已经很深了，高二又喝得醉醺醺的，带着钩出来巡逻。经过一户人家，看到灯烛还亮着，仔细一看，原来是一户新婚不久的人家。高二心里一动，将耳朵贴住墙壁，听到里面妻子和她丈夫在说话，声音很轻，可以想象这一对夫妇亲昵的样子。高二忍不住想入非非，暗自思量自己并不能亲临其境，只好闷闷不乐地朝前走去。不一会儿，看到有一个人慢慢走过来，行动很缓慢。走近一看，从衣着大致可以辨别，原来是一位妇人。高二心想这人深夜单身行走，一定不是良家女子，估计可以调戏她一番，于是紧紧跟在她后面。那妇人直接走进一条小巷，那儿有一道非常低矮的门，是用竹木编成的，妇人随后就侧着身子走进去。高二一时还不敢放肆，屏住呼吸，观察里面的动静。一会儿听到几个小孩子嬉笑玩耍的声音，看见了妇人，孩子们都亲近撒娇，似乎没有男人，高二心安定了许多。又见只是矮墙，于是翻了进去。妇人听到动静，大声喝问："是谁？"高二就把钩靠在墙上，趁机突然闯入屋内，说："我是高二。"妇人惊讶地问道："你带钩来了？"高二笑着说："钩的确带来了，但已经放在墙下了。"妇人于是就媚笑奉承，似乎表现出半推半就的模样，只是说："小孩子烦人，咱们还是到屋上去吧。"高二欢欢喜喜地跟着妇人上去。到了上面，果然很平坦，妇人就脱了衣服先躺下，高二摸着她的肌体，觉得非常肥厚，贴身上去，像是抱着瓮，又像是抱着一堆浮肿的东西，叫人非常难受。但高二正在饥渴的兴致中，全然不计较这些。两厢欢娱了好一阵子，高二心满意足，而隔夜酒还没清醒，于是就抱着妇人呼呼大睡。

一觉醒来，似乎听到有人在说："这是高二哥的东西，怎么会在这里？"又有人怒气冲冲地说："这小偷想盗窃我的小猪，所以准备用钩钩取。难道高二哥也做起这种事了？"不久有人大声嚷嚷："果然是高二哥！只是看不到人，衣服倒在。"高二听了大吃一惊，一睁眼，只见太阳已经高高升起，自己原来睡在别人家的猪圈里。再朝身下一看，只见有一头将近百来斤的母猪躺在墙角鼾然大睡，自己的钩也在一边，不禁大惊失色，而身上一丝不挂，非常恐慌。幸好衣服还在一边，连忙穿上，红着脸走了下来。

刚开始，主人看到是高二，模样疯疯癫癫的，也十分吃惊，把他叫住，高二的两位伙伴已经先在那里了，也争着问他。高二心里有鬼，说不出口。只是对主人说："这头猪老了，不杀了吃，会变成妖怪的。"大伙儿这才知道原来他在和猪交欢，全都情不自禁地大笑起来。高二也顾不上他的钩，急匆匆地转身溜走了。

第二天，主人果真杀了那头猪。高二梦见那位妇人兴冲冲赶来，对他说："多亏你一句话将我解脱，如今我转世为人了。"高二惊醒过来，才把这件事告诉给别人，别人听了，没有一个不捧腹大笑的。

外史氏说：宋国盂地乡野之人有讥刺卫灵公妃南子与宋公子朝淫乱的歌谣，"你的母猪既已定心，为何不归还我的公猪"。高二既然把自己当作公猪，那么母猪很容易也能定下心来。只是主人误听高二的一席话，直接把这头猪烹烧了，有些遗憾。要不然，宋公子朝正好前来，南子还未年老，两者交合的产物又必定会发生奇怪的事，真是可惜了。

奇　遇

我又听某公说，西疆平定之后，有一位军中的将领，有四品的职位，带着人马去守卫回疆。手下有一百多个士兵，准备横渡溪水，将领和十几位将官单独坐在一条船上，一位年老的回人为他们驾船。这位回人偶然听出将领的乡音，忽然操着汉语问道："长官们都来自中原，最近中原情况如何？"船上的人听了十分惊异，争着问他，回人伤心落泪，说："我虽然住在这里，但实际上不是回人，原本生在中原地区，是世代做官的人家。年轻时入伍，在异域征战，偶然因为一次战争失利，就身陷准噶尔部中。他们把我当奴隶一样使唤，嚼雪吞毡，苟延残喘。后来他们又把我卖给回族部落，于是遵从当地风俗，无法再改，至今又过了几十年。庆幸皇上的威势远震四方，我重新见到了故国的人，忍不住心有感触，脱口而出，千万不要见怪！"大家听了他的遭遇，都十分同情，有的还流下了眼泪。将领忽然心里一动，又问那人姓氏住地，竟然和将领本人的姓氏住地完全一致。等到那人说出自己的名字，将领非常吃惊，起身问道："你离开家乡的时候，是否已经成家？"那人说："娶了某氏，感情很融洽。"将领又问："有没有孩子呢？"那人回答说："有个一周岁的孩子，还不懂寻梨觅枣。"将领又问他孩子叫什么名字，那人还没有说完，将领早已经伤心大哭，双膝跪地。那人开始觉得惊奇，也放下船桨跪倒在地，坚持不肯接受跪拜。同船有不少人知道其中的情况，又有证有据地一一详细说出，再问那人祖父和父亲的名字，都一一吻合。那人也泣不成声，和将领抱头痛哭。这时船已经到了对岸，将领说："父亲不要驾船了。"拿出衣服帽子给他换上，带他一起来到驻防的兵营。将领向上司递交了公文，详细陈述了事情的经过，又自愿交还官职，为父亲赎罪。上司对他们父子的遭遇表示同情，对他们的重逢感到高兴，急忙为他们上表奏章，又奉旨宽恕了将领的父亲，不再问罪，允许他返回乡里。将领这才叫人送他父亲回家。将领的母亲还在，夫妇俩握手痛哭，他们的年纪都已经超过七十了。

外史氏说：奇遇的事，只有在伦理纲常的关系上，才更加令人可歌可泣、可哀可喜，一时七情汇聚在一起，实在不知道为什么会造成这样的结果。在天涯远方和骨肉亲人相聚，这种极乐出自极苦，而更加能让人享受极度的喜悦。真好比身处异地而失去儿子的邓攸，有幸遇上失去父亲的丁兰。丁兰只能白白地雕刻木偶当作自己的亲人，而他们父子真的团聚了，老天安排得多么巧妙啊！要不然，丝毫不相关的人乘坐在一条船上，有谁能让他们相互自我介绍呢？

绣 舄

德安有个人叫庄士玉，对女红尤其擅长，一有空总是替妻子绣鞋，绣上数瓣梅花，妍丽娇艳，栩栩如生。有人听说这事，每每笑着说，相比之下，汉代张敞替妻子画眉，还说不上是最为钟情的。

一天晚上，庄氏在烛下做绣活，过了半夜，就把所绣的鞋放在窗上，和妻子一起进入梦乡。第二天早晨起来，发觉鞋子不见了，就怀疑被小偷拿走了，但是屋里其他东西一件不少，所以感到很奇怪，但也不是很介意。等到傍晚，庄氏正和妻子谈起那件怪事，忽然屋梁上落下一物，快得像鸟一样，扑面飞来。庄氏急忙一看，落在了床榻上，原来是他所绣的鞋，上面附着一张纸，写着娟秀工整的小楷字。庄氏再一看，是一首七言绝句，写道："故抛象管弄银针，织尽文房几许心。自是深情怜一瓣，讵知寸趾价千金。"语意似乎是嘲笑庄氏妻子的脚不怎么样，但不知道这事是谁干的。庄氏看了之后也一笑了之，但心里也暗暗有一丝相同的感觉，觉得妻子的足弓并不令人满意。妻子并没有觉察，只是很害怕发生的怪事。第二天，她找借口回娘家去了，很久都不回来，一定要等搬迁之后再回家，其中的确也有什么原因。

庄氏没有听从妻子的意见，自己一个人待在房间里，总是祝告说："那位自称寸趾千金的人，不能让人看一下吗？"多次祝告之后，听到梁上有人笑着说："你那位赤脚丫头似乎也不错，为啥要纤纤寸趾呢？"庄氏一听，非常惊讶，就看到有半弯的绣鞋，从梁上垂下来，像新月一般尖瘦，用薄纱和锦带缠束，看上去还不到三寸长，的确是件珍品。而且从下朝梁上望去，可以看到穿着整齐的衣裤，都用薄薄的绉纱做成的，更加让人为之销魂。庄氏既然已经看到一斑，就更想窥见全豹，所以又祝告起来。一会儿工夫听到上面娇声细语地讥笑说："书呆子一点儿也不懂，这样才令人神魂颠倒，为啥一定非要看到全部才心满意足？"庄氏更加哀声恳求，一眨眼只见直接下来一人，原来是一位年方十六的美人，乌发双挽，面容姣好妖媚，的确是人世间很难见到的。庄氏想想自己的妻子，真是有天壤之别，就招呼美人坐下，稍稍问起她的来历。美人低头不答，只是慢声细气地说："你只配为蠢东西握脚穿鞋，又哪里知道天上西施呢？"庄氏也笑着说："如果西施果真愿意屈驾，我也能够效法西汉张良为黄石公穿鞋的故事。"两人于是互相拍起手来。缠绵了一会儿，美人丝毫不觉得羞涩，直接扑进庄氏的怀抱，任由他解衣宽带，抱着滚进被窝。二人交欢的快乐，远远超过庄氏和妻子的欢合。事完之后，美人脱下自己所穿的鞋子赠给庄氏，说："这么好的鞋样给你留着，假如读书写作有空，替我绣一绣。"说完，奋身朝上，一转眼就不见了踪影。

庄氏仔细观察着美人的鞋，只看到是用五色花纹织成的，虽然看上去像是锥子那样纤瘦多姿，但也差不多已经成了破鞋。庄氏顿时心领神会，重新进行制作，做工极其精巧。才做成，美人又来了，庄氏拿出鞋给她，美人脸上喜气洋洋。这一天两人比初次欢会更加亲密恩爱。天一亮，美人拿着新鞋留下旧鞋走了，临走前又嘱咐说："我为你来一趟不容易，每次来鞋总是被踏破，你能随时给我换成新的，就时时可以见面。"庄氏满口答应，从此放下别的事，连日赶工制鞋，只害怕美人不来。十来天的时间，美人得到的鞋，已经不少于五双。而搬家的事更是一点儿消息也没有。妻子等不及，回家来了，一见到庄氏，忽然大惊失色，说："我离家不到一个月，你怎么变得这么憔悴不堪？"庄氏瞒着她，硬是一个字不说。妻子从床上搜出一只鞋，一看并不是原来的那一只，穿在脚上，尺寸不对，原来那鞋是美人留下的。妻子忍不住生气极了，最后竟然夫妻反目。她把美人的鞋扔入火中，还嚷嚷要寻短见，庄氏这才搬了家。从此以后庄氏一病不起，不到半年就去世了。

后来本县有人不小心掘出了一座古墓，看到有一只雌狐从里面飞快窜出，迅速逃跑了。大家朝墓里一看，发现衣服妆奁应有尽有，破旧的竹筐中还放着几双鞋，制作精妙。喜欢多事的人拿出来给别人去看，原来都是庄氏的手艺。

外史氏说：替妻子做鞋，也是一件风流韵事，但最终惹来大祸，难道大鞋和小鞋，也有利弊之分吗？纤纤莲鞋还握在手上，渺渺幽魂不久就归入黄泉了，这样的话，还不如给大脚婆多做几次鞋而没有祸害呢！南齐东昏侯萧宝卷凿金为莲花贴在地上，叫他的潘妃在上面行走，称之"步步生莲花"，最终因为这个国家灭亡，更何况是比他下层的人呢？人们对分辨大小肥瘦津津乐道，其实也是在延续庄生的做法。

舆中人

京师车马络绎不绝，外出的人大多用车，所以即使是曲巷穷屋前，也都有车辙马迹。而那些闺阁中的姝丽，外出也都自己准备装饰华美的车马，不用从外面借；比这差一些的，就只能租车了。

有位公子，生性放荡，特别喜欢艳游，遇到姿色出众的女子，就好像苍蝇碰到了腥膻，总是不愿放弃。父亲一死，更加无法无天了。他又暗暗寻思那些美人外出乘车，有一道道帷帘遮隔，一颦一笑不能亲眼看到，于是就和狐朋狗友商量，装扮成赶车的，凡是那些坐车美人的娇姿媚态，全都被他们看在眼里，让他们大饱眼福。他们又常常品头论足，津津乐道，谁美谁丑，谁妆浓谁妆淡，而用车的人却根本不知道。

丙子年夏日，公子又驾着他人的车到市中，正要寻找猎物想要大饱眼福，一位老妇迈着小步走来，嘴里唠叨着："路有二十里，钱只有一百文，哪个驾车的愿意去？"老妇一眼看到公子的车，就叫道："租车。"公子问她去哪儿，老妇回答说："去八里庄上新坟，来回都乘你的车，只坐一位小娘子，去不去？"公子笑着说："你这个老妈妈只是跟我拉家常吧，那车钱怎么算呢？"老妇说："不会亏待你的，整整一百文钱，愿意去吗？"公子嫌少，老妇皱了皱眉头转过身去，好像有些忧心忡忡的样子。公子心里在嘀咕："一位小娘子，一定是不久前死了丈夫。我虽然看见不少的美人，但毕竟没有搭过话，今天遇到这样的机会，当然不能错过。"想到这里，他就招呼老妇："老妈妈过来，车我租给你了！"老妇很高兴，带他前去。东绕西拐，走过几条小巷，才到了家门口，也弄不清楚究竟是什么地方。公子一打量，看到屋小墙低，里面不时传出娇滴滴的说话声，听上去很像是二十岁不到的女子。老妇进了屋，过了一会儿，拿着纸钱出来，又往车内铺上垫子，一瘸一拐地进进出出。一女子缓缓走出门，公子侧眼偷看，只看到女子脸如盛开的桃花，娇妍艳丽，皮肤好像凝冻的脂肪，白皙柔滑，白衣黑裙，果然是一位新寡的美艳女子。公子暗地里更加欢喜了。少妇回头对老妇说："好好看家，进出要当心，傍晚我就回来。"老妇笑着答应，进屋把门关上。少妇这才上了车，又对公子说："车子不要跑得太快，我体质弱，经不起颠簸。"声音听上去仿佛莺鸟那样娇脆动人。公子更是想入非非，心里算计道："孤零零一个人，一定不是大家闺秀，到了野外，用武力逼迫，肯定逃不出我的手心。"于是坐在车辕上小憩，悄悄打探，问道："娘子是去扫祖先的墓吗？"少妇回答说："到我丈夫墓上。"公子又问道："去世多少时间了？"少妇回答说："不到一百天。"在谈话中，两人逐渐亲近起来，少妇口脂的香气也因身体的凑近渐渐袭来。还没有走出城门，公子早已经魂不守舍。

到了郊外，道路交错，公子原来熟悉幽静的小路，就策马飞快前进。少妇在车中打量了好久，惊叫道："走错了，这不是我平日来往的那条路！"公子回答说："你别说话，走这条路既快速又方便，你知道什么！"仍然和她搭话，言语也渐渐淫荡起来，少妇也不推拒，只是微微一笑。不久公子悄悄去摸她的手，少妇则把纤纤玉腕伸过来；公子又去拉衣服戏弄，少妇则亲昵地承受了。公子欲火中烧，正想着趁机和少妇欢娱，少妇忽然皱着眉头自言自语地说："这可怎么办呢？"过了一会儿又喃喃自语。公子问她，少妇笑着说："这事不能让人知道，但又必须和你说。我匆匆忙忙出门，来不及上厕所，现在小腹胀痛，你发现有隐僻的地方，就把车停一下。"公子听了正合自己的心思，就笑着答应了。

转眼间到了一处林地，树叶茂密，周围没有人迹。于是公子吆喝着牲口把车停下，回头对少妇说："娘子请方便吧，我不能跟着你一起了。"少妇下了车，察看了一下四周，对公子说："这地方地势险峻，有些吓人的，你陪我去吧，站在远处，应该也没有什么关系。"说着向公子频频送去秋波，公子大喜过望，就随她一起走。少妇来到枝叶茂密的树下，忽然变了声音对公子说："你看我这样子可爱吗？"公子急忙一看，只看到对方张着大口，露出断牙，两眼犹如火把一样巨大，发着亮光，原来是一个活夜叉。公子吓得魂飞魄散，转身就逃，夜叉挥臂打来，公子立刻就倒在地上，夜叉看上去白净柔嫩的手，比河神的巨掌还要厉害。夜叉像捉小鸡那样将公子绑在树上，训斥他说："你父亲一生官运亨通，却生了你这个不肖的儿子，两眼不知道读诗书，只是一门心思盯着人家女子看，按律应当挖去眼睛。"说着就从腰间取出刀子，捅入公子的左眼眶，眼珠子随即落在手里，夜叉把它放入口中，像嚼甘蔗那样吃得津津有味。公子哀声惨叫。夜叉又训斥说："你不但目光贪婪，嘴巴也不干净，按律应该惩罚你，让你变成哑巴。但我又要你留下舌头去告诉别人，作为替罪，应当把嘴唇割去。"就动手割去他的嘴唇，公子更是大声号呼。夜叉又训斥说："你有手，但文不能握笔，武不能开弓，而甘愿拿鞭子赶车，让手蒙受很大的耻辱，按律应当砍去一只手，看你还能不能扬鞭赶车，洋洋得意了？"说着就砍断了他的右手腕，公子的衣袖一片殷红。夜叉这才拍手笑着说："今日我为女子雪了耻！"说完，又变成一位美丽的少妇，向公子行礼，说："劳烦你让我搭车，没东西酬谢，十分惭愧。只是回去的路途遥远，本人体弱难行，暂时借用一下你的车马。"竟然走出树林，登车赶马离开，不知道她去向哪里。

公子伤势严重，呼喊救命却没有人回应，这才对自己的所作所为感到后悔。一会儿在烈日下暴晒，饥肠辘辘，越发感到悔恨。幸好有几位行人经过这里，他大声呼叫，众人来到他跟前，都感到很奇怪。公子说了事情的来龙去脉，大家全都惊恐极了，替公子松了绑，送他回家。公子从此以后成了残废，但完全收敛了之前的狂态，变得敦厚老实，不再是原先那副轻浮放荡的模样。

过了两年，公子又在路上遇见一位妇人，好像是两年前乘坐他车的那位少妇。公子不敢再看，听到那妇人在远处说："我就是坐你车的那个人，你能改邪归正，寿命也会增加。"公子大吃一惊，再看的时候，茫然不见人影。

外史氏说：轻狂作恶，这不是王法没有办法禁止的。不是禁止不了，而是被别人盯着偷看的人自己也没有察觉，又怎么能依据国家的刑律对偷看的人绳之以法，按律法处罚呢？幸亏活菩萨露出活夜叉的身形，挖眼割肉，最终让他回心向善，不至于一直放荡越规，真有大慈大悲的心肠！这位车中人，闺阁女子都应当给她绣像，祭祀她。

庞眉叟

福建按察使陈公，政绩一直都十分卓著。他有一位幕僚卢生，实际上在帮他出谋划策，陈公一直对他非常优厚，经常和他同寝共食。卢生年纪不到三十，判案精确严密，让人没什么可以指摘的，陈公的僚属都对他很佩服，卢生也十分自负。

刚好从邵武来了一位怪人，姓庞名芝，字眉叟，已经七十岁了，而看上去像是只有二十岁左右。庞芝身怀奇术，能和鬼神通话，可以知道人们过去和未来的事情。某知府把他推荐给陈公，用驿车送他来省城。庞芝的预言立刻就能应验，陈公非常尊重信任他，也招他入了幕府。庞芝来到官署之后，和卢生相遇，总是一直盯着他看，脸上露出悲伤的神色，陈公疑惑不解。但是因为卢生向来态度傲慢，对庞芝也不敬重，所以庞芝这种举动，陈公也不是很介意。

一天晚上，陈公和庞芝坐着聊谈，忽然听见凄惨的鬼叫声，好像就在附近。陈公和侍从都听到了，便惊恐地问庞芝发生了什么事，庞芝笑着说："这是卢生过去造的孽，对陈公你是没有危害的。"陈公问他，庞芝开始不肯说，陈公再三询问，他才说："你还记得以前蒲葵扇的事吗？"陈公惊异地说："记得很清楚，但不是我职责之内的事。"庞芝说："你虽然说和这事没有关系，但卢生实际上负责处理这事，他三言两语便断送了两条人命。前些日子阎王已经着手核查，他就要大祸临头了！"陈公问什么时候，庞芝回答说在三天之内。陈公就默默无语，心中很不快，但还是将信将疑。侍从中有跟卢生关系很好的，听到之后惊讶害怕极了，就告诉卢生这件事。这时卢生正因可怕的警讯而心神不定，听侍从一说，更是胆战心惊。于是他备下酒菜邀请庞芝来，恭敬地向他请教好的方法。庞芝知道侍从走漏了风声，硬是不肯赴宴。卢生就带着酒席拜访庞芝，一举一动毕恭毕敬，全程赔着笑脸，完全不是过去那副傲慢的模样。庞芝也暗中发笑，一句话也不说。喝酒正喝到高兴的时候，卢生挑起了话头说："你在福建，也知道蒲葵扇一案是谁判的吗？"庞芝假装一笑，说："这是前任按察使某公的事，你现在提起，一定有什么缘故。"卢生于是叹息道："我当时在负责处理文书，根据事实判案，案情最终水落石出。但是有人拿它当话柄，实在叫人无法理解。"庞芝一听这话，脸色立刻变了，说："到了今天，你还觉得案子判得准确无误吗？二位冤屈死者在叫冤，整个冥府都震怒了，你危在旦夕，却还这样振振有词！"卢生万分惊慌，起身离席，跪倒在地上，侍从们一时间都感到十分惊异。

原来福建地区一直以来都看重男色，一些重礼教的书香门第，生得俊美的男孩，比女孩还管得紧。某县有一位大绅士，生有一子一女，都长得容貌出众。绅士向来崇尚礼教，对子女管教很严，两人到了婚嫁的年龄，还未出过门。家中的年轻的仆人，都不曾见过，而美貌的女子更谈不上了。

一天绅士有事外出，看到仆人拿着蒲葵小扇在门边纳凉，绅士也没放在心上，几天之后，经过女儿闺房，看见桌上正好放着这把扇子。拿来一看，上面题着一首五言绝句，墨迹还很新，而且诗写得鄙俗可笑。绅士还是没有怎么当回事。随后问女儿，回答说："扇子是刚才弟弟带过来的，说是某个仆人的，诗不知道是谁写的，读了令人发笑。父亲也曾见到过吗？"绅士微微点了点头，而疑心顿时就产生了。当时内外隔绝，仆人的东西无法带入内房，所以绅士感到奇怪。但一想仆人的妻子在他家中做事，东西可能是从她那儿带来的，也就没有再追究。父亲前脚出去，弟弟后脚进来，姐弟俩又把这事当作笑话谈论。过了一会儿，姐姐要弟弟重题一首诗。弟弟起先不肯，转念一想自己堂堂年轻男子，却也像大家闺秀那样，关在屋里不能出去，不得不叫人感到郁闷，便用清水洗去扇上的原诗，挥毫写下了一首绝句："雄飞原有志，雌伏固无妨。倘借春风力，飘摇出画堂。"诗一写成，姐弟俩又谈笑了一会儿，因为怕被父亲发现，就把扇子藏好。而绅士也逐渐淡忘了这件事。

第二年，绅士将要出远门，吩咐某门客处理外务，住在他家，这位门客是绅士平日很宠信的。当时正值酷暑天气，蚊子成群，叫声如雷。门客想拿一样东西来驱赶蚊子，就招呼内屋里的人拿件东西来。绅士的儿子一时找不到，偶尔看见这把扇子，就把它交给了门客，当时也忘了扇子上的题诗。门客扇了一整夜。第二天早晨起来，仆人一眼发现了这把扇子，惊异地以为是他的东西，一看上面的题诗，却又不是，也就扔在一边。而这位门客不满二十岁，就因为秀色受到某位贵官的宠爱，因此至今还寄身在他家。这一天门客发现仆人看到扇子如此惊讶，就拿过扇子一看，顿时感到受了极大的羞辱，怀疑绅士的儿子在嘲笑自己，一心想着要施加报复。等到绅士回来，门客故意把扇子放在他面前，还谎说是绅士儿子送给他的。绅士原来就心有怀疑，这时一见扇上的题诗，顿时火冒三丈。门客又说："公子每晚外出，不知道去什么地方。因为我是你的心腹门人，不得不告诉你。"绅士听了更是恼火，进屋叫来他的儿子，立刻就要鞭打儿子。幸亏女儿挺身而出，极力辩解，把写诗的时间和如何取扇给门客一一说出，又说公子夜出本就是子虚乌有的说法，绅士这才明白，所以下令将门客赶出家门。门客无地自容，老鼠一般地溜走了。

又过了一年，绅士替儿子和一户做官人家结亲，已经送了定亲礼。这事被门客知道了，就怀着旧恨，带着那把扇子来到做官人家，说得有板有眼，很像是真的。那位做官的又非常迂腐，就用索取书法为借口，叫女婿写几行字。绅士不知内情，叫儿子写好给了他。做官的一比对，发现字迹吻合，竟然派媒人断绝了这门亲事。绅士愤愤不平，再三争辩，以至对簿公堂。而负责处理这件案子的，认为诗意还可有另外的解释，事情也有疑点，就把这事上报巡抚官、布政使及按察使，上司也让他进行调解。而这时卢生刚好进了幕府，听说这事，就笑着说："这地方这种风气一直就有，不可让它再滋长，更何况是绅士家出了这样的事。"就把扇子拿进官府，在上面草草写了一行字："既然甘愿雌伏，还有什么必要想雄飞？他的人品从中可以知晓，断婚理所应当。如果要保全体面，切望断离这门亲事。"云云。绅士拿到一看，觉得羞辱万分，无地自容，回到家就痛打儿子，逼他招供，儿子无法说清，竟然刎颈而死。女儿惊恐地说："事实上是我让弟弟这样做的，事情到今天这一地步，是我杀了弟弟。"于是也自缢身亡。绅士来不及抢救，一气之下，病魔缠身，最终落了个病残。而人们还把这件事当作丑闻互相传说，很少有人知道其中的冤情。

这桩案子断了已有好几年，这天卢生忽然梦见自己手持蒲葵扇，准备写些什么，身边有一位女鬼，脖上缠着洁白的帛带，伤心痛哭。卢生惊醒过来，心里吓得怦怦直跳。又听侍从这么一说，所以在庞芝面前表现谦卑，希望能侥幸地躲过祸患。庞芝一面责备他，一面极力推辞说："这桩案子既然已经判定，也像你手中铁笔一样，根本无法动摇。只是因为搬弄是非的那位门客，当时在大官身边，鬼无法靠近，所以让你也稍微苟延残喘了一段时间。如今大官已经南下，在江上翻了船，性命难逃，难道你还能独自活上一些日子吗？"说完又叹息了。卢生又流着眼泪哀求，并说还要侍候老母，庞芝不禁动了恻隐之心，说："只剩下一种办法，你看着办吧。"说着叫左右的人退下，对卢生耳语说："那位门客被鬼逼迫，于是投靠在相国的门下，乞求当一名随从，时时听从使唤，所以苟延残喘到现在。听说阎王即将转生人世，府上缺员，限期三天，全部了结旧案。你能和陈公一起住几个晚上，得到他的保护，或许借此可以免难。在这件事上我已经泄露了天地间的秘密，罪责深重，明天早晨也将离开这儿到别的地方去。"卢生听了这话，深信不疑。等到陈公处理完公事回来，卢生就哭叫着求救。陈公问他出了什么事，卢生一五一十诉说。陈公又去问庞芝，庞芝回答说："以您的福德，保护这样一个人并不困难，愿意不愿意救他，只能看你的态度。"陈公于是慷慨地同意了。于是他叫人把卧具搬到卢生的房内，自己和卢生对弈，直到半夜的时候才睡下，果然没出什么事，连鬼叫声也听不到了。早晨起来，台阶边上好像有绳索的痕迹，侍从都感到奇怪。等到陈公出来，庞芝就迎了上去，提出要离开此地回邵武。陈公挽留他，庞芝坚决不肯，不得已陈公在官署为庞芝饯行。临走前，庞芝对卢生说："只剩下这两夜了，你也千万不要自己误了事！"卢生恭恭敬敬地答应了。庞芝于是立即动身上路。

到了第二天晚上，陈公下棋累了，就和卢生坐着聊天。到了半夜快要就寝，这时侍从也大多偷懒贪睡。不一会儿听到帘钩轻轻拨动的响声，陈公心里原有提防，急忙一看，只见两团黑气，如同淡雾那样模糊不清，阴森森地朝卧室逼来，把人吓得头发都要竖起来。再看卢生，已经是呆呆地坐着不能动。陈公感到惊骇极了，大声呵斥，黑气顿时收敛，仿佛显露出了人形，侍从都看清了，一男一女，年纪十六七岁左右，分别跪在陈公座位的两侧。陈公还没有开口问，女子就禀告道："蒲葵扇一案，想来公也已经察觉到了冤枉。如今卢某很难逃脱罪责，请公走出卧室，不要庇护凶手，不然反而会给你增加麻烦。"陈公这时已经气馁，勉强问对方的名字，原来是某绅士的儿子和女儿。陈公于是慢声细语地说："让他去死吧！"说完就起身快步走出。卢生这时尽管处于迷迷糊糊的状态，但还是想着要留住陈公，陈公就借口上厕所，一口回绝，急忙回到内署。过了一会儿，派人去探视情况，回来报告说："卢先生已经死了。"陈公更加惊恐害怕，不敢再踏进他的卧室，只是叫侍从用衣被裹了，把死者入殓。再问起卢生的死状，侍从说卢生临死前，跪在卧室当中很长时间，好像是求人救命，而且口鼻都有血痕。死后膝关节还没有伸直，身体蜷曲成一团，于是只好把缩成一团的尸体装入棺内。陈公往浙东写信，召来卢生的亲属，隆重地赠了抚恤金，并让他们将卢生的灵柩带回去。而卢生一死，对陈公来说如同失去了左右手。

　　幸好陈公这时接到升任布政使的传报，匆匆忙忙离任，在途中又碰见了庞芝。陈公知道他身怀异术，就把他留下来面谈，于是问起卢生的去处和两个晚上情况迥然不同的原因，显得非常懊恼。庞芝表情严肃地说："当初我因为你政绩卓著，因此借你的威严作了预卜，说庇护一下那位小丑应该不妨事。没有想到你父教不严，卢生死的那一天，你的长子接受人家的贿赂，诬陷一位良家女子，把她永远关在牢中，上帝便削减了你的福禄，这是父子属于至亲关系的缘故。所以藏身匿迹的鬼，因此现出身形，而且不顾一切地前来冒犯你。要不是你明察事机，连你也会患上疾病。不是我误你的事，实在是你误了自己。如今卢生已经受尽冥府的惩罚，转生人世，不会再像以前那样踌躇满志了。"说完就告辞了。陈公感到十分忧伤。当时他的长子已经在某州履任，于是派人带信去质问他，儿子坚持不肯承认。陈公因为这件事，一直郁郁不欢。没过多久，因为公务而被降职去管理盐政，还未上任就去世了。

　　外史氏说：福运一定要与德行相结合，这非常重要，然后才能使神敬慕鬼屈服。陈公因为儿子的事而削减了福禄，鬼就逼迫而来。德行是福运的基础，怎么能不去努力做到呢？说到蒲葵一扇，虽然能招来是非，假如不是卢生负责处理这件事，也未必不能使事情弄个水落石出，一清二楚。卢生任性失职，理所应当受到尘世的制裁，而事实上仅仅受到冥府的惩处，还算得上是侥幸的。只是阎王也转生人世，那么应当给他什么职位呢？这一说法毫无根据。每每想叫庞眉叟来问个清楚，又想到天高地远，摸不准他到底居住在什么地方，也只能空有这个念头罢了。

诗 妖

　　济南汤敬一向来专注于诗歌的研习，作品很有杜甫的风致。一时苦心研习诗歌的人都钦慕他，每当读到他的好诗，就如获至宝。汶上有位姓李的年轻人，藏有自己诗稿一百多首，不是好朋友很难看到。但李某的作品，不仅绝对不能和杜甫相媲美，而且也绝对比不上汤敬一，胡言乱语，读了很让人恶心。可李某总是大言不惭地说："汤敬一以杜甫为师，我以汤敬一为师，古今诗学的传授，只有这么一条线罢了，区区元稹、白居易，根本不值一提！"朋友们听了没有一个不暗自发笑的。

一天，李某在吟诵汤敬一的诗作，正要狂呼乱叫，听到有人笑着说："汤敬一诗处于杜甫之下，你的诗实际上比杜甫还要好，为什么对汤诗如此欣赏呢？"李某一听满心欢喜，回头一看，只看到面前站立着一个怪物，巨角断牙，形体高大，快要顶到屋梁，模样丑陋不堪。李某惊骇万分，吓得快要跌跟头，硬着头皮大声呵斥，怪物忽然不见了。从此李某更加得意非凡，自负才学过人，不学汤、杜诗，自成一家。又在门上大笔写上："子美若生应下拜，敬一虽在敢齐驱？"别人一看，认为他太狂妄自大，都嗤之以鼻。

一天深夜，忽然有一位年方十六的少女来敲李某的书房门。李某开门仔细一看，发现少女长得极其妖艳，而举止更是轻浮放荡，就生起了爱慕之心。他请女子进屋，问她从哪里来。女子回答说："我家居住在浣花溪边上，和杜甫草堂为邻，前些日子从四川移居山东。我生平酷爱杜诗，想找接近杜诗风格的诗人来侍奉他。听说你的诗作又在杜甫之上，如果能赐我一首诗，情愿侍候终身。"说完，向李某行拜礼。李某更加高兴，就请女子命题。女子从袖中拿出一块红巾，颜色非常鲜艳，随手铺在茶几上，说："以此代纸，即景赋诗吧。"李某狂妄不自量，提笔乱写。才开了个头，女子就皱起了眉头，连声说："这可如何是好？"写到第二句还是如此，竟然不等李某将诗写完，就把红巾收起来，放入衣袖，说："坏了我丝绢！如此差劲的诗句，就只配写在厕所里的草纸上。所谓高出杜甫一等，原来是这副德性！"李某十分羞愧，心中虽然恼火，但因为非常喜欢那位女子，也顾不上发作，反而笑着表示歉意。女子似乎没有要马上离去的意思，只是慢悠悠地说："你想学诗，为什么不和我一同住上三五个晚上，或许能写出好的诗作来。要不然，就像地上一堆粪便，连狗都不理。"李某更加羞愧，但因为女子愿意留宿，又感到非常庆幸，也就不再说什么，只是催促她解衣宽带，两厢合欢。睡下之后，李某忽然想起以前的事，于是举出鬼物的赞语，姑且自我解嘲。女子握着李某的阳具，嘲笑说："你不知道，鬼物所说高出'肚'上，估计是指这个。"李某也恍然大悟，忍不住大笑。那女子虽然看不起李某的诗才，却情深意长，极其缠绵，叮嘱李某说："你没有写诗的才华，但有我在，杜甫虽然比不上，超过汤敬一绝不在话下。千万不要说出去，天机泄露就麻烦了！"李某姑且答应着。

早晨起来，一转眼女子就不见了。李某还有点半信半疑，等到有了些感触，准备挥毫作诗时，迷迷糊糊中好像女子就在身边。诗写成后，语句新颖，言辞秀丽，不再显得学薄识浅，自己看了也觉得耳目一新。他又拿去给别人看，人们都很惊讶地说："你的诗如今虽然仍在杜甫之下，但好像已经在汤敬一之上了。"李某这才知道女子所说的话不假，从此和她同床共眠，几乎天天如此。

后来朋友们一起聚会，汤敬一刚好远道而来，也一同参加。主人拿出一幅画求众人题诗，展开一看，原来是一幅《美人春睡图》。汤敬一谦让着让李某来题，李某也再三推辞，大家商量好，让他俩各赋一首，谁先吟成，就把谁的诗题在画上。李某竟然一挥而就，写道："遮莫春愁重，终宵有醒时。却因香梦远，故向画图欹。百啭莺难唤，三眠柳不移。但憎舒又卷，睡损海棠枝。"诗才写成，大家都拍手称赞，汤敬一于是为之搁笔。题完诗又喝酒，汤敬一心里有疙瘩，便向李某挑起了话头："你才思敏捷，我一向佩服，只是平时的诗没有像今天这么工整妥帖。今天的事，我有点迷惑不解，请你赐教！"李某这时已经喝得有些酣畅，便笑着说："你也太谦虚了，难道王勃的'落霞孤鹜'句，就足够使你为之搁笔吗？尽管如此，我以前所作的诗，实在也是胡言乱语，近来有奇遇，才觉得挥洒自如。"于是将遇到女子的事详详细细地说了，大家都觉得惊异。在座的人当中有一位明白人忽然伤感地说："你就要大祸临头了！这位女子必定是诗妖，她夜里吸取你的精气，白天又迷惑你的心灵，一定会让你身上精髓排空，津液枯竭，如此下来想要达到一般的寿命尚且困难，哪里说得上什么长命厚福？"李某于是十分恐慌，恭敬地请求良策。那位明白人和其他的人都说："远离女子应该可以免去灾祸。"李某表示同意，回家后就把卧具搬到内室，不敢再住在书房，然而他不在内室过夜已经有三个月时间了。

妻子很高兴，和李某挑灯聊天。忽然那位女子现形出来，口中发出吽吽的吼叫声，指着李某斥责说："我哪里对不起你，而你却要把我的事在大庭广众之下泄露出来，致使这些迂腐的书呆子把我当作妖怪！我的确是妖怪，但是写诗的人有哪个不依靠我？你们竟然如此嫌弃我！"说话的时候，那女子面目顿时一变，李某一看，只看见对方巨角断牙，模样丑陋，原来就是原先那位说自己的诗在杜甫之上的鬼怪。李某惊骇极了，和妻子一起跌倒在地，家人极力进行抢救。过了一些时候，才苏醒过来，还吐了几升血，病情非常危急。请来医生诊治，服用参苓汤，半年之后，病才渐渐痊愈，但李某有时作诗，诗又仍然像过去那样差劲。后来他抱恨终身，绝口不再提到"杜"字。

外史氏说：东施效颦，竟然令西施都显得逊色，如果不是笔下有神，腕下有鬼，一定不会这样。而女子用才色迷惑人，难免被人斥责为妖怪，要不然，一旦得到，何必一定要享受百年的生命？那位明白人如果真的具有世间所没有的才识，就不该说一些危言耸听的话来。

变 鬼

贵州、湖南一带苗人很多所以妖术盛行，因为苗人擅妖。妖术能将正常的一个人变成老虎，用木头代替脚，变幻莫测，无法描述其中的奥妙。明天启年间，荆南有几个无赖，拜一位苗人为师，学了一个妖术名叫"变鬼"，很难辨认，常常用在闺阁女子身上使其深受其害。刚开始在某县稍稍试了一试，多亏被黄冈李如龙道士一眼识破，立即上报给官府，把他们捉拿惩办，才没能让妖术横行起来。等到查究变鬼的办法，则风声鹤唳，使人们十分惊诧，原来并不是真鬼所致。

某县有户住在城市附近的富家，有三个身强力壮、十分魁梧的儿子，都已经娶家室。由于妻子早已经去世，主人老翁便带着两位小妾，住在另外一个院里，有十几位强健的仆人，身怀武术，就连大盗也闻风丧胆。一天，正好是老翁生日，儿子和媳妇都纷纷来祝寿。苗人便趁老翁一家夜开酒宴、守卫较为松懈的机会，把四位同伙聚集了，然后给每人一张符书，连同自己一起变成鬼前往老翁家。到了老翁家，已经是夜里三更时分，当时正是深秋季节，天气冷得让人无法忍受。老翁十分疲倦，和儿子陪来祝寿的客人之后，便想去休息，于是各自回到了卧室。鬼也分头跟随着他们。开始时发出窣窣的声响，接着又发出低低的抽泣声，加上寒风阵阵，一家人此时早已被吓得胆战心惊，不得安宁。老翁胆大，见状故意放大嗓门理直气壮地对妾说："鬼来自阴间，很怕火光，我们来点上蜡烛迎接他们，我们三人为众，阳气旺盛，有什么可怕的？"这时听到长啸声由远而近传来，老翁早已被吓得连嘴上的胡须都簌簌抖动起来，像是风中的竹子，鬼见状也忍不住暗自发笑。等到鬼一进门，看清模样果然吓人，一个穿丧服戴凉帽，面色苍白。一个眼珠子不断翻动着，赤身裸体。鬼凑近灯下一看，只见老翁和妾都已倒在地上，便放肆使坏。天亮时，才一个个吼叫着离去。

老翁神志有点清醒过来，发现灯烛还未灭，睁眼朝室内四周一打量，只见箱子全被打开，这才明白所谓的鬼其实是一伙盗贼。刚开始他还没注意到两位小妾，等到一看床上，只见两位美人赤身裸体地躺着，顿时心生疑意，上前询问。妾哭泣着说："开始以为是遇到了鬼，就被吓得倒地不省人事。可等到醒过来时，发现是两个年轻的小伙子剥去我们的衣服，恣意凌辱，那淫艳的情形我实在说不出口。几番折腾之后才起床离开，让我们狼狈不堪！"老翁听后又羞又恼，连忙挂着拐杖去叫他的大儿子。走到床前，担心媳妇还没有起床，老翁便从窗口叫儿子。只听到屋里几个女人娇声啼哭着说："我们以后可怎么做人呢？"老翁听了大为惊疑，呼喊更急。儿子匆忙开门出来，只见满脸像木炭一样漆黑一团，就好像是昨天深夜所看到的鬼物。老翁吓得几乎拔腿要逃，强打起精神问儿子到底发生了什么事。儿子回答说昨天突然有个蓬头垢面的恶鬼，直接闯入内室，自己惊恐万分，就一头钻了没烧火的灶内。所以才会变得如此狼狈，自己原先也不知道。老翁便不再问什么，只是叹息道："你这样的壮汉都是这样，又何况我这样的老翁呢？"

老翁又去看二儿子，二媳妇已穿衣起床，让公公进屋，流着眼泪哭诉，说是也有一全身血污的鬼物，突然闯进内室，她一惊吓便倒在地上，等到醒来，就见床头有鬼，而自己已经一丝不挂。媳妇痛哭流涕，说她不想活了，老翁安慰了她一番。再一问儿子，媳妇更是气不打一处来，手一指，说是在床底下。老翁再三呼唤，儿子才慢慢爬着出来，过了好久才看见他的脸面，已是满脸污垢，不像人样。老翁更是叹息着离去。

他刚走出房门，就见小儿子赤着身子迎面狂奔而来，口里气愤不已地说："真是白白养了这么多人，鬼一来就不敢动了，假如碰上盗贼又怎么办呢？"老翁听了觉得小儿子很勇武，急忙问起情况，儿子回答说："鬼来时，儿和媳妇已睡下，一听鬼的声响觉得非常恐怖，便用被子蒙上头，不敢出声。哪里想到鬼竟然不罢休，用爪子撩开被子，儿一看它的面容，只见长着一头鬼发，双眉血红，一副冥府鬼怪的丑陋相，便吓得裤子也来不及穿，逃了出来。一出卧室，就想起我们人多力量大，就去招呼仆人，可他们都借醉意不愿意动，人还没有清醒。有几个醒着的，听我这么一说，都吓得瑟瑟发抖，直喊救命，就仿佛亲眼见到了鬼的样子，瞬间就找不到踪迹。儿没有办法，只能在外面不断徘徊，幸好也忘了什么叫寒冷，不然早冻死在外了。天快亮时，见刚才那个鬼肩上扛着一个沉甸甸的大包裹，也不知道里面装的什么东西，慢慢走来。儿也不敢上前盘问，所以急忙奔过来告知兄长，没想到先遇上父亲。"老翁感慨地说："你小子还算有点气概。那你媳妇现在情况怎么样？"小儿子回答说："我记得儿离开的时候，媳妇还没什么事。"老翁说："快去看看，大概你媳妇被鬼抢走了！"小儿子立即奔到内室一看，果然到处找不到妻子的身影，便号啕大哭。老翁也慌里慌张地叫仆人四处寻找。到了中午，才在郊外找到，人被装在麻袋里，已奄奄一息。背回到家里，到傍晚时分才慢慢活过来。原来鬼见她长得年轻漂亮，满心欢喜，便将她从床上装入麻袋，扛起就走，准备回去娶作妻室。可是苗人见状担心事情败露，训斥他丢掉，所以才能免于被侮辱，回家团聚。老翁为这事感到十分羞耻，反而不出常理地给仆人重赏，目的是堵住他们的嘴，只是向官府报告说是遭了劫。

等鬼事败露，几人一一供出以前作的案。原来这些盗贼盗抢了好几家财物，作案手段如出一辙。只是别人家不像老翁一家特别怕鬼，而且家中没有如此美人，所以没有受到羞辱。案子判定后，人们便相互传说，老翁感到不安，叫儿子赶紧将媳妇都休了，儿子又都不同意，于是只得携带一家搬到乡下居住。不到十来年，张献忠作乱，美女被强迫征入军中，酿成的灾难更是酷烈。那些变鬼的人，或许是发生灾难的先兆。

外史氏说：人死了成鬼，这是正常的事，鬼仍是活人，便称得上是变。碰到像这样的鬼，人们见了当然会大惊失色，但是大胆到偷盗财物、侮辱妇女的地步，即使他们面目狰狞可恶，谁能不奋力抗争呢？只是除了那位老翁可以不论，可是他的三个儿子都身强力壮，为什么会如此惊恐，畏缩屈服呢？如果这样的事都可以忍受，那天下还有什么事不能忍受呢？受到了如此大的侮辱，儿子还将怨气发泄在仆人身上，父亲还下令将媳妇赶出家门，又怎么能不成为别人取笑的话柄呢？这又有什么用呢，又有什么用呢！

续念秧

《聊斋志异》里面说到设圈套骗取别人财物的故事，揭露了"念秧"即骗子的狡狯伎俩，使人一目了然。到现在，旅途所传，又有几件事，让行客十分寒心。下面就选取其中十分奇异的事情，来显示一个方面，让行客能懂得什么是应该做的，什么是应该予以回避的，不过现在要想全部都了解，恐怕还做不到。

浙东有一位显贵的布政使因自己年老便告退回家。他的其他几个儿子都在京师做官，只有一个年纪二十多的小儿子在他身边侍候。这位布政使十分看中功名，就叫小儿子去京师，和几个哥哥商量，想办法谋个一官半职。临行前，布政使给了儿子千金作为路上的花费，因为在京师诸兄长已备足了所需要的费用。临行前，布政使还是担心儿子年轻不老练，叮嘱他说："路途中骗子很多，你路上要不嫖、不赌、不惹是生非，这样就不会有什么事，你千万小心！"儿子一口答应。并不像只跟着年老的仆人的读书人，单枪匹马，容易被人引上圈套。他有数位仆人跟随，乘上大船，到了汉口，就弃船而坐车，又赶了几十程路。公子把父亲的叮嘱牢牢记住，没花多少钱。加上布政使辞官没有多少时间，在路途中几乎都能碰上他的学生和过去的属吏，对公子又是请吃喝，又是赠送钱物，让公子大饱行囊，连随从的仆人也都跟着沾上了光。在这期间，公子等人更是小心翼翼，严防疏忽大意。

快要到京师的时候，先派了人前去通报，公子和他的仆人轻车快马，行进在京师南边的路途中，装载行装的车马一大排。虽说到京师还有一段路，但已不是很遥远，因此公子等人的戒心都渐渐放宽了。这天晚上，一行人马在安肃这一小县过夜。仆人卸了行装，公子在旅舍徘徊散步，向主人问起离京师的路程以及何时才可以到达。主人还来不及回答，旁边有一身穿盛装又长得修长魁梧的人替主人回答说："明晚在涿州过一夜，两天后就可以到京师。客人按日程赶路，路也不远了。"公子点了点头，问起对方的姓氏，那人回答说姓田。听他的口音也是浙江一带的人，公子动了乡情，正要前来细问，仆人就过来请公子梳洗，便没来得及问就走进屋去。

到了天黑时分，田某忽然拿了好多酒菜进来，恳请仆人通报公子，说他是公子兄长现任某部被革职的官员，闲居在此地。假如公子愿意代为向兄长讲情，恢复他的官职，那么一定会谨记大恩并在日后相报。因此敬请公子用餐。公子很是疑惑，叫田某进来细细询问，田某说得有理有据，照他的讲法，本是件小事，有回转的余地。公子问他为什么要离开京师，田某又回答说："我有一个在县里当了小官掌管案卷的兄长，所以前来投奔他。"公子又私下问仆人，原来旅舍内外的人对这个人都很熟悉，心里感到踏实，便不再怀疑什么了，见推脱不了就收下了酒菜，又对田某加以安慰，答应替他求情。田某露出好像十分高兴的脸色，立即向公子跪倒叩头，感激之情难以言表。之后公子在旅舍一个人自酌自饮，田某和仆人们一起喝酒猜拳，也乐个不停。

酒快要喝到一半，人喧马叫，又有客人问公子住的地方。主人领着他们过来，其中一人长得一脸像戟一般的长须，穿着华丽并不像是平民百姓；而另外一位身材短小，年仅十五左右，眉清目秀，像一位少女。公子心里想：不会是骗子来了吧！强打起精神问对方，长一脸长须的人操一口浙江口音，笑着说："我和你老兄是老乡，难道你不认得我了？某太常是我的叔父，现在也在京师任职，与府上诸位兄长时常有来往。我没什么能耐，只是有幸陪之。至于我家祖上的住地浙中故乡，和你家只相隔一衣带水。虽然我和你以前并未见过面，但前些日子相聚听你诸位兄长说起，知道你已北上，没想到果然碰上了，真是三生有幸。"公子听他这么一说，疑虑仍存，但又好像依稀记得家乡是有这么个人，便问他的官位，又拿自己所知道的事情考查对方。那人回答说："我是一介武夫，中了武举，但因父母去世，在家守孝所以没去部里等候派选。去年服丧刚完后，就来到京师，直到今天，才获准去保定府试用，我的官场生活实在很潦倒。但今天能有机会和你相见，实在很愉快。"语气十分亲热。公子于是恍然大悟，说："你原来是武孝廉某吗？真是久仰久仰！"竟然高高兴兴地同他行礼寒暄，不再怀疑什么。原来公子的县里确实有一位中武举的居士，虽住得远，但曾听说过他的名声和节操，是某太常的侄子，和对方所说十分吻合，公子对此深信无疑，又谦让着叫对方入席。武孝廉笑着说："我大概就是《周易》中说的'不速之客'这一类人吧。"径自入席。公子又问那位少年是谁，孝廉悄悄地对公子耳语道："这是京师中一位妙龄旦角，花费了几百两银子才将他弄到手，所以不能让他离开身边。冒昧地请求让他坐下，可以吗？"公子没有拒绝他的请求，果然热情地让少年坐在一边。少年傲气十足也不致谢就坐下了，公子心里感到十分奇怪。再斜眼一看他的相貌，只见脸上白皙光洁，胜过那些涂脂抹粉的美女，一举一动都显得娇柔妩媚，就好像是一位弱不禁风的大家闺秀，公子对他的身份也不怀疑。

没过多久，武孝廉的侍从也进来了，报道说是店家说旅舍住满了，实在腾不出地方，准备住到别的地方去。孝廉对公子笑着说："我从北边而来，正好碰上你派往京师报信的随从，所以知道你今晚住在这儿，一路找过来，不知能不能容纳我等一席之地，能领教公子的高论。不然我等也会觉得很遗憾啊！"说完，恳切地看着公子。公子见对方很真诚，想想对方是同乡，又有官职，一路也舟车劳顿，又恰好能谈得来，不忍和好友分别，一时便顾不上想其他的，脱口而出慷慨地说："这是我的错啊，先占了地方，让你没处下榻，多有得罪。但如果你不嫌弃，正好一个人苦于寂寞，同住一个房间，能推心置腹地谈谈心，何乐而不为呢？"孝廉听后十分高兴，谢道："本来我说出这话就有点不好意思，可实在是夜晚再找住处确实很难，我是一个武夫，为人鲁莽，或许给你带来不便，请别见怪。多谢你盛情邀请，那我也就不见外了，再次多谢公子。"之后让侍从将衣装全数卸下放在房间里，真的住下了。公子见对方行装豪华富丽，和自己简直不相上下，越发深信不疑，于是洗杯再饮。

又过了一会儿，田某进来敬酒，公子的侍从也跟着进来。公子让人招待武孝廉的仆人，孝廉又起身表达谢意。见到田某，忽然惊叫道："二哥你怎么也在这儿？"公子问他们相识的原因，原来田某是孝廉母亲一系的远房亲戚。公子出于同武孝廉的关系，也让田某入席。田某再三推辞之后，才在一个角落里坐下，孝廉和他聊起了家常，说个不停。公子趁机注意起那位少年，竟然将父亲的叮嘱全忘记了。那少年又不时地暗送秋波，更是让公子魂不守舍，两人的目光一接触，就缠绵得不可分开。武孝廉见公子已上钩，就故意献上一杯酒说："你一定要把它喝了。这小子的绝活，还没有亮相呢。"公子一仰而尽而孝廉用筷子代替打板，叫少年清唱。少年起先还腼腆不肯开口，推说嗓子哑了，在孝廉一再要求下，才勉强同意了。刚一发声，就差点震得屋梁上的灰尘都要掉下来。这时四个人一杯接一杯地喝，最后都喝得酩酊大醉。到了三更时分，田某告别公子走了，公子和武孝廉都叫仆人来铺好床被，各睡一床。少年和孝廉同睡，并排而睡就好像是一对夫妻，公子心里美美地发笑。

睡下之后，武孝廉忽然要恶心呕吐，摆出一副醉态，惹得大家跟着都睡不着觉。公子原本就不习惯遇到这种情况，加上晚上喝了酒，就更无法入睡。远远听到清脆的吆五喝六的掷骰子声，公子知道是仆人们围在一起赌博聚乐，因为长途旅行寂寞，也没有什么可介意的。再一看那两个人，都早已经进入了梦乡。公子在床上翻来覆去，久之，也渐渐有了睡意，又听到武孝廉在伸懒腰，似乎是喝了酒不能马上舒坦下来。过了片刻，孝廉悄声唤醒少年，少年一开始并未理会。又过了一些时候，少年才渐渐有所听觉醒来。武孝廉低声细语地对他说："你把背转过来，把裤子脱掉。"一会儿只听见少年说："床上有别人躺着，干吗又要做这样的事呢？"那人笑着说："他喝醉了，这时早就应该睡死了，怎么会知道？你这是在故意为难我。"少年便不再吭声。不一会儿，床上脱裤子的声音窸窣作响，枕席边也传出声音，顿时喘气声、呻吟声充斥房间听得一清二楚。公子听了早已忍耐不住，欲念大发，只恨少年不在身边。没过多久，武孝廉似乎已熟睡，鼾声大作。又听到少年在埋怨着说："坏了别人的好梦，可自己一会儿就醉入梦乡，这才欢愉了多少时间呢？"公子一时想招呼少年过来，忽然想起父亲的话，又强行忍了下来。

报更声响过四下，公子的睡意又上来了。不一会儿耳边有人在低声说道："你快点醒一醒吧，我来报答你的爱慕之情。"话还没有说完，少年就已钻入公子的被窝，公子顿时感到一股兰麝的体香扑鼻而来。摸来人的下身，腻滑温暖。公子早已被挑动得欲念大动，哪会放过如此良机，何况那少年又十分主动，比女子还要胜过百倍。公子初次尝试这事，怎么能不神魂颠倒？完成后，两人睡在一个枕上互相亲吻，少年这才开口道："我因一时糊涂，误随这位鲁莽的武夫，他借酒要性子，十分不讲情面。加上勇猛可怕，稍稍不顺从他的心意，就要遭到毒打。哪像你这样温文尔雅，让人一见面就已为之心醉。"公子早已有了意思，便用话挑动他："看得出来那位老兄也非常欢喜你，你有什么不满呢？"少年又说："这人脑子清醒的时候对人也很温和，只是他十分喜爱喝酒，醉酒之后更是狂荡，就是当着仆人的面，也要强迫我做这等羞人的事。你想我们唱戏的，又怎么会不知羞耻？就像今晚和你同住一室，怎么会做如此之事？而他却不顾这些，以至淫声秽语全被你听去，于此也可见一斑了。"公子于是笑着说："不如你离开他跟我一起远走高飞呢？这样你也自可找到乐趣。"少年低声诉说道："他用了二百金替我还债，引诱我投入他的怀抱，还答应我到了任上再赏我二百金。我年纪小，错信了他的话，现在心里很后悔，但也没有办法。夜来和你相会，十分喜欢，所以才胆敢和你一起欢好。如果你真的想和我一起，只要你给他二百金还债，我就能和你一起去京师，朝夕相伴。我们这些艺人中还有比我还出色的，我也可以将他们一起叫来，陪你一起作乐，怎么样？"公子见他说话伶俐，更是合心意，想也没想便答应下来。少年也不再起身，竟然任凭公子抱背入睡。不知不觉东方已经泛白。

　　早晨时候，公子还在酣睡，忽然听到武孝廉骂骂咧咧的声音，睁眼醒来，发现他正一把揪住少年，正要拳脚相加。公子看了心疼，便立即穿衣下床，红着脸进行劝解。武孝廉越发怒不可遏，又冲着公子骂开了："我原本以为你是个文雅之人，出身显贵，又是同乡，所以对你特别亲近，你为什么要仗势夺人所爱呢？这事也用不着上官府，就让我只打死这个畜生！"公子内心十分羞愧，看到被挥拳痛打的少年，少年大喊救命，一时闹得不可开交，旅舍主人和两家仆人听到声响直闯进来。正闹得难解难分时，田某忽然从外边走了进来，劝住了武孝廉，说："弟千万不要乱来。公子实是我的恩主，有话应该慢慢商量。"于是力劝武孝廉出去。武孝廉此时仍是怒容满面，田某硬把他拉走了。过了一会儿进来回复公子："这可如何是好，他不肯罢休，怎么办？"少年此时也泪如雨下，不愿再跟随武孝廉。于是田某在双方之间进行了调解，劝公子出钱换人，公子也愿意。田某与武孝廉说了，起先还不肯，再三劝说，才答应了，但要索取少年衣服鞋子和饮食车马的费用，公子不舍得给。到了中午，才商量停当，公子将二百四十两银子付给武孝廉，他还唠唠叨叨的不解恨。

正要收拾行装上路，忽然又听到打斗声，比刚才还要厉害。公子感到奇怪，出来察看，见旅舍主人跌跌撞撞奔来，对公子说："你的仆人和这个武孝廉的仆人昨天赌博，输了二百金，钱还了不到一半，因此双方发生争吵，到现在还在市中互相谩骂。如果被巡逻的士兵发现可就不得了了，如今法令森严，我的生意也无法再进行下去了，求公子可怜可怜我吧！"公子急忙叫来仆人，严加责问，果然有一位仆人输了很多钱，无法偿还，而其他的仆人对那位武孝廉不满，都不肯代还，所以双方才发生殴打。公子一责问，仆人们都不敢说一句话，而讨钱的催得更紧。公子向来心肠好，对手下的人很爱怜，就又拿出一百金叫旅舍主人代为偿还给对方。武孝廉和他的仆人这才策马离去。

虽然公子损失了几百金，但却将少年弄到了手，十分满意，所以也不觉得什么遗憾。仆人又因花费了主人的钱，更是不敢劝谏。一行人马便赶紧动身赶路，田某也策马相送，公子没法推辞，只得任他一齐上路，来到了某镇。天色将晚，开始准备饭菜，田某又拿了好些吃的东西进来，公子很是感动，和少年在房内用餐，田某和仆人都待在外边。忽然又进来几个人，在庭院里走来走去，都穿着青衣，看打扮像是捕差，交头接耳，声音嘈杂，过了好久才出去。一会儿见田某慌里慌张地奔进房里，说："我的这位亲戚真是太不像话，又连累公子了！"便指着少年说："这人不就是某王府中的旦角吗？王给了他若干身价的钱，但都被他挥霍一空，所以才跟着我这位亲戚远走高飞。王一怒之下，叫京畿的捕差追捕，情急如火。我劝公子还是别将他收下，如果被京差发现，认为公子是逃者的罪主，要将你捉去见王。公子快想想办法吧！"话未说完，就见这帮人气势汹汹地全进来了，已到走廊下。

公子听说王要抓他，大惊失色。田某又出去和众捕差商量，安慰他们。一会儿进来两个人，硬拖着少年走出房间，像对待重犯那样给少年上了锁镣。公子更加感到害怕，赶紧叫来田某商量，想办法试着躲过这场灾祸。田某面露难色，说："这伙人眼太高，小打小闹怎能解决问题？我尽量试试看吧。"出去之后，果然就被捕差围攻，还打他的耳光，田某不敢说一句话。公子又央求他，田某来回跑了好几趟，捕差答应要一千金才放人。公子虽然惊慌，但也实在拿不出这么多钱。

田某又和这伙人好说歹说进行商量，受尽了辱骂训斥，才答应收八百金。公子随身带的钱，一半花在车船费上，另一半因前面的纠纷也花完了，于是只得拿出别人赠送的东西来贿赂捕差，不够的就用衣物抵押，囊中一半已空，才凑齐了数。捕差还吵吵闹闹不甘心，田某再三恳求赔不是，他们这才押着少年北上。对公子来说，钱没了，人也没了，心里闷闷不乐。夜幕降临，就在镇上过夜。

第二天上路，早已经不见田某的身影，公子起了疑心，细看仆人的行装，好像都少了一些东西，连忙询问。他们大多不敢答话，只有其中一位仆人回答说："前晚和那武孝廉的仆人一起赌博，开始只有田某输得不可计数。等田某睡了之后，我们才开始处在下风。昨晚在这儿过夜，于是商量着从田某手里把钱赢过来，用来报答公子。没想到局势忽然起了变化，田某竟然大赢，大约得了几百金。我们又不敢告诉公子，只得各自从行装中拿了些东西给田某，使他满载而归。希望公子千万不要责怪。"公子一听，恍然大悟，想了好一阵才说："唉，我知道了，这伙人确实是'念秧'。"于是不再发怒，反而告诫他的仆人说："我没有按照父亲叮嘱的去做，所以中了骗子的圈套，如今我们的确犯了淫赌之罪，大人若是知道了，恐怕我们都罪责难逃。等会说话一定要当心！假如我一朝飞黄腾达，这点钱也不难弄到手。"仆人听了都高兴起来，过了一会儿又问："假如诸位公子问起来，我们该怎么回答呢？"公子说："就说是遭到盗贼的抢劫，这样好一些。"仆人都答应了。

到了京师，公子的诸位兄长早已叫仆人在等候了，一见面感到奇怪，问道："为什么没有如期到达？怎么拖迟到现在？"公子一声不吭。先去通报早到的仆人发现他们的东西一下比以前少了好多，觉得十分惊讶，而后到的仆人说遭了盗贼的抢劫，大家都十分惊诧。公子到了寓所后，见了诸兄长，也说是遭了劫。诸兄长想要追究此事，公子又不让，劝说道："兄长们都是文学侍从之类的官员，哪有肯尽心尽力的捕差？而且损失的东西也不多，不必耿耿于怀。"诸位兄长听从了他的意见，都以为弟弟气量大，却不知道他心里有难言的苦衷。公子于是闭门思过，指使一同中了圈套的仆人暗中进行查访。他大哥的部门中，并无田姓的官员。而某太常的侄子，现在住在京师，也没听说授了官职。各王府的戏班中，也没有那位少年。公子知道一切都是假的，更不敢将此事传出去，即使仆人们也不敢吐露一字。

过了两年，公子因助饷而被授为山西省某州的副职。出了京师，重新经过那地方，旅舍已经多次易主，以前发生的事再也没法打听，便叹息着离去。骗子这么狡猾，怪不得要中他们的圈套，不只是像《聊斋志异》中所提到的那些行骗的手法。

外史氏说：一个布政使的儿子，用千金买来一笑，算起来损失也不大，只是那些小人们为此区区小事却绞尽脑汁行骗，这和从牛身上去拔取一根毛实在很相似，不禁让人感到好笑。尽管如此，从西江中汲水，同时也从沟里积水中汲水；狮子以全力捕捉大象，也以全力捕捉兔子，像这样努力，即使是沟壑也可以填满。假如说这位公子上当后还不是个事，那么比公子差一些的人如果遇到此劫难就更让人担心了。我因此特地将骗子的一些行骗伎俩描绘出来，给天下的行客提个醒。

生生袋

京师有一位妇人，因患肺结核病死去。死去进入了阴间，见数不清的小孩的睾丸堆积如山，旁边有一百多位坐在地上纺线的老妇，不知道到底在干什么。于是妇人就问她们，一位老妇回答说："这叫生生袋，只要是转生的人，都会在这儿领袋，所以即使堆积如山也不厌其多。冥主可怜我们这些家境贫穷、没有衣服穿的人，让我们在这儿缝纫，每缝一枚就能得三钱，凭借此为生。其中用单线和双线区分寿命的长短。你回去查看一下小孩就知道了。"老妇说完，那妇人还想再继续问什么，只见有一人忽然骑马飞驰而过，一见妇人就喝道："你不该死，怎么还不走？"说着就像捉小鸡那样一把提起她的衣领，妇人被来者的气势所吓，惊醒了过来，病也好像好些了。她对别人说这事，人们这才想起俗话所说的婴儿的阴囊有绲边和锁边的区别，考虑妇人的话，好像还是可以相信的。

外史氏说：人大多数是靠膀胱而活，鬼又凭借着缝纫睾丸为生。生生一袋，使人间地狱无不留意于此。只是不知道这些工作的老妇是不是也要替换，要不然，缝好的东西真要多得无法数清，得到的钱又怎么会数得清呢？只可惜这位妇人来不及问这一问题。

窥 井

有座古寺位于京师西面的易州叫兴国寺，建于元朝。三位世尊都塑着佛像，高约二丈，所以寺院殿堂很宏伟高峻。寺毁废之后，没什么可以加以修建。但每年重阳节的时候，那里的人还是于节前十天起就在寺院烧香拜佛，供摆各种物品。

盛夏的一天，几位管理园圃的老农和寺僧一起在殿堂柳树下乘凉，忽然听见有人在叫喊，四处一看并无人影，大家十分惊慌，拔腿想逃，可是叫声越发急促。有一个胆子稍大一些的人，抬头一看，只见原来的天花板都是外方内圆，有一处脱落，竟然好像变成一口井的形状，有人将头伸出来，口里叫喊着："我得了无法医治的口渴病，井里的大哥，请可怜可怜我，给我一勺水喝吧，救救我！"大家又大为惊骇，一看那人的面容，似乎认得，原来是附近的一位佃农。这时大家商量要去报告给官府，官府叫人搭好层梯，爬了好久才上去，掀开殿堂顶上的瓦片，将那人弄出来，而那人此时已呆若木鸡。

官府让他静养一昼夜，然后开始审问，那人招供道："有一天来到寺中，被一位美貌的女子引到楼上。她的居室十分华美，给我好吃的，还让我和她一起睡觉。女子每次出去就告诫道：'千万不要去窥视寺院中的井，否则就要大祸临头！'昨天实在因为口渴，就试着窥视下井，只看见人而不见水，所以就叫喊起来，我也不知道为何竟然身在殿堂的屋顶上。"官府猜想他一定是被狐所迷惑，召来保人，将佃农赶了出去。如今郡城中的人，还在传说这件怪事。

外史氏说：古人说"坐井观天"，而此人竟然能窥井知地。以那只狐来说，它的伎俩也实在有限，不过乡里的佃农遭遇到这样的事，倒是比东汉年间刘晨和阮肇在天台山遇仙的经历要略胜一筹。而因口渴病，就变成了枯井之蛙，实在也是人生一大恨事。

巨 蝎

蓟郡有一座石桥，传说桥下有会放毒的东西，行人互相告诫，都不敢在那儿停留。一天，有位买卖生椒的商贩，赶着两头瘦弱的驴，驮着生椒，远道而来。当时正值四月底，天气炎热，商贩便在桥梁上歇一歇脚，把椒笼卸下放在石栏边上，驴也在草地上东啃西嚼地吃起草来。起先商贩并未听说这儿有毒物，就盖上衣服躺下休息，因疲倦不堪，竟然呼呼大睡起来。睡梦中仿佛听到了风声，又听到窸窣作响的声音，怀疑有人在偷他的生椒，可是一下子又醒不过来。过了好久才睡醒，赶紧起身查看，只见生椒还在，有一巨物吊挂在石栏边，像是一面琵琶，灰青色，细看原来是一只蝎子。商贩大惊，转身想逃。过了一会儿，见它一动不动，走近仔细一看，原来巨蝎已经被生椒麻死了。商贩很是奇怪，将剩下的生椒并在一处，用一头驴驮着蝎子走，蝎子的头和尾巴都拖到了地上。

外史氏说：传说用椒和泥涂墙建成的房子可以驱除邪恶而且很灵，但只有皇后这种人才有资格住这种房子，难道说别人都不怕邪恶吗？只是椒这种东西，味道非常浓烈，巨蝎吃了都要毙命，更何况是小于巨蝎的蝎子呢？果真如此的话，那么《诗经》中"生椒满满双手捧""生椒可结一升多"诗句所提到的生椒，倒是家庭中不可缺少的东西。

梅 异

吴楚山灵水秀，人才济济，即使连女子有文采的也是层出不穷，这或许是因为山川灵秀之气汇聚所致。吴郡有一位教官姓林，名字不详，无锡人。他出身于儒学家庭，学问迂远疏阔，做了三十年的秀才，直到上了年纪才经选拔考核而补授教官职位。他的妻子名娴，吴氏人家的女儿，小时候跟随毗陵祖母受学，咏诗有谢道韫的才华，作文有班昭的风致，同一时间的大家闺秀很少有能胜过她的。

曾咏一首送春绝句，诗这样写道："预烦小玉为留春，倦倚飞花饯故人。此去莫教莺语老，再来好啭柳条新。"才华可见一斑。她的父亲也在县学。林氏因等候补授空缺的职位已多时，刚巧没娶妻，便向吴家求婚。吴女的父亲以为林氏将授官职，答应将女儿许配给他。成婚的时候，吴娴还没有到结婚的年龄，可丈夫却早已经五十开外。林氏上任数年，无奈官运不佳，又加上很是迂腐平庸，只懂得做些科举应试的文章，其他的一窍不通，夫妻俩很少有夫唱妇随的和睦气氛，吴娴更加觉得无聊。幸好苏州一些名门闺秀耳闻她的大名，都纷纷拿着缀珠的绣品前来送礼拜师，儒学殿堂之后，又多了一帮才女相探讨，这时吴娴的心才稍微感到宽慰一些。而林氏因为自己官事不多，也任由吴娴和女伴往来酬应并不加阻拦。

癸未年仲春，林氏已年近六十，因年老多病，要求告老还乡。上司也无意挽留他，于是就选择了一个黄道吉日，动身启程。诸位女伴听到这个消息，都依依不舍，全携带美酒来到江边，为吴娴饯行。这一天，香轿彩船，珠玉宝翠，映入眼帘，兰桂香气，四处飘逸，比起汉代疏广、疏受辞官而被人隆重送行的场景更为宏大，而林氏也一起沾了光。饯宴刚举行完，还来不及收拾，正在握手告别之际，吴娴突然昏倒在地。众人大吃一惊，围着她连声叫喊，竟然也不见醒，于是船也无法起航。

原来是吴娴正向众人致谢的时候，忽然看见一位驼着背而又步履蹒跚的老妇，从船篷底下走出来，相貌很丑陋。她突然朝前吹气，吴娴耳边突然像刮起一阵刺骨的寒风，之后吴娴便不省人事。迷迷糊糊中，好像还感到老妇在她的面前，并且拉住她的衣袖说："夫人你不要害怕，我是奉诸位姐姐之命，想和你好好谈一下，并不是真的鲁莽行事要加害于你。"说完，使出很大的力气拉着吴娴就走，吴娴没办法，只能跟她去，于是重新上岸。接着又见两位容貌娟秀的丽婢，簇拥着一辆画有五色祥云的彩车前来迎接，一见老妇就笑着说："你这样请客人，也不怕失礼了。"老妇也笑了笑说："老妇一向善于劝驾，像你们这些人，纵使百般行礼，也不一定请得动人家。"说着催促吴娴赶紧上车。吴娴心里十分恐慌，不敢迈动一步，老妇又强迫她，这才拉着绳子登上车。人还没有坐稳，车就忽然飘起来，好像升在半空中，吴娴顿时不知所措，几乎要掉下身去，老妇和婢女左右夹持着她，并且笑着说："这么胆小，难道是二十年以前都没这样乘风而行过吗？别紧张，马上就要到了。"

转眼间果然到了一个地方，只见到处被岛屿萦绕，重楼叠阁，很像是在虎丘之西，而山林花卉的美丽景致，高楼大厦的宏伟奇观，好像也别有一番风景。吴娴的心这时才稍稍安定下来，抬头见房屋高大，宽敞明亮，牌额都用的是古篆书写，不会辨认。车停在大门一侧，那儿又有婢女，虽然像是看门的，但容貌十分妖艳，见到吴娴都下来含笑相迎，把她扶下车，好像以前相处很亲热的熟人。吴娴刚下车，车上就顿时传来一阵奇香，芬芳馥郁，直达门屏之外。走近一看，见有几百棵老梅树，散种在墙内，双手合抱，高耸参天，花繁枝密。吴娴这才知道香气是从哪来的。再走进去，只见梅树更多。居中是一大堂，连着十几间屋子，雕梁飞檐，富丽堂皇。吴娴还没有走上台阶，老妇便早已进去通报。忽见用斑竹编成的帘子被拉开，十多位姿色曼妙的美女一个个走了出来，笑着说："怪老婆子太草率，让我们妹妹受惊了，我们还须向你请罪。"吴娴斜眼一看，其中有十之八九穿白衣的，十之三四穿绿衣的，只有一个人穿着红衣。这些人中，越是衣色淡雅，容貌越是妍丽，全都是吴娴从未见到过的。众人走下台阶，请吴娴进屋。一进屋内，环境宜人，十分古雅，一琴一书，都别有一番意味。而那些佳丽的装扮，又都浓淡相宜，十分自然。至于衣服的肥瘦长短，没有一处不合身，如果不是心思聪慧，实在难以想象能做到如此。

吴娴这时不禁自惭形秽，越发的谦卑。众人热闹地推着她入宾席，吴娴再三谦让之后才坐下。正要开口问话，其中一位身穿绿色薄纱的美人说道："各位姐妹在馆娃宫正巧看见一些姑娘设宴为妹妹饯行，意气风发，是在为闺中女子增光。回想往日，想要见上一面，所以派风婆前来迎接，希望不要因此冒犯见怪！"说完起身表示歉意。吴娴本来就仪度娴雅，没有小儿女情态，也客气地说："古代楚国三种歌曲，只有鄙俗的《下里》唱的人最多，而高雅的《白雪》《阳春》反而比不上。姐姐这样说怎能不叫人感到脸红？"于是也行礼答谢。众人一听这话，互相议论着说："谈吐本就是我们这一类人的气度，幸好还没有失掉她的本性。"因而笑着说："你们两位也不要太客气了，我们实话实说了吧。前些日子大姐从钱塘寄来一张赋题，可惜我们才气不足，费尽心思却没法完成。听说妹妹文章的文采很奇妙，众人都比不上，所以特意趁你还没有开始动身，请你来为我们代笔，还希望你不要推辞!"说话之间,婢女早已经把笔砚准备好。吴娴起身推脱说:"深处在深闺,忙于纺绣,写一些短小的诗文就已经很吃力,如果是巨篇之作,恐怕更是不行。就连古人十年都完成不了,却让我一朝完成,这要求不是太苛刻了吗?"众人笑着说:"妹妹才思敏捷,自然胜过我们,如果遇上女左思,就不敢拿这个来勉强了。"于是立即摆上白玉桌几,并递上绿色的笔。穿绿衣者又说:"为什么不给作者润润笔呢?这不是叫人家搜索枯肠。"于是用金杯进酒,有几升的量,酒呈青绿色,清香浓郁。众人劝道:"这其实是梅花的精粹,不知妹妹还记得在罗浮山给赵师雄喝的那种酒吗,现在就回敬给妹妹喝。"吴娴这才顿时恍然大悟。原来自己的前身也生活在梅花中间,于是很高兴地拼足劲一下喝了一半,把赋题拿过来细看。众人拿出精致华美的纸张,只见上面用小楷端正秀丽地写出赋题,下还有序这样写道:"客夜对月,偶有所思。以往父亲在世之日,遇上这样月光明媚之夜,他咏我笑,时常到深夜还不罢休。如今父亲长逝,又重新目睹此景,几乎让孤山三百树,一时尽化作杜鹃枝,真令人伤感!所以我也像海棠婢子那样长恋梦乡不能就睡。于是取旧句为赋,还未动笔,就派仙鹤衔与诸位妹妹,如果有雅兴,请先挥毫,或许世外佳人,又增一段佳话。"序尾署"愚姊林门梅氏敛衽拜"。赋题叫《爱月夜眠迟》。吴娴一看,心里跃跃欲试,便不再推辞,皱眉思考了一下,词妍句丽,不到半天就把赋写好了。众人都纷纷围在一起诵读,其中精彩动人的句子有:"纵高洁以自怜,亦团圝之可爱。"又有:"蕊珠宫外,误香梦于凭栏;群玉峰头,骋花魂而入月。"又有:"月姊可怜人,须念今夕之眷眷;素娥真好我,必无来日之迟迟。"大约二三百句,对偶十分工整,众人都对她的文采口服心服,称赞道:"字字句句,掷地有声,真是让人耳目一新,妹妹真不愧为才女,我们在妹妹面前实在很羞愧!"于是又让婢女拿酒酬谢,还要设盛宴款待。吴娴连忙劝阻,说:"妹妹才要多谢大家厚爱相召,聊为敷衍成句。刚才喝了酒,已有醉意。实在不能再让驾船的人等候了,希望能让我赶紧回去,这也是我深为企盼的。"众人见状笑着说:"妹妹不会还对那位浅陋的迂夫子恋恋不舍吧?不过话说到这,你在这儿滞留的时间也确实很长了,我们也就不再留你了,等到明年我们再在梅花国里见面。"于是叫来先前迎接吴娴的那位老妇和两位婢女,让他们送吴娴回去。众人送她到门外,又特意叮嘱道:"妹妹因为在罗浮山与赵师雄相遇，沾染上了凡人的欲念，所以才会被天帝惩处，堕落到人间。虽然和那位傻老头相处不快乐，但再归天界也为时不远了。请妹妹一定要自尊自爱，千万不要自寻烦恼！"说完，看着吴娴顺利登上车，她们才转身离去。

车走得比来的时候速度更快，一会儿工夫就来到停船的地方。吴娴正要提着衣服走下去，忽然一阵狂风吹来，所乘坐的车一下子被淹没。吴娴大声呼喊救命，像是做了一场噩梦。醒来一看，只见饯行的人还在她的身边，看着她突然醒来，姐妹们无不惊诧地说原以为她已经一命呜呼，正准备给她换衣入殓。吴娴于是把自己的经历讲给姐妹们听，又十分流畅地吟诵自己所作的赋，人们都感到十分怪异，原来她已经死去三个时辰了。大惊一场，诸位送行的女子纷纷告别离去，林氏便走进船舱来安慰她。第二天就解缆启程，返回家乡。

又过了一年，有个锡山人来苏州，好事者争相询问奇女子的事情，果然吴娴已经去世，原来所说的一年之后的相会，并没有失约。只可惜驿使没有来自岭头，竟然不知道群花相见，又创作出什么作品使之能够传遍于世。

外史氏说：《梅花赋》出自宋璟之手，而梅姊竟然想要自赋，而且还是请人代作。所请的人，本就是宋璟赋中之人。本就对自赋不屑一顾，而又借爱月以作赋，其作品能够流艳千古，其人也香艳千古，其人之事，更是香艳千古。可是细想一下若不是梅花本身就香艳，其人即使足以相传，其赋即使足以吟诵，某事也终究不足为奇。不得不说风婆的举动，有一点儿轻率；但是最后能借助落梅之风，让吴娴死而复生，延迟性命，她也是有功的。又何况本就为梅所畏服，一旦为梅效力，难道不可以替群芳扬眉吐气吗？

童之杰

有一个滦州人是个武生叫童之杰。他身边藏有的一把锋利无比的利剑，自称能斩鬼狐，但别人不相信他有这个本事。有一年秋天，他带着剑行走在山东道中。行客一问起他的剑，他总是讲得津津有味，又说："我手拿的这把剑，虽说不能以一当万对付敌人，但遇到妖魔鬼怪，将它们一一斩杀还是不成问题的。那些战场上杀卒斩将的武器和我这一比，不过是人世间的锈刀钝剑罢了。"经过他多次宣传，就有一个人感到十分好奇，想试探一下剑的威力，于是先和他结为要好的朋友，一路上和他同行同住，形影不离。

当时有一大户人家，妖怪占据了他家居住的宅院，于是这家人就离开了那里，搬到县城居住，那人对这情况了解得一清二楚。一天，两人正好在当地过夜，那人就哄骗童之杰说："今天天气这么炎热，旅舍又住满了人，我知道有一处清凉之地，你去不去？"童之杰听后很心动，问他到底在哪里，那人说："我有一位知心朋友，恰巧在此地有一幢别墅，假如和我一同前往，今晚就能找到供吃住的主人了。"童之杰十分高兴地同意了，与他一同上路。到了那里天已经快要黑了，那人领路进去，只见大门敞开，里面看不到一个人。原来因发生鬼怪，大户人家觉得也没人敢进来，就没有锁门。两人背着行装从大门光明正大地走了进去，刚走到中门，那人假装很惊讶地说："这里怎么也没有一两个打扫的人？你先在这等我一下，我先到附近去看看。"童之杰一看屋里显得十分整齐，所以也并没有起什么疑心，又加上自己有武艺防身，也就很爽快地答应了。那人随即走出，到了外边，将门关上，又用皮带子把一对门环死死系紧，让童之杰不能脱身，然后不怀好意地笑着走开了。

童之杰等了一会儿仍不见那人身影，心里有点奇怪，想出门，却发现门已被关死，这时才恍然大悟："那人一定是想试探一下我的功夫，幸好我有这把剑在身边，我怕什么？"于是走进庭侧的一个房间，把床上的灰尘抹去，想着先休息一下。这时夜幕也已降临，童之杰也没闲心再走进内屋去欣赏观看，按剑好久，也没有发现有什么动静，此时也感到十分疲惫，就想好好躺下睡觉。

头刚躺上枕头，就听见窸窣作响的声音。窗户上原无片纸，他伏着身子透过无纸片的窗子往外窥视，只见淡淡的月光底下，有一个身长一尺多一点，矮小肥胖的人，正在台阶来回走动，细看一下好像是狐，大吃一惊。童之杰大声呵斥一声，那东西突然一下子就消失了。有利剑在身，童之杰也不觉得害怕，又安然躺下。不一会儿工夫，只见火光突然熊熊燃起，能看见它的须眉。有一个怪物，和屋檐一样高，面呈瓜色，两眼像碗一样大，目光灼灼，刚才的火光就是从这发出。

它全身都长着好几寸的绿毛，模样看起来十分恐怖。童之杰也不免两腿直发抖，颤抖着抽出利剑，虚张声势。怪物看后笑着说："你这剑也只配杀鸡，怎么好意思大话连篇来欺骗人呢？"怪物的声音好像是猫头鹰的叫声，把屋子震得作响。童之杰手中的剑早已被吓得扔落在地上。

正在心慌神乱的时候，又忽然传来佩玉碰击的声音，怪物不敢轻举妄动。童之杰这才定下神来一看，只见远远从庭后出来好几对纱笼，等到走近他所住的房间，才看清是一位中年妇人，妆扮十分艳丽，旁边有十几位婢女在前导引，而婢女都身穿红色或紫色的衣服。童之杰心里很奇怪。怪物此时屏声息气，沉默不语。妇人推门进屋，让婢女拿灯烛来照，带有一些责怪的口气说："既然你要进来光顾也要问一下主人，自作主张就闯了进来，难怪仆役容不得你。"说完，就朝南而坐，招呼童之杰，并以礼相见。童之杰见躲不过，也不得不勉强起身行礼，斜眼偷看对方的容貌，只见眉施粉黛，肤色白皙，姿色貌美，神韵犹存。他心想："巨鬼竟然会怕这位妇人，那她一定是其中的头儿。我自从有了这把剑，还没有试过，刚才因为被吓，而受到鬼的嘲讽。眼下面对这位弱不禁风的女子，如果我要还不动手，岂不是将束手就擒吗？"他见妇人使唤着身边的婢女，以为不怀好意，会对自己不利，便俯下身子去拾起剑，挺身就朝妇人刺去。妇人忽然回头一笑说："你还以剑侠自居吗？我因为爱护生灵，所以特地饶你一条命，还想讲授一些拯济天下的方法。可你却包藏祸心，反要拿剑刺我，你可真是不可救药！既然你现在有这把锋利的剑，那么就请你砍断我的头，如果做不到，那你也就别想活命了。"说着，就将身子转向童之杰，让他动手。童之杰反而害怕了，赶紧扔掉手中的剑，拜倒在地上，说："我现在真不敢了，请饶我一命！"妇人又笑着说："看样子你还是知道分寸的，孺子可教。"便叫他起来重新坐下，对他说："实际上我本是红线女一类的人物，剑术高超，不像你这样的平庸之辈。因为这地方鬼狐经常出没，所以来这居住，妖怪才不敢靠近，都逃得远远的。刚才来试探你，都是我手下仆人所干的，并不是真正的妖怪。而这家主人不知道我是神仙，还以为我真是妖怪，所以好久没人敢住在这儿。刚才在后庭，听仆人说你有一件珍贵的宝贝，而剑气不扬，所以才在夜里赶来，特准备教你神奇的剑术，怎么可能还有其他企图呢？"

童之杰一听更加喜出望外，又长跪想拜妇人为师。妇人让他拿起扔在地上的剑，擦拭了几下，对他说："这是道家斩魔杀妖的剑，并不是我们所用的那一种。所以必须施加人力，才能够发挥功能。我的剑飞腾变化，就没有什么阻碍。即使这样，实际上不是剑配不上你，而是你不配用这把剑。现在我教你一个口诀，之后再用符水煮剑，那么天下的妖魔，都将被你的利剑斩尽杀绝。"童之杰一听更加兴致浓浓，向妇人讨教。妇人于是对他说了口诀："天心正大，吾法正直，荡涤邪秽，肃清一世。"口诀授完，就叫婢女把剑拿下去，用某一种符和着某一种水煮，等到剑迸发光芒为止。又对童之杰说："这剑本身并不是不锋利，只是因为受过人世的尘埃，所以也不免钝了。"于是和童之杰坐谈，一一讲述剑侠的事迹，又耐心劝导童之杰要怀一颗正直的心来接济天下，要不然，即使剑能通灵，又能干什么呢？童之杰一一答应。又过了一会儿，婢女拿着剑过来，这时只见剑光闪闪，不再像以前那样暗淡无光。童之杰于是又对妇人下拜，恭敬地受下这把剑。妇人又叮嘱了几句，这才回去。

这时已是五鼓时分，童之杰稍许睡了一会儿。不久天很快亮了，他赶紧起来穿戴整齐，准备到庭上向妇人辞谢。这时婢女走了出来，交给童之杰一个皮袋，说："夫人说了，人神有别，不应多次相见。你拿这只袋子回去，将天地间的妖魔全数收入袋中，十年以后才可去武当山相见，到时你再打开袋子细谈。"童之杰收下口袋，随后婢女走了进去。童之杰刚出门，就看见那位哄骗他的人已等候在门外，笑着问他："住在里面快乐吗？"童之杰心里十分恼火，但他谨记正直的教诲，不敢有所隐瞒，将事情一一说了，最后又说："虽然你差点将我置于死地，但我的剑却因为你而得以通灵，我们的恩怨可以两结了。"说完辞别而去，不再对那人说什么。那人也半信半疑。以后听说童之杰在江西地方大显神威，而且出家为道士，专替别人驱妖逐魔，从不收一钱，那人知道后对此十分惊诧。

我在邗江的时候，也曾经听说过不少有关童之杰施展神术的奇事，下面就举一两个例子说说，就足能使人感到震服。扬州有一位妇人，刚开始患上了痨病，后来梦见和一个面目肿胀、毫无血色而且身体冰冷的鬼在梦中交合。每次鬼一来，妇人的精神就萎靡不振，很难承受。她的家人请童之杰驱邪。童之杰问了鬼的形状，笑着说："这是一个翻船溺死的鬼。"他没走进妇人的房间，而是带着大伙儿直接来到江边。夜深时分，鬼果然出现了，童之杰突然上前将它捉住，砍斩了一通，只见流了一地的水，臭气熏天，同他一起来的人都捂住了鼻子。童之杰之后将鬼装入皮袋，还发出喷喷的声音，童之杰背起就走。那位妇人这才安定下来，半年以后病就好了。又有某县有户富人家的女儿也受到狐的纠缠，白天一丝不挂地睡在闺房，晚上却很精神地起来妆扮。侍女暗中窥探，却看不见任何东西，只有枕被上有几十根长毛，原来是狐遗留下来的。童之杰听说了这事之后，立即身佩利剑，赶去富家。来到那儿，就在富家的门侧拔剑砍去，只见一狐应声倒地，身长近三尺，鲜血淋漓，已奄奄一息。童之杰于是立即挖出狐心，用来给富家女子医病，病就好了。他仍将狐装进袋中，悠悠离去。人们见他的皮袋约二尺长，各种怪物全都可以装在里面，不禁感到惊奇不已。

童之杰成了道士之后，并没有再回到故乡，到了戊辰年，出游武当山，从此一去不复返。

外史氏说：有人怀疑妇人教给童之杰的口诀，只有寥寥数语，一定不是什么真货。我认为正直一词，一定能抵得上千百份符篆，连剑也可以不用，更何况口诀呢？什么原因呢？其实胆子的大小，取决于气壮还是气馁；而气是壮还是馁，则完全取决于心是正还是邪。心正而行为刚直，也就如孟子所说的"浩然之气"。仙、佛、人、神，都可以用这两个字来概括，那剑侠还用说吗？同样是一把剑，在懦弱者的手中不得心应手，而到了勇武者的手中，就会所向披靡，无人能敌。由于剑本身就是通灵于人，所以天下所有胆大勇为的人，不一定要有剑，但一定能让神都钦佩，鬼都屈服。

卷十一

杨秋娥

　　山西有一座书院，不知道名字叫什么，是官吏们建造用来教授学子的地方。县学生员朱燮，只有二十左右，在书院学习，为人淳厚，一心只想着学业，主持这座书院的人，全都对他另眼相看。

　　丁巳年冬末，大家准备回家过年，书院里的生员都在整理书籍，朱燮也一样在整理未读完的书卷。忽然见到一幅诗笺，和手掌差不多大，字体娟秀如簪花体。朱燮诵读诗句："莲房留莲子，莲子不肯住。一旦入金盘，空房泣秋露。"诗句非常伤感艳丽，很像是一首古乐府。朱燮反复把玩体味，爱不释手。到了家里，他把诗笺贴在墙上，一有时间就吟诵，并不知道诗是闺中女子写的。

　　当时正好赶上除夕，酬应很频繁。到了人日（即正月初七）之后，才逐渐有时间约朋友出游。山西、河南这一带的人一直都很勤劳节俭，妇人女子，有时身着粗布便服外出，谈不上美女如云如荼。朱燮随着众人游玩，偶尔经过一条小巷，忽然看见一座平屋上面，有一位女子用面巾裹住头部，迈着小步向前移动，看上去两脚像钩子一样，非常纤细，忍不住把目光落在她的身上。走近一看，那位妇人虽然是粗裙布衣，但都非常整洁，穿着白袜红鞋，更加显得楚楚动人。但没能看清她的面容，朱燮感到非常遗憾。当时冰雪融化，那妇人走路不稳，走到大家面前时，竟然像一片云从屋顶飞坠下来。众人都惊呼起来，妇人正好落在朱燮的怀里，朱燮急忙用双手将她抱住，幸好没有碰伤。而坠落的时候，妇人头上的面巾自动掀开，众人一看，只见她发如蝉翼，貌似美玉，天生丽质，美丽娇艳极了，原来是一位年轻的女子。在众目睽睽之下，女子显得很害羞，幸好这里离家不远，就像垂着翅膀的青鸾一样逃开了。众人看得正入迷，来不及注意周围，只有朱燮看见有一幅红色的诗笺掉在地上，知道是女子遗留下来的，急忙拾起来放入袖中。朋友们又都不知道这事，他们看见女子远远地离开了，互相开玩笑，因为朱燮还没有结婚成家，都争相戏弄他。朱燮只是微笑，并不回答，心里也十分得意扬扬。

等到同朋友们分开，还没有回到家里，朱燮就迫不及待地从衣袖里取出诗笺，打开一看，墨迹还很新，原来就是那首咏莲房的诗。朱燮非常惊讶。回到自己房间后，把这幅诗笺和墙上的那幅一比较，发觉笔迹也是完全一样，更加惊骇了。由此他心中顿时产生无限的痴情，回想起女子的神态，竟然彻夜未眠。

早晨起来，朱燮偷偷前往女子的住地，想要了解女子情况。女子姓杨，生于八月，父母因此给她取名秋娃。她舅舅是山东一位精通儒学的学者，觉得"娃"字虽接近古味，但在目前看起来有些俗气，所以换了个"娥"字。长大之后，秋娥容貌美丽动人，天性又很聪慧，跟着她舅舅学习，擅长书法，很会作诗，所写的作品有晋唐的风味，舅舅有时为此停笔不写。但是因为她出生在清贫的家里，加上很少露面，所以没有人知道，芳龄十七，待字闺中。前年因为读古诗有些感触，秋娥模仿着写了这首绝句，这天正要去向她舅舅请教，因为失足跌落只好回来，惭愧极了。一开始并不知道诗稿遗失了，更不知道十几天前，诗稿为什么失落在朱燮的手中。然而朱燮也仅仅知道女子的姓名，而且又是从乡邻口中了解到的，丝毫不了解女子的才学，只是被她的美色打动，思念不已，怅然若失。

上元节过后，朱燮即将进书院学习，而他如痴如醉，口中一直吟诵着女子的那首诗，时而又摇头跺脚，说道："到底是不是呢？果然是她写的吗？"他的同窗学友听了全都觉得惊讶，问他发生了什么事，朱燮坚持不肯说。过了几天，书院的老师开始授课，众人都听得很认真，只有朱燮好像听不到似的，不时地像是在和谁窃窃私语。老师觉得奇怪，就问他，朱燮闭口不谈，只是呆呆地站着。稍过片刻，又和刚才的行为一样了。那天和他一同出游的一位学友，和老师说了事情的经过，老师叹息着说："这人大概痴狂错乱了。快把他扶回家去，请医生治病，否则会发疯的。"于是老师停止授课，叫人送朱燮回家，和他父母亲详细说了发生的事情，父母亲都低头哭泣。朱燮却摇着头劝他们说："儿没有病，只是媒人约我替父母娶来这位美貌的媳妇。"说完闭上眼睛，好像睡着了似的，整夜鼾声大作，全家更加心神不定。

谁知道朱燮自从进入书院之后，就祷告道："谁送诗笺给我，就应该充当起月下老人，为什么害得我如此相思成疾，自己却无动于衷呢？"原来书院一直有灵狐出没，朱燮曾经听说这事，于是怀疑诗笺是狐给他的，所以才这样祷告。但祷告完并没有动静，朱燮就心有所动，口中念念有词，看上去像一个痴呆，实际上他心里很明白。当时在讲席的一侧，有一个人戴着高帽，穿着盛装，年纪大约五十岁，向朱燮作揖，并对他说："前些日子效仿唐人于祐从御宫河道中拾到题诗红叶的故事，事先将诗笺送给你，的确有这样的心思。美好的姻缘就在眼前，你应该自己谋算，怎么能埋怨我呢？"朱燮知道对方是狐，满心欢喜，急忙问诗笺从哪里得到的，如何才能把美人娶到手，说个没完。那时别人并没有见到狐影，只觉得朱燮口中念念有词，又没有听清楚说些什么，所以既怀疑又惊骇。那狐对朱燮说："那女子虽然生长在杨家，而她的前生实际上和我是同一族类。她的母亲还在，为什么不用女婿的身份去行礼拜访，这样就很有希望结成良缘。"这时朱燮心里早已经没了主张，满心高兴地答应了。等到朱燮回到家，狐又跟随在他身后，在他家门外等候。到了这时，朱燮感到自己身轻如叶，悄悄地出了家门，和狐一同在市上行走。

一会儿工夫，来到一个大户人家，里面灯烛闪亮，穿着华丽服装而守门的人，不止一两个。他们一看到狐就说："丁员外来了，杨家阿姐的事应该是办好了。"狐朝他们点点头。有人进去禀报，一会儿出来带着客人进去，朱燮跟着狐一同进门。厅堂有五根柱子，显得极为高峻宽敞。中间摆着一道白玉屏风，上面雕刻着牡丹花，生动逼真。下面放置一张胡床，红色的垫毯足足有几寸厚。旁边有四只绣枕，光彩夺目。环视房内，各种用金玉制成的器具，应有尽有，互相映衬，全是朱燮很少见到过的。他心想：能做这户人家的女婿，可享尽荣华富贵了。

客人进了门，而主人还没有出来，接待客人的侍从对狐说："太孺人因为年老多病，走不快，担心怠慢客人，请你们坐下等候。"说完就走开了。狐拉过朱燮对他耳语道："这位老妇生性固执，不轻易答应别人，凭借你这样的才能，我很担心还不能中她的意。我这里藏有写好的文稿，你抄录一下，成为老妇家的女婿就不难了。"说着给了朱燮一张文稿，朱燮喜出望外。

不一会儿，袭来一股奇异的香气，四只纱笼在前面，引着一位凤冠霞帔打扮的老妇走了出来，身边有十几个婢女，个个都娇艳无比。朱燮在狐的引导下，向老妇行女婿的礼节，老妇制止他，连声说："不，不。婚嫁不是小事，不敢草率从事。"说着在中间坐下，一点儿也不客套谦让。狐和朱燮面朝北坐下。朱燮看重的是秋娥的美色，所以也没有把礼节放在心上。老妇对狐说："今年你太忙碌了吧，也没来看我一次！"狐起身表示歉意。老妇又问朱燮的姓氏和做些什么事，朱燮一一恭敬地作了回答。老妇对狐说："学官自然是培育人才的地方，跻身仕途，都是以此作为基础的。郎君年纪轻轻就考中秀才，将来一定前途无量。"狐也在一旁对朱燮赞不绝口，说和朱燮相邻，他的读书声从来没有断绝过，所以把他介绍过来。老妇似乎很高兴，过后又说："老妇老态龙钟，和以前相比，耳朵和眼睛都很不好使了。儿女婚姻大事，不敢自作主张，等小丫头来了再说。她和郎君彼此相当，她中意的话，我也会中意的。"狐于是问老妇："姐姐在哪儿？"老妇说："已经让婢女去叫了，想来随后就到。"又叫婢女上茶，朱燮一呷，味道非常清香。

没过多久，婢女来通报说："阿姑来了。"朱燮和狐都离开座位，远远地站在屏风的后面。又见纱笼前导，一位女子身着盛服，翩翩向他走来，见了老妇，恭敬行礼。朱燮斜眼一看，那女子装饰虽然与以前不同，但姿态却是一样的，原来她就是秋娥。老妇握住她的手，让她一起坐在床上，又抚摸着她的肩膀说："儿近来很想念母亲吗？"秋娥回答说："谁说不想？只是我们两人分开已经很久了，要不是母亲在梦中告诉我，儿怎能知道呢？"老妇又说："既然想念我，那么我的主意，也就是你父母的主意。母亲担心儿家境很贫困，要是轻易嫁给一个三心二意的人，会耽误儿的终身。今天丁员外来到这里，帮朱公子做媒，朱公子一表人才，你答应他吗？"秋娥听了老妇这番话，低着头不说话，脸上虽然露出害羞的神色，但又显得忧心忡忡。老妇笑着说："母亲不勉强你，所以叫你自己来看一看，好坏由你自己决定，你总相信自己的眼睛吧，为什么这样犹豫呢？"秋娥脸色好看了一些，但仍是不说话。老妇又催促她，秋娥还是一声不吭。老妇于是对狐说："丫头特别害羞，这样吧，诗题由我老妇出，诗怎么做，朱公子自便。"狐随即就用怂恿的口吻说："好的。"老媪指指屏风上的雕花，让朱公子写一首七言律诗，又说："画有孔雀用来挑选女婿的屏风，比不上画有花卉的屏风那样艳丽。"

于是众婢女在柱子一旁摆好桌几，拿来水晶砚，铺上浣花笺。朱燮因为身上藏有文稿，所以就安然自若地坐下来，把狐给的稿子放在纸下面，挥毫作诗。片刻工夫，诗写好了，请婢女转交给老妇。老妇叫秋娥读给她听，诗写道："国艳依稀落笔端，玉山添媚彩云团。图成信有千金价，张去还宜百宝栏。云母开颜堆绣被，花王笑日倚琅玕。蒹葭果入黄荃画，也许当筵学凤鸾。"老妇听了，先点头赞许。秋娥也微微皱了皱眉头说："意思有了。"随即起身走进屏风后面。老妇把朱燮叫到他原来就座的地方，说："郎君的确是天才，和我家秋娥可称得上才学相当。回去赶快找个媒人来求婚，好事就可以办成了。"狐又起身说："没有老夫人定夺，这件婚事根本不可能办成，但是又怎么能让别人一定接受呢？我有一个主意，选择一个黄道吉日，立刻召朱郎入赘，婚后再告诉别人，或许不会引起抵触。老夫人觉得这样是否妥当？"老妇歪着头沉思了一下，说："原本不应强硬做事，只是要想得到称心如意的女婿，老妇也顾不得别人说三道四了。"于是回头对婢女说："快去拿十丈红布来，先给媒人送礼，以后再设宴酬劳。"狐叫朱燮起身道谢，老妇笑着接受了。狐随即披着红布和朱燮出来，一直把朱燮送回家里，就和朱燮告别，说："等到定下吉利的好日子，再来告知你。"

朱燮一进家门，觉得自己躺在了床上，父母还守候在他的身边。朱燮说了事情的经过，全家人都以为他在说疯话，小心翼翼地给他喝了药汤。第二天朱燮一起床，和过去一样精神焕发，而且还去书院向老师道谢，依然听授讲习，因他的事情老师和同学都不乐意知晓，也就没有提起。

过了十多天，朱燮忽然失踪了，书院的老师和朱燮的家人都惊慌失措，到处寻找，却毫无结果。而杨家在那一天连门窗都没开，掌上明珠秋娥的踪影却也消失不见了，全县的人当作怪事纷纷传说。一年多之后，朱燮有一位堂叔，在京师经商，家境豪富，写信过来，里面附着朱燮的家信，才得知朱燮捐纳了资财，进了国子监，又考中举人。

原来朱燮在书院的那几天，狐又赶来告知说："老妇家已派了车来，我怕书院中人多，就叫他们停在我家，新郎可以动身了。"朱燮想回家告诉父母，但考虑到前事之鉴，害怕他们不相信，会娶不到秋娥，就关上门跟随狐一起上路。到了狐家，看到门庭清净，没有一点儿灰尘，外面果然停着车。狐请朱燮进去，朱燮于是感谢他成人之美的恩德。狐笑着说："你不是别的，前生也是位女子，因为遭到我的纠缠最终身死，拳拳之情，即使你忘了，我不会忘。所以千方百计撮合成你这门亲事，也姑且作为报答，用不着谢我。"朱燮一听领悟过来。狐又拿出衣服给朱燮穿上，华美极了，朱燮虽然没有美男子潘安的相貌，但这样一打扮，也显得神采飞扬，不同寻常。登车启程，天已昏黑，一路鼓乐喧天，邻里竟然好像都没听见。到了那里，傧相随从，蜂拥而入。大堂前肃立着好几位贵宾，穿戴不同于时下，相貌都显得特别，气宇轩昂。老妇也走出来，拄着拐杖等候。朱燮一下车，司仪顿时开始赞唱，婢女一起簇拥着秋娥出来，只见她打扮得仿佛仙女一样，用头巾遮盖住娇艳的面容。朱燮忽然怀疑对方不是杨家的女儿，等到夫妻对拜之后，掀开头巾，真的是花容玉貌，原来就是秋娥。朱燮非常高兴。等到就寝，已经结成夫妻，更是如鱼得水，快乐极了。卿卿我我之余，朱燮又怀疑自己身处梦境，而且杨家的美人，婚嫁之事为何由老妇作主，便细细询问秋娥。

秋娥开头因羞愧没有开口，过了一会儿才说："我生来聪慧，还在婴孩的时候，就能明察前世的事情。但害怕惑乱别人，所以不敢胡言乱语。长大以后，也逐渐对前因知晓得一清二楚。去年忽然在梦中见到老夫人，自称是我前生之母。我因为母亲患病，出去寻找仙芝，结果被猎狗咬死。原来我是一条狐。因为母亲对我思念深切，碰巧父亲来到山西，就带着母亲来到这里，才千辛万苦找到我。她常暗地里把珍奇的吃穿物品送来。我在睡梦之中，她也天天来探望。今年春天，她对我说：'你父母和你舅舅要把你许配给刘家的儿子，此人文名的确很响，但福运不长，我当替你另找一位称心如意的女婿。'前些天从丁员外那里读了你的佳作，母亲和我心里已同意。再一看你的福禄簿，又是仕宦中的人，所以让我嫁给你。"朱燮说："那么你到现在还是身处梦境吗？而且我两次都没有见到岳父，他到底是什么头衔，而夫人被称为太孺人？"秋娥说："这些我也不知道。前些时候前生之母让我嫁给你，我心里很犹豫，觉得没有请示过今生父母，而且再生的说法，也没有什么根据，所以婉言拒绝。前生的母亲很不高兴。昨晚我在闺房，忽然进来两位婢女，夹持着我就走，像是腾云驾雾。到了这个地方，母亲才告诉我，而我已经没有办法回去。又听说我前世有兄长，都在京师供职，做了什么官，仆人婢女所以这样尊称我的母亲。至于父亲，也去了京师，好久没有回来。大致情况就是这样，具体的我真的不知道。"朱孅听了秋娥这番话，豁然开朗，也说了得到两幅诗笺的怪事还有和秋娥邂逅而害了相思病的经过。于是他和秋娥开玩笑说："你就是从屋上掉下来的那位，没有我，你即使没有玉碎，也恐怕难以瓦全了。"秋娥也了解了事情的经过，笑着说："我看到你时，总觉得好像似曾相识，原来就是我失足时见过一面的。"说完，两人抱在一起进入了梦乡。

第二天一早起来，两人谢过老妇，老妇忽然说："女婿和女儿毕竟不是我们道上的人，不能久住在这里。"就派了一辆有帷幕的坐车，几匹骏马，两个婢女，三个仆人，送秋娥和朱孅一同北上。临走前，给了他们一千两银子，说："女婿自然会飞黄腾达，给大笔的资费反而会误事，更何况秋娥的父亲和兄长都在京师，资费不用愁。"朱孅和秋娥流着眼泪拜倒在老妇的膝下，依依不舍地上了路。途中秋娥要和朱孅作诗唱和，朱孅面有愧色，说自己不行。秋娥感到奇怪，朱孅就实话对她说了。秋娥叹息着说："丁公因为自己所喜欢的人而坏了别人家的闺女，怎么能说是没有罪过？"随后看了朱孅所作的文章，才脸带笑意，说："我虽然对文章不通，但诗和文道理是一样的，英武锐利的气势，自然应该早早抒发出来，可惜你的文章未能反复推敲而达到尽善尽美的境界。"朱孅非常佩服她的说法。

到了京师，婢女和仆人都告辞离开，朱孅就出钱找别人来代替。过了几天，岳父来了，谈吐渊博，极像一位资深的儒者。朱孅于是手执经书拜岳父为师，学业上大有长进。只是秋娥的两位兄长推说有公事要忙，从来没有见上一面，却送给他们的妹妹好些东西，表现得情深谊切。朱孅又拜见了堂叔，堂叔见到他惊骇极了，问到底是怎么回事，朱孅将事情一五一十说了，他堂叔也半信半疑，于是劝他采用捐纳资财的办法进入国子监学习。碰巧赶上举行乡试，朱孅靠着他这位狐岳父授给他的诀窍，考中了举人。明年春天，朱孅没有考中进士，准备回去，秋娥刚好临产，生下一个儿子。满月后才启程回家。朱孅带着妻子和儿子拜见父母，讲了事情的经过。朱孅的父母见儿子转眼间娶了媳妇，还有了孙子，十分高兴。秋娥也回去探望父母。只有她的舅舅怀疑她和别人私奔，玷污了闺教，和秋娥断绝往来。秋娥因为这件事感到万分羞愧，生了几个月的病。幸好赶上她的狐父出游回来，和老妇一起到朱家来探望她，一时间车马喧嚣，挤满了里巷。全邑的人都目睹了这番情形，大家七嘴八舌的议论顿时平息下来了。秋娥的舅舅也消除了怀疑，恢复了和她的联系，秋娥的病随即好了。但从此以后，这对狐夫妇再也没来看过他们。朱燮和秋娥都像是做了一场梦，也不知道狐夫妇到底住在什么地方，只是经常把手放在额头上，参拜感恩。

韩城皮景休曾经在书院遇见过朱燮，他对我说起了这件事。这段秀才和美女的故事还在人们口中流传，人们都对此感到艳羡。

外史氏说：老妇的慈祥，秋娥的孝顺，丁员外的多情多义，都值得传扬。只是老妇强行主持婚姻，竟然不征求亲生女儿的意见；丁员外替人做媒，而向他同类行骗；朱燮因一线姻缘，背井离乡，竟然对他的父母无所牵挂，这一切似乎并不值得效仿。秋娥的舅舅既然是一位精通儒学的学究，自称文才过人，显然会把秋娥许配给刘家而不是朱燮，如果不是老妇出大力，丁员外从中周旋，以及朱燮非同寻常的钟情，这件事怎么可能会改变呢？只可惜秋娥前生父母没有同夫妇俩一齐还乡，使得朱燮和秋娥沾上了司马相如与卓文君私奔的嫌疑，没有人能替他们消除，真是有些冤枉啊！

笑　案

福建、广东出了两件人命案，说来都让人感到好笑。

一件是强奸致死案，一查案情，死者不是女性而是男性，凶手却不是男性而是女性。原来广东东部地处苗疆，有一个叫燕六的人，是按察司中的一名差役，长得白皙俊美，年纪只有二十二三岁。一天奉命催促某县的案卷，路途苦热，在树底下小憩，解开衣服躺下，等凉快后再赶路。碰巧遇上苗家妇女，姑嫂妯娌共三人，挑着菜走来。她们看到燕六肤色雪白，都很喜欢他。这地方苗人和汉人经常交往，可通情语，燕六作为一名差役，过去也曾与苗女调情。他用言语进行挑逗，在绿荫深处和苗女野合。妯娌争先恐后，小姑子因为自己是姑娘而落在后面，但目睹淫荡的场面，早已无法自持。燕六自恃是色中卞庄，能刺杀三虎，无奈精力衰竭，到了同姑娘交合的时候，竟然萎靡不振。那姑娘十分急迫，百般抚摸，但燕六终究难以振作，更加狼狈不堪。姑娘一时气愤极了，认为燕六看不起她，就用割菜的镰刀，狠狠地割燕六的阳具，手起刀落，阳具顿时落在地上。妯娌都猝不及防，燕六立刻昏死过去。两位妇人万分惊恐，正要拉着姑娘逃跑，有行人经过，看到了血渍，问清了情况，将姑娘抓进了官府。燕六后来虽然神志清醒了一些，但过了一天就一命呜呼。官府局判处姑娘戏杀的罪名，把她惩之以法。

至于福建的一件案子，令人好笑的同时，更让人感到奇异。某县的知县检验一具尸体，发现颈下胸前，有好几处致命伤，这本来是司空见惯的事，只是下身的肛门被刀剜去，空空荡荡没有一点肉。知县感到十分惊愕，审问之后，凶手供认不讳，竟然毫不含糊地说："用刀割掉了！"又问割下的东西在哪儿，凶手又明确回答："煮了吃掉了！"知县又惊骇又好笑，问道："这东西怎么能吃呢，不是在骗人吧？"回答说："不敢说谎。死者十四岁时，我爱他美色，用利引诱，便勾搭成奸。从此吃穿都从我那里开支，我还提心吊胆，生怕不合对方的心意，因此使得家境衰败。父母骂我，妻子和孩子怨我，亲戚鄙视我，都是因为死者的缘故。现在他不到二十岁，想抛弃我；我要和他交欢，他开始的时候还想办法躲避，渐渐地当面拒绝。我强迫交欢，他就对我施加拳脚。我实在不甘心，就找个借口骗他一起出游，趁着他没有防备的时候，把他刺死了。转眼一想都是因为他，我全家败落，而他这么快就和我断绝关系，如此绝情，就割下他的肛门扔进锅里，煮了下酒，才出了这口气。现在我认罪伏法。"凶手招供完，公堂上上下下，没有一个不感到好笑。反复审问，口供不变。知县因为案情非常猥亵，删去没有记录下来，只以奸杀罪定案，并且责令死者亲属掩埋尸骸。

直到现在，福建、广东两地做幕僚的人见面说到这件事，还把它当作笑柄。

外史氏说：审案是重要的工作，奸杀属于奇毒的惨案，没有什么值得好笑的。而这两件案子叫人捧腹大笑，实在是因为怀春处女，竟然变成奸杀的凶手；喜好男色的人，忽然成了尝粪之人。弱男子三鼓气竭，难以抵当跃跃欲试的女子，小官人一旦绝情，突然遭剜割肉体的苦楚。情关未过，已经一命呜呼了；孽海难清，早已割肉入口。而且两位妇人和那位姑娘情急贪婪，和轮奸有什么区别？那好男色的人既然已经同女性交媾，为什么又要鸡奸男性，同一般的斗殴杀人情况不同。审案至此，虽然是有同情心的君子，也会情不自禁地付之一笑，更何况是局外人呢？

又听说某县的一位知县，上任不久，有位平民控告儿子与他不和。他儿子剃发谋生，也就是人们所说的剃头匠。知县把他的儿子抓来审问，对方说，因生意清淡，还要养活全家，而父亲好赌，没有办法得到很多的钱财，所以来控告自己。口供说得头头是道。知县发怒，放了平民儿子，而要杖责他的父亲。有一个幕友觉得他这样做不对，连忙请知县借口以别的事而退堂，对他说："刑律建立在伦理纲常基础上，没有因儿子的缘故而惩罚父亲的。"知县恍然如梦中醒来，贸然地说："那么杖责儿子可以吗？"幕友说："可以。"知县就在官署的斋舍坐好，不上公堂，只是说："把剃头匠叫来。"侍从以为他要剃发，就去招呼平常理发的一位剃头匠。那人拿着剃发工具来了，知县也不问清楚他到底是谁，喝令跪下，又叫差役动刑。打满二十大板，剃头匠站起来问自己为何要受刑，知县说："你不孝顺父亲，按刑律该受杖责。"剃头匠从惊恐中回过神来，笑着说："大人搞错了，小民年幼时已失去了双亲，难道是鬼控告我不孝顺父亲吗？"知县于是睁大眼睛打量他好久才说："前几天涉及案情的剃头匠不是你吗？"那人回答说："不是我。"知县这时像是从梦中醒来，笑笑说："的确搞错了，你为什么不早点说呢？"给了那人一千钱让他回去，县里的人于是都把这事传为笑话。这位知县的糊涂，和前面案子一比较，真叫人笑死了。

戏 言

京师某公的住所有狐出没，可以取走家里的东西，某公没怎么察觉到，他的家人都知道家里出现的异常情况，碰上东西遗失了就祝告，有时第二天东西会归还到原处，渐渐地习以为常。只有一位心计很深的仆人不太相信这回事，并开玩笑说："你们不要大惊小怪，狐拿走的东西，都供我享受，你们再祝告也是白费心思，没用的。"后来，某仆人的妻子丢失了首饰，那人又开玩笑地说："阿嫂器量要大度一些，狐知道我没成家，所以借你几件小小的首饰替我娶妻用，新娘一过门，我会替狐把东西还给你。"他老是开诸如此类的玩笑。众人刚开始也以为他在开玩笑，不当回事。但从此之后，一丢失东西，即使祝告，再也没有还回来。于是众人心里很厌恶他的那种玩笑，渐渐地当面指责他这种举动，但那人开的玩笑更让人分不出真假。他总是说："狐把我带到它那里，给我吃的是山珍海味，喝的是美酒，和一般人一样同床共寝，情浓意切。"还一一描述了具体的情状，听的人几乎快要捂住自己的耳朵，而狐感到寒心也可想而知。

有一天，秋雨刚停，那人和另一位仆人在一起闲聊，又开起了玩笑，忽然胡言乱语说："幸亏狐情谊深厚，能让我和刚过门的嫂嫂欢好取乐。只是可惜天有点冷，我两腿冰冷，想来嫂嫂的部位一时也热不过来。"说完就大笑起来。原来这位仆人新婚不久，那人正好看见他的妻子坐在石头上捣衣，和女伴一直聊天，所以这样戏谑。哪里知道这位仆人有疑神疑鬼的毛病，一听这话，找借口起身，准备回房，那人还笑着对他说："假如查明嫂嫂腰部以下并没有像浇了冷水一样，就当我在说谎，把唾沫吐在我脸上好了。"仆人一听就更加怀疑。他进了房，看到妻子已回到屋中，问也不问一声，就将手伸进她的裤里。妻子害羞回避，丈夫疑心更深，强行一摸，果真像那人所说的一片冰凉。丈夫于是深信不疑，二话不说就打妻子耳光，要她说出与人勾搭的奸情。妻子丝毫不清楚到底怎么回事，有口难辩。而那位颇有心计的仆人刚刚分开，就奉主人的命令出差，第二天回来，这位仆人的妻子早已经悬梁自尽了。某公问明情况，也知道是由玩笑引起的，不得不让他们一起去官府对质。众位仆人顿时又想起那位心计很深的人以前说过的话，私下打开他的箱子，里面鼓鼓囊囊，都是些家里所丢失的东西，其中也有某公的用品。大家都吃了一惊，向主人报告，主人恼火极了，又给官署递了状子。那位仆人尽管狡猾，但一时说不清，最后按律判了诬陷好人、盗窃财物的罪名，还不够死罪，发配到黑龙江。没过几天，就发签让押差起解。

走了不到两天的路程，有一位妇人浓抹艳妆等候在路旁，说："结婚这么久，你如何能忍心将我远远抛弃？为什么不让妻子跟你一起发配，叫我如何是好？"押差正怀疑犯人有妻室，而那位仆人早已经知道妇人是狐，也笑着答道："多亏了你的照顾，让我被囚禁起来，又遭发配，如今更是依依不舍。但你要随我发配，我实在没办法养活你。如果你能下窑子当摇钱树，那么倒是可以有一条生路，要不然还是请回去吧。"狐一听，顿时脸涨得通红，吐了一口唾沫说："你小子爱要嘴皮子，竟然到死都不知道悔改！"说着一个箭步上去，用手抓撕仆人的嘴唇，血流如注。一看狐，已经无影无踪了。两位押差慌里慌张地四处观望，又连忙回头看仆人。只看到他嘴唇上下撕开了一条约半寸长的裂口，看上去很像一个十字，又是惊骇，又是好笑。他们押着他继续向东走。回来后对某公家人述说此事，家人才知道以前发生的事都是狐对仆人戏言的报复。

过了几年，仆人因大赦放了回来，依旧在某公家当差，但再也不敢提起狐。而某公家里的狐，早不知去向。

外史氏说：仆人和狐可以称作对手，仆人不闭口，狐也不肯罢休。但是仆人没有刚正之气足够让狐屈服，只不过凭着一张浮躁刻薄的嘴巴，信口胡言乱语，难怪狐要来报复他。只是最后他说的那番话虽然说很接近恶毒诋毁，但到底没有因为狐而屈服，虽然他被抓伤了嘴唇，但是还是不能小看他啊！

销魂狱

宜阳董生，六十岁，在冥府担任阴阳两界传报通话的差使，完事后再回到阳间。他常对人说："凡是少年多情，必定身陷销魂狱中，痛苦不堪。销魂狱就在人间。"话说得有板有眼，好像和真的一样。同乡的周生，听了他的这番话大笑起来，曾经当面加以反驳。董生听了微微一笑，不和他争辩，只是说："你的名字正在这座监狱中，为什么取笑老夫？不出三年，我的话就会应验。"周生更是斥责他胡说八道。原来周生家境豪富，身边有很多年轻美貌的女子，又多次狎妓取乐，寻花问柳，周生把这些看成家常便饭，又大言不惭地说，人生只要担心没有富足的钱财，根本不用发愁弄不到佳丽。所以连妻子过世，他也无动于衷。他曾写了一首绝句诗："花落何尝减却春，东君岁岁驻红尘。多情自有忘情处，慢把销魂说向人。"讥讽董生所说是一派胡言。

一年多之后，周生因为有事要到三吴游历，身边还带了两个小妾。朋友们为他饯行，董生也在座，私下叮嘱周生说："你此行离销魂狱不远，千万小心！"周生听了捧腹大笑，又让两位小妾梳妆整齐出来见客，众人见了都赞不绝口，只有董生严肃地说："这种愚蠢的婢子，不仅痛苦时不能用来销魂，即使是快乐的时候也不足以销魂。我所说的销魂，不是这个意思。你这一趟出门，过三年后回来，不拜我为师，我一定做你的学生。"大家一听都觉得惊讶，周生更加不相信，就扬帆而去。

才过了几天，周生在船上梦见有一人拿着文书给他看，说："周某该落到销魂狱中，速速把他捉拿过来。"周生一觉醒来，心中觉得十分不祥，郁郁不欢。忽然零陵知县发来请柬邀请周生，因为他文名很响，所到之处，有很多朋友，这位知县更是他的莫逆之交。周生前去赴约，知县在园亭摆下酒席，很是幽雅。隔壁就是某巨商的住所，也有台池，可以供游玩休憩。周生和知县坐在席间畅饮。酒没喝到一半，周生一时内急，知县叫仆人领着他在墙角小便。忽然周生看到墙头伸出的竹丛上飘挂着一条红巾。周生平时就喜爱风流，就拿东西将红巾挑了下来，打开一看，上面题着一阕《如梦令》的词。词这样写道："憎煞碧桃墙外，更有柳绵无赖。镇日惹人愁，填尽一春诗债。眉黛，眉黛，都被风花愁坏。"周生得到红巾，喜出望外，品味了好久红巾上的词。刚好知县叫仆人来看客人，周生连忙将红巾放入衣袖，也无心吃完酒席，借口肚子痛就回来了。到了船上，挑灯吟诵，直到深更半夜也不停止。周生这时已迈入销魂狱的门槛了。

第二天早晨起来，周生准备前去拜访，只是不知道作词的人和商人是什么关系，不敢贸然前往。在进城向知县道谢的时候，遇见了一位熟人，一问，得知那位商人有一个女儿，十分喜爱舞文弄墨，除此之外没有人会作词。周生听了后越发心驰神往。一见到知县，他就借口说妾患了疾病，不能立刻上路，求知县向商人致意，想借他的地方暂时安顿一下。知县正想挽留他，一听他提出要暂时留下，非常高兴，立刻答应下来。周生又向商人投了名帖，商人一直仰慕他的文名，高兴地接待了他。知县又从中关照，最后周生得以暂时借住园中。

周生于是离开船登上岸，不再往前行进。一进园中，看到那地方极其宽敞，修竹娟秀，落花缤纷，和尘世环境完全不同；亭台掩映，布局非常漂亮，又显出高雅之人深长的意趣。周生住下之后，感到十分惬意，但一直在担心那位商人的女儿到底长得如何。虽然说听别人讲起，这个女子很漂亮而又未出嫁，但没法亲眼一见。那女子听说周生是有名的文士，心里爱才的念头很急切，就劝说她母亲去打听一下周生身边两位小妾的情况，心有所图。哪里想到周生早已经预料到，每每借口外出，而实际上躲藏在房里。没过多久，那女子跟着母亲来了，周生偷偷看着，见她肥瘦适中，不施脂粉，天生丽质，不仅和房内两位美人相比，一个天上，一个地下，即使是周生生平所碰见的美人，都没有一个能比得上她。而且她姗姗而来，亭亭玉立，进入房内就香气袭人，坐在席子上就珠玉生辉，让人不得不为之心醉，又双眼含情脉脉，容光焕发。她母亲问起两位小妾的年龄，一位回答说十九岁，女子笑着说："九十春光，倒过来读，变成光而春了。"原来这位美人微微有点秃发。另一位体态十分肥胖，回答说是十七岁，女子又笑着说："十五月圆，到了十七还没有消瘦吗？"周生听了，暗中不禁绝倒，但心里又因为这事感到羞耻，又听到女子的母亲在和两位小妾唠叨些家常，女子似乎在桌上翻阅，看到有周生的诗集，就用鸟语般的娇声细细吟咏起来。读到《红梅》一诗，不由得曼声长吟道："谁点罗浮靥，浓脂次第匀。娇红疑皂酒，腻绿讶含颦。月浸丹应熟，霞侵雪倍春。不妨邻玉照，共媚陇头人。"读到这里，就用纤足敲地，说："原以为这位处士只是有些虚名，读了这诗倒真是名不虚传！"心里非常欣赏。两位小妾拿出诗笺求诗，女子也不推辞，一转眼写成一首绝句："乍见怜卿玉不如，丽华欣与太真俱。只愁鬓畔花羞落，十斛由来话尽虚。"两位小妾也不了解诗意，高高兴兴地拜受了。女子随后就起身，笑着和母亲离席，朝房内四周打量着，好一会儿才出门，好像十分不舍似的。周生见此情形更是神魂颠倒。从此把两位小妾看作是尘羹土饭，再也感受不到满足，一连几天不愿同床共寝，而眼中心里，都恍恍惚惚有一位美人的身影。于是也不避什么嫌，自己做媒，贸然跟知县说了这事。知县知道他妻子死后还没有续娶，而有关婚姻的文书又很难从官署发出，于是派人向商人讲了这番意思。商人很爱他的女儿，不想让她嫁给外乡人，而且周生的年纪又有些大，商人不愿把美丽的女儿嫁给他，这件事便没有谈成。

　　过了三个月，周生相思成病，而商人又久久不答应婚事，周生已经被折磨得骨瘦如柴。知县规劝他，准备整理行装启程。忽然女子的表哥从北边来，他和周生是亲密的朋友，一见周生这副模样，大吃一惊说："兄向来豪放，怎么会弄成这个样子？"周生就把原因直截了当地说了，这人听了笑着说："这是大好事，为什么还要如此犹豫？"随后进见商人夫妇，说周生的才华人品在三楚是首屈一指的，日后荣华富贵，妹妹也能沾光，不能和这样的好女婿失之交臂。商人听了这才答应下来。那位表兄又反复开导，众亲戚也不再有什么反对意见。于是就让这位表兄充当月老，在十来天内，周生备下丰厚的聘礼，向女方求婚，商人一家都十分高兴。

又过了一个多月，商人就选择了花园作为女婿的居处，选定了吉日举行婚礼。新婚之夜，女子一举一动，一颦一笑，都是周生没有见到过的，而枕席间的娇羞和温柔，即使和美女西施、毛嫱相比也没有什么不同。那令人销魂的快乐境界，的确就像董生所说的那样。女子既因为自己有才而喜欢才华横溢的人，又庆幸可以和才子相遇，逐渐熟悉了之后，不再腼腆，两人有时依偎在一起填词联句，其中的风流情致无法说尽。而白天夫唱妇随、夜里情意缠绕的情调就更不用多说了。女子生平喜欢写一些华词丽句，即使是写一小令，也艳丽动人；还有那些出自口中的伶语俐言，常常很耐人寻味。她曾对周生说："夫妻恩恩爱爱，哪有不喜欢你唱我和的？"又说："管夫人写的小词，我中有你，你中有我，就是这样分拆不开。"周生喜欢她说的这些话，抄录之后贴在墙上，日夜观赏。而女子的《南乡子》词，是吟诵自己定情的苦乐，词写道："未惯雨云乡，小鹿心头忐煞忙。饶是才郎多软款，汪洋。鹃血啼残妆枕旁。几度怯蜂狂，又觉贪欢别有肠。玉软花慵晨始起，郎当。小步艰难倚象床。"周生从此和女子情浓意切，难分难舍，也已安心置身于销魂狱中。

没过几个月，周生前妻的叔叔，一条恶棍，因为侄女过世，周生不去通报，心里非常恨他。正巧道员某公上任，查察属邑中隐瞒未发的事，周生前妻的叔叔就递上状子，控告周生有杀妻的罪名，又说周生家境富厚，本县官吏将会为他庇护，请求道员亲自审查。道员竟然批准，得知周生现在身处零陵，便发文书到该县，要将周生逮捕审讯。周生虽然自己知道并没有那回事，但好几百里的路程，自然是无法避免，脸上颇有别离的痛苦表情。当时邑人纷纷传说这件事，以为周生的事情是真的，商人夫妇俩悔恨交加，就对女婿冷眼相看。就连女子听到风声，也感到十分恐惧，以为丈夫说不定一去不复返，心里很痛苦。临别前，在闺房设酒席为周生饯行，说："郎君要走了！莫须有的罪名，我猜想很难加在无辜者的头上，但人多口杂，三人成虎，误假成真，容易叫人怀疑，你务必小心。如今你上路之日，就是我凝望之时，望穿双眼，别愁离绪又像一团乱麻。我本来体弱多病，现在又添这许多愁绪，担心你回帆南来，我会等不及侍候你了。怎能不令人伤心？"说着，泪流满面。周生也不禁神色黯然，勉强安慰了几句。女子以一阕《踏莎行》词作为赠别，悲愁痛苦之中，两人都记不得词到底说了些什么。周生于是动身，知县非常厚道，为周生准备好了船只，又写信托付道员，尽了东道主的情分。只是周生并没有把案事放在心里，只是满怀离愁。一路上江草萋萋，时常吟出伤感的诗句；山云瑟瑟，很难忘记和女子分离的痛苦。面对路途中的山山水水，更增添了心头的愁绪。

到了那里，道员正巧因公外出，等了一个多月，才对簿公堂。口供中又涉及许多人，来回传唤取证，浪费了很多时间。过了将近半年的时间，案子才了结，控告者虽然得了重罪，但周生也费尽心神。一场官司还能水落石出，唯有儿女之间的感情纠葛，很难摆脱。而且周生多次接到女子的来信，说已经是卧病在床，更是心急如焚。等到定了案，船只早已停候在江边，就赶紧启程。几天之后抵达零陵，周生直奔岳父家，幸好妻子没出什么事，但已是憔悴羸弱，就好像一朵即将枯萎的鲜花。两人一见面就握住手，流着泪面对面，非常凄怆。原来女子自从周生走后，才过了两个月，就因为忧伤而病魔缠身。如今听说周生回来，病才稍见好转，于是硬撑着从床上起来，拖着病体迎接，但实际上积病在身，难以恢复，病魔并没有完全消退。悲伤退去，心生欢喜，女子精神也一下了好了许多，这才诉说她思念的痛苦和得病的原因。周生被女子的深情所感动，更加爱怜她。夫妻团圆之后，认为往后用不着担心什么了。

不到两天，女子因一件事情对婢女发火，要亲手打她。那位婢女原本就愚笨凶悍，用手将女子推倒在地，女子胸口憋住了气，说不出话来。周生碰巧外出，身边两位小妾和众位婢女看到这种情形都大吃一惊，围在一起抢救女子。商人夫妇听说后勃然大怒，把婢女痛打了一顿，转卖给别人。女子虽说已经醒了过来，但精神萎靡，旧病又复发了，病情加重，一连十多天，竟然不能出闺房一步。尽管她身有重病，每天清晨却必定挣扎着起床，刻意打扮，让人看上去不觉得她有病。只是形体日见消瘦，病态之中反倒增添了几分妩媚。每当黄昏黑夜时分，言语中每每都在嘱咐身后丧事，而情爱眷恋，口中说着舍不得周生，长吁短叹，感慨自身薄命。这时枕边相伴的人，怎么可能不为之销魂欲死呢？周生于是四处奔走，寻医求药，想要救女子一命，又终日求神拜佛，一刻也不停止。甚至于才进闺房，常常眼泪直流；即使在大庭广众之下，也全然没有笑容。女子越是爱怜周生，周生越是不忍心女子受折磨，两情百般缠绵悱恻，难以形容。

一天晚上，女子从梦中惊醒，流着眼泪对周生说："我不能再侍候你了。刚才梦见你折了一束花，花瓣纷纷落下，我问你，你看着我笑笑。这是不祥之兆。"周生这时已经卜过吉凶，知道女子不行了，姑且勉强安慰一会儿，女子一整夜都郁郁不乐。第二天起来，叫婢女取来绢布，对着镜子画自己的像。她叹息着对周生说："女为悦己者容，你真的喜欢我的话，请欣赏一下我死后的容貌！"说着，两人都哭了起来。女子画好像，呼吸急促起来，竟然还来不及放下笔就咽了气。周生悲痛欲绝，连站都站不住了，幸好身边有两位小妾，将他扶住坐下。周生失声痛哭，到了中午还哭个不停。两位小妾办理丧事，商人夫妇早已经号啕大哭，走了进来。一时间满目悲惨的景象，令人伤心，觉得鹤唳猿啼，都难以形容当时悲痛的号哭声。

女子入殓下葬之后，周生呆呆地坐着，不说不笑，只是吟诵《诗经》中"莫说我话难作数"两句诗。这时知县还在任上，知道周生很伤心，劝商人赶紧让女婿回去。商人千方百计地劝慰，周生才答应，载着女子的灵柩回去。商人夫妇送周生到岸边，呜咽着握着手，悲痛万分，经过三个时辰才分开。周生在船中举目无欢，吃饭睡觉都在灵柩之旁，感叹死者无法回生，又恨梦中不能相见。两位小妾虽然在身边侍候，但周生早已把她们看作令人厌恶的粪土。眼下痛苦之余，看小妾稍不顺心，就大打出手，丝毫没有爱怜之意。

到了本邑，周生把女子灵柩置放在庙中，拜见先灵，然后葬在祖坟的旁边。周生到了女子的墓穴旁竟昏死过去，很久才苏醒过来。回到家里，他把女子的遗像供在一个房间里，对着遗像痛哭流涕，从早到晚，不肯离去。亲戚都来说理劝他，周生只是回答说："佳人难再得！"这时周生已经显得瘦骨嶙峋，只剩一口气了，家人担忧极了。

忽然有一天董生寄来了信，打开一看，没有一点寒暄客套的话，只是写着"销魂狱"三个大字。周生猛然醒悟，像是听到晨钟敲响一样，连忙传命驾车，前去拜访董生。一见面，周生就拜倒在地，表示愿意做董生的门下弟子。董生大笑着扶他起来坐下，说："你本是我的朋友，为什么要如此谦恭？"周生于是一五一十地说出事情的经过，并对他指点迷津的恩德表示感谢。董生叹息着说："这就是所谓的销魂狱。你既然侥幸地逃脱出来了，为何又想再进去呢？"周生渐渐明白过来。董生和他喝了一整天的酒，又说又笑。回到家后，周生就撤去女子的遗像，把妾室所生的两个儿子托付给他的堂兄，又把众妾全数打发走，自己去某寺出家当了和尚，大彻大悟。别人问他，他就回答说："剩此残魂，再也经不起折腾了。"

后来董生年届七十，一一告别邻里，说是冥王知道他年迈体衰，叫他在冥府负责处理文书，于是无病而死。又过了十年，周生也去世了。销魂狱之名，至今还被当作告诫的鉴戒，但女子所作的诗词，好事者将它们刻印了出来，又干起销魂的事。

外史氏说：人一生中不可能不发生一点儿事，所以也就不可能不发生感情上的纠葛，这是设置销魂狱的原因。因此不仅仅是娇媚的女子出现在身边，容易使人神魂颠倒，心猿意马。为南浦之花断肠，为北邙之柳悲伤，像周生这样的，处处都是。联系其他方面的事来看，《北山》诗写成，则孝子魂销；西河丧明，则慈父魂销；东征三年，则兄弟魂销；南枝一寄，则朋友魂销。至于巫峡啼猿，衡阳归雁，也足够使仕宦之魂消散；山风拂面，海月惊心，足以销行旅之魂。又哪里只是《阳关》三叠，《河满》一声，而叫人惊心动魄呢？然而如果得到文中女子这样的人作为妻子，即使为之销魂，也确实没有什么可以遗憾的，只是董生饶舌多嘴，周生误听，竟使鸳鸯冢、连理树不能重见天日了呢！

讼　疫

富平刘某，一直都很善于打官司，倚仗着写作文书的杰出才能，多次和知府、县令打交道，都没人能驳倒他。有一年关中发生严重的瘟疫，死了无数的人，刘某的父亲和叔父也被夺走了性命。刘某万分恼火，向城隍神递了文书，竭力斥责疫鬼的暴行，共有数百言，语词激烈恳切。

一天，刘某梦见城隍神将他召去，当庭责问，似乎一脸怒气，说："天灾流行，其实也是人为因素造成的，你为什么一直这样喋喋不休？况且瘟疫是由神灵控制的，大权操纵在上帝手中，我尚且无法从中周旋，你一介草莽小民，竟然敢说些胡言乱语，发泄怨恨？"刘某义正词严地回答说："是的。争辩的人的确有罪，但人的生死是由天命决定的，难道对于瘟疫就没有天命的说法吗？假如有天命在，为什么死者都夭折而死，而且又偏偏遇上瘟疫呢？如果说没有天命存在，又为什么有造生造死的说法？难道是先造出瘟疫，然后再造命吗？或许说不必造命，而只造瘟疫吗？这些叫人无法理解，所以递上状子控告，向神请教。"城隍神似乎无言以对，过了一会儿才说："这些话都是强词夺理，我不屑和你争辩，把你拿下去见疫神，让神来惩治你胡言乱语的罪责。"刘某一点儿也不畏惧。有个鬼卒将一条很长的绢带套住他的脖子，刘某毅然跟着走去。隐约听到城隍叹息着说："真是一条倔强的汉子！"还没有走出祠庙，忽然看到愁云惨雾中有一位穿青衣的童子，相貌十分丑陋，拿着文书从天空下来，对刘某说："疫神认为你的辩说似乎有些道理。部下众鬼，只知道散布瘟疫，对于传染的对象，有些失了轻重，致使殃及无辜，疫神已经下令叫瘟疫大使重新进行核查。"说完，将文书拿给城隍神看，叫鬼解开刘某脖子上的绢带，放他回家。

刘某心想事情已办妥，高高兴兴地出了门，可是分辨不清来时走的是哪条路。正漫无目标地行走的时候，邻里好几个人结伴而来，满脸喜色，向刘某作揖表示谢意："多亏你一番话，我们都可以不要进地狱了，将怎么谢你呢？"原来这些人都是一两天中染病身亡者。刘某告诉他们迷了路，众人于是领着他一起回去。

才走了大约半里路，突然遇见三四个恶鬼，面目狰狞，又吼又叫，像是猫头鹰嚎叫。一见刘某，都对他气势汹汹，争着用巨爪来抓他，众人顿时逃之夭夭。只有刘某镇静地向鬼作揖说："你们就是疫鬼吧？我父亲死于瘟疫，我叔叔也死于瘟疫，连我将是第三个了！我之所以死也要和你们争个明白，是因为我认为老天爱护生命，神灵正直无私。你们为非作歹，罪责难逃，我即使死了，也不会向你们屈服！"鬼听了这番话，面面相觑，顿时收敛起淫威。刘某只说："你们来回奔波也很辛苦，而且时时惹人讨厌，不能受享祭祀。如果放了我，祭祀一事，也容易办到。该死的固然无法回生，该活的任由他们祷告，不也是一举两得的好事吗？"鬼听了非常欢喜，再三向刘某表示歉意，反而和他订好协约而后告辞离去。

刘某回到里门，顿时从梦中醒了过来，叫人去探望某人，而某人已经入殓，忽然又活了过来。刘某于是觉得这事很神。他每当来到患上瘟疫病的人家，总是事先和鬼商量，凡是命中不该死的，就叫人杀牲祭祀，病果然痊愈；命中注定无法回生的，也事先告诉别人。人们因此深信无疑，不敢违背。

过了五年，春天又流行起瘟疫，刘某倒是没事。忽然看到鬼来告知他说："你的名字已经被列入有关疫情的文书中，蒙你厚爱，所以前来告知，可以准备起后事。你死后，和我们结伴，也不怕什么寂寞。"刘某依照鬼所说的去做了，十来天后果然发病，但只是头部和眼睛感到发热。家人硬是给他用药，最后医治无效死去了。刘某死后，乡里人把他奉为疫仙，至今还不停地向他祈求祷告。

外史氏说：锋言利语可以让人生畏，这话并不虚假。既能在神灵面前以理抗争，又以利益来诱惑鬼魅，瘟疫显然在其控制之中了。尽管如此，当流行灾病的时候，的确也有因为气血衰薄导致死亡，不完全是由灾病引起的。所以上面发生的事似乎有点荒诞不稽，但所说的话还是有值得注意的地方的。况且稗官野史记载着疫鬼入瓮的故事，这就可以知道散布瘟疫的大权掌握在神灵手中，而具体由鬼来行动。这些还是可以拿来作证的。

秦吉了

剑南有一个大户人家，家里有一位貌美如花且很有心计的婢女，主人对她很是宠爱，还不让她和众婢混在一起。当时有一位知府即将辞官，便将一只伶俐聪明，能讲人话的秦吉了送给主人。于是主人叫这位婢女来喂养它，不用干其他的事。

一天，婢女正在喂鸟，鸟忽然开口说："姐姐喂养我，以后一定能得到一位好姐夫。"婢女听后很害羞，用扇子扑打，鸟也不觉得惊怕。从此，鸟有所言语，婢女有时以开玩笑的口吻回答它，有时笑着相骂，习以为常，婢女也不很介意。婢女单独住一个房间，鸟笼即挂在门内，鸟儿时常在笼窗内低声细语，和婢女就像是一对伴侣，别人也无法过问。

又有一天，婢女正在房间里洗澡，忽然听到鸟惊叫道："姐姐的身体真好看，如果我是男儿，见了一定会魂不守舍！"婢女大为恼火，赤裸着身子就去扑打鸟。凑巧鸟也刚刚洗完澡，因它早已被驯服而没有关上笼子，这时竟然展翅飞出，绕着房间飞来飞去。婢女手忙脚乱地去捕捉它，鸟忽然穿破窗纸，翱翔飞去。婢女慌乱中不知所措，又害怕主人责备，顿时心生一计，穿好衣服后就将鸟笼移到屋檐下，自己直接来到主人跟前哭诉说："婢子一时疏忽，关门洗澡，忘记了在外的鸟笼，没想到被别人暗算，竟然将鸟放走了，我甘愿受罚，死无怨言，请主人责罚。"主人一向喜欢这位婢女，而且知道众婢女对她怀有嫉妒之心，并没有责怪她，反而追究起别人的过错。这位婢女可真够有心计。之后由于并没有查出什么，主人也就暂且将这事忘记了。

十天后，婢女奉主母之命，前去探望同邑的梁孺人。梁孺人有个儿子，名绪，还未娶妻。这天他正在书房读书，忽然看见一只鸟停在书桌上，说着人话："我替你找了一位佳人作妻子，你赶紧去看看。"梁绪吃了一惊，仔细一看，原来是一只秦吉了，于是放下书本去捉它。鸟飞得很慢，梁绪刚出院门，就见一个年方二八，长得十分妖艳的婢女，穿着青衣红裙，从外面慢慢走进来，而鸟这时已经不见了踪影。梁绪偷看了一下婢女，见她姿色出众，便借故尾随其后。只见女子直接走入内室，和梁绪的母亲聊起天来，梁绪这才知道她是某大户人家的婢女，容貌神态，娴雅动人。婢女见了梁绪这少年郎君，也不时地抬眼看着他，双方眉目含情，好不情意绵绵，只是不能说上一句话。

过了好久，婢女辞别回家，回复过主人之后，就回到了自己的房间。见放在床边的空笼中那只飞走的秦吉了正闭着眼睛蜷曲着脚在笼上休息。婢子十分惊喜，如获至宝，准备重新将鸟关进笼子。鸟见状大声嚷嚷说："我替姐姐来回奔波，几乎要累垮了，牵和了一段美好的姻缘，为什么你还要将我关进笼子呢？"婢子对它的话感到十分奇怪，问它到底是怎么一回事，鸟一一说出，婢女一下明白，赶紧放开了手。鸟也不飞，停在床上，对婢女说："虽然我不能像昆仑奴那样将姐姐从重重围困的墙垣中救出去，但我可以给姐姐传递心里想的事。姐姐对那位公子意下如何呢？"婢女感到害羞，默默不言。鸟发出笑声，说："儿女情态就是这副模样。有人过来，我先走了。"说完，就展翅飞去，一会儿就消失得无影无踪。婢女本来就爱慕梁绪的风采，并且为自己成为别人的摆设而感到羞耻，晚上躺在床上无法入睡，拿不定主意。

第二天，鸟一看屋内没人，又停在那儿，婢女把它唤下来，对它说："主人对我那么宠爱，一定不舍得把我嫁给梁生。而且梁生年轻又才华出众，就算爱慕美貌的姑娘，可哪里会愿意娶我这卑贱的婢女为妻子呢？叫你费心了，恐怕事情最后不会有什么结果，怎么办呢？"鸟听懂了她的意思，没说任何话，挥动着翅膀飞走了，到了傍晚才回来，趁着黄昏的机会来回复婢女说："梁生的一片痴情，全在这诗上面了。"说着便吟诵起来："不妨团扇白，只喜玉颜红。倘遂乘鸾愿，终应跨凤同。"婢女一听心中大喜，便将自己的心事告诉给鸟。天快亮的时候，又让鸟飞去。

再说梁绪在书房，日夜思念着婢女，早晨起来一抬头就看见飞翔而来的鸟，觉得很像是以前见到过的那只秦吉了，就和它开玩笑说："你能替我传话给心爱的人吗？如果能的话，我就为你写传，让你和为苏武传信的大雁一样流传百世。"话还没有说完，鸟就忽然垂下翅膀飞下来，停在墙上，和梁绪对话，也传达了婢女的相思情意和深深的担忧。梁绪听了之后，满心欢喜，于是问婢女认不认字，鸟回答说："她识字的。"梁绪就立即挥墨写了数行字，来吐露自己的爱慕之心，并发了一通山盟海誓。信封好后就放在地上，鸟飞下来衔着信就飞走了。梁绪看后更加觉得惊奇。

从此好几天都没见到鸟的踪影，自然也就没有了婢女的音讯。正在怅然思念之时，忽然又传出那家大户人家死了婢女的消息，说是已草草埋葬。梁绪不禁觉得蹊跷，心中一动，带着疑虑去查问，果然死者就是梁绪看中的那位婢女。梁绪十分伤心，几乎要失声痛哭，但是没打听到婢女死亡的原因是什么。事实是鸟衔去信后，婢女读了之后，为自己不能写信而感到很羞愧，于是把身上的佩玉解下交给鸟，请它去向梁绪回复，并央求梁绪去寻找自己的父母，给他们重金，这样就能把她从大户家中赎出来，而她和梁绪的婚事就能成了。鸟答应了，衔着佩玉凌空飞去。只是到了中途，鸟突然遇到了恶少，被他们用弹丸打中了脸颊，跌落下来，当场毙命。而没有多久，婢女也出了事。

当初，这大户人家主人是看中了婢女的美色，所以对她特别宠爱，还打算娶她为妾，只是婢女很不情愿，背地有怨言。之后婢女放跑了鸟嫁祸于别人，虽然主人没有毒打她，但其他婢女都因此对她怀恨在心，又担心她以后继续仗着主人宠爱，对别人说三道四，挑惹祸事，于是大伙群起而攻之。她们偷听到她在房间里和鸟对话，到深夜还不停，便诬陷她和别人有私情，并传扬到主人的耳朵里。主人听了，醋劲大发，到婢女房间去搜查，结果当场搜出梁绪的书信。主人更是火冒三丈，对婢女严刑拷问。婢女因为事情太荒唐，无法描述，有口难辩，被打得遍体鳞伤，奄奄一息。主人也不等她咽气，就将她活活装进棺材，让仆人埋到野外。这就是婢女绝命的经过，连梁绪也不完全知道，只是每天呆呆地坐在那儿，神情黯然，悲伤地怀念情人，想着想着就情不自禁地靠着桌几睡着了。

忽然梦见有位穿着鸟羽制成的衣服的女子，翩翩而来，走到跟前行礼说："我就是秦吉了，和那位姐姐原本是同类，她因善行得以转世为人。我之后和她重逢邂逅，担心她被平庸之辈欺负，所以就想着将她先介绍给你。可惜我半途殒命，导致姐姐竟然遭到别人的诬陷，含冤死去，真叫人伤心。不过幸好还有生还的希望，也只有你能帮上忙。"梁绪在梦中听了之后大为惊喜，赶紧起身询问，女子用手一指说："往郊外行走百步，你就能看到姐姐的坟墓了。"说着一下倒地，化作一只鹤，凌空飞去。梁绪从梦中惊醒，就叫仆人骑着马到郊外探访。又突然想起北堡村的名字，好像和梦中女子的"百步"相谐音，之后来到那里，果然找到了婢女的墓地，但又不敢贸然掘开，于是就先在村里找个落脚处住下。到了夜里，他命令仆人和他一起前去挖墓。墓葬得不是很深，很快就挖到棺材，然后静静地察看有什么动静，好像听到里面有喘息的声音，急忙打开棺材，婢女果然起死回生，梁绪欣喜若狂。附近有尼姑庵，梁绪谦谦有礼地敲开庵门，述说了事情的经过，那尼姑好于行善，慷慨答应下来。他们一起将婢女扶出墓穴，梁绪亲自背着她走，将她暂时寄养在庵中，给了尼姑一些资费，然后回到家里。

一个多月以后，再见婢女竟然变得和以前一样艳丽动人。梁绪于是央求尼姑做媒，谎称婢女是贫穷人家的女儿，让她去说服自己的母亲。梁母前来看望婢女，虽然说只见过一面，但老太仍记得婢女。婢女于是向老夫人哭诉心中的情感。梁母一向宠爱自己的儿子，只好顺着他的心意，答应其将婢女娶进家门。因为婢女的缘故，从此梁家也不再和那家大户人家来往；大户人家也因为这一原因，和梁家不通音讯，因此外人一点儿也不知道婢女的行踪。只是对梁绪一碰到有人捕获秦吉了必定买下来将它放了的行为深感奇怪，殊不知他是在报恩。等到大户人家家境衰败，那尼姑才说出事情的真相，外人才了解到上述事情的来龙去脉。

外史氏说：青鸟传言，本就是古今佳话，这位婢女竟能有如此福气，真是幸运啊！但以养鸟为职责，加上婢女的容貌很出众，她就好比掌管文书的红线女，又怎么会配不上成为举案齐眉的孟光呢？可是话又说来，如果不是梁生一片痴情，即使鸟再能说会道，婢女再秀丽动人，恐怕也不能有最后的好结局。又何况那女子身份低贱，梁绪竟然敢冒掘坟开棺的罪名去这样做。如果有钟情的士子，一定会把梁绪当作非同一般的人物。

龙阳君

陇西有一位杰出的人物，勇健有力，叫黎定国。时常登上高山峻岭，就好像在平地上行走一样轻捷。而在他还没有出名的时候，只要有人和他较量，他总是能躲就躲，不予迎战，说："他不是我的敌手，如果将他打死了就是屈杀了一条性命，还会耽误我一生的功名。"由此可见他志向远大。后来他加入军队，又屡立奇功，因军功被提升为都间，在粤西任职，苗人听闻他的事迹也都很怕他。

一天，黎定国奉命在海上巡视，乘上战船，升起大旗，气势无比威武雄壮。夜里在船上就寝，三鼓时分，忽然听到传话声："龙阳君来访！"黎定国怀疑自己是在做梦，但已经不自觉地披衣起来一看究竟。侍从点上蜡烛，和白天一样明亮，只看见有个穿戴整齐的人进来拜访，衣服式样很古老，年近七八十岁。他向黎定国拱手作揖说："我受楚王恩惠，所以才当上了诸侯王，虽然是以美色进封，但这也是一时受到盛大的礼遇。死后我被贬了官，居住在海上，如今算起来已经有两千多年了。只是近来有些无耻少年，竟然冒充我的名目，欺骗好人，我已将他们全都拘捕起来了，然后给他们事做。可没想到南海那条为非作歹的龙，看那些少年长得眉清目秀，想将他们占为己有。我担心这些人一旦被分散，又会四处捣乱，惹下不少是非，而且还会到处败坏我的名声。如果以将军的威势，前去镇抚这龙，或许这些乱子就不会有。"黎定国觉得对方说的话很荒诞，不相信又不敢得罪，便推辞说："人力怎么可能制服龙呢？"老人回答说："你不用担心，我已在宫中摆好酒宴，准备以大义教训这龙，只是我一向缺乏威武，怕对方不服。将军如果不去，以后一定会发生更多让人悔恨的事。我并不是要麻烦将军动武，只是你能相助，我将不胜感激！"黎定国听后爽快地同意了，带着剑和龙阳君一起出发。

出了船舱，就看见有人牵着马在那儿等候，黎定国等骑马登岸，走了大约几里的路程，就看见了一座城墙巍峨的城，只是没有邑城那么大。入了城门向东走，有座楼宇，看上去也很华美，但因为在黑暗中所以看不太清楚。龙阳君已下了马，请黎定国一起进去。门庭旁都点着巨大的蜡烛，烛火摇曳，连画栋雕梁都可以隐约看清。居室内外，有大约百来个侍从，都是一些眉清目秀的男孩，其中有披发的孩童，也有年二十左右的小伙子，也有穿戴跟当代人差不多的，清一色都是年轻人，没有一个是年老丑陋的。两人互相谦让着来到庭中，龙阳君让黎定国坐了上位。还未坐定，就有人进来通报："龙主来了！"龙阳君赶紧出去迎接客人，黎定国也站起身观望，只见数对珠灯，引着一位头戴礼帽、身穿盛服的人进来，那人相貌就如世人所描绘的那样丑陋无比。他登上庭阶，一见黎定国就回头问龙阳君："这位客人来干什么？"龙阳君回答说："黎都阃正巧前来巡视，也是我特意请到这里做客。"龙主脸上露出不高兴的面色，说："我们之间的事，和阳间的官吏有什么关系？你可真是多此一举！"龙阳君还没来得及答话，黎定国立刻严肃地说："天下哪一块田地不是天子的土地？天子设立官员，就是用来治理天下的。我今来巡视海上这么一小块的地方，无论公事还是私事都得过问，怎么能分什么阴间阳间而以为我是多管闲事呢？"龙主听了这番话，忙改了脸色，行过礼，又表示了歉意，和龙阳君一起请黎定国坐上首席的位子，而后分宾主坐下。

酒过数巡，龙阳君开口说："前些日子我接到龙主的传谕，说你想以海中的珍奇宝玩换取诸位美童，我不好说什么。但古代圣王将喜好男色列为不好的举动，并让后世永远规诫。以后的帝王君主，有的就是因好男色而受到讥刺，遗臭万年，龙主为什么也一定要这么做呢？而且相信龙主宫中什么样的美色都有，足够你自娱，还是希望你能打消原来的念头，不要再重蹈海神的耻辱，被手下的臣子所取笑，这也是我希望能看到的！"龙阳君说完，只见龙主的脸色阴沉，沉默不语。黎定国接着又说："这些话很有道理。我听说龙阳君曾经因担心自己失宠被遗弃而感到难过，难道不希望后人能继他之后得到宠爱吗？但如今他能洗心革面，一心想完全革除原来的那股余风，这意向也很好。更何况龙主的职责，本就应该施惠于百姓，但是现在却喜爱起美童来，如果天帝知道了，怎么能不发火？就连我也私下替龙主捏一把汗。"龙主还是一言不发。黎定国突然按剑而起，郑重对龙主说："你知道你有三大罪状吗？"龙主也昂然回答说："不知道。"黎定国说：

"你虽身在小小的水府，身为南面的王，但竟然不顾体统，要找美貌的童子寻欢作乐，这是一大罪状；龙阳君受封于楚，曾经是贵臣，而你却用威势来压制他，以多欺少，恃强凌弱，这是第二大罪状；龙阳君将天下男宠尽行收捕，是担心别人会发生淫乱，而你却无视法规，引诱别人恣情纵欲。这难道不是三大罪状吗？"说到这里，只见黎定国胡髭飘拂，怒目圆睁，剑已出鞘，厉声说："我受朝廷的指派，奉幕府的命令，虽然只是一个微官，但却能倚仗着天子的威势，对凡是喜好男色的鬼和神，都要问罪。况且今天这番举动，将用以扶弱锄强，除淫去暴，即使我现在用这三尺剑杀了你，也并无过分。"说着就举剑向前。龙主此时十分慌张，立即向黎定国作揖谢罪，说："将军息怒，我知错了，如果我再好男宠，甘愿认死。若是对将军的话置若罔闻，你就像砍蜡烛一样将我砍死好了！"黎定国于是将剑一扔，这才平复怒气，大笑着说："龙主是一条汉子，我相信你一定不会有断绝不了的事。"龙阳君又请龙主订个誓约，黎定国笑着一挥手说："你觉得订誓约有用吗？我担心订约不久，就会发生龙战。既然这样，不如不订誓约。"龙主也不愿订约。于是重新就座喝酒，气氛很融洽。到了鸡叫黎明时分，龙主先告辞走了。龙阳君向黎定国表示谢意说："如果不是靠将军的神勇，恐怕这事还不能解决。"于是命人献上明珠一盘，黎定国坚辞不受，出门骑马而归。

来到船上时，天已经快亮了，侍从对黎定国外出一事都没察觉，一见面都吃了一惊。黎定国向他们询问，他们回答说："我们听说你要点烛，等点燃了，你又重新躺下，竟然没看见你去了别的地方。"黎定国也笑而不答。天一亮，就扬帆启程，这时只见一条蛟在海面上蜿蜒游动，身边还跟随着几百条小鱼，并且作出叩头感谢的样子。黎定国知道是龙阳君，以温和的话语对它安慰了一番，不久，就不见了蛟的踪影。黎定国后来到协镇做官，时常和别人讲起这次奇异的经历。

外史氏说：蛟字的字形从"交"，《诗经》中将轻狂的童子称作狡童，而孟子将艳丽称作姣，这些字发音虽然不同，但字形都很相近。看来龙阳君化为蛟这也是自然的事。但是没有虎豹的威严，蛟龙还是免不了以后要发生争斗。黎将军用一番理直气壮的话，化解了这场纠纷，这真是何等的豪壮啊！不过中山的狡兔化为南海的鲲鱼，这好像是讽喻的说法，不然的话，大家都变成了鱼，哪里还会有如今的献笑争妍的漏网者，从而削弱男儿的气概呢？

苑 公

直隶有一个大宦官叫苑公，谈吐俊逸奇妙，很有文士的风度，王公大人时常因为他净身而感到十分惋惜。但苑公净身并不是简单的事。苑公生在一个豪富家庭，父亲也官至别驾。苑公生下来，家境很优裕，怎么能和为求高官厚禄而净身的贫苦百姓一起比较呢？

苑公的父亲年满六十岁时，膝下仍无子，亲戚族人都规劝他，这才纳了一房妾室也就是苑公的娘亲。第二年就生下苑公，老来得子，他的父亲十分开心。急忙找来一位奶妈哺育。那位奶妈姓吕，年轻时就守了寡，生性淫荡，她丈夫的死因不详。守寡两年，又生下一个男孩，于是被公婆赶了出来，遣回娘家。娘家家境很清贫，苦口劝她改嫁，可她恋着情人，不听，便给人当奶妈，目的是能借此机会不受管制，不想像以前那样再受丈夫的约束。苑公的父亲顾不上打听一下，就花了十两银子雇了她，并约好三年后等儿子能吃饭了算是期满，妇人一口答应，对苑公也特别疼爱。

当初苑公的父亲因为有了小妾，治家方面很严厉，就算是孩童也不敢进入内室。而见新来的奶妈如此年轻美貌，并且姿色妖艳，防备就更加严密。他的性子很暴躁，只要婢女妾室稍有不合意的，就棍棒相加，其他的人可想而知了。妇人一进苑公家就好像被关进了牢笼，一想到心里喜欢的情人三年不能见面，就连一线音讯都没有机会连通，可又惧怕官势，不敢自行断奶，于是由悔生恨，积恨成怒，突然生出一个念头，将所哺育的小孩弄死，这样就可以挣脱出去。可不巧苑公自从生下来就很健壮，没有生过一点儿小毛病，妇人一时也无计可施。

一次正巧苑公的父亲出远门，苑公的嫡母和生母都得了传染病躺在床上休养，妇人便作了手脚，暗地用一根生丝，绑住小孩的外阴，逐渐收紧。小孩因疼痛而啼哭，别人也不知道是什么原因。妇人将一盏甜酒放在枕头边，小孩一哭，就立刻用手指沾上酒偷偷抹在他的嘴唇上，小孩醉了酒便呼呼大睡，妇人这时就抽紧生丝的结扣。这样过了十来天，小孩母亲的病好了，而小孩的睾丸已经被弄落。妇人起初盼着他死，谁知小孩一痛就哭，哭完了又想吃，妇人想不出别的办法。

又听说苑公的父亲快要回家，更是害怕不已。一天晚上趁着小孩入睡，妇人就在房间上吊自杀了。等到别人发现后，早已来不及抢救了，全家人都感到很震惊。幸好这时苑公的父亲回到家里，不清楚妇人的死因，就向知县通报，一验尸也不见什么伤痕，于是事情算是过去了。

过了几天，妾室见小孩小便，突然大吃一惊，怀疑说道："我生的小孩不是个男孩吗？现在怎么是女孩？"嫡室听了跑过来一看，发现小孩不男不女，介于两者之间。全家人都大惊失色，赶紧告诉苑公的父亲，这才恍然大悟妇人的死因，后悔不已。苑公的父亲重重惩治了婢女女仆，连妻子和妾室也没有幸免，可事情已经发生，到底也无可奈何，只有时常流泪哭泣。苑公长大以后，父亲不想让儿子去当太监，认为这样很耻辱，就教他读书。苑公十二岁那年，父亲去世，他还在学习作文。等到去应童子试，邑人知道真相后排挤他，最后竟然连考试的资格也没有。苑公气愤不已，就收拾好行装来到了京师，以后逐渐发迹。现在一提起那事，他还是十分悲痛。

外史氏说：《诗经》上说"让别人来做母亲，对我一点儿不疼爱"。小孩本来就是有奶便是娘，可当奶妈的却不仅不疼爱她哺育的孩子，而且还残忍地摧残小孩的肉体，真是人神共愤。归根结底祸端都是由一个淫字引发的。淫荡必然奸诈，奸诈必然狠毒，我将这些道理告知天下做父母的人，作为警示。

银　筝

明末改朝换代之际，天下到处兵荒马乱，硝烟四起，人民流离失所，很多在外行旅的都有家不能回。甲申年之后，在本朝圣帝当政后，天下才太平，平民百姓才得以返回故乡，好比离群哀叫的鸿雁，又重新聚集落脚，可以称得上是一件十分重大的事。有一个泾阳商人李元燮，长期受困在吴楚之间，此时也准备回家和亲人团聚。他赶着一匹跛足的驴子，在邯郸道上慢慢行走，重新目睹家乡道上的自然风光，不由得心旷神怡。傍晚时分，在某县旅舍落脚过夜。旅舍主人正好是李元燮的同乡，留他住上两夜，不忍心和他匆匆告别。早晨起来，李元燮在集市闲观，看见人来车往，络绎不绝，俨然一副盛世太平的气象，心中更是感到一阵欣喜。站了一会儿，就听到市人喧哗起来，大声嚷着："快跑，脏鬼来了！"很多人听后纷纷争先恐后逃避开去。李元燮感到很惊奇，问主人是怎么回事，主人笑着说："快来了，你等着瞧吧。"李元燮便站立等候。没有多久见过来了一个人，赤裸着身子，仅用一小块布遮住私处，全身上下十分肮脏，就好像在泥水中滚过一样。走近一看，只见头发蓬乱，面黑如炭，身上散发出和刚拉出的粪便一样的臭味，十步以内，没人能够忍受。来不及躲避的人，都匆忙掩着鼻子跑过去。李元燮强忍着臭味打量来者，只见对方有一双纤细的小脚，不禁大为惊骇，原来竟是一位妇人。再仔细一看，发现她虽然仪容肮脏，但两眼却像秋水一样清澈明亮，腰肢更像春风吹拂下的柳条，婀娜多姿，秀发动人，一举一动，媚姿百生。不留意观察的，都不会知道这竟然是一位美貌女子。李元燮注意多时，吃惊地说："此人长相艳美，怎么会肮脏到现在这种地步？"于是不顾污秽，悄悄尾随在那位女子身后。女子来到别人家，就大声叫喊："银筝来了！"别人就随手在破旧的盛器中放些食物，放在地上给她吃。女子手里拿着一只小竹篮，将食物倒入其中，然后又去别的人家乞讨，讨到大约足够一个人吃的食物后，就转身返回，不再向人乞讨，飘然离去。李元燮暗暗跟踪，只见那女子走到一座废宅，进去了就再没出来。李元燮在心里默默记住那地方，然后转身回来。见了旅舍主人，也不再说什么。

到了夜里，李元燮又怀着好奇心到那地方窥察，听到从废宅破壁内传出吟诗的声音，声音很娇细，仔细一听，原来吟的是一首七言律诗。诗是这样说的："黄金满地翠蛾羞，愧向风流作楚囚。吞炭不缘仇未雪，文身只为美堪忧。敢辞泥滓十分浼，略避纶竿一旦钩。幸遇安澜还净俗，阿谁刮目到沧州？"虽然诗作得并不工整，但语句听上去很清楚。接着又吟道："故乡咫尺似天涯，遗臭流芳念不差。玉骨纵甘埋粪壤，翠眉宁忍映荒沙。石中自韫无瑕璧，树底谁怜薄命花？试向灯前欣把臂，守宫依旧色如霞。"李元燮原本就懂诗文，一听诗的音韵如此清新悦耳，更是禁不住心里的狂喜大声叫喊："刮目者来了，你身上的守宫砂能让我来检验一下吗？"女子一听，猜想一定是白天跟踪自己的那个人，于是隔着墙对李元燮说："你还真是一位有心人，不被世俗眼光所拘束，不嫌污浊而赏识我，的确是很有眼光。但现在是夜里，你我又身处在僻静的地方，十分容易招人话柄，所以不敢和你接触，还请你谅解。"李元燮听后笑着说："你白天竟能身上一丝不挂走在集市上不觉得惹人显眼，现在这样说这话不免太做作了吧？"女子回答说："不能这么说。虽然我在别人跟前赤身裸体，但别人其实也没有把我当人看待，我也因此就不把自己看成是个女人。可你现在既然对我另眼相看，我还是以这副样子和你相见，这就成了人与人碰在一起而不讲究男女之别了。我即使是衣衫不整也不敢见你，更何况现在一丝不挂，这成何体统呢？"李元燮接着问她："照你这么说，你要一直不和我相见吗？"女子回答说："我盼望豪杰就像盼望丰收一样，又怎么忍心和你错过？前面见你对我另眼相看，我就知道你一定会来找我，所以才吟起拙诗来表达我的心志，而你也果然剖石取玉，披沙拣金，不嫌污浊耻辱接纳我。所以我请求你在前路等候，我将会永远侍奉你，你觉得怎么样呢？"李元燮听后十分高兴，说："这也正是我所期望的。"于是又反复叮嘱一番，然后告别离去。

第二天早晨，李元燮起来后就去了市上，私下买了一套女装，连衣裤都准备好了。回来后就赶紧打点行装，主人极力挽留也留不住他，于是匆匆告别上路。走了大约半里路，就听到草丛中有人小声招呼："是郎君来了吗？我猜想你一定不会失约的。"说着窸窸窣窣从草丛中走了出来。李元燮定眼一看，只见女子还是和以前一样蓬头垢面，但身上的臭味好像轻了一些。李元燮为女子有这一番真心诚意而欣喜若狂，于是从驴背上取出衣服给她穿。女子却不愿意，说："不行，多年来身上积下污垢，现在遇见你，该还我庐山真面目了。西面僻静的地方有一条小溪，可以清洗身体，请你和我一起去。"李元燮同意了，和她携手同行，一点儿都不感到厌恶。

女子被他的情意深深感动，便主动谈起了自己的身世。她说："我叫银筝，是邻邑绅士家的女儿。刚成年，就因貌美出了名。正好碰上流寇发起战争，父母为我深感担忧，觉得我免不了要蒙受耻辱，就准备让我去死。我为父母没有后代而感到悲伤，就跪着对他们说：'贼寇喜欢的是美色，儿自有毁容的办法，让贼寇无法近身，这不是比抛下父母去死要好吗？'父母也不忍心让我死，就同意了。我准备了人狗的粪便和其他污秽的东西，一听城将要被攻破，就先用炭把身体涂黑，接着抹上污泥，再涂上粪便，扶持父母出逃。兵荒马乱之时，兵

216

刃相接，贼寇见到我以为是一个疯子，就不曾留意。从此以后，父母失去了家产，加上又身患疾病，卧床不起。我不得已亲自前往贼寇军营，去乞讨食物，来奉养父母。贼寇也一直可怜我，从没有怀有坏心，只管我叫'疯子'，时常给我吃的东西。就这样过了半年，贼寇被退去，父亲也死了，我便带着母亲四处乞讨，因为很惧怕贼寇，所以一直装成一副疯疯癫癫的样子。今年春天，母亲又去世了，剩下我一个人，就越发不敢暴露出自己本来的面目。如果不是遇见你这样的好心人，我也不会把事情说出来。"李元燮于是称赞她说："你真是一个像曹娥一样的大孝女。只是天气这样寒冷，你不穿衣服能受得了吗？"女子说："说来这也是有原因的，我年少时遇见一位尼姑，传授给我一套奇异的办法，让我每天喝半升冷水，然后运气三刻钟，即使是寒冬酷暑，也不再害怕冷热。虽然每天在风雪中行走，但是身体常保持温暖。别人也因此把我当成怪人，不再小看我。我一直不穿衣服就是这个原因。"李元燮不相信，试着用手去抚摸女子的肌肤。那时正是秋末时节，果然摸到女子的身体很是温暖，不像是没穿衣服的样子，于是觉得这一切十分惊奇。

说话间两人已经走到小溪边，女子不好意思地对李元燮说："我将要露出丑陋的身体，实在很惭愧，你能否先避一避。"李元燮故意不肯，女子见状只得跳入溪水中。浸泡了一些时候，才开始清洗污垢。李元燮在岸上旁观，只见洗尽污垢后的女子，肤色洁白如霜，在清波中时隐时现，不由得为之心醉。女子用手捧水清洗秀发，头发虽不长，但是却乌黑亮丽；又用水清洗脸部，面容更是清秀如月，像刚出水的芙蓉，神采奕奕。这时李元燮不免为自己能够发现女子的美和得到女子而高兴不已。女子洗好之后，站在水里犹豫着不敢上岸，李元燮赶紧催促她，这才羞答答地露出半个身子，笑着说："以前每天在市中赤身裸体地行走，都没有现在在你跟前觉得羞人！"李元燮走到水边，戏谑地牵住她的胳膊，女子这才上了岸，全身赤裸，看了更让人魂不守舍。李元燮立刻就想抱着她亲热一番，女子抵死不从，说："偷合不合礼数，你难道不知道这个道理吗？如果你一定要逼迫我的话，那我宁愿去死，也不能做这样的事！"李元燮这才不得已放弃，给她拿来衣服。女子穿好后说："因为遇见了你，我才重新有了人样。"李元燮便让女子骑上牲口，自己牵着走。到了晚上，在村舍宿夜，两厢定了情，女子看上去还是一个处女。

两人一起回到家里，李元燮的妻子在战乱之后就不知去向，于是就娶女子为妻。而那女子十分擅长经商，又很聪慧多谋，帮助丈夫建立家业，家境也逐渐富裕起来。某县的人几天都不见银筝，都猜测她成仙去了，还不断称奇。啊，不知真相的他们不知银筝是沉在污水中的宝珠，而把她误以为像延津宝剑化龙一样无影无踪了！

外史氏说：贼盗猖狂，百姓涂炭，尤其妇女遭受祸患更严重。历观明末所发生的事，让人感到十分悲惨。那女子能够有保全身体清白的智谋，以不洁为洁，也真是个奇女子啊！如果那时她厌恶不洁，最后一定会被贼盗所侮辱失去清白，那么这样的污垢还能洗得掉吗？看来只有随机应变，才能保持正道，等到洗掉污秽，依然还是原先的面目。和那些凭借华丽的衣饰保住如花似玉的身体却被污辱的女子相比，相差的又何止是十万八千里？又说：讲女子要保持节操，是指在平常的环境中，即使是尺肤寸肌也不能暴露。可身处祸乱岁月，与其遭人污辱，还不如把身体露出给人看。露身还能有话可说，如果受污辱可就难以启齿了。银筝可真是一位通达的女子，差不多是步商朝披发佯狂箕子的后尘。

董文遇

齐东的董文遇，为人粗俗无知，且嗜好声色，时常下妓院，借酒耍性子，甚至凌辱女子。妓院中的人因为他生在世代当官的人家，又富有资财，并且贪图他的大方赠物，所以十分怕他，敢怒不敢言。

初冬的一天，董文遇正准备去妓院喝酒，听说有个胡地来的老妇带着两名女子在市上卖唱，女子的姿色和技艺都很不凡，齐地妓院中的女子没有一个人能比得过，人们于是趋之若鹜。董文遇非常好奇，便叫人把女子召来。等了好久还没见到人，董文遇愤怒不已，气呼呼地等着。老妇最后还是出现了，穿戴十分朴素，领着两名打扮同样素净的女子，但她们神态飞动，容貌清秀，似乎是艳丽的彩霞飘然入座。董文遇不禁为之心动，怒气也顿时消了，只是还板着面孔进行询问。

老媪沉默不语，两位女子从容应答，声音像流莺的叫声那样动听悦耳。董文遇无从插嘴，满心欢喜，叫她们坐下一起喝酒。一时间有妙语娇歌，以前都没有听过，董文遇更为之倾倒，兴趣高昂地畅怀痛饮，直到喝得酩酊大醉。又借酒对妓家发火，举起手中的酒杯就砸了过去，不巧正好失手击中了其中的一位女子，顿时鲜血流满额头。老妇脸色为之一变，说："这种土包子万万不可相处，怎么是这个模样！"于是叫两位女子快走。一出门，只见她们身轻如燕，飞身登上屋顶，听不见瓦片作响的声音，可人却已消失得无影无踪，妓家和董文遇的侍从看了感到十分惊异。再一看董文遇，已酒吐得十分厉害，样子很狼狈，身子也倒在席上，也就是人们常见到的那种醉态，别人只得把他扶到床上。第二天，董文遇酒醒就回家去了。从此市上再也没看到那位老妇和两名女子，知道这件事的人都纷纷责怪董文遇。

没过多久，董文遇和一位姓邹的朋友一起前去外城，一路气派豪华，神气活现。忽然县里差役拿着帖子前来恭迎，十分恭敬地说："知县大人说有要紧的事情和你谈。"董文遇虽说家庭十分显贵，但到底还是想巴结做官的，连忙问知县在哪里，差役回答说："正在某人家园亭吃宴席。"差役又对同行的邹氏说："邹相公也不是外人，就请一起去吧。"两人听了都很高兴，跟随着差役立即飞马而去，倒像是担心赶不上宴席。到了那儿，就见是邑中一座豪华的别墅。差役先进去通报，好久才出来请他们进去。董文遇和邹氏系好马走进里面，过了两道门，也不见知县的影子，就连侍从也没有见一个。邹氏和董文遇都不禁怀疑，询问差役，差役只是低头不答。不一会儿又走到一个亭子，差役这才说："你们就在这里等候吧，知县大人会出来的。"说着就走开了。

两人左等右等了好长时间也不见人影，由于赶路疲惫就靠在栏杆上休息一会儿。夕阳西下，两人早已饥肠辘辘，发出声响。董文遇要离开，而邹氏劝他留住；之后邹氏要走，董文遇也劝阻他。等到差不多天色昏黑时，才听到好像从附近发出来的嘈杂的说笑声。仔细一听，又像是妇人女子娇滴滴地在说笑，两人十分惊异。正打算跑出去，忽然刚才那位差役领着两个人走过来，戴着白帽，穿着白衣，长得和园中树木差不多一样高，面目狰狞，模样就像人们所描绘的无常鬼。董文遇和邹氏一见，不禁大惊失色，跪倒在地。两人拿出长长的绢带，套在他们的脖子上，像牵狗羊一样拉着他们走。走了没几步，就到了一处十分宽敞的官署里，厅堂上几乎站满了穿红着绿的女子，见了董文遇和邹氏这副样子，都掩不住笑意。董、邹二人害怕地打量厅堂，只见四周挂着用金玉装饰的珠帘，雕梁画栋，十分华丽。两人糊里糊涂，惊慌不已。

又过了一会儿，明月高照，四处点起纱灯，厅上有人大声呼唤："赶快把酗酒贼给我带进来！"穿白衣的人就推着董文遇往前走。只见厅堂中间摆着高座，坐着一位白发老人，穿戴华丽，原来就是那天市上领着女子卖唱的老妇。董文遇也记不清楚，威严之下，只得听命。老妇把他的罪状一一列举说："你只是一个没有任何功名的纨绔子弟，还妄想拈花惹草，一有什么不合心意的，就发出像狗一样的嚎叫。青楼女子本来身世就很不幸，哪还能再忍受你的欺凌？而且你借着醉态把我的掌上明珠砸伤，真是罪状滔天。既然把你抓来，那你罪责难逃！"董文遇听了老妇这番话，这才想起以前所发生的事，乖乖认罪，以前的那副神气都不见了。老妇又高声说："这家伙如果杀了他还怕沾污了我的刀，婢女你们替我痛打他！"话还没说完，早有几位婢女，挽起彩袖，伸出纤白的嫩手，一掌一掌打在董文遇的脸上。董文遇吓得浑身发抖，退缩着想避开，但一下子闻到了衣袖中流散出来的香气，又没有感到什么疼痛，纤细的手指打在脸上，十分柔软，像是没有骨头，此时真是又害怕，又感到很舒服。一会儿两位婢女又按照老妇的意思捧上一杯酒，对董文遇说："这是毒酒，你快点喝了自尽谢罪吧！"董文遇又是一阵惊恐，不想喝那酒。众人把他死死按住，把酒硬灌进他的口中，可他只觉得香气扑鼻，一点儿异样也没有。酒入喉之后，像是冰雪浇心，精神顿时为之一爽。董文遇这才知道老妇其实并没有恶意。正在高兴之余，又听到众位婢女拍着手说："从此你应该不会再作高阳酒徒了吧！"

大家正在哄然大笑，忽然有两个人在灯笼的引导下从屏风后走了出来，装扮一新，穿着和佩饰非常华丽，美丽如画中走出的人儿。仔细一看，原来是市上卖唱的那两位女子。她们才走到桌几前，老妇就叫董文遇赶紧退下，问道："邹君在哪儿？"穿白衣的人又推着邹氏进来，老妇细细一打量，怒气冲冲地说："蠢仆真不懂事，怎么不分青红皂白，也将他捆绑押来！"立刻厉声叫人解去邹君的绢带，又从座位上走下来热情相迎，并且谢罪道："老妇年迈体弱，处置不当，这才让你受了委屈，请你原谅！"说着将邹氏让到客人的席位上。两位女子也行礼相见，好像有点儿不好意思。过了一会儿，老妇叫人摆下酒宴，酒席很快就安排好了。邹氏于是借机替董文遇说情："我们是一起来游仙境，可让他独自成为阶下囚，即使是罪有应得，我也觉得深感抱歉。还请你能宽恕他，不致被人取笑！"老妇极不情愿，两位女子又在耳边和她嘀咕了一阵，声音很轻，听不见内容。老妇这才露出笑脸，让人也给董文遇松绑，让他入座。穿白衣的人一下子都不见了。

于是董文遇和邹氏一起坐下，老妇和两位女子以主人的身份作陪，满屋子洋溢着酒菜的香味。老妇亲自起身劝酒，只是轮到董文遇说："实在无法忍受你酒醉后的样子，还是以茶代酒吧。"董文遇也好像不胜酒力，一闻到酒味就想呕吐。只有邹氏高高兴兴地大吃大喝，并且和两位女子相互调笑，似乎是老相识。酒过数巡，老妇开口阻止说："夜深了，不能再耽搁好事了。"于是邹氏起身离席，和两位女子一起走进屏风后面，似乎早就约定好的。老妇和婢女也离去了，只留下董文遇在厅上，没有一人陪伴他，好不凄凉寂寞，不堪忍受。这时只听到树上猫头鹰怪声尖叫，清凉的月光照在身上，厅堂上熄了灯烛，鬼火时时在闪动。董文遇这才清醒了过来，找不到躺卧的地方，实在苦不堪言。幸好良宵不长，已是月落星稀。这时见邹氏从厅堂后面出来，喜气洋洋，拱一拱手说："我们误登快乐仙境，让你独享寂寞，我这个贪花人实在有罪。"董文遇也不敢说什么，只是默默地和邹氏一起走出，见马还系在柳树底下。

两人骑上马返回，途中董文遇开始向邹氏打听，为何他会受到如此热情款待。邹氏起先有些犹豫不想说，在董文遇一再追问下，这才吐露了真相。原来老妇母女来齐东卖艺已有一个月，邹氏原本喜好狎妓，就把房子腾出让老妇母女住下，又给她们资费，照顾得十分周到。老妇因此对邹氏很是感激，两位女子也同他合得来，而且很主动。老妇带领女子走了之后，几十天过去了，邹氏仍是时时思念不已。所以昨天晚上邹氏被单独留下，男欢女爱，极其缠绵。邹氏觉得老妇女子形踪十分诡异，便委婉地向两位女子打听。两位女子都没有隐瞒，自称是狐身，先前的一些举动，也是她们母亲小试道术。说完，董文遇十分惊讶，越发悔恨交加。回到家各自分手。董文遇并不打算将这事说出去，邹氏也想保密，所以没有其他人知道。

从此之后，原本嗜酒如命的董文遇，竟然变得对酒恨之如仇，再也不贪杯。勉强喝几口时，滴酒入肚，甚至比烈火烧心还要难受，之后一定会得病躺在床上，十来天后才能转危为安，于是他再也不敢稍加尝试。并且还有一件怪事，只要他不去妓院玩乐，还能够出去见人，假如一旦涉足，眉眼间就会自行现出粉黑，怎么抹也抹不掉，别人见了都捧腹大笑。也是一定得几天之后，才能恢复原来的样子。而他的豪气一下消退了许多，从此不再沾妓院的边，变得老实本分了。有人对他的变化感到十分奇怪，免不了到处打听。经历多年之后，董文遇才对人说出事情的原委，人们一听觉得荒谬，又无不捧腹大笑。

我听说这件事的时候，董文遇已四十了，身躯伟岸，时常讲起他少壮时的豪举。那时十多年过去了，也早已不在妓院见到他的影子了。

外史氏说：酒是狂药，这话的确很有道理。严重的会招来杀身之祸，轻一点儿的也会因此而惹上怨恨，至于在妓院这种地方，把畅怀痛饮看作是豪举，然后喝得不省人事，也实在是大煞风景。怎么可以狂叫怒骂，而把迷人的美色当作解酒的东西，这真是连蠢牛都不如。老妇"醉态叫人无法忍受"这句话说得可真好啊！可作为《诗经》中《宾之初筵》诗描写纵酒失仪情形的解释，也可作为沉湎于风月人士的座右铭。老妇本就通晓人意，她的话也实在让人开怀。

马元芳

淮西有个马元芳，是太史介庵公的侄子。介庵公身患重病快死了，元芳心急去东岳庙祷告保佑。在回来的路上，正巧遇上了一位送急信的使者，只见那人面目狰狞，长得十分恐怖，迎上来对元芳说："郎君请你先不要回去，大人下令特命我来找你，请你快点跟我一起走。"元芳不知道发生了什么事，还以为是父亲派人过来的，就跟着那人一起走了。

很快出了城东门，来到了一个好像是驿舍的地方，看见有一百多个官吏差役，见元芳过来，他们都恭敬地说："公子来了！"接着那送信使者继续领路，让元芳见了一位穿紫衣的官吏，只见那人相貌不凡，对元芳说："尊大人在里面等你很长时间了，你赶快和我一起进去吧。"元方此时更觉奇怪，想一想自己的父亲仅是一位县学生，名声和地位都还未显达，到底是谁呢？走进里面，又看见几十个随从,分两排站在阶下。有的穿着铁甲,手持兵器;有的穿着锦袍,捧着文书。看见坐在堂上高座的人,元芳又大吃一惊,果然是自己的父亲,身边还有芳龄十六的佳丽,长得是沉鱼落雁、闭月羞花,捧着符书翱剑站在两旁侍候。元芳瞬间反应过来:现实中的父亲没有这样的地位,那就是父亲已经去世了,于是放声大哭,拜倒在地。父亲见状对他说:"儿不需要悲伤。事情是这样的:天帝任命你叔叔在济南府城隍担任镇守一方的重要职位。天帝的符命已经下达,可你叔叔在楚地主持考试过程中,因为颠倒优劣欺骗上天,被文昌神所弹劾。之后一查我生平没有进过官署的门槛,而且从不谈别人的私事,所以就叫我代替你叔叔的职位,天帝很器重我。我接命后就赶紧启程,所以没来得及和你告别,因此召你来见上一面。功名本就是身外之物,可要可不要,但是你要记住:阴德不能缺损。你要努力去做,千万要记住!回去对你母亲和妻子说,让她们不用伤心,我这次出来非常开心快乐。"听父亲这么一说,元芳越发悲痛,伏地不起。父亲让人把他扶出去,又叮嘱说:"替我告诉你叔叔,一定要好好改过自新,相见的日子不会太远。"元芳又哭了起来,突然一下子又清醒过来,眼角还带着泪,一看现在已经到中午了,原来自己正躺在天齐殿前。他惊诧不已,赶紧站起身来。

才走出祠门,就遇见家人匆忙过来通报,原来他的父亲真的过世了。元芳慌慌忙忙奔回家中。见父亲的尸体还没有冷,于是抚尸大哭。过后听他母亲和妻子说,早晨他父亲突然回光返照,并一下好起来了,还拄着拐杖在小园游玩,让童子把水担来,自己亲手去浇灌,身体根本不像得了重病。后来他又去探望弟弟,之后回到家中,突然对家人说:"快把元芳找来,天帝已经下了命令来,让我去代替阿定的职位!"阿定就是太史的小名。过了不久又说:"迎送的人已经等候多时,我不能再等了,我要赶快上任了!"说完,自己换好衣服就没有了气息。元芳也向家人讲起了他梦中的经历,全家人听后都十分惊骇。一家人又去探视介庵公,发现他出了一身大汗后,十几天不到病就痊愈了。

外史氏说:马公的话的确是说到点子上了。他说"功名本是身外之物,但阴德不能缺损",体会一下大概觉得话没有什么特别之处,但是读了孟子"天爵""人爵"的话之后,才能认识到功名确实是浮而不实,的确不像阴德那样实而有据。马太史一生为人正直,的确问心无愧,但是最终却因一件事犯了错,所以失去了本该有的官职。"不能缺损"一语,也是真的有感而发的。这事发生在康熙戊子年。我后来听太史的儿子说，他的伯父名穌，字立斋，死得比太史早五年。这么看来，马公所说的"相见的日子不会太远"，太史应该没有辜负他的期望。

又说：因生前做人正直而死后成为神灵的现象，原本就不受据年资升迁常规的限制。可是也有死后再晋升的。以前听说某府有一位通判，乘船赶去赴任。船行到江中时，看见有一条大船和自己的船同行。奇怪的是，此船白天看不见踪影，只有夜里才会出现，更奇怪的是大船上灯笼的牌额上，也题着和通判相同的官府官职。通判十分诧异，怀疑是奸人冒充的，但一举一动又都看着不像。等船晚上停靠了以后，通判穿着官服前去拜访，对方见客人来也很高兴地欢迎。再看那人年已六十左右，神态高傲严肃，见船中还有他的妻子儿女，于是也就放下怀疑之心。坐定之后，通判开口打探问道："您是去赴任某府的副职吗？"老人回答说："我虽然年龄很大，但是凭我的能力又有什么不能胜任的呢？"通判听后说："那我怎么办？"老人答道："这我就不知道了。"通判听后气愤不已，让对方把凭证赶紧拿出来，那人很爽快地掏了出来，通判一看，真的和自己的一模一样，细看一下，只不过盖的是东岳大帝的印章。通判看后十分吃惊，问是怎么回事，老人这才自我介绍说："你是以人的身份上任，而我是以鬼的身份上任。实话给你说吧，我生前担任某邑的教官，因为一直清廉正直所以才升了这一职位，为什么我不能胜任呢？"通判虽说没有什么疑虑，但心里却恐惧不已，赶紧告辞离开。可那老人却硬要留通判喝酒，不得已，通判只得相陪并和老人一起过了一夜，畅谈愉快。第二天晚上，那人又前来回访。从此两人互相往来，成了莫逆之交。一直到上了江岸才分手，而那大船在江海中才消失得无影无踪。

瓢下贼

山西人王某对我说，他的邑中有一位老贼，是小偷中间十分有心计的一个。他发现某村有一妇人家境比较富裕，而她的丈夫恰好有事外出，就趁着夜色前去偷窃，企图一饱私囊。到了那里，直接越过墙，打开窗户，大胆地直接闯入屋内，两手搭在床榻前站着。这时妇人还没有睡着，借着未熄灭的灯光发现了小偷，惊恐万分，硬着头皮问道："你要干什么？"小偷回答说："我要弄点钱财。"妇人心想不能反抗，便说："你看着随便拿吧，我家也仅仅能混个温饱。"小偷没有翻箱倒柜，认为妇人好欺负，就调戏说："我要和你睡觉。"妇人十分气愤，不予理会。小偷这时抽出一把长一尺左右的短刀，刀锋雪亮，在灯光下还散着寒光，照映着整个屋子。妇人十分惊恐，浑身发抖，以为厄运难逃。而小偷这时正好饥肠辘辘，忽然对妇人说："先给我做点吃的，你赶紧去做，我吃饱了就走。"妇人听了十分高兴，顿时有了良策，因为厨房是在别的房间。她赶紧穿衣起床，又笑着对小偷说："肚子饿实在不能久等，我这儿藏着美酒，原准备必要时用的，那你先慢慢地喝，我去烧饭，用不了多长时间就能让你吃饱。"小偷一听说有酒，也满心欢喜，但是担心妇人耍花招，就带着酒和妇人一起来到厨房，在灶火边倒酒自饮。妇人揣摩着对方的用意，也不贸然行动，殷勤地替小偷端饭上菜。

小偷正准备用餐时，妇人突然跑出屋子，将门用大锁锁住，同时大声呼救。左邻右舍有的人还没有入睡，听到叫声都纷纷起来，手里拿着短棍，一时聚集了十几个人。妇人打开外门领着众人一起进去，众人急忙问道："小偷在哪儿？"妇人用手一指回答道："就在屋里吃饭呢。为了防止他逃跑，我已经把门上了锁。"妇人以为小偷无法逃脱，就将事情的经过一五一十地说来，十分得意。众人一看屋里一片漆黑，什么也看不见。他们先让两人把住门口，以防小偷夺门而跑。然后让妇人取出钥匙，把门打开，众人一拥而入。再说小偷听到妇人的叫喊，一点儿都不害怕，也不逃窜，他将食物全都藏在灶下，又将火熄灭，原来他已经找到十分安全的藏身之处。众人进屋之后，用烛火一照，只见屋里的东西堆放得整整齐齐，没有发现一点儿妇人所说小偷要用餐的迹象，只是瓮中的水面上漂着一只瓢，众人并没有怀疑到这上面去。而厨房只有一间，一眼就可以看到全部的东西，众人也不再搜查，于是都认为是妇人有意闹着玩的，面带讥笑，默默地走散了。妇人一时有口难辩，说不出原因。

众人一离开，妇人十分惊疑，自言自语道："我不是在做梦吧？不过炊具还是热的，做好的饭菜又到哪儿去了？"话还没说完，瓮中"哗啦"一声响，水瓮碎裂，只见一个人全身湿漉漉的，跳了出来，口中骂道："我本没想害你，而你却反要害我，可真是连猪狗都不如！"众人离去时，屋里重新点起了灯烛，妇人借着烛光见到小偷，惊吓不已，还未等开口，匕首早已插进了她的胸膛，一头栽倒在地。小偷又仔细查看了下，愤恨地一刀割下了妇人的头，然后走进内室，将里面的东西席卷一空，又找出妇人丈夫的衣服，把身上的湿衣换下，潇洒离开。

到了早晨，众人听说妇人已被杀死，十分震惊。再一看破瓮，才知道小偷昨天在水底下藏身。于是他们将情况报告给官府，但仍然没将小偷抓住。几年之后，小偷因别的案子遭到逮捕，在拷打时一时糊涂就供出上面的案情，这或许也是妇人幽魂不散的报应吧。

外史氏说：这件事一波三折，当然不仅仅是因为小偷急中生智而让人惊奇。小偷闯入屋内的时候，妇人就像槛中的猴，无法脱身；等到妇人出门呼救，小偷又倒像是被关进笼中的鸟儿。最后小偷藏身瓮中水底，众人竟然都没有一丝察觉，导致妇人最后丧命于刀下，让小偷得手。区区一件小事，竟叫人如此无法预料，这不应该引起我们的警惕吗？

卷十二

蛇　媒

　　蛇媒是一种可以诱惑人的妖术。孩提时曾听祖父说：辽东某县有一位赶车的，不懂风月之事。有一天，他偶尔驾着空车经过大湖泽畔。那时正值夏秋交替的时候，草木阴翳，庄稼茂密。忽然看见两条长一尺左右的蛇，像麦芽糖一样缠粘在一起，无法分开。那人不知道蛇是在交媾，于是就用长鞭挥打，觉得很好玩。蛇立刻分开离去，那人也没有放在心上。傍晚回家，遇见邻居寡妇，不经意随手挥了挥鞭子。到了夜里，寡妇跑到那人家里，一个劲儿地非要同他交媾，那人竟然也没有拒绝。完事之后妇人走了，那人暗地里觉得幸运欣喜，而并没有以为这事是挥鞭导致的。

　　再说寡妇一直以来坚守节操，回到家后，夜深人静，她一直在想，猛地清醒过来，说："我怎么会干这种事？"顿时羞愧得大哭起来，想要寻死。公婆听到动静急忙来救她，再三询问是怎么回事，寡妇于是说出了实情。亲戚中有知情者说："这一定是蛇媒作怪。"于是借口有别的事向赶车的借鞭子，那人二话没说就将鞭子给了他。亲戚带着鞭子回到家里，将油倒入锅中煮沸，把鞭子折断后扔进锅里。于是赶车的一整夜都在痛苦地号叫，肢体糜烂，最终死了。寡妇对此悔恨交加，不久也去世了。

　　外史氏说：唉！不了解情况而错误地挥鞭子，还因此丧失了性命，更何况有的人明明知道还要故意这么做呢？所以祖父语重心长地告诉我这件事，以此劝戒别人。我不敢忘掉它。小心，小心！不要以为这是在传授某种诱奸方式，妄想着去尝试一下。

续五通

关于五通邪神，《聊斋志异》和别的书上说得很详尽。现在祭祀的人稍微减少了一点，但是还有一些以前可笑的传闻，现一并附录如下。

前朝明天顺年间，钱塘平民戴小一，为人鄙陋粗俗，长得身强力壮。他的妻子某氏，虽然是村女，却颇有几分姿色，年纪也很小。小一对她防范很紧，别人根本无法勾引。就是这妇人也不敢卖弄自己。

一天夜里，夫妇俩已经睡下了，忽然听到窗外随从大喊的声音。有人呵斥说："戴小一是个什么东西，神灵经过竟然还敢抱着妻子酣睡！"小一听了大吃一惊，捅破窗纸偷看，眼前有十几对纱笼、仪仗不停地向前走来，中间簇拥着一位贵人，身穿紫衣，头戴金帽，骑着一匹小黑马，原来是村民平日祭祀的五郎神中排列第二的那位。杭州人一直以来都十分敬畏此神，小一看到这种情景急忙起床，看到妻子睡得正香，准备叫醒她，一起拜见神灵。那神忽然隔着窗户劝阻说："不要惊动美人，我来这里也正是为了她。"小一生性嫉妒，听神这么一说，非常气愤，而且他知道附近村子的妇女，不少人都遭受过神的糟蹋。于是他不顾一切对神说："你不过是一个淫鬼罢了，哪有做神的资格，难道你还真能拿我怎么样？"说着又安然自若地躺下了，好像并不知道神已经来了。外边又响起叫喊他的声音，小一漫不经心地答道："我已经睡了，神要干什么？我媳妇恐怕不像别人家媳妇那样容易上钩。"话还没说完，神就嘲笑他说："我本来就说你这家伙固执，道理讲不通，你等着瞧吧！"于是招呼他的侍从，像一阵风似的，急速离开了。小一这才把妻子摇醒，对她说了刚才所发生的事。妻子听了十分惊恐，小一笑笑说："我力气大得很，像老虎一样，神再有本事，也不能拿我怎么样。你别担心。"

第二天，小一到田间干活，心里却一直牵挂着妻子，往家里跑了好几趟，妻子并没出什么事。里中的人不知道他在干什么，都拿他取笑，说："你今天脚头这么勤快，难道阿嫂也着急等你下种吗？"小一羞愧极了，无话可说。傍晚回来，他和妻子商量防备的办法，于是用大石顶住门，把窗户牢牢锁住，还让妻子睡觉提防些，衣服裤子都亲手用针线缝得紧紧的，屋内不点灯，自己手里拿着一把铁锹，严阵以待，防范可以说是十分严密了。这样一连三夜，竟然没出什么事。妻子对小一的做法也渐渐产生了反感，骂他说："这事不是你梦中见到的吧？即使有的话，哪有威严灵通的神因为害怕这些就不来的道理？"小一还是不敢放松，仍然和以前一样防备森严。

不到半夜，神果真来了，不过这一次声势远不如上一回，只是听到篱笆间有来回跑动的声音，原来是神坐骑的马蹄声。小一心里知道有情况，用脚踢了踢妻子，把她叫起来，说："神来了，躺在这里一定难逃厄运。"妻子一听吓得毛发全竖起来了，手足无措。不一会儿，刮起了狂风，瓦石纷飞，镇门的巨石自己移动，锁也自动打开了。顿时门窗都大开着，以前闭门谢客，如今仿佛变成了开门迎接盗贼。小一心里也吃了一惊，呆呆地立在那儿察看，这时竟然忘了身上有利器，反而束手等待。过了一会儿，烛光从外面进到里面，枕被全换成新的，屋里其他东西瞬息间一扫而空，那把铁锹也不知下落。神还没有进入房内，开着的门窗又关住了，灯光底下，小一看到他妻子身上缝紧的衣裤没有解就自动打开了，不一会儿变得赤身裸体，这下小一不由得感到心灰气绝。又过了片刻，神才含笑走进屋里，衣冠楚楚，看上去温文尔雅，不像以前那么严肃。神回头对小一说："你妻子的确不容易弄到手！"于是喝道："床榻旁边，不应该有这样的小人，快把他拉走！"话音刚落，果然像是有什么东西推着小一走，使得他脚不着地，顷刻出了家门，而两扇门"砰"一声又关上了。小一站在屋檐下，除了隐隐约约的磷火之外，什么也看不见，他更加害怕了，挪不动脚步。不一会儿窗户中传出调笑亲热的声音，妇人一声不响，神则心花怒放。又过了一些时候，两人交欢的声音，断断续续传到外边，妇人也忍不住发出声来，淫荡的情形可想而知。

小一惊魂稍稍平定下来，怒气顿时又上来了，想要进行报复，却没有办法。幸好磷火这时全熄灭了，妖怪稍稍远离，于是小一打算找人商量。但是左邻右舍对这个神一直都非常害怕，只有住在小一家左边的一位年老的教授官，很有胆量，而且平时经常说五通神如何不好，或许他能出个主意。但小一不敢从大门走出去，生怕被神发现，于是翻墙过去。教授官这时正好还没有就寝，就推门进来。教授官正一个人坐在灯烛底下整理书稿，见小一突然闯入，不禁大吃一惊，连忙起身询问。小一结结巴巴地详细地把事情的经过说出来，教授官勃然大怒，说："神尚且干这种肮脏的勾当，人更不用说了！我痛恨它已经很久了，跟你一起去，替你当面喝退它。"小一犹豫不决，不太相信他的话，教授官随即拿起一把戒尺就要动身，说："你用不着担心，神如果不听从，我就把它狠狠地打一顿，想来它也没有反抗的能耐。"小一没有办法，只好跟着教授官走，仍然翻墙过去。

才刚到门旁，就听见屋里神在说："这老家伙一来，我得退避三舍，否则就无法受人祭祀了。"教授官一听，大声喝道："二郎赶紧出来见我，你也干人面兽心的勾当吗？"屋里静悄悄的，没有丁点声音，教授官在外边又高声呼喊。过了很久，神才慢腾腾地走出来，在教授官的脚下拜倒，做出一副请罪的样子。小一感到奇怪，为什么这家伙对我傲慢无礼，却对教授官毕恭毕敬呢？教授官一一细数神的罪责，气愤地说："你本来是一处地方的保障，却擅自污辱管辖内百姓的妻子，仗势宣淫，无所忌惮，难道你觉得我的笔刀不锋利吗？我将向天地之神控诉，让你不得享受尊贵，除去庙祭，从神籍中除名，和鬼为伍。你以为我做不到吗？"神不敢争辩，趴在地上不住地磕头，连声答应。教授官又说："如果不重重惩罚，你一定会故态重萌。我身边没有棍棒可以用来抽打，只有这把戒尺，姑且用来示威！"神又伏在地上请求宽恕，教授官不听，打了它几十下。神也不敢违抗，只是口中叫痛，再没有其他言语了。打完之后，教授官对神说："考虑到你身居神位，用刑稍微轻些，这也是出于《周官》中有关对待尊贵者的法典。赶快离开，如若再犯，决不饶你！"神又一口答应，忽然转眼就不见了。小一丈二和尚摸不着头脑，向教授官询问。教授官微微一笑说："这不是你所能知道的。它哪里是怕我这个老书生，只是在害怕我身上的浩然之气。你进去看看你的妻子，事情也是出于无奈，希望你们夫妇仍然能和以前一样和睦，不要因为一点儿小小过错就不顾及百年恩爱。我走了。"说着告辞离开。小一进屋一看，其他东西都没有移动，只有妻子赤条条躺在床上，样子呆愣愣的。小一用汤水灌了她几口，才清醒过来。

　　早晨起来一看，台阶下面满地都是泥土的碎屑，原来那儿就是杖责神的地方。小一前去感谢教授官，他的弟子对小一说："老师天蒙蒙亮就打点行装上路了，我们后来的人都没能够见上一面，实在不知道他去了哪里。"小一遗憾地叹息着，怀疑教授官是神仙。他又前往五通祠庙，悄悄进去一看，排在第二个位置的神像，腰部以下的部位，好几处剥落了颜色，其余没什么变化。

　　外史氏说：小一身为一条壮汉，而且一直因为力大而出名，但最终还是屈服于神。假如当时奋起还击，并不一定会受到这种污辱，为什么到了关键时刻反而就退缩了呢？再看这位教授官，理直气壮，可以说是胆大过人。从这里可看出胆大胆小其实出于个人的修养，和身体的强弱没有多大关系。只是传说的人要把这件事神秘化，所以让教授官充当起长辈的角色，其实用不着这样。只有一样令人感到遗憾，轻轻的杖责，远远不能构成对神的惩处，于是又有人会受到神的蹂躏。

　　康熙初年，吴县有位民妇，姿色秀美，丈夫死了，准备改嫁，一时还没找到合适的人。小叔子知道嫂子有这个想法，因为年幼的侄子不是她生的，就带着他走了。妇人独自居住在靠近城郭的地方，身边只有一位年纪小的婢女烧饭做菜，所以改嫁这件事更加急迫。

　　有一天，妇人要回娘家，实际上是想赶快找一个人嫁了了事。留下婢女看家，独自赶路，因为娘家离她自己家不过一里左右的路程。中途经过五通祠，当时祠被连绵不断的雨水冲塌，神像也遭到毁坏，乡里正在组织人力，还没来及开始营造。妇人经过祠庙，想想改嫁之事关系到自己下半生，准备进祠祝告。才踏进祠庙门槛，看见一位乞丐，衣衫破烂不堪，瞎了一只眼，还瘸一条腿，从祠内走出，对着妇人不住地笑，神态十分淫荡。妇人于是不敢进去，从门前快步走过。走了几步路，听到乞丐拍着手说："真是一位美人儿！"妇人非常生气，想要反唇相讥，又担心自己独自一身，就忍下这口气走了。回到娘家，妇人把事情告诉给诸位兄长，让他们来找乞丐算账，但乞丐早已经找不到了。

　　妇人在娘家住了两天，心里牵挂着她的家，到了傍晚，就准备赶回来。几个兄长因为有农活要忙，妇人只能仍然一个人上路。又经过五通祠，看到乞丐早已经在那儿等着，而且不止一个人，总共有五位，都穿得破破烂烂。妇人恐惧极了，可是悲惨的是这里没有别的路可以回避，但一想还是白天，别人不敢怎么样，就硬着头皮往前走。等到跟前，那伙人眼睛全都一直盯着妇人，满脸都是轻薄猥亵的神色。妇人更加害怕了，幸好乞丐还没有动手动脚，只是说些调戏的话，妇人也不予理睬。回到家里，天色已暗，妇人因在路上遭到乞丐们的调戏，郁郁不欢，叫婢女将门关上，早早就睡了。

妇人正和衣躺在床上，恍恍惚惚听到床头似乎有人凑在一起说话，其中一人说："我们这些人衣冠不整，估计要被美人取笑，等到以后再说吧。"又有一人说："她一心想着快点改嫁，假如有了新的丈夫，我们认不得她的家了，为什么不抢在她没嫁人之前动手，让她再也嫁不出去。"众人好像都同意了，说："这个主意不错。"说话声很轻，仅仅让人能分辨出罢了。妇人知道他们不是人类，心里非常惊讶。一会儿那些人声音响了起来，高兴地说："今晚暂且让给大哥，小弟们按年龄排序，从此美人不会虚度良宵了。"说完，一个个如飞鸟一样，破窗离开。妇人心里恐慌，肢体发软，连忙呼喊婢女，而婢女早已睡得死死的。妇人勉强起床，点燃灯烛，见屋里空无别人，以为自己刚才在做梦，或许是因为心虚，于是重新整理衣服躺下，过了一会儿了，就进入了梦乡。

在睡梦之中，妇人忽然感到下身不对劲，惊醒过来一看，发现灯烛还亮着，先前遇到的那位瞎眼瘸腿的乞丐，赤身裸体地趴在她身上。妇人感到羞辱极了，再看自己的身体，一丝不挂，完全暴露出来，更是羞得无地自容。一会儿，她听见乞丐凑近她耳朵说："我其实是这地方的福神，前几天在祠庙前见你花容月貌，不由得为你神魂颠倒，希望同你合欢一夜，请不要拒绝。"妇人十分疑惑，并不相信，但偷偷一看，门窗都没有被打开，这才确认对方是五通神。转眼一想，眼前遭受的污辱还能忍气吞声，如果是五位神灵轮流到来，那么自己的身体就像是接待客人的旅舍，这怎么能忍受？假如能有办法制止，赶走其中一位，其余的或许不会再来找麻烦。只是短时间里也想不出好法子躲过这一关。妇人正想着，那神又拼命地折腾，而且阳具又非常粗壮，妇人很难忍受。忽然她想起别人讲过，说神仙都害怕肮脏的东西。虽说眼前这位神灵淫邪不善，但不妨一试，不成的话聊博一笑，料想不至于惹他发怒。正好那几天婢女月经来潮，污血淋漓，妇人睡觉时，发觉婢女把月经用具塞在垫席底下，曾经严厉训斥过她，但还没来得及拿走，眼下正巧用得上。妇人便偷偷地摸到那东西，污血沾得满手都是，心中暗自欢喜。神正忙着交欢，顾不上东张西望，妇人就把那东西放在它的头上。神果然吓了一跳，连连叫道："为什么要恶作剧？！"说着准备逃走。妇人气愤不过，也丝毫不考虑后果，一心想要狠狠地教训它，就用尽力气将纤细的手指深深插进神的眼眶，眼珠子随手被抠了出来，但不见一滴血，神的这只眼睛也被弄瞎了。神奋力挣扎，奔着门想要逃脱，但像一堵倒塌的墙，倒在地上无法起来。妇人赤着身子从床上起来，拿灯烛一照，原来是一个土木偶人，就是五通祠中所塑造的大郎神像，塑像看上去剥落残损，怪不得神身上衣衫不整。回身进屋，看床上抠出的眼珠子还在，像是打麻雀的弹丸，和人的眼珠子完全不同。妇人十分解恨，穿上衣服，叫婢女起来，整理干净，铺好床榻，然后才睡下。可是心里到底不踏实，左思右想，很害怕神前来报复。她忽然后悔极了："这大概是我的报应，我对不起丈夫的报应。抛弃幼子想要嫁给别人，归根结底都是欲念驱使的结果，所以神乘虚而入。世上怎么可能会有严守节操的妇女而受到恶鬼纠缠的呢？"于是发誓一生不嫁，改变了当初的主意。

早晨起来，妇人叫婢女去把小叔子和诸位兄长找来。众人进门，看到神像都大为惊骇，问起情况，妇人隐瞒了自己遭污辱一事，只说了事情的大致经过，又表示很后悔，发誓不再改嫁。众人都佩服她的机智，更赞赏她的节操，于是叫来乡里的人，把神像抬进祠里。乡里人也痛恨神竟然这么淫邪，把旧像全部捣毁，把那个地方作为土谷神的祠庙。唯独那位妇人还担心神会再来，就用清水浸泡月经用具，赤红一片，然后再把血水用便器贮存起来，以防万一，而神从此竟然再也没有出现过。

后来乡里人在黑夜曾听见祠庙边上有人在说："断了我的祭祀供品，真是可恶可恨。但她家近来有义神保护，我不能去报仇了，这怎么办呢？"乡里人吃惊地一看，则什么都没有。妇人年至八十才死去，临终前，还叫人把经血放进棺中，大概她还存有戒心。

外史氏说：神有什么能耐？是人崇拜他们，所以才有神灵。所以神的显灵，原本就是因为人的不同而不一样的。那妇人要改嫁，神就来纠缠她；妇人发誓守节，神就不再找上门来。由此可见节义是多么重要啊！要不然，哪有五个神灵对付不了一位孤身女子的道理？怎么可能是一定要使用污秽之物，才足以保全贞节？令人感到奇怪的是，神依附于像，没有像就没有神；那么人们又为什么要设置神像，而让恶神得逞呢？所以我说：神有什么能耐？他们的灵通，其实都是人赋予他们的。

玉洞珠经

福建人杜景行，已是壮年，极其信佛。他曾经自己单独住在一间屋子里，不和妻子儿女相处在一起，也不沾一点儿荤酒，每天只吃一碗淡饭。亲戚都竭力劝他，但他不听。斋戒三年，说自己已经得道，过不了多久将升天，连鸡犬也会一起登上极乐世界。于是他郑重其事地叮嘱家人，都要洁净身体静心等待。家人都忍笑答应了。

杜景行垂足而坐，一直到傍晚，眼睛没有闭过一会儿。因实在是困倦极了，就打了一个盹儿。他梦见自己来到一处神仙居住的地方，那儿有几位戴鱼尾帽的人，看到杜景行来了，就兴高采烈地起来迎接，高兴地说："你可来了，我们等得好苦！"说着请杜景行坐下，给了他一卷书让他翻阅。杜景行一看封面，原来是《玉洞珠经》。他打开一看，卷首第一义就说："不生也不灭，不灭怎能生。轮回自有道理，强汉与天相争。说空是色，空怎么是色；说色是空，色怎么是空？色空之后，渺然无形，如幻如泡，如电如露，不会久留在世上，怎能长住在山中？"反反复复说了好几百个字，都是驳斥佛教的谬误。杜景行从来都不喜欢听这些话，一看到这些话就把书扔在一边，说："全是胡说八道！那些人不知其中道理，所以才这么信口乱说。"随即起身要走。众人笑着说："对道理理解深刻的人来了，为什么要匆匆忙忙告辞呢？"话还没有说完，就见一位美女，芳龄约十七八岁，长着一对明亮的眼睛和一口洁白的牙齿，衣着华丽，从外面翩跹走来，笑着奉承说："我是来为你解释经文的，何不再逗留一会儿呢？"说着径自挨着杜景行坐下，柔软的身体、妖丽的脸紧紧贴着杜景行，又用纤纤玉指捏住杜景行的手腕，一起翻看经书。女子肌肤相贴，直教人酥了骨头，而她在讲解的时候，那口脂的芬芳扑面而来，杜景行早已经神魂颠倒，心思全都用在女子身上而不在经文，并且又起爱怜之心，小心翼翼，生怕冒犯了女子。女子起身告别，杜景行唯唯诺诺，不敢说什么。忽然听到众人大笑着说："凡心还没有完全消灭，怎么可能成佛？"不一会儿，经书中迸出火光，杜景行猛地撒手，随即惊醒过来，才意识到刚才在做梦。他急忙招呼妻子关门同寝，家人都不知道发生了什么事。到了早晨，他才说出梦中的经历，别人听了都大笑起来。从此以后，杜景行在饮食男女等方面，恢复到从前的模样。如今他已经有了几个孩子，每当提起佛事，就感到十分羞愧，再也不说一句。

外史氏说：凡心没有消灭殆尽，就很难成佛。一旦接触繁华富丽的景象，就沉迷其中不能自拔，原因就在于佛心不够坚定，脚跟站得不牢。即便如此，作为杜景行的妻子，一定会非常感激这一番棒喝，让她不会再落入长期斋戒度过一生的结局。梦竟然对人有如此的益处。

阿　玉

蓟郡有位叫薛端的人，是个寒士。家境十分贫寒，却又喜欢结交朋友，但苦于没有钱财。于是他在墙上写了几句话："君子淡交而没有酒，你得同情我的清贫；促膝长谈而只有茶，我也知道你的困苦。饱腹而来，空腹而去，没什么关系。麦饭一盂，葱汤一盏，哪敢进献？"像这样的话还有许多，别人看了常常发笑。但他为人非常风流儒雅，缙绅大夫都乐意和他交往，所以门庭若市，从来没有因为家境贫寒而少了朋友。

有一天，薛端在郊外走着，当时大雪已经停了，天气寒冷，看见枯草丛中有一个东西，毛色青黄，趴在那儿，一动不动。再仔细一看，原来是只狐，被猎手击中，血流了一地，已经是奄奄一息。薛端忽然心里一动道："听说狐能致富，足够满足人的需求。为什么不把它带回去，如果能救活，让它帮我一把，难道还怕没有酒喝吗？"随即竟然直接上前用衣服把狐裹住，并且祝告道："我不是要吃你的肉，睡你的皮，占你的便宜，你没必要害怕！"直接用衣襟兜着狐回家，别人见了问起，薛端笑笑不答话。

当时薛端的妻子已经去世，屋里只有他一个人，于是他把狐放在床榻上，一摸身上还有点热气，急忙用棉被把它盖住。他的邻居中正好有行医的，就借口说自己在雪地里跌了一跤，向他讨来一些活血药，捣成细末之后喂狐吃下。狐身体稍稍活动起来，好像有了一些生气。薛端十分高兴，在明亮的灯光下静静守候，观察狐的变化。快半夜时，他感到有些疲惫，刚一合上眼睛，狐忽然变成了一位美貌女子，面庞白净，带着笑容，衣着楚楚，正准备下床。薛端反而没有感到吃惊。随即就听狐笑着说："我是邻家的女儿，你为什么要把我带到这儿，怕是想干坏事吧？"薛端听了这话，方才感到惊骇，说："薛端虽然说不厚道，但毕竟救了你的命，你为什么要这样诬陷我呢？"狐又笑着说："我名叫阿玉，和你是同乡，只不过你不认识我罢了。我偶然外出游玩，误中流箭，逃奔了十多里，幸好没有死在猎犬之口。但是如果不是道力深厚，也不能幸免于难。多亏你拯救了我，我万分感激，私自打算在你身边侍候，以报谢您的大恩大德。所以说了这些玩笑话，你千万不要介意！"薛端又吃惊地说："听说狐引诱人，人必死无疑。你的这些行为，难道不是效法中山狼的伎俩，而实际上却想着一口吃掉我吧？"阿玉顿时脸涨得通红，说："狐怎么可能不分恩怨，而一定要祸害于人，获取私利呢？再说你救我确实也有自己的目的，希望能说给我听。"薛端于是高兴地说："我生平最喜欢结交朋友，但因为家境清贫，没法置办饮食，经常长谈到傍晚，而让客人饿肚子回家，心里很过意不去。你能为我把这一件遗憾的事情消除，那就是对我的回报了。"阿玉于是大笑道："其实这些烧饭做菜的事，特别适合让我来管。只是担心这样做会惊动邻舍，一定要公开成婚才好，然后我们有了夫妇的名义，我也可以名正言顺地为你准备酒食，一定能满足你的心意。至于你我是否同床共枕，完全取决于你，我也不敢勉强。"薛端听了更加高兴，就和她商量。阿玉说："你可以在公众面前传播这样的话，就说娶了某村的一个女子，向人借了仆夫轿子亲自前去迎亲。到了那里，我家就会在那里，看到门上挂着红灯的就是。我背上的伤还很严重，不能在这里久留，如果你想让我不辜负你的一片恩德，你就快点着手去做。"说完，忽然不见了踪影。

薛端相信了这番话，果然按阿玉所说的去做。他对要好的朋友说："我已经找到一位姑娘，只是手头拮据，没有办法成婚，诸位能帮我一下吗？"大家听了暗自叹息，认为不知道哪家女子就要随他挨饿了，都笑着答应帮忙。到了这一天，薛端用一车一马前去迎亲，跟随的全都是大户人家的仆人，争先恐后，都想看看女方到底是什么样的人家。薛端记着阿玉门上挂灯的约定，黄昏时分才出城。那些仆人开始以为很近，想不到东转西弯走了十多里路，等到了村中，天色已经快黑了，大家都惊讶地说："城门都关了，晚上怎么回去呢？就这么小小的几间屋，能容得下这么多人吗？"大家都纷纷埋怨，十分后悔，薛端也不能说什么。后来找到了那地方，只看到门墙高大，挂着成对的纱笼，里外透红，俨然是大户人家的气派。不一会儿，童仆和亲朋出来迎接，都穿着华丽的盛装，人数也非常多。那些跟随薛端一起来的仆人，看到这地方重楼叠阁，极其富丽，于是再也不敢小看。那户人家在院子里摆下宴席，连薛端的随从也受到盛情款待。因为城门已经关闭了，岳家挽留女婿喝酒欢乐。到五鼓时分，新娘才坐上车子。薛端在前面引导，天亮时一起进入了城门，到了家里，前来祝贺的人早已经聚集在那儿。阿玉下了车，直接走进室内，拿出千金给薛端，说："这些用来犒劳随从。前来贺亲的宾客，就等过几天再来酬谢。"薛端高兴地走出门去，把千金散发给仆夫，那些人都欢欢喜喜地离开了。薛端又向宾客致谢说："燕尔新婚，没有准备酒宴，对不起大家。等新娘稍稍熟悉起烧饭做菜的事，再款待大家，现在还不能预定日期。"宾客也笑着离去。

薛端走进室内与阿玉交谈，看见她容貌更加妖艳，但却穿着粗衣布裙，装束朴素，像是贫穷人家，就问她："看你家的情况，不像是清贫人家，当中是不是做过手脚？"阿玉笑着说："你真是一个聪明人。像我这样住在山野洞穴的人，哪能像别人一样住在华丽的楼阁里？只不过替你着想，为了稍稍消除人家的疑心，所以做了一番手脚。"薛端又问道："那么为什么要更换衣服呢？"阿玉回答说："进了你家的门，自然应当对别人做出俭朴的样子，哪能任由我随心所欲呢？"说着也问薛端："你现在面对着我，难道就丝毫没有夫妻恩爱的念头，而只是为了找一个替你烧饭做菜的人吗？"薛端不由得大笑起来，说："我无法控制自己的感情，也想两全其美。"阿玉拍着手说："我本来就知道你是假惺惺的！"于是两人交杯畅饮，又说又笑，十分高兴。到了晚上，阿玉对薛端说："服饰可以俭朴一些，但枕被一定要好一点，像模像样才好，不要让别人笑我们是一对贫穷夫妇，只能睡草垫破被。"于是走到门外，拿来好几件卧具，都是用精致华丽的丝织品做成的，把床铺设一新，华美极了，然后阿玉才和薛端脱衣上床。欢好的时候，薛端知道对方还是个处女。他一摸阿玉的背部，伤痕还在，就笑着说："要是没有我，你早成了别人桌上的肉了。"阿玉也笑着说："要不是我，你不也是变成一条车辙中没水养活的鱼了吗？"两人在被底下嬉笑不断。

到了第三天，薛端大请贺亲的宾客。阿玉下厨房料理，总共十几桌宴席，全都十分丰盛，别人因此怀疑薛端娶了富人家的女儿。但是送酒上菜还是缺人，仍然请各家仆夫做这些事。内室用布帘子遮住，外边放上一个桌子，仆夫过来，各种菜肴果品早已经放在那儿，从容不迫，根本用不着等候，大家都觉得很奇怪，

从此以后，阿玉又是烧饭又是做菜，帮助丈夫料理家务，客人一到总是被留下喝酒，喝了酒又吃饭，美酒佳肴，全都是立刻准备妥当，就连薛端也不知道这些东西是怎么来的，看了之后心里乐呵呵的。只是阿玉很怕别人起疑心，每天早晨必定央求邻居替她买一些鱼肉，其余珍品美味都从内室取出来。虽然宾客满座，没有一个不是酒足饭饱之后才离开。一天晚上，薛端陪着客人喝酒，忽然想要吃鱼，就进去和妻子商量。阿玉笑着说："这时候上哪儿买鱼去？幸好我提前在井里养了鱼，你必须自己去钓。"说着给了薛端一根短竿，上面有长长的钓丝。薛端笑笑不相信，勉强垂下钓钩，一拉感觉非常重，竭尽全力拉出井外，只听"哗啦"一声，钓上一条长三尺的红鲤鱼，鳞片很大，样子像松江的鲈鱼，还眨着眼睛。薛端把它拿到厨房，一会儿工夫，里面传出话来："鱼做好了！"拿出来给客人品尝，都赞不绝口。薛端也感到惊奇，像这样的事有好几次。

薛端十分好客，名士又都喜欢和他结交，所以宾客越来越多，于是薛端的名气越来越响，而他的学业也渐渐长进。不久以后，就中了科举，接着又考中了进士，这都是阿玉操办饮食的功劳。薛端没有别的眷属，带阿玉去京都，将要授官职的时候，阿玉提出要走，说："我已经报答了你的大恩大德，我的事做完了，

请让我返回山谷，重新修性。要不然，一日复一日地在红尘世界没落，我就会和草木一起腐朽，怎么可能还有一番作为呢？"薛端听说阿玉要离开他，大吃一惊，挽留她说："我有今天全靠你，正想着要回报你，为什么这么快就要走？"阿玉坚持不肯留下，薛端坚决不让她走。忽然阿玉声称患了病，到了傍晚就一命呜呼了，但脸色却和活着的时候一样。薛端十分后悔，于是准备了衣被。到了夜里，阿玉的尸体忽然不见了，家人都惊骇极了，只有薛端知道其中的原因，准备了一口棺材，把阿玉的服饰放入棺材里，依照礼节下土埋葬。薛端的朋友听说棺中没有尸体，都赶来询问，薛端这才一五一十地和大家说明事情的原委。

外史氏说：战国时齐孟尝君、魏信陵君、赵平原君、楚春申君有好几千门客，这是因为四人都比较富裕，清贫如洗的人根本不能够和他们攀比。但薛端竟然招来了宾客，而且人数不少，名利双收，飞黄腾达，全都根源于此，难道不是以仁慈的一念和无尽的痴为基础吗？阿玉办事周密，自然是很好的。假如只是羡慕她的烹饪手段，那么仅仅只是贪图口腹之欲的人，他们不理解阿玉的为人啊！

斗蟋蟀

斗蟋蟀的游戏，起源于明朝。沿袭到近代以来，逐渐变成了一种赌博的手段。每天都有赌市，好事者大多喜欢聚集在一起，凑钱合斗，常常下赌注，远远不止几十缗钱。

京师有位姓杨的人，靠斗蟋蟀获利已经十几年了。他生了个儿子，十分聪明，又长得秀气。杨某一直在市井中鬼混，也不让儿子读书，每天只是叫儿子带上钱跟着他去斗蟋蟀。因此有关蟋蟀的材质、脾性，杨某的儿子耳濡目染，从小就十分熟悉，比他父亲更胜一筹。二十岁那年，正好有位官员将要去杭州任职，也酷爱斗蟋蟀，听说杨某很善于养蟋蟀，要他随行。杨某借口说自己年纪大了，于是叫儿子跟随官员前往杭州。

在杭州住了一年多，杨某儿子因为没有别的本事，没有什么收获，非常失望。

有一天，听说净慈、灵隐等地方的蟋蟀不错，就告诉主人，前去捕捉。他带上两位仆人，还有网罩和竹筒，在丛草密林中搜寻，结果什么也没找到。到了黄昏，准备返回，在白沙堤上慢慢走着，忽然看见过来一乘轿子，后面跟着两位婢女，走得飞快。轿子来到杨某儿子面前，轿中人突然用白生生的手拉开轿帘，轻声细气地说："蟋蟀伯乐原来在这儿！"杨某儿子丈二和尚摸不着头脑，斜着眼睛一看，看到对方暗送秋波，露出半个妖媚的脸蛋，原来是一位他一辈子都没遇见过的美人，顿时他魂不守舍，呆呆地站在那儿，而轿子早已经从他身边飞快地走过了。走了没几步路，一位婢女忽然转身回来，朝他说："清波门外的顾家娘养了上等的蟋蟀，格斗能力很强，可以去看看。"杨某儿子心中明白了她的意思，于是哄骗两位仆人说："你们赶快回去禀告，她那儿如果真的有上等蟋蟀的话，我会买来回复的。"仆人不敢说什么，就回去了。杨某儿子跟随婢女同行，路上问起女子家的官阶门第，婢女回答说："主人也是位有政绩的大官，去世多年了。"

没多久到了女子家，天色已经很昏暗了。杨某儿子一看，门墙高大，房屋华丽，虽然说没做多少装饰，但却非常宽敞。几位看门的，都穿着圆帽青衣，根本不像世上流行的服饰，看见婢女也不说一句话。杨某儿子心里觉得很奇怪，但没有办法还是跟随婢女进门。到了院内，婢女还未来得及禀告，那女子早已经下轿走了出来，叫婢女迎客。这时杨某儿子看清了她的全身，只看到她一头秀发，红扑扑的脸蛋，弯弯的细眉，只有二十出头的样子，风姿绰约。杨某儿子一直在别人手下做事，如今看到这样显赫富贵的场景，难免很震惊，于是上前行了半跪之礼。女子对着他微微一笑，阻止他说："不要这样，你有绝活，为什么要像下人那样自卑？"说着行了礼，请客人进去。杨某儿子几乎手足无措，不好意思地往前走。后面有高屋五间，台阶周围紫绕着花竹，远远可以听到虫叫的声音，清脆悦耳，原来是养着的蟋蟀的叫声。还没来得及登上台阶，用斑竹做成的帘子被高高掀开，四位秀美的婢女一起出来，迎接客人。女子请杨某儿子进屋，让他坐在宾客的位置上，杨某儿子更加局促不安。女子对他说："听说你对斗蟋蟀很擅长，得到了家里祖传的秘诀，而且来自京师，见多识广，所以特地请你来玩上一场，消磨长夜。"话还没有说完，室内各处点燃了很大的蜡烛，顿时屋内仿佛白天一般明亮辉煌。杨某儿子偷偷一打量，只看见四周都是用雕有花纹的楠木做成的架子，装饰精致华美，上面摆放着几百件细泥陶器，制作精良，里面养的全是蟋蟀。

女子使了个脸色，婢女立刻就在地上铺上红地毯和精美的垫子，放上斗盆。斗盆是用陶土制成的，外面镀金，雕有花纹，精致华美极了。女子先起身对杨某儿子说："对于蟋蟀，我想你通过它们的叫声不仅能领会它们的意思，还能识别它们的优劣。架上的蟋蟀，任由你挑选，我也用一只蟋蟀应战，我们暂且先试一试，好吗？"杨某儿子高兴地答应了。于是婢女手里拿着蜡烛，女子在前引导。架子上放满了蟋蟀盆，都镶嵌着小小标签，上面有烫银的字。杨某儿子不识字，怀疑是蟋蟀的名号。这时色彩耀眼，香气扑鼻，一直都很善于识别货色的杨某儿子，此时也很难分高下优劣，浏览了好几回，还是不知道挑哪只好，于是随手指了一个盆说："这个就可以了。"女子微微一笑，也叫婢女取了一个，一起返回到院子里。

两人席地坐下，明灯高照，婢女又拿来了金丝罩、玉筒等用具。杨某儿子打开盆一看蟋蟀，早已经垂头丧气。一场格斗下来，女子那只蟋蟀三下二下进攻，杨某儿子的蟋蟀真的败下阵来。女子和婢女高兴得拍起手来，满院子里都是笑声。杨某儿子年轻气盛，很不服气，站起来要求调换一只蟋蟀。女子笑着收起了得胜的蟋蟀。杨某儿子自己去挑选，在西北边的角落里找到了一个，屏息仔细倾听了好久，十分欢喜，捧了过来。凑近灯下一看，见蟋蟀牙口锐利，两腿有力，铁背金头，气势威武，真是一只上等的虫子。女子仔细瞧了瞧，就盖住盆，说："这东西可不同寻常，不能空斗，愿下赌注。"杨某儿子爽快地请女子讲条件，女子说："我的虫如果输了，就把盆罩用具赠送给你，绝不吝啬。你的虫如果输了，打算怎么办？"杨某儿子顿时想起自己身上空空如也，没带什么东西，就没有出声。旁边的一位婢女笑着说："以前主人和娘子较量，如果娘子输了，就得陪夜，现在反其道而用之，难道杨郎的身体也是一无所有吗？"女子听了脸上泛起红晕，看上去好像同意了。杨某儿子也领会出其中的意思，暗暗高兴起来，就起身说："遵命。"于是又斗起蟋蟀来。杨某儿子新取来的蟋蟀刚放入盆中，蟋蟀就抖身一叫，女子那只早已经逃之夭夭。杨某儿子大笑起来，取过盆罩占为己有。女子嘲笑他："你这小子，唯利是图，怎么会这样！你既然反败为胜，我败了，也该报一箭之仇。"说着朝婢女使了个眼色，叫她另取一只来。

蟋蟀取来后，放入盆中格斗，两只蟋蟀撕咬腾跃，很久都不分胜负。女子顿时改变了庄重的神态，先是掠掠头发，支起下巴，指指点点，又说又笑。随后又垂下身子移动位置，搔首弄姿。忽然又把头靠在杨某儿子的膝上，接着又用白嫩的纤手抚摸着杨某儿子的手腕。杨某儿子欲火中烧，早就顾不上斗蟋蟀。不一会儿听见婢女们纷纷嚷着："杨郎那只败了！"杨某儿子一看，他那只蟋蟀果真跳出盆外。原来一位很有心计的婢女趁他不注意，用手取出了蟋蟀，而他根本不知道。于是大家嚷着："这是天生的缘分，蟋蟀做的媒。杨郎不能推辞，也希望娘子不要拒绝。"女子一句话不说，用小白手摆弄着裙带，依然把头靠在杨某儿子身上。婢女于是不再说什么，急忙把斗具撤下去，催促女子起来，簇拥着她走进房内。

屋子边上还有卧室，被褥非常华丽。杨某儿子和那位女子解衣宽带上了床，婢女拿着灯烛走了。女子娇柔妖媚，而欢好之时，更加放荡。杨某儿子也沉浸于情爱之中，自以为千载难逢。两人精疲力竭之后，刚刚入睡，众婢女又来了，禀告说："星辰明亮，很难把白天当作黑夜。"女子于是扶着杨某儿子起身，流泪告别说："一夜欢好，三生有幸。只是我不是活人，原本是宋代宰相贾似道生前宠爱的姬妾。在世的时候用美色博取专宠，因主人喜欢斗蟋蟀，所以我也用这些来迎合他，幸好我比贾公先死，于是连同斗蟋蟀的用具一起葬入坟墓。昨天看到你风流倜傥，忍不住心醉神迷，所以借着斗蟋蟀的机会，一沾春色。只是不敢久留你，现在把盆罩赠给你，稍微表达我的心意，希望不要嫌弃。"说完，拿来盆罩相赠，仍然叫婢女领着他出门。杨某儿子虽然不通学识，但也知道自己现在身处鬼域，忍不住万分恐惧。刚出门，微微一回头，只看见三尺荒坟，而原来的宅所已经消失得无影无踪，于是两腿发抖，迈不开步子。他踉踉跄跄朝前走，幸好到了白沙堤畔，大约用了半天才回到主人官署。

再说主人得到仆夫的禀报，就已经产生了疑心，一问杨某儿子，所说的事又都显得荒诞无稽，杨某儿子有口难言，这才拿出盆罩交给主人。主人仔细把玩，看到土色斑驳，竟然真的不是当世的物品，这才消除了疑心。过了几天，杨某儿子患了腹泻，病了一个月。主人很担心，给了他一百两银子，叫仆人送他北上，而把盆罩留在了杭州。我在钱塘时，曾在某大户人家见到过这东西，已经被当作珍贵的古玩。

外史氏说：小小的蟋蟀，像贾似道这样玩弄权势、欺世盗名的奸雄，为什么竟然对它如此偏爱？等到听说了这件事，才恍然大悟。有记载说：贾似道在半闲堂和姬妾玩斗蟋蟀游戏，也是唐明皇好蝶遗留下来的风气，我想一定是沉湎女色造成的结果吧？只可惜杨某儿子不通学识，又身在鬼境，整个人丧魂落魄，无法详细向他问出事情的经过，但是也能窥此一斑，使这件事成为风流的话题，广为流传了。

狐判官

新城杜梧，年轻的时候研究学习文书，后成为县府官吏，住在公署。一到雨夜，就有美女来和他同床共枕，他没有办法推却，久而久之，杜梧显得病弱不堪。

一天他昏昏沉沉，好像死去一样，梦中他来到了一处官署，很像是县上的衙门，再仔细一看，原来是邑中的城隍庙。出出进进的人都是差役，大部分他都认得，只是恍恍惚惚记不起姓名。接着看见一位年老的官吏，身材矮小，头发胡须都已经斑白，原来是一位衰病而死的同事，死了没多久，所以一眼就认出来了。杜梧于是走过去询问，老吏惊异地说："你正值少壮之年，为什么来到此地？"杜梧把自己的情况告诉了他，老吏说："这事归狐判官负责处理，你为什么不去拜访一下？"连忙领着杜梧来到东边的廊屋。看见一个长一脸刺猬般的胡须的人，模样非常丑恶。老吏替杜梧说了事情的缘由经过，并为他说情。判官好像面露难色。老吏又说："人鬼虽说有别，但其实都是老乡，况且彼此都是办理文书处理案情的官员，你能不放在心上吗？"判官没有办法推却，就把杜梧领进屋，亲自翻检簿书。才看了一眼，就感慨地说："你因为年少好色，想奸淫一位寡妇，狐于是乘隙而入。病虽然说可以治，但狐却无法赶走，怎么办？"杜梧暗自想想，自己肯定没有这种事，于是竭力争辩。判官取出簿书给他看，上面写着："某月某日，杜梧看到邻舍妇女王氏，心里暗想：她丈夫刚死不久，假如越墙过去搂抱她，就能寻欢作乐。"杜梧这才觉得惊恐。判官于是说道："当时你幸亏有差事外出，就放弃了这个念头，不然祸患还不止这些。如今受某兄的重托，又看在同道的分上，我替你把狐召来，以礼相责，或许可以免去灾祸。"说着就在一张纸写了几个字，朝室内一个人说："快把东城破庙狐召来。"那人拿着帖子走了。

过了一会儿，果然看见一只狐，比狗大，慢慢走来。判官叫过来和它说话，狐似乎显得不服气。判官挥手让它退下，又对杜梧说："狐实在无礼，应当用刑法惩治它。但妖怪的出现是人为造成的，幸好你的命数留有很大的余地，如今回去端正心思才可以免除祸患，而且请医生诊治，病还能痊愈。至于邪恶的念头，特别应该谨慎对待。老吏也用这话反复叮嘱，送杜梧走出官署。还没有走到半路就苏醒过来，见家人沉浸在哀痛之中，正在捶胸顿足地哭泣呢。

从此以后，杜梧用义理严格约束自己，又请来某名医开了好的药方，病果然好了。后来当他独自睡觉的时候，狐又来和他调笑，显得异常亲热，渐渐地赤裸着身子要来亲近。杜梧只是口中念着"妖怪的出现是人为造成的"这句话，一丝一毫不心动。几夜下来，狐也逐渐厌倦了，于是自言自语地说："几天不见，不再是吴下阿蒙了。"于是转身离开，没有再来。杜梧又辞职读书，因为通晓经术而入了学宫。到了今天，邑中人因为他出色的言行，还称他为老成博学的读书人。

外史氏说：动了邪念，别人并不知晓，所以受的惩罚就会更加严重。古人反复这么说。无奈的是人们不能端正心思，于是邪念就难免会产生，哪里知道狐暗中窥伺，而且就要乘机挑起祸端。狐判官说不必惩狐，只要端正自己的行为就可以了，这话说得一点儿不错，要是不通晓圣贤的道理，不能说出这样的话。冥府官署很慎重地选择官吏，选取的都是正派的人。从老吏说话这样理直气壮就可以看出来，而聪明正直的狐判官就更不用说了，怎么能因为他长一脸刺猬似的胡须而小看他呢？

钟 甇

宁波的袁太守是以前明朝一位循礼守法的官吏。袁公有两位门客，是兄弟俩，大的名叫钟甇，小的名叫钟甇，都在衙门中做事，人们于是用大小钟来区别他们。袁公任某县县令的时候，大钟就跟随在他身边。等到袁公历任府丞、知府，小钟恰巧来探望他兄长，袁公觉得他为人厚道本分，也把他留了下来，并且把他俩当作自己左右手看待。两人对袁公忠心耿耿，以礼待人，廉洁正直，铁面无私。袁公虽然说没有用嘉宾的礼节来对待他们，但跟他们推心置腹，比自己的亲人还亲。同僚都为袁公用人得当而感到高兴。

当时郡中某县有件疑案，过了很久都没有定案。袁公准备罢免县令，但又有些不忍心，于是找大钟商量。大钟说："士子苦熬十年，才当上了县令。这位县令并不是平庸之辈，只是因为案情复杂，所以短时间难以判案。诸公给我十天的期限，或许可以真相大白。"袁公知道他为人侠义，而且有才能，笑着答应了。大钟原长着一脸的胡须，怕人认出，就把它刮去，穿上破旧的衣服，趁着暮色离开官署，改变自己的姓名，假装别人的奴仆。不到十天，果然查出了凶犯的罪行。原来邑中有一豪富人家，一直以来横行霸道，因为他的家靠近清溪，就借口说挖池，把溪水引进自家园圃。只要是奴仆和佃农不合他心意的，就活活把他们扔进沟中，弄死之后再抛到溪中。溪水急流而下，转眼之间尸体就漂到几十里之外的地方，所以别人无法知道这些人死亡的真正原因。被他弄死的不止一人。有一天，主人和一位姿色很好的婢女勾搭，被主人的妻子发觉，生气极了，趁着主人外出，把婢女痛打一顿，不知道打了多少下，也学着主人的办法，把婢女扔进沟内淹死，再抛入溪中。有人发现尸体，向县令报告。县令验尸发觉有伤，不敢判定她是自杀溺水死的，而死者又是外乡人，在本地没有一个亲人，于是就在大街上贴出告示，行人都知道发生了人命案。这时以前受害人的亲属，都怀疑死者死得不明不白，全都去县衙诉冤，却又不知道死去的婢女原本是豪富人家的，没有把他当作凶犯。豪富更加得意扬扬，他的行为日渐残暴，案情拖了一年还没有结果。幸好大钟有鉴于此，出了官署直接走到富豪人家，花钱买通了他的左右，通过他们介绍而当了一名负责清扫的仆人。一有时间大钟就和豪富家一帮小孩玩耍，引诱他们说出事情真相，于是彻底了解了案情和那位婢女的姓名身份，溜回来报告给袁公。袁公借别的事命令差役召来婢女的亲属。婢女亲属来了之后，他亲自审理此案，婢女的沉冤才得以大白天下，而其他受害者的案情通过类推也昭然若揭。豪富全都认罪。案件判定之后，袁公把功劳归于县令，县令因此而没出什么麻烦，他非常感谢大钟的恩德，馈赠百金，大钟出于义气而没有接受。

自从大钟因这起案子而外出之后，小钟代替他理事。官府中的人因小钟受到袁公的信任，所以很是妒忌，一心想要陷害他。于是伪造了一封私人信件，送给袁公，信中有答应给予重赂的内容。那些人乘袁公即将出来的时候，连忙把信塞给小钟，想让袁公看到信后讯问小钟，让他有口难辩。没想到小钟年少持重，看见袁公出来，就递上信。袁公打开一看，笑道："这是盗跖妄想诬陷柳下惠。"然后又盯着信中署名看，好像有些弄不明白，原来信末所署是某县县令的名字。袁公一向都很讨厌那人，就怀疑他有事请求，才做出重赂的手段，顿时脸上稍稍露出怒色。小钟见袁公脸色不对，认为是怀疑自己，于是也不敢说什么。等到袁公办完事退下，小钟就跪倒在地，口口声声说要辞职，请求别人来代替他的位置。袁公笑着拉他起来，说："你不要这样，我怀疑的不是你。那位县令是出了名的贪得无厌，眼下竟然妄想用不义的财物来尝试一番。"小钟这才领会袁公的意思，又跪在地上说："奸人恶意已经被明公识破，但既然能诬陷我钟萧，难道不会去诬陷那位县令吗？为什么不用县令上报的文书和这封信对比一下，就能知道这封信是不是出于同一个人的手。"袁公依照小钟说的一查，果真如此，就更加想追查这件事。小钟又极力请求到此为止，只是说："像隽不疑这样的人受到诬陷，尚且不作自我辩解，而公却替我辩解，这样只能给钟萧树立起更多的仇敌。"袁公理解了他的意思，于是不再追问。等到大钟回到官府，袁公就专门让他们兄弟俩任事，郡中被治理得很好。就这样过了几年，大祸发生了。

当初，袁公因为久久没有升官，心里七上八下。那时严嵩当政，父子俩独断大权，控制官吏的升迁。碰上浙西一位县令因为受特别推荐，所以赴京任职，他是袁公旧时的属吏，其实也是严嵩的亲信。县令经过郡中来拜访袁公，袁公会见了他，谈吐当中，稍稍流露出任期已满但却没有升官的怨恨。县令劝袁公趋炎附势，说只要拿出万金，就可以想办法升一级。袁公当时已经动心，准备委屈心意这样做。但是大钟在边上听了这番话，十分恼火。等县令出来，就当面斥责他："引诱我的主人做不义之事的是你！严嵩父子是行尸走肉，你们依靠这座冰山，等太阳一出，势必就会瓦解，为什么还要煽动正派人士呢？"县令听了感到非常羞愧，也无可奈何，怀恨离开了。

大钟斥责了县令之后，又和弟弟一起极力劝谏袁公，袁公开始后悔，于是不再向县令馈赠东西。县令也没脸面再来拜见，扬帆北上，但心里连袁公一起恨上了。到了京师，他借着严嵩的势力，当上了御史。在一次闲谈中，他向严世蕃提起大钟的一席话，严世蕃极其气恼，写信给浙江巡抚。巡抚暗中找茬子弹劾袁公，奉诏命把袁公押送进京，并一同逮捕了大钟兄弟俩。袁公府中所有的人都惊慌失措，只有大钟笑着说："我已经预料到会发生这场祸难，但是让袁公步杨继盛后尘，不至于被人看成是严嵩的同党，难道不也是件光彩的事吗？"于是他同小钟商量："如今我们俩和袁公同入虎口，说起来当然足够报答袁公了。只是袁公年老，而夫人年纪轻，两地都需要人照料，我们不能只顾着赴汤蹈火，却把大事置之脑后。"于是趁着逮捕犯人的吏役还没有来，在夜色之中，悄然离去，不知跑去了哪里。袁公找不到人，恨得咬牙切齿，而官府上下也全都恨之入骨。至于里里外外责骂他们兄弟忘恩负义、出卖主人的，更是多得数不过来。袁公束手就擒，被押送到京师，夫人也被幽禁在官府，这一番惨痛景象，无法用语言来形容。

袁公被押送到京师之后，遭到锦衣卫的毒刑拷打，也不等他屈服招供，就定了罪，上报皇帝，判处他极刑，妻子儿女被流放外地。皇帝诏书已下，完全同意下面官吏的判决。幸好遇上祭礼，袁公暂时延缓受刑，而他的夫人早已经发配到边远地方。

当时大钟兄弟害怕被人查获，在山谷中躲藏。几天之后，大钟对弟弟说："坏了袁公的事，是我的过错。以前留藏下来，是为了作为外援，但不能一直躲起来不出去。眼下的事，我和弟弟一起分担，可以吗？"小钟说："行。"于是问大钟有什么好法子。大钟说："最重要的是保全袁公的性命，然后再考虑他的后代。我准备北上，想办法保全袁公。而夫人一定会被发配南下，实在让人担忧。假如袁公有幸可以脱离牢狱，但夫妻无法团聚，这怎么办呢？"小钟激昂地说："这实在是一件非常重要的事，小弟我没什么能耐，就把这事交给我来办！"大钟一句话不说，只是盯着小钟看，神色好像十分忧虑。小钟困惑不解，询问大钟，他说："不是哥哥不相信弟弟，只是夫人年轻貌美，而弟弟又是年轻人，如果办成了大事，却反而招致不白的冤枉，弟弟不是无辜受罪吗？我准备前去照料夫人，但袁公的事，又一定得我去办才行，所以才忧心忡忡。"原来袁公原配夫人过世很久了，现在这位夫人是他新娶的闺秀，此时年仅二十二三岁。小钟听哥哥这么一说，也犹豫起来。过了好久，忽然面带怒色，问他哥哥："父母和袁公相比谁更重要？"大钟回答说："父母生了我们，而袁公对我们不仅仅是有生育之恩。"小钟又问："自身同袁公相比谁更重要？"大钟回答说："身有轻重，但和袁公相比，自身也可看轻。"于是小钟坚毅地站起身来，拔出佩刀，并且用手捋起他的衣服，说："小弟曾经读过传记作品，知道豫让、聂政都能用自己的身体来报答主人，他们并不是没有父母，更何况我幸好还有哥哥在，不会断了先人香火，现在请求以此身报答袁公！"说着捋起裤子，左手握住阳具，右手举起刀，用力割下。因为小钟义气激动，加上用力很猛，伤口血涌如泉，昏倒在地上。大钟又悲又喜，急忙捧起土按住伤口，并且祝告道："愿苍天不绝袁公，我弟弟能活过来，要不然，从此就完了。"话未说完，小钟已经呻吟着苏醒过来，对大钟说："刚才看到一位穿白衣服的人，用柳枝蘸水，洒向我的全身，我想那一定是观音大士吧？"再一看他的下身，已结了痂，一点儿也不觉得疼痛。于是起来同他哥哥一起叩拜。大钟这才向小钟传授计策，又说："袁公如果被判罪，就没有办法保护他的妻子儿女。夫人将被流放，从时间来看也已经上路了。弟弟从北向南走，就能在途中碰见她。以后的事好自为之，哥哥不必再多嘱咐。"说着分了包袱，各自分头上路，没有一点儿恋恋不舍的样子，他们的侠义刚烈，足以想象。

小钟原来留有胡须，这时都自行脱落了，追捕者很难辨识。何况县令恨的是钟氏兄弟，而严氏父子恨的是袁公，袁公既然已经下狱被判极刑，法网于是稍稍松懈一些，小钟因此能够畅行无阻，无所畏惧。一直到了贵州和楚地交界的地方，才听说袁公的家产已经被没收，亲属遭到流放，最近几天就会来到荆南，于是他在旅舍当起仆夫，等待夫人的到来。过了十天，夫人只带着一位老妇，果然颠沛而来，傍晚在旅舍过夜，正好和小钟相遇。幸好解差数人在外面的铺子喝酒，小钟乘这个时机拜见夫人，哭着拜倒在地。夫人不认识他，只有老妇还认得出，但是因他不长胡须，所以感到很惊讶。小钟一五一十说出事情的经过，又请求跟她们一起走。夫人心里还有疑虑，再三推辞。老妇被小钟的侠义所感动，替他劝说夫人，自己请求对小钟验身。于是她和小钟来到侧室，脱下衣服一看，痂皮还没有脱落。老妇为之叹息，急忙告诉夫人，夫人也非常感动。她和小钟商量，用重金买通解差，说小钟是夫人娘家因为夫人远行，所以派来侍候的人。解差因为都受袁公僚友的拜托，不敢拒绝，于是答应小钟随夫人一起。但是还仅仅是做些外务。来到发配的地方不到三天，老妇因为年老，又被瘴气熏染，患病死去。夫人住的地方只是一间很小的房屋，四面仅仅只有围墙，小钟在外边露宿。夫人可怜他，说："你就像是我的婢女，不妨住在一起。"小钟刚开始还极力推辞，但是因为白天上山砍柴，到了夜里又受到风吹雨淋，逐渐地支撑不住，这才同意进屋住。但一定等夫人睡了之后，才把扎好的草铺在地上，就着草席睡觉。而且侍奉夫人就像自己的母亲一样，轻声轻气，看她脸色行事，惴惴不安，生怕有一丝不合夫人心意的地方。那时夫人幸好还有积余的钱财，衣食尚能应付，不必担心。

没过多久发生了饥荒，饥荒一来盗贼纷纷，云南六诏之地，相继起兵，百姓于是不得安宁。小钟向夫人建议，准备搬迁来避开盗贼。还没有来得及动身，贼寇就已经来了，人们都四处逃窜。夫人向来身体娇弱，寸步难行。小钟就背着她走，向北面深山赶路，每天走一百多里路，双脚全都皮开肉绽。夜里在空屋里住宿，夫人睡了之后，小钟担心发生不测，手里拿着木棒巡视，十多天都没有合眼。幸亏找到一块安宁的地方，小钟砍倒竹子，草草地建起几间屋，让夫人住下。夫人看他这样辛劳，很心疼，让他同床一起睡，小钟推辞说："身体虽然起了生理变化，但主仆的规矩还是不能废弃。"第二天，小钟来到县上官府，说了来到这里避寇安居的原因，其实是怕袁公万一还活着，遇到赦免放还却没有地方去查访夫人。到了这个时候，夫人身边所带的钱物用得一干二净，小钟又不敢出远门，只好白天编织蒲席，晚上打草鞋，通过这些勉强糊口。而且洗锅做饭，一切都自己动手，夫人如果要帮忙，小钟就跪下谢罪说："有钟霭在，却劳烦主母，这是实在不应该的。"最终还是不让夫人动手。住了将近三年，从始至终都是这样。夫人有小钟在身边侍候，虽然非常牵挂袁公，幸好还算得上安逸。

再说袁公自从到了京师，被关入大牢，上了镣铐，心里忧虑如焚，四肢又被打伤。传言纷纷，据说过不了多久他就要受刑，因此感到心灰气绝。忽然有一天，狱官来看袁公，将他拉到一边悄悄地说："某公主派人来传话，说您和驸马有中表亲戚关系，嘱咐我好好照顾您，请您放宽心。"袁公一时弄不明白，不知说什么好。后来询问驸马的姓名，狱官就朝袁公耳边嘀咕了一下，其实跟袁公并没有真正的亲戚关系，但处于危难关头，于是袁公假装说："的确是亲戚关系，刚开始并没有想到他还记得我。"狱官很高兴，重新向袁公行礼，说："这地方脏乱极了，不能住。"于是叫隶役打扫了一间房子，布置一新，看上去像是接待上宾的客房，让袁公住了进去。到了晚上，狱官又拿来美酒佳肴招待袁公，两人相对着喝酒。几杯酒下肚，狱官叫左右人退下之后，对袁公说："您的事似乎还有转机。公主想要替您求情，但是碍于严老，所以有些不方便。前不久已经求了朝天宫法师，让他去向皇上进言，说是星象不吉，应该能够减轻刑罚。那人其实是皇上的亲信。皇上已经向刑法部门下令，叫他们各自重新审核。"袁公心底非常高兴，也姑且点点头。

过了几天，狱官又来告诉袁公，说公主已嘱咐刑法部门，让他们对袁公从轻论罪。而且某御史冒犯了严嵩，严嵩顿时对他起了疑心，所以对袁公的事也已经逐渐淡忘了。只是原先把袁公的罪行告发得十分严重，短时间内还难以从轻发落，暂且留在诏狱，再慢慢想办法。眼下已经把决定的意见告诉了严嵩，严嵩没说什么，刑法部门将要回复公主。狱官为此向袁公表示祝贺，袁公更是心里一块石头落了地。而且自从他被关进监狱，每天都有人送来酒食，也不说是谁让送来的。袁公询问的时候，就说是狱官让送的，袁公于是对狱官感恩戴德，和他成了莫逆之交。等到事情完全确定以后，又有人给袁公送来做好的衣服，长短正合适，袁公感到很奇怪。从此他在狱中吃好穿好，逍遥自在，虽然说还没有拨云见日，但身心已经感觉十分安逸了。

袁公在监狱度过几年之后，严嵩父子忽然倒台，家产被籍没，又搜出他们给浙江巡抚的各种书信，到这时才知道袁公受了冤枉，于是恢复了他的原官，放他出狱，前后寒暑五次更迭。袁公刚出狱，就有人骑马抬轿来迎接他，那人走上前来，拜倒在地，抱着袁公的脚号啕大哭。袁公定睛一看，那个人瞎了一只眼，瘸了一条腿，但是模样很眼熟，原来是大钟。袁公以前从来没有斥责过他，而这时正在气头上，就喝叱道："钟矗，你还有脸来见我吗？"大钟哭着答道："这里不是说话的地方，请您先到我家，再行禀告。"袁公这时无家可归，勉强同意，但还是没有消除怒气。当时他不知道回天之力全出自大钟。原来大钟有妻兄在公主府中当差，已经一年多了。妻兄的妻子又代主人哺乳，很是勤劳，所以公主待他们不错。夫妇俩总是极力夸奖钟氏兄弟的才智，公主因为府中事务废弛，常常恨不得叫钟氏兄弟来代为操持。妻兄曾经来信召他们，他们由于跟随袁公多时，不忍心突然离开袁公。事情的来龙去脉，大钟胸中一清二楚，所以当初他毅然北行，实际上心中有所倚仗。在途中，大钟生怕被人认出，就用灰弄瞎一只眼睛，用石头砸残一只脚，尝尽了千辛万苦，才来到公主府中。到府中看到他的妻兄，又仿效春秋时代楚大夫申包胥赴秦乞兵求救的做法，日夜号哭，滴水不入口。妻兄于是让妻子跟公主去诉说袁公的冤情和钟氏兄弟自残的苦状。公主一直都很看重他们兄弟的才能，又被他们这些侠义的举止感动，于是答应替他们谋划。大钟这才同意为公主做事，所有事务，都料理得井井有条，因此公主更加信任他了。公主是明世宗的胞姐，年轻的时候守了寡，晚年晋封为郡主。世宗一向很重视手足之情，公主于是借机用事，朝廷官员大多出自她的门下。大钟借公主的威势，谋划斡旋的主意，一半出自他，公主也清楚地知道，却也没有过问，因此才能够把袁公救出陷阱。

　　袁公原本对发生的一切丝毫不知，到了大钟家后，大钟让袁公坐在尊位，再度礼拜，才哭着道出事情的原委。袁公恍然大悟，十分感动，也抱着大钟悲恸起来。接着又看到他的居所，全像是有钱人家，大钟很久都没有妻室，公主就把侍女许配给他，生了一对双胞胎男孩，这一年已经满周岁了。大钟摆下酒席祝贺袁公出狱，袁公非常感激公主的恩德，想要前去表示谢意。大钟说："祁奚不见叔向，叔向难道可去见祁奚吗？"袁公只好作罢。大钟又谈起弟弟的事：小钟早已经侍奉夫人南行，至今杳无音讯，还没有来得及打听。袁公听说小钟自己阉了身体，更加感激，但还是将信将疑。大钟又劝袁公告老还乡，袁公听从了他的意见，于是向部里递交了因病告休的文书，最终可以荣贵还乡。袁公的事已是过了很久了，虽然接到归还家产的诏命，但是偿还的还不到百分之一。大钟拿出千金叫人替袁公置办宅所，又用数百锭银子作为袁公路途的费用。

离别的时候，大钟送袁公到河边，跪下说："按道理我应当跟随在您身边，再效犬马之劳。只是因为您的事，我还没有回报公主的恩情，现在暂且留下为公主做事。还有一个请求，我的弟弟身体已经残废，精疲力竭，希望您让他回到北方。他已经无法生育，我将把一个儿子过继给他，膝下有子，或许能给他带来稍许的安慰。"说完，已经是哭得直不起身子。袁公答应了他的请求，心里深有感触，也不停地流泪。原来袁公快要六十，因为历尽危难，至今还没有儿女。两人挥泪告别。

袁公扬帆启程，回到家里，他夫人虽然遇到赦免，因为路途远，还没能到家。数月之后，夫人才回到家乡。小钟先来拜见袁公，袁公一看他的模样，面容和说话声都像妇人，看上去就像一位太监，袁公这才相信大钟说的是真话，心里非常感动，反而迎上前去向小钟行礼，说："袁氏如果有后代，都是钟氏赐给的。"小钟也向袁公谢罪逊让。等到夫人到来，只是稍稍诉说离别衷肠，却极力称赞小钟一片忠心。袁公更加感激，管小钟叫弟弟。小钟到底不敢承受，尽力以礼侍奉袁公。袁公想起大钟的话，替小钟打点行装，让他北上。小钟不肯，说："我之所以历尽艰难险阻而跟随夫人，其实全是为了您。像您这样有大德的人，一定会有后代。如今夫人已经回到家里，我请求等生下公子后，吃了汤饼筵再动身。"袁公于是依从了他。过了一年，夫人生下一个儿子，袁公十分高兴，取名"箫锡"，用以牢记小钟的恩德。欢天喜地摆了十来天的酒宴之后，小钟才打点行装上路。

到了京师，小钟见过兄长，大钟把他引见给公主。公主知道他净了身，就命他担任都监，总管府邸中的事务。大钟于是把家托付给弟弟，叹息着说："袁公的祸端，全是我引起的，反而连累弟弟，甚至导致残损了你的身体。我又享受和妻子儿女共处的快乐，至今已有好几年了，而弟弟却没有。现在你回来了，我的孩子就是你的孩子，叔嫂共同相处，教他们为人做事的正道。我准备回去跟随袁公，回报他未完的恩德。请不要挂念我！"说完就要走。小钟挽留他，大钟最终没有听从，于是回到袁公的身边。袁公对他像对待老朋友那样，形影相随，平和相处。小钟抚育大钟的两个儿子，等到他们长大之后，教他们耕种，告诫他们说："千万不要参与别人的事，你们的父亲和叔叔，就是一面很好的镜子！"直到现在，几代子孙，终身都是农夫。

外史氏说：总体来看，大钟做事光明磊落，很显然是一位伟男子，而且能把袁公从危难中救脱出来，哪里是负恩不报者所能比得上的。只是他呵斥客人，一时忘了打老鼠而会连同损坏器物的道理，给袁公造成了祸端，好像不值得作为效法的榜样。只有小钟为人温柔敦厚，锋芒很少，就拿处理伪造书信这件事来说，就足够看出他的气度。而且自己净身，跟随夫人流放，奋不顾身，含辛茹苦地侍奉别人，没有丝毫的倦色抱怨。他的所作所为，和他的兄长比较起来，显得更加艰难。我因此为小钟立传，而把大钟一起在这篇文章里记录下来。

鬼无颏

宛平的谢紫庵，有一个坟庄，离都门只有十多里路，距离非常近。他有几个侄子，都喜好游荡，因为那地方盛产鹌鹑，所以一到冬天，他们总要收拾东西前去捕捉，经常是好几天不回家。邻居中有很多他们的同伙，也因为有墓田在那儿，又有地方可住，都玩得不亦乐乎忘记了回去。所以十几个人经常聚在一起，一大早就踏雪去捕捉鹌鹑，晚上一群人围在炉边喝酒取乐，即使是以前都不认识的人，只要有相同的志趣，就聚在一起说说笑笑，气氛好不愉快。吃喝玩乐这也本就是纨绔子弟的习性。

有一天他们又相约欢聚在一块儿，喝光了所带的美酒，又没有捉到鹌鹑，一群人没有了什么兴致，于是就一起彻夜长聊来度过漫漫长夜。说的内容大多都是一些怪诞的事，一群人兴致勃勃，加上当时夜色已深，讲故事的人又故意渲染恐怖的氛围，吓得人群中胆小的人毛发微竖。忽然有一人开口故意说道："我听说从前有的鬼是没有下巴的，但并没有谁看到过，估计这种谣言是没有任何根据的。"又有一人帮衬着说："下面让我来试一下，看一看在我们中间有没有没下巴的鬼。"说着就用自己的手一个个地摸在座者的下巴。轮到其中一位，那人转过身子偷偷发笑，怎么都不肯让人摸。大伙一起抓住他，那人不得已突然把头转了过来。在灯火的照映下，大伙儿都凑近细细察看，惊骇地发现那人从唇部以下什么都没有，就像是个小孩的面具，大伙儿纷纷对视，然后连鞋都忘记穿狂叫而逃。才刚出屋门，就都倒在地上，还听到鬼的吼叫声，大伙儿此时更是十分恐惧，不禁大叫连连。村上的人听到喧哗声赶紧跑过来看，见那些人像一连串的珠子，都一个个叠着跌倒在地上，觉得好笑然后把他们都扶起来。可听见他们身下不断地有声音发出，用灯火一照，原来并不是鬼，而是一条巡夜的狗，大家更是不由得哄堂大笑。那些人的惊魂刚刚安定下来，看到后也都感到十分好笑，这才敢一五一十地讲出事情的经过。第二天，那些人都回家去了，有了这次经历，他们从此就再也没有兴趣去捕捉鹌鹑了。

外史氏说：在青灯黑夜时，说鬼话却不知道原来鬼就藏在其中。当大家谈兴正浓时，鬼一定不会沉默不语，又怎么会因为没有下巴而丧魂落魄，这些人竟然让谈鬼的鬼不开口说话，和那些吃猪肠的小子败坏别人的兴致的行为不是一样吗？

秋露纤云

郁生名琥，号秋轩，是昆陵绅士家的儿子。他读书很刻苦，所以通晓五经，还能写文章，文采很是精彩，在富家子弟中很是出息，郡中的学子都很钦佩他。但是他仕途不顺，参加科举考试总是落榜，已经三次名落孙山，可他不放弃，而是更加发奋学习。还买下了邻近一座荒废的园圃，住进去后，种了一些花木，增加绿意，为了静心苦读，还草草建造了几间房子。他吃睡都在那儿，除了早晚向双亲问安以外，一步也不入中堂。即使有时在内室的门边遇上妻子，也是不予理睬，神情严肃庄重。连对和睦相处的妻子都是这样，所以就更不用说和朋友一起欢饮聚谈了，他更是全数回绝。

过了几个月，到了新秋，试期又近了，郁生已经取得乡试的资格，所以有资格前往省里赴试，因此更加发奋攻读。不一会儿听到身后有人轻轻地说："这么用功，是怕还会落榜吗？"郁生听后吃惊地回头一看，可四周静悄悄的，什么也没有。于是惊诧不已，还以为是耳鸣引起的误会。等到捧起书来，又听到同样的声音，不禁感到忐忑不安，但又不忍心放弃学业，就坐在一边默诵书本，想静静地观察一下动静。果然不多久，又听见有人在说话，其中还夹杂着说笑声，声音仍然是从他身后传来。郁生的毛发此时都竖立了起来，赶紧招呼仆人，可仆人恰好刚出去，不得已，自己只得穿上鞋子赶紧跑出去。到了门外，又听到室内有人在说："竟然不想认识秋露、纤云，看你怎么高中？"声音听上去十分娇媚悦耳，就像是佩玉碰撞所发出的清脆声。郁生忽然被声音所吸引，心有所动，边走边想：相传有仙女许飞琼、萼绿华，这难道是和古人的传说里面一样的吗？但仍是犹豫不决，不想回家。等走到门口，又要转身回去，不敢进屋。这时仆人刚好从外面进来，郁生于是让他和自己一起回到房内，只见里面依然一片寂静。郁生没有对仆人说这件事，继续读他的书。到了晚上，郁生担心别有什么事发生，就准备回内室睡觉，可是又担心会引起父母的怀疑，又怕被仆人婢女嘲笑，于是又在书房里硬着头皮住下，一夜惴惴不安。也幸好这一夜没有发生什么，他才逐渐放下心来。

原来五更时，郁生才会起来读书，可这一夜实在因心里害怕一直不能入睡，便早早就起来了。仆人等着侍候主人洗漱，一看他打开书卷，就又偷偷地睡下了。郁生戒心严重，读书思想总是集中不起来。过了好久，才稍微静下心来，可这时又听到娇滴滴的声音响起。郁生惊吓不已，赶紧把书卷放下，静心倾听，发现声音是发自桌子的左右两边，近在咫尺，好像是两人在唱和，声调和谐，伯仲难分。起初郁生心里有些害怕，赶快呼叫仆人，可是仆人早已熟睡喊都喊不醒，后来倾耳一听，又换成在吟诵诗文，但是和自己看的完全不一样。文章蕴意深奥，文采极佳，用词完美无缺，题目是取自《诗经》中的《唐棣》一章。郁生本来就嗜文如命，于是就暂时忘记了恐惧，把自己的学业也放弃了，参与进来，和对方同桌吟诵，就好像多年不见的知己一样。只是从对方衣服和口脂散发的香气实在让人很难以忍受。由于郁生本就天资聪颖，吟诵几遍就能熟悉一篇。等到能熟读背诵出来，对方又立即换了新的一篇。一直到深更半夜，郁生已经能背诵出五篇好文章，不由得狂喜不已，朝对方深深地作揖拜谢，对方听后发出"吃吃"的笑声，随后声音全钻进了墙壁之中。

到了早晨，郁生就不再苦读，而是把纸展开蘸了墨水，把学到的诗文全都给抄录下来。从发奋苦读开始，已经好久没有出过门，因为意外的收获，他又开始出门访友，向友人展示自己所得的佳作。看过文章的人无不赞颂，都说读了之后有让人飘飘欲仙的感觉，说他这次考试应该会高中。郁生听后十分欢喜，回到书房后对作品更是反复查看爱不释手，于是更加熟记在心。到了夜晚也不睡觉，准备熬夜，为第二天做准备。向仆人借口说早晨肚子会饿，让仆人早早备下食物，打算来酬谢授予他文章的人。

郁生正在安然吟诵，一杯香茗忽然出现在嘴边，味道十分清香，并且听到有人笑着对他说："你这么努力苦读，难道都不会感到口渴吗？"郁生吃惊地一看，先看见了纤细白净的玉手和晶莹透亮的酒器。再一细看，只见对方秀发美腮，体态婀娜多姿，已经翩然来到他的身边。虽说郁生已同对方熟识，但还是吃了一惊。等到他再抬起头，又看见一位美人用红色果盘盛了几只果子，笑着放在桌上，说："公子吃了它一定能连中三元。"郁生放下书卷赶紧起身道谢，但又担忧对方是何方妖怪，于是赶紧整好衣服，以礼相见。两位美人并不理会，只是相互看了看，嘲讽地说："果然还是迂夫子那副样子。"郁生不好意思地又请她们坐下，询问她们的姓名。一位美人笑着回答道："昨天因感到不平，早已经把姓名透露给你了，她叫纤云，我叫秋露。实不相瞒，我们本是书仙的侍女，在人间已将待了一百年了，侍候你是命中注定的，所以我们特追寻到此地，希望你千万不要拒绝。"郁生原来就知道她们的来意，听说了这番话后更是犹豫不决，只是拜谢道："敝人不才，怎么敢和仙人攀亲？况且丢弃闺阁少妇，也实在是为了功名。冥数难知，不敢承受你们的厚爱。我们以文字相交，才不会堕落欲界，这样就很满足了。"还未说完，纤云在旁不禁拍手赞叹说："真是一位好使者，一位好使者啊！带着礼物前来，你算得上是文人群中的佼佼者。即使这样，你对裴航抛却功名追求仙女不羡慕，为何又想如张硕的艳遇，在门外徘徊不断，不愿离开？司马昭的意图，难道你觉得路人看不出来吗？"郁生听后顿时无言。

秋露于是接着进行剖析："虽然你有远大的志向，可惜却染上了迂腐的习性，以后也不会有大出息。要做大事必须让自己成大名，和几行科举文字根本就没什么关系，更何况研习科举文字只是为了获得考试官的赞赏，今晨你已经熟读了五篇文章，可以说已经是稳操胜券了。作文的心思本就怕文字迟钝不灵活。如果能够始终如一，应该不会出什么大的纰漏，何必一定得伴着烛光，在屋内苦读才能高中呢？"郁生仍在犹豫不决，纤云见状又笑着说："三科落第，一枕孤眠，假使考试再不利，你是不是下半生将一个人孤独终老。说起来这文章可真是害人不浅。"郁生听后不由得捧腹大笑。之后，秋露从桌上取过那几篇文章，说出自己的建议，替郁生指点迷津，一一提纲挈领，又说："你的水平可能不能一下子顺利高中，但从此文路能够顺通，就算考试快要到来，你也能在今秋顺利考取举人。但一定不要急不可耐去考进士，否则只会留下羞耻。回来之后和我们相处，不出三年，你就会功成名就。不过要想实现目标，现在要离开这简陋破旧的房子，营造赏心悦目的名园，自然能帮你脱胎换骨。希望你不要以为我是一派胡言。"说完，秋露和纤云一同起身，说："现在你一定还在怀疑猜忌，所以等你顺利考取举人之后，我们再来与你敬贺，和你相伴。"说着身影在灯光下慢慢消失，一下子不见了。郁生对她们的出没已是司空见惯了，也没感到什么奇怪，就躺下睡了。从此他每天不再苦读，只是用尽心思去揣摩秋露所说的话，琢磨出其中的一些奥秘。就连写出来的文章，也一下子变得和过去不同，朋友们见了无不称赞。他也因此改变了以前迂阔拘谨的态度，不再闭屋不出，而是尽情出门和别人来往，虽然没和人家聚在一起喝酒，但逐渐也能和人相处在一块儿。

等到赴省考试，快要进考场时，忽然看见一位小童捧着一只黑漆盒子过来，郁生一问，小童说："这是纤娘子送给你的。"郁生明白是纤云送的东西，打开一看，只见百来颗桂圆在里面，开始以为是纤云代为恭祝而已，正要对小童说些什么，只见小童一下跑得无影无踪，于是拿出一半携带在身上。搜查的人以为是结在树上的果子，没有什么怀疑，允许他把桂圆带进考场，就连郁生也不知其中的秘密。

第二天黎明时分，考题出来了，郁生一看想起用桂圆佐茶。剥开桂圆，却发现含有玄机，在烛灯下细看，只见果实是用绵纸团做成的，纸上还写有细如蚊翅的小楷，只是要费尽眼力才能看清写的是什么。这时才看到竟是预先构思出来的文章。郁生顿时大喜，暗中一一把桂圆剥开，最后得文数百篇，又有目录。郁生对照试卷上的考题去寻找，发现所得文章，虽然和第一场书艺考题不同，但也相差不远。郁生因为有了这些文章，于是就毫不犹豫地挥毫答卷，像是预先已构思好似的，很快就完成了。接下来的经艺题目，也轻易对付，一挥而就。第二天早晨，郁生首先交卷出场。一起参加考试的考生向他索取文章欣赏，看了之后都顿时变得垂头丧气起来。第二场考试，郁生又带了一些桂圆进场。表判文字都作得很工丽。三场考试中的五篇策文，都是出自桂圆内的纸条，典雅翔实，文采非凡。所以这一次的考试，郁生没费吹灰之力，就已经可以名列前茅。他事后很感激纤云的恩德，恨不得立即和她见上一面，而且又不理解桂圆中所藏的文章内容，为什么会按每场考试要求分出层次，毫不混淆。他此时确信对方是真仙，只是担心不能和对方成为眷属，而完全没有了疑心。不久，中举的榜书贴了出来，因试卷中有错字，郁生排名第二。主考官都为他出了点细小的差错感到十分可惜，文章的文采绝对是无人能比的。郁生更加感激纤云对自己的帮助，一有空就在小屋子里祷告，希望能和她赶紧见面，可是依然没有任何信息。

一天，郁生突然在书中发现一封信，打开一看，只见字迹秀丽柔美，原来是两位美人写来祝贺自己的。还劝郁生不要北上赶赴进士考试，否则会发生不好的事情。又要他去买郡中的名园，作为以后相聚的地方。信的末尾几行这样说："你夫人寂寞地守空房很久，现在幸好你中了举人回到她身边，我们也不好现在献丑打扰。等你们续完恩爱之情，再来和我们陪伴，现在时机未到。"郁生看过书信的内容，心里对两位美人的贤惠更加喜欢。可是事情并未顺利发展，之后他因年纪轻轻就高中举人，不甘寂寞，竟然不听美人的劝告，打点行装准备去京师赴考。还未走几程路，就因为随从沈犹狂依仗主人新近中试，殴打某县的隶役，被县令一怒之下发出公文通报详情，要把他绳之以法。认为郁生的行为放纵，便削除了他科举的名籍。郁生垂头丧气地回到家里，后悔不已，也佩服秋露她们的先知先觉，思念之情更加炽烈。自从受了挫折之后，郁生也愧见亲戚，偶然听说无锡的董氏有处别墅要出售，里面花木森茂，环境幽雅，于是告诉他的父母，用重金买下，住了进去。

刚搬进别墅，正值三月上巳日。郁生沐浴更衣，打扮自己，好像是要等什么人，僮仆都暗自窃笑。他不去读书，口中反复将云、露两字念叨不停，别人只感到奇怪不知个中的原因。新居才收拾妥当，郁生就将仆人赶到外头去住，禁止进园。所有添香烧茶的事，都由自己来做，心中另有安排。

又过了两天，郁生夜里正对着皎洁的明月寄托思念，忽然听见传来佩玉相击的清脆悦耳的声音，两位美人已结伴而来。郁生看见十分开心，赶紧走下台阶迎接。纤云先表示祝贺，之后又表示惋惜；秋露先表示惋惜，后表示祝贺。郁生早就想开并不介意，拉着她们的手一起走进书房。郁生先向纤云表达谢意，纤云说："只怪我强作解人，让你已经到手的功名又失去了。要不然，即使你没有考中，也不至于沦落到现在的地步成为一介平民百姓，有什么可谢的？"秋露于是微微以讥笑的口吻说："你这丫头净出馊主意，诱使别人考场作弊，论起罪来应当受到牵连。"郁生和纤云听后都大笑起来。郁生又向秋露表示是自己咎由自取，并且对她的先见之明感到佩服。秋露一本正经地说："当初对你许下科名，我并没拿定主意。可你高中之后就违背了我的约言，舍旧就新，最后受挫而归。这就是我向你表示惋惜而不是祝贺的原因。不过幸好你已经领悟了我的话，不冷寂静居，以后也自会有生花妙笔，前程从此扶摇直上，鹏程万里，功名不难一蹴而就。这样说来又应该向你祝贺而不是惋惜。还有你家名声显赫，从事应当小心谨慎才可。就算纤云妹妹可以帮你，屡考屡中，但最后难免也会流言四起，损害自己的名声，这也是超出我预料的。"郁生听她句句有理，侃侃而谈，心中更加佩服，悟出了她先表示惋惜后表示祝贺的意思，于是和她们畅聊欢乐，毫无畏惧和顾忌。接着又剪去已经燃尽的灯芯，靠近而坐，摆上酒席，好不快乐。纤云和秋露本就擅长歌唱，又很会逗趣，一曲一语，清脆动听，从屋里不时传出说笑声，好不热闹，可仆人们的耳朵竟然好像被塞起一样，没有任何反应，也真让人奇怪。

畅饮到深夜，郁生已经有些醉意，推说自己醉了，首先站起身来。可纤云又捧上一杯酒，对郁生说："今夜是一个情难自抑的夜晚，月上柳梢头，我们不要辜负这美景，我们下面来请行酒令，能者先占枝头，不能的退居其后。如果势均力敌，则一箭双雕，你可千万不要推辞。"郁生听了忍不住大笑起来，于是也倒了一杯酒，叫纤云行酒令。纤云爽快地一饮而尽，说道："烟云满纸，君宜先赋行云。"秋露也朗声说道："月露盈帘，郎岂迟挥垂露？"一时满屋欢笑，差点把酒杯弄翻。之后一起起身整理床榻，解衣共眠，郁生左有纤云，右有秋露作陪，如此桃花简直让世人羡慕嫉妒。

　　早晨起来，郁生担心被外面的仆人发觉，还担心不已，可谁想那些仆人来回侍候，就像瞎子一样，什么也没看见。秋露和纤云也只是默默地坐在一边。等到仆人收拾好出去之后，三人又高兴地凑在一起欢乐。秋露教郁生下围棋的技艺，纤云向郁生传授绘画的技法，郁生非常用心去学，学得像模像样。夜晚一起饮酒品茶，白天一起锄花种竹，每天以此为乐，乐此不疲。郁生屋里只有一张古琴，只要秋露一弹琴，就能让人陶醉其中，随着琴声飘飘然。而纤云则配合着一支筝笛，时一弹弄，音律妙不可言，无人能与之相比。至于研究诗文典籍，三人也是一同研习，探奇索异，辩难析疑，乐趣满满，而郁生的学业也在欢乐中大有进步。

　　郁生每天生活在如此快乐之中，早就忘记了回家探望。但只要三天，秋露就一定会劝郁生回去探望父母；一过十天，纤云又一定劝郁生回家住上几天。至于床笫间的男欢女爱，秋露和纤云都不很看重，每次都劝说道："郎君以后必定要飞黄腾达，怎么能够只在妇人怀里享乐，这也太没出息了！"郁生更是喜欢两女子的贤惠。

　　就这样过了两年，没有人察觉出有什么奇怪。秋露和纤云都不吃平常的食物，只吃几个美味果子就可以果腹，根本不需要郁生供给。平时畅饮欢乐的美酒，也都是两女子拿来。所以才能金屋藏娇，而没有流言蜚语在外面。郁生尽享风流韵事，还受益于美人，因此身心无比舒畅，真的如脱胎换骨一样。刚开始还要靠秋露、纤云帮他指点学业，但相处久了，现在已经不用她们进行点拨，就能做出精彩的文章，学业取得了很大的进步。之后秋露又劝郁生把写好的文稿刊行于世，广加宣扬，人们看后都赞颂他的文采，更加相信他以前并不是凭运气中举，逐渐名声远扬。这一年郁生成了生员，秋季又参加乡试，中了第一名。

　　第二年春天，郁生将赴京师参加进士考试，纤云和秋露忽然提出要告辞，说："我们姐妹和你一起欢乐多时，把自己的职务也都荒废了，现在不能继续下去了，我们准备返回天上，所以没法再和你相处了，还请你不要挂念！"郁生因这突然的离别大吃一惊，硬要留下她们，又伤心流泪。秋露态度坚决不肯留下，而纤云却恋恋不舍。秋露说："纤妹可千万不能堕入色界，忘记了自己的本职。不过若你实在不舍，那就留下来吧，只希望郎君好好待她，能让她出去光明正大地见人。毕竟藏声匿迹不是长久之计。"郁生听后很高兴，还要接着准备挽留秋露。只见秋露说完就奔出，腾身向上，转眼间已经在九霄云外，看不见踪影。纤云也不好再留，准备紧跟其后，只是才离地一丈左右，就听见雷声轰鸣，胆战心惊，又回落下来，叹息道："我可真是自作自受，书仙真是不能欺骗！"虽然郁生失去了秋露，但能留下纤云也十分开心，心里也稍许有些安慰。于是他和纤云商量，让他先走，在中途等候。郁生到了扬州，借口妻子没生育后代而要讨妾，便正大光明地把纤云纳做小妾，仆人并不知道其中的秘密。从此纤云和正常人一样吃饭、做事，之后随郁生来到京师，帮助他参加考试。郁生有时和她打趣说："蜡丸密书，你是否应当预先替我准备好？"纤云回答说："今日之事是你自己要做的事，我可不敢再欺骗作弊了。"郁生并不在意，之后竟然连捷中了进士，殿试为二甲第一名。将要被授职，纤云对郁生说："金榜题名是为了让双亲高兴，家族荣誉。因家庭拖累他们无法来京师，你难道一点儿都不想他们吗？"郁生说："怎么能不想？你说得对。"随即请假南还，回到家乡，纤云按礼拜见了公婆，又见过郁生的正妻。正妻见纤云的美貌和贤惠很是忌妒，对她十分苛刻。郁生看在眼里，私下找时间跟正妻谈起纤云默默相助的功劳，又讲了她的不同之处。正妻听后觉得十分荒谬，不敢相信。一天，郁生和纤云都在正妻那里，忽然见正妻的弟弟来探望他的姐姐，其实是来侦视纤云的。纤云也不避讳。等到客人上了台阶，纤云便把自己的身体向郁生凑进，两人竟然合为一体。侍女四处打量，都看不到纤云的身影，全屋子的人都感到十分惊骇。等到客人一走，纤云又出现在郁生的身边，像之前一样。正妻这才不得不相信了郁生的话，虽然惊恐不已但仍主动和纤云和好。郁生假期一满，就携眷属来到京师，妻妾和睦融洽，比汉武帝的尹夫人和邢夫人相处的情形有过之而无不及，生活好不惬意。

　　外史氏说：从前有一大户人家，请来一个老师教他的儿子，可一年多的时间过去了，丝毫未见儿子的学业有什么长进。主人很是纳闷，自己也是一位知名人士，就向老师打听分析到底是什么原因。老师说："这孩子的材质确实要高出常人百倍，只可惜一直闭门不出，故步自封，所以学业才没有任何进步。如果你真的想让他大有所成，那你就给我千金，我带他去远游，三年之后，一定能一鸣惊人。"主人也认为老师说得有理，就很爽快地答应了，给了他出门的路费，放心地让他带着自己的儿子出游。主人的亲戚朋友知道后无不在背后嘲笑他的蠢笨。

这位老师带着弟子到处游历名山名水，搜奇览胜，南到闽粤，北到燕齐，足迹踏遍好几个省。每到大城市，就买奇书让他阅读，又不停地游览胜迹，拜访名流。第二年，弟子对这种行游感到厌烦，加上思家心切，就向老师提出要回到家乡的请求。老师说："既然你游兴已尽，那下面就开始埋头苦读吧。"就在船中给弟子讲授指点学业，聊当在书房授课。回到家里，主人的儿子静下心来，闭门苦读，写出的文章，文采超然，当地有地位和声望的先辈看了之后无不称赞夸奖。之后也在当地名声大振，最后参加考试中了高第。从这件事中可知，坐在破蒲团，也不一定就能悟出高妙的境界。文人的内心，一定要剔透玲珑，心无杂念，才能妙笔生花。题名大雁塔，走马曲江头，只是替浮而不实的人别开蹊径，确实不应该也不可取。所以像纤云、秋露这样的欺骗手段，按理来说的确是不光明磊落的。而寻求方法让脑袋化迟钝死板为灵活，深得学习的奥妙诀窍，确实是值得借鉴的。所以郁生试场作弊取得功名，可最后却又失去，实在是报应啊！话说回来，纤云因贪恋痴迷而最终被纳为小妾，即使结局还算圆满，可是和秋露比起来，我觉得简直无法相比。最后提醒各位：书仙的身边还有很多人，希望闭门潜修的人，都能诚心祝告。

萧翠楼

燕地的诸生之一苑之缙，年纪不大，涉世未深，和邻家的儿子往来密切。邻家的儿子姓萧，名不言，为人放荡不堪，行为不轨，毫不夸张地说，他和里中的荡妇都有私情，邑人因此对他恨得咬牙切齿。因为他常在妓院居住，人们私下给他取号"翠楼"。所以苑之缙，除了会狎妓玩乐，整天游手好闲。

没过多久，萧氏因病身亡，苑之缙害怕自己也会如此，所以对自己的行为就稍加节制。忽然有一天梦里，他梦见萧氏和自己打招呼说："我的案子还没有了结，必须得请兄前往对质，还希望你不要怕一路劳累。"苑之缙在睡梦中一时竟忘记了萧氏已经死了，怀疑他是因为男女之事闹出了案子，关联到了自己，不得不跟着他走。出门走了大约几里路,路经一条小溪,只见溪水颜色发黑,腥臭扑鼻。苑之缙感觉奇异,不想再往前走,可萧氏态度强硬,只好屏住呼吸,撩起衣服渡过溪去。又走了大约一里的路,来到一座寺院前面,根本不是想象中的官署。苑之缙更加怀疑。走进寺院,四处安静得吓人,好久都没看到一个人的影子。当门立着一尊几乎和屋檐一样高的纯金色的巨像,看不清楚面目。只见萧氏跪拜在地,苑之缙也跟着伏下身子。巨像突然发出声音:"这件案子本来早已了结,老僧以慈心度世,所以特地等待苑生的到来。既然现在他已经来了,那你赶紧走吧!"萧氏还想说什么,只见巨像厉声地呵斥他,萧氏吓得不见了人影,巨像也一下子消失得无踪无影了。苑之缙十分惊骇,不敢再往里面走一步,立即转身出去。出来时,原本寂静的寺院突然人来人往像蚂蚁一样,熙熙攘攘,完全不见刚才的冷寂。苑之缙茫然不知到底发生了什么事,呆呆地跟着人群往前走。忽然身前出现一个身着短衣、相貌丑陋的人,像是妓院的鸨奴,向苑之缙拱手说:"苑相公一向多有豪兴,怎么会到此地一游?"苑之缙把萧氏的事告诉了他,那人笑着说:"很好,很好!那请跟我走,你不仅可以把疑惑解开,而且还能一饱眼福。"苑之缙听后欣喜不已,就跟着那人前去。

不一会儿,来到一个地方,四周全是白墙,那人领着苑之缙从旁边的一扇门进去,并且神秘地对他说:"想要窥视隐秘不被发现,那就不能走正道。"到了里面一看,只见好几间华丽的房屋,正门都朝内,旁边都开着透光的小窗,用纱布遮住,烛光从里面透射出来,苑之缙顿时晓得这是为了在白天制造出夜晚的景象。不久听闻屋里传出笑声,应该有好几个人,言语中还夹杂着一些淫荡猥亵的话。苑之缙本就习于此道,一听还真有点动心。那人让苑之缙趴在窗户上朝里窥视,只见屋里的五个人正在开宴畅饮作乐,中间坐着一位长须者,旁边有四位客人,看上去都是粗俗的人,袒胸露臂,哪是在饮酒而是一起灌酒。还有一位年仅十四五的美少年,手里拿着酒壶站在一边,看上去面目清秀,神情羞涩,一双秀眼中好像还含着泪花,不时地暗自用手巾擦着。再看他的衣着,绿衣红裤,模样像是娈童。苑之缙正看得出神,忽然听见长须者回头对客人说:"翠楼到现在还没老实,今晚我们要让他尝尝厉害,或许能满足我们平时的心愿。"众人都笑着点头赞同。苑之缙听见名字后,吃惊不已,再仔细一看少年,眉目神态很像死去的萧某，心里不禁开始怀疑起来。一会儿灯残酒尽，客人们都站起身来，其中两人因有事先行走了。长须者又让人换上蜡烛，顿时屋内灯火通明，像白天一样什么都看得清清楚楚。三个人作出一副醉态，不断纠缠调戏少年，有的紧紧抱住他的脖子，有的去亲他的嘴。少年娇羞不已，不知所措。不一会儿，客人都脱下内衣，下体都十分粗壮，不仅让屋里的人感到害怕，就连屋外的人也看呆了眼。再一看少年更加恐慌，无处可逃，使劲挣扎。众人把他捉住，按在床榻上，撩起裤子玩弄，都拍着手说："果然是好美的臀部！翠楼用这个来慰劳我们。"让人听了不禁心惊肉跳，真是三虎搏羊，只能受死。众人正在折磨少年之际，一位强壮的男子忽然闯进屋里，手拿大刀，怒目圆睁。众人吓得赶紧躲在一边，只有长须者用力把他拉住，嘴里像是在劝解。无论怎么说，壮汉还是不听，拿刀就朝少年砍去，只见少年吓得身体颤抖不已，壮汉竟然一刀把少年的头砍下，顿时鲜血满地连角落里都是。这时，苑之缙才在恍惚之中发现所杀的不是少年，其实就是萧某，一惊之下好像醒了过来，听到耳边有人在说："你怎么能睡着了？"张开眼睛，知道说话的是前面那个领路的人，而自己仍然在窗子底下趴着窥视。再一听屋内动静，只听见鼾声四起，里面的人早已经吹灭灯烛休息了。那人也说："赶紧走吧，你也应该找个地方住下了。"于是两人仍从边门走出。

只见天空忽然一下开朗，好像出现了曙光。那人对苑之缙说："听说你很喜欢狎妓，我家最近刚得到一个美人，要不要去看一看？"苑之缙惊魂已安，听说有美人，心中激动不已，同意去。那人便把他带到一处门前，只见帘子低垂，大门朱红，像是一家妓院。于是苑之缙没有多想就走了进去，等转过身，就看见萧某也从外而入，面容苍白不已，无精打采，一见苑之缙，顿时很羞愧。苑之缙站在那里想着等萧某走过来，和他打一下招呼，可萧某沉默不语像没听见似的，从他身边快步走过。苑之缙感到纳闷十分奇怪，也跟着他进去。萧某走进内房，随后从侧屋走出一位年少的婢女，喊道："阿姊来了吗？客人已经来了。"里面有女子应着话："你让客人先坐下，我整理下衣服。"随即婢女撩起帘子请苑之缙进去。苑之缙见屋里十分整洁干净，可一直没看到美人的倩影，只是见到四面墙上所挂的琵琶、筝、阮之类的乐器。苑之缙这时很好奇萧某的行径，趁婢女去沏茶之时，就从帘子的缝隙往里窥看，竟然发现萧某一丝不挂地站在那儿，手里还举着一件肉色的东西，明亮白皙。仔细一看，绿眉红唇，乳阴齐全，原来是妇人的身体。苑之缙大惊不已，想继续看个究竟。萧某抖了抖东西穿在身上，就像蝉钻入蜕壳一般，转眼间就变成了女身。苑之缙见后吓得赶紧往外逃。到了门外，他见好几个人喜滋滋地走来，操着当地口音，像是同乡。他们相互在说："不用花费半文钱，就能欣赏了美妓，真是太好了。"又说："这可真要多亏佛陀的帮忙，让我们洗清了这样的耻辱，这难道不比生吃其肉还解恨吗？"说着一齐进了门。苑之缙这才恍然大悟，原来自己正身处冥间，所遇到的全是鬼。

赶紧寻找回家的路，可又不可得，此时心急如焚，忽然看见他早已经死去的外祖父拄着拐杖走来，他见后伏地而行，扑倒在祖父跟前，哭着向祖父求救。他祖父见状骂道："你这个畜生！看见冥间的惩罚，你的心里也会感到害怕吗？"苑之缙吓得不敢回答。他的祖父叹息了好久，对他说："快跟我走吧，或许还能活命，从此你应该洗心改过。要不然，减寿折命的报应你是很难再逃了。"说完赶紧拉着苑之缙走进一条黑暗的夹弄，看不清东西，后来逐渐明亮起来。没走几步，就听见撕心裂肺的哀号声。走近一看，原来在两旁的高大廊屋上面倒挂着无数一丝不挂的男女，肠子像从胯间抽丝一般流出体外一丈多，双脚被绑住吊了起来。其中竟然也有僧尼，而他们的遭遇更惨，头下还烧着熊熊烈火，此刻是焦头烂额，比别人叫声更加凄惨。苑之缙问祖父这是怎么回事，祖父回答道："这就是人们所说的屠肠狱。你的罪错还没有到这地步，不过也恐怕难逃这一关。"说完不断哀叹，愁容满面。苑之缙此时悔恨交加，不禁潜然落泪。出了夹弄，祖父又嘱咐他说："这次回去后你千万要痛改前非，好好做人了。你前面所看到的是净秽金刚巨像，他时常驾临污秽之地。你赶快诵读《金刚经》，或许这样还可以侥幸逃脱法网。"苑之缙还想问个究竟，但转眼就不见了祖父的身影，到处喊着祖父，思念不已，失声痛哭。醒来之后，发觉自己仍然在床榻上躺着，而现在已是下半夜了。

苑之缙将梦境中的事牢牢记在心里，发誓要痛改前非，重新做人。第二天起来，就赶紧买来《金刚经》，把身体洗净后静心诵读。过了一个多月，他梦见一位姿色貌美的妇人，穿着华丽的服饰，贸然过来，对他说："如果一个人在人世奸淫一位女子，那么以后他的亲戚都要受到连累惩处。幸好你的孽债还能稍微地还清，可是你犯的奸淫的罪行，仍旧会遭受沦为娼妓的处罚。如果你有意，二十年之后可到吴山楚水来见我。"苑之缙知道对方就是萧某，就拉住他，想说些什么，可还未来得及说就醒了过来。从那时起，苑之缙更是诚心修行。他又听说萧某好色不论男女，常常连别人的子弟也诱奸，又因为男宠的丑事，让受辱男童的兄长含恨而死。于是他想，梦中那位持刀杀人的壮汉，应该不是没有缘由的。苑之缙从此洗心改过，再也不敢踏进妓院的门槛一步，之后又严格要求自己，最终在学业上有所成就，操行也受到了人们的赞誉，最终进了学府。五十岁那年，听说江淮有一个名妓，也叫翠楼，颇有盛名，一心想前去拜访，以赴昔日的约会，但最终因为路途太远而不了了之。

外史氏说：我在前面《田再春》一文中，已反复讲了作孽会遭受报应的道理。听说上述这件事后，更是深信金刚的棒喝胜过道人许逊的道术。如果人死后受到报应，那一定得让活着的人为他们作传，看见的都被吓得魂飞丧胆，那听说的也一定会惊诧不已。更何况像萧翠楼那样，无论死后是变男变女，作人作鬼，都逃不了亲身遭受蹂躏摧残的恶报，就连仅在青楼的一夜之欢，想尽法子也不能把罪赎了。纵使再蠢笨的人，到了这样的地步都不免会被吓到，又何况像苑之缙这样还不算太笨的人呢，所以说怎么敢不改过自新？

卢 京

京师有一个妙龄貌美的艺人叫卢京，本名京儿，在当时可谓是很有名气。秀水的某孝廉，在京都等候选用时，见了卢京后便倾心于他，常常流连在他那儿连家都忘记了。孝廉家境很贫困，没有多少钱，出不起缠头费，只是每天带着一百文钱前往演戏的场所，明说是来看戏，其实是别有意图。京师有几十处有名的演剧场所，戏班的名单也会每每张贴在市中。每当孝廉打听到卢京的演出场所，总是会把省下的酒钱全数带上，匆匆地赶过来，不管路多远他总是如此。到了那儿就找到一地坐下，神情专注地等着看卢京，卢京一出场他就精神倍增，翘首观望，而一下场倒头便睡。见卢京演出，他总是像在欣赏一幅名画，意蕴不尽，一旦卢京离开，眼神就跟着他的影子连心都一起走了，像是失了魂魄的人。就连卢京在场上的一颦一笑，也让他陶醉不已。即使满场有众多艺人，他也目不转睛只看着卢京一人，已经到了忘我的境界。每当有人问他演的是什么剧时，他就回答说："我怎么知道这些？"于是"戏痴"的绰号便成了孝廉的代号，同乡人也全拿他当笑话讲。

卢京色艺双全，高傲自负，刚开始并不将孝廉放在眼里。但一年多过去了，看到孝廉依然每日必到，坐不移位，看向自己时总是目光灼灼，情意绵绵，一门心思都放在自己身上，开始的时候卢京还觉得此人好笑，时间一长就感到此人很奇怪，也在暗中越发注意起孝廉来。看到他对自己的如痴如醉，甚至连自己的性命也可以不顾，卢京也十分感动。他不知孝廉的名字，便向戏班主人打听，班主也笑着说："这是你的戏痴啊，看你有两年多了，你还不知道他的名字吗？"卢京听后更加惊奇，又进一步打听，了解到孝廉的详细情况，才知道虽然他中了科举，但生活却很贫穷潦倒，这样的情况是万万不能讨得梨园艺人的欢心的，心里开始同情起了他。深思熟虑了几天，突然决定不再从艺，带着所有的东西来到孝廉身边，一见面看着惊讶的孝廉就哭着拜倒在地，请求做孝廉的仆人。孝廉此时更是傻了眼，虽说孝廉一向钟情于卢京，但却并没有料到他会自己找上门来，竭力推辞，并问起其中的原因。卢京答道："我不敢另有所图。看到你如此倾心于我，让我深受感动，对你越来越喜欢。"说完大哭了起来，怎么都不肯离去。孝廉于是将他留在自己的身边。

白天卢京穿着青衣，像是一个僮仆，替孝廉准备饭菜。晚上便买来酒，换上旦角的女装，在地毯上又唱又跳，给孝廉快乐。等到孝廉就寝时，就辞别说："并不是我爱惜自己的身体，而是我怕折损您的大德。"日长月久下来孝廉也习惯了，对卢京既怜爱又器重。卢京天性聪明，孝廉将他当作自己的左右手。等到选期来临，卢京又拿出自己的积蓄大概有数百两银子，为孝廉打点仕途，让孝廉得了一个大邑的官职。孝廉平时并没有什么积蓄，看着一切赴任的费用卢京都给他准备好，孝廉有说不出的感动和感激。上任之后，孝廉叫卢京总揽衙务，可是卢京以不熟悉事务为由不愿接受，说："我跟着您是报答您对我的知音之情，如果这样，就变成了我是有所企图。更何况让一个艺人掌管事，一定会让上司觉得寒心。"由于官务繁忙，所以卢京跟随孝廉当官十年，比不上当初两人晚上开宴取乐的情形。

孝廉在任上去世后，卢京来为他料理后事，并把棺木护送回孝廉的家乡，在他的坟头上痛哭了一场，然后才辞别离开。晚年又来到京师，可是生活窘迫贫困，加上此时年事已高不能登台表演，所以便以教唱为生。有知道其中内情的浙人，偶尔说起孝廉的事时，卢京听后总是流泪不止，为失去生平第一知己而悲痛不已。

外史氏说：人们称孝廉是情痴，却不知道这个称号戴在卢京的头上更是有过之而无不及。卢京为了报答孝廉的痴情，甘愿放弃在繁华富丽的境地的安逸生活，甘心过穷困的生活，也只有读书明理的人才能做到，艺人哪能如此？但是卢京却能跟随他达十年之久。这事发生在艺人身上，又显得十分奇异。我还听说，有陶公名某，中进士后被授职张掖县令。自从上任起，为了禁止流言蜚语，从不看戏。年近六十，除了簿书之外，时刻带着书卷阅读。一年下来，也是为了招待僚友才召来艺人演戏。甘郡某戏班有一位容貌秀丽妩媚的旦角名叫陆悦生。正好这一天陆悦生在官署中演戏，陶公见后，便情不能自禁，竟然把她留下做贴身侍从，朝夕相伴，又赏赐她无数的钱物。不过悦生并不满足还使尽魅惑手段，又勾引陶公的几个儿子，让一家子争风吃醋，旁人知道后都掩口暗笑。后来在陶公将离任时，悦生带着万金逃之夭夭，陶公也因色欲而染上了病，差点送了性命。唉！"不见能引起欲念的东西，心中便不会迷乱无主"。像陶公这样都还免不了被迷乱，难道孝廉的艳遇，能侥幸地得到吗？

苏瑁

郡人有个弃儒从医、医术高超的人叫苏瑁，盛名在外，请他看病的人纷纷而至。由于他家住得靠近城郭外，如果碰上天黑不回去，就住在城内，都已经是一种习惯了。而他大多在上元观里休息，所以和观中的道士交情很不错。

一天晚上，苏珥又因为天黑在上元观过夜。道士准备了酒和他一起饮乐，吃喝谈论，好不惬意。席间道士对苏珥说起观中近来经常闹鬼的事件，说东面廊屋某真人位下有一个执拂的女子，经常出来勾引别人。而阎王殿里面有个全身一丝不挂的女囚，夜间时常闹腾，经常能听到她的嬉笑声。道士对此十分担忧。他又对苏珥说："你出去恐怕很快就会被她们缠住，所以你可要千万小心啊！"苏珥听后不以为意，开玩笑地说："或许这是一次艳遇。法师没有对付鬼的符书，可也真的没有福气。"说完哈哈大笑起来。等到苏珥刚上床睡觉，就听到窗前发出弹指的声响。苏珥大声叱问是谁，听见对方声音十分娇美悦耳地回答说："是我。"苏珥想起道士的话，更加怀疑，这时他披衣起坐，连声喝问，外边竟然不再说话，一片寂静。苏珥也不敢贸然开门，因此一夜都没敢睡。早晨起来，更是觉得这事难以启齿，就没有告诉道士，只是表示谢意之后匆匆离开了。以后也不敢再在观中留宿，出外看病时，也是不敢在同一个地方久留。

过了几天，又因城门关上，无法出去回家，就在病人家里留宿一晚。在房间里感到十分寂寞无聊，就想去找住在附近相好的情人，一时也忘了情人的家住在上元观附近。他一个人悄悄地出了门，怕打扰主人家，就没通知主人家。见了情人之后，两人情深意切，分外想念，情意绵绵，到了半夜时分，才告辞返回。他的情人让僮仆送他上路，苏珥不愿意相送，拿着烛灯，独自上路回家。走到上元观前，忽然想起以前道士的叮嘱，心里十分的忐忑不安。正准备走过观门，突然他发现了像是一堆积雪的东西站立在屋檐下。他吃惊地张大眼睛，好像是个人，走近一看越来越像人，双腿不觉开始发抖，再也不敢过去。硬着头皮用烛灯一照，就听见对方笑着说："可真是个傻男子，胆子怎么像老鼠一样小。再继续盯着我看，看我怎么吓死你！"说着又挺了挺身子，原来真是一位赤身裸体的妇人，头发散披着手也垂下来耷拉着，一步步逼近过来。苏珥惊吓不已，大声惊叫，赶紧扔下手中的灯烛，狂奔逃开。妇人紧紧追随其后，苏珥吓得到处大声呼号，满街的人都能听到。还没睡下的人听到动静都出来探看，他们大多都认识苏珥，见他失魂落魄吓住的样子，忙拦住他问发生了什么事。苏珥还不断回头观望，见没有鬼的踪影，才气喘吁吁地说出了事情的经过。众人都住在上元观附近，早已经听说过这样的事，所以也没觉得有什么奇怪的，于是对苏珥说："既然先生早已经知道这些情况，那你就不应再单独夜出，这次应该要吸取教训了。"他们一齐把他送回去，一直到了主人家看他安然进去才返身回去。主人看这仗势，又听说他遇见了鬼，也赶紧出来看望。苏瑻这时已经稍微安下心来，主人见没什么大事，安慰了几句就走了。

苏瑻此时十分疲惫，于是就把烛吹灭脱掉衣服准备睡觉。他刚将手探入被中，摸到了好像是人，发现有人早就躺在那里，能闻到体香扑鼻，掀开一看，只见女鬼已抢先一步占据在床。苏瑻惊恐不已，赶紧转身，准备夺门而逃，大声呼救，可此时他的臂膀已经被鬼紧紧拉住，怎么都无法挣脱，便吓得立即向鬼求饶。妇人只是笑笑说："你也太胆小了吧？我其实很仰慕你的高雅，所以才会不顾女子的羞耻，特前来投奔于你，又怎么能去害你呢？你大可不用这么害怕。"苏瑻依然不断向妇人求饶，妇人这时看不起他，说："我想你可能误会了。阎王一直都在殿堂上，如果是鬼又怎么能偷偷溜出来呢？我其实是仙人，时常出来游玩，人们所传说的'执拂女子'就是我。只是别人见我执拂时才衣着楚楚，就以为是两个人，其实不知道就是我一个人。"虽然苏瑻仍然深感怀疑，但摸到滑腻如玉的肌肤，又听见女子娇滴滴地说着如此媚话，还窥视了妇人赤裸诱人的胴体，暗室生辉，也逐渐忘记了刚才的恐惧，于是不禁脱去衣服，和妇人像夫妻一样同床共眠。苏瑻从没见过其他女人身上能像妇人那样肌骨柔美妩媚，放荡诱人，控制不住自己的心思，顿时觉得和妇人相见恨晚。拂晓时分两人才起床，又反过来嘱咐妇人，妇人笑笑答应了，仍然赤裸着身子离开。打开房门，这时外面早已是太阳高照，苏瑻更加确信妇人不是真鬼而是仙人，也在心中喜悦自己的福气。

时隔两天，苏瑻的妻子带着孩子回娘家去探亲，只留他一人在家，趁着此时又不禁对女子思念起来，想入非非。正想着只见房门突然自行打开，看见有人悄悄进入，开始他以为是盗贼，赶紧起床点上灯查看，远远地就觉得似曾相识的香气扑鼻而来，那人早已站在床榻一边。苏瑻以为是那位妇人过来，仔细一瞧，只见是一位身穿用金丝装饰的衣服，头戴翡翠冠的妙龄少女，姿色过人，恐怕在天上也不一定有这样的美貌，对着苏瑻嫣然微笑，苏瑻顿时失了魂，远比前面那位妇人漂亮。她又轻轻挥舞用麈尾制成的拂子，衣香四溢，苏瑻猜测眼前这位少女就是道士所说的某真人位下的那位执拂女子。苏瑻对鬼怪也见得多了，并未害怕，转身就离开床榻，没发觉身上没有穿衣服。女子看后急忙用衣袖遮住面孔，说："真是羞死我了！耳能洗，眼却没法洗净，我可真后悔来这儿。"说着就准备返身离去。苏珥来不及说话赶紧拉住她的绣带，不让她离开，又一把紧紧抱她入怀，表达爱意，并问她从什么地方来。女子使劲推脱，显得十分羞涩，说："看了你的丑态百出，我还能说什么呢？只能委身于你了。"说着将拂子放在桌上，和衣进了被窝。苏珥高兴地把身子贴上去，见女子蜷曲着身子像小孩一样，便情不自禁地爱怜地抚摸起来，想和她欢好。不一会儿就把女子的衣服全脱掉，做爱时，欣喜地发现女子是第一次，呻吟婉转悦耳，温柔又别有一番风味，前面的妇人和她比起来，简直一文不值。欢爱之后，女子才谩骂说出来意："前些日子我听说一只骚狐竟然敢冒充我的身份，将两人说成是同一人，让你以为我等连娼妓都不如，不知廉耻地裸身夜奔，所以才厚着脸皮深夜来访，让你分辨真伪，谁想到受了你这样的待遇。古人说'效仿别人不良行为'，说的大概就是我吧。"苏珥顿时恍然大悟，原来那个妇女真的不是鬼而是狐；而眼下的女子也真的不是狐而是鬼。见他不怎么相信，女子打趣地笑着说："你也在怀疑我吗？我等的确很多是鬼仙，可那妇人其实是狐的丑类。为证明我的话不假，我把拂子放在你这里作为凭证，你也可去上元观看我验证真伪。"说完，起身穿起衣服，又对苏珥说："三天之后等你相信我说的话后，我再来看你。受爱欲牵制，我恐怕也控制不了自己了。"一下床，就不见了人影，只有余香环绕，闻一闻，枕被上还有女子身上散发出的芬芳气息。这时苏珥也已相信对方才是真仙。

第二天，他带着拂子来到上元观，对道士说了昨天所发生的事情，并想弄清两位女子的身份。道士欣然领着他先游赏了殿堂，果然见那里塑有一名女囚，赤身裸体，伏在地上。旁边站着一个拿钢叉的巨鬼，正对着女囚，摆出好像要准备把她投入油锅的架势。苏珥仔细一看，果然像自己以前半夜所遇见的妇人。正在认真打量的时候，道士听说他遇到了鬼，忽然笑着说："在路途中威吓你的不会就是这个鬼吧？但这不是木偶所能做得出的，也不是阎王放任不管的原因。"于是道士详细地说起事情的起因：某月在打扫殿堂时，发现有狐的踪迹。又在某天深夜追逐白狐到了这里就不见了，这才恍然大悟以前发出的嬉笑声其实是狐干的，和鬼没有什么关系。苏珥听到这里，更加相信昨天女子所说的话。道士又领他到一个塑有真人的殿堂，踞坐在狮子上，旁边还有两位姿色貌美的侍女，苏珥仔细一看，发现左边侍女的面容衣着和遇见的少女很像，心中十分惊奇。忽然又听见道士惊叹道："执拂女手里的拂子怎么没有了？"苏瑁这时便从袖中拿出拂子，放在侍女手中，竟然十分吻合。于是他笑着对道士说："《红拂记》中的李靖归还原物时态度十分恭敬，可是这位真人却没有杨素的雅量。"道士听后十分惊诧，问是怎么回事。苏瑁却怎么都不肯说，只是笑着走出来，不顾仍在惊诧的道士直接回家了。

到了家里，他的妻子也已从娘家回来，正在准备着把枕被清洗，抬头看见苏瑁顿时一脸怒气，问妻子怎么了，妻子委屈地哭了起来，要离去。细问才知原来她回到娘家后，正在考虑什么时候回家，忽然有一位身穿青白色衣服的妇人，闯进她的房间，对她说："你的丈夫太不要脸，竟然诱骗良家处女和他交欢。你赶快回去看看吧，那血痕还印在被褥上呢。"苏瑁妻子听了大吃一惊，赶紧赶路回家。一打开被褥，果然看见上面有血痕，还留着香气，便一气之下把被褥拆开，准备清洗。而此时苏瑁却装作什么都不知道。妻子奚落了丈夫一通，苏瑁这才明白过来，极力争辩，并向妻子讲述了自己的奇遇。妻子根本不信，对他辱骂得更加厉害。最后夫妻反目，事情过了好几天后两人才渐渐和好。

过了十多天，苏瑁去病家出诊，傍晚回来，又在偏僻曲折的小巷中遇见了执拂女子，她迎上来便解释说："这都是狐从中作梗，加上你家娘子也是醋兴大发，让我不能一直侍奉你。你家娘子也真是气量太小，这样的事也值得这样发火吗？"说完便要离开，苏瑁赶紧要留她说话，可一转眼就不见女子的身影。从此也再没有碰见她。妻子也管得苏瑁很严，不让他再在外过夜，连那位妇人也再没见过。这是苏瑁壮年时所经历的事。直到了他的孙辈，他们才把这件事说给别人听。而上元观也已倒塌很长时间了，早已经是一片蔓草荒烟，原来发生怪异的殿堂早已无法找寻。

外史氏说：如果人世间没有雅俗区分，那么洛阳的好女子恐怕就要和荡妇一起受人嘲讽鄙视，文中狐的行迹不就是淫荡的妇女，虽然文中仅写到其发出的嬉笑声，我想诱惑人的手段应该还不止这些。执拂女子如此婉丽，竟然特别指出她的煽惑引诱。我想这就不单是吃醋的娘子为什么会对床上的血渍如此在意了吧，执拂女子又何尝不是呢？不过苏瑁失去女子，就好比苏轼失去朝云，或许也会是一件一生遗憾的事吧。